D1193024

UNE FÊLURE AU FLANC DU MONDE

Du même auteur

Terre des pigeons. Recueil de contes. (comprend un CD)
Montréal : Planète rebelle, 2002.

Une fêlure
au flanc du monde

Éric Gauthier

ALIRE

Illustration de couverture : JACQUES LAMONTAGNE

Photographie : ALEXANDRE PARENT

Distributeurs exclusifs :

<u>Canada et États-Unis</u> :

Messageries ADP
2315, rue de la Province
Longueuil (Québec) Canada
J4G 1G4
Téléphone : 450-640-1237
Télécopieur : 450-674-6237

<u>France et autres pays</u> :

Interforum editis
Immeuble Paryseine, 3 Allée de la Seine,
94854 Ivry Cedex
Tél. : 33 (0) 4 49 59 11 56/91
Télécopieur : 33 (0) 1 49 59 11 33
Service commande France Métropolitaine
Tél. : 33 (0) 2 38 32 71 00
Télécopieur : 33 (0) 2 38 32 71 28
Service commandes Export-DOM-TOM
Télécopieur : 33 (0) 2 38 32 78 86
Internet : www.interforum.fr
Courriel : cdes-export@interforum.fr

<u>Suisse</u> :

Interforum editis Suisse
Case postale 69 – CH 1701 Fribourg – Suisse
Téléphone : 41 (0) 26 460 80 60
Télécopieur : 41 (0) 26 460 80 68
Internet : www.interforumsuisse.ch
Courriel : office@interforumsuisse.ch
Distributeur : OLS S.A.
Zl. 3, Corminboeuf
Case postale 1061 – CH 1701 Fribourg – Suisse
Commandes :
Tél. : 41 (0) 26 467 53 33
Télécopieur : 41 (0) 26 467 55 66
Internet : www.olf.ch
Courriel : information@olf.ch

<u>Belgique et Luxembourg</u> :

Interforum editis Benelux S.A.
Boulevard de l'Europe 117, B-1301 Wavre – Belgique
Tél. : 32 (0) 10 42 03 20
Télécopieur : 32 (0) 10 41 20 24
Internet : www.interforum.be
Courriel : info@interforum.be

Pour toute information supplémentaire
LES ÉDITIONS ALIRE INC.
C. P. 67, Succ. B, Québec (Qc) Canada G1K 7A1
Tél. : 418-835-4441   Fax : 418-838-4443
Courriel : info@alire.com
Internet : www.alire.com

Les Éditions Alire inc. bénéficient des programmes d'aide à l'édition de la
Société de développement des entreprises culturelles du Québec (SODEC),
du Conseil des Arts du Canada (CAC) et reconnaissent l'aide financière du
gouvernement du Canada par l'entremise du Programme d'aide au développement de l'industrie de l'édition (PADIÉ) pour leurs activités d'édition.

Gouvernement du Québec – Programme de crédit d'impôt pour l'édition
de livres – Gestion Sodec.

Pour Josiane, qui a bien voulu croire

Merci au Conseil des Arts du Canada
pour son soutien financier lors de l'écriture de ce roman.

TABLE DES MATIÈRES

MALICK EN CAVALE

Malick traversait la foule sans perdre sa cible de vue. La musique l'habitait. Il fit un pas devant, un pas de côté, le tout sur un air de trip-hop; une poignée de main ici, un sourire pour la dame aux bas de soie, un bras tendu pour saisir un canapé avant que le plateau ne s'éloigne hors de portée. Le goût de pâté, d'herbes et d'agrumes lui resta en bouche, aussi étranger que les lunettes à monture épaisse qui lui pinçaient le nez. Il n'était pas lui-même ce soir. Lui seul le savait.

Il était arrivé tôt pour s'imprégner de l'ambiance de ce bistro huppé où essaimait la haute culture montréalaise. De minuscules lampes halogènes descendaient du plafond comme autant de serpents chromés. Les gens du cinéma s'agglutinaient autour des petites tables de bois teint en bleu; Malick se perdait dans le chassé-croisé de leurs propos. À quiconque l'interrogeait, il se présentait comme un acteur frais sorti de l'école. Il s'attribuait un rôle dans une pièce tout juste terminée dont il inventait le nom chaque fois. Mais avait-il joué dans le film, lui demandait-on, avait-il assisté à la première en début de soirée? Non, répondait-il, mais il était sur un projet qui ferait jaser bien plus encore. C'était Sergio qui l'avait invité à cette petite soirée privée pour lui présenter quelques membres de l'équipe. « Sergio ? » répétaient certains. Malick se faisait compatissant.

— Comment, vous connaissez pas Sergio ? C'est un génie. Je l'ai rencontré à la première représentation de *Tergiversations et divans de cuir*. Il arrive toujours en retard mais soyez patient, je vous le présenterai bien.

Il avait bien choisi son personnage : assez vert pour n'intimider personne, assez confiant et mystérieux pour qu'on l'accepte ici. Inutile même de se présenter parfois, on le faisait pour lui. À l'entrée, un cadre de la compagnie de production l'avait tout de suite reconnu comme étant l'un de ces quelques Noirs télévisés, « tsé, le gars dans la série, là », et Malick n'avait rien fait pour troubler sa belle certitude. Il lui suffisait de se conformer aux attentes des gens pour arriver à se glisser là où il n'était pas censé être. *Le bon magicien est partout chez lui,* pensa Malick, *et même en l'an 2000 les gens ne demandent qu'à se laisser convaincre.*

L'occasion l'épatait un peu, malgré lui. Un grand réalisateur là-bas, une légende du théâtre juste derrière ; même son actrice préférée était ici. Ils étaient tous humains, quand même. Dans un coin, un homme en chemise de velours feignait d'être bisexuel et son interlocuteur feignait d'être intéressé. Au bar, la vedette du jour faisait semblant d'être modeste. Belle soirée pour faire semblant, parmi tous ces acteurs et actrices et ces fabricants d'images. Tant pis si c'était là une simplification injuste : ce n'était pas une soirée pour les demi-mesures.

Le mouvement de la foule le mena bientôt au sein d'un petit groupe qu'un acteur régalait d'anecdotes.

Tout était dans le rythme : le rythme de la musique, celui de la foule, des conversations. Malick attendit le bon moment pour glisser tout bas :

— Tiens, c'est pas Denys Arcand qui vient d'arriver ?

Tout le groupe se tourna un instant vers l'entrée, le mouvement se communiquant tout naturellement à la table voisine – où se trouvait la cible : début quarantaine, col Mao, vif et maigre, entouré de collègues de l'agence de publicité. L'homme scruta l'entrée sans comprendre, puis reprit sa conversation. Quand il remarqua enfin le biscuit chinois posé à côté de son verre, Malick était déjà loin.

Le publicitaire tourna et retourna le biscuit avec une moue de dégoût. Ses collègues amusés insistèrent pour qu'il l'ouvre. Il s'exécuta à contrecœur, lut le message, s'empressa de le chiffonner au fond de sa poche et fouilla le bistro du regard, ignorant les questions de son entourage. Malick surveillait son reflet dans un pilier d'acier inoxydable. Lui-même se savait à l'abri des regards, sa petite taille aidant.

Le publicitaire, nerveux d'avance, allait bientôt basculer dans une franche paranoïa. Malick l'ignora quelque temps, puis le repéra dans un coin de la salle, relisant son message. À en juger par les marques de sueur à ses aisselles, le travail d'usure portait fruit.

L'homme avait été réveillé deux fois dans la nuit par une sonnette stridente, mais n'avait pourtant vu aucun visiteur à l'entrée de son immeuble. Lorsqu'il avait enfin quitté son condo, un fragment de miroir brisé collé au mur devant sa porte avait dû lui renvoyer l'image de son visage hébété. Un symbole étrange y était tracé, au centre duquel on reconnaissait un « H ». Le même symbole avait été tracé dans les rétroviseurs de sa voiture et dans un autre fragment de miroir qui l'attendait sur son bureau. Six messages dans sa boîte vocale ne contenaient qu'un seul mot, prononcé par une voix inhumaine : « Herteron ». Le publicitaire était sorti dîner et avait semblé plus calme sur le chemin du retour... jusqu'à ce qu'un itinérant se mette à gémir sur son passage le même mot sur tous les tons : « Herteron ». Un nouveau fragment de miroir l'attendait devant sa porte quand il était rentré chez lui.

Le sage redoute Herteron et paie le magicien, disait le message du biscuit. Le film qu'on célébrait ce soir avait bénéficié d'un budget publicitaire rarement vu au Québec et la cible en avait profité pour tenter des approches non conventionnelles. En plus de voir à la création d'un site web et de semer des courriels cryptiques en une tentative de « marketing viral », il avait voulu satisfaire une marotte toute personnelle et avait embauché un groupe de magiciens graffitistes, le Seagull Krew, pour assurer le succès du film par voies rituelles. Comme il tardait à payer, le Krew avait fait appel à Malick qui, à trente-deux ans, faisait ce type de travail depuis plus longtemps qu'eux et savait comment convaincre les clients récalcitrants.

Le publicitaire disparut dans les toilettes et en ressortit plus blême encore : ce qu'il avait vu dans les miroirs de la salle de bain n'avait pas dû lui plaire. Il était mûr. Malick remonta ses lunettes sur son crâne rasé, intercepta la cible avant qu'elle ne rejoigne la foule et lui prit les deux mains d'une poigne ferme. Il se voûta le dos et se fit les yeux ronds, le corps basculant d'avant en arrière d'un léger mouvement hypnotique, suivant la musique. Il devait suivre le rythme, et il devait se croire s'il voulait que sa cible croie aussi.

— Reste ici, chuchota-t-il, c'est seulement devant les miroirs que Herteron peut t'avoir.

Le publicitaire tentait de dégager ses mains prisonnières, mais il ne se débattait pas si fort pour autant : il voulait savoir. Malick continua :

— Herteron est enfant des miroirs. Herteron connaît ton visage, mais il te reste une chance. On l'a appelé pour toi, il lui faut quelques jours avant d'arriver. Tu joues à un jeu dangereux. Vaut mieux payer.

— C'est vous qui avez fait tout ça ? dit le publicitaire. Le biscuit, tout le reste ? J'ai *dit* à votre patron que j'allais payer.

Il entraîna Malick plus à l'écart et sortit une enveloppe d'un étui de cuir à sa ceinture. Malick s'en empara et sourit en voyant combien elle était pleine.

— Merci, merci bien. Si le compte est bon, je ferme la voie des miroirs. Un instant.

Il s'enferma aux toilettes et compta les billets : il y en avait encore plus que prévu. Il empocha sa commission et effaça les symboles sur les miroirs.

— Herteron sera apaisé dès ce soir, dit-il au publicitaire avant de replonger dans la foule, direction la sortie.

C'est à mi-chemin qu'il croisa un grand Noir format paquebot qui fendait la foule avec une absolue certitude. Un garde du corps ou une certaine classe de *dealer*, avec un tel veston et une telle tête. L'homme avait un air familier, et c'est en commandant un dernier verre à l'*open bar* que Malick comprit qui il pouvait être.

C'était un homme de main de Scipion. Scipion, sorcier et gangster selon ses propres règles, l'homme qui pouvait vous fournir tout ce que vous vouliez. Scipion, qui détestait l'insubordination, les femmes volages, l'hiver et Malick. Aussi bien renoncer à ce dernier verre. L'homme n'avait pas semblé le reconnaître, mais ça ne saurait tarder. Que faisait-il ici ? Malick risqua un coup d'œil et le vit qui abordait le publicitaire. Et si cet imbécile avait aussi fait appel à Scipion pour promouvoir son film ? Peut-être alors le paquebot était-il chargé du service après-vente… ou de la collecte.

Il y avait plus d'argent que prévu dans cette enveloppe.

Malick s'efforça de marcher d'un pas tranquille vers la sortie. Trop tard. Le publicitaire, comprenant qu'il avait payé la mauvaise personne, avait lancé le paquebot dans sa direction. Tout allait si bien jusqu'ici, il fallait suivre le rythme et espérer que ça continue. Malick connaissait cet air. Un pas devant, un pas de côté, un bras tendu pour saisir le Zippo fini agate avec lequel un blond artificiel allumait son cigarillo. Un pas encore et volte-face, le Zippo brandi tel une épée de feu, l'enveloppe tenue tout près de la flamme.

— C'est ça que tu veux ? dit Malick entre un *beat* et le suivant.

L'homme de Scipion s'arrêta net, retenant sans même le regarder le blondinet qui voulait récupérer son briquet. Malick recula jusqu'à la sortie, poussa la porte avec son dos. L'autre le suivit dehors et montra ses dents en un large sourire sans humour.

— T'oserais pas.

— C'est pas *mon* argent.

D'un coup sec, Malick avait tassé l'argent vers une extrémité de l'enveloppe. Il laissa brunir l'autre bout, juste assez pour voir son poursuivant hésiter. La porte se referma derrière le paquebot, coupant la musique. Il n'y avait plus que le faible grondement des voitures, la brise d'août, le bourdonnement des lampadaires dans la nuit noire. Plus de rythme. Malick conservait tout juste le souvenir du rythme : un pas derrière, un autre, un autre, dans l'espoir de trouver les moyens de sa fuite. Le taxi là-bas sur sa droite venait tout juste de prendre un client et s'engageait dans la rue. À croire que sa chance le quittait maintenant. Puis il sut : alors que le taxi passait derrière lui, il se précipita, alluma le bout de l'enveloppe et la coinça dans le pare-chocs arrière, picador d'un soir. Il fit un pas de côté, laissa passer le paquebot lancé à la poursuite du taxi, puis remonta les marches quatre à quatre. Le rythme l'attendait à l'intérieur. Malick redonna son briquet au blondinet, embrassa dans le cou son actrice préférée, esquiva un serveur non sans attraper un dernier canapé, contourna le publicitaire effaré en lui glissant un dernier « Herteron » à l'oreille, sortit par la porte de derrière et disparut dans la nuit.

◆

Tous quatre étaient assis autour d'une douzaine de beignes au parc Lalancette dans Hochelaga-Maisonneuve, Malick adossé à un arbre, bien à l'ombre. Greg bondit et marcha en ronds serrés, puis revint s'asseoir dans l'herbe.

— Tu veux dire qu'on va avoir Scipion sur notre dos, maintenant ?

— Je pense que non, dit Malick. J'ai appelé le publicitaire sur son cellulaire pour limiter les dégâts. Il a remboursé Scipion. Je doute qu'il ait donné votre nom. Je lui ai fait comprendre que le plus tôt il réglait tous ses comptes, le plus tôt il pourrait retrouver son existence banale et sans danger.

— C'est Scipion qui est dangereux. Nous autres, tu sais…

— Justement, s'il tardait tant à vous payer, c'est qu'il vous croyait inoffensifs. Maintenant que je lui ai dit que vous avez mis un esprit maléfique sur sa piste, il va reconsidérer ses choix.

Greg se remit à tripoter l'anneau à son sourcil, mécontent. À côté, Bastien gisait sur le dos, la tête posée sur un de ces chapeaux de randonnée indestructibles, son visage renversé prenant des allures d'oracle extraterrestre.

— T'as pas voulu lui envoyer un esprit pour vrai ? demanda-t-il.

— Trop *heavy* pour un cas comme celui-là. C'est pas tout de savoir utiliser la magie, il faut aussi savoir quand éviter de l'utiliser. L'important, c'est ce que la cible croit, c'est tout. Rappelez-moi dans deux jours s'il a pas donné de nouvelles. Prenez ça…

Il posa dans l'herbe un papier soigneusement plié et replié.

— J'y ai écrit le nom de l'esprit en question. C'est de la pure invention, mais on ne sait jamais. Une idée prend le pouvoir qu'on lui accorde. Utilisez le nom si nécessaire, mais quand vous aurez votre argent, purifiez le papier et brûlez-le.

Le troisième des Seagulls, celui dont Malick oubliait toujours le nom, empocha le papier sans un mot. Le Krew n'était pas au complet : il manquait Quentin, leur dernière recrue. À bien y penser, il n'avait pas été présent à la rencontre précédente non plus. Malick l'avait d'abord rencontré alors qu'ils entraient tous deux dans l'Ordo Templi Orientis, une société secrète où l'on explorait notamment les enseignements d'Aleister Crowley. Malick n'y avait pas trouvé son compte, mais Quentin était resté au moins un an avant de partir ou d'être expulsé – les rumeurs variaient. Quentin était un amateur enthousiaste mais par trop suffisant, un jeune homme trop avide qui aurait bénéficié d'œuvrer dans le cadre plus serein du Krew. Malick voulut savoir ce qu'il devenait.

— Ah, Quentin…, dit Greg. Il nous a abandonnés sans prévenir il y a au moins six mois. Parti dans le fin fond de nulle part sans payer son loyer. Il prétendait avoir déniché une force magique inégalée, là-bas. «Le jackpot», qu'il disait.

— Il était sérieux ? Il vous a donné des détails ?

— Il y croyait, c'était évident. Il est resté dans le vague, mais je sentais qu'il se retenait pour pas tout dire tellement il était excité. Ou peut-être que «troublé» serait plus juste.

Malick était tout ouïe. Cela faisait quelques mois déjà qu'il perdait le combat contre son pire ennemi : l'ennui. Il avait l'impression d'avoir tout fait, tout vu, de ne croiser toujours que les mêmes personnes sur son chemin. Un Chinois excentrique lui avait déjà dit qu'il n'y avait réellement que cent dix personnes à Montréal, et il commençait à y croire. Sa vie était devenue si tranquille qu'il avait eu le temps d'oublier combien il détestait quand elle devenait intéressante. Il n'y avait à peu près que Scipion pour mettre du piquant dans son existence, et c'était le genre de piquant qui pouvait ruiner sa santé. Il demanda à Greg où Quentin était parti.

— Désolé, il tenait à ce que je garde le secret.

— Et qu'est-ce qu'il a fait pour vous récemment ? Est-ce qu'il vous a aidés à vous faire payer ? Est-ce qu'il a risqué sa vie parce qu'on avait négligé de l'avertir qu'il aurait affaire à la gang de Scipion ?

Malick insista jusqu'à ce que Greg crache le morceau :

— Saint-Nicaise-du-Sabot. C'est là que Quentin est parti.

Malick éclata de rire.

◆

— Saint-Nicaise-du-Sabot, tu te rends compte ?

Pour toute réaction, Frédé hocha la tête et martela encore la machine à écrire posée sur ses genoux, une énorme Selectric des années 80. Il était assis sur un lit monté sur un échafaudage de fortune au-dessus d'un bureau que Malick ne l'avait jamais vu utiliser. Ses cheveux sales lui descendaient jusqu'au milieu du dos et quelques mèches venaient rayer son visage blême de moine cloîtré.

Pour éviter de se casser le cou à le regarder ainsi perché, Malick s'était étendu par terre sur deux coussins subtilisés au divan. L'unique fenêtre de ce petit loft cubique donnait sur un mur ; il n'y entrait qu'un soupçon de soleil indirect.

— Je connais Greg, c'est un nerveux. Il aurait été incapable de me mentir en restant si calme. Quentin pourrait lui avoir menti, par contre…

— Et pourquoi cet endroit te paraît si invraisemblable ?

— C'est une petite ville de rien. Non, c'est un village qui se prend pour une ville. J'ai vécu là quand j'avais quinze ans, c'était aussi magique que tes souliers.

Malick hésita.

— Ils sont pas magiques, au moins, tes souliers ?

— Non.

Avec Frédé, on ne savait jamais. Il avait été autrefois un occultiste de première classe. Encore aujourd'hui, tous ceux qui s'y connaissaient lui vouaient un respect mêlé de crainte. Il ne pratiquait plus mais se tenait toujours au courant et maintenait un réseau de contacts épatant. C'était par son entremise que le Seagull Krew avait embauché Malick.

— Tu sais ce qui me dépasse ? dit Frédé. C'est que tu sois encore allé te mêler des affaires de Scipion.

— Tu penses que je l'ai fait exprès ?

— Cette fois-ci, peut-être pas, mais ça arrive trop souvent. Scipion est un petit *bokô* irresponsable, il va causer sa propre perte tôt ou tard. À force de l'embêter, tu risques d'atteindre le bout de sa patience.

— Il va pas me faire la peau, si c'est ça que tu veux dire. Lui et moi, on est des adversaires nés, tu comprends. Il lui faut des ennemis à sa taille, sinon il va s'ennuyer.

— Justement, en t'acharnant contre lui, tu lui donnes de la crédibilité, même que tu l'encourages à persister en tant que stéréotype néfaste. S'il y a une chose dont le monde n'a pas besoin, c'est bien d'un sorcier vaudou criminel de série B. Le monde n'est pas un roman d'aventures.

Frédé avait une collection enviable de *Playboy* des années 60 et 70. Malick en pigea un et l'ouvrit bruyamment en un geste qu'il voulait hautain.

— Qu'est-ce que t'en sais, du monde ? Quand tu mettras le nez hors de ta cachette, on en reparlera.

Il était plutôt fier de lui, somme toute. Fier d'avoir cloué le bec à Frédé un instant, fier d'avoir survécu la veille. Il traîna chez Frédé quelque temps encore, puis repartit errer dans la ville. Les façades les plus banales s'égayaient de lumière, les filles lui semblaient toutes plus irrésistibles les unes que les autres, les automobilistes l'injuriaient joliment quand il traversait la rue à l'improviste. Il se paya un sandwich shish taouk dégoulinant pour souper et passa la soirée à hanter les terrasses et les ruelles. Montréal n'avait plus de surprises pour lui mais au moins il savait la manipuler à son avantage. Sans effort conscient de sa part, ses pieds le menèrent enfin à la porte de son immeuble à logements décrépit, où il eut tout juste le temps d'enfoncer la clé dans la serrure avant que trois paires de bras s'emparent de lui et l'enfournent dans une voiture énorme où l'attendait une cagoule bien opaque.

◆

Malick courait dans la nuit devenue plus noire et plus humide encore, une de ces nuits chaudes et salées où l'on croirait Montréal ville sous-marine. Il était dehors. En danger de mort, les poches vides, le torse à découvert, en terre inconnue, mais libre pour l'instant. Il regrettait la perte de sa chemise brodée et encore plus celle de ses outils. Sans chemise, il était moins élégant ; sans outils, il était nu. Il ne lui restait que le porte-bonheur cousu dans son soulier droit. Sa sueur l'aidait à effacer les signes que Scipion avait tracés sur lui ; quant à ceux qu'il avait tracés lui-même longtemps auparavant, il les discernait à peine. Demain, il lui faudrait acheter d'autres marqueurs indélébiles.

Scipion avait réellement tenté de le tuer. Malick avait peine à y croire, et pourtant… On n'importune pas impunément un chef de bande, il aurait dû le savoir. Un petit mafieux ordinaire lui aurait logé une balle dans la tête. Scipion, lui, avait cette fâcheuse habitude de joindre l'occulte à l'utile, et sa version dénaturée du vaudou n'excluait pas le sacrifice humain. Malick devait battre des records de vitesse pour éviter qu'on le rattrape et le replonge dans ce rituel auquel il avait coupé court.

Il passa une maison au toit bordé de lumières de Noël éteintes, un petit immeuble à logements insalubres, une pelouse où pivotait l'une de ces mitraillettes à eau qui le rendaient toujours nerveux. Le quartier dormait. Malick courait au milieu de la rue pour s'éloigner des lampadaires. Si ses poursuivants étaient armés, il n'allait pas leur offrir une cible facile. Il y en avait bien quatre ou cinq, au son. Il n'avait que leurs pas pour indices, ni cris ni injures sinon. Ils étaient efficaces, sans doute plus rapides que lui, et *eux* devaient connaître le quartier. Malick cherchait son salut tout autour, partout sauf derrière : il savait ce qui arrivait à ceux qui osaient un regard en arrière.

Ô Hermès, ô Eshu, ô Pazuzu et saint Jude, montrez-moi le chemin, donnez-moi des ailes aux chevilles, des roues, des flammes au cul ! Ô Anansi, donne-moi la ruse ! Sauvez-moi et nommez votre prix.

Si seulement il existait un dieu de la fuite… Malick choisissait son chemin au gré d'indices subtils : le clignotement d'une lampe de véranda, le ronflement d'un moteur loin devant. Un gaillard aux allures de joueur de basket-ball manqua de l'attraper en surgissant d'entre deux maisons sur sa gauche, après avoir sans doute sauté haies et clôtures. Malick s'en débarrassa en bondissant au-dessus d'une borne-fontaine quasi invisible sous un lampadaire éteint ; son poursuivant, lancé à pleine vapeur sur ses talons, ne la vit que trop tard.

Malick atteignit par miracle une rue commerciale, mais la maigre foule des trottoirs et cafés n'aurait pas suffi à le dissimuler. Il y avait bien ce bar plus loin, lettres cursives sur auvent noir, avec sa file d'attente malgré l'heure tardive – en comptant deux heures depuis son enlèvement, il devait être passé minuit. Mais voilà, Malick le connaissait, ce bar, pour s'y être laissé traîner par une jolie blonde. Cela faisait plusieurs mois que les Hells Angels avaient pris l'établissement en main. Malick le savait parce qu'il s'intéressait aux affaires de Scipion, et il savait comment Scipion détestait voir les motards empiéter sur ce qu'il considérait comme son territoire.

Malick aperçut les pâles reflets de ses poursuivants dans la vitre arrière d'une voiture stationnée. Il ralentit autant qu'il le pouvait, jogga à ras le mur et coupa le « L » de la file au point où elle atteignait la porte. Deux *bouncers* flanquaient l'entrée. Le premier, un barbu aux yeux bovins, avait un fil muni d'un micro qui lui sortait d'une oreille : parfait pour appeler des renforts. Malick pencha la tête de côté, lui adressa un sourire maniaque et lui décocha un coup de poing au plexus solaire. Ça manquait de précision, mais l'effet de surprise y était.

— Ça, dit-il, c'est de la part de Scipion. Les *boys* pis moi, on vient vous faire passer un mauvais quart d'heure.

Il montra du pouce les deux – non, trois – coureurs qui arrivaient. Le barbu lui enfonça dans le ventre un poing énorme. Malick se laissa choir pour chercher son souffle sur le trottoir. À travers la douleur, il observa le petit théâtre burlesque et brutal qu'il avait provoqué. La file s'éparpillait dans un beau désordre. Le barbu marmonna dans son micro, balança son pied dans les côtes de Malick et reporta son attention sur un adversaire plus solide. Un bon candidat arrivait justement, à peine remis de sa rencontre intime avec une borne-fontaine. Il fut surpris de voir Malick étalé par terre, et plus surpris encore par le poing du barbu. L'autre *bouncer* s'occupait d'un deuxième poursuivant, tandis que le troisième se frayait un chemin à travers la foule affolée.

Malick se releva sans se déplier tout à fait, reprit sa course et fut repris en chasse. *Terrible idée que j'ai eue là ; il faut vraiment être désespéré pour faire ce genre de bêtises.*

Une voix retentit, hurlant des obscénités tant racistes que sexuelles, et la bataille reprit derrière. Malick continua sa course, s'imaginant l'effet de fourmilière renversée, les fiers-à-bras sortant du bar pour mater les indésirables. Si les motards venaient à bout des hommes de Scipion et le prenaient en chasse, ce serait au moins ça de gagné : au lieu d'être poursuivi par des gens qui voulaient sa mort, il serait poursuivi par des gens qui ne voulaient que lui faire très mal.

◆

Une heure et douze arrêts d'autobus plus tard, Malick se trouva devant une porte aveugle et anonyme du Plateau-Mont-Royal, loin de chez lui mais surtout loin de chez Scipion. Il craignit un instant d'avoir oublié la combinaison du cadenas, mais le déclic se fit. Il entra, puis ressortit méconnaissable, vêtu de beige, un sac en bandoulière. La pièce derrière la porte servait de débarras à un commerçant auquel Malick avait souvent rendu service. C'était un bon endroit où cacher un kit de secours : quelques talismans utiles et des vêtements de The Gap, aussi neutres que possible.

Malick avait couru ce soir à s'en désarticuler la carcasse. Après avoir quitté le bar, il s'était cru poursuivi par l'un des portiers et s'était rendu loin avant de s'apercevoir qu'il était seul à courir. Il s'en était tiré à bon compte. Il n'avait pas prévu que Scipion serait rancunier à ce point. *La vie tranquille t'amollit, mon vieux. Ça faisait bien un an que personne avait essayé de te tuer.*

Il consulta la vitrine d'une bijouterie, mais les montres ne s'accordaient pas. À voir la faune sur les trottoirs, il devait être au moins une heure. Sur l'avenue du Mont-Royal, une pieuvre métallique étendait ses tentacules sur la façade d'un restaurant, telle une idole monstrueuse. Quittant l'avenue et ses enseignes lumineuses, Malick emprunta une rue plus résidentielle, direction sud. Il y réfléchirait mieux.

Pas question de retourner chez lui cette nuit. Quelqu'un l'y attendait sûrement. Le plus sage serait de quitter la ville pour laisser à Scipion le temps d'oublier.

Une femme l'accosta : maigre et hagarde, ses cheveux filasses serrés dans un foulard qu'elle tenait comme si la tête allait lui tomber autrement. Elle voulait son aide pour retrouver sa maison. Elle avait ce ton plaintif que Malick avait entendu de dizaines de bouches différentes. Il lui demanda où elle habitait.

— Je suis au coin de Bienville pis de Rachel. C'est là que j'ai ma maison.

— Non, je pense que vous vous trompez. Pensez-y bien et dites-moi ça encore.

Elle le toisa, farouche, les yeux vitreux.

— Vous pensez que je connais pas ma maison, monsieur ? C'est juste au coin de Bienville pis Rachel.

— C'est que... c'est des rues parallèles...

— Commencez pas avec les grands mots, vous !

— Je veux dire que ça se croise pas, ces deux rues-là.

Elle hésita puis s'indigna haut et fort, le traitant de menteur. Malick l'apaisa quelque peu, la fit asseoir au pied d'un de ces escaliers grêles qui pullulaient dans le quartier et lui dit de l'attendre.

Il retourna sur Mont-Royal, irrité d'avoir à régler les problèmes des autres, heureux d'oublier les siens. Dans un petit restaurant, il acheta un café pour emporter et prit place à une table loin des haut-parleurs et du babil de l'animateur radio. Il frotta la table puis y versa le contenu d'un sachet de sucre. Avec des gestes lents et précis, il utilisa le sachet plié en deux pour pousser le sucre jusqu'à former un symbole magique de son cru qui représentait la clarté d'esprit. Il l'incluait dans presque tous ses rituels pour s'assurer la concentration nécessaire. Cette fois-ci, le symbole *était* le rituel : il ne restait qu'à le charger. Malick le contempla pour l'imprégner de sa volonté pendant qu'autour s'estompaient l'avenue, la musique, les autres tables, les clients. Quand il ne resta plus pour Malick que le symbole de sucre habité par la froide lumière rationnelle des fluorescents, il balaya le sucre dans le verre de café. Il sortit la tête haute, ignorant les employés qui semblaient se moquer de lui à voix basse.

Sa perdue avait bougé, mais il la retrouva et lui présenta le café.

— Allez, buvez, ça peut juste vous aider. Vous voyez la pancarte là-bas ? Ça, c'est la rue Rachel. La rue Bienville, je suis désolé, mais c'est trois blocs plus haut que Rachel. Allez voir par là, peut-être que vous reconnaîtrez votre maison. Si vous avez faim, je pense qu'il va y avoir une cantine mobile sur Mont-Royal, de ce bord-là. OK ?

Elle acquiesça, timide, prit une gorgée et partit déambuler vers le nord, perdue dans son Montréal imaginaire. Bienville et Rachel... Triste quête.

Le pas traînant, bâillant à répétition, Malick sillonna le quartier au hasard. Il vit la circulation s'activer à la fermeture des bars, se tarir puis reprendre peu à peu sous le ciel qui pâlissait. Après quelques minutes passées figé devant un téléphone public, il sut que sa décision était prise.

Précautions d'abord. Il fouilla dans son sac et trouva le nécessaire : un fil de cuivre et un câble en fibre optique. Il en fit une boucle torsadée qu'il passa autour du téléphone, marmonnant les mots qui allaient brouiller sa communication à quiconque pourrait l'intercepter. Il avait dans son sac quelques billets et assez de monnaie pour une dizaine d'appels.

Frédé, réveillé par le téléphone, proféra les insultes d'usage puis lui demanda ce qui n'allait pas. Malick résista à l'envie d'embellir – Frédé le connaissait trop bien.

— Il faut que je disparaisse. Scipion vient d'essayer de me sacrifier à son patron vaudou. Il m'a fait kidnapper devant chez moi pis je me suis retrouvé étendu au centre d'un *vévé* avec une lame devant les yeux.

— Malick, si un jour Scipion décide de te tuer, ça sera par le bête expédient de te loger une balle dans la tête. Là, tu exagères. Me réveiller avec des histoires de sacrifice humain...

— Je suis sérieux ! D'après ce que j'ai compris du rituel, il voulait faire d'une pierre deux coups. Ça lui prenait un cabrit pour jeter un maléfice *king size* à son rival des Hells, et s'il pouvait se débarrasser de moi comme ça, tant mieux. Je m'en suis sorti en lui faisant croire que le rituel déraillait : je

connais ses croyances, je pouvais les détourner…
mais je te raconterai plus tard, j'ai déjà perdu trop
de temps.

— C'est grave s'il en est rendu là. Je t'avais bien
dit, aussi, que…

— Sors-moi d'ici pis on en reparlera. Je peux me
défendre sur le plan magique, mais si je reste en
ville, ça sera dur pour ma santé.

— Je comprends. Où est-ce que tu veux aller?

— Saint-Nicaise, si possible. Les gars du Krew
ont piqué ma curiosité, et c'est le bon moment pour
une petite expédition loin d'ici.

Il entendit brasser du papier. Frédé consignait
tout son savoir dans une série d'épaisses reliures à
anneaux hérissées d'onglets et annotées sur toute
leur surface. Les ordinateurs ne lui inspiraient pas
confiance : trop de chiffres pêle-mêle, disait-il. Il
mettait tout sur papier, ses listes de contacts comme
sa collection de rumeurs, dans une variété de codes
que nul autre n'aurait pu déchiffrer.

Malick raccrocha, laissant Frédé à ses recherches,
et reprit son errance. Le mouvement l'aidait à éloigner le sommeil et le rendait plus difficile à détecter
magiquement.

Il n'avait pas tout dit à Frédé. Saint-Nicaise n'était
pas entièrement banal. Il y avait bien noté une manifestation surnaturelle déjà : Eddy. Ce dernier ne
correspondait en rien à la « puissance inégalée » que
Quentin avait supposément dénichée, mais Malick
se sentirait mieux lorsqu'il aurait tout tiré au clair.

Il patienta plus d'une heure avant de rappeler
Frédé. Les nouvelles étaient bonnes. Frédé avait
fouillé son réseau de contacts, cherchant quelqu'un
qui pourrait « livrer un paquet en Abitibi-Témiscamingue » le plus tôt possible. Il avait fini par dénicher

un certain Rodolphe qui partait visiter sa copine à Val-d'Or ce même avant-midi. Malick traîna encore, puis se paya un taxi jusqu'au point de rendez-vous, à Verdun ; il ne voulait pas risquer de se trouver coincé dans une voiture de métro avec un suppôt de Scipion.

Personne ne le prit en chasse. Personne ne cria : « Arrêtez cet homme ! » Au bout du périple l'attendait un Westfalia, une de ces minifourgonnettes Volkswagen si populaires auprès des hippies et de leurs descendants spirituels. La portière s'ouvrit sur un flot de Joe Dassin et un jeunot aux cheveux mi-longs, mi-rasés. Malick prit une grande bouffée d'air, puis monta à bord.

◆

Ce n'est qu'à Grand-Remous que Malick commença à se détendre, assis sur les rochers auprès des rapides qui donnaient son nom à la ville. Leur mouvement l'hypnotisait ; le bruyant murmure de la rivière apaisait ses anxiétés. L'eau passait par une gamme de tons allant du vert presque noir au brun doré et au blanc de l'écume.

Puis Malick crut voir un visage affolé au ras des flots, un bras s'agitant... et plus rien. Il cligna des yeux, chassa la fumée que le vent repoussait vers lui. Il ne fumait jamais seul mais il accompagnait à l'occasion.

— Qu'est-ce que tu vas faire à Saint-Nicaise, si c'est pas trop indiscret ? dit Rodolphe entre deux bouffées.

Malick répondit sans quitter l'eau des yeux.

— Rien d'extraordinaire. J'avais besoin de m'éloigner de Montréal. Je vais visiter des vieux amis.

Moitié vérité, moitié mensonge. Il avait eu très peu d'amis là-bas, et tous devaient être partis depuis longtemps faire leur vie ailleurs. Lui seul était assez désespéré pour y retourner, pour faire la route avec un inconnu et apercevoir des visages dans les rapides en chemin. Malick avait beau guetter, l'apparition refusait de se manifester de nouveau et il n'insista pas. Ce devait être le fantôme ténu d'une ancienne noyade. De telles visions lui venaient surtout quand il se plaçait en état de transe ou quand la fatigue brouillait son esprit rationnel, comme aujourd'hui. Il avait tenté de dormir en chemin, tant pour le repos que pour éviter la conversation, mais n'avait attrapé que quelques bribes de sommeil. Il devait étirer souvent ses jambes qui menaçaient de développer des crampes après sa longue fuite de la veille. Le dîner l'avait remis d'aplomb ; il s'était surpris à échanger avec Rodolphe des histoires de cul, surenchérissant et haussant le ton pour choquer les autres clients. Il aurait pu trouver pire chauffeur.

Celui-ci arrivait maintenant au bout de sa cigarette. Malick lança un caillou qui coula sans laisser de trace, puis tous deux reprirent la route. Le Westfalia avait toujours la même odeur : humidité, encens, souvenirs de marijuana. Au rétroviseur pendait une plaquette désodorisante où, sur fond de coucher de soleil, on avait imprimé une citation biblique :

Encore un peu de temps, et le méchant n'est plus ; tu regardes le lieu où il était, et il a disparu. Les misérables possèdent le pays, et ils jouissent abondamment de la paix.

Psaumes 37 : 10-11

Le parc La Vérendrye eut tôt fait de les avaler. Malick avait oublié l'ennui qui y régnait. C'était comme si tout avait été craché là par une photocopieuse hors de contrôle ; les mêmes éléments de décor répétés en grande multitude, arbres et arbres et rochers et encore des arbres. Un jour, quelqu'un avait été saisi d'un de ces damnés instincts de pionnier et avait troué le tout en plein milieu, tranchant les rochers en deux lorsque c'était nécessaire, pour faire passer la route 117 au cœur de nulle part. Au moins, Malick interposait ainsi des kilomètres et des kilomètres de forêt – décimée, mais de la forêt quand même – entre lui et ses problèmes.

Il croyait avoir été sage : il avait parlé de soccer, de filles, de musique, tous des sujets inoffensifs. Il était à peu près certain de n'y être pour rien quand la conversation dériva sur un tout autre terrain.

— Tu m'as l'air d'un gars qui a l'esprit ouvert, dit Rodolphe. Me croirais-tu si je te disais que j'ai commencé à faire des voyages astraux ?

— Oh, moi, je crois à tout.

Et Rodolphe de se mettre à lui relater ses explorations de plus en plus réussies dans le domaine astral. Il s'était découvert cette faculté après une tentative de suicide. Juste avant l'arrivée des secours, il avait eu l'impression de sortir de son corps. Par la suite, il s'était renseigné sur le sujet et avait réussi, par des techniques de méditation, à reproduire l'expérience. D'un voyage à l'autre, il se rendait de plus en plus loin dans l'astral et en venait à voir ce qu'il croyait être d'autres voyageurs comme lui. Sa tentative de la nuit précédente avait été particulièrement réussie.

Malick ne s'étonnait pas de telles révélations : Rodolphe lui avait été référé par Frédé, après tout. Et puis, c'était son lot. Les gens lui parlaient souvent de choses occultes, comme ils étalaient leurs petits maux quand ils rencontraient un médecin. La magie faisait partie de sa vie, il ne pouvait jamais l'oublier très longtemps. Il écouta attentivement le récit de ces aventures astrales ; lui-même n'avait jamais obtenu de résultats concluants en tentant de se projeter ainsi. Devant son intérêt évident, Rodolphe déballait tout :

— C'est drôle parce que le côté visuel de ça, c'est un peu comme un trip de champignons.

— Mais tu dis que tu vois aucune corde d'argent ?

— Non, mais c'est peut-être un mécanisme de sécurité, au fond. Si les cordes étaient faciles à voir, n'importe qui pourrait essayer de les couper. Mais c'est comme n'importe quoi d'autre : plus tu le fais, plus tu vois des détails qui t'échappaient avant. Pour moi, ça devient de plus en plus facile à déclencher. Des fois, c'est pas compliqué, je ferme les yeux un instant pis ça part tout seul.

Le Westfalia dévorait la route à cent vingt kilomètres à l'heure ; Malick se demanda ce qui arriverait si le conducteur « partait tout seul » sans prévenir. Ils arrivèrent pourtant sains et saufs à Val-d'Or. Quand Rodolphe lui demanda ses plans, Malick dut étouffer un rire : quels plans ? Il dit qu'il pensait faire du pouce jusqu'à Saint-Nicaise.

— Tes chances sont minces, dit Rodolphe. Qui aurait affaire là-bas un samedi soir ? À cette heure-ci, les gens commencent à partir de là-bas pour aller veiller à Amos. Tu veux pas attendre la fermeture des bars pour les attraper sur le retour. Tiens, paie-moi le souper pis j'irai te mener, plutôt. J'en ai pour une semaine ici à essayer de faire la paix avec ma blonde, on s'est assez engueulés au téléphone ces derniers temps. Je suis pas pressé de commencer.

Rodolphe était une créature de la route ; il proposait ce trajet supplémentaire comme s'il s'agissait d'une marche au dépanneur. Malick accepta et se vit obligé d'écouter d'autres récits astraux et d'avouer que oui, lui aussi s'adonnait à des activités que certains auraient qualifiées d'occultes. Lui-même se considérait comme un chercheur, alors que Rodolphe semblait traiter tout cela comme un hobby. Enfin, chacun devait commencer quelque part.

Malick aperçut bientôt la masse trapue du Sabot, cette saillie que les optimistes appelaient une montagne, les réalistes une colline, et les cyniques une butte ou un tas. Les bois clairsemés qui bordaient la route s'effacèrent et l'on vit apparaître quelques maisonnettes sur de grands terrains délabrés chargés de niches, de remises et de véhicules motorisés : voitures, camionnettes, véhicules tout-terrain. Puis des silhouettes grotesques se dressèrent devant le soleil bas, et Malick reconnut le parc aux dinosaures. Sur un petit terrain grillagé, quelques vieux véhicules de construction sommeillaient, érodés, leurs pelles et autres appendices repliés ou dressés à demi, sans conviction. En les voyant, Malick se retrouva projeté dans le passé malgré lui.

Il y avait bien quelques nouveautés. Un panneau proclamait la proximité d'un McDonald's *et* d'un Subway. Un autre panneau, d'une élégance surprenante, annonçait un site touristique nommé « La Repousse ». Tout restait tout de même trop familier. Malick s'efforçait toujours d'aller de l'avant et d'oublier le passé, et ce retour en arrière lui laissait un mauvais goût en bouche.

Retour à l'ombre du Sabot

L'enseigne du bar disait « La Brouette ». Malick s'était plutôt attendu à trouver là le Bar Tanguay, repaire de choix pour les buveurs de moins de dix-huit ans à l'époque où il habitait ici. Même le Tanguay n'était pas éternel… C'était tout de même un endroit où prendre le pouls de la ville, et le barman pourrait lui dire où coucher sans se ruiner. Rodolphe le déposa à la porte.

— Prends le numéro de téléphone de ma blonde, dit-il. Si ça adonne, on pourrait faire le retour ensemble.

Malick le remercia et lui fit promettre de se montrer discret à son sujet. Il ne tenait pas à ce qu'une rumeur de sa présence ici atteigne les oreilles de Scipion. Il épaula son sac, regarda le Westfalia repartir vers la route, puis scruta la rue d'un bout à l'autre. Tout était tranquille, exception faite de la faible musique émanant du bar. « Saint-Nicaise-du-Sabot », dit-il tout bas. « Là où les maringouins vont pour mourir. »

Il poussa la porte et fouilla la fumée du regard. Quelques jeunes, sûrement mineurs – certaines choses n'avaient pas changé – se disputaient pour une machine à boules au fond de la pièce, par-delà le bar en U. L'unique table de billard gisait à l'abandon : le vernis était écaillé, deux des poches menaçaient de se découdre et le tapis était rongé de minuscules crevasses. Une vieille tache s'y étalait, dessinant des contours de continent oublié. Alors que Malick l'inspectait, un homme au regard fatigué vint y déposer un pichet à l'intention de ses deux compagnons de retraite assis le long du mur.

Personne ne toucha au pichet, pourtant, et Malick s'aperçut qu'on le dévisageait. Les gens s'en cachaient à peine ; non seulement les trois têtes grises au bout de la table de billard, mais les jeunes aussi, les buveurs au comptoir, le barman. Bien sûr. Malick était le seul Noir dans tout le bar. À Montréal, rares étaient les foules uniformes, et personne ne se surprenait de sa présence. Dans son quartier, c'étaient plutôt les Blancs qui tenaient lieu de minorité visible. Mais ici… vu la maigre population de la ville, il était peut-être le seul Noir dans tout Saint-Nicaise en ce moment.

Les regards se détournèrent un à un. Les conversations reprirent, couvrant à demi la musique mal dosée dont on ne distinguait que les cymbales et les caisses claires. Au fond, pourquoi s'en faire ? Ces gens s'étaient bien habitués à lui et à son père quand ils vivaient ici voilà plus de quinze ans.

Il se jucha sur un tabouret de l'autre côté du bar, pour garder la porte en vue. Le barman vint poser les mains à plat sur le comptoir et haussa les sourcils sans un mot. Malick hésita. D'ordinaire, il aurait commandé quelque boisson non alcoolisée, même si les bars les vendaient trop cher. Il avait arrêté de boire pour se garder l'esprit clair : pour saisir les moindres nuances en cas de danger, pour rester sensible aux forces mystiques, faute d'un meilleur terme. Cette précaution lui avait semblé essentielle vu l'équilibre compliqué de sa vie montréalaise. Mais ici… Que pouvait-il se passer, ici ? Il avait laissé ses ennuis loin derrière.

Il commanda une bière et hocha la tête à l'intention des quelques piliers de bar déjà en place. Tous étaient égaux devant le comptoir ; du moins pouvait-il l'espérer. Une bouteille pleine se posa devant lui. Il en vida la moitié. Le liquide lui caressait la gorge et sa paume trouvait du réconfort dans la courbe de la bouteille. Ça lui rappelait comment sa main épousait la hanche d'Aisha quand ils avaient dansé samedi soir dernier…

Il s'étouffa presque. Déposant la bouteille, il interrogea le barman et apprit qu'il était déjà passé vingt et une heures. Ça voulait dire qu'Aisha avait eu le temps de se présenter au rendez-vous doux – leur troisième – que Malick lui avait fixé ; elle avait eu le temps de s'impatienter, de se mettre en colère et de rentrer chez elle, où elle devait fulminer en ce moment même et réfléchir aux supplices qu'elle lui infligerait quand elle l'aurait attrapé.

Raison de plus pour ne pas rentrer trop vite à Montréal.

Le barman paraissait vexé qu'on l'interrompe dans son travail pour lui faire jouer les horloges parlantes. Malick se fit donc un devoir de lui commander une deuxième bière, ce qui l'obligea à vider d'abord la première.

Le comptoir sous sa bouteille était une grande pièce de bois qu'on avait revernie sans se soucier de la sabler d'abord. Sous la couche luisante, on voyait très bien les égratignures et brûlures accumulées au fil des ans. Malick se sentit étrangement touché par cette constatation. Non seulement on avait eu le temps, depuis son départ, de renommer le bar et d'y placer un nouveau comptoir, mais ce nouveau comptoir avait en plus eu le temps de devenir vieux.

Le bar s'emplissait peu à peu. Pas de touristes ici, pas de banlieusards venus tenter leur chance au centre-ville : que des habitués. Ils entraient et filaient droit au bar, ou faisaient une tournée de poignées de mains avant de prendre place à leur table coutumière. Le barman allait et venait dans son espace clos et Malick retardait le moment de l'interroger et d'apprendre sans doute que personne n'allait le loger à cette heure-ci. Il lui demanda tout de même une troisième bière.

En levant sa bouteille déjà légère, il remarqua un nouveau venu au comptoir qui, entre deux bribes de conversation avec le barman, jetait des regards furtifs dans sa direction. Il ne paraissait guère plus vieux que Malick, mi-gras mi-costaud, et portait son paquet de cigarettes contre son cœur, dans la poche d'une ample chemise à motifs denses et rétro. Il s'était rasé, mais son cou et la moitié de son visage portaient tout de même l'ombre d'une barbe envahissante.

Plus Malick le regardait, plus il avait l'impression que l'homme le surveillait. Voilà même qu'il le dévisageait carrément. Malick le dévisagea aussi, certain que l'autre baisserait les yeux en premier. Il était passé maître à ce jeu-là. L'autre sembla gêné un instant mais, plutôt que de briser le contact, il se leva soudain et contourna le bar pour venir le rejoindre. Malick pivota sur son tabouret pour pouvoir en débarquer facilement si nécessaire.

L'homme à la chemise rétro s'accouda au comptoir à côté de lui et dit :

— Maximilien ?

Il ne fallait pas plus que ce bête prénom pour lui ôter tous ses moyens. On l'avait déjà reconnu ? Il répondit d'un ton qu'il voulait neutre :

— Vous, vous êtes ?

— Kevin. Ça va, t'es pas obligé de me reconnaître. T'es Maximilien Seko, c'est ça ?

Malick grinça des dents et essaya de sourire en même temps :

— C'est en plein moi. Bonne mémoire…

— Un nom comme ça, tu parles si je m'en souviens, je l'ai assez entendu ! « Maximilien Seko est demandé au bureau de la direction… »

Il s'avéra que tous deux avaient fréquenté la même polyvalente. Comme Kevin était d'un an son cadet, ils n'avaient jamais été dans la même classe, mais Malick se rappelait avoir croisé dans les corridors une version plus maigre et maladroite de cet homme qui était maintenant en train de lui commander une nouvelle bière.

— Je veux bien être ton frère pour la soirée, mais appelle-moi Malick, OK ? Tout le monde m'appelle Malick maintenant.

— Comme tu veux. C'est quoi ce nom-là, c'est une affaire de musulmans ?

— Non, c'est mon identité secrète quand je fais des missions pour les services secrets québécois. Je suis à la poursuite d'un dangereux fugitif. Mais toi, qu'est-ce que tu fais encore ici ?

Kevin expliqua comment il était parti pour Québec dès que possible pour y devenir graphiste, puis s'était laissé tenter par le programme « Place aux jeunes » qui visait à encourager le retour des jeunes en région. Quand on lui avait dit que le maire voulait réinventer Saint-Nicaise en tant que ville touristique,

Kevin s'était proposé pour le *face-lift*. Avec un associé, il avait fondé une petite firme qui faisait de la conception de logos et produisait des enseignes commerciales. Lui-même n'était pas très optimiste quant à l'avenir d'une si petite ville, mais il pouvait facilement prendre des contrats à distance quand le travail manquait ici, quitte à déménager en dernier recours. Saint-Nicaise était l'un des pires cas de dépeuplement en région : une ville minière bâtie autour d'un gisement dont on avait grandement surestimé la richesse.

— C'est quand même pas mal, tu trouves pas ? Quand on s'est connus, j'aurais donné cher pour savoir ce que j'allais faire de ma peau. Toi, t'avais de l'audace, au moins. Tu te rappelles la fois où t'avais fait une déclaration d'amour à la directrice sur l'interphone à l'école ?

— Circonstances atténuantes, votre honneur : Thomas Caouette avait dit que j'étais pas *game*. T'as des nouvelles de lui, au fait ?

Kevin prit un ton de confidence :

— Il traîne encore en ville, et il a des fréquentations pires qu'à l'époque… Il est rendu *pusher*. Pour tout dire, ça brasse en ville ces temps-ci : les jeunes ont découvert les drogues dures, il y a un gars qui s'est fait tirer au pied de la montagne… Tout est instable depuis que Parenteau est parti.

— Parenteau ?

— Le petit boss de la pègre. C'est vrai, t'as pas dû le connaître. En tout cas, ça joue dur, ici, et Thomas a les deux pieds là-dedans.

— Réjouissant, ça. Oublie la gang de l'école, tiens, c'est de l'histoire ancienne. Laisse-moi te raconter mes aventures, plutôt. Imagine-toi qu'il y a quatre ans, à Toronto, au péril de ma vie, j'ai croisé le dernier des *haschischin*…

Les verres se succédèrent et Malick perdit le fil de la soirée. Il ressentait une curieuse euphorie. C'était probablement une mauvaise idée que d'avoir remis les pieds ici, mais ça lui permettait d'oublier sa vie montréalaise avec tout ce qu'elle comportait de routine et de danger. Peut-être était-il sur une bonne trajectoire après tout. Il avait voulu se rendre ici et avait aisément trouvé un chauffeur. Il avait besoin d'un lit, et voilà que Kevin offrait de l'héberger. Malick le suivit en titubant, enfilant rue, ruelle, rue et escalier, jusqu'à se trouver devant un divan des plus invitants. Il s'étala de tout son long sur ce radeau coussiné qui glissa aussitôt, roulant et tanguant, sur la mer des rêves.

◆

Il faisait jour ; il le voyait à travers ses paupières. Il savait qui il était, mais pas *où* il était. À en juger par la surface rembourrée contre sa joue, il devait être sur un divan. Il était chez un ami, enfin, une vague connaissance. Avant qu'il ne puisse rassembler tous ses souvenirs, il entendit une voix grave et éraillée, affligée d'un accent très parisien :

— T'es la seule vérité dont j'ai besoin, ma belle.

Une voix féminine lui répondit avec un accent semblable :

— Flatteur ! Mais lui... il faut qu'on se débarrasse de lui.

Malick ressentit un début de panique.

— Je sais, je sais. Vas-y, sort. Je le flingue et je te rejoins.

La panique s'intensifia.

— Non, attends... j'ai mieux, dit la femme. Fais-moi l'amour.

— Quoi ?

— Fais-moi l'amour. Ici. Maintenant. Je veux qu'il nous voie. Je sais à quel point la vue de notre bonheur le torturera. Je veux qu'il emporte cette image avec lui en enfer. Et je veux le buter moi-même.

Malick ne tenait pas à en entendre plus. La disposition des lieux lui revenait petit à petit : la pièce double qui servait de salon et salle à manger, le divan placé au milieu pour séparer les deux zones. Il allait bondir derrière le dossier du divan, faire diversion en jetant par terre la lampe qui se dressait à côté du meuble, puis partir en trombe de l'autre côté et foncer vers la sortie.

Il tendit tous ses muscles et se propulsa par-dessus le dossier. Trop tard, il se souvint que c'était le *fauteuil* qui était placé au milieu de la pièce ; le divan était collé contre le mur. Il s'y cogna l'épaule, retomba sur le divan et roula par-dessus bord pour s'étaler par terre, assailli par un cruel mal de tête.

Les deux personnes assises à la table à dîner le regardèrent sans bouger, puis éclatèrent de rire.

— Monsieur a le réveil difficile, dit Kevin sans son accent français.

La femme assise avec lui se leva et s'approcha, hésitante :

— Voyons donc, pauvre gars… Est-ce que ça va ?

Elle avait la voix chaude et rauque d'une fumeuse invétérée. Elle n'était pas grande, mais tout sur elle semblait trop court. Ses cheveux mi-longs ne touchaient pas tout à fait les épaules de son t-shirt moulant, qui s'arrêtait net avant d'atteindre son jean qui, lui, lui descendait à peine jusqu'à mi-mollet. Elle n'était pas menaçante, ni armée d'ailleurs : la taille de son jean était trop serrée sur ses hanches pour qu'elle ait pu y glisser un pistolet.

Malick se leva par étapes, soucieux de ne pas renverser la pile de verre brisé qui occupait la place de son cerveau. Il cligna des yeux contre la violence du soleil, puis remarqua deux piles de feuilles sur la table.

— Pièce de théâtre ? dit-il.

— Mieux que ça ! dit Kevin, souriant. Du cinéma, rien de moins. Tu sais, le film amateur dont je t'ai parlé…

— Si tu le dis. Je me rappelle à peine la moitié de ce que *moi* j'ai dit hier.

— Je te rafraîchirai la mémoire, tu me dois encore des précisions. En attendant, je te présente Laura, ma co-vedette.

Celle-ci semblait s'intéresser particulièrement à son état : Malick ne savait si c'était par compassion, par amusement sadique, ou par un inexplicable mélange des deux. Elle lui dit qu'il était déjà onze heures et demie et qu'il avait dû être très soûl pour dormir tout ce temps sans broncher. Il s'efforça de sourire et demanda un verre d'eau. Le plancher de bois craquait et grinçait ; le robinet crachait par intermittence. La lumière du soleil tombait de haut, emplissant les fenêtres du salon et rebondissant sur les rebords métalliques d'une distributrice de boissons gazeuses, incongrue dans ce décor. Malick se rendait compte, trop tard, à quel point il avait perdu l'habitude de l'alcool.

Kevin lui expliqua que lui et Laura s'apprêtaient à rejoindre quelques amis pour une séance de tournage. Du pur cinéma amateur, comprit Malick ; à Saint-Nicaise, il valait mieux se fier à soi-même pour se divertir.

— Tu peux venir avec nous, dit Kevin, ou tu restes et tu fais comme chez toi. Il y a une clé sur le micro-ondes.

— Qu'est-ce qui te dit que je vais pas voler tout ce que t'as ici ?

— Si tu fais ça, Laura va te traquer et te ramener par la peau des couilles.

Laura lui adressa un sourire plus mignon que féroce.

— C'est bon, dit Malick, allez-y sans moi, je serai sage. Qu'est-ce que tu me conseilles pour déjeuner ?

— Tu peux fouiller dans le garde-manger. Il y a de la liqueur pis de la bière dans la machine. Sers-toi, mais si t'en prends beaucoup, ça serait gentil de remplacer les vivres. Si tu veux sortir, il y a toujours la Bonne Frank-ette…

— Ça existe encore ? Frank a tenu le coup pendant tout ce temps-là ?

— Oui et non. C'est encore lui le proprio, mais c'est son gendre qui fait presque tout le travail.

Kevin disparut dans sa chambre. Laura resta pour faire la conversation. Elle avait un visage en cœur qui plaisait bien à Malick. Il la fit parler autant que possible, se sachant trop amoché pour se montrer intéressant. Kevin reparut chargé d'un énorme sac à dos et partit avec Laura, laissant Malick seul et étourdi.

◆

La Bonne Frank-ette, édition 2000: mêmes tables couvertes de formica étoilé, même atmosphère, nouveau revêtement pour les mêmes banquettes, nouveaux employés. Dans les vitres étaient placées les mêmes photos, délavées tout en bleu par les ardeurs du soleil, offrant aux passants une nourriture importée d'un monde où il n'existait que les *blues*.

Malick courbait l'échine et mangeait son pain doré avec une lenteur calculée. Tout lui était étrange, ce midi.

À sa gauche, sur l'une des nombreuses affiches laminées qui constituaient la seule décoration de l'endroit, une starlette oubliée découvrait des dents trop blanches, menaçantes. Sur la droite, on pouvait admirer une version modifiée des deux chérubins pensifs de Raphaël, équipés chacun d'une bière et d'une cigarette. Plus loin, c'était cette célèbre photo noir et blanc d'un train ayant troué – au deuxième étage – la façade de la gare Montparnasse ; la locomotive, le nez à terre, évoquait une cigarette écrasée dans un cendrier. À cette image qui valait déjà mille mots, un petit génie en avait ajouté deux, en grosses lettres : «OH SHIT !»

Malick prit une autre bouchée et considéra son propre désastre. Voici qu'il se retrouvait en cavale, sans plan, loin de chez lui. Sa brève euphorie de la veille avait été une joie de parachutiste entre ciel et terre, libre de toute attache. Il avait fallu le matin pour lui rappeler qu'il n'avait pas de parachute. D'ordinaire, il ne détestait pas improviser et trouver comment profiter de telles situations, mais cela lui semblait si épuisant, ce midi…

Seule la vaisselle le rassurait : des ustensiles au manche large, des tasses lourdes, rien de fragile. La nourriture faisait son œuvre réparatrice. Il arrivait à penser mieux et il se surprenait d'être revenu ici. Saint-Nicaise n'avait été qu'un arrêt de plus dans ce long pèlerinage sans but que son père lui avait imposé, sautant d'un emploi à l'autre à la grandeur de la province, fuyant un malaise qui ne le quittait pas. Nombre de leurs escales portaient des noms religieux que Malick prenait plaisir à déformer :

Notre-Dame-des-Perdus, Sainte-Anne-sur-le-Dos…
Sa jeunesse avait été une litanie de saints. Pour se
désennuyer, il avait inventé une vie et des fonc-
tions pour chacun. Ici, l'inspiration lui était venue
de ce renflement de terrain qu'on appelait le Sabot.
Ici régnait saint Nicaise des bobos, saint patron des
bosses : les bosses que Malick se prenait en grimpant partout, celles qu'on lui donnait à l'école aussi,
avant qu'il n'ait fait de Thomas un allié. Après, il
n'y avait plus que Thomas et sa clique pour lui in-
fliger des bosses, et il pouvait leur rendre la pareille.

En arrivant, à quatorze ans, il n'avait pour tout
ami qu'une caisse de romans d'aventures que son
père avait amassés. Il relisait ceux en français et
apprenait à déchiffrer ceux en anglais. Quand l'insomnie le tenait ou qu'il veillait son père rentré
trop soûl, il avait Bob Morane pour lui tenir compagnie… ou Doc Savage, ou The Shadow, ou un
autre de ces innombrables héros imprimés sur du
papier bon marché. Il se demandait parfois pourquoi
aucun d'eux n'était noir, mais il dévorait tout de
même leurs histoires. Eux savaient qui ils étaient ;
ils vivaient selon leurs propres règles. Ils arrivaient,
ils cherchaient, ils trouvaient et ils repartaient vers
d'autres aventures.

Il avait quitté la ville à seize ans, sans un regard
en arrière. À l'époque, Saint-Nicaise comptait environ cinq mille habitants. Maintenant, il devait y
en avoir moins encore. Difficile de se perdre dans
la foule quand il risquait à tout moment de rencontrer
des gens qui connaissaient son vrai nom. Kevin
n'était que le premier.

En chemin vers le restaurant, il avait pris la mesure des lieux. Les trottoirs craquaient de partout et
les murs se lézardaient. Le centre-ville cédait de plus

en plus d'espace au règne du papier brun : on en tapissait l'intérieur des vitrines des locaux commerciaux laissés à l'abandon. Parfois, une vitre mal bouchée laissait entrevoir les formes silencieuses d'un comptoir poussiéreux ou de quelques chaises empilées. Malick avait bien passé quelques commerces aux visages encore neufs : un petit café (« Entre amis ») sur Saint-Antoine, un magasin d'accessoires de cuisine sur Lacroix. Les rues étaient plus colorées et quelques braves s'essayaient encore à se lancer en affaires. On combattait l'entropie. Les nouvelles façades avaient de la gueule, en plus : on était loin du *design* insipide et utilitaire qui avait été la norme autrefois. Kevin avait du talent.

Par la fenêtre, Malick aperçut quelques jeunes *skaters* réfléchis sur le flanc d'une fourgonnette luisante. La forme de la paroi aplatissait leurs reflets et faisait d'eux de grotesques enfants-crapauds. Troublé, il détourna son regard et ouvrit ses oreilles aux conversations environnantes. Il apprit qu'il allait faire chaud demain, que l'école secondaire avait un nouveau gymnase, que le mécanicien en chef revenait de vacances, que la saison de la chasse n'arrivait pas assez vite. À quelques tables devant, un homme aux traits francs parlait fort et faisait rire la serveuse. Quand il se leva, Malick remarqua une minuscule tache de sang se formant sur son omoplate et s'épanchant dans le tissu de sa chemise. Puis l'homme enfila son veston, et Malick se demanda s'il avait bien vu.

Sur sa droite, deux hommes discutaient avec agitation. Ils étaient tous deux mal rasés, tous deux bedonnants ; peut-être de ces amis qui, à la longue, en viennent à tant se ressembler qu'on les prend pour des frères.

— T'es sûr que c'était pas juste un voleur? disait l'un.

— Je te dis! Il est juste apparu derrière moi sans prévenir. J'étais ben réveillé, je réussis jamais à dormir sur ce maudit divan-là. Tout d'un coup, j'ai senti c'te présence-là dans mon dos. Je suis venu comme paralysé, je pouvais pas bouger un doigt, viens pas me dire que c'était naturel, ça! J'ai voulu appeler Germaine, mais y a rien qui sortait. Je me suis dit que si je pétais une crise cardiaque, elle s'en voudrait pour le restant de ses jours de m'avoir fait passer la nuit sur le divan.

— Mais ton fantôme, là, qu'est-ce qu'il a fait?

— Il est venu flotter devant moi. Juste une espèce de forme gris foncé, on aurait dit qu'il avait pas de visage pantoute. Mais quand il s'est penché vers moi, là j'ai vu des yeux rouges, comme des braises. Pis il m'a dit... tu vas pas répéter ça à Germaine, là, j'espère!

— Ben non, ben non. Qu'est-ce qu'il t'a dit, ton fantôme?

— Il m'a dit: « La mort attend. » J'ai-tu eu la chienne rien qu'un peu, tu penses? « La mort attend »! Pis c'est là qu'il a disparu, d'un coup comme ça, pouf, il était plus là.

Il y eut un instant de silence, puis l'autre dit:

— Méchante histoire, ça. « La mort attend »... Est-ce qu'il t'a dit quand?

— Comment ça, quand?

— C'est que, bon... il a raison, ton fantôme, la mort attend... C'est sûr que tu vas mourir un jour, comme tout le monde. J'aurais pu te le dire, moi, pas besoin d'un fantôme. En fait, il a même pas dit que la mort t'attendait *toi*, il a juste dit que la mort attendait. Est-ce qu'il a dit autre chose?

— Non, rien d'autre. Tu trouves pas ça assez épeurant, toi, « la mort attend » ?

— Ouais, mais ça manque de précision.

Malick était partagé entre le frisson et le fou rire. Il paya son repas à la serveuse, puis s'approcha des deux hommes qui ne cachèrent pas leur méfiance.

— Excusez-moi de vous déranger, monsieur, mais j'ai entendu un bout de votre histoire sans le vouloir. Est-ce que par hasard vous habitez dans la rue des Cèdres ? Près du Rocksteady ?

— Ouais… Juste en face, quasiment.

— Est-ce que je me tromperais en disant que votre fantôme avait une voix plutôt jeune, comme un adolescent qui essaie de se donner un ton épeurant ?

L'homme était trop désarçonné pour mentir.

— Ben… ouais, ça donnait un peu cette impression-là. Coudon, t'es qui, toi ? Comment ça se fait que tu sais ça ?

Pour toute réponse, Malick éclata d'un grand rire énigmatique et se dirigea vers la sortie, laissant planer le mystère derrière lui. Son effet fut compromis par l'arrivée d'un jeune couple manœuvrant une poussette dans l'espace restreint entre les deux portes. Avant que Malick puisse passer, Frank lui-même, le maître des lieux, fit son apparition derrière le comptoir, plus brusque et plus sec que jamais.

— Toé, j'te connais, toé.

— Ça se peut, oui.

— Veux-tu me dire c'est quel genre de réponse, ça ? T'es le fils de Lumumba ou tu l'es pas ?

— Je le suis. Comment est-ce que vous allez, monsieur Charbonneau ?

— J'ai dû te le dire au moins cent fois, appelle-moi Frank ! T'as pas déjà oublié ?

Ça lui plaisait de le répéter une cent unième fois, Malick s'en doutait. Frank avait toujours eu un registre d'émotions très étroit. Il avait l'air sévère en toutes circonstances : on savait qu'il était amusé ou heureux quand il paraissait un peu moins sévère. Dans de très rares occasions, il riait comme une tondeuse à gazon qui n'arrive pas à démarrer.

Il fit signe à Malick de ne pas bouger, puis disparut dans les coulisses du restaurant. Sa voix, lointaine, restait quand même audible.

— Élise, tu devineras jamais qui c'est que j'ai au comptoir. C'est le petit nègre, il est revenu en ville !

— Voyons donc, dis-le pas comme ça.

— Oui, mais il est revenu ! Viens voir si tu me crois pas.

Malick, obligé d'attendre, se vit rattrapé par les deux hommes qu'il avait laissés perplexes. Ceux-ci exigèrent qu'il leur explique ce qu'il savait du fantôme.

— Écoutez-le pas trop, dit Frank en revenant au comptoir. Il a toujours eu des drôles d'idées, ce p'tit-là.

Il était accompagné de sa fille Élise, que Malick salua tout en cachant sa déception. À l'époque, il la trouvait jolie, même si elle était de quinze ans son aînée. Il n'avait jamais hésité à lui faire des yeux doux pour obtenir de plus grosses portions ou du dessert gratuit. Les années n'avaient pas été clémentes avec elle.

Encerclé, Malick donna des nouvelles à l'une, s'enquit de la santé de l'autre, et résuma ce qu'il savait : le Rocksteady et les environs étaient hantés depuis longtemps.

— Votre fantôme peut avoir l'air effrayant, mais il est inoffensif. Le mieux, c'est de l'ignorer. J'irai lui parler si ça peut vous aider.

On reçut ses paroles avec divers degrés d'incrédulité et d'espoir. Le truc, c'était de ne pas avoir l'air de se prendre trop au sérieux. Ainsi, il n'offensait pas ceux qui tenaient absolument à ne pas croire. Il s'émerveillait tout de même d'avoir cette conversation aujourd'hui. Eddy faisait toujours des siennes. Ça mériterait bien une visite.

◆

Vers les dix-neuf heures, Malick se sentait beaucoup mieux. Il avait fait quelques achats qui lui seraient utiles tôt ou tard. Dans une friperie toute neuve, il s'était équipé en vêtements ; il avait maintenant de quoi durer près d'une semaine sans devoir faire de lavage. Il avait aussi posté ses clés d'appartement à Youssouf, un ami qui pourrait s'occuper d'aller chercher son courrier et de transmettre ses excuses à Aisha. À quelques reprises, il s'était cru observé. Rien d'anormal, au fond : il détonnait ici. En plus de la méfiance coutumière des commerçants à son égard, il s'attirait la curiosité des gens. Il n'avait qu'à s'y habituer. Sa paranoïa, exacerbée par ses démêlés avec Scipion, finirait bien par s'apaiser devant le calme plat de Saint-Nicaise.

De retour à l'appartement resté vide, Malick lança au frigo les victuailles qu'il s'était procurées, puis effectua son rituel de purification quotidien. Il en profita pour remercier le dieu Hermès, qu'il avait invoqué pour veiller sur son expédition Montréal-Saint-Nicaise. Il inspecta ensuite les lieux pour mieux savoir à qui il avait affaire. Kevin avait quelques bons albums, mais la chaîne stéréo laissait à désirer. La télé, sans câble, n'offrait que trois chaînes. À côté de la chambre à coucher se trouvait un atelier garni d'un ordinateur, d'une table à dessin et d'une tonne de papier : des affiches plein les murs, des étagères de fortune bourrées de magazines et de livres d'art.

Kevin avait disposé çà et là quelques objets vieillots et incongrus, le plus massif étant la distributrice dans le salon. Selon les étiquettes écrites à la main, la machine contenait de la bière, trois sortes de boissons gazeuses et des cigarettes. Curieux, Malick appuya sur la dernière touche et reçut une canette dont on avait ôté le dessus. Elle était pleine de cigarettes enveloppées dans du papier d'aluminium.

Sur un coup de tête, il sortit s'acheter un exemplaire du journal local. À son retour du dépanneur, l'appartement grouillait d'activité. Kevin et Laura étaient revenus accompagnés d'une poignée d'inconnus. Malick prit place sur le divan à côté d'un grand quasi-blond privé de sourcils, absorbé dans l'examen d'un pistolet en plastique. Laura, accroupie devant la tour à disques compacts, se disputait avec Kevin sur le choix de la musique.

Un homme à la démarche énergique arriva du fond de l'appartement, traversa le salon en ligne droite et frappa du poing l'une des touches de la distributrice. Il en tira une canette de bière, prit une longue gorgée, puis remarqua Malick.

— Hé hé, salut! C'est toi le dernier pensionnaire de Kevin?

Malick acquiesça et se présenta. L'homme ignora sa main tendue, posa sa bière et tourna le dos à Malick, relevant le bas de son t-shirt et baissant son jean et son sous-vêtement. Il avait sur le côté droit quelques bleus impressionnants, de la taille jusqu'à mi-cuisse.

— Regarde ça! Pas mal, hein? C'est ce fou-là qui m'a fait ça tantôt, dit-il sur un ton de faux reproche en désignant Kevin.

— Boris, dit Kevin, commence pas à te plaindre, c'est toi qui m'as dit de fesser plus fort. Pis veux-tu ben pas montrer ton cul aux invités ?

— Oui, renchérit Laura, je te l'ai dit tantôt, il y a personne qui veut voir ça.

Boris ricana et partit se chercher une chaise. Kevin commanda de la pizza pour tout le groupe pendant que Malick donnait des réponses évasives aux questions d'usage et s'efforçait surtout de savoir à qui il avait affaire.

Le quasi-blond, Samuel, était nul autre que le réalisateur, scénariste et caméraman en chef du film sur lequel tout le groupe avait travaillé cet après-midi. Il voyait aussi aux effets pyrotechniques, d'où son manque de sourcils. Boris jouait le principal antagoniste. Laura était l'héroïne et Kevin jouait son amant, ce qui faisait de lui un héros par association et lui donnait le privilège de malmener Boris dans deux scènes qui allaient être, aux dires de Samuel, « d'une rare intensité ».

Quand Malick lui demanda pourquoi les héros avaient un accent français, Samuel répondit avec grand sérieux.

— Tous les personnages s'expriment avec un accent français. C'est une manière de reconnaître les influences du film. J'ai été beaucoup inspiré par *La Haine*, par *Dobermann*, des films français récents, durs, cinétiques. Je veux faire un film qui va jeter le public par terre. As-tu vu *The Texas Chainsaw Massacre* ?

— Oui, mais ça fait longtemps...

— C'est un film que j'admire. Ils l'ont tourné dans une chaleur insoutenable, avec un budget minable, c'était une véritable épreuve pour les acteurs... Mais au bout du compte, c'est un film qui a marqué toute une génération. J'essaie de filmer dans cet esprit-là, mais comme l'horreur, c'est dépassé, j'ai choisi de concocter une romance extrême.

— Et tu penses que ça va pogner ?

— Si on y croit, ça va réussir.

La pizza arriva et Malick se dit que, somme toute, il aurait pu tomber plus mal. La musique était bonne, du vieux funk bien décontracté. Son séjour à Saint-Nicaise s'annonçait déjà moins pénible : il pourrait passer quelques jours ici, le temps de rendre visite à Eddy et de séduire Laura. S'il trouvait Quentin et sa mystérieuse découverte, tant mieux, mais il avait encore peine à y croire. À tout hasard, il interrogea Kevin et sa bande : avaient-ils vu un type nerveux, cheveux noirs frisés, avec un œil qui louchait et une curieuse tendance à porter des vestons en plein été ? Boris croyait avoir aperçu quelqu'un dans ce genre au garage où il travaillait, mais il ne l'avait pas revu depuis. Maigre récolte…

Une femme entra sans frapper. Malick ne la vit d'abord que de dos alors qu'elle faisait la ronde des embrassades. Elle lui rappelait ces demoiselles toutes en longueur dessinées par Kiraz dans les pages des vieux *Playboy* de Frédé. Elle avait ces mêmes mains délicates et cette même élégance désinvolte – mais heureusement pas ces curieuses lèvres de poisson rouge, comme le constata Malick lorsqu'il la vit de face. Ses longs cheveux noirs caressaient son visage pâle et retombaient sur un de ces vêtements tout d'une pièce, pantalon et léger décolleté, bras laissés à nu.

Samuel se leva pour la saluer. Deux becs sur les joues et une étreinte en plus : ou bien il avait une relation privilégiée, ou bien il prenait des libertés. Malick se leva aussi, au cas où la belle continuerait sur sa lancée. Elle se figea plutôt, son menton toujours posé sur l'épaule du cinéaste, le regard chargé de soupçon. Elle se dégagea lentement sans quitter Malick des yeux.

— Max ?

Voilà, une autre encore ; à croire que son incognito était en panne. Malick hésita. Il connaissait ces yeux… Il risqua un nom, même s'il n'y croyait qu'à moitié :

— Rachel ?

— Incroyable. Veux-tu bien me dire ce que tu viens faire ici ?

— Moi aussi, je suis content de te voir. Je peux t'offrir un verre ?

Il alla se poster près de la machine distributrice. Rachel hésita, puis céda :

— Seven-Up diète.

— Fais-tu partie du film aussi ?

— Non, surtout pas. Quand ils en finissent un, je le regarde et je dis que ça n'a pas d'allure. C'est mon rôle.

— Je te verrais actrice pourtant, t'es superbe. J'en reviens pas. La dernière fois que je t'ai vue…

— … la dernière fois que tu m'as vue, tu disais qu'on ne se reverrait pas.

Elle accepta la canette que Malick lui tendait, puis demanda à Kevin :

— C'est toi qui l'as invité ? T'aurais pu me prévenir.

— Je l'ai trouvé par hasard à la Brouette hier soir. Je voulais t'appeler, mais Laura est arrivée ce matin pour répéter, et il y a eu le tournage… Voulez-vous qu'on vous laisse du temps tout seuls ?

Rachel prit la remarque avec un sourire, malgré tout.

— Ça ne sera pas nécessaire. Allez, parlez-vous entre vous autres.

Samuel se tassa tout contre le bras du divan pour lui faire une place au centre, à côté de Malick. Elle se laissa choir dans les coussins mous, l'air résigné. Malick essaya de la mettre en confiance.

— Écoute, Rachel, j'ai une bonne raison d'être en ville. J'ignorais que tu vivais encore ici, je te le jure sur la bedaine de mon père. *Peace*, OK ?

— On peut essayer.

Il y eut un silence que Samuel combla en reprenant la discussion, amorcée plus tôt, sur la manière de filmer une scène de fusillade prévue pour la fin de semaine suivante. Rachel feignit de s'y intéresser, puis se retourna vers Malick.

— Toi aussi tu as changé, dit-elle. Qu'est-ce que tu as fait avec tes cheveux ? Tu dois être le seul Noir que je connaisse qui a l'air fou avec le crâne rasé.

— Je fais pas ça pour le *look*. J'ai d'autres raisons…

— C'est ça, vas-y, sois mystérieux. Vas-tu au moins me dire ce que t'as fait de ta personne, depuis que tu es parti ?

— Oh… j'ai eu un tas de petits emplois. J'ai achevé une maîtrise en anthropologie, si tu peux le croire. J'ai été messager à bicyclette pendant longtemps. Une job de fou, mais ça me manque un peu. C'était utile. À part ça, il y a eu toutes sortes de projets plus ou moins réussis. J'ai vécu trois mois à New York, six mois dans les Maritimes… J'ai aidé à fonder une maison de disques indépendante. J'ai été DJ pendant deux soirs, en remplacement de Jason Dark, rien de moins…

— Jamais entendu parler, dit Boris. T'es sûr que tu l'as pas inventé, ton Dark ?

La conversation se tourna vite vers la musique et dégénéra en une dispute sur le choix du prochain disque. Alors que tous s'en mêlaient, Rachel demanda tout bas :

— Est-ce que tu as encore…

Elle se tut, incertaine.

— Est-ce que j'ai encore quoi ? dit Malick. Des visions ? Toujours… et je les comprends de mieux en mieux.

Samuel, que Malick avait cru absorbé par le débat musical, se pencha pour demander :

— Des visions ? Quel genre de visions ?

Malick vit que l'attention de tout un chacun se posait sur lui. Tant pis. Aussi bien tout déballer.

— Des visions de l'avenir, dit-il. Ou parfois du passé.

— Quoi, comme Jojo Savard ? lança Boris.

— Ça, ça me tue, ça. Je suis pris avec un « don » inexplicable, je dois vivre avec, et qui est-ce que j'ai comme modèle à suivre ? Personne. La seule qui s'est vraiment fait connaître avec la voyance ici, c'est cette espèce d'affaire rose bonbon. Même problème quand je dis aux gens que je fais de la magie : le premier nom qui leur vient aux lèvres, c'est Alain Choquette ou David Copperfield. Bon, c'est moins…

— T'es sérieux ? le coupa Kevin. Tu m'en as conté des belles hier, mais je pensais que t'en inventais la moitié. T'es un magicien ?

Malick soupira. Ça lui apprendrait à se laisser emporter…

— Si on veut, dit-il. J'étudie la magie. Pas la magie style *show-biz*, mais plutôt la magie qui influence la réalité. L'art et la science de causer le changement en accord avec la Volonté, comme dirait l'autre. Je crois qu'on vit dans un monde où tout est possible. Il y a quelques années déjà, notre premier ministre s'est fait bouffer la jambe par une bactérie ! On a des vaches folles, on a des virus électroniques, on peut communiquer instantanément d'un bout à l'autre de la planète, et les nouvelles de partout sont bizarres. On vit en l'an 2000 ! Avant que l'année commence, on craignait que notre civilisation entière s'effondre à cause du nombre de chiffres qu'on utilisait pour écrire la date. Attendez de voir ce que le nouveau millénaire nous réserve…

— Et la magie là-dedans ? dit Kevin.

— C'est ma façon de voir le monde et de vivre dans le monde. Quand le monde change vite, on comprend pas tout, on sent qu'il se passe des choses dans nos angles morts, et c'est facile de devenir superstitieux. Moi, mes superstitions, je les assume. Je m'en sers pour arriver à mes fins.

— Tu trouves pas que tu vas à contre-courant ? Il me semble qu'avec l'information qui devient de plus en plus accessible, c'est juste une question de temps avant que la superstition disparaisse.

— C'est pas un jeu de tarot que j'ai vu dans ta bibliothèque ?

— Oui, mais j'y crois pas. Je l'ai acheté comme référence pour un contrat d'illustration.

— Le *dreamcatcher* au-dessus de ton lit ?

— Valeur sentimentale. Un cadeau d'une ancienne blonde.

— Kevin, lança Laura, tu me disais pas que t'avais une paire de *boxers* chanceux que tu mettais quand tu sortais avec une fille pour la première fois ?

— Oui, et merci d'avoir gardé le secret.

— Ah-*ha !* dit Malick. Remarque, y a pas de quoi avoir honte. Toi, t'as des *boxers* chanceux ; il y en a d'autres qui parlent à leur char pour qu'il démarre.

La superstition persiste. Et en plus, il y a tout le mouvement *new age*. Même ceux qui n'y croient pas savent à peu près c'est quoi le feng shui, ou les chakras, ou le karma. Les deux tiers des Américains croient aux anges et aux miracles.

Laura souffla une bouffée de fumée, plissant les yeux, et dit :

— J'ai un oncle qui est rabouteux. Je crois à ça, au moins. Les magiciens… je sais pas.

Rachel ricana doucement et ajouta à l'intention de Malick :

— J'ai une amie à Amos qui croit que son furet a des pouvoirs psychiques…

— Si ça marche pour elle, tant mieux.

Boris se leva pour quérir bière et cigarettes. Chemin faisant, il lança à Malick :

— C'est ben beau, tout ça, mais moi, c'est les visions qui m'intéressent. Fais un peu de voyance pour nous autres.

— T'es pas obligé, dit Rachel.

Tous les autres semblaient intéressés. Malick hésita. Il avait bien eu une vision fugitive en rentrant… Il mit d'abord Kevin en garde, puisque sa vision concernait l'immeuble où il habitait, mais Kevin se déclara peu impressionnable. Malick leur dit simplement :

— Je pense que quelqu'un est mort ici, dans l'escalier qui mène en bas. Un homme assez âgé, habillé pour l'hiver.

Il ne dit rien du profond regret qui avait accompagné cette apparition. Kevin hocha la tête sans grande surprise. Les autres étaient épatés, sauf Rachel qui restait inscrutable.

— Pas mal, dit Kevin. T'as raison, un des locataires a fait une crise cardiaque dans l'escalier il y a deux ans. C'est un des voisins qui t'a dit ça ?

— Kevin, tu m'insultes. Je suis un gars honnête en toutes choses.

Boris prit une gorgée de sa bière et se prononça:

— Moi, en tout cas, je te crois.

Rachel était mécontente. Elle n'en laissait plus rien voir, mais Malick le sentait tout de même. C'était si étrange, de la retrouver après tout ce temps. Il avait connu une petite rebelle de quinze ans, les cheveux hérissés teints en bleu, les jeans troués. Il retrouvait une femme bien mise et sûre d'elle. C'était à la fois une amélioration et une déception. Il la reluqua aussi discrètement que possible. À bien y penser, c'était surtout une amélioration. Que faisait-elle encore ici? Ce séjour à Saint-Nicaise le déroutait déjà plus qu'il ne s'y était attendu.

– HUBERT –
PREMIÈRE FÊLURE

Seul à la fin de toutes choses, Hubert Saulnier gisait éveillé dans un lit qui n'était pas le sien, dans une chambre sans âme. De fines fissures parcouraient le plafond jauni par d'innombrables cigarettes. Il n'arrivait pas à les quitter des yeux. Tout se détériorait, on n'y échappait pas. Tout s'effritait tôt ou tard, les meilleurs bâtiments comme les meilleures intentions. Non pas que ce motel ait jamais été d'une grande qualité. C'était un triste établissement, quelques chambres minuscules en bordure d'une ville que personne ne visitait à cette heure. Hubert l'avait choisi pour la discrétion, et pour voir le moins de gens possible.

Le sommeil ne viendrait pas. Hubert était seul au milieu de la nuit, dans ce gouffre entre un jour et l'autre où l'on n'arrive plus à se rattraper à rien. La fébrilité de la fuite et le poids du désespoir lui conféraient une terrible lucidité. Il avait tout perdu. Il devait même renoncer à utiliser son nom s'il ne voulait pas qu'on le retrouve. Il n'avait plus personne, plus d'espoir.

Tout perdu, par sa propre faute.

Il se leva, s'habilla, sortit. Il suivit la route en s'éloignant de la ville jusqu'à ce que tout autour soit noirceur et silence. La route était calme et interminable. Le ciel était pourri d'étoiles. En voiture, on se serait senti à l'étroit : il n'y avait pas large de chaque côté entre l'asphalte et les bois. Hubert trouva bientôt un point à mi-virage d'où l'on n'avait pas à voir l'horizon. Devant comme derrière, la route allait en se courbant serré et se perdait derrière les arbres. Il alla s'asseoir sur l'asphalte dans la voie intérieure. Si une voiture arrivait sur sa voie, le conducteur ne l'apercevrait que trop tard, tandis qu'Hubert, lui, verrait sa fin en face.

C'était mieux ici. Pas de murs glauques, pas de plafond fêlé devant ses yeux pour le narguer. La nuit était fraîche mais confortable.

Immobile, résigné, il considéra encore une fois ce qui l'avait mené ici…

◆

C'est en 1993, en attendant à la banque, qu'il croisa l'homme le plus calme et serein qu'il eût jamais rencontré.

En entrant, Hubert crut se fondre dans le décor. Il se savait banal, un peu trapu, large d'épaules mais mou du ventre, sa tête grisonnante et son vieux trench beige faisant écho aux couleurs de l'établissement. On lui demanda de s'asseoir : le conseiller n'était pas prêt à le recevoir. Hubert avait obtenu l'avant-midi de congé sous un faux prétexte. S'il ne rentrait pas pour treize heures, il en entendrait parler pour le reste de la semaine. La saison touristique avait beau être terminée, les douze hôtels de la chaîne réclamaient sans cesse de nouveaux approvisionnements, de nouvelles réparations.

Assis, il craignait qu'on l'oublie. Un homme jeune vêtu d'une chemise café au lait, d'une cravate de cuir et d'un pantalon impeccable, assis sur le siège voisin, lui sourit avant de se replonger dans sa lecture. Il penchait son long cou pour se rapprocher des pages, qu'il caressait du bout des doigts.

Tout l'étage sentait l'argent. Au va-et-vient rapide des secrétaires et conseillers financiers, on oubliait la journée de carton mouillé qui se tramait à l'extérieur. De son siège, Hubert ne voyait pas de fenêtres ; seul un tableau sur le mur d'en face lui permettait quelque évasion. On y voyait une chaumière perdue dans un grand champ de neige.

— Pas joyeux, le tableau…, marmonna Hubert.

— Quoi ? dit son voisin en levant la tête de son livre.

— Ah, c'est rien.

— Non, allez-y, dites-moi, ça fera passer le temps.

Hubert hésita. L'inconnu semblait vraiment intéressé.

— Je disais juste que… c'est pas joyeux, comme tableau. Ils le mettent là pour faire beau, mais pensez-y un peu… Ça doit être solitaire en maudit, vivre dans cette maison-là. Sans compter qu'il y a même pas de traces ! Regardez, la neige est égale partout. Pas de traces de pas, ou de pneus. Pas de chemin. Ou bien la maison est vide, ou bien le gars qui habite là sort pas souvent. C'est une maison d'ermite.

Le voisin rit tout bas. Hubert l'envia : il avait l'air heureux, ou à peu près, comme si ça ne le dérangeait pas d'être placé ainsi en attente de traitement.

— Eh bien, dit le voisin, c'est pas l'allégresse qui vous soulève, ce matin.

— Je suis un peu nerveux, c'est tout. Je viens demander un prêt pour me lancer en affaires. C'est une grosse étape.

— Je comprends. Faut du courage pour se lancer comme ça, c'est un gros investissement d'énergie… Vous avez quel âge au juste ?

— Quarante et un ans. Pourquoi, vous pensiez que j'étais plus vieux ? Trop vieux pour me lancer ?

— On n'est jamais trop vieux pour recommencer.

— Pas sûr. J'ai des obligations… Vous avez des enfants, vous ?

— Non, pas encore, mais… je pense que ce sera mon temps bientôt.

Hubert trouva la phrase étrange, mais il n'en dit rien et serra les dents. Pourquoi lui avait-on fait prendre rendez-vous s'il n'y avait encore personne pour lui parler ?

— Vous savez, dit le voisin, vous vous stressez pour rien. Le calme, ça s'apprend. Tenez…

Il tendit son livre à Hubert. C'était un volume modeste, usé. Couverture orange, graphisme ordinaire, titre prévisible : un guide de relations humaines à l'intention des hommes d'affaires. Hubert en avait tant lu. Au dos, sur une petite photo noir et blanc, un homme au visage presque laid y allait d'un regard confiant. Victor Geoffroy, auteur parmi tant d'autres.

— Quoi, dit Hubert, c'est ce livre-là qui vous empêche de vous énerver ?

— Pas tout à fait, mais c'est son auteur qui m'a tout appris dans le domaine. Ce livre-là, il l'a écrit ça fait longtemps, mais j'aime le relire. Il y a tout un chapitre sur la manière de compartimenter, entre autres. Ça pourrait vous aider.

Les quelques autres clients en attente grouillaient sur leur siège sans oser se regarder pendant que, hors de vue, une machine à café émettait des bruits anormaux. Il fallait bien tuer le temps. Hubert commença à feuilleter le livre et le trouva plus intéressant qu'il ne s'y attendait.

Quand on appela le voisin, Hubert voulut lui rendre son livre. L'homme eut un sourire facile qu'Hubert n'aurait su imiter :

— Gardez-le, c'est un cadeau. Si ça peut vous servir, tant mieux ! Et prenez ma carte. Si vous aimez le livre, vous m'appellerez pour me remercier…

Hubert accepta la carte et reprit sa lecture. Le texte coulait bien : l'auteur utilisait un ton informel pour aborder simplement des concepts difficiles. Il articulait ainsi des vérités qu'Hubert avait mis des années à découvrir. Sous prétexte de parler affaires, l'auteur effleurait des sujets d'ordre philosophique, voire mystique. Hubert lisait avec curiosité, lui qui n'était pas allergique à l'ésotérisme.

Quand il vérifia l'heure de nouveau, la panique lui revint. Presque midi. Il valait mieux demander un autre rendez-vous et rentrer au bureau. Hubert ne tenait pas à ce que son patron soupçonne ses ambitions. Il soufflait dans la compagnie un vent de réorganisation ; si Hubert se montrait moins qu'assidu, ses douze ans de loyaux services ne pèseraient pas lourd dans la balance. Il tenait à retarder autant que possible le moment où il devrait se priver de son salaire tout de même respectable.

Il allait partir quand quelqu'un prononça son nom. Le conseiller était prêt à le recevoir. Hubert espéra que ce soit rapide et sans douleur.

◆

Daniel le fixait de ses yeux gris, mais son corps avait peine à tenir en place. Perché sur son bloc, il esquissait des pieds les mêmes mouvements que ses copains pratiquaient tout autour sur leurs planches à roulettes. Hubert les avait repérés ici par hasard, deux mois plus tôt. Du beau décor de métropole : le terrain asphalté laissé en friche, cerné de blocs de béton, les boutiques aux enseignes maladroitement bilingues surmontées d'appartements défraîchis, les chauffards montréalais qui accéléraient quand la lumière jaune passait au rouge. Quelques arbres timides affichaient les premières couleurs de l'automne.

— Je vois pas pourquoi tu veux t'ouvrir un restaurant de toute manière, dit Daniel. C'est un paquet de troubles, me semble.

— Oui, mais ça serait *mes* troubles. Au bureau, je règle toujours les problèmes des autres. Je veux avoir mon nom sur la ligne où ça dit : « propriétaire ». Je sais que je serais capable de m'en tirer.

— C'est pas ce que le gars de la banque t'a dit. Pis même s'il te prêtait l'argent, c'est des plans pour que ça foire pis que la banque finisse par avoir ton âme, non ?

— C'est ta mère qui dit ça ? Elle a peur pour sa pension, mais toi au moins tu devrais savoir que je te laisserai pas tomber.

Diane n'avait jamais cru en ce projet de restaurant. Elle semblait incapable de l'imaginer s'élever au-dessus de ce qu'il était. Ce n'est qu'après le divorce qu'Hubert avait compris qu'il avait cessé de lui donner des raisons de croire.

Il devait reconnaître que son entretien avec le conseiller avait été désastreux. Trop long aussi : il était rentré au bureau sans dîner. Personne n'avait souligné son léger retard, mais il avait tenu à terminer plus tard que d'habitude pour compenser. Il avait avalé une pointe de pizza deux rues plus loin avant de se rendre ici. Daniel méritait des nouvelles. C'était bon de lui parler ainsi d'homme à homme.

Il avait presque treize ans, déjà, et Hubert se sentait toujours à deux doigts de le perdre. Ce devait être triste de l'entendre décrire son père à ses amis. Hubert lui-même n'arrivait pas à présenter son emploi de manière intéressante. La gestion hôtelière ne recelait plus pour lui que paperasse et crises sans intérêt.

— J'ai un emploi solide, dit-il, mais il y a plus que ça, dans la vie. Ces derniers temps, j'ai l'impression de tourner en rond.

Il ne savait plus s'il cherchait à se justifier auprès de son fils ou de son ex-femme. Daniel avait toujours ressemblé à Diane, et plus encore maintenant qu'elle avait les cheveux courts. Hubert se reconnut pourtant dans le sourire mi-amer de son fils quand celui-ci répondit :

— C'est pas juste toi. T'as vu un globe terrestre, déjà ? T'as vu comment la planète bouge ? Tout le monde tourne en rond, papa.

Hubert lui rendit bientôt sa liberté. Cette courte conversation en bordure du terrain était déjà bien assez embarrassante pour son fils. Il retourna donc à sa voiture stationnée dans une rue transversale. Il croyait avoir compris les interdictions pour cette zone, mais la contravention sous l'essuie-glace affirmait le contraire. Le monde était régi par tant de règles arbitraires…

Le feu rouge le força à s'arrêter devant le terrain qu'il venait de quitter. Aussi bien passer sans même un signe de main. Daniel apprécierait sa discrétion. Sans trop tourner la tête, il pouvait apercevoir le bout du terrain dans son rétroviseur de droite. Les jeunes faisaient de brèves apparitions dans le cadre du miroir ; il les regarda se chamailler comme une meute de chiots. Puis Daniel apparut, minuscule, roulant à toute allure, tombant vers l'arrière. Sa tête heurta un parcomètre et il s'écrasa au sol, inerte.

Sans réfléchir, Hubert arrêta la voiture et bondit vers son fils. Les amis de Daniel se tenaient à distance, encore trop surpris pour agir. En s'accroupissant sur le trottoir, Hubert vit le sang qui déjà dessinait un malheur sur le ciment. Le feu passa au vert et le son des klaxons s'éleva, dur.

LE FANTÔME BUVAIT DE LA BUD

Le lendemain matin, lundi, Malick acheva de se réveiller après que son hôte fut parti travailler. Le divan de la veille était devenu divan-lit: cette fois-ci, il avait laissé à Kevin le temps de le déplier. Il laissa son regard errer autour de la pièce en appréciant le sentiment d'étrangeté qui lui venait de s'éveiller seul – sans mauvaises surprises – dans un endroit qu'il connaissait mal.

Il se doucha puis, assis au centre du salon, s'adonna à son rituel de purification. La respiration d'abord, un rythme lent, assuré. Tout se bâtissait sur le rythme. Il traça un cercle autour de lui, effleurant du bout du doigt le vernis du plancher de bois franc. C'était le contour de la Terre qu'il traçait ainsi, l'orbite des planètes, le parcours des électrons, autant de chemins cycliques qui faisaient écho au cycle de sa respiration. « Ce qui est en bas est comme ce qui est en haut », proclamait la Table d'émeraude, « et ce qui est en haut comme ce qui est en bas ». Malick chaque matin accordait son microcosme au macrocosme, accomplissait les actes qui l'ancraient dans l'existence, qui affirmaient sans équivoque un univers Malick-centrique à faire damner Galilée. Il salua les points cardinaux et esquissa les symboles invisibles qui devaient refouler hors du cercle mauvais esprits, malédictions, démons et fragments de cauchemars.

Après le rituel, le déjeuner. La machine à espresso de Kevin rutilait sur le comptoir de cuisine, aussi cryptique et élégante qu'un ovni. Malick l'observa un instant, capitula et partit prendre un café à la Bonne Frank-ette. Assis près de la fenêtre, il épluche le journal régional et ceux de Montréal en y cherchant quelque trace des agissements de Quentin ici et de Scipion là-bas. Les journaux se trouvèrent vite mélangés, et Malick en pliant et classant ces feuilles encombrantes avait l'impression de lutter avec quelque volaille récalcitrante. Il arriva enfin à y remettre un semblant d'ordre – et découvrit alors sur la table un paquet qui n'y était pas avant: un objet lourd emballé dans du papier de boucher, le tout de la taille d'une main. Écrit au stylo sur le papier: *Maximilien - rendez-vous à 11 h.*

Malick n'avait pas prêté attention aux allées et venues des clients: ils étaient une dizaine, assis plutôt loin et tous indifférents à ce qui lui arrivait. La porte achevait de se fermer. Malick s'y précipita. Dehors, une plaque de rue mal vissée ballottait dans le vent qui portait une faible odeur de pain, un relent de propane. Il n'y avait personne. Saint-Nicaise s'étalait là dans tout ce qu'elle avait de familier, mais elle cachait de nouveaux secrets.

Il rentra. Journaux et paquet n'avaient pas bronché. L'emballage se défit aisément pour révéler un canard de bronze, ailes tendues, verdi par son vol à travers les ans. Malick le recouvrit aussitôt pour le plonger dans l'une des poches de son pantalon cargo. On l'attendait dans moins d'une demi-heure; il savait où. Il termina le journal régional sans tout à fait assimiler ce qu'il lisait.

Il n'aimait pas qu'on l'ait repéré – sous son vrai nom, en plus – mais qu'avait-il à craindre d'un rendez-vous en plein jour dans un lieu si public ? Il prit son temps, scrutant les vitrines défraîchies sur Deschesnes, descendant Bouthillier qui faisait office de rue principale, dévisageant les passants dont plusieurs le lui rendaient bien. Il tourna sur McKenzie et arriva en vue du parc Lagardière. Il avait oublié à quel point l'endroit avait un air surréaliste. On avait nommé le parc en l'honneur d'Hector Lagardière, riche propriétaire minier qui avait su investir aux bons endroits et, surtout, tirer son épingle du jeu au bon moment. Vers la fin de ses jours, il avait fait don à la ville d'une somme extravagante. La moitié de cet argent avait été destinée à la rénovation du parc, à condition qu'on tienne compte de ses suggestions. C'est alors qu'on lui avait découvert une passion pour les canards.

Même après tout ce temps, la plupart des décorations y étaient encore. Au centre du carré de sable, un canard dodu, coulé dans le ciment, faisait son nid. Au coin du parc se trouvait toujours une vingtaine de petits canards de bronze volant en formation, montés sur des tiges à peu près droites. La dernière sur la gauche se terminait par un moignon frais scié.

À quelques mètres du trottoir s'étirait une rangée d'une douzaine de canards sellés et bridés, gros comme des poneys, montés sur ressorts. Tous fixaient la rue sans cligner, comme en attente du départ d'une grande course. Certains étaient peints de manière naturelle – en malards, en huards – tandis que d'autres, comme le canard tigré tout au bout, relevaient de la pure fantaisie. Les enfants les boudaient ce matin. Quelques-uns vidaient le carré de sable pendant que d'autres se pourchassaient en tous sens. Une fillette et sa grand-mère se balançaient. Loin au-dessus, les nuages s'étiraient en formes énigmatiques qui présageaient tout et rien à la fois.

Malick choisit un banc d'où surveiller les deux rues qui longeaient le parc. Tout était calme hormis les enfants qui couraient en poussant des cris de mort.

Il ne remarqua la grand-mère que lorsqu'elle fut presque arrivée à son banc. Elle vint s'asseoir à côté de lui et resta muette quelques instants, un faible sourire aux lèvres. Ses cheveux blancs étaient ramassés en une longue tresse qui venait reposer sur le devant de sa robe beige et informe. Quand elle parla enfin, Malick fut troublé par son regard à la fois intense et dénué d'expression reconnaissable.

— Il est content que tu sois en ville, dit-elle. Tiens-toi tranquille et attends. Quand tu auras vu de quoi il est capable, rends-toi et tu pourras le servir.

— Il a un nom, votre mystérieux « il » ?

— Tu l'as connu à Montréal, et sa puissance n'a fait que croître depuis.

Quentin. Qui d'autre ? Il avait toujours aimé cultiver le mystère.

— Pourquoi *il* viendrait pas me dire ça en personne ? Je suis curieux de lui parler, c'est tout.

La fillette que Malick avait aperçue aux balançoires avait suivi la vieille femme comme ses courtes jambes le lui permettaient. Elle se précipita et posa son menton sur les genoux de celle qui n'était peut-être pas sa grand-mère ; ainsi en sûreté, elle dévisagea Malick d'un air grave où se mêlaient défi et curiosité. Une main à la peau mince et fripée vint caresser ses cheveux avec un geste curieusement mécanique.

— Il t'en reste beaucoup à comprendre, dit la vieille femme. Et il a changé depuis. Il en veut toujours plus. Il s'ennuyait, et ton arrivée lui a redonné le goût de prendre des risques. C'est pour ça qu'il veut te donner une chance.

Elle allait en dire plus, mais s'interrompit soudain. Malick suivit son regard : une voiture gris clair s'était arrêtée devant, par-delà les canards-coursiers. La dame se leva pour rejoindre le véhicule.

— C'est tout ? dit Malick en la talonnant. Il se prend pour qui, maintenant, à communiquer par messagers interposés ? Il est où, lui ? Dans l'auto ? Et vous êtes qui, vous ?

Elle semblait avoir oublié sa présence. Alors qu'elle prenait place sur le siège arrière, la fenêtre avant du côté passager s'abaissa, laissant voir un homme barbu coiffé d'un béret. Ses yeux sombres brillaient dans un visage aux pommettes asymétriques, au nez cassé deux fois plutôt qu'une, à la barbe éparse sillonnée de cicatrices. Il émanait de cet être une impression de difformité tant mentale que physique. Il posa sur Malick un regard de maison vide dans lequel passa un soupçon de malice. Puis la voiture fila dans un petit cri de pneus et tourna à l'intersection. Malick la perdit de vue avant d'avoir pu lire la plaque d'immatriculation. Il n'avait pas remarqué le chauffeur, non plus, tant son passager était saisissant.

Derrière, les enfants continuaient leurs jeux ; aucun d'eux n'avait remarqué que le croque-mitaine était venu leur rendre visite. La fillette avait déjà rejoint ses copines au carré de sable. Malick lui aurait bien posé quelques questions, mais un frémissement de rideau de l'autre côté de la rue lui indiqua qu'un parent veillait. Il ne tenait pas à attirer l'attention sur lui.

◆

Sur Bouthillier, les parcomètres s'étiraient le cou au-dessus des trottoirs crevassés. Seize ans plus tôt, c'était tout ce qui poussait là ; maintenant, Malick ne pouvait pas faire douze pas sans devoir contourner un bac à fleurs. Quelqu'un avait fait des efforts.

Déjà, il reconnaissait des visages qu'il avait vus plus tôt. Ce court vieillard promenant un husky couleur poussière, il l'avait remarqué hier en rentrant chez Kevin. Et dire qu'il se plaignait de croiser trop souvent les mêmes personnes à Montréal ! Il se rappelait trop tard combien c'était pire ici : un cercle fermé, à toutes fins pratiques. On se saluait, on se connaissait qu'on le veuille ou non. Il y avait un bon côté : les gens se sentaient plus en confiance ici. Ça pouvait expliquer au moins en partie pourquoi Kevin avait accepté si facilement de l'héberger quelques nuits sans même lui spécifier une date d'expulsion. Sur ce point, Malick avait tout de même certains soupçons…

La promenade aidant, il arrivait à rire de sa rencontre au parc. Était-ce donc vraiment Quentin qui lui avait fixé ce rendez-vous et fait parvenir cet avertissement ? Malick l'avait toujours pris pour un mésadapté sans envergure : quelqu'un qui prenait la magie au sérieux, mais qui n'avait pas la force de caractère pour aller au bout de ses explorations. Le Quentin que Malick avait connu n'aurait pas su se créer un quelconque entourage, qu'il s'agisse de barbus rébarbatifs ou de vieilles dames énigmatiques. Peut-être avait-il réellement trouvé quelque chose de gros. Il n'avait jamais semblé dangereux, mais il pouvait le devenir s'il avait déniché un secret qu'il voulait garder pour lui seul. C'était amusant de l'imaginer établi ici comme le sinistre Kurtz du roman *Heart of Darkness*, tapi dans le cœur sombre de la jungle abitibienne, régnant sur une poignée d'énergumènes prêts à obéir à ses caprices. En attendant d'en savoir plus, il valait mieux être prudent et éviter de le vexer. Il fallait aussi se demander : comment l'avait-on repéré si vite ?

Après quelques détours, il arriva à la boutique où Rachel et Laura travaillaient. C'était une petite mercerie qu'il ne reconnaissait pas. Dans la vitrine, trois mannequins moustachus guettaient son approche.

Rachel était assise seule derrière le comptoir, les pieds posés sur un tabouret, le nez dans un livre. Elle ne se leva pas pour l'accueillir, mais l'interrogea plutôt :

— Qui t'a donné l'adresse ? Kevin ?

— Peut-être. Tu lui fais confiance, à ce gars-là ? C'est suspect, au fond, qu'il ait été prêt à héberger le premier étranger venu...

Rachel s'indigna, mais Malick insista pour l'amener à défendre son ami. Il devait savoir à qui il avait affaire. C'était trop curieux qu'on lui ait orchestré cette rencontre au parc si tôt après qu'il eut annoncé chez Kevin son intention de retrouver Quentin. Rachel lui dressa pourtant un portrait de son hôte qui cadrait avec ses premières impressions : Kevin était de ces bons gars à qui l'hospitalité venait facilement et l'ennui plus encore, et il y avait longtemps que son appartement servait de refuge et de port d'attache à une variété d'excentriques qui le distrayaient de sa routine.

— Et c'est pour insulter mes amis que tu es venu ici ? demanda Rachel.

— Non, je viens te payer à dîner.

— Merci, j'ai déjà mangé. Mais tant qu'à venir m'importuner, tu pourrais me donner une explication ou deux.

Il connaissait bien ce ton froid. Elle et lui avaient eu leurs disputes : bruyantes, mesquines et fréquentes, surtout vers la fin. Quand Malick avait vu son père, encore une fois, tomber dans ces comportements qui présageaient un déménagement, il s'était fait de plus en plus irritable et cynique, si bien que Rachel avait dû être soulagée de le voir partir. Il avait décampé en coupant les ponts ; il n'avait jamais su faire autrement.

— Posez vos questions et l'oracle vous répondra, dit-il en se perchant sur le bout du comptoir.

— Qu'est-ce que tu viens faire en ville, vraiment ? Et ça vient d'où, ça, « Malick » ?

— Disons que… ça peut te surprendre, mais imagine-toi que ça m'arrive un peu trop souvent de contrarier les mauvaises personnes. Cette fois-ci, il s'agit d'un petit caïd de la drogue qui m'en veut d'avoir mis le nez dans ses affaires. D'où mon soudain besoin de prendre des vacances hors de Montréal…

— Parce que tu te mêles d'affaires illégales, maintenant ?

— Oui et non. Moi-même, je fais rien de plus illégal que ce que je faisais déjà ici. Mais les gens à qui j'ai affaire… des fois c'est le crime, des fois c'est de la magie malsaine, des fois c'est les deux. C'est pour ça que j'ai arrêté d'utiliser mon vrai nom depuis longtemps.

— Pour être plus difficile à retrouver ?

— Oui, mais aussi pour être plus difficile à ensorceler. J'ai même essayé de transférer mon nom, pour mettre les chances de mon côté. Encore aujourd'hui sûrement, dans un *pet shop* à Matane, il y a un mainate qui répète « Je suis Maximilien Seko » à tout boût de champ. Il paraît qu'en avril, un enfant a essayé de le faire flamber.

Elle eut un rire à demi étouffé, sans doute honteuse de trouver ça drôle.

— T'as pas d'allure, dit-elle en le poussant en bas du comptoir.

Malick ne protesta pas. Elle ôta ses pieds du tabouret qu'elle poussa dans sa direction.

— Tu crois vraiment à ces choses-là ? demanda-t-elle. Les sortilèges et tout et tout ?

— Je crois en l'invisible ; j'ai jamais eu le choix de faire autrement, tu le sais. J'essaie de me donner des outils pour en tirer parti. Si tu savais tout ce que j'ai étudié comme traditions magiques… J'essaie tout, je garde ce qui fonctionne. Je vais là où j'espère trouver des réponses, et crois-le ou non, c'est ce qui m'amène à Saint-Nicaise.

Il lui parla de Quentin sans pour autant mentionner sa rencontre de ce matin, au parc. Le souvenir du barbu au visage ravagé le perturbait plus qu'il n'aurait voulu l'avouer. Il n'allait tout de même pas se tourner les pouces en attendant que Quentin veuille bien passer à la phase suivante de sa mise en scène. Si Malick arrivait à trouver sa trace d'abord, peut-être saurait-il entrer en contact avec lui selon ses propres termes. Rachel ne put l'aider : elle non plus n'avait vu personne qui ressemblait à Quentin. Découragé, Malick s'empara du livre qu'elle avait posé sur le comptoir.

— Tu m'as assez souvent reproché d'être trop égocentrique, dit-il. Parlons de toi, plutôt. Tu lis, maintenant ?

— Beaucoup.

— Je t'ai pas déjà vu allumer un feu de camp avec les pages d'un de tes manuels de classe ?

— C'était il y a longtemps.

— Mets-moi au courant. Qu'est-ce que t'as fait depuis ? À part embellir, je veux dire.

Elle reçut cette flatterie avec une suprême indifférence.

— Voyons voir… j'ai étudié en physiothérapie et je suis revenue ici pour travailler. Je partageais mon temps entre la clinique ici et le centre hospitalier à Amos. Ça allait bien au début : toute la parenté venait se faire soigner, même ceux qui n'en avaient pas vraiment besoin. J'essayais de me rendre utile hors du travail aussi, je suis impliquée à gauche et à droite. C'est devenu trop. L'année dernière a été dure. Entre autres, j'ai rompu avec Samuel…

— Samuel… Le cinéaste sans sourcils ? Ce Samuel-là ?

— Ça te surprend ? C'est un des gars les plus intelligents que je connaisse. Quand je l'ai rencontré, il revenait de passer un an à faire de l'aide humanitaire au Guatemala. Kevin l'avait connu à Québec, il l'a invité ici une fin de semaine. On a été ensemble pendant presque cinq ans. C'est devenu très sérieux.

— Mais ça a quand même foiré.

— J'ai compris que c'était futile de me fier à lui, soupira-t-elle. Il saute toujours d'une idée géniale à l'autre sans jamais rien achever. Son film, il va peut-être le terminer, mais ça me surprendrait qu'il en tire un seul sou, ou même qu'il le montre à plus de dix personnes. Il va préférer se passionner pour un autre projet éphémère.

— C'est un con, d'abord.

— Dis pas ça. On reste de très bons amis… Fais pas cette tête-là, il y en a qui ont assez de maturité pour continuer à fréquenter leurs ex.

Un client se présenta et Rachel dut s'en occuper. Malick la regarda à l'œuvre ; si différente, et pourtant… Des intonations familières faisaient surface dans sa voix avant de se perdre dans son ton professionnel. Au-dessus du col de cette robe trop sage, il retrouvait le creux où il avait eu l'habitude de poser son menton. Tous ces détails le fascinaient, qui lui apparaissaient comme des repères dans la brume, comme des maisons familières dans un quartier qu'on a délaissé pendant des années. Il se rappelait trop bien leurs escapades nocturnes, y compris ce terrible moment sur le toit de l'épicerie, et les visites à l'hôpital ensuite. Il se souvenait de son rire, de son humour féroce, de ses chagrins mystérieux…

Une fois le client reparti, Rachel reprit le récit de ses malheurs. À l'époque où elle quittait Samuel, elle avait aussi perdu son oncle favori. Celui-ci avait une compagnie de construction et s'était fait un devoir d'envoyer à sa nièce ses employés souvent endoloris. Il était décédé l'an dernier dans ce qu'on avait appelé officiellement un accident de chasse.

— On n'a jamais eu de bonne explication, expliqua Rachel. Ils l'ont retrouvé au bas d'une colline avec une balle de sa propre carabine dans la tête. Il était amoché autrement, aussi. On pense qu'il aurait perdu pied au sommet, et que pendant qu'il tombait, le coup serait parti tout seul. Ridicule, je sais. Ça pourrait avoir été un suicide aussi, mais… pas mon oncle Léo. Il avait aucune raison… et le coup avait l'air trop maladroit pour que ce soit intentionnel.

— Je suis désolé…

— Ça va, je suis sûre que c'était pas de ta faute. C'était pénible, en tout cas : il y a eu des disputes au sujet de la succession et je me retrouvais toujours prise au milieu à essayer de rendre tout le monde heureux… Après tout ça, j'avais besoin de calme : j'ai voyagé, pas très loin, et depuis que je suis revenue, je travaille ici à temps partiel. C'est Laura qui m'a fait embaucher. Ça me tient occupée en attendant que j'aie le courage de me remettre aux choses sérieuses. Je me passerais bien d'autres complications ; tu comprendras si ça m'inquiète de te voir arriver sans prévenir.

— Tu sais que j'ai uniquement des bonnes idées derrière la tête…

— Arrête tout de suite, je connais ça, ce sourire-là.

Il fit de son mieux pour cesser de sourire. Il cherchait à relancer la conversation quand Rachel lui fit signe de se taire et de regarder dehors.

— Quoi ? dit-il. Qu'est-ce que je suis supposé voir ?

— Rien.

— Tu m'expliques ?

— Regarde l'intersection. À cette heure-ci, ça devient désert.

Il y avait une librairie sur le coin, flanquée d'un tout petit casse-croûte. De son tabouret près du comptoir, Malick voyait à peine les employés à l'intérieur de ces commerces. La distance ainsi que le reflet du soleil dans les vitrines les réduisaient à l'état de mirages. Dehors, rien ne bougeait, sinon les ombres diffuses des nuages. En cherchant, Malick vit que les fleurs frémissaient dans le bac sur le trottoir opposé. Rien de plus.

Le temps s'écoulait sans que rien ne change. Pas une voiture, pas un passant. Le silence n'était pas désagréable. Rachel, les coudes sur le comptoir, reposait son visage entre ses longues mains. Elle ne quittait pas l'intersection des yeux. Malick comprit qu'elle attendait un signe de vie. Il aurait pu croire qu'elle et lui étaient les seuls êtres vivants sur la planète entière.

Un mouvement attira son attention, mais ce n'était qu'un sac de plastique traîné par la brise au ras de l'asphalte. L'intersection retrouva aussitôt son immobilité. Rachel se mit à parler à voix basse, pour ne pas rompre le calme. Elle ne regarda pas Malick pour autant.

— C'est paisible, mais en même temps... Des fois, je deviens presque inquiète. Le temps s'étire et j'ai l'impression que ça dure bien plus longtemps que ça dure vraiment. Que le magasin soit vide, c'est rien, mais quand la rue est tranquille comme ça, j'ai l'impression que tout le monde a quitté la ville.

Malick continua sa surveillance sans rien dire. Un peu de temps passa encore sans que personne n'en prenne la mesure. Puis, une voiture blanche mal lavée traversa l'intersection en grondant.

— Voilà, on est sauvés, dit Malick.

Elle lui sourit.

— Comme tu vois, c'est encore loin d'être palpitant ici. Il y a quelques nouveaux commerces, il y a la Repousse...

— Justement, ça sert à quoi, cet endroit-là ?

— C'est une sorte de « centre de ressourcement » qu'ils ont construit il y a quatre ans pour attirer les vacanciers et les gens qui ont besoin de tranquillité. C'est un bel endroit, vraiment, avec un grand verger, une pépinière aussi. Ils donnent des plants aux visiteurs. C'est très paisible. Comme un monastère mais sans la religion.

Un client venait d'entrer. Malick jeta un coup d'œil distrait et reconnut Samuel; son esprit revint aussitôt à l'étrange rencontre qu'il venait d'avoir au parc. Hier soir, en rentrant chez lui, Samuel avait très bien pu avertir Quentin qu'on le cherchait. Quiconque avait livré le canard aurait pu attendre Malick ce matin à la sortie de l'appartement et le suivre jusqu'au restaurant. Boris aussi savait, et Laura; Malick allait-il devoir se méfier de tout le groupe? Samuel s'immisçait déjà dans la conversation comme si on l'y avait invité:

— Vous parlez de la Repousse, c'est ça? C'est plutôt comme une bibliothèque, mais sans l'atmosphère trépidante. Ils pourraient en faire tellement plus avec l'espace qu'ils ont. Mais le terrain appartient aux Lagardière, et ils détestent le changement en ce qui concerne leur propriété.

— Si je me souviens bien, la moitié de la ville leur appartient… dit Malick.

— À peu près, oui. Si ça t'intéresse, nous allons filmer dans les environs de la Repousse demain soir. Libre à toi de te joindre à nous. Mais tiens, pendant que tu es là, explique-moi la magie un peu. Tu m'as intrigué, hier soir.

Interrogé sur son sujet favori, Malick se laissa entraîner dans une discussion plutôt technique sans pour autant révéler de véritables secrets. Samuel avait l'esprit agile; il ne se laissait pas dérouter par les analogies surprenantes qu'utilisait Malick, et y allait même de commentaires comme « Oui, mais les Grecs y avaient pensé en premier », et « As-tu lu *A Brief History of Time*? Ça rejoint ce que tu dis. » Avant de s'asseoir, il avait extrait son cellulaire de la poche arrière de son jean et l'avait posé sur le comptoir. Tout en discutant, il le faisait tournoyer comme la bouteille dans le jeu du même nom. Malick s'en inquiétait : si le téléphone s'arrêtait et pointait dans sa direction, Samuel allait-il l'embrasser ?

Rachel, elle, ne posait pas de questions, mais elle ne perdait rien de la conversation et riait parfois quand Malick perdait le fil de ses propres explications. Puis Samuel demanda :

— Mais tes symboles, tu les prends où ?

— Ça dépend, dit Malick. Un de mes confrères, Frédé, a déjà expérimenté avec un système de logos : t'es dans le trouble, t'as besoin de courir vite, tu traces le symbole de Nike. Bon, c'est pas mon genre... Plus sérieusement, il y a Austin Osman Spare qui a inventé une méthode où le magicien formule une phrase qui représente son désir, puis combine les lettres de la phrase pour créer un sceau. Mais j'ai des symboles d'usage plus général, aussi, que j'ai empruntés et adaptés, ou d'autres qui m'ont été révélés. Je t'ai expliqué la sensibilité ?

— Non.

— OK, disons que... Tu connais des musiciens ?

— Je me suis consacré au saxophone pendant plusieurs années.

— Évidemment... Bon, quand t'apprends un instrument, tu commences par la technique de base, non ? Pour le saxophone, t'apprends comment souffler, comment les touches fonctionnent... Puis, à force de pratique, t'arrives à un point où tu peux jouer une pièce complète et *bien* la jouer, en plus. Mais c'est juste un début. En perfectionnant ton doigté ou ton souffle, tu peux mettre des effets subtils dans chaque note pour embellir encore la pièce. Mais est-ce que ça finit là ?

— Je devine que non.

— T'es moins bête que t'en as l'air. C'est pas fini parce tu peux encore jouer avec le *timing*, avec les silences… Plus tu évolues, plus tu peux appliquer sans effort des techniques qui te semblaient difficiles au début, et plus tu peux te consacrer à raffiner ta performance. Tu développes une sensibilité aux nuances de l'instrument et de la performance musicale en général.

Rachel crut bon de s'en mêler :

— On parle toujours de magie, oui ?

— Absolument. L'instrument du magicien, c'est le monde entier. Le monde a sa propre musique, mais on peut en influencer la mélodie, et c'est là que la sensibilité est essentielle. N'importe qui peut recopier un carré magique en espérant que ça marche, mais pour réussir un sort, il faut être sensible aux nuances du monde qui nous entoure, et ce, avant, pendant et après l'exécution d'un rituel. Le magicien débutant a une approche grossière : quand il réussit à produire un effet désiré, c'est autant par chance que par habileté. Mais plus il progresse, plus il comprend pourquoi il réussit, et plus il apprend à reconnaître les motifs récurrents dans son environnement. On peut tirer profit de ces motifs-là. Euh… C'était quoi la question, encore ?

— Les symboles, dit Samuel.

— Ah oui ! Donc, les symboles, on peut les inventer de toutes pièces, comme ton pote Kevin qui crée des logos sur commande. Mais à force de développer sa sensibilité, on peut aussi les découvrir. C'est comme quand t'écoutes du Coltrane, tiens : tu peux apprécier la mélodie, simplement, mais si tu l'écoutes avec un esprit vraiment ouvert, tu dépasses la mélodie et c'est comme si Coltrane te *parlait*, comme s'il te racontait sa vie avec ses hauts et ses bas, et que ça te rentrait direct dans le crâne sans qu'il ait besoin de mots. Eh bien, à force d'écouter le monde, certains symboles me sont… apparus, naturellement, parce que j'avais atteint un certain degré de compréhension.

Samuel voulait un exemple. Malick hésita, mais il voyait bien que Rachel était suspendue à ses lèvres. Il s'empara du bloc-notes près de la caisse enregistreuse, puis sortit un bout de fusain de sa poche.

— Je vais vous en montrer un, mais comprenez bien que ce qui marche pour moi ne marche pas nécessairement pour tout le monde. De toute manière, c'est pas sage d'utiliser un symbole ou une technique qu'on n'a pas pris le temps de comprendre. Laissez ça aux professionnels…

Il commença à tracer sur le papier quelques lignes qui se croisaient en un même point.

— Ça, ça représente la synchronicité : le principe de la coïncidence, qui fait que certaines choses arrivent en même temps…

On entendit un crissement de freins et un impact mi-métallique, mi-cristallin. Malick, voyant deux voitures arrêtées dans l'intersection en un baiser de coins de pare-chocs, termina d'une voix incertaine :

— … ou que deux objets essaient de se trouver au même endroit au même moment.

Tous trois s'approchèrent de la vitrine. Les conducteurs des deux voitures étaient sortis pour inspecter les dégâts et s'engueulaient sans grande ardeur. L'asphalte était constellé de minuscules éclats de phares blancs et orangés.

Rachel et Samuel se retournèrent vers Malick, qui bredouilla :

— Ben sûr, c'est pas si simple que ça, normalement, il faut incorporer le symbole dans un sceau détaillé, puis le charger…

Il regarda encore les deux voitures.

— Bon, c'est pas tout, ça, j'ai une enquête en cours, moi. Rachel, Samuel, ça m'a fait plaisir de vous voir. Bonne fin de journée !

Il chiffonna et glissa dans sa poche la feuille sur laquelle il avait tracé le symbole, puis sortit sans plus de cérémonie.

◆

Adossé au bac à ordures dans la ruelle derrière le Rocksteady, Malick attendait que le fantôme se manifeste.

Cela faisait une heure que le soleil s'était couché. Si Malick s'éloignait des lampadaires, il pouvait voir une profusion d'étoiles dans le ciel qui noircissait. Il avait l'impression d'en voir plus en un coup d'œil qu'il n'en avait vu au cours de toute l'année précédente.

C'était bien tout ce qu'il y avait à regarder. L'arrière du Rocksteady formait une grande alcôve crasseuse agrémentée de quelques graffitis indéchiffrables. De l'autre côté de la ruelle, il n'y avait que le long mur aveugle de l'épicerie. Le rock pesant et démodé qui sourdait du bar entre porte et cadre replongeait Malick dans les affres de son adolescence. Il avait passé des heures ici déjà, adossé au mur ou affalé dans le coin, fumant avec quelques copains d'occasionnels joints bourrés surtout de tabac. Son séjour à Saint-Nicaise avait été une drôle d'époque : tant de mauvais coups, tant d'ennui, tant de nuits passées à errer avec Rachel, en quête de l'inconnu ou d'un coin sombre où se tripoter mutuellement. Elle avait su prendre ses visions au sérieux et l'avait accompagné malgré elle dans de nombreuses expéditions risquées, y compris cette nuit désastreuse où il lui avait présenté Eddy.

Le fantôme se faisait attendre, cette fois-ci. Malick, impatient, posa la main sur la porte, puis se ravisa. Si, comme Kevin le lui avait expliqué, ce bar était devenu le principal point de rendez-vous pour la pègre de Saint-Nicaise, il serait plus prudent d'entrer par-devant pour ne surprendre personne. Il fit donc le tour jusqu'à la rue des Cèdres. L'enseigne du bar n'avait pas changé: lettres électriques sur fond noir. L'unique fenêtre était une vitre-miroir sur laquelle était peinte une femme aux proportions ridicules.

À l'intérieur, la musique emplissait tout l'espace. C'était toujours le royaume de la camisole blanche et du t-shirt de tournée, des jeans serrés, des manteaux de cuir et des cheveux longs. Les murs étaient couverts d'affiches et d'enseignes au néon, la moitié annonçant des bières qu'on ne servait sans doute pas. N'importe quelle décoration faisait l'affaire pour autant que ce fût lumineux et viril ou sexy. La musique donnait l'impression d'une ambiance survoltée même s'il n'y avait que six personnes dans tout le bar.

Ignorant les regards curieux, Malick se dirigea vers le fond. Il avait tout juste choisi une table quand un éclair fit bondir les ombres sur le mur devant lui. Il en vit plusieurs autres en rapide succession et sentit ses jambes faiblir. Il s'assit sur la chaise faisant face au mur et tenta de comprendre le sentiment d'horreur qui l'habitait soudain. Un dernier éclair l'aveugla, puis tout redevint normal. Il osa un rapide coup d'œil autour de lui. Personne d'autre ne s'était aperçu de quoi que ce soit.

Troublé, il ne remarqua pas l'approche de la serveuse. Le son de ses talons hauts sur le plancher était couvert par les envolées d'une vieille chanson de Judas Priest. Ses cheveux crêpés aux mèches rouges et sa minijupe de cuir noir ne la rajeunissaient pas autant qu'elle devait l'espérer. Elle était une vraie rockeuse, Malick n'en doutait pas : seuls les purs et durs pouvaient supporter cette atmosphère *shift* après *shift*, semaine après semaine.

— Qu'est-ce qu'on te sert, mon beau ? dit-elle sans perdre un instant son air blasé.

— Euh… deux Bud.

— T'es sûr ? Le deux pour un, c'est juste demain soir.

— Je suis certain quand même. Deux Bud, s'il te plaît, mon ange.

Elle lui fit un sourire incertain et repartit. Malick regrettait déjà sa commande. C'était bien ce qu'il avait prévu, mais il ne savait plus s'il était prêt pour une telle rencontre après ces éclairs en rafale. Ça faisait longtemps qu'il n'avait pas eu une vision si intense. Il essaya de retrouver cette sensation qui l'avait frappé, cherchant à mieux comprendre ce que la vision représentait. Panique, brutalité, frayeur… Impossible de l'attraper de nouveau ; elle était passée. Il ne restait au plus qu'un vague malaise. Ça… et un mouvement fugitif aux limites de son champ de vision.

La musique rendait la concentration difficile. Des quatre coins du bar, Axl Rose, chanteur de Guns N'Roses, y allait d'une série de couinements semi-orgasmiques, comme si Robert Plant n'avait pas épuisé cette technique deux décennies plus tôt. À force de persévérance, Malick discerna tout de même de subtiles manifestations : un frémissement dans un miroir de Coors, une ombre sans propriétaire, un grésillement de néon. Il y avait non loin une présence à la fois familière et anormale. Malick arrivait presque à la voir. Il laissait son esprit flotter, comme on laisse son regard se perdre dans le vide pour voir surgir en relief l'image cachée dans un stéréogramme.

Deux bouteilles de bière atterrirent sur la table et ramenèrent Malick en contact avec le monde concret. Il tendit quelques billets fripés à la serveuse en lui donnant un pourboire généreux. Il prit une gorgée, puis poussa l'autre bouteille jusque devant la chaise opposée. L'appât était en place. Il but une autre gorgée pour s'imprégner du goût de la bière, pour tâter la dureté de la vitre froide, pour sentir le choc de la bouteille sur le bois de la table. Ce choc minuscule n'était que l'écho d'innombrables chocs semblables : ceux de l'an passé, de l'année d'avant, de l'année précédente encore, ceux de milliers de bouteilles servies en ce même point sur la planète. Une bouteille appelait l'autre, et la bouteille pleine en face appelait son buveur. Des années plus tôt, Eddy avait bu ici, et l'écho de chacune des bouteilles qu'il avait vidées résonnait encore entre ces murs.

Malick leva les yeux très lentement. Une forme occupait la chaise devant lui. Il avait l'impression de la voir au travers d'une épaisse fumée, ou peut-être de voir quelqu'un qui était tout entier composé de cette même fumée. Les détails allaient et venaient. Malick reconnut un jeune homme à peine majeur : de longues mèches rebelles, une moustache clairsemée, un t-shirt de Black Sabbath, des yeux narquois dans un visage trop pâle.

— Bouh ! dit Eddy.

Il n'avait pas changé, bien sûr. Malick se rendit compte qu'il ne savait pas quoi dire. Eddy ne s'en formalisa pas.

— Comment ça va, ti-gars ? dit-il.

— Pas trop mal. J'arrive de Montréal. Ça chauffait trop pour moi là-bas, ça fait que je suis venu ici.

— T'as ben fait. Me semble que t'es pas venu me rendre visite depuis un p'tit boutte.

— On pourrait dire ça, oui. Écoute… est-ce qu'on peut sortir ? J'ai de la misère à t'entendre.

Déjà, il avait l'impression que les autres occupants du bar le surveillaient. Il ne devait pourtant pas être le premier à se parler tout seul ici.

— On attend la fin de c'te toune-là, OK ? dit Eddy.

Malick patienta et regarda Eddy qui hochait la tête au rythme de la musique, son visage diffus devenant tout à fait embrouillé. La voix de métal froissé d'Ozzy Osbourne se tut et céda la place à la guitare, qui se démena pendant une demi-minute encore. Sitôt la chanson terminée, Malick s'aperçut qu'il était seul. Il se leva, abandonnant les deux bouteilles, et sortit par la porte de derrière.

Il referma derrière lui, puis se retourna et sursauta en voyant le visage d'Eddy juste devant le sien. Il glissa de côté pour mettre un peu de distance entre eux deux.

— Toujours occupé à hanter le quartier, comme ça ?

— Ben sûr, ti-gars. Faut ben que quelqu'un le fasse.

— Mais quand même, franchement, là… « La mort attend » ?

— C't'une bonne chose à dire, me semble…

— C'est plutôt vague. Sans compter que tu l'as fait souvent, non ?

— Pas tant que ça. C'est pas souvent que le monde peut me voir. Pis à part ça, je ferai ben ce que je veux. Je voudrais te voir à ma place.

— Eddy…

— Quessé qu'y a, ti-gars?

— Pourquoi t'es encore là? Tu dois ben avoir un... une destination, je sais pas. Pourquoi tu t'accroches à une petite rue perdue?

De quoi tu parles? C'est mon coin, j'y reste. Toi, t'es pas venu depuis un boutte, me semble.

Malick soupira. La porte du Rocksteady, vibrant sous les assauts de la batterie, lui semblait presque invitante.

— Tu sais que je viens d'avoir une vision en dedans? Tu connais l'endroit... Est-ce qu'il s'est passé quelque chose ici récemment? Quelque chose de terrible, je veux dire... peut-être un soir d'orage, avec des éclairs...

— Y s'passe jamais rien icitte, voyons donc. C'est toujours la même vieille bonne place, y a juste la clientèle qui change un peu.

C'était toujours déroutant de discuter avec Eddy, qui semblait exister dans le présent mais restait une créature du passé, un être d'habitudes. Les vivants n'étaient pas faits pour comprendre les morts. Malick tenta tout de même encore quelques questions. Eddy n'avait pas vu Quentin, mais promit de garder l'œil ouvert. Il pouvait au moins confirmer les dires de Kevin: de plus en plus d'individus louches fréquentaient le Rocksteady depuis quelque temps.

— Et t'aurais pas vu une vieille dame avec une tresse? Ou un barbu au visage croche, qui porte un béret comme si c'était normal?

Eddy hésita, une expression illisible sur son visage trouble.

— Quoi, c'est pas normal, un béret?

— Change pas de sujet. Tu l'as vu, toi aussi?

— T'es trop curieux, tu sais ça? T'es parti pour te mettre dans le trouble, ça paraît. Tu te rends pas compte, pis y a pas moyen que je t'explique...

— Force-toi un peu, tu dois ben servir à quelque chose…

Une autre voix, tout à fait humaine, le fit sursauter.

— Bonsoir, monsieur. Quelque chose ne va pas ? La poubelle vous a fait du tort, peut-être ? Voulez-vous porter plainte ?

Malick vit un policier qui s'approchait. Assez jeune, alerte et athlétique. Bon coureur, sans doute. Inutile de prendre la fuite. Par-derrière lui, dans la ruelle, se profilait l'avant d'une voiture aux couleurs de la Sûreté du Québec. Un policier plus âgé était appuyé sur le volant et surveillait la scène d'un œil morne. Il n'y avait pas de police municipale à Saint-Nicaise, mais la SQ y tenait un minuscule poste auxiliaire, de quoi patrouiller la route et desservir d'autres villages plus perdus encore. Malick devait avoir sous les yeux la moitié des effectifs.

— Tout va bien, m'sieur l'agent. J'étais en train de prendre l'air, c'est tout.

Eddy s'était évaporé. Devant l'air sceptique du policier, Malick ajouta :

— Inquiétez-vous pas : j'ai pas pris de drogue, j'ai bu à peine le quart d'une bière, je suis en pleine possession de mes moyens. Allez-y, sortez la *flash-light*, vérifiez mes pupilles, gênez-vous pas.

— Si vous y tenez…

Le policier prit une lampe de poche à sa ceinture, l'alluma, en aveugla Malick pendant quelques secondes, puis éteignit.

— Voilà, monsieur, dit-il. Vous ne pourrez pas dire que la police ne tient pas compte de vos souhaits.

— Merci, j'apprécie. Je peux partir ? Sûrement qu'un gars a encore le droit de se parler tout seul sans déranger personne ? À moins que la loi ait changé depuis que je suis parti…

— Vous avez déjà habité ici ?

— Oui, ça vous surprend ?

— Non, non. Vous songez à revenir vous installer ici, peut-être ?

— Surtout pas. Je fais juste passer.

— Je peux vous demander ce qui vous ramène en ville ?

— Ça dépend. Est-ce que c'est de vos affaires ?

Malick savait qu'il poussait trop loin, mais la politesse inusitée de l'agent lui tapait sur les nerfs. Ce dernier sourit sans humour et gratta sa mâchoire frais rasée.

— Ça peut vous intéresser de savoir que c'est un coin un peu... mal famé, ici. C'était peut-être différent dans votre temps, mais on a de plus en plus de problèmes avec des gens peu recommandables. Je ne voudrais surtout pas que vous vous trouviez mêlé à ça.

— Merci de l'avertissement, je vais tâcher de me tenir loin. Je peux partir, maintenant ?

— Bien sûr, dit l'autre.

Malick s'éloigna sans faire de mouvements brusques. La voix l'interpella après trois pas à peine.

— Monsieur ?

— Oui ?

— Re-bienvenue en ville, monsieur. J'espère que votre séjour sera agréable.

Malick desserra les poings et continua son chemin sans un mot.

– HUBERT –
SOUS LA SURFACE

Le local était bien insonorisé. Dès qu'on avait éteint les fluorescents et entamé la séance, il se tissait dans l'air une paix rarissime. Ce n'était pas facile pour autant. Au début de chaque séance, Hubert avait peine à faire le vide.

Souvent, il pensait à Daniel. Il le revoyait à l'hôpital, plus petit et fragile que jamais. Les draps le couvraient jusqu'au menton et son bandage lui descendait jusqu'aux sourcils : la blancheur menaçait de l'avaler. Hubert avait longtemps tourné autour de la civière placée en attente dans le couloir. Parfois, une puissante voix d'homme parvenait d'une chambre non loin, une voix si caverneuse qu'on distinguait mal les mots prononcés. L'homme proférait insultes et avertissements au sujet de « maîtres sacrés » ou de « maîtres secrets ». Daniel ne s'en était pas inquiété, et Hubert n'avait su s'il devait voir là de la bravoure ou une indifférence inquiétante. Tant de bruit autour de son fils : sonneries de téléphones, rires et gémissements, les bips et blips et ronflements de l'équipement, le roulement des civières et des pieds à perfusion sur les planchers durs. Tant de bruit et si peu de réponses…

Quand ce n'était pas l'hôpital qui lui revenait, Hubert pensait plutôt à Daniel maintenant. Le pauvre restait sous surveillance. À sa sortie de l'hôpital, Diane l'avait gardé deux jours à la maison. Depuis qu'il était retourné à l'école, elle et Hubert se relayaient pour l'y reconduire le matin et aller le chercher en fin de journée. Hubert trouvait cette étape plus malsaine encore que l'hôpital. Chaque fois qu'il voyait son fils, il ne pouvait s'empêcher de guetter la moindre anomalie. Il se rappelait trop bien, sur les radiographies, cette fêlure au crâne parfait de son enfant. Il connaissait les complications possibles : troubles moteurs, pertes sensorielles, trous de mémoire, distorsion de la personnalité… Le médecin avait précisé que de telles séquelles étaient peu probables, mais Hubert tenait à tout envisager. Il avait noté que Daniel se montrait dissipé et peu coopératif à l'école, mais cela pouvait bien être dû à toute l'attention morbide qu'on lui consacrait. Deux semaines après son accident, il commençait tout juste à retrouver sa pleine liberté. La planche à roulettes avait été confisquée, puisqu'on ne pouvait pas se fier à lui pour porter son casque. Hubert s'en voulait de ne pas avoir insisté sur ce point. Diane lui en voulait encore plus.

Dans les périodes d'attente à l'hôpital, il avait feuilleté le livre que l'inconnu de la banque lui avait prêté. Les théories de Victor Geoffroy sur l'aspect humain du monde des affaires. Hubert, tout prêt à s'en moquer, s'était vite trouvé absorbé. Il y avait là des leçons de vie qui s'appliquaient à sa situation. La coïncidence était trop belle pour être ignorée. Et s'il avait reçu ce livre pour une raison précise ? C'était une de ses petites convictions : coïncidence rimait avec providence.

Le lendemain de l'accident, il avait quitté le chevet de son fils un instant pour aller prendre l'air et téléphoner à celui qui lui avait donné le livre : Guillaume Plante, agent immobilier. Ce dernier avait vite compris que quelque chose n'allait pas et s'était montré si compréhensif qu'Hubert lui avait tout déballé. C'était soulageant d'avoir un interlocuteur si calme ; avec Diane, il devait peser ses mots.

— Victor Geoffroy s'intéresse à tout, avait dit Plante en réponse à une question d'Hubert. Pas seulement aux affaires. Il a donné une conférence au bureau où je travaillais, il y a dix ans environ. En plus de faire du corporatif, il donnait des cours de développement personnel. J'y ai assisté et j'ai tout de suite apprécié. Il m'a « coaché » pendant un bout, ça a été un privilège. En fait... Je fais partie d'un groupe de méditation, maintenant. On utilise des techniques que Geoffroy a raffinées. Ça se rapproche de la visualisation créatrice, vous connaissez ?

Hubert s'était aussitôt méfié. Il n'avait pas la tête à se faire prôner une quelconque solution miracle. Plante n'avait pas joué les évangélistes, pourtant, et s'était contenté d'une simple proposition :

— Avec votre permission, je pourrais demander au groupe d'accorder un peu d'attention au bon rétablissement de votre fils. Qu'est-ce que vous en dites ?

— J'en dis que vous êtes drôlement spirituel pour un agent immobilier.

— Faut savoir habiter sa vie, pas juste la gagner. Si je peux me permettre une question indiscrète... Est-ce que vous allez prier pour votre fils ? Est-ce que ça fait partie de vos croyances ?

Hubert avait hésité, haussé les épaules et répondu :

— Non... Il y a longtemps, je l'aurais peut-être fait, mais j'en ai trop vu pour croire que ça puisse aider. Si on le sent pas, ça donne rien d'essayer.

Guillaume Plante avait maintenu son offre, simplement, comme on fait un cadeau. Hubert avait accepté. Ça ne pouvait pas nuire. Plante avait mis le doigt sur un malaise qui le rongeait. Il s'agissait de l'impuissance face à l'adversité, mais plus encore du remords que ressentait Hubert pour avoir accepté cette impuissance. Il aurait dû chercher un moyen d'y remédier. Autrefois, il avait cru trouver une forme de vérité à travers sa femme, puis à travers son fils, mais il avait eu tort. Il avait quitté sa femme, craignait de perdre son fils, et n'avait plus qu'un rêve de restaurant qui, au fond, était à la fois banal et déraisonnable. Il se demandait si, un jour, son fils serait fier de lui.

Il avait le groupe, maintenant. Les yeux fermés, il sentait la présence des autres, et leur calme qui emplissait le local. Il abandonna enfin ses préoccupations pour se plonger tout entier dans cette méditation commune. Ils étaient une vingtaine à suivre les mêmes instructions et à partager le même état.

Hubert s'était joint à eux par curiosité et, surtout, par un sentiment d'obligation, puisqu'il avait accepté leur soutien moral. Le groupe se rencontrait chaque jour, très tôt le matin, dans ce local aux environs du marché Atwater. Au programme : une heure de méditation, suivie de discussions libres. Il n'en coûtait rien pour participer aux séances, à part une modeste cotisation annuelle servant à payer le loyer. La méditation demandait un entraînement, par contre ; on ne tolérait qu'un ou deux non-initiés par séance. Hubert aimait savoir qu'il y avait une méthode derrière cette pratique que certains considéraient comme frivole. À sa première visite, il avait craint qu'on lui demande de se dévêtir ou de partager quelque secret intime. À son soulagement, la séance avait été toute simple, et il en était sorti apaisé. Il ne savait pas s'il avait continué par réel intérêt ou pour se prouver qu'il pouvait encore s'enthousiasmer pour quelque chose. Il se sentait mieux, de toute façon.

La séance terminée, il sortit lentement pour étirer la transition entre le silence et le monde absurde au dehors. Les autres élèves traînaient encore tous devant la sortie, attroupés autour d'un inconnu au visage long et au ton plaintif.

— Vous n'avez pas idée de ce qui vous attend, clamait-il. Geoffroy n'a jamais rien fait qui ne visait pas à entretenir sa propre gloire. C'est un illuminé, un danger public, un charlatan !

Certains le contredisaient, d'autres écoutaient en silence. L'homme avait un regard perçant derrière de minces lunettes au style très intellectuel. On le sentait tendu, habité tout entier par cette vérité qu'il tenait à partager.

— J'ignore comment il s'y prend, mais c'est truqué, c'est du toc d'un bout à l'autre, c'est certain. Seule sa malice est vraie. Il veut faire de vous ses jouets, quitte à vous abandonner quand il se lassera de vous.

Marco, l'instructeur de ce matin, sortit bientôt et ne parut nullement surpris par ce spectacle mi-comique, mi-pathétique. Il passa un bras autour des épaules de l'homme et l'entraîna à l'écart en lui parlant comme à un enfant récalcitrant.

Hubert rentra au bureau, songeur. Il n'avait encore jamais vu Geoffroy et chaque adjectif méprisant, chaque insulte adressée à ce sage absent avait piqué sa curiosité à vif. La tirade de l'énergumène sur son trottoir était trop invraisemblable. Hubert ne pouvait s'empêcher de croire qu'au-delà de cette vision tordue se trouvait un homme en possession d'un savoir véritable et crucial. Les grands hommes à leurs débuts n'étaient-ils pas dénigrés en proportion de leur valeur ?

◆

Le hors-bord ballottait et se frottait paresseusement contre le bois usé du quai. Hubert attendait, debout sur les planches, le regard plongé dans l'eau du lac, surpris encore de se retrouver en expédition dans la nature.

— Tiens, v'là ton arme.

Hubert prit la canne à pêche que Guillaume lui tendait, la coucha à l'horizontale et visa quelque gibier imaginaire. Noémie eut un petit rire qu'il apprécia fort.

Marco sauta dans l'embarcation pour y charger l'équipement. Hubert le trouvait amusant avec ses yeux cernés en permanence et ses traits minces dans un visage rond. Il avait l'allure d'un hibou insomniaque prêt à fondre sur la moindre idée prometteuse. Durant les discussions du groupe, il se plongeait corps et âme dans son argumentation, peu importe le sujet. Hubert aimait bien le provoquer à l'occasion pour l'écouter élaborer ses vues peu orthodoxes sur la société, l'existence et l'univers au grand complet.

Tout ici était si paisible. Hubert eut un pincement au cœur quand il fallut démarrer le moteur. Le hors-bord, guidé de main de maître par Guillaume, fendit l'eau lisse. Même aujourd'hui, Guillaume portait une cravate : en accord avec l'occasion, celle-ci était décorée de poissons portant chacun tuba et masque de plongée. Il ne se privait de cravate que pour méditer. Marco, assis face à Hubert, tenait son chapeau et scrutait le paysage comme s'il avait à le mémoriser en entier. À côté de lui, Noémie resserrait les attaches de son gilet de sauvetage. Ses cheveux châtains fouettaient l'air en tous sens.

Hubert était certain de ne pas l'avoir vue avant aujourd'hui. Elle était sortie de nulle part. Ce matin-là, les trois hommes étaient montés dans la voiture de Guillaume qui, après un court trajet sur la 20, avait emprunté une succession de petites routes plus étroites les unes que les autres. Là où un vieux sentier rejoignait le chemin de gravier, Guillaume avait stationné la voiture et Marco avait consulté sa montre. Quelques minutes plus tard, Noémie était sortie de la forêt pour monter avec eux. Elle s'était présentée à Hubert sans pour autant expliquer sa présence.

Conscient qu'il la fixait depuis tantôt, Hubert baissa les yeux et inspecta le coffre à pêche sur ses genoux. On arrêta bientôt le moteur. Alors qu'Hubert jetait sa ligne à l'eau, deux jambes bronzées vinrent s'appuyer contre son banc : Noémie s'étendait pour mieux prendre le soleil.

— Tu pêches pas, toi ? demanda-t-il.

— Non, je suis venue pour prendre l'air, c'est tout. C'est toujours plaisant de rencontrer du nouveau monde, aussi. Comment t'aimes les séances ? Marco disait que t'apprends vite, que t'es un gars évolué, déjà.

Hubert protesta mais Guillaume renchérit :

— Non, non, c'est vrai ! T'as un côté spirituel vraiment fort, inutile de le nier. Ce que tu nous disais l'autre jour au sujet de la solitude, c'est le genre de chose que la plupart des gens n'apprennent jamais.

Hubert ne dit rien et se concentra sur la pêche.

— Ce qu'il te reste à saisir, dit Marco, c'est l'importance de ce qu'on fait. Non seulement pour

toi et pour ton évolution, mais pour les autres aussi.
« Charité bien ordonnée commence par soi-même »,
tu sais ? Chacun développe son potentiel pour qu'un
jour ça profite au reste du monde. De l'individu vers
la collectivité. Le besoin est là : tu as vu comment
le monde est en déséquilibre ? Ou bien les gens
subissent les injustices sans rien dire, ou bien ils
éclatent, comme à Los Angeles avec les émeutes.
L'apathie ou le chaos. À force d'étouffer sous les
règles et la routine, on oublie comment vivre.

— Je sais ce que tu veux dire. Des jours, on dirait
qu'on existe seulement pour faire la file et faire
tourner les machines.

— Exact. C'est pour ça que j'aime partir dans la
nature : pour m'éloigner des pièges qu'on s'est cons-
truits. On a perdu les rythmes naturels. Qu'est-ce
qu'il nous reste comme rituels saisonniers maintenant ? Le montage et le démontage des abris Tempo ?
Les éliminatoires de la Coupe Stanley ? Peut-être
Noël et l'Halloween, oui… il y a quelques siècles,
quand c'étaient des fêtes qui avaient encore une signification.

Marco, c'était clair, avait oublié tout ce qui avait
trait aux poissons : le premier qui aurait mordu lui
aurait arraché la canne des mains. Noémie l'étreignit :

— Ah, j'aime ça quand tu parles de même. Tiens,
explique-lui la passe du lac.

— Hm… c'est encore boiteux comme analogie,
mais… disons que le monde est comme un lac.
Nous, on vit en surface. Sous la surface, il y a plein
de vie, il y a des trésors insoupçonnés. Il suffit de
plonger pour les trouver. Mais le monde aujour-
d'hui… c'est un lac en hiver. Avec la télé, la radio, la
bureaucratie, tous les éléments abrutissants qu'on
s'inflige, nos esprits s'endorment et l'apathie nous

gagne. La surface du lac gèle et on vit coupés du sens qu'il y a en dessous.

Hubert assimila l'idée sans rien dire. Un vent doux caressa le lac sur toute sa longueur et de petites vagues vinrent bercer l'embarcation. Alors qu'Hubert vérifiait l'état de son appât, il se sentit observé. Autour du lac, on devinait quelques chalets discrets, à demi dissimulés par les arbres. Sur l'eau, un couple faisait du pédalo. Personne ne se souciait d'Hubert ou de ses compagnons. Avec la distance, bien sûr, impossible d'être certain...

Une main aux ongles peints d'un vernis bleu écaillé se posa sur le genou d'Hubert.

— T'as l'air tendu tout d'un coup. Guillaume, change de place avec moi, OK ?

Elle vint s'asseoir à côté d'Hubert et commença à lui masser les épaules. L'effet fut immédiat. Hubert remit sa ligne à l'eau et ferma les yeux pour mieux profiter du silence et de cette attention inattendue.

Le reste de l'après-midi passa trop vite. Les quatre pêcheurs du dimanche rendirent le bateau à son quai, s'entassèrent dans la voiture et repartirent sur le chemin, bredouilles. Alors que le quai disparaissait entre les arbres, Hubert eut un instant de malaise. La végétation au bord du chemin formait un enchevêtrement abstrait rendu indéchiffrable par la lumière basse de fin de journée. Dans ce tableau apparut une tache plus claire qu'Hubert prit pour un visage blême aux yeux perçants. Il la perdit de vue presque aussitôt, mais le malaise lui resta.

Quelques kilomètres plus loin, Guillaume déposa Noémie sur le bord du chemin, à l'amorce du sentier d'où elle était sortie plus tôt. Hubert lui demanda où elle s'en allait ainsi. Elle se contenta de lui embrasser les deux joues et de disparaître dans la forêt, un sourire énigmatique aux lèvres.

Quand Hubert rentra chez lui ce soir-là, il ne repensa plus à la vision fugitive qu'il avait eue en quittant le lac ; si ce visage blême se glissa la nuit dans ses rêves, il ne s'en souvint pas le lendemain matin.

◆

Par un sombre soir de ouate de mi-décembre, trois mois après s'être joint aux séances de méditation, Hubert suivit quelques autres élèves au cœur d'une usine désaffectée pour rencontrer enfin celui dont il suivait les enseignements. Il y avait dans l'air une fébrilité peu commune.

Le groupe, mené par Marco, aboutit dans une pièce immense haute de deux étages. Guillaume les y attendait. Contre un mur, on avait tendu un lourd rideau noir flanqué de lanternes de camping. Devant se trouvaient deux rangées de coussins, en demi-cercle. Chacun se choisit une place. Rien de tout cela n'était visible de la rue ; les portes et fenêtres étaient toutes bloquées ou trop éloignées. Outre Marco et Guillaume, Hubert ne connaissait vraiment que Susannah, une petite dame dans la soixantaine avancée qu'il voyait souvent aux séances de méditation. Elle portait ses cheveux gris en une longue et lourde tresse. Les autres, lui avait-on dit, provenaient d'un autre groupe qui se réunissait hors de Montréal. Hubert n'avait pas encore saisi que son groupe pouvait faire partie d'un plus grand ensemble. Il était déçu que Noémie ne soit pas de la partie.

Marco prit place au fond, dans la lumière, et s'éclaircit la gorge.

— Je pense que vous êtes mûrs. Je vous remercie d'être ici, et je vous félicite d'être ici. Vous avez été choisis pour votre assiduité, pour votre intérêt et pour l'évolution spirituelle que vous avez vécue en suivant les techniques qui vous ont été enseignées.

Il fit une pause, et Hubert remarqua la fierté dans son regard.

— J'aimerais que vous compreniez tout ce que vous pouvez encore accomplir. Et s'il y a une personne pour vous l'expliquer, c'est notre guide, celui-là même qui a établi les techniques que je vous ai enseignées. Chers élèves, c'est avec une très grande joie que je vous présente Victor Geoffroy.

Marco vint rejoindre le groupe pendant qu'un homme sortait de derrière le rideau. Il portait une tenue simple : souliers noirs, blue-jeans et chemise ample au col déboutonné. Le voyant ainsi, en personne, Hubert comprit mieux comment cet homme avait pu se faire engager comme conférencier. Non pas qu'il eût une tête de jeune premier : ses cheveux mi-longs, d'un blond cendré, étaient coiffés dans un style démodé depuis vingt ans et ne faisaient rien pour améliorer son visage presque laid. Sa bouche était trop large et sa peau usée, creusée de rides, donnait l'impression qu'il avait vieilli trop vite. Pourtant, sa confiance et sa posture impeccable le faisaient paraître encore plus grand qu'il ne l'était.

Puis Geoffroy sourit, et son visage devint empreint d'une jeunesse et d'une chaleur surprenantes. Il prit le temps de regarder chacun des élèves dans les yeux avant de dire :

— Appelez-moi Victor. Si vous acceptez ce que j'ai à vous proposer, la moindre des choses sera qu'on ne s'encombre pas avec le protocole.

Même à cette distance, Hubert sentait une vitalité extraordinaire émanant de cet homme. Il écouta avec la plus grande attention.

— Vous avez tous appris à vous rapprocher de votre vérité, à reprendre les rênes de votre pensée. Avec les outils que mes vaillants instructeurs vous ont donnés, vous avez commencé à vous déconditionner, à démonter les obstacles qui se présentaient à vous : le stress, les mauvaises habitudes, les idées préconçues et bien plus encore. Sachez que c'est seulement le début. Vous me suivez jusque-là ?

Il y eut quelques murmures timides. Geoffroy éclata d'un rire bon enfant :

— Voyons, faut pas vous gêner ! C'est le décor qui vous impressionne ? Il n'y a personne ici pour nous entendre. Donc : vous me suivez jusqu'ici ?

Hubert répondit d'un « oui » franc et, à son grand soulagement, entendit les autres faire de même. Geoffroy reprit :

— Parfait. Vous allez maintenant me confirmer une autre chose. Si je fais ce que je fais, c'est que je ressens un manque. Vous l'avez ressenti aussi ; je n'ai pas encore rencontré celui ou celle qui n'est pas… affligé par ça. Je parle de ce qui nous manque pour atteindre notre plein potentiel, je parle de la distance qui nous sépare de la vérité. Tiens, dis-moi, toi…

Surpris de se trouver interpellé, Hubert hocha la tête.

— … as-tu ressenti ce manque ? Comment dirais-tu que tu t'es senti ? Impuissant ? Diminué ? Incomplet ?

Hubert s'efforça de retourner le regard perçant de ces yeux noirs et répondit :

— Oui… diminué, c'est un bon mot. Comme si j'étais censé être quelque chose de plus, sans savoir quoi exactement.

— Voilà. Et ce sentiment afflige tout le monde parce que, tous, nous sommes lancés *sur la mauvaise voie*.

D'un pas vigoureux, comme porté par son discours, il se mit à marcher de long en large en donnant quelques claques résonnantes sur les murs.

— Ils ont tourné un film ici la semaine passée. Cette pièce était une salle de torture, je pense, ou une prison, ou les deux. C'était un décor : une illusion, calculée pour nous faire croire quelque chose qui *n'est pas vrai* et pour influencer notre jugement.

« Avant ça, il y a des années, c'était une usine. On y passait des travailleurs par centaines. On leur montrait chacun comment fabriquer une pièce sans comprendre comment elle s'intégrerait plus tard à un tout. On n'exigeait pas la compréhension : juste la répétition. En temps de guerre, quand on a converti l'usine pour fabriquer des munitions, la philosophie était la même : produire, sans comprendre. Inutile de savoir où aboutirait chaque balle. On a érigé cet environnement-là pour les travailleurs, pour influencer leur jugement et les pousser à produire, peu importe si ça faisait leur bonheur ou non. Tâtez-les, ces murs-là, c'est du solide. Le plancher aussi : du bon ciment bien épais. »

Hubert posa la main sur le ciment froid, conscient du lourd édifice autour, de l'immense planète dessous, conscient d'exister en un moment qui deviendrait peut-être un point tournant de son existence.

— Notre civilisation – celle que *nous* avons bâtie, reconnaissons-le – s'est mise à produire des idées fausses. Et nous les avons crues, ces idées-là ! Nous avons bâti des structures qui nous diminuent, qui nous emprisonnent et qui propagent les mêmes idées fausses. Et plus nous avançons sur cette mauvaise voie, plus nous nourrissons un effet d'entraînement. Le faux entraîne le faux. Je vous ai invités ici parce que vous êtes spéciaux. Vous reconnaissez le faux mieux que la plupart des gens. Vous en avez souffert plus que la plupart des gens.

Plusieurs exprimèrent leur approbation, y compris Hubert. À se faire dire le monde ainsi, il ressentait autant de joie que d'appréhension. Geoffroy avait cessé son va-et-vient et se tenait campé face à son auditoire, l'air inébranlable, presque exultant.

— Je vous ai invités ici pour vous dire que le faux peut être percé à jour. Tout décor n'est que temporaire. Tout mensonge a une faille. Non seulement vous devez rejeter le faux, mais vous pouvez et devez apprendre à le fracasser.

Geoffroy laissa s'estomper l'écho de ses derniers mots, puis s'approcha de Marco. Il lui prit la main droite dans les deux siennes et tous deux échangèrent quelques mots. Le conférencier répéta le même manège avec Guillaume, puis passa voir les six élèves un à un. Personne ne s'impatienta; tous étaient encore sous l'effet du discours de Geoffroy. Hubert se leva, sentant une énergie dans l'air qui ne faisait que s'intensifier à mesure que Geoffroy approchait.

Puis Geoffroy arriva devant lui, et Hubert fut subjugué par l'intensité de sa présence. Il n'aurait pu l'expliquer en termes de magnétisme ou de simple charisme; il avait l'impression, plutôt, que Geoffroy était habité par quelque chose de plus grand que lui-même. Hubert en avait la chair de poule et éprouvait de la difficulté à respirer. C'était comme de se trouver en présence de la foudre. Le temps d'une poignée de main, Hubert devina dans le regard de Geoffroy une compréhension et des ambitions bien au-delà de la norme.

Geoffroy s'éloigna et Hubert put se rasseoir, le cœur battant. On commença bientôt un exercice de méditation et Hubert se laissa guider par les instructions que prononçait Geoffroy d'une voix très calme. C'était une technique de visualisation que le groupe utilisait souvent : il s'agissait de s'imaginer une fissure qui, petit à petit, s'étendait et bifurquait, encore et encore. Bien qu'Hubert n'eût jamais saisi le sens profond de cette approche, il s'y plongea tout entier cette fois-ci. Plus que jamais, il sentait qu'il faisait partie d'un tout. Il s'imaginait qu'un grondement sourd emplissait l'air et habitait le sol. Il perdit toute notion du temps.

Quand l'exercice fut terminé et qu'Hubert ouvrit les yeux, il put contempler l'impossible.

◆

Hubert comprenait maintenant, avec le recul, comment ses mois de méditations guidées l'avaient préparé à accepter l'extraordinaire issue de cette première rencontre avec Geoffroy. Au cours des séances, on lui avait donné les mots pour exprimer tant ses maux que ses espoirs. Il y avait retrouvé la force de croire. Face au surnaturel, il n'avait pas cherché de trucage. Il avait simplement compris qu'il devait revoir sa vision du monde. Ses vieilles certitudes s'effritaient, tout comme le ciment l'avait fait sous l'effet combiné de leur volonté.

Alors qu'autour les autres élèves s'exclamaient et s'émerveillaient à haute voix, Hubert avait tâté le sol en silence. Son regard avait suivi le tracé des fêlures et des fissures qui s'étaient formées sur toute la surface du plancher. Il s'était fié à son instinct et avait accepté d'emblée le don que Geoffroy partageait avec eux. Il ne s'était pas demandé, alors, comment un tel pouvoir pouvait affecter ceux qui s'en servaient.

Une fois passée la stupéfaction initiale, on en avait peu parlé. Comme si chacun avait à ruminer la signification qu'il voulait accorder à ce moment, comme s'ils étaient tous gênés de devoir partager ainsi une révélation qu'ils auraient préférée personnelle. Marco avait laissé flotter. Il n'en avait plus parlé directement mais avait laissé entrevoir que d'autres moments aussi incroyables attendaient ceux qui seraient de bons élèves.

Ayant ainsi mis le pied en terre étrange, Hubert ne devait pas se surprendre si, quelques mois plus tard, un prétendu magicien avait croisé son chemin.

◆

Les pieds posés sur le bureau, le cellulaire à l'oreille, la porte fermée, Hubert profitait de sa pause pour prendre des nouvelles de son fils auprès de son ex-femme. Il n'arrivait pas à la réconforter. Il aurait voulu lui dire ce qu'il avait vu, ce qu'il vivait, mais elle n'aurait pas compris.

— Il m'inquiète encore, disait Diane. J'ai de la misère à lui soutirer une phrase complète.

— C'est pas si différent d'avant. Il était déjà adolescent avant de se cogner la tête. Ils sont mal stimulés à cet âge-là. Il me parlait de ses cours de morale… c'est pas là qu'il va apprendre à vivre vraiment, c'est sûr.

— Au moins, il te parle…

— Pour se plaindre, oui. Je sais pas pourquoi les gens veulent toujours me confier leurs problèmes.

— T'es un bon gars. Ça paraît.

On cogna à la porte. Hubert ôta ses pieds du bureau en vitesse, s'excusa auprès de Diane et coupa la communication.

Un jeune Noir un peu chétif entra, les cheveux en une masse de *dreadlocks* courtes. Il flottait dans un ample coupe-vent rouge. Un messager à bicyclette, d'après son habillement.

— La boîte cylindrique de Monsieur, dit-il d'un ton solennel en tendant un paquet à Hubert.

Hubert ouvrit le paquet et fut surpris de voir le messager entrer et fermer la porte derrière lui.

— Je peux m'asseoir ? Faut que je me repose les jambes un peu.

Sans attendre une réponse, il s'étendit dans la chaise des visiteurs et ferma les yeux. Il semblait marmonner quelque chose : Hubert voyait ses lèvres bouger sans pour autant entendre un son.

Le paquet contenait des épreuves pour une nouvelle promotion à l'intention des voyageurs d'affaires. Hubert s'assura que tout y était, prit la planchette que le messager avait déposée sur le coin du bureau et signa le reçu. Les yeux toujours fermés, le jeune Noir l'interpella :

— Dis donc, boss, pourrais-tu me renseigner sur quelque chose ?

Résolu à ne pas se laisser contrarier, Hubert lui rendit sa planchette et lui demanda ce qu'il voulait. Le jeune homme daigna ouvrir les yeux pour continuer la conversation.

— J'aurais besoin d'une sortie. Il y a quelqu'un qui veut me faire du trouble.

— Quel genre de trouble ?

— Disons que j'ai comme qui dirait égratigné son char un peu beaucoup. Je te jure qu'il l'avait cherché, c'est un chauffard de la pire espèce. Mais justement, la pire espèce de chauffards, ils ont pas le sens de l'humour. Je suis certain qu'il m'attend à l'entrée pour me sacrer une volée.

— C'est mon problème, ça ?

— Non, mais si tu pouvais juste me dire où trouver une autre sortie, t'aurais mon infinie gratitude.

Hubert réfléchit. Il valait mieux donner à l'importun ce qu'il voulait pour qu'il parte sans histoire.

— Ton chauffard, il va pas t'attendre à ton vélo ?

— Non, je l'ai monté avec moi, le vélo. Il est dans la cage d'escaliers.

— Ils t'ont laissé entrer avec ?

— Disons que j'ai mes trucs.

— Bon, OK… Il y a une porte qui donne sur la ruelle, mais si ton chauffard t'attend près des ascenseurs, il va te voir. À moins que… La ville souterraine. Tu descends au sous-sol, tu vas vers la petite fontaine, et là, si tu pars à… droite, tu devrais pouvoir sortir à trois rues d'ici, ou tu pourrais même te rendre jusqu'au métro. Ça va ? Je peux me remettre au travail maintenant ?

— C'est parfait, boss. T'es un prince.

Et il repartit en sifflotant, enlevant et retournant son manteau réversible pour se vêtir d'une tout autre couleur…

◆

Maintenant, seul à la fin de toutes choses, Hubert ignorait encore si Maximilien Seko avait eu un motif caché pour cette visite. Tout indiquait que cette première rencontre n'avait été qu'une coïncidence. À livrer des paquets aux entreprises du centre-ville, Seko devait voir tout le monde tôt ou tard. Hubert n'avait pas prêté attention à ce curieux messager et n'avait appris que bien plus tard à qui il avait eu affaire.

Depuis, Hubert avait tout perdu et ne savait toujours pas si Seko avait été sa perte ou son salut. Il n'y avait pas de place pour lui en cette nuit affreuse. Il n'y avait que le froid de la route, et les souvenirs. La brise faisait frissonner les feuilles de part et d'autre du chemin ; quand l'air s'immobilisait,

Hubert discernait des craquements et frottements à peine audibles. Un mouvement dans les bois le fit tressaillir. Les bois étaient *son* domaine, après tout, les arbres son symbole. Et si un visage blême lui apparaissait entre les troncs ? Il ne pouvait que garder les yeux rivés sur la pénombre où se faufilait une forme plus sombre. La forme s'éloigna, disparut : un quelconque animal. Le malaise restait.

Le malaise s'était installé longtemps auparavant, en fait, quand Hubert avait commencé à comprendre l'équilibre particulier du groupe auquel il s'était joint. Aussi compréhensif Geoffroy pût-il être, aussi redoutable s'était avéré celui qui accomplissait sa volonté. Deux êtres d'exception au sein du groupe, l'un généreux et l'autre terrible, tous deux gravitant autour d'un mystère dont Hubert ignorait encore tout à l'époque. Pour s'être soumis à leur influence, Hubert devait vivre avec les conséquences de terribles choix. Plus pour longtemps.

Il aurait voulu cesser de se souvenir pour apprécier la nuit, simplement. Rien à faire. Il se rappelait tout : les joies, la peur, les doutes, les visages laissés derrière, et le poids d'une hache entre ses mains.

Un signe de sang

Malick passa la journée suivante à humer l'air et à tendre l'oreille, à arpenter les trottoirs, à fouiller les ombres. Il fallait qu'il sache ce qui se tramait.

Paresse oblige, il commença par une séance de collecte d'informations, assis bien au frais devant l'ordinateur, dans l'appartement climatisé de Kevin. Il n'avait pas vérifié son courrier électronique depuis son départ de Montréal. Il y avait un message d'un parapsychologue américain avec lequel il correspondait à l'occasion. Lui et Malick prenaient note d'événements hors du commun et s'envoyaient de petits rapports à cet effet. Dans la dernière cuvée : une exploration de maison hantée à Burlington et un cas de *high strangeness* autour d'une ferme du Montana. Aisha lui envoyait une lettre dans laquelle elle le comparait à une variété d'animaux exécrés, le tout sur un ton aussi hargneux que la langue écrite et la technologie le permettaient. Malick n'eut pas le courage de la lire en entier.

Une vieille dame du Mile End lui envoyait ses remerciements en expliquant que, depuis sa visite, le poltergeist ne s'était plus manifesté. Voilà qui était plus réjouissant, mais la satisfaction ne dura pas.

Chaque succès lui rappelait ses échecs, certains mineurs, d'autres graves... Olivier Boyard, jeune et brillant à sa manière, happé par une secte redoutable qui l'avait convaincu de faire le « tri par le vide » : rompre avec parents et amis pour mieux se retrouver. Malick l'avait aidé à s'en sortir – au péril de sa vie, car la secte abritait un être d'une puissance effarante –, mais Olivier était resté amoindri par ce qu'il avait vécu. Il y avait Viviane, aussi, du salon de tatouage non loin d'où Malick habitait alors : il lui avait possiblement sauvé la vie mais n'avait rien pu faire pour son amoureux ensorcelé...

Plutôt que de se déprimer en continuant l'énumération, il tenta de se montrer utile. Scipion devenait dangereux dans ses excès. Malick écrivit au Seagull Krew et à quelques autres alliés et connaissances pour les mettre en garde. Il signa le message mais l'envoya par le biais d'un anonymiseur, pour qu'on ne puisse remonter sa piste électronique jusqu'à Saint-Nicaise.

Il passa ensuite aux groupes de discussion sur Usenet. Quelques-uns de ces groupes rejoignaient ses intérêts, quoique le niveau de discours fût souvent décevant. Son enthousiasme initial à la découverte de sci.anthropology, alors qu'il étudiait cette discipline, était vite tombé lorsqu'il avait compris que bien des participants ne tenaient qu'à étaler leurs théories sur la supériorité de l'homme blanc ou l'infériorité de l'homme noir. Tout de même, les groupes traitant de magie et d'occulte recelaient parfois des idées dignes d'être explorées. Quentin y avait publié à l'occasion sous un pseudonyme juste assez ridicule pour que Malick arrive à se le rappeler. Nombre de ses contributions étaient encore archivées, sur Usenet comme sur divers forums de discussions du web. Les plus récentes précédaient sa disparition de quelques semaines et traitaient notamment de l'utilisation d'Internet dans la pratique magique. Les plus anciennes étaient embarrassantes : le ton prétentieux de Quentin s'y doublait d'un enthousiasme naïf qui n'était pas sans rappeler à Malick ses propres débuts maladroits.

Pour lui, la magie était d'abord une pratique solitaire. D'autres, comme le Seagull Krew, en faisaient un effort de groupe ; certains, comme les wiccains, inscrivaient leurs rituels dans une religion ou un mouvement spirituel qui pouvait se prêter aux grands rassemblements. Quentin, sans être des plus sociaux, avait toujours eu besoin de l'approbation d'autrui et appréciait la discipline et la hiérarchie. En arrivant dans une nouvelle ville, il aurait sans doute cherché à rencontrer des confrères, mais qu'avait-il pu trouver à Saint-Nicaise ? Malick s'était informé, à tout hasard : le point central de la pratique occulte locale était le dépanneur Septième Ciel. Il sortit pour aller y faire un bref pèlerinage.

Au fond du dépanneur, sous un ange de carton, quelques étagères constituaient un buffet *new age* où se côtoyaient pêle-mêle les pratiques les plus anciennes et les modes les plus éphémères. La tablette du dessus était jonchée de cristaux de tailles et de formes variées. Plus bas, une demi-douzaine de jeux de tarots cachaient un ouvrage qui fit ricaner Malick : un livre de James K. Field, ancien chanteur populaire recyclé en gourou barbu. Les autres livres faisaient à peine plus sérieux : quelques volumes des éditions J'ai Lu sur les mystères de l'Atlantide, un traité sur la vie après la mort, deux ouvrages sur Nostradamus. Rien d'utile. Les tarots étaient surtout des variétés modernes et décoratives ; il n'y avait pas même un Rider-Waite.

Les propriétaires, un vieux couple, n'hésitaient pas à discuter en public de maux et projets éminemment personnels, se lançant des répliques d'un bout à l'autre du dépanneur. La dame avait un petit air aérien accentué par l'énorme pince à cheveux en forme de papillon qui retenait son chignon gris. Quand elle passait entre les étagères, on ne voyait plus que le papillon qui rôdait. Son mari, un petit homme aux allures de coiffeur, tenait la caisse en regardant d'un œil une minuscule télé noir et blanc. Passée la méfiance initiale, tous deux se prêtèrent volontiers à quelques questions sur la vie occulte de Saint-Nicaise. Celle-ci s'avéra fort tranquille : il fallait faire du chemin pour trouver de rares originaux, dont cet homme à Dupuy qui s'était construit chapelle et calvaire et disait recevoir des messages de la Vierge et du petit Jésus. Rien qui puisse intéresser Quentin.

Comme les proprios étaient accueillants, Malick en profita pour éplucher le journal communautaire devant eux et enregistrer le moindre commentaire. En page 5, il reconnut l'homme qu'il avait aperçu à La Bonne Frank-ette, celui dont la chemise s'était ornée un instant d'une goutte de sang. Ses délicates lunettes à la John Lennon faisaient contraste avec son visage plutôt carré. Il s'agissait de Gérald Brassard, conseiller municipal, cité dans un article sur la criminalité montante qui accablait Saint-Nicaise. Il y vantait la solide fibre morale de ses concitoyens, promettait d'offrir aux jeunes des activités saines qui les garderaient d'une oisiveté néfaste et s'engageait à se tenir droit devant les mécréants de ce monde. Il y avait dans ses mots une ferveur quasi religieuse à la fois admirable et dissonante. Le couple du dépanneur n'avait que de bons mots à son égard. Malick leur fit la conversation quelque temps encore et ressortit avec un jeu de tarot, un dépliant de la Repousse et quelques bières pour l'appartement.

Au dehors, il retrouva les mêmes balcons écaillés, les mêmes façades façon *boomtown*, les mêmes trottoirs lézardés. La silhouette du Sabot, aperçue au bout d'une rue, était identique à celle de ses souvenirs. Les gens avaient cet air calme et confiant de ceux qui mènent des vies prévisibles. Pourtant, il ne pouvait se défaire de l'idée que la ville tout entière sonnait faux.

Chaque téléphone sur son chemin le tentait. Il aurait pu consulter le Seagull Krew et leur soutirer tout ce qu'ils savaient sur Quentin, mais ils en auraient déduit sa position. Frédé savait où il avait fui et c'était déjà trop. Malick passa le reste de la journée à traîner dans les commerces de la ville, à faire de menus achats, à converser avec quiconque le voulait bien et à tâcher de ne pas s'inquiéter des regards indiscrets. Il erra au hasard des rues, espérant capter quelque allusion qui le mettrait sur la bonne piste.

◆

— ... en tournant la tête, disait Malick, j'ai vu qu'ils avaient dessiné un *veve* sur le sol autour de moi, un grand symbole rituel. Je l'ai reconnu, leur *veve*, avec les petits cercueils sur les côtés. C'est là que j'ai compris qu'ils faisaient un sacrifice à Papa Guédé, et que j'allais leur servir de cabrit – de chèvre sacrificielle, autrement dit.

Dans le salon, tous buvaient ses paroles. Il les avait dans sa poche… tous sauf Rachel. À son air condescendant, Malick s'attendait à ce qu'elle l'interrompe sous peu, mais ce fut Laura qui demanda :

— Papa qui ?

— Papa Guédé. Le chef de famille des *loas* Guédé, qui sont des esprits vaudou. C'est le maître des cimetières. On l'appelle souvent le Baron Samedi, aussi. C'était un choix évident ; ils allaient pas me sacrifier à la fée des étoiles.

Il laissa passer les rires, puis reprit :

— Je pense que Scipion voulait offrir ma mort à Papa Guédé pour pouvoir placer une malédiction sur la tête d'un Hells Angel qui lui posait problème. Tout le monde disait qu'il aurait été fou de toucher aux Hells, mais il avait pas besoin de les toucher pour les maudire. Moi, quand j'ai compris ce qui m'arrivait, je suis passé à l'action. Ils étaient une douzaine, Scipion avait un couteau, ils devaient avoir des *guns* à portée de la main aussi. Tout ce que j'avais, moi, c'était trois cours d'art dramatique que j'avais suivis au secondaire. Mais tu te rappelleras, Rachel, que j'étais pas un mauvais acteur. Ce que j'ai fait… eh bien, j'ai ri. Un grand rire profond, sinistre, à pleins poumons. Le pauvre gars au tambour dans le coin en a perdu le rythme. Tout le monde était figé. Et là, je me suis fait passer pour le Baron Samedi.

— C'est sûr, dit Kevin, c'est plein de bon sens !

— Pour eux, oui. Un *loa* peut chevaucher un humain, c'est-à-dire prendre possession de son corps. J'ai fait croire à Scipion que le Baron Samedi avait décidé de leur payer une visite et qu'il avait pris leur chèvre pour son cheval. Je me suis fendu le sourire jusqu'aux oreilles, j'ai imité l'accent haïtien et j'ai demandé : « Qui appelle Papa Guédé ? »

Il grimaça pour illustrer ses dires ; il fallait bien avoir le sens du spectacle.

— Vous auriez dû voir la face de Scipion. Il se doutait que je le niaisais, mais en même temps, il devait se dire : « Et si c'était vraiment Papa Guédé ? » Il faut pas vexer Papa Guédé. Scipion a joué le jeu : il s'est avancé pour se présenter. Moi, j'en ai rajouté, j'ai fait quelques tremblements de possédé en lui disant que le Baron Samedi était fier de lui. Comprenez que j'improvisais à mesure. J'avais le contrôle de la situation et je cherchais comment la tourner à mon avantage. Mais là…

Il but une gorgée, puis une autre, pour étirer le suspense.

— Mai là quoi ? demanda Laura.

— Mais là… il s'est mis à me parler en créole, le torieux. J'en connais un peu, de créole, mais il parlait vite et ça m'a pris par surprise. Ça fait qu'avec le peu de créole que j'avais, j'ai insulté sa mère, et je lui ai foutu mon poing dans le ventre. Il s'est plié en deux, je lui ai arraché un cheveu et j'ai couru vers la porte.

— Attends un peu, dit Kevin. T'as pas dit qu'il y avait une douzaine de gars en tout ?

— Oui, et pas un seul a essayé de m'arrêter. J'ai trouvé ça bizarre, mais j'ai quand même passé par la porte et je l'ai fermée derrière moi. J'ai vite compris mon erreur. C'était pas une sortie : c'était une sorte de débarras. J'ai cherché une arme. Le mieux que j'ai trouvé, c'était un râteau. Et au moment où je le prenais… j'ai vu une pile de sacs de coke sur une table. Il y en avait un par terre, aussi, éventré. J'ai suivi la poudre des yeux… et c'est là que j'ai vu le crocodile dans le coin.

— Oh, *come on*, dit Kevin. Un crocodile ?

— Bon, c'était peut-être un alligator, j'ai pas pris le temps de vérifier…

Laura se porta à sa défense.

— Tu sais comment ça marche, Kevin, les sceptiques seront confondus. Donne-lui une chance…

— Merci, dit Malick. J'ai pas vécu tout ça pour qu'on mette ma parole en doute. Sachez que c'est la mode, pour les *dealers* de drogue, d'avoir des animaux exotiques. *La Presse* en parlait dernièrement. C'est pour l'intimidation, pour se donner un air féroce. Scipion devait se servir de son crocodile pour garder sa drogue. Seulement, la bête avait dû gruger sa laisse et se mettre un sac sous la dent. Le monstre était juste là qui me regardait avec ses yeux fous, pompé à la coke. J'ai pas perdu de temps. J'ai rouvert la porte, j'ai lancé un grand «tabarnak!» et j'ai foncé vers la sortie en jouant du râteau. Si j'avais été seul, les autres m'auraient vite attrapé, mais comme le crocodile m'avait suivi, ça a fait une belle panique. C'est comme ça que j'ai réussi à sortir de la maison.

Malick enchaîna alors avec sa fuite, interrompu à l'occasion par Kevin qui voulait des précisions sur certains détails qu'il jugeait peu crédibles. Puis Samuel entra et insista pour partir tout de suite, expliquant qu'il voulait capter toutes les nuances du coucher de soleil. Malick dut laisser son histoire en suspens.

Rachel rentra chez elle sous prétexte qu'elle devait travailler tôt le lendemain. Malick eut beau insister, rien n'y fit. Il prit place avec Laura sur la banquette arrière de la voiture de Kevin, une New Beetle vert pomme. Samuel s'était déjà approprié le siège avant et tenait la moitié de l'équipement sur ses genoux.

On longea le parc Lagardière ; Malick n'y aperçut que quelques enfants insouciants. Les quelques maisons par-delà le parc appartenaient à des familles assez fortunées pour se payer de beaux terrains où l'on pouvait se cacher derrière la végétation. On y voyait des arbres énormes, des rocailles élaborées, des façades embrassées de lierre et des haies bien taillées – un minuscule havre de bourgeoisie vite passé. Kevin s'engagea sur Cheminot, qui s'éloignait de la ville en flèche droite. Les habitations cédèrent vite la place à une maigre forêt. Kevin s'y enfonça, empruntant une route secondaire jusqu'à perdre de vue toute trace de civilisation.

On finit par garer la voiture à l'ombre d'un bouleau. Un ruban était noué à l'une des branches ; sans doute un point de repère placé là en prévision du tournage. Samuel sortit avant même que le véhicule ait cessé de bouger. Il prit une caméra sur trépied, l'appuya sur son épaule comme un bûcheron sa hache et partit sur un sentier. Malick était à peine sorti lui-même que Laura lui mettait dans les bras un lourd sac à dos et une perche à micro.

— Sois galant pis transporte ça pour moi, OK ?

Elle poussa Kevin sur le sentier. Malick suivit, ralenti par le poids de l'équipement et à demi assommé par l'odeur de la sève et des fougères. Loin devant, Samuel plaçait la caméra, essayait un cadrage, se déplaçait de quelques mètres, répétait le manège avec une énergie maniaque. Malick alla s'asseoir sur une vieille souche et tenta de se faire le moins encombrant possible. Samuel le regarda un instant et s'exclama :

— Oui ! Bien trouvé, Malick. Ça, c'est une souche qui a du vécu. Kevin, va t'asseoir à la place de Malick.

Il détacha la caméra du trépied et se lança presque par terre, étendu sur le côté pour prendre une vue en contre-plongée de Kevin assis sur la souche. Malick s'éloigna en silence. Peut-être verrait-il quelque animal sauvage : un lièvre, un chevreuil. Une perdrix, tiens : c'était si bête, ces oiseaux-là, qu'il pourrait peut-être en attraper une à mains nues et impressionner Laura par ses talents de chasseur.

Plus loin, un treillis métallique marquait les frontières de la Repousse. On avait déjà prévu passer devant au retour, mais pourquoi attendre ? Malick escalada un arbre et se laissa choir par-delà le treillis, ignorant les écriteaux qui interdisaient l'accès au terrain. La forêt était calme, mise à part une petite brise qui taquinait les feuilles. Il aurait dû en tirer un sentiment de paix, mais ses impressions étaient tout autres.

Il retourna aussitôt sur le lieu du tournage et lança à qui voulait l'entendre :

— Il y a quelque chose de bizarre par là-bas.

— Bizarre comment ? dit Samuel sans décoller du viseur de sa caméra.

— Anormal. Une sorte de malaise. Je le sens dans mes cheveux.

Laura éclata de rire.

— T'as même pas de cheveux !

— Et puis ? Les manchots ont bien des douleurs fantômes dans le bras qui leur manque, non ? J'ai pas de cheveux, mais il y a quand même quelque chose par là-bas qui me les fait dresser sur la tête.

— C'est la voyance qui te pogne, c'est ça ? dit Kevin.

— Si on veut. Vous voulez voir ou vous me laissez braver le danger tout seul ?

Samuel tenait à ce qu'on accompagne Malick pour l'empêcher d'aller trop loin ; les gens de la

Repousse n'appréciaient les visiteurs que s'ils utilisaient l'entrée officielle. Kevin voulait bien s'en charger et saisir cette occasion de voir Malick se ridiculiser. On tourna encore quelques prises dans le soleil couchant pendant que Malick observait les artistes à l'œuvre. Kevin devait porter Laura dans ses bras puis la poser par terre, adossée à un arbre. Le soleil était à demi couché maintenant : l'horizon s'embrasait tout entier et les longues ombres fourchues des arbres fuyaient l'incendie. Kevin n'était pas un mauvais acteur. La lumière aidant, la scène avait quelque chose de poignant, même sans mots.

Samuel rendit à Kevin sa liberté et continua le tournage avec Laura seule. Malick s'avança aussitôt entre les arbres, indifférent aux égratignures. Il ne ralentit qu'une fois passé le treillis. Il cherchait la fausse note, l'ombre au tableau, l'onde incongrue à la surface lisse de la normalité.

Tournant le dos à Kevin, il plongea la main dans le col de son t-shirt et en tira un pendentif, un autre, un autre encore, jusqu'à ce qu'il trouve le bon : un talisman qu'il avait confectionné pour concentrer sa voyance. Il le serra dans son poing, étouffa les questions de Kevin d'un regard perçant de magicien d'opérette, puis ferma les yeux pour mieux s'ouvrir à l'invisible. Au bout d'une minute, il ouvrit les yeux et repartit d'un pas rapide à travers les fougères. Il était lucide et concentré et vivant et Kevin avait peine à le suivre.

L'odeur incita Malick à ralentir bien avant d'arriver : ça fleurait le carnage et la pourriture. Kevin le rattrapa. Il avait perdu son air narquois.

— Tu la sens, toi aussi, cette odeur-là ? C'est affreux…

Malick hocha la tête et continua d'avancer dans la nature immobile. Il voulait croire que lui et Kevin étaient seuls ici, que personne ne les attendait. Peut-être n'allaient-ils trouver que la carcasse d'un quelconque gibier. La saison de la chasse n'était pas encore ouverte, mais ça ne dissuadait pas tout le monde.

C'est alors qu'il vit l'arbre.

Kevin s'en approcha et resta figé. Malick, lui, grimpa dans un grand érable non loin pour scruter les alentours. N'ayant vu personne, il redescendit pour rejoindre Kevin, qui tenait un pan de sa chemise contre son visage.

Devant eux, un arbre rouge se dressait sur une hauteur de deux mètres environ. Des carcasses animales gisaient à la base du tronc, déchiquetées, à peine reconnaissables. Il devait y avoir là deux ou trois lièvres, des écureuils et une variété d'oiseaux. Une nuée de mouches bourdonnait autour de ce festin inespéré. La lumière du couchant rendait la scène irréelle. Il fallut à Malick quelques secondes pour comprendre que l'arbre, un bouleau, était recouvert d'une couche de sang à demi séché. Le liquide poisseux formait une seconde écorce : il s'étendait des racines jusqu'à l'extrémité des branches les plus hautes et les plus minuscules. Quelques feuilles, alourdies, dégouttaient encore lentement.

Malick retrouva sa voix.

— Et puis, mon grand sceptique, ton avis ?

— Je pense que… c'est quoi, cette affaire-là, ciboire ? Quel genre de fou a pu faire ça ?

— J'aimerais le savoir. On va chercher les autres ?

À deux, ils retrouvèrent le chemin sans trop de difficulté ; la forêt n'était pas très dense et le passage brusque de Malick avait laissé des traces évidentes. Il était surpris de voir quelle distance il avait parcourue.

Samuel aurait voulu filmer encore quelques prises, mais l'expression effarée de Kevin suffit à le convaincre de faire une pause. Tous quatre prirent l'équipement et marchèrent jusqu'à l'arbre ensanglanté, Malick menant le groupe, Samuel filmant leur parcours, Laura nouant quelques rubans sur leur chemin, par précaution.

Devant le bouleau, Samuel devint frénétique. Il était horrifié, mais l'étonnement l'emportait sur son dégoût. Il voulut capter l'arbre sous tous les angles possibles. Malick prit soin de rester hors du champ de la caméra ; en chemin, il avait fait comprendre à Samuel qu'il ne tenait absolument pas à être filmé.

Laura s'approcha aussi près qu'elle pouvait le faire sans marcher sur les carcasses. Elle tendit une main hésitante et gratta le tronc. Elle le contempla sur toute sa hauteur, puis inspecta le sang qui restait logé sous son ongle.

— L'odeur te dérange pas ? demanda Malick.

— Oui, mais j'ai un bon seuil de tolérance. Mon oncle avait un abattoir quand j'étais petite ; je lui donnais un coup de main l'été, des fois. Mais dis-moi plutôt… vois-tu qu'il y a quelque chose qui cloche ?

— Non, pas du tout. À l'automne, tous les arbres se couvrent de sang. Celui-là est un peu en avance, c'est tout.

— Niaiseux !

Elle fit mine de le frapper et Malick recula d'un pas.

— C'est la fraîcheur, dit-elle. Ces pauvres bêtes-là ont déjà commencé à se décomposer. Tu trouves pas que le sang est drôlement frais, dans ce cas-là ? Il devrait être coagulé depuis longtemps.

— T'as raison…

En fouillant dans le sac à dos, il trouva un couteau suisse et un petit sac de plastique contenant des bouts de câbles et des raccords assortis. Il retint sa respiration et se tailla un lambeau d'écorce qu'il détacha de l'arbre avec soin. Il vida le sac et y plaça son spécimen. C'était un indice tangible, mais il aurait aussi voulu que d'autres puissent ressentir l'impression que lui laissait cet arbre : une révulsion qui n'était pas que physique, comme si l'air même était saturé d'une humeur nocive. Une note plus pointue résonna dans son échine en un lent frisson qui allait s'amplifiant, comme l'amorce d'un coup de gong. Il fouilla le paysage du regard en tournant lentement sur lui-même. Le soleil était disparu, laissant derrière un bleu profond teinté de pourpre. Aucun vent ne soufflait. Le sang sur l'arbre et sur le sol paraissait noir. Malick ne voyait que menace tout autour. Le frisson qui lui était venu se trouva noyé sous une pure frayeur animale. Il plaça son échantillon dans le sac à dos qu'il enfila en vitesse.

— Il faut qu'on y aille. Maintenant. On est en danger.

Laura regardait Malick comme s'il arrivait d'une autre planète.

— T'es-tu correct ? On dirait que tu vas faire un infarctus.

— Faut courir, dit-il. Viens-t'en.

Il attrapa Laura par la main, héla les autres et s'élança par où ils étaient venus. Nul ne protesta. La panique était contagieuse. Malick vit que Kevin n'était pas loin derrière. Samuel courait à leur suite, serrant sa caméra contre sa poitrine comme s'il s'agissait d'un nouveau-né. *Les femmes et les enfants d'abord !* pensa Malick, l'amusement et la terreur se mélangeant en une seule bouffée d'émotion. Malgré le bruit de leur propre fuite, il s'imaginait entendre des craquements dans le bois derrière eux : un cauchemar bien réel, lancé à leurs trousses. Il courut sans réfléchir, poussant Laura à prendre de l'avance sur lui, incapable de déceler les racines, terriers et autres obstacles contre lesquels il pouvait trébucher à tout moment. Puis quelqu'un fouilla dans son sac et le faisceau d'une lampe de poche se mit bientôt à danser sur le sol devant lui, remuant les ombres en un mouvement épileptique.

En entrant sur le terrain de la Repousse, on avait soulevé un pan du treillis pour mieux passer avec l'équipement. Malick croyait avoir perdu le chemin quand Laura le tira sec en direction de la brèche. Il s'y précipita et aida Samuel à faire passer sa caméra. Le groupe traversa la petite clairière où l'on avait filmé plus tôt ; derrière, hors de vue dans le bois, le treillis résonna d'un choc clair. Enfin, Malick aperçut la voiture entre les arbres. Kevin le dépassa et atteignit le véhicule le premier. Malick s'y engouffra derrière Laura. Le moteur était en marche quand Samuel monta. La voiture fonça sur le chemin avant même qu'il ait pu fermer la porte.

Malick avait peine à rattraper son souffle. Il regardait Kevin qui tournait le volant par petits coups secs, les yeux exorbités. La voiture brassait en tous sens, soulevant poussière et gravier, jusqu'à ce que la route, la vraie, apparaisse tel un cadeau des dieux. Kevin s'y engagea sans même vérifier si d'autres véhicules arrivaient. Il semblait prêt à conduire sa coccinelle jusqu'à l'autre bout du continent.

Malick éclata de rire. Laura le toisa, puis se mit à rire aussi. C'était aussi contagieux que la panique qui les avait saisis plus tôt : tous s'y abandonnèrent. Quel que fût le danger – si danger il y avait eu –, ils s'en étaient sauvés.

◆

Kevin faisait le tour du salon, servant à chacun une rasade de bourbon. Malick refusa sa ration et regarda plutôt évoluer son hôte, notant son air encore effaré, ses épaules tendues, son doigté pourtant sûr.

La veille, Kevin avait sorti la bouteille sitôt rentré du travail. Un buveur régulier, mais non excessif. Il s'était affalé dans son fauteuil avec des airs de monarque décadent. L'appartement était un refuge qu'il daignait partager, la solitude lui seyant mal. En prenant Malick à partie, il pouvait appliquer des mots sur ce qui le troublait. Il aimait faire des déclarations : « Malick, je te dis, je devais savoir ce que je faisais en m'installant ici, mais maintenant y a plus rien qui marche. » C'était ce qu'il avait dit la veille avant de se lancer dans une tirade philosophique dont Malick oubliait déjà les détails. Il y était question d'une femme qui aurait dû être là mais n'y était pas. Kevin était un homme aux problèmes simples et prévisibles.

Malick voyait que l'arbre ensanglanté le troublait d'autant plus. Ou bien Kevin ignorait tout de ce qui se passait et ce n'était pas lui qui avait prévenu Quentin, ou bien il avait les talents de comédien pour jouer dans un bien meilleur film. Laura, à sa manière, était tout aussi ébranlée, et Malick se doutait qu'elle avait trop de bon sens pour être mêlée à de telles idioties. Samuel semblait surtout fasciné : il étudiait l'arbre tel qu'il l'avait capturé, miniature et lumineux sur l'écran de la caméra. Il restait suspect mais, au fond, la paranoïa avait-elle sa place ici ? Malick n'était plus à Montréal. Dans une ville si petite et si blanche, il faisait figure de mouton noir, et Quentin pouvait bien l'avoir repéré sans l'aide de qui que ce soit.

Comme personne n'osait encore parler, Malick prit les devants :

— Cet arbre-là me rappelle quelque chose. J'ai un contact parapsychologue qui m'a déjà signalé un phénomène semblable. Je vais lui écrire.

— Et tu en connais beaucoup, des parapsychologues ? demanda Samuel. Est-ce ainsi que tu te définis toi-même ?

— Moi, non, mais j'en connais quelques-uns grâce à Internet. C'est surtout un trip d'anglophones, on dirait. C'est très fort en Angleterre, et presque chaque État américain a sa petite société de chasseurs de fantômes. Ils visitent des maisons hantées, prennent des photos, des enregistrements, des mesures de champ magnétique... Ils se font souvent accompagner par des médiums aussi. Peut-être qu'un jour je me porterai volontaire pour une de leurs expéditions.

Kevin inspectait son verre comme s'il y voyait un défaut inacceptable. Il leva les yeux vers Malick :

— Tu dis ça comme si tu parlais d'un groupe d'alpinistes ou quelque chose de simple comme ça. C'est quand même pas une vraie science, la parapsychologie ?

— Tout dépend à qui tu demandes. Ils étudient un sujet plutôt « vaporeux », mais ils le font avec une approche méthodique. Bien sûr, quand ils utilisent des outils moins scientifiques comme des bâtons de sourciers ou qu'ils font appel à des médiums, ça les rend moins crédibles aux yeux de certains. Et pourtant, c'est un fait que certaines personnes sont en contact avec les choses invisibles. Je l'ai repéré, l'arbre, tantôt, ou je l'ai pas repéré ?

— Tu l'as repéré, mais… C'est-tu obligé d'être surnaturel ? T'as paniqué, mais on s'est enfuis de quoi, au juste ? J'ai rien vu.

— Je saurais pas dire. Ce que j'ai ressenti était assez fort, j'allais pas rester là pour voir ce qui s'en venait. Vous avez vu l'arbre. Je vous assure que c'est du sérieux. C'est dur à expliquer, mais j'ai senti une énergie résiduelle autour de cet arbre-là. On a affaire à de la vraie magie rituelle. Et je crois savoir qui est derrière ça…

Il leur avait bien donné le signalement de Quentin déjà, mais n'avait pas eu le temps d'expliquer pourquoi il le cherchait. Il leur brossa un rapide portrait du Seagull égaré en expliquant que si quelqu'un à Saint-Nicaise se livrait à des rituels magiques, ce devait être lui. Il n'osa pas mentionner sa rencontre au parc le matin précédent. Il en avait tiré bien plus de questions que de réponses, et il préférait avoir davantage d'informations avant d'étaler ses théories. La dame à la tresse lui avait dit d'attendre de voir de quoi Quentin était capable. Faisait-elle référence à l'arbre sanglant ? Il l'avait pourtant trouvé par lui-même : ce ne pouvait être un signal voulu par Quentin.

Il s'étonna de ce que les gens de la Repousse ne l'aient pas remarqué ou n'aient rien fait. Samuel n'en était pas surpris : le terrain était immense et les bâtiments étaient tous à l'autre extrémité. Laura suggéra d'appeler la police, ce à quoi Samuel s'opposa aussitôt : non seulement s'étaient-ils compromis en entrant par effraction sur un terrain privé, mais lui-même avait des rapports difficiles avec la police. Malick comprit qu'une de ses séances de tournage avait déjà causé tout un émoi, les fusils en plastique étant trop convaincants lorsqu'ils étaient aperçus de loin.

— OK, dit Malick, on laisse la police en dehors de ça pour l'instant. Je vais enquêter, si vous voulez me laisser une chance. C'est mon domaine, après tout. Kevin, je peux utiliser ton ordi pour écrire à mon parapsychologue ? Il va en tomber en bas de sa chaise.

Il suffisait d'un bon ton décisif. Malick savait qu'il n'avait pas leur confiance, mais qu'on le tolérerait s'il était susceptible d'expliquer ce qui leur arrivait. Il espérait que tout se précise bientôt : et si sa vision au Rocksteady avait été une prémonition, si un désastre se préparait pour un prochain soir d'orage ?

Il suivit Kevin, qui voulut d'abord vérifier son courriel et prendre les messages sur son répondeur en simultané. Malick le vit se figer au troisième message : « Salut, c'est Pauline. Si vous voulez de moi, je peux arriver demain pour passer quelques jours. » Sans quitter l'écran des yeux, Kevin dit d'un ton gêné :

— Pauline, c'est notre maquilleuse. Pour le film. Elle devait venir samedi, mais elle a dû annuler…

Malick sourit :

— Et c'est pour ça que t'avais l'air si déprimé quand je t'ai vu à la Brouette ce soir-là… Ça fait longtemps, vous deux ?

— C'est… intermittent. Mais comme je suis redevenu célibataire le mois dernier, je lui avais proposé de coucher ici… Mais t'en fais pas, je dois bien connaître quelqu'un qui pourrait te prêter son divan.

— T'as pas à te sentir responsable, tu m'as déjà rendu un fier service. Je vais me débrouiller ! Sois en paix.

Kevin partit annoncer la nouvelle aux autres. Malick les entendit s'exclamer, trinquer. Il prit place

à l'ordinateur et continua à tendre l'oreille. Samuel
téléphonait à Rachel pour lui faire part des dernières nouvelles. Laura réfléchissait tout haut quant
au sort de Malick :

— Il peut pas coucher chez moi, j'en ai assez
imposé à mes colocs déjà. Par contre...

Malick comprit qu'elle venait d'arracher le téléphone à Samuel quand elle dit :

— Rachel ? Bon, écoute, tu pourrais peut-être
nous aider. As-tu encore ton futon dans le salon ?

Malick ne put retenir un sourire. Laura avait un
côté cruel qu'il aimait bien. Elle dit d'un ton innocent :

— Oh, une nuit ou deux, disons. Ça nous rendrait service... Non, pas Pauline... C'est Malick !
Kevin va s'occuper de Pauline, tu sais comment
c'est... Pas besoin de prendre ce ton-là. Je suis sûre
qu'il va être sage comme tout... Fais-le pour moi,
d'abord. Fais-le pour nous autres. Il va enquêter
sur notre arbre en sang, là, sûrement que ça t'intrigue
un peu toi aussi... Prends quand même quelques
minutes pour y penser. Bye !

Elle raccrocha. Malick voulut protester, mais
hésita à l'entrée du salon. Il n'avait pas fini de satisfaire sa curiosité face à cette Rachel si différente ;
voilà qu'on lui offrait une belle occasion.

Le téléphone sonna. Laura en consulta l'écran et
eut un petit sourire malin.

— Laissez sonner, dit-elle. Elle a besoin de temps
pour s'habituer à l'idée, c'est tout.

Malick, amusé, reprit place à l'ordinateur et écouta
la voix de Rachel sur le répondeur, énumérant les
raisons pour lesquelles elle ne voulait pas l'héberger.

MALICK

CHEZ LA REINE DE LA JUNGLE

Rachel avait son air sérieux, celui sous lequel Malick avait appris à reconnaître des courants secrets. Pour s'être éloigné d'elle, il la trouvait insondable maintenant, plus profonde encore qu'autrefois. Son mécontentement, sa nervosité, son épuisement n'étaient que formes sombres loin sous la surface, et il avait du mal à en cerner les contours. Il se contenta de la suivre sans un mot, traînant le sac à ordures contenant ses vêtements, son fourre-tout en bandoulière.

En haut d'un escalier, au fond du couloir, elle ouvrit une porte et entra sans vérifier s'il suivait. Il hésita sur le pas de la porte, puis entra à son tour.

La végétation le prit par surprise. De grandes plantes vertes occupaient tous les coins, grattant les murs et les meubles de leurs feuilles rondes ou effilées. Malick n'aurait pu commencer à en nommer toutes les variétés. L'une d'elles était plus haute que lui. Il s'avança d'un pas prudent, découvrant tour à tour une lampe de style art déco, une chaise couverte de lierre, un futon à motifs orientaux, une petite cuisine impeccable, une chambre jonchée de livrets de disques compacts. Il retrouva Rachel au salon, perdue dans la verdure.

— Je veux bien t'héberger pour un jour ou deux, dit-elle, mais il nous faut des règlements. Premièrement : si la porte de ma chambre est fermée, tu te tiens loin.

— Ça va de soi.

— Tu paies ta part de l'épicerie. Tu fouilles pas dans mes affaires personnelles et tu…

— Si je le fais, comment tu vas le savoir ?

— Je le lirai dans ton visage. Tiens-toi tranquille et on va bien s'entendre.

— Tes désirs sont des ordres, ô belle reine de la jungle.

— Bon, OK, un autre règlement : tu m'appelles Rachel, c'est tout. Pas de surnoms.

Elle lui tourna le dos pour ouvrir les fenêtres. *J'ai affaire à une étrangère*, se dit Malick. Comment pouvait-il en être autrement ? Cet appartement, cette vie ne rejoignaient en rien ce qu'il avait connu. Il s'éclaircit la gorge.

— Je veux surtout pas que tu changes d'idée, mais… pourquoi t'as accepté de m'héberger, exactement ?

— Pour services rendus, disons. T'as beau être un trou de cul par moments…

— Des services, vraiment ?

— Tu m'as écoutée, tu m'as empêchée de virer folle quand j'étais à l'hôpital… même si c'était un peu de ta faute que je me sois retrouvée là. Et tu as fait enrager mon père comme personne n'avait su le faire avant toi – ou après.

— Donc, tu te servais de moi.

— Fais pas l'imbécile. Tu sais que c'était plus que ça.

Il eut un sourire qu'elle ne lui rendit pas. Elle reprit :

— En fait, si j'ai accepté, c'est surtout pour faire plaisir aux autres. Ils sont tout énervés avec leur histoire d'arbre sanglant que tu leur as promis d'élucider. Je pense qu'ils te trouvent bizarre aussi ; ça les rassure que je te prenne en charge.

Malick ricana, s'installa sur le futon et y étala le contenu de son fourre-tout. Appareil photo jetable, liste d'adresses d'une multitude de contacts, poupée vaudou, plants de sauge séchés... Il fut surpris de retrouver une amulette de protection d'origine syrienne qu'une amie lui avait donnée bien des années auparavant. Il passa la corde autour de son cou et laissa choir l'amulette dans le col de son t-shirt, où elle alla tinter contre les autres.

Rachel s'était assise à l'autre bout du futon et inspectait le fouillis. Elle prit un petit flacon de plastique apparemment vide, l'approcha de ses yeux...

— C'est quoi ? Un poil ?

— Le cheveu que j'ai ôté à Scipion.

— Pourquoi ? C'est un trophée ?

— Non, c'est de la dissuasion. Maintenant, Scipion sait que j'ai un de ses cheveux. Il va y penser deux fois avant de me lancer une malédiction, parce qu'il sait que je peux faire pareil.

— Avec ta poupée vaudou, c'est ça ?

— Ça, ou par un autre moyen. L'important, c'est d'avoir le cheveu. Le vaudou... ça fait pas partie de mon « héritage culturel », c'est surtout haïtien. Mais les stéréotypes ont la vie dure : quand je dis que je pratique la magie, les gens voudraient souvent que ce soit du vaudou. J'ai fini par l'apprendre pour avoir la paix. La magie vaudou est plutôt utilitaire, c'est... sympathique. Enfin. Il faut surtout pas que je perde ce cheveu-là. J'ai beau me raser la tête pour éviter de laisser traîner les miens, il reste que je suis pas rasé *partout*. Chez Scipion, j'étais drogué, à sa merci et…

— Oh, ça va, épargne-moi les détails.

— Bref, lui aussi a ce qu'il lui faut pour me maudire. Ça nous ramène au principe de la destruction mutuelle assurée, comme avec les Américains et les Russes au temps de la guerre froide : si tout le monde a la bombe atomique, personne osera l'utiliser contre son ennemi, par peur des représailles.

Elle le dévisagea comme s'il disait des bêtises.

— Et ça marche, ça ?

— Personne s'est balancé de bombes atomiques par la tête depuis ce temps-là, non ?

Elle leva les yeux au ciel.

— Le problème, ajouta-t-il, c'est que je devrais laisser à quelqu'un d'autre le soin d'accomplir le rituel. Si jamais Scipion m'envoie quelque chose de fatal et que je m'en aperçois trop tard, je pourrai pas riposter. Il faudrait que quelqu'un d'autre ait le cheveu pour se charger de la riposte. Seulement, ce genre de rituel-là amène du très mauvais karma. Les gens en qui j'ai confiance oseraient pas s'en occuper, et les gens que je connais qui oseraient s'en occuper… ben, je leur fais pas confiance.

— T'as pas d'allure, tu sais ça ?

◆

Ici, le ciel devenait vraiment noir la nuit ; rien à voir avec la pollution lumineuse de Montréal. La moitié des lampadaires étaient brûlés, éclatés ou mourants. Malick avançait dans leur lueur incertaine, fasciné par ces rues si vides. À peine une poignée d'adolescents apathiques en vitrine d'un « Prince de la patate » – pas de rois ici. Là, un chien esseulé attaché à un parcomètre, sans maître en vue. Saint-Nicaise *by night*.

Les phares d'une voiture vinrent étaler devant Malick une ombre longue et noire. Il se dit qu'il se devait d'être ainsi : mystérieux, opaque, plus grand que nature. Discret mais frappant. Les recherches de la journée n'avaient rien apporté d'utile, mais il devait rester sûr de lui. Avec assez d'assurance, il saurait s'attirer la coopération de la ville tout entière.

L'ombre persistait : la voiture derrière lui roulait au rythme de ses pas. Il risqua un coup d'œil et jura entre ses dents. La police. Il s'arrêta et la voiture fit de même. La vitre avant droite était abaissée : en se penchant, Malick reconnut derrière le volant le policier qui l'avait surpris derrière le Rocksteady.

— Ça fait combien de temps que vous êtes en ville ? demanda l'agent.

— Ça fait depuis… samedi soir. Pourquoi ?

— J'ai déjà reçu une plainte contre vous. Vous faisiez quoi dans le bois hier en début de soirée ?

Le policier restait courtois, sérieux sans être sévère. Ou bien il était l'une de ces recrues idéalistes, toutes droiture et intégrité… ou bien il s'agissait d'un beau salaud passé maître dans l'art de cacher son jeu. Aussi bien jouer les innocents et voir quelle réaction ça susciterait.

— J'étais allé me promener dans la nature, rien de plus. On a pas ça à Montréal, vous savez.

— Vous devez avoir des propriétés privées, là-bas ? Vous en avez enfreint une, hier. La propriétaire nous a dit qu'elle avait vu des intrus. Elle a des problèmes avec des vandales depuis quelque temps déjà.

— C'était un terrain privé, ça ? Il y avait juste des arbres !

— Et des pancartes d'interdiction d'entrée, et une clôture…

— Rien vu de ça, désolé. Vous avez dit *des* intrus ? Et tout de suite c'est moi que vous poursuivez dans la rue ?

— Elle a vu les intrus de loin seulement, mais elle a distingué un Noir dans le groupe.

— Oh, et laissez-moi deviner… je suis le seul Noir en ville, c'est ça ?

— Pour l'instant. Nous sommes toujours heureux d'en accueillir d'autres.

Malick le dévisagea, puis éclata de rire.

— Vous, vous êtes pas croyable. Votre instructeur en relations publiques a dû vous adorer.

— Je fais mon travail de mon mieux, c'est tout. Je tiens à ce que vous le sachiez.

Malick nota comment il arrivait à glisser un soupçon de menace dans cet énoncé sans diminuer en rien son ton courtois.

— Merci, j'apprécie. Mais je vais finir par croire que vous êtes le seul policier en ville, si ça continue. En tout cas, les autres me laissent tranquille.

— En fait, comme je vous avais déjà rencontré, j'ai demandé qu'on me confie votre cas. Considérez ça comme du service personnalisé.

— Eh bien, si je peux faire un commentaire… C'est pas tout le monde qui est sensible et évolué comme vous. Je trouve que votre propriétaire de terrain blâme le Noir plutôt vite. Vous y avez pensé ?

L'autre eut un soupir discret.

— J'y ai pensé, oui, mais elle est certaine de ce qu'elle a vu. Vous étiez avec qui, au juste ? Des amis rencontrés au Rocksteady ?

— Surtout pas ! Vous m'avez dit de me tenir loin de ces gens-là. Non, j'ai bien croisé des gens dans le bois, mais sans leur parler.

— Est-ce que vous pourriez me les décrire, au moins ?

— Pas vraiment, non. Ils couraient trop vite. Sans compter que… vous, les Blancs, vous êtes tous pareils pour moi.

Le policier toisa Malick quelques instants, puis dit :

— Vous n'aidez pas votre cas. Pour l'instant, comme la propriétaire n'a pas constaté de dommages, je vous laisse avec un avertissement. S'il y a une autre plainte, je vous traînerai au poste pour vous poser des tas de questions aussi ennuyantes pour vous que pour moi.

Il insista pour voir une pièce d'identité. Malick se résigna à lui montrer son véritable permis de conduire, celui qui portait le nom sous lequel il était né. Son nom n'était pas un secret à Saint-Nicaise, aussi bien s'y faire. Le policier en prit note et repartit avec un unique éclat de gyrophares.

Malick reprit son chemin et arriva vite au bar. C'était un de ces endroits éphémères qui prospèrent tant qu'ils offrent l'attrait de la nouveauté, puis s'étiolent et ferment au bout de deux ou trois ans. À l'intérieur : lumières colorées, cocktails *idem*, hip hop à tendance latine produit par des Blancs. La seule place où danser pour ceux qui n'aimaient pas le Rocksteady. Bonne foule pour un mercredi, surtout pour cette ville que les jeunes désertaient. Samuel et son équipe s'étaient approprié les deux divans du fond. Malick prit le temps de les observer de loin tout en s'imprégnant du rythme. Il notait la posture de chacun, le mouvement de leurs humeurs. Samuel, agité, discutait avec un Boris tout à fait détendu. Kevin gesticulait avec un verre à demi plein sans quitter des yeux son interlocutrice – la

fameuse Pauline, sans doute. Elle était à la fois
grande et rondelette, avait les cheveux courts à peine
frisés, presque noirs, les lèvres invitantes. Vêtue de
simples jeans et d'un t-shirt blanc, elle projetait
cette assurance tranquille qui faisait défaut à Kevin.

Dans le fouillis de la piste de danse, Rachel
s'abandonnait, les yeux à demi fermés, plongée
dans un univers tout personnel. Elle tournait et
ondulait avec grâce autour d'un point invisible,
insensible aux séducteurs en herbe qui tentaient
d'accrocher son regard. Insaisissable. Cela pouvait
paraître égocentrique, mais Malick savait qu'il
n'en était rien : Rachel se perdait toujours dans la
musique. Il remarqua soudain que Laura s'était
glissée à côté de lui. À son sourire narquois, il sut
qu'elle avait bien noté où portait son regard.

Il se commanda un Virgin Caesar en flirtant
avec Laura, puis la suivit jusqu'aux divans. Dès
que possible, il résuma à Samuel sa rencontre avec
le policier.

— Voyons donc, dit Samuel, la forêt, c'est la
forêt, et elle est à tout le monde. Tu t'es abstenu de
lui mentionner notre arbre sanglant ?

— Comme convenu. J'enquête en douce. Je vous
le dis dès que j'ai quelque chose.

Il avait bien trouvé un café muni d'une unique
station Internet, mais son parapsychologue ne lui
avait encore rien écrit.

Samuel partit chercher à boire et se trouva happé
en passant près de la piste de danse. Lui et Rachel
s'engagèrent dans un tourbillon complice : les deux
meilleurs amis du monde. Malick se détourna pour
servir d'auditoire à Kevin, qui s'était lancé dans
une autre de ses tirades.

— Au fond, ils veulent donner une nouvelle peau
à la ville en espérant que ça lui donne aussi des

nouvelles tripes… du *guts*, quoi. Ils sont naïfs à ce point-là. Ils se cherchent, comme tout le monde se cherche…

Il semblait aussi soucieux d'impressionner Pauline que de lui confier ses problèmes : il cherchait à se plaindre avec panache.

Le duo des ex s'échappa bientôt du plancher de danse pour revenir s'entasser sur les divans, Rachel à côté de Malick. À la voir si essoufflée, il s'imaginait que sa peau serait brûlante au toucher. Elle semblait l'étudier alors qu'il expliquait à Pauline sa vie de magicien.

— T'es content, hein ? dit enfin Rachel.

— Pourquoi ? Qu'est-ce qui te fait sourire comme ça ?

— T'es content parce que tu t'es trouvé un mystère ! Tu peux te plonger là-dedans, jouer les experts énigmatiques, oublier ta petite vie pendant quelque temps…

— Je suis un chercheur. S'il y a un mystère, faut que je m'en mêle.

— Même si c'est pas de tes affaires…

C'était un reproche qu'elle lui adressait tout de même avec un brin de sourire.

— Ah, ma belle, c'est là que tu fais erreur. C'est toujours de mes affaires parce que je suis le seul à y comprendre quelque chose ! Je vois ce que personne d'autre n'est capable de voir. Quand t'es le seul à être au courant de ce qui se passe *vraiment*, ça *devient* de tes affaires.

— Beau petit discours. Ça sonne quasiment comme si tu l'avais préparé.

— Il faut que tu comprennes que j'en ai fait, des choses, depuis qu'on s'est quittés. J'ai purifié des lieux troubles, apaisé des fantômes et des polter-

geists, échappé à un assassin parmi les plus dangereux… Je sais combien de temps une tête humaine
peut vivre séparée de son corps, je peux dessiner
un sceau de Salomon les yeux fermés. J'ai étudié
la magie thélémique auprès du grand Ryamon, j'ai
visité Rennes-le-Château, les pièces secrètes de
l'oratoire Saint-Joseph…

— Ça va, pas besoin que tu me récites ton C.V.
au complet. Je peux avoir une gorgée ?

Elle prit son verre du bout des doigts et en but
quelques centimètres. Puis elle profita d'une accalmie
dans la musique pour revenir à la charge.

— Je serais presque tentée de croire que tu as
tout orchestré. Je sais que t'es pas assez malade pour
avoir tué ces animaux-là, mais autrement, tu me parais
tout à fait capable de monter un mystère comme ça
juste pour rester en ville plus longtemps.

— Pourquoi je voudrais rester ? C'est sûr que
Laura me fait de l'œil, mais…

— Pauvre petit Maxou !

Elle interpella Laura, qui accepta volontiers
d'exposer sa vie amoureuse pour ôter toute illusion
à Malick. Laura fréquentait un homme marié qui
habitait hors de la ville. Il était de deux ans son
cadet ; le pauvre s'était rangé bien trop jeune, disait-
elle, et il avait besoin de faire des folies. Comble
du romantisme, il lui avait donné en cadeau un cellulaire pour qu'ils puissent se parler plus souvent.
« Mais il faut pas que t'en parles, c'est un secret ! »
disait-elle en criant pour se faire entendre par-dessus
la musique. Malick la trouvait mignonne avec ses
gestes maladroits de fille éméchée, même s'il se
doutait que c'était surtout de la comédie. Comme il
savait quand s'avouer vaincu, il leva son verre, le
vida et suivit Pauline qui allait se ravitailler au bar.

— Comme ça, dit-il, c'est toi qui mets le pauvre Kevin tout à l'envers ? T'aurais dû le voir quand il pensait que tu viendrais pas.

Pauline le soupesa du regard :

— Parce que c'est de tes affaires, peut-être ?

— Non, mais faisons comme si. Ça nous fait un bon sujet de conversation.

— C'est vrai, pourquoi pas ? Tout finit par se savoir de toute manière.

— Dans le groupe, tu veux dire ? Entre « gens du cinéma » ?

— À Saint-Nicaise en général, dit-elle. Tout le monde se connaît... On t'a pas encore parlé de la dernière blonde de Kevin ? C'est elle qui l'a tout magané. Moi, je recolle les morceaux.

— Du travail ingrat, ça. Qu'est-ce qu'elle lui a fait au juste ?

— C'était une fille instable. Elle s'est mise à croire à des tas de niaiseries ésotériques. Elle est partie en quête de sa vérité intérieure en laissant Kevin derrière. En fait, elle a laissé tout le monde derrière, elle appelait ça faire « le tri par le vide », mais Kevin l'a pris personnel.

La conversation prenait une tournure inquiétante ; Malick avait entendu cette expression ailleurs. Il demanda à Pauline d'élaborer. Il espérait qu'elle le libérerait ainsi du soupçon qui lui était venu, mais chaque nouveau détail enfonçait le clou un peu plus. Il la remercia et resta seul au bar, perdu au sein de la musique trop forte, des lumières trop vives. Les gens buvaient ou dansaient sans se soucier de rien, sinon de savoir avec qui ils rentreraient à la maison.

Malick attendit le bon moment et entraîna Kevin dehors sous prétexte d'aller griller une cigarette en paix. Tous deux exhalèrent fumée et banalités dans l'air clair et chaud de cette nuit d'août. Sur le trottoir

opposé, un clochard passa en chancelant, le cou
étiré, le nez en l'air, suivant quelque signal imper-
ceptible. Kevin lui envoya la main et le regarda
s'éloigner.

— Parle-moi de ta dernière blonde, dit Malick.

Le visage de Kevin s'assombrit, une chandelle
soufflée d'un coup.

— C'est important, reprit Malick. Fais-moi confiance.

Lentement, par phrases courtes et mots secs,
Kevin lui étala les croyances de cette femme qu'il
avait essayé d'aimer. Mal dans sa peau depuis toujours, elle en était venue à mettre ses problèmes
sur le compte du monde extérieur, des médias, de
la société qu'elle disait accablante. Elle avait trouvé
les mots pour contrer ses maux, et Kevin n'y avait
rien compris.

— C'était pas tellement les mots autant que sa
manière de les utiliser. Tout était faux, pour elle.
La TV, c'était faux… comme si *tout* ce qui passait
à la TV était un mensonge. Il fallait « combattre le
faux ».

Puis elle avait tenu à faire le « tri par le vide » :
couper tout contact avec son entourage pour ne
recommencer à voir ses amis qu'un après l'autre et
déterminer lesquels lui convenaient vraiment. Malick,
qui connaissait déjà le principe, s'impatienta.

— Mais elle les tenait d'où, ces idées-là ?

— De la Repousse, surtout. Elle était presque
tout le temps là. Elle voulait que j'aille passer une
sorte de test de personnalité là-bas, pour un cours
peut-être, j'ai pas tout compris.

Malick fouilla dans ses poches et en sortit le
dépliant qu'il avait cueilli au dépanneur Septième
Ciel la veille. Le nom de la Repousse était écrit en

lettres cursives et flanqué d'une silhouette angulaire : un arbre sans feuilles s'étirant vers le ciel.

Un arbre, comme ceux qu'Olivier dessinait sans cesse. Le faux, le tri par le vide… Non, non, non…

Si on mettait encore ces idées en pratique, c'était que le groupe qui les prônait ne s'était pas dissous : ils étaient ici, et parmi eux se trouvait peut-être le plus redoutable adversaire que Malick ait connu. Et si c'était ce que Quentin avait trouvé ? Une manifestation d'une puissance inégalée…

— Oh non. Oh non. Oh saint John Coltrane, priez pour nous…

Kevin le dévisageait. Malick s'efforça de lui expliquer :

— Les gens de la Repousse… Je pense que je les connais. Ils sont dangereux. L'arbre de sang, c'est nouveau, mais ça doit venir d'eux. Ciboire ! L'avertissement qu'on m'a adressé… Ça peut pas être juste Quentin. Ils savent que je suis en ville ! Je suis trop visible ici…

Il fonça dans le bar. Rachel s'était replongée dans la cohue de la piste de danse. Malick la rejoignit en dansant – le meilleur moyen de passer était de suivre le rythme. Il la prit par les hanches et la poussa à l'écart.

— Rachel, je dois rentrer à l'appartement tout de suite. Je vais bloquer la porte ; quand t'arriveras, cogne trois coups, pis un coup, pis deux coups après. OK ? Trois, un, deux.

— Pourquoi ? C'est quoi le drame ?

— Si t'arrives chez toi pis que je suis pas là… appelle la police, dis-leur de me chercher à la Repousse. Je te donne un numéro aussi…

Il sortit un tout petit crayon de bois et un calepin, griffonna le numéro de téléphone de Frédé, arracha la feuille et la tendit à Rachel. Elle ne bougea pas.

— Vas-y, prends-le ! Tu peux faire confiance à ce gars-là. Si je disparais, il faudra que quelqu'un t'explique…

Elle le fixait d'un air sévère que Malick connaissait trop bien. Elle avait eu ce même regard quand il lui avait offert un superbe collier en or qu'il avait volé à sa voisine. Il sentait chez elle une colère froide capable de glacer une mer tropicale. Elle s'adressa à lui d'un ton tout aussi froid :

— Si tu crois que je vais embarquer dans tes folies… Reste sur terre avec nous autres, d'accord ?

— Je suis sérieux ! Je viens de découvrir quelque chose de grave. Il faut que je me terre quelque part, que je dresse un plan d'attaque…

— Tu veux attaquer quoi comme ça ? Une armée de moulins à vents ?

— Je peux pas rester ici, je suis trop visible. Prends le papier, s'il te plaît.

Elle resta encore quelques secondes sans broncher, puis poussa un long soupir.

— Bon, je te raccompagne. C'est clair qu'il faut quelqu'un pour te surveiller.

◆

Il suivit Rachel de près. Son esprit, lui, traînait cinq ans en arrière, à Montréal.

« J'ai une job pour toi », avait dit Tony Boyard en arrivant au Sainte-Élisabeth en ce jour cruel de février. Malick, sa journée terminée, y prenait une bière bien au chaud avec quelques autres messagers. Sans lever les yeux, il avait noté l'approche de Tony comme on constate une éclipse. Deux cent cinquante livres de muscle, de fierté et d'humeur volatile ; une montagne couronnée d'une courte queue de cheval haut perchée dont personne n'osait se moquer. Tony avait posé à ses pieds un énorme sac de hockey avant d'aller droit au but.

— On a un problème avec le p'tit. Il a crissé son camp avec les krishnas, y a pas moyen de le trouver. Tu peux faire travailler ta cervelle pour nous autres ?

Les Témoins de Jehovah, les *Hare Krishna*, les adeptes du *new age* et bien d'autres encore étaient tous interchangeables aux yeux de Tony, catholique négligent aux idées bien arrêtées.

« Le p'tit », c'était Olivier, le plus jeune parmi ses frères, qui n'avait pas la carrure de Tony mais faisait tout de même ses six pieds. L'artiste de la famille. À force de questions calmes et raisonnables, Malick en était venu à comprendre qu'Olivier avait mis son évolution spirituelle entre les mains d'un groupe étrangement discret. C'est du moins ce que Tony avait conclu. Olivier ne s'était pas présenté aux célébrations familiales du temps des Fêtes. Chez les Boyard, on pouvait renier Dieu, amis et patrie, mais la famille était sacrée. Le colocataire du disparu avait fourni quelques maigres indices que Tony avait étoffés en fouillant les papiers et le vieil ordinateur abandonnés par son frère.

— Y a fallu que j'apprenne l'informatique, avait dit Tony, mais ça valait la peine. J'ai trouvé le local oùsqui rencontrait sa nouvelle gang. Le problème, c'est qu'ils osent pus se montrer le nez là-bas. Je sais pus où chercher.

La récente tragédie de l'Ordre du Temple Solaire l'avait impressionné. Il craignait que son frère se soit fait recruter par un groupe semblable. Malick avait accepté de l'aider même s'il sentait que la situation était plus complexe qu'on le lui laissait entendre. Sans être un ami, Tony était un bon allié : fiable, prêt à tout croire, assez intimidant pour dissiper bien des ennuis par sa simple présence. Malick lui devait cette faveur.

Tony lui avait laissé le sac, qui contenait pêle-mêle un ordinateur avec écran et clavier, un fouillis de papier et quelques oreillers pour absorber les chocs. Malick avait dû traîner le tout dans le froid jusque chez lui pour amorcer ce qu'il envisageait comme une enquête tranquille.

À force de découvertes, il avait dû admettre que Tony n'avait peut-être pas tort. Olivier semblait avoir trouvé un gourou en la personne d'un certain Victor Geoffroy. Dans son étude de la théorie magique, Malick avait remarqué que les avances significatives provenaient surtout de quelques rares génies mus par une vision toute personnelle. Les idées de Crowley, Spare et compagnie s'ancraient dans les recoins les plus étranges de leur personnalité. Elles étaient néanmoins si fortes qu'elles attiraient des disciples. Victor Geoffroy ne se proclamait pas magicien, mais son génie en faisait un meneur redoutable : un illuminé qui arrivait à rendre ses lubies assez accessibles pour séduire bon nombre d'âmes en détresse. C'était surprenant de voir ce qu'il amenait ses fidèles à croire sans l'appui d'un quelconque savoir ancien et reconnu. Pas de secret des Templiers pour lui, pas d'Atlantide, pas d'extraterrestres ni de variation sur la religion chrétienne. Il ne s'appuyait sur aucune autorité sinon la sienne.

Ses enseignements étaient uniques et inquiétants. Ses fréquentations étaient pires… mais c'est seulement une fois irrémédiablement empêtré dans cette affaire que Malick avait découvert l'existence de l'exécuteur.

◆

Malick entra le premier, trouva l'interrupteur à tâtons et alluma, paré à tout. Il fit le tour de l'appartement, inspectant jusque derrière les plantes pendant que Rachel verrouillait la porte. Jusque-là, rien d'alarmant.

Il ôta sa chemise et vit Rachel s'immobiliser un instant, sans doute surprise par son apparence. Il portait à son cou une demi-douzaine de pendentifs que sa chemise avait dissimulés jusque-là. Son torse et ses épaules étaient couverts de symboles complexes tracés à l'encre noire. Rachel le regarda fouiller dans son sac.

— Ouais, Max, je te savais pas si décoratif. C'est du tatouage ?

— Non. C'est plus pratique si je peux les modifier de temps en temps.

D'un geste triomphant, il brandit un marqueur noir. Il commença à refaire les tracés, à commencer par les plus pâles.

— Après tout, dit-il, il y a toujours moyen de faire mieux. Tu vois le sceau ici ?

Il indiqua un dessin sur son épaule gauche, traits grêles et angulaires comme des pattes de moustique.

— Celui-là, je l'ai amélioré cette année. La version précédente avait un défaut qui... bon, je t'épargne l'explication. Disons juste que c'est pour renforcer ma santé. Ça marche : tu serais surprise de voir à quel point je cicatrise vite. Et j'ai pas été malade depuis un an. Il suffit que je pense à retoucher le tout régulièrement. C'est dur de trouver des marqueurs assez permanents.

Rachel s'approcha une chaise et s'y assit à l'envers, les bras appuyés sur le dessus du dossier, le menton sur les bras.

— C'est *très* beau et *très* obsessif, tout ça, mais explique-moi plutôt pourquoi tu tenais à venir t'embarrer ici.

Malick s'assombrit. Cette affaire l'obligeait à revenir sur des événements qu'il s'était efforcé oublier.

— Je pense que je sais qui est derrière notre arbre sanglant. C'est un groupe qui s'appelle les Insoumis. Je les ai connus à Montréal, mais on dirait qu'ils sont rendus à la Repousse.

— C'est là que vous avez trouvé l'arbre, mais n'importe qui aurait pu…

— Tout concorde, Rachel : Kevin m'a dit que sa dernière blonde passait beaucoup de temps là, elle y apprenait le même discours que les Insoumis à l'époque, et le logo de la Repousse…

— C'est un arbre ordinaire, rien de sanglant ou de sinistre là-dedans.

— C'est un arbre sans feuilles. Avoue que c'est bizarre pour une organisation comme ça…

— Oui, mais un de mes clients m'a expliqué que ça représente l'espoir, ou le devenir… C'est un arbre qui aspire à devenir feuillu. Ça peut sonner niaiseux, mais c'est ce qu'on m'a dit.

— C'est mignon de leur part, ça, mais le *vrai* sens est tout autre. Le groupe que j'ai connu… c'était une secte, en fait. Ils étaient obsédés par les fêlures, les craques, les cassures… Je t'expliquerai en détail plus tard. Ce qui est intéressant, c'est que, avant ce que je *croyais* être la fin de la secte, ils s'étaient mis à utiliser l'arbre comme symbole aussi. Ça revient au même genre de dessin : une ligne qui bifurque, qui se ramifie…

Il en esquissa la forme dans les airs. Rachel n'était pas impressionnée.

— Mais qu'est-ce qu'ils ont de si épeurant ?

— Ils avaient quelqu'un avec eux… je suis même pas sûr s'il était humain, seulement.

— Il serait quoi, sinon humain ?

— Je le sais pas. Mais il émanait un pouvoir de ce gars-là comme j'en avais jamais senti avant. Tu peux être sûre qu'avant de me coucher, je vais prier tous les dieux, les saints pis les esprits que je connais dans l'espoir qu'on ait pas affaire à lui. Il a plusieurs meurtres sur la conscience – si le concept de conscience s'applique dans son cas. Après mes démêlés avec lui, je me suis tenu loin de Montréal pour quelques mois. Je suis revenu quand j'ai été certain qu'il avait quitté la ville.

Il cessa de parler, rangea le marqueur et remua l'air de ses mains pour chasser les vapeurs toxiques qui lui montaient à la tête. D'un ton trop calme, Rachel lui demanda :

— Toute cette aventure-là, c'était avant ou après que tu te sois battu avec des crocodiles ?

— Avant.

— Calvaire, Max ! Te rends-tu compte de ce que t'es en train de me conter ? T'arrives de nulle part, tu nous trouves un arbre couvert de sang, tu te mets dans le trouble avec la police, tu nous bourres d'histoires ridicules, pis là tu voudrais que j'accepte tout ça comme si c'était normal ?

Des coups à la porte firent sursauter Malick. Il signifia à Rachel de ne pas bouger, mais elle ouvrit la porte après un coup d'œil très bref par le judas.

— On peut entrer, dit Kevin, ou tu préfères l'engueuler en privé ?

Rachel s'écarta pour le laisser passer, et tout le groupe entra à sa suite. Ils avaient l'habitude des lieux. Chacun se trouva une place dans le salon pendant que Kevin s'en prenait à Malick :

— Tu sais, je passais une bonne soirée jusqu'à ce que tu me parles de mon ex pis que tu partes en peur sans rien m'expliquer. On peut savoir ce qui se passe ?

Seul devant une demi-douzaine de regards sévères, Malick reprit ses explications : le logo de la Repousse, l'idéologie des Insoumis. Il leur résuma les croyances de Victor Geoffroy.

— Pour lui, le monde moderne était faux. Les médias, la société de consommation, toutes ces structures-là constituaient les murs d'une prison. Il pensait que son groupe allait faire craquer ces murs-là pour que jaillisse la vérité, ou quelque chose de grandiose comme ça.

Pauline ricana.

— C'est pas à partir de Saint-Nicaise qu'ils vont réussir. Tu disais pas qu'ils étaient à Montréal ?

— Plus maintenant. Ça serait long de tout vous raconter. En gros… Une de leurs propriétés a brûlé et le gourou est supposément mort dans l'incendie. La police a dit que le corps était mutilé, sans plus de détails. On l'a identifié par ses empreintes digitales, parce que Victor Geoffroy avait un casier judiciaire. Il a eu une jeunesse mouvementée.

Samuel leva un sourcil naissant.

— Oublie sa jeunesse, c'est le corps mutilé qui m'intrigue.

— Ça m'intrigue aussi. Il s'est pris un gros meuble par la tête la dernière fois que je l'ai vu. Il était mal en point, mais pas « mutilé » pour autant. J'ai jamais pu en savoir plus.

— On dirait presque un de mes films…

— Tes films, c'est rien. Tu te rappelles l'affaire *Heaven's Gate* ? En Californie, en 97, il y a une quarantaine de concepteurs de sites web, dont plusieurs castrés, qui se sont donné la mort avec de la compote de pommes empoisonnée parce qu'ils voulaient rejoindre un ovni caché derrière une comète. La police les a trouvés étendus dans leurs lits, un drap mauve sur le corps, avec juste leurs souliers Nike qui dépassaient. *Just do it!* Je te dis : on vit dans un monde où tout est possible.

— Et les Insoumis, tu crains qu'ils s'avèrent suicidaires eux aussi ?

Malick fronça les sourcils. Il y avait trop d'inconnues, trop de trous dans ses connaissances.

— Je sais pas. Tout dépend de la personne qui mène. Un mouvement peut survivre à ses dirigeants. Après la mort de Jouret et de Di Mambro, plusieurs membres de l'Ordre du Temple Solaire sont restés assez organisés pour s'orchestrer un autre « suicide » collectif au bout d'un an. Mais j'imagine mal les Insoumis sans Victor Geoffroy. S'ils ont un nouveau gourou, on peut s'attendre à tout, mais sous Geoffroy, ils étaient pas du genre suicidaire. Pas de date fatidique pour eux, pas de discours apocalyptique. À leur manière, ils voulaient sauver le monde, pas se sauver du monde.

Kevin intervint, sévère :

— Mais tu les as pas *vus* ici, tu fais juste supposer…

— En fait, ils ont pris contact avec moi déjà.

— C'est maintenant que tu nous le dis ? s'exclama Rachel.

Il leur fit part de sa rencontre avec la mystérieuse dame du parc Lagardière. Laura s'en amusa. Elle avait souvent vu cette dame au parc : les enfants l'adoraient, elle n'avait rien de sinistre. Pauline s'en mêla :

— Ça se tient pas. « Quand t'auras vu de quoi il est capable… » Si ton gourou est mort, c'est qui, le « il » qui t'a envoyé ce message-là ? Et s'il y a vraiment une secte qui a pris le contrôle de la Repousse, pourquoi ils auraient mis la police à tes trousses après t'avoir approché directement ?

— J'ai quelques hypothèses sur…

— Malick, le coupa Rachel, qu'est-ce que t'attends pour leur parler de ton tueur inhumain ?

— Ah, lui…

Malick considéra son auditoire. Tous paraissaient sceptiques – Kevin le premier –, mais il les savait curieux. Aussi bien tout leur asséner d'un coup et voir ce qu'ils seraient capables d'accepter. Il leur donna l'information d'un ton sec et posé.

— Lui est dangereux, pour eux comme pour nous. Je sais qu'il se chargeait de punir les adeptes. J'ignore son nom ; je l'appelle l'exécuteur. Évitez-le à tout prix. C'est un homme mince, aux yeux pâles, dans la vingtaine ou la trentaine, une cicatrice sur le crâne, les cheveux bruns rasés court – à l'époque, du moins. Le visage osseux, le nez un peu croche, cassé il y a longtemps. Ce qui est marquant chez lui, c'est sa manière de bouger. Il a l'air mal synchronisé, comme s'il avait pas le plein contrôle de ses muscles.

— Il sonne pas ben dangereux…, glissa Boris.

— Il l'est, crois-moi. Je suis pas certain qu'il soit humain. Il est beaucoup plus fort qu'il en a l'air, et il a une présence… Pour moi qui est sensible à ces choses-là, il avait une aura de pouvoir effarante ; même de loin, je le sentais. Vous vous rappelez comment je vous ai fait courir quand on a trouvé l'arbre ? C'est peut-être sa présence que j'ai sentie là.

— Parce qu'on est censés se fier à ton supposé instinct mystique ? dit Kevin avec un rire amer. J'ai déjà rencontré du monde qui me donnaient la chair de poule, ça veut pas dire qu'ils étaient pas humains. Il serait quoi, ton exécuteur, sinon ?

— Bon, il pourrait être humain : un mage très puissant, disons. Sinon… je sais pas. Un être d'une autre dimension, un rejeton d'un dieu oublié, une créature de l'autre côté de la nuit…

Pauline leva la main.

— L'autre côté de la nuit, ça serait pas juste le matin ?

— Donne-moi une chance, j'essaie d'être poétique. Sérieusement… j'en suis réduit à procéder par élimination. C'est pas un zombi, il avait l'air trop alerte. Pas un golem non plus, pour la même raison. Il avait l'air humain, pas fabriqué…

— Bon, ça va faire, dit Kevin en se levant. Fabule tant que tu veux, mais laisse mon ex en dehors de ça. T'as connu Josée ? Non. C'était une fille troublée, c'est tout, elle avait pas besoin d'un bonhomme surnaturel pour empoisonner son existence pis la mienne. Viens-t'en, Pauline.

— Vas-y, dit Pauline après un instant de silence inconfortable. Je te rejoins bientôt.

Le départ de Kevin jeta un froid, mais Malick savait que la partie n'était pas perdue. Les autres paraissaient fascinés malgré eux. Samuel le relança.

— C'est énorme, ce que tu nous proposes là, Malick. Même en faisant abstraction de ta créature inhumaine… Supposons que des gens à la Repousse essaient de vivre selon un nouveau paradigme. Est-ce que c'est si terrible ? Moi, j'aurais plutôt tendance à dire que c'est courageux. L'arbre en sang cadre mal ; il peut très bien être le fait de quelques ados, plutôt, qui auront voulu jouer une farce de très mauvais goût. Je te trouve un air presque fanatique quand tu nous parles de tout ça. Tu ne serais pas un peu trop sûr de ton coup ?

— Oui, dit Pauline, il doit y avoir une explication plus simple. Comment est-ce qu'on pourrait en avoir le cœur net ?

Malick savait qu'il ne pourrait leur faire accepter toute sa théorie tout de suite. Il s'adressa au groupe entier :

— Je vais y penser. Gardez l'œil ouvert, à tout le moins. Plus vous me donnez d'informations, plus je peux vous aider. Je préfère éviter de vous impliquer plus que ça.

La conversation s'embourba par la suite. Tous rentrèrent chez eux, préoccupés sans être convaincus. Malick tenta de reprendre la conversation avec Rachel, mais celle-ci l'interrompit aussitôt :

— Tais-toi pour une fois, pis laisse-moi dormir.

Elle s'éloigna d'un pas sec. Il attendit d'entendre claquer la porte de la chambre, puis étala ses outils sur le futon. Inutile de s'inquiéter pour Rachel : c'était une fille intelligente, elle finirait bien par comprendre qu'il avait raison. D'ici là, il devait faire tout ce qui était en son pouvoir pour la protéger et se protéger lui-même. Il se rappela la prémonition qu'il avait eue au Rocksteady, éclair sur éclair. Le ciel était dégagé, mais combien de jours le resterait-il encore avant qu'un orage amène le malheur pressenti ? Les Insoumis devaient avoir un rôle à y jouer.

Qu'étaient-ils devenus ? Il espérait qu'Hubert Saulnier, au moins, ait eu le bon sens de se dissocier du groupe. Malick s'en était fait un ennemi, pourtant Saulnier lui avait paru être l'un des plus raisonnables parmi les Insoumis : un simple travailleur de bureau qui s'était laissé prendre à un jeu malsain. Leur dernière rencontre avait été catastrophique. Malick aurait donné cher pour réparer ses erreurs.

Dès demain, il essaierait de confirmer l'ampleur du danger. Pour ce soir... il avait tout le nécessaire pour un rituel de protection simple. Il interpella Rachel, assez fort pour qu'elle l'entende à travers sa porte fermée.

— Rachel ! Je peux écrire sur ton plancher ?

Il entendit la porte s'ouvrir, puis la réponse, retentissante :

— Non !

Et la porte claqua de nouveau.

– HUBERT –
CHACUN SES RAISONS

— Moi ? J'étais la fille invisible, dit Noémie avec un sourire en coin qu'Hubert trouva adorable.

La pénombre de la chambre d'hôtel adoucissait ses traits et estompait cette impression de fragilité qu'elle donnait parfois. Sa réponse, par contre, le laissait perplexe. Elle hésita :

— Tu veux vraiment savoir ce que je faisais avant de me joindre au groupe ?

— Oui, ça m'intéresse. Tu m'intéresses.

Aussi bien la laisser parler, il en profiterait pour reprendre son souffle. Leur petit tango à l'horizontale avait été aussi intense qu'inattendu.

Le drap glissa quand Noémie se redressa, découvrant un sein modeste et pointu.

— C'est une histoire de gars. Il me semble que, pendant longtemps, j'avais juste ça, des histoires de gars. Celui-là, c'était mon petit ami v'là cinq ou six ans déjà. À Québec. Je dis « petit ami », mais il mesurait six pieds et deux. Mes copines trouvaient qu'il parlait pas beaucoup, mais c'est que ses mots, il les gardait pour moi.

Elle se mit à énumérer sur ses doigts. Son vernis à ongles – toujours écaillé – était vert cette fois-ci.

— Il m'appelait sa reine, sa source, son oasis…
ah, il en disait plein. Et les cadeaux qu'il me donnait… Des fois, après qu'on avait fait l'amour, il se
levait pour aller fouiller dans ses vêtements sur le
plancher. Il revenait au pied du lit, tout timide –
tout nu, aussi – et là il déposait un petit quelque
chose à mes pieds : un chocolat, une paire de
boucles d'oreilles, un poème qu'il avait copié dans
un livre…

— Si j'avais su, j'aurais apporté quelque chose…

— Inquiète-toi pas, t'as déjà donné généreusement
ce soir, dit-elle en lui caressant la joue.

— Donc, ça allait bien, avec ton gars.

— Au début, oui. Je me trouvais choyée : un
beau grand gars brun comme ça pour prendre soin
de moi… Je m'arrangeais pour lui donner tout le
temps que je pouvais. Mais il devenait exigeant. Il
m'appelait plusieurs fois par jour, il voulait savoir
où j'allais, ce que je faisais. Je me disais que c'était
parce qu'il m'aimait, qu'il s'intéressait à moi, mais
ça devenait exagéré. Il voulait les numéros de téléphone de tout le monde que je fréquentais, l'adresse
de ma coiffeuse, de mes cafés préférés… Ça en
finissait pas.

— Possessif, le gars…

— Trop, oui. Intense, aussi. Toujours à faire des
grandes déclarations. Quand il se fâchait, c'était de
la grande colère. Et quand il m'a demandée en ma-
riage… Jusque-là, j'avais eu un peu d'espace, on
habitait pas ensemble. J'essayais de m'imaginer
vivre avec lui jour et nuit, bon an mal an… Je lui
ai dit que j'avais besoin de temps pour y penser.
T'aurais dû le voir ! C'est pas compliqué, il rugissait.
Il pensait que je remettais toute notre relation en
question. « Je suis à toi », qu'il m'a dit. Mais tu sais

quoi? Il disait ça, pis je savais que ça voulait dire « Tu es à moi ».

Elle tira les draps pour mieux se couvrir, puis reprit :

— J'ai réfléchi et j'ai compris que j'étais toute seule. Mes amies me donnaient toutes des conseils différents. Ma mère pouvait me réconforter, mais pas me protéger. Pis la police allait pas s'en mêler à moins qu'il se passe quelque chose de grave. Ça fait que je me suis sauvée. Un beau matin, je suis partie pour aller travailler, mais je me suis jamais rendue au bureau. J'ai quitté la ville. J'ai pas osé me rendre dans une maison pour femmes battues : j'avais pas été battue, et même si on m'acceptait, c'était sûr qu'il me retrouverait. Je savais qu'il allait me chercher partout. Ça fait que j'ai mis des centaines de kilomètres entre moi pis lui, et j'ai fini par m'installer dans une ville où j'avais ni amis ni parenté.

Hubert était consterné à l'idée de cette fuite et de cette solitude imposée, mais il ne savait comment réagir sans commettre de maladresse. Il garda le silence.

— C'est ça que je voulais dire tantôt, précisa-t-elle. À partir de ce temps-là, je suis devenue la fille invisible. Je voulais pas faire parler de moi parce que j'avais peur qu'il retrouve ma trace. J'ai mis longtemps à reprendre confiance. Quand j'ai rencontré Victor et le reste du groupe, j'ai su que c'était ma chance de redevenir quelqu'un, en sécurité, avec des gens qui me comprendraient. Là, je suis à l'aise, parce que je sais que j'appartiens à personne. Tu comprends?

— Oui. Victor avait ses raisons pour t'envoyer voir Boyard. Il se sent coincé, et t'es bien placée pour lui parler.

Elle sourit et vint poser sa joue contre son épaule. Il trouvait merveilleux qu'elle se révèle ainsi à lui, elle qui avait été si énigmatique jusqu'ici. Il l'avait vue une demi-douzaine de fois depuis la démonstration de Victor Geoffroy à l'usine désaffectée. Leurs conversations avaient toujours été trop brèves. Les élèves présents à l'usine s'étaient rencontrés quelques soirs par la suite. Victor les guidait alors dans des exercices beaucoup plus pointus qu'auparavant – sans résultats spectaculaires, ceux-ci. Hubert le ressentait comme une période de probation : il se tramait de grandes choses et on ne lui disait pas encore tout.

C'est au hasard d'un arrêt dans un café qu'il avait découvert Olivier Boyard ou, du moins, son art. Les quelques toiles ornant les murs l'avaient frappé par leur tristesse et leur mouvement. Il trouvait dans leur impression de transcendance imminente un écho des enseignements de Victor. Enthousiaste, il était retourné au café pour les photographier et avait alors rencontré l'artiste, un grand gaillard farouche, presque comique.

Victor avait été fasciné par les photos. Hubert s'était vite trouvé chargé d'emmener Noémie rencontrer le peintre. Comme elle voulait profiter de l'occasion pour faire quelques courses à Montréal, Hubert lui avait obtenu une chambre à l'hôtel à prix modique et s'était fait son chauffeur pour la fin de semaine. Elle n'aimait pas la ville et appréciait d'avoir un guide. Ils étaient passés au café l'après-midi puis, leur « mission » terminée, s'étaient maintes fois dit l'un à l'autre « je devrais rentrer » sans pour autant arriver à se séparer. À croire que le printemps, même un sale printemps montréalais, les poussait l'un vers l'autre.

Il se demandait ce qu'elle allait dire à Victor. En trouvant Boyard, Hubert avait l'impression d'avoir fait ses preuves. Il savait que Victor cherchait de tels individus pour concrétiser sa vision. Se remémorant une conversation à mi-voix entre Victor et Marco, il dit :

— Je me demande si Boyard se doute de tout ce qu'il pourra apprendre. Je suis loin d'avoir fini, moi-même. J'ai entendu parler de « réceptacle », tiens, et je sais pas encore ce que ça veut dire dans la cosmologie de Victor.

Noémie ne semblait plus si ouverte, soudain.

— C'est Guillaume qui est responsable pour toi, dit-elle. Il te le dira quand ça sera le temps. On apprend ce qu'on est prêt à apprendre.

◆

Noémie. Elle avait de tels airs de regret parfois, de tels airs secrets aussi. Maintenant, seul à la fin de toutes choses, Hubert se demandait ce qu'elle était devenue. Il l'avait perdue de vue alors que tout s'écroulait et il ne savait pas si elle fuyait aussi, si cette nuit l'accablait elle aussi. Il espérait que le monde avait encore une place pour elle.

◆

Au sortir du bureau, Hubert prit le temps de lever les yeux. Un ciel ininterrompu s'étendait au-dessus de la ville, un bleu constant sans tache ni couture. Les édifices faisaient enclos tout autour mais ne pouvaient cacher ce morceau d'infini au-dessus qui recouvrait la terre entière.

Au-dessous s'étalait le banal panorama qu'Hubert connaissait si bien. Un coin de stationnement, une tour à bureaux insipide, un babillard, un édifice des années vingt à demi vide… et il y avait quelqu'un, là, devant l'entrée du vieil édifice. Hubert voyait mal : le soleil, capturé par la façade vitrée de la tour à bureaux, l'aveuglait par ricochet.

Il plissa les yeux. L'homme là-bas se tenait droit comme un « i », immobile, nu-tête dans la brise. Ses cheveux clairs mi-longs effleuraient le col d'un long manteau noir. Pas de doute : c'était Victor.

Hubert alla le rejoindre. L'autre ne bougeait pas ; on aurait dit qu'il contemplait quelque spectacle invisible, ignorant le froid, buvant la lumière. Ce n'est qu'après une minute ou deux qu'il se retourna, sourit à Hubert et lui dit : « Viens marcher avec moi. » Hubert le suivit sans un mot, sachant que ce qui devait être expliqué serait expliqué.

Tous deux parcoururent le fouillis qu'était la rue Sainte-Catherine : dépanneurs à souvenirs et grands magasins très oubliables, maisons de prière et maisons de débauche. Après quelques intersections, Victor demanda d'un ton anodin :

— Comment va le travail ?

— Quoi ? Le bureau ? Ou les exercices de méditation ?

— Le bureau. Marco me tient au courant de votre noble travail de méditation. Comment ça va au bureau ? Est-ce que tu crées ? Est-ce que tu explores ?

— Pas du tout.

— Tu aimerais bâtir quelque chose de nouveau, je comprends. Tu sais… Ce qu'on vous enseigne, c'est seulement une fraction de ce que je sais. Les choses que j'ai vues, les choses que j'ai faites… Je suis allé loin et profond pour comprendre ce que je comprends maintenant. J'ai voyagé…

Hubert ne put réprimer un sourire.

— Oui, les autres élèves pensent que t'as fait des voyages mystiques dans le lointain Orient…

— Jusqu'au fin fond des terres les plus saintes, dit Victor d'une voix soudain grave et théâtrale. J'ai gravi les montagnes du Tibet à la seule force de mes doigts pour devenir apprenti du plus sage des sages et pelleter les excréments de son yak préféré…

Il donna une tape sur le dos d'Hubert en riant.

— Non, je n'ai pas eu à me rendre si loin. Il faut que tu comprennes… le mouvement *new age* est en train d'obscurcir tout le savoir ésotérique avec ce genre de clichés. C'est vrai que les anciennes civilisations ont fait des avancées impressionnantes sur le terrain du mysticisme. C'est vrai qu'encore aujourd'hui, il y a des gens dans les pays d'Orient qui pratiquent une vie beaucoup plus saine et éclairée que la nôtre. Mais c'est une erreur de croire que la vérité doit venir de loin. Pourquoi le prochain grand saut dans l'évolution spirituelle de l'homme ne se passerait pas ici, plutôt?

— Ici? Montréal, capitale mystique du monde?

— Pas obligatoirement Montréal. Quand je te dis que j'ai voyagé… j'ai dû faire tout le continent, dans tous les sens. Pas tellement pour trouver le savoir ailleurs, mais pour rencontrer des gens qui me donneraient des pistes et pour mieux comprendre la nature humaine en même temps. Je me suis rendu en Californie pour comprendre les remous et les excès qui ont suivi le mouvement hippie, j'ai vu des *preachers* dans la *Bible Belt* qui manipulaient des serpents dans leurs cérémonies, j'ai vu comment tout plein de gens cherchaient leur vérité, et j'ai trouvé la mienne. Je suis en contact avec un principe très particulier, un principe mystique qui va nous permettre d'écarter ce qui est faux pour redécouvrir le monde qu'on mérite. Ce principe, je vous en ai parlé à mots voilés déjà. Tu en as senti la puissance.

— Oui, dit Hubert tout bas. C'est certain.

— Ça doit rester un secret pour l'instant. Oh, je pourrais tout te l'expliquer maintenant : les passants qu'on croise en entendraient chacun une bribe et rentreraient chez eux un brin plus sages. Peut-être que dans leurs rêves ils chercheraient les morceaux qui leur manquent. Peut-être qu'Olivier Boyard se montrera digne de partager ce secret-là. Je te remercie de l'avoir trouvé. Un secret comme le mien, ça doit se transmettre progressivement, à des personnes bien choisies. Parce qu'on doit recevoir la vérité seulement quand on est prêt, et parce que notre succès dépend de notre discrétion.

Leur promenade les avait amenés au coin de Sainte-Catherine et McGill College. Les édifices étaient plus espacés ici, si bien qu'au nord on voyait le flanc du mont Royal et sa croix qui se découpait sur le ciel toujours uniformément bleu.

— Tu vois ? dit Victor. Même ici, au cœur du centre-ville, on peut trouver des brèches. On peut voir par-delà l'immédiat pour trouver quelque chose de transcendant, même si c'est le symbole d'une religion dépassée. On peut trouver des failles dans ce qui nous bloque la vue, et s'il en manque, on peut en créer.

Frappé de plein fouet par le soleil, Victor semblait délavé. Il rappelait à Hubert ces tissus grossiers qui, amincis et adoucis par l'usure, laissent la lumière les traverser. Seuls les yeux de Victor semblaient vraiment opaques, chargés d'une conviction plus forte que tout obstacle.

— C'est notre tour, Hubert, dit-il. Nous, notre mission. Tu as rencontré plusieurs d'entre nous déjà, ceux qui sont dans le secret. Je veux t'initier à ce secret-là, Hubert. J'ai besoin de collaborateurs. Vas-tu te joindre à nous ?

Hubert répondit sans hésiter.

◆

Les détails de son initiation importaient peu, même si l'occasion avait été mémorable. Hubert retenait surtout la manière dont il s'était senti, l'état d'esprit qui s'était installé chez lui par la suite. On lui avait donné de nouveaux mots. Victor et ses adeptes, ceux qui œuvraient le plus activement à concrétiser sa vision, se nommaient les Insoumis. Hubert lui-même avait un nouveau nom que Victor lui avait révélé. Pour la confiance que les autres lui accordaient aisément, pour sa force tranquille, il serait connu au sein du groupe sous le nom de Pilier.

Maintenant qu'il était vraiment des leurs, on lui confiait un à un les secrets qui venaient approfondir sa compréhension. Plus que jamais, il avait l'impression de se réveiller d'une anesthésie. Il émergeait de la torpeur où l'avait plongé sa routine et constatait quels morceaux on lui avait amputés : son idéalisme, sa clarté d'esprit, sa soif de vivre. Après tant d'années d'existence floue, il voulait des contours nets. Après les journées molles du bureau, il voulait du vrai dans ses soirées, de l'audace, du mordant.

Il savait qu'on ne pouvait changer le monde sans courir de risques. Il voyait bien que personne dans

ce groupe n'était parfait. Noémie ne lui disait pas
encore tout. Susannah, initiée en même temps que
lui, était chaleureuse mais imprévisible et parfois
acerbe. Marco s'emballait pour ses théories et oubliait les conséquences humaines que pourraient
avoir ses plans; un trait dangereux sans Victor pour
le tempérer. Tous deux se disputaient souvent sur des
points de doctrine qu'Hubert comprenait mal. Victor
lui-même avait ses erreurs de jeunesse, avouées
candidement au détour de l'une ou l'autre leçon. Il
buvait, fumait, sacrait à l'occasion, et on lui prêtait à
demi-mot des colères légendaires. Lui et les adeptes
de longue date avaient des habitudes et références
qu'Hubert n'arrivait pas encore à cerner. Il n'était
pas toujours d'accord avec eux, mais les quelques
conflits le stimulaient tout comme le reste.

Il les retrouvait tous un ou deux soirs par semaine dans une maison isolée, un manoir presque,
hors de la ville. On y tenait des rituels. On enlevait
souliers, montres, bijoux, cravates. On méditait,
comme aux séances de jour, mais dans un but très
précis. Pas de résultats immédiatement visibles,
comme ce plancher fissuré qui n'avait été qu'une
démonstration de pouvoir brut. Non, on voulait
plutôt changer le monde à distance et par degrés.
On invoquait ce pouvoir inouï déniché par Victor
et on demandait le congédiement d'un animateur
de radio aux idées dangereuses, ou l'obtention d'un
financement pour un projet encore secret. Victor
avait des plans complexes pour miner l'ordre établi
et il n'en partageait pas toujours les finesses. Les
adeptes y prêtaient volontiers leurs énergies en
sachant que toute preuve de leur succès se ferait
sans doute attendre. Si ce n'était du courant qui
passait alors entre les adeptes, Hubert se serait senti

ridicule à s'adonner à de tels rituels... Tous maniaient un principe essentiel, une forme d'entropie qui signifiait non pas la décrépitude mais le changement. Hubert apprenait à la reconnaître dans les fissures et fêlures de la ville, mais aussi dans les arbres qui poussaient la vie jusque dans leurs moindres ramifications. Il y avait là un pouvoir qui dormait.

Ce pouvoir aussi avait un nom.

MALICK MÈNE L'ENQUÊTE

Malick s'empêtrait dans ses souvenirs, pris entre deux eaux, ni endormi ni capable de s'éveiller tout à fait. Il y avait la peur, évidente dans les traits de Tony Boyard. La lueur des flammes et l'expression inaccoutumée rendaient son visage méconnaissable. Il y avait le sentiment d'être à la merci des événements, l'impression détestable de ne plus avoir le contrôle de sa propre vie. Il y avait l'exécuteur et sa fureur débordante, cette présence accablante beaucoup trop grande pour le corps dont elle émanait.

Il y eut la voix de Rachel, tranchant net les liens de la mémoire :

— Debout, tout de suite !

Malick cligna des yeux et la vit, dressée là debout dans un peignoir tout mince, une jolie vision qui acheva de l'éveiller.

— Pourquoi il y a du sel partout sur mon plancher ?

— Pas partout, marmonna-t-il... Le cercle ici, une ligne devant la porte d'entrée, pis une autre devant ta porte. Je pense que c'est tout. J'aurais fait un cercle de protection pour toi aussi, si j'avais eu le droit d'entrer dans ta chambre. Mais, bon, ça me surprendrait que tu sois ciblée personnellement.

Elle semblait trop fatiguée pour rester en colère longtemps. Elle dit sur un ton plus calme :

— Tu vas me nettoyer ça tout de suite. La nuit est finie, y a pas de monstres nulle part. Fais vite : je te garantis que c'est pas un cercle de sel qui va te protéger de moi.

Elle disparut dans la salle de bain. Les tuyaux de la douche émirent une longue plainte, puis l'eau se mit à couler. Malick se leva et passa le balai. Le ciel s'était couvert un peu : une lumière timide et variable s'infiltrait dans l'appartement, tranchée par les stores et lacérée par les longues feuilles des plantes vertes, dessinant de curieux motifs sur le plancher verni.

Avec le retour du jour, Malick sentait son assurance lui revenir. Il avait affronté la secte une fois ; pourquoi ne pourrait-il pas le faire une autre fois ? Adossé à la porte de la salle de bain, il se laissait réconforter par le bruit de l'eau. Il y avait une force tranquille à trouver là, dans les petits gestes du quotidien, dans la vie qui persistait à s'éveiller chaque matin. Malick effectua un bref rituel de purification en s'efforçant de croire que chacun de ses souffles était d'une inébranlable solidité.

Il se leva quand la douche cessa, espérant s'offrir l'odeur de Rachel pour bien commencer la journée. La porte s'ouvrit et une serviette trempée à l'eau glaciale fendit l'air pour s'abattre sur sa tête.

— Maudit que t'es prévisible, dit Rachel.

Elle entra dans sa chambre et ferma la porte avant qu'il ait pu retrouver la vue.

Désœuvré, Malick sortit sa liste de contacts. Il avait un appel à faire : inutile de le retarder. S'il reprenait cette enquête, mieux valait en informer les clients d'origine. Assis à la table de la cuisine, il composa le numéro de sa carte d'appel, puis celui des Boyard, espaçant les chiffres autant que possible.

La mère du clan répondit. Malick lui soutira le numéro de Julie : mieux valait s'adresser à la plus raisonnable de la famille. Il lui téléphona aussitôt et essaya de se donner un ton autoritaire.

— Surtout raccroche pas, Julie. Tu sais que j'oserais pas appeler si c'était pas vraiment important.

Il n'aurait jamais cru qu'une ligne téléphonique pouvait transmettre un silence si menaçant. Quand Julie parla enfin, sa voix était calme, mais très ferme.

— Maximilien. Ça faisait un bout.

— J'ai des mauvaises nouvelles pour toi.

— Ça va de soi. Tu me demandes pas comment qu'il va ?

— Comment il va ?

— Il a pas fait d'autres tentatives, c'est au moins ça. Il lit beaucoup. On lui a trouvé… Tu te rappelles ma grande sœur, Bernadette ? Elle est mariée, asteure. Elle a pris le nom de son mari, ce que personne apprécie, mais au moins le gars est propriétaire d'un garage. Il donne de l'ouvrage à Olivier, pis à Sylvain aussi. Mais il faut toujours qu'on le surveille, le petit. Il s'est remis à peindre ses maudits arbres. Ça, pis des éclairs, des fois. J'aimais mieux quand il faisait des tout-nues pour ses frères, ça te donne une idée.

— Justement… J'appelle pour vous avertir. Je suis rendu en Abitibi. Il se passe des choses bizarres ici. Ça me rappelle ce que j'ai vu quand j'ai enquêté pour vous autres.

— Enquêté pour Tony, tu veux dire. Si ça avait été juste de moi, on aurait fait ça autrement.

— Je le sais. Tout ce que je veux te dire, c'est que… les Insoumis sont peut-être encore actifs.

Surveillez Olivier de près. Juste au cas où ils voudraient entrer en contact avec lui.

— Qu'ils essaient, pour voir. On va les attendre de pied ferme. T'es sûr que c'est eux autres ?

— Je suis encore sûr de rien. Au moins, t'es prévenue. Je te rappelle dès que j'ai quelque chose de solide.

Il lui laissa le numéro de Rachel et aussi celui de Frédé, à appeler en dernier recours. Quand il lui demanda où joindre Olivier, elle raccrocha aussitôt.

— À qui tu parlais ?

Rachel était entrée dans la cuisine sans qu'il l'ait remarquée, vêtue de ses vêtements de vendeuse. Elle se mit à fouiller dans les armoires, en sortit croissants, confitures et autres victuailles.

— La sœur d'un gars que j'ai sorti de la secte. Je voulais l'avertir.

— Elle se sera fait gâcher sa journée assez tôt…

Elle lui fit signe de s'asseoir et continua à préparer la table.

— J'ai encore de la misère avec ton histoire de secte, dit-elle. Je vois mal comment ils pourraient faire ça à la Repousse sans que tout le monde là-bas soit impliqué. C'est plus qu'une *business*, c'est une communauté.

— C'est ce qui m'inquiète. Si les Insoumis ont bâti la Repousse, c'est signe qu'ils ont de l'argent et qu'ils sont bien organisés.

— Tu comprends pas. C'est une attraction touristique, cet endroit-là. Le maire veut en faire une grande réussite régionale, comme les serres de Guyenne, ou le Festival international du cinéma à Rouyn-Noranda. Bon, la Repousse est loin d'être internationale… mais en fait, ils reçoivent pas mal de monde de l'extérieur. Quand je travaillais à la clinique…

— C'est vrai, tu traitais ces gens-là…

— Oui. Plus souvent qu'à leur tour, même. Ils insistaient pour construire eux-mêmes toutes leurs installations. Ils travaillaient vite, mais ils étaient pas tous compétents. Si tu savais ce que j'ai traité comme poignets foulés, maux de dos, bras cassés…

— Tu vois, répliqua Malick en pointant son croissant vers elle, c'est en plein le genre d'informations dont j'ai besoin. Qu'ils refusent l'aide extérieure, c'est un symptôme : ça vient appuyer ma théorie.

— Tu sautes aux conclusions. Dans ton enthousiasme, tu vas trouver des raisons pour que n'importe quoi vienne appuyer ta théorie.

— Si ça t'inquiète, tu peux jouer l'avocate du diable.

Elle prit place à table et s'empara d'une fourchette.

— Sais-tu, j'aime ça. J'ai ma fourche, tu vois ? Je prendrai plaisir à te tourmenter.

◆

Rachel partit travailler, laissant Malick tourner en rond dans l'appartement en ruminant plans et théories. Il n'osa sortir qu'après le dîner. La ville le narguait : parmi les gens qu'il apercevait, chacun semblait avoir sa fonction, et lui seul ne cadrait pas. Même les vieillards assis devant la pharmacie dégageaient une autorité de chroniqueurs ou de témoins professionnels, indispensables. Malick trouvait les regards plus difficiles à ignorer depuis qu'il se savait surveillé. Il se rappelait avec quelle aisance on lui avait fait parvenir un canard de bronze arraché au parc. *Un geste de vandalisme nonchalant, comme si les Insoumis s'imaginaient que la ville leur appartient. Un geste calculé, pour me rappeler*

qu'ils sont tout près et que je connais seulement
quelques-uns de leurs visages.

Il avait erré quelque temps au hasard, espérant
dérouter d'éventuels espions ou, mieux, les attraper
sur le fait. Peine perdue. Il se rendit au bord de la
route, au garage où Boris était mécanicien. Boris
n'y était pas, mais à la station-service adjacente
(« Bière & Vin - Loterie - Permis chasse & pêche -
Autobus - Club vidéo », proclamait un écriteau dans la
fenêtre), Malick trouva Samuel, révisant un scénario
derrière le comptoir.

— C'est ici que tu travailles en attendant la gloire ?

— Un peu ici, un peu là. Rachel me qualifie de
virtuose de la jobine. Tant que j'ai de l'argent pour
vivre et créer, ça me suffit. Qu'est-ce qui t'amène ?

Boris avait vu ici un individu qui ressemblait à
Quentin ; Malick avait espéré obtenir plus de précisions. Samuel avoua son ignorance sur ce point,
puis demanda :

— Tu le soupçonnes d'être lié à la secte dont tu
nous parlais ?

— Il s'est peut-être joint à eux récemment. Je
sais que vous avez de la misère à me croire, mais…

— … mais toi tu y crois vraiment. Ça m'épate.
J'ignore quelle part de vérité il y a dans ce que tu
dis, mais tu crois vraiment qu'on est en danger. C'est
par altruisme que tu veux t'en mêler ou parce que
tu as quelque chose à prouver ?

— J'ai rien à prouver. Je sais qui je suis, je sais
où je m'en vais. Toi, t'as quelque chose à prouver,
avec tes films ?

— Pas du tout. À dix-huit ans, quand je suis parti
à Montréal pour devenir un grand artiste, là j'avais
quelque chose à prouver. Ici… nous avons le choix
de passer nos soirées écrasés devant la télé à avaler

des émissions *made in Montreal* ou de nous faire notre propre cinéma avec passion, avec panache. S'ils nous entendent jusqu'à l'autre bout de la province, tant mieux, mais sinon, nous nous serons quand même fait plaisir.

— Si ça vous amuse... Et vous avez vu d'autres phénomènes étranges en tournant vos films?

— Comme l'arbre de sang, tu veux dire? Non, tout était calme avant ton arrivée.

— Et Josée, la blonde de Kevin?

— Elle allait déjà mal mais... oui. C'est possible que la Repousse ait aggravé son cas.

Une voiture s'arrêta sec devant. Boris entra bientôt, le visage traversé d'une blessure terrible. Il n'en souriait pas moins. Pauline le suivait et Malick comprit qu'elle venait présenter le fruit de son travail de maquilleuse. Il les laissa discuter cinéma tous trois, puis interrogea Boris au sujet de Quentin.

— Il a fait le plein, il est reparti, dit Boris. C'est tout. Ça pourrait être le gars que tu cherches... Si tu penses que tous les problèmes sont à la Repousse, pourquoi t'irais pas voir si ton gars est rendu là?

— Trop risqué. Ils me connaissent...

— Tu veux que j'y aille? On en aurait le cœur net.

— Surtout pas. C'est à moi de tout régler. Fiez-vous au professionnel.

— C'est un grand mot, ça, « professionnel », dit Pauline.

— Vous en avez, vous autres, des visions? Moi, j'ai étudié le surnaturel, j'ai grandi là-dedans aussi. Même ma naissance a été exceptionnelle.

— Comment ça?

— Voyez-vous... mon père était buveur par vocation. Il était pas porté sur la bouteille autant qu'il était accoté sur le tonneau. S'il y avait pas de bière icitte, il s'en allait d'icitte. Et à force de boire, il s'était cultivé une bedaine phénoménale. C'était un oreiller poilu, ça, une montagne de lard...

Pauline grimaça :

— Ça va, il était gros, on a compris.

— Les médecins ignorent toujours comment ça a pu arriver : ils s'engueulent encore là-dessus. Ce que je sais, moi, c'est qu'il se passe des choses complexes dans le ventre de la personne la plus banale. Même si on peut les expliquer, elles sont quand même un peu miraculeuses. Après que mon père ait passé par là des centaines de gallons de bière... autrement dit, une énorme quantité d'orge bourrée d'eau, germée, broyée, filtrée, bouillie avec du houblon, fermentée avec de la levure pis je sais pas trop quoi encore... après toute cette bière-là, bref, il s'est mis à se sentir mal. Le médecin a fini par l'inspecter aux rayons X et là, après une crise de fou rire pis une crise de larmes, il lui a annoncé l'heureuse nouvelle.

Boris secouait la tête en souriant :

— Ah, *come on...*

— Naturellement, ils ont dû faire une césarienne. Ils m'ont tiré du ventre paternel et ils ont juré de rien dire à personne, au cas où ça donnerait des idées à un autre soûlon. Je sais pas pourquoi l'idée leur déplaisait. J'ai quand même été conçu dans la joie, et j'ai grandi en beauté, même si j'ai jamais été un enfant normal.

D'un ton très sérieux, Pauline lui dit :

— Merci, ça calme toutes les inquiétudes que j'aurais pu avoir.

Laura arriva bientôt et Malick en profita pour s'éclipser avant que Kevin ne débarque à son tour. C'était celui du groupe qui en savait le plus sur les enseignements de la Repousse, mais c'était aussi le plus fragile. À en juger par sa réaction la veille, il valait mieux laisser à sa colère le temps de se dissiper. Malick voyait que personne ne saisissait encore l'ampleur du danger. Tous étaient prêts à l'écouter parce qu'il était un ami de Rachel, mais même elle ne semblait pas le croire tout le temps.

◆

Malick cuisinait quand Rachel revint du travail. Frénétique, il brassait le chili d'une main et l'assaisonnait de l'autre pendant que mijotaient dans sa tête les informations recueillies dans la journée. Il avait passé l'après-midi à traquer les Insoumis au café Internet, puis il était passé au dépanneur Septième Ciel avant de rentrer.

— Tiens, lis la feuille du dessus, dis-moi ce que t'en penses, lança-t-il avant même que Rachel ouvre la bouche.

Il avait imprimé ses découvertes et placé les plus pertinentes sur la table. La première était une série d'instructions pour une méditation guidée : quelques mots à prononcer, quelques images à visualiser. Le texte était intitulé « Méditation pour un monde meilleur ». Rachel lut à voix haute le passage qu'il avait souligné.

Kelzid est l'arbre qui sans cesse doit croître
En cet arbre coule le sang qui nous donne vie
Kelzid est l'arbre qui de ses branches nous
*   rejoint tous*
Qui de ses racines casse les murs de la prison

Malick hocha la tête :

— J'ai trouvé ça dans un forum de discussion *new age*. C'est pas tout, regarde la feuille suivante.

Elle prit le temps de s'asseoir, s'empara de la feuille et fronça les sourcils.

— C'est écrit dans quelle langue ?

— Ah, le message lui-même est sans importance... Ça vient d'une fille de Colombie-Britannique qui fait de la glossolalie.

— J'ai déjà entendu ce terme-là... C'est quoi ?

— Le don des langues. Un peu comme le miracle dans la Bible, quand les apôtres se faisaient comprendre par tout le monde. Ça arrive à des gens parfois, c'est une forme d'extase religieuse. Il y en a qui se mettent à parler hébreu, ou sanskrit... ou une langue tout à fait inconnue, ce qui est le cas de ma correspondante. Parfois, on trouve même d'autres exaltés qui y comprennent quelque chose.

— Toi, tu comprends ce qu'elle t'écrit ?

— Non, mais elle dit que je comprendrai peut-être un jour. Ça fait des années qu'elle m'envoie des petits mots comme ça ; avant le courrier électronique, elle me postait des cartes de souhaits. Je pense que « sinou barrnida », ça veut dire « Joyeux Noël ».

Il sourit en voyant Rachel à la fois perplexe et amusée.

— Oublie le message, dit-il. Regarde la signature en bas.

À la fin du message, après le nom de l'expéditrice, on pouvait lire une citation d'une seule ligne :

Kelzid est l'arbre qui de ses branches nous rejoint tous.

— Ça ressemble à l'idéologie des Insoumis, dit-il. Et le sang qui coule dans l'arbre, ça rappelle notre trouvaille à la Repousse.

— Mais « Kelzid », c'est quoi au juste ?

— C'est la première fois que je rencontre ce nom-là. Ça me fait l'impression d'une sorte de dieu – ou quelque chose de plus abstrait, un principe cosmique, comme les *sephiroth*... les stations sur l'arbre de vie cabalistique. C'est du mysticisme juif. Il y en a qui jurent rien que par ça, mais c'est pas trop mon domaine. Quoique, l'*arbre* de vie... S'il faut que les Insoumis en soient rendus à jouer avec la Kabbale, ils vont me perdre. En tout cas, ils font parler d'eux jusque sur la côte ouest.

— Ton amie a ajouté une ligne dans sa signature, ça signifie pas qu'on lui a lavé le cerveau pour autant.

— D'accord, mais ça démontre quand même que la doctrine se répand... Il y a moyen de construire une idée pour qu'elle se propage comme un virus. On appelle ça un mème. T'as remarqué comment la dernière instruction dans la Méditation demande au lecteur de distribuer le texte à son tour ? Par Internet, ça se fait tout seul ; en un rien de temps, un mème peut faire le tour de toute une communauté ou sauter d'un milieu à l'autre. Des centaines, des milliers de personnes peuvent l'avoir lu déjà, et tout ça sans qu'on puisse en retrouver la source. T'as vu, la provenance du texte est indiquée nulle part.

— Justement, à quoi ça sert, dans ce cas-là ? C'est inutile comme outil de recrutement.

— Oui et non. Le mème va circuler dans des groupes qui sont réceptifs à ce genre d'idées-là. Pour chaque centaine de personnes qui vont lire les instructions, il y en a bien une qui va les suivre. Pour chaque millier de lecteurs, il s'en trouvera peut-être quelques-uns pour le faire en groupe. Imagine tous ces gens-là qui canalisent leur volonté pour appuyer « Kelzid ». C'est bon pour lui, très mauvais pour nous. Tu vois ?

— J'admets que c'est logique, de *ton* point de vue...

— De *ton* point de vue à toi, est-ce que ça se tient?

— Tu le sais, j'ai de la difficulté à accepter ces choses-là.

Il vint s'asseoir près d'elle, étala ses feuilles et s'efforça de prendre un ton raisonnable.

— J'ai aussi un message de mon parapsychologue au sujet d'un arbre de sang tracé sur une porte dans une résidence universitaire à Boston. Ça, c'est un fait, comme l'arbre que Samuel a filmé. Je t'oblige pas à croire toutes mes théories, mais tu vois qu'il se passe quelque chose. La bonne nouvelle, c'est que je suis sur la piste. J'arrive au bon endroit au bon moment, les indices s'enfilent… C'est mon rôle de rectifier la situation, c'est évident, et jusqu'ici, tout me mène au cœur du problème.

— J'aimerais être aussi certaine, dit-elle en se levant pour surveiller le chili.

Durant le souper, Malick l'amena à lui parler de la Repousse et de Saint-Nicaise en général. Il fut touché par le ton un peu triste qu'elle prenait en parlant de la ville, comme s'il était question d'un ami malade.

Grâce à ses recherches et aux informations fournies par Rachel, il avait maintenant un portrait détaillé de la Repousse. C'était Hector Lagardière – instigateur du parc aux canards – qui avait acheté ce terrain adjacent au lac Bourdeille et qui l'avait légué à sa veuve sans jamais avoir su l'exploiter. La construction de la Repousse avait débuté vers la fin de 1995 avec le plein support de la municipalité. D'une année à l'autre, on y avait aménagé une pépinière, un jardin et divers pavillons, si bien que de nombreuses personnes y résidaient maintenant et vivaient surtout des fruits de la terre. La moitié du terrain était ouverte aux visites publiques. Les gens pouvaient y acheter des plants d'arbres parfois rares ; une fois par année, on annonçait une journée portes ouvertes où chaque visiteur recevait un plant gratuit. On présentait l'endroit comme un « centre de ressourcement » où des gens en dépression et des assoiffés de tranquillité venaient apprendre à méditer et à vivre en harmonie avec eux-mêmes.

Malick avait déniché un article décrivant en termes élogieux l'implication de Gérald Brassard, conseiller municipal, qui avait été un promoteur enthousiaste du projet. Selon Rachel, il était considéré comme un homme de vision, admiré et apprécié. On le voyait sur une photo, l'air jeune et fonceur, accompagnant le maire lors d'une visite officielle. Quel rôle jouait donc Brassard dans cette affaire ?

Vue de l'extérieur, la Repousse était irréprochable. Qu'y avait-il de mal à ce qu'une petite communauté d'amants de la nature se retire en forêt pour vivre à son propre rythme et partager des enseignements inoffensifs ? Malick s'en inquiétait tout de même. Hormis les indices que Kevin lui avait fournis, il voyait en la Repousse un repaire idéal pour les Insoumis. En un tel lieu isolé, un gourou pourrait imposer sa loi et, si nécessaire, soutenir un siège, à la manière de David Koresh lors du désastre à Waco en 1993.

Rachel n'y croyait pas. Pour alléger la conversation, Malick lui parla de sa visite au dépanneur Septième Ciel en fin d'après-midi. Il y était passé consulter les journaux et avait écouté les deux propriétaires qui se disputaient calmement sans se soucier de sa présence. Rachel insista pour tout savoir : il y avait longtemps déjà que leurs joies et déboires lui tenaient lieu de téléroman. Elle leur parlait peu mais connaissait presque tout de leur famille. Malick, avide du moindre indice, l'écouta étaler cette saga du quotidien. C'était un plaisir de partager ce repas tranquille avec Rachel pendant que Bob Marley, ressuscité par les haut-parleurs cachés dans la verdure, lançait ses appels mélancoliques d'oiseau en cage.

— Tu pourrais écrire un livre à leur sujet, dit-il lorsqu'elle manqua de vapeur.

— Peut-être que je le ferai un jour. Pas juste sur eux… Sur la ville, peut-être.

— Pourquoi t'es restée ici, au juste ? Je me serais attendu à ce que tu deviennes une chorégraphe célèbre ou que tu te trouves un mari riche pour t'obéir au doigt et à l'œil.

— Le mari riche, ça serait plutôt le style de Laura… Mais toi, d'abord ? Je m'attendais soit à ce que tu réussisses, soit à ce que tu mènes une vie de petit escroc pour finir tué par un mari jaloux avant même d'atteindre la trentaine.

— Je sais pas si je devrais me sentir flatté ou insulté… mais t'as pas encore répondu à ma question.

Elle sembla peser le pour et le contre, puis dit :

— Une autre fois, d'accord ?

Il battit en retraite. Le reste du souper fut plus tendu. Malick arriva à cerner une impression qui lui revenait souvent ces derniers jours : celle de marcher sur une corde raide. Il était toujours sur le point de perdre la maigre confiance que Samuel et les autres daignaient lui accorder. Avec Rachel, il n'était toujours qu'à un pas de se rendre indésirable.

Pour lui laisser un peu d'espace, il téléphona à Frédé. Ce dernier débordait de questions, mais Malick insista pour lui soutirer d'abord des nouvelles de

Montréal. Le Seagull Krew avait obtenu son paiement. Scipion avait vu redoubler ses problèmes avec les Hells Angels. Malick n'avait pas à craindre de poursuite de sa part, mais il était trop tôt pour rentrer. Personne n'avait reçu de nouvelles de Quentin. Malick dut avouer qu'il n'avait pu confirmer sa présence à Saint-Nicaise. Il résuma ses soupçons quant aux Insoumis et à la Repousse.

— Ça te surprend? dit Frédé. Je t'avais déjà dit que l'affaire n'était pas close. Tu vas courir encore?

— Je devrais sacrer mon camp, mais… il faut que je les démasque, que je les dénonce. Je peux pas tourner le dos. Je dois finir ce que j'ai commencé.

Frédé connaissait le groupe pour avoir aidé Malick dans son enquête à Montréal, cinq ans plus tôt. Les aspects occultes de l'affaire le fascinaient, à commencer par l'exécuteur. Malick fit de son mieux pour éviter ce dernier sujet et se concentrer sur les pistes plus conventionnelles.

— Je voudrais savoir ce que les principaux adeptes sont devenus. Vois ce que tu peux trouver comme noms liés à la Repousse, soit dans les titres de propriété ou dans la structure administrative. Tu maîtrises ça mieux que moi. Laisse-moi le côté occulte. T'auras toutes mes trouvailles à la fin.

Devant l'enthousiasme de Frédé, il se prit à discuter du mème qu'il avait déniché.

— Ça ressemble à du Quentin, résuma-t-il. Le mème, et sa distribution par Internet.

— Oui, c'est son genre de technique. Reste à voir si son mème a d'autres vecteurs de diffusion. Ou d'autres formes: tu as recensé une version fragmentaire déjà. Est-ce que le mème est *conçu* pour avoir des variations? Tu pourrais élaborer un contre-mème. Bien sûr, ça aiderait si tu savais ce que «Kelzid» représente…

Malick coupa court à la discussion. Pas question de lancer Frédé sur cette voie. Il regrettait de lui avoir lu le mème. Il conclut l'appel en lui demandant d'envoyer quelques objets chez Rachel, dont les notes prises lors de l'enquête initiale. Tout était consigné dans ses dossiers. Frédé n'oubliait rien.

Rachel arrosait les plantes. Elle paraissait concentrée sur cette tâche, mais Malick sut à son expression qu'elle n'avait rien manqué de la conversation. Il anticipa sa question et tenta de lui expliquer qui était Frédé, occultiste à la retraite.

— Ça fait quoi, un occultiste ? demanda-t-elle, narquoise. Ça rend les choses plus obscures et mystérieuses qu'elles le sont déjà ?

— Ça étudie l'occulte, c'est tout. Mais Frédé a dû arrêter. Il fait des connexions, maintenant. Il met des acheteurs en contact avec des vendeurs, des magiciens en contact avec des clients potentiels. Il m'a aidé à me reloger une fois ou deux.

— Tu dis qu'il a *dû* arrêter, en tant qu'occultiste ?

— Oui, c'est aussi triste que c'est drôle. Avant, il était lecteur de nouvelles pour une petite chaîne de télé au Saguenay. Il était dans la numérologie par-dessus la tête, aussi. Il pensait qu'on pouvait résumer à quelques chiffres les forces qui gouvernent l'univers. Il voulait lire l'avenir dans les nombres.

— À chacun son hobby…

— Ah, mais c'était beaucoup plus qu'un hobby pour lui. Un soir, il faisait son petit téléjournal, en direct. En lisant une nouvelle pourtant banale, il s'est figé. Les chiffres lui parlaient, tu comprends. Il regardait la date, le nombre de morts, le numéro de la route, et il a cru lire quelque chose dans la relation entre ces chiffres-là. Mais ça, les téléspectateurs en savaient rien : tout ce qu'ils ont vu, c'était

Frédé, blanc comme un drap, qui a regardé droit dans la caméra en disant : « On va tous mourir ! »

Rachel se mit à rire malgré elle.

— Voyons donc, t'es pas sérieux !

— Je te dis ! Il passait tous ses temps libres à obséder sur ses nombres. C'est devenu trop pour lui : burnout occulte. Après sa panique télévisée, il s'est rendu compte qu'il s'était trompé dans ses chiffres mais, surtout, il a compris qu'il devait lâcher ses recherches s'il voulait pas virer fou. C'est triste de le voir maintenant : comme un alcoolique qui doit pas toucher à une bouteille mais qui ralentit toujours devant les bars.

— Mais toi, tu crains pas que ça t'arrive ?

— Je suis trop solide pour ça, voyons. Mais je veux éviter de replonger Frédé là-dedans. On discute théorie à l'occasion, mais je filtre ce que je lui dis. La pratique, c'est hors de question pour lui.

— Vous êtes combien, à « pratiquer » ? Tu sembles croire qu'il y a toute une économie de l'occulte à Montréal.

— Il y a des tas d'amateurs. Des gens qui achètent des cristaux pour se penser ésotériques, des adolescents qui veulent inquiéter leurs parents, des wiccains du week-end… Les pratiquants sérieux sont rares. J'en ai connu un seul qui était du calibre de Frédé…

Et aussitôt, Malick sut ce qu'il devait faire. Si Frédé ne pouvait l'aider sur le plan occulte, il restait le grand Ryamon. Malick lui téléphona, non sans d'abord s'être mis à l'aise en ôtant sa chemise. *On verra bien qui saura ignorer l'autre le plus long-temps*, se dit-il alors que Rachel reprenait sa ronde, d'une plante à l'autre.

◆

Quelques heures plus tard, Malick se trouvait assis au volant du même Westfalia qui l'avait conduit de Montréal jusqu'en Abitibi. Seul éveillé dans ce vaisseau immobile, protégé de la nuit noire par un mince pare-brise fêlé, il veillait un voyageur astral.

Tout était dans le rythme : savoir saisir les idées au vol, profiter du moment où les humeurs de l'un coïncidaient avec les desseins de l'autre. Au téléphone avec Ryamon, Malick avait compris qu'il aurait à le rencontrer en personne pour le convaincre du sérieux de la situation... quitte à lui emprunter quelques outils par la même occasion. L'idée s'était imposée à lui : il devait partir pour Hull. Il avait vite déchanté en étudiant le trajet. De Rouyn-Noranda ou Val-d'Or, on pouvait faire l'aller-retour en vingt-quatre heures ou presque, mais l'autobus desservant Saint-Nicaise passait trop tard pour assurer la correspondance.

Malick s'était alors rappelé Rodolphe, nomade de la route et des voies astrales. Rodolphe pourrait venir le chercher et le conduire à Val-d'Or. Il suffisait de lui donner une raison de se déplacer. Malick l'avait donc joint chez sa copine, lui avait presque tout déballé – son statut de magicien, les grandes lignes de son enquête actuelle – et lui avait proposé une expédition à la Repousse entre aventuriers de l'occulte. Rodolphe avait sauté sur l'occasion : « Ma blonde veut encore qu'on sorte avec ses amies ce soir. Si j'ai une excuse pour leur fausser compagnie avant que la soirée tourne au karaoké, tant mieux. »

Tous deux s'étaient enfoncés sur un chemin de gravier non loin de la Repousse et avaient garé le Westfalia tout contre les arbres. Rodolphe ne connaissait pas la portée précise de son talent. Il aurait aimé être plus proche encore, mais Malick voulait éviter qu'on les repère. Le corps de Rodolphe, étendu à l'arrière, donnait l'impression de dormir. Il n'avait pas bronché depuis au moins vingt minutes. L'esprit de Rodolphe, en théorie, planait au-dessus de la Repousse. Malick restait seul avec ses pensées. *Il faut que je sois un peu désespéré, non?*

La plaquette suspendue au rétroviseur le narguait avec son message naïf: *Le méchant n'est plus; tu regardes le lieu où il était, et il a disparu.* Il savait trop bien que le méchant revenait toujours. Suivant les instructions de Rodolphe, il surveillait son corps de près. Il aurait voulu protéger le véhicule au préalable, au cas où un esprit malveillant tenterait d'occuper le corps laissé vacant, mais il ne savait comment faire pour ne pas bloquer aussi l'esprit de Rodolphe à son retour. Il guettait tout signe pouvant indiquer que le corps pâtissait de cette séparation anormale. Il ne savait à quoi s'attendre: un bleuissement des lèvres, peut-être, un accroc dans le rythme de la respiration. Là, autour du cou, un collier de billes de bois peintes remuait tout doucement à chaque souffle...

Un spasme secoua le corps tout entier. Les billes s'entrechoquèrent. Rodolphe engouffra une grande goulée d'air, chercha Malick du regard, coassa: «On part.»

Malick démarra et lança le Westfalia sur le chemin. Les pneus dérapèrent sur le gravier, puis tout le véhicule tangua en regagnant l'asphalte. Rodolphe, blême, s'accrochait au dossier du siège voisin et fouillait l'habitacle du regard.

Ils ne s'arrêtèrent qu'une dizaine de kilomètres plus loin. Rodolphe prit le volant, mit la radio tout bas et refusa de dire ce qu'il avait vu. Malick, voyant qu'il prenait le chemin de Val-d'Or comme prévu, lui laissa le temps de se calmer. Il lui posa quelques questions pour s'assurer qu'il avait toujours affaire au Rodolphe qu'il avait recruté, mais la tension dans ses réponses le réduisit vite au silence. La route défila, une longue corde sur laquelle étaient espacés de petits nœuds de rues et de lumières.

— J'y retourne pas, dit enfin Rodolphe en arrivant à destination.

Il s'expliqua avec réticence, en cherchant ses mots. « Ça se décrit pas, ça se vit », disait-il. Il s'était bien rendu à la Repousse. Sa description des bâtiments s'approchait de l'idée que Malick s'en faisait. Son approche avait été lente, ce qui n'était pas toujours le cas dans ses voyages ; les déplacements pouvaient se faire quasi sans transition, comme en rêve. Un malaise s'était emparé de lui dès son arrivée. Comme il soupçonnait que les bâtiments en étaient la source, il s'était éloigné et avait plutôt exploré la forêt environnante à la recherche de l'arbre sanglant. Une forme humaine avait attiré son attention, une présence qu'il avait sentie avant de l'avoir vue. L'être courait à travers bois et bondissait avec l'aisance d'un prédateur. Rodolphe avait voulu s'approcher et s'était trouvé aussitôt à sa hauteur, effaré par la puissance qui en émanait et décuplait son malaise. L'apparence de l'être l'avait tout autant ébranlé : son corps voûté, les angles anormaux de ses membres. L'homme rappelait un arbre tordu, torturé par les éléments.

— Il m'a regardé ! dit Rodolphe. Pendant un instant, il m'a fixé en plein dans les yeux, pis il a souri. Il avait des dents pointues. Je saurais pas dire s'il a l'air de ça pour vrai, ou si c'est seulement son corps astral qui est fait comme ça. Je suis pas resté pour l'examiner… Tu iras tout seul si tu y tiens. Il est pas question que je m'en approche une autre fois. Garde tes horreurs pour toi.

Il déposa Malick devant une station-service de la Troisième Avenue. Jeudi soir à Val-d'Or. Vendredi, en fait ; il était passé minuit. L'autobus pour Hull partait au petit matin. Malick erra, passant bar après bar, buvant la musique sans trouver le courage d'entrer et de prétendre à une vie normale. L'agitation relative du centre-ville était bienvenue après le calme de Saint-Nicaise.

Il avait fait ses adieux là-bas en début de soirée : téléphoné à Kevin, salué Frank à La Bonne Frank-ette, passé au dépanneur pour avoir de quoi grignoter et pour semer la nouvelle de son départ. Il partait pour ne plus revenir. Il avait tenté de laisser Rachel dans le doute elle aussi : il avait prétendu que sa conversation avec Ryamon l'avait découragé, qu'il n'osait plus rester seul en ville face aux Insoumis, qu'il ne savait pas quand il reviendrait… Elle ne l'avait pas cru, mais avait accepté d'annoncer son départ définitif à quiconque lui demanderait – cela servirait mieux ses plans si les Insoumis croyaient qu'il avait battu en retraite pour de bon.

La vision qui l'avait frappé au Rocksteady le troublait toujours. Drame terrible un soir d'éclairs. La météo annonçait un orage dimanche.

– HUBERT –
JOIE ET MÉFIANCE

Le sanctuaire et ses environs se prêtaient à la sérénité. Une lumière épaisse comme du miel coulait entre les branches des arbres pour s'étaler sur l'herbe sauvage. On n'entendait que les bruits de la nature : la route, à vingt-cinq minutes de marche, était peu fréquentée. Les quelques adeptes à l'intérieur du petit chalet observaient un calme exemplaire. C'était là que Noémie se retirait du monde. Un parfait endroit pour relaxer, mais Susannah, tendue, avait attiré Hubert au dehors pour se plaindre.

— Qu'est-ce que Victor lui trouve, au juste ? Il est pas prêt, ça se voit. Regarde-le : on dirait qu'il a eu un accident dans une quincaillerie.

Hubert regarda Olivier Boyard, assis plus loin sur un haut tabouret, penché sur son chevalet. Le soleil étincelait sur les innombrables anneaux et autres perçages fichés dans son visage. Ses longs bras commençaient à bronzer : le grand air lui faisait du bien.

— À chacun ses dons, dit Hubert. Je suis bon avec les gens, Marco est bon avec les concepts… Olivier sait canaliser l'énergie mieux que la plupart. Tu te souviens du dernier rituel auquel il a participé? Ma montre s'est arrêtée même si je l'avais laissée sur le tabouret dans l'entrée. Même s'il en a pas l'air, il a une sensibilité particulière. Un beau don, selon Victor.

— Ça ressemble à ce qu'il disait de moi, déjà.

Hubert pesait ses mots avant de répliquer quand Susannah reprit sur un tout autre ton:

— Tu te rappelles l'homme qui était venu nous parler au sortir du local de méditation, l'an passé? J'ai... Je l'ai rattrapé par la suite. Je voulais savoir. Il m'a dit: «Victor brise ses jouets.» C'est un grand mécontent, je vais pas croire tout ce qu'il dit, mais... j'ai peur que Victor soit en train de nous écarter. Olivier est son nouveau jouet, il a des grands plans pour lui, et il va nous garder toi et moi seulement aussi longtemps que ça lui servira.

— Olivier est là pour aider tout le groupe, pas pour remplacer qui que ce soit. Viens lui parler, apprends à le connaître, au moins. Je suis rendu à son tour, justement.

Hubert frappa son cahier de notes du plat de la main, s'empara d'une chaise pliante et partit rejoindre Olivier. Ça lui évitait d'avouer ses doutes à Susannah. Lui aussi trouvait curieux que Victor se soit tant intéressé à Olivier, au point de lui enseigner seul à seul et de ne le laisser que rarement se joindre aux séances et rituels. Hubert n'avait presque pas parlé à Olivier depuis leur dernière rencontre au café, avec Noémie, des mois plus tôt.

Olivier l'accueillit avec un sourire timide et, à la demande d'Hubert, accepta de raconter ses rêves de la nuit précédente. Hubert était devenu scribe des visions des Insoumis. Victor encourageait les adeptes à méditer sur l'avenir du groupe ainsi qu'à prêter une attention particulière à leurs rêves. Ils rapportaient ces visions à Hubert, qui les consignait dans une série de cahiers et les cataloguait à temps perdu. Victor espérait qu'il émerge de cet ouvrage un portrait de la société éclairée qu'il voulait fonder ; il consultait les transcriptions d'Hubert avec un intense intérêt.

Susannah avait suivi Hubert et écoutait le récit d'Olivier sans rien laisser paraître de son ressentiment.

— Pis c'est là, conclut Olivier, que je me suis rendu compte que le corridor était une de mes veines. Je marchais, tout petit, à l'intérieur de mon propre corps. Qu'est-ce que ça veut dire, d'après toi, Pilier ?

— Appelle-moi Hubert. Les noms révélés, c'est surtout pour les occasions officielles. Pour ce qui est de ton rêve… je suis seulement le scribe. Si quelqu'un peut te révéler le sens de tes visions, c'est Victor. Mais tu dois bien voir la similitude entre le tracé des veines et l'image de la fêlure. À en juger par tes toiles… Qu'est-ce que celle-là veut dire, pour toi ?

Le jeune homme contempla la toile qu'il achevait de peindre. Celle-ci n'avait aucun lien avec le paysage environnant. On n'y voyait qu'un mur blanc. Des rectangles de lumière sur le mur laissaient deviner la proximité d'une fenêtre et mettaient en évidence une fêlure qui se ramifiait sur les deux tiers de la surface. L'image rappelait à Hubert le plancher de ciment miraculeusement fissuré qui avait conclu sa première rencontre avec Victor.

— L'impression que j'ai, dit enfin Olivier, c'est qu'il y a quelque chose derrière. Je vois le mur, pis je m'imagine un œuf qui est à la veille d'éclore.

— Intéressant, ça, dit Hubert en jetant un regard à Susannah par-dessus son cahier.

— Penses-tu que je vais être nommé moi aussi, bientôt? demanda Olivier sans oser regarder Hubert dans les yeux.

— Ça viendra. Guillaume trouve que t'as l'air pressé. Ça s'améliore pas avec ta famille, à ce qu'il m'a dit?

Olivier grimaça et se leva. Il était grand et costaud sans être imposant. Tout en ajustant l'angle de son chevalet, il expliqua:

— Si tu savais… Méchante gang de fous, ma famille. On a jamais eu d'argent, tsé? Jamais été ben éduqués non plus. J'imagine que l'un dépend de l'autre. En fait, ça serait plus un cercle vicieux. Le pire, c'est qu'on est supposés en être fiers.

— Quoi, dit Susannah, fiers d'être défavorisés?

— Crisse, il faudrait pas que mon père t'entende, il haït ça, ce genre de mots-là. Lui pis tout le reste de la famille, ils ont jamais voulu admettre qu'ils étaient pas les maîtres du monde. « On est des Boyard, mon gars », qu'on m'a toujours dit. « Un Boyard, ça se tient drette. Un Boyard, ça fait pas des affaires de même. » À les entendre, notre nom, c'est tout ce qu'on a, pis on a pas besoin de rien d'autre. Mais je m'en viens tanné en ostie de le porter, ce nom-là. Le plus tôt Victor pourra m'en donner un nouveau, le mieux ça sera.

— Avec les progrès que tu fais, dit Hubert, ça devrait pas tarder. Et je t'assure que t'as des belles découvertes devant toi. On est des pionniers, au début de quelque chose d'immense. Il y en a qui pensent qu'il reste rien à explorer, qu'il reste pas de recoins inconnus sur la mappemonde, figurativement parlant. Mais nous, on est affairés à la percer, la carte, pour découvrir ce qu'il y a en dessous.

— Pis avec le maître pour nous guider, dit Olivier, on va rester sur la bonne voie.

C'était Susannah qui avait émis l'idée que Victor était l'un des Maîtres invisibles, un homme ayant atteint sa réincarnation finale et possédant ainsi un savoir surhumain. Victor avait protesté quelque peu, mais de plus en plus d'adeptes lui conféraient ce terme de « maître ». Et c'était Susannah, maintenant, qui le remettait en doute…

— Voilà, dit Hubert, on profite tous de son expérience. Tiens, il t'a dit ce qui s'est passé à San Francisco déjà ?

Sans réfléchir, il raconta cet incident que Noémie lui avait soufflé sur l'oreiller un soir avant de s'endormir. Dix ans plus tôt, Victor était retourné en Californie avec Marco et Rawlings, le trésorier actuel du groupe, un petit homme à l'humour douteux qui suivait Victor avant même les débuts des Insoumis. Ils étaient accompagnés d'un adepte qui entretenait un rapport privilégié avec ce pouvoir que Victor apprivoisait encore à l'époque. On l'appelait le réceptacle. Tous quatre avaient rendu visite à un vieux hippie que Victor avait consulté dans un voyage précédent, un prétendu sorcier qui habitait un appartement crasseux au-dessus d'une librairie dans Haight-Ashbury. Ledit sorcier, dans un accès de paranoïa, avait fait pourchasser Victor et les siens par une bande de voyous qu'il fournissait en drogues et qui le considéraient comme une sorte de grand-père, de gourou ou de mascotte. Victor et Rawlings avaient échappé aux voyous mais avaient perdu de vue Marco ainsi que le réceptacle.

— S'ils revenaient sur leurs pas pour retrouver les deux autres, ils risquaient de se faire prendre. Pas de cellulaires à l'époque, pas moyen de les joindre. Mais Victor savait quand laisser les choses se passer. Lui et Rawlings sont rentrés à l'hôtel et ils ont bu whisky sur whisky en espérant que les autres viennent les rejoindre. Ils se sont retrouvés vraiment éméchés, puis tout d'un coup, Victor a sursauté comme si on l'avait frappé. Il paraît qu'il s'est levé bien droit, qu'il a dit « Ils sont pas loin » et qu'il est sorti. Rawlings l'a suivi. Victor marchait vite et droit, on aurait dit qu'il s'était dessoûlé d'un coup. Ils ont fini par rejoindre Marco et le réceptacle qui venaient à leur rencontre, complètement épuisés. Victor savait où il les retrouverait.

Il se tut, gêné d'avoir déballé tout ça. Olivier avait les yeux ronds. Susannah, les bras croisés, restait impassible.

— Évitez de lui en parler, ajouta Hubert, il vous racontera ces choses-là s'il le juge bon. Quand j'ai essayé de lui en glisser un mot pour avoir sa version des faits, il m'a juste dit : « *The road of excess leads to the palace of wisdom.* » La route de l'excès mène au palais de la sagesse. William Blake. Ça m'a rappelé un soupçon que j'avais eu déjà : que Victor a vécu plus que tous nous autres combinés. La route de l'excès, il l'a suivie, il a appris à la dure, et c'est un privilège qu'on a de pouvoir bénéficier de son expérience. J'ai étudié William Blake par la suite : c'était un poète anglais qui avait des idées fascinantes. Il peignait lui aussi. Tu devrais regarder ça.

Deux ombres glissèrent sur la pelouse jusqu'aux pieds d'Hubert. Victor et Noémie s'approchaient. Cette dernière adressa à Hubert un sourire complice, et il s'en voulut d'avoir répété cette histoire qu'elle lui avait confiée. À moins qu'elle l'ait voulu ainsi, pour qu'Hubert nourrisse la légende de Victor. Il ne savait pas toujours ce que Noémie avait en tête. Il la fréquentait autant que les activités des Insoumis le lui permettaient, mais il savait qu'elle ne lui appartenait pas. Peut-être ne dormait-elle pas seule ici au chalet, en son absence. En général, Victor prônait la liberté sexuelle. Guillaume fréquentait une adepte à Montréal et avait une copine à Sherbrooke ; il semblait également épris de l'une et de l'autre.

Victor s'arrêta net, presque désemparé, en voyant la toile que peignait Olivier. Il posa la main sur l'épaule du jeune homme.

— D'où t'est venue l'idée pour cette toile ?

Olivier répondit en fixant son travail ; il n'osait jamais regarder Victor dans les yeux.

— Je saurais pas dire. C'est venu comme ça, c'était presque pas conscient.

Victor examina encore la toile, puis serra l'épaule d'Olivier.

— Très bien. Je sens que tu as beaucoup de potentiel, Olivier. Hubert, suis-moi.

Hubert se leva d'un bond. Les deux hommes s'enfoncèrent dans la forêt sur un sentier étroit, traversant une alternance imprévisible d'ombres et de lumière. Victor attendit d'être hors de vue du chalet avant de demander :

— Tu ne lui en dis pas trop, j'espère ? À Olivier ?

— Bien sûr que non.

— N'oublie pas : il n'est pas encore un adepte nommé. Chaque nouvelle recrue est une source de joie, mais ce doit être une joie prudente. Rappelle-toi qu'avant de se joindre à nous, chaque nouvel adepte était un ennemi potentiel. Avant d'accorder à Olivier notre pleine confiance, il faut lui laisser le temps de se purifier et de se reconstruire selon nos enseignements. Dis-toi aussi que, plus notre groupe aura d'influence, plus c'est probable qu'un agent du faux essaiera de s'infiltrer parmi nous.

Voyant l'air consterné d'Hubert, il se hâta d'ajouter :

— Non pas que je soupçonne Olivier, loin de là. Je veux seulement t'inciter à la prudence.

La conversation prit une tournure plus légère et la promenade s'étira. Hubert ne demanda pas où ils allaient ainsi : peu importe où Victor le menait, c'était là où il devait être.

Puis Hubert vit, entre les arbres, le jeu du soleil sur la surface du lac. Quelques minutes plus tard, ils arrivaient en vue du quai d'où il était parti pêcher avec Guillaume, Marco et Noémie voilà bientôt un an. C'était la première fois qu'il y retournait depuis. Il était venu au sanctuaire à une dizaine de reprises mais, chaque fois, il avait été appelé à méditer, à effectuer de menus travaux, à transcrire les visions des quelques personnes qui y étaient logées. Pas de temps pour flâner.

Un homme était perché sur le bout du quai, vêtu d'un maillot de bain lui allant à mi-cuisse. Le bateau était toujours là à se frotter contre le bord du quai, mais l'homme n'y prêtait pas attention. Il semblait s'adonner à un travail de précision sur quelque objet posé devant lui. À distance, Hubert n'aurait su dire de quoi il s'agissait. De temps en temps, l'homme s'arrêtait, tournait la tête par petits mouvements saccadés et tendait le bras d'un geste très vif, comme s'il attrapait des insectes.

Victor fit signe à Hubert de l'attendre, puis marcha jusqu'au bout du quai. Une courte discussion s'ensuivit, à l'issue de laquelle l'homme en maillot de bain jeta son ouvrage à l'eau. Ses mains paraissaient rouges : un peintre, lui aussi ? Il se lava les mains et se leva. Alors que Victor le menait vers le sentier, Hubert le reconnut. C'était Azur, le réceptacle.

Hubert ne l'avait aperçu qu'une fois auparavant, juste assez longtemps pour remarquer le grand respect que les adeptes lui vouaient. Le rôle exact du réceptacle était l'un des rares secrets qui lui étaient encore fermés. Il n'avait pu attraper que quelques bribes de savoir, à la dérobée. Noémie, dans son anecdote, en avait dit très peu à ce sujet. D'ailleurs… De près, Azur paraissait plus jeune encore qu'Hubert ne l'avait cru. Difficile de préciser son âge. Il avait la maigreur d'un junkie ou d'un cancéreux, presque, et des manières d'ermite. Ses côtes et ses omoplates saillaient ; ses membres minces fendaient l'air d'une manière brusque. Ses cheveux très courts étaient traversés par une mince cicatrice longue comme un doigt, à l'arrière du crâne. On l'aurait dit usé, marqué d'un dommage si fondamental qu'il en devenait glorieux, accablé d'une fragilité qu'il transcendait. Il avait l'air tantôt d'un idiot, tantôt d'un saint.

Il pouvait avoir vingt-cinq ans, guère plus. N'aurait-il pas été trop jeune pour accompagner Victor à San Francisco ? Si c'était un rôle que d'être réceptacle, peut-être un autre adepte avait-il tenu ce rôle à l'époque. Azur aurait-il à son tour un successeur ? Peut-être était-ce à cela que Victor destinait Olivier, peut-être était-ce à cela que Susannah aspirait. C'était semble-t-il un rôle exigeant : Hubert avait peine à y voir un sort enviable.

Azur mâchouillait quelque chose qui cliquetait contre ses dents. Il ne fit aucun effort pour répondre quand Hubert le salua. Il s'approcha plutôt, trop près au goût d'Hubert, et le regarda dans les yeux sans la moindre expression jusqu'à ce que Victor le prenne par l'épaule.

— Viens, Azur, c'est bientôt l'heure du souper.

Azur se remit en marche et Hubert leur emboîta le pas, heureux d'interposer Victor entre lui et Azur, honteux de ressentir ainsi un malaise face à cet adepte si pur.

◆

Maintenant, à la fin de toutes choses, Hubert ne pouvait que déplorer sa naïveté d'alors. Il en avait tant appris depuis ; trop appris. Même si celui qu'il craignait n'était pas tapi dans les bois bordant la route, Hubert ne pouvait regarder les arbres eux-mêmes sans un frisson.

Au murmure de la brise s'ajouta le bruit lointain d'un moteur. Hubert vit bientôt son ombre se découper sur l'asphalte devant lui, née d'une forte lumière derrière. Il sentit le passage d'une voiture sur sa droite, nota le mouvement d'air et l'odeur de gaz, puis vit les feux arrière, brûlants, disparaître devant, par-delà les arbres. Il ne resta qu'une faible lueur qui bientôt s'estompa. Hubert ne savait pas si on l'avait vu, assis à même l'asphalte : la voiture n'avait pas ralenti. Il resta seul avec le passé.

LES CONTOURS DE L'ÉTRANGE

Après plus de six heures de route, Malick fut heureux de retrouver son ancien mentor. Le grand Ryamon avait la barbiche un peu plus grise, le regard un peu plus clair. Plusieurs années plus tôt, Malick avait passé des mois à étudier la magie hermétique sous sa direction. Ryamon faisait toujours figure d'autorité en la matière. Dans son bureau au sous-sol de sa coquette maison unifamiliale de Hull, derrière porte fermée et rideaux tirés, il projetait une assurance toute modeste.

— Voyage astral ou non, j'ai peine à croire que ton « exécuteur » soit réellement un être surhumain.

— Ça se peut, non ? Mathers y croyait, c'est dans la hiérarchie qu'il a établie. Le grade 10=1 de la Golden Dawn est censé être accessible seulement à des êtres qui auraient transcendé leur humanité.

— Oui... Tu dois quand même en apprendre plus avant de tirer des conclusions. Montre-moi ce que tu as trouvé.

La pièce était d'allure anodine : un refuge typique d'homme marié. Seuls les titres dans les dernières tablettes de la bibliothèque ne cadraient pas. *Magick*

Without Tears, *Dogme et rituel de la haute magie*, le *Liber AL vel Legis*… beaucoup d'écrits hermétiques et thélémiques. Malick aurait pu parier que le tapis couvrait un cercle de protection tracé à même le ciment. Pour Ryamon, la magie était un sport de sous-sol. Il pratiquait en privé et cachait ses passions sous une surface irréprochable de fonctionnaire fédéral.

Il pratiquait peu, en fait, mais ne s'était pas entièrement retiré du milieu. Il avait fait ses débuts dans une version clandestine de l'Ordo Templi Orientis et avait fini par prendre la tête du groupe. Quand Malick avait étudié auprès de lui, il l'avait vu fébrile, insatisfait, avide de connaissances. On l'aurait dit rangé maintenant, comme s'il avait trouvé ce qu'il cherchait. Il avait abdiqué et se consacrait à élever son fils et à aimer sa femme qui tolérait bien ses occasionnelles excentricités. Ça ne l'empêchait pas de surveiller ses arrières. Malick avait remarqué quelques protections en arrivant, dont ce bouquet de fleurs séchées au-dessus de la porte, attaché par un ruban couvert de symboles que le visiteur moyen aurait cru décoratifs.

Il avait raconté à son ancien mentor tout ce qu'il avait osé révéler quant à la débâcle des Insoumis à Montréal, puis avait résumé la situation à Saint-Nicaise. Ryamon étudia les divers courriels et articles de journaux que Malick avait apportés, puis se prononça :

— Il te reste encore à déterminer qui mène la secte maintenant – si secte il y a. Commence par ce que tu sais : Quentin. Il est venu me consulter l'an passé. D'après ce que tu me dis et ce que j'ai observé chez lui, je le vois bien concevoir quelque chose comme la « Méditation pour un monde meilleur ».

Ça doit se rattacher à une pratique plus active à l'intérieur de la secte. Il aime les rituels en groupe : j'ai l'impression que ça vient pallier un manque de confiance. On peut s'attendre à ce qu'il recherche un grand nombre de participants.

— Et là, il s'est trouvé un groupe particulièrement homogène, dévoué aussi, prêt à suivre des instructions si elles sont approuvées par leur dirigeant.

— Dans ce cas, ton idée de lancer un contre-mème par Internet risque d'être insuffisante. Il vaudrait mieux t'assurer d'avoir de grands nombres de ton côté, toi aussi. Tu ne peux pas tout faire en solitaire, Malick.

— C'est comme ça que j'opère le mieux. Où est-ce que je trouverais de « grands nombres », de toute manière ?

— Où tu peux. Tu ne t'es pas brouillé avec tous les magiciens de Montréal, j'espère ? Ici, il y a le cercle d'Ottawa qui pratique encore…

— Tu les convaincrais de m'aider ?

— Si *toi* tu arrives à *me* convaincre, oui.

Ils étudièrent le problème sous tous les angles. Sur le bureau de Ryamon se trouvaient un verre d'eau, une tasse de café, une photo de famille, un ordinateur désuet. Un fouillis de livres s'y ajouta graduellement.

Au bout d'une heure de recherche, Malick et Ryamon ne savaient toujours pas ce qu'était Kelzid. Ce n'était pas l'un des princes, sous-princes, ou l'un des trois cent seize esprits serviteurs recensés dans le livre d'Abramelin. Ce n'était ni l'un des soixante-douze noms divins connus des kabbalistes, ni l'un des soixante-douze démons du *Lemegeton*. Un survol rapide d'autres ouvrages favoris de Ryamon ne permit d'associer Kelzid à aucune tradition magique. La sonorité du nom rappelait certains termes employés par Austin Osman Spare, mais le nom n'apparaissait pas dans ses écrits. Une recherche sur le web ne révéla que deux nouveaux exemplaires de la Méditation, sans plus d'explications qu'auparavant. Le mal de tête guettait. Hors du bureau, le fils de Ryamon patrouillait le sous-sol sur un bolide de plastique. Hors de la maison, le jour s'assombrissait.

Malick avait aperçu en cours de recherche une technique pour connaître « des choses passées au sujet d'ennemis ». Il voulut tenter une divination pour savoir ce qui était advenu de Victor Geoffroy. Ryamon, réticent d'abord, tint à tout faire dans les règles de l'art, à commencer par le rituel mineur de bannissement du pentagramme, pour préparer l'espace. C'était curieux de le suivre ainsi dans ces gestes élémentaires. *Me voici redevenu élève, il me fait faire mes gammes*, se dit Malick. Assis au bureau, il traça sur un bout de papier le carré magique tiré du livre. Il posa le papier sur sa tête, ferma les yeux et se concentra sur le nom et le visage de Victor Geoffroy. Qu'était devenu le gourou après leur dernière rencontre ? Le bras tendu, un crayon au poing, Malick attendait que le savoir l'habite et que sa main trace sur le bloc-notes devant lui la réponse désirée.

Sa main s'allégeait, errait sur d'infimes distances. Les sons s'estompèrent. Le temps s'étira. Des souvenirs de Victor Geoffroy s'imposèrent à l'esprit de Malick…

Il vit le portrait qu'Olivier avait peint, un des premiers indices de cette triste affaire.

Il vit l'homme sûr et respecté qu'il avait espionné de loin.

Il vit le regard arrogant et fiévreux de Geoffroy, la majesté malsaine du « maître » lors de leur dernier affrontement.

Allait-il maintenant se souvenir de ce qui était arrivé ensuite et dont il n'avait pu être témoin ?

Un choc sourd ébranla la porte.

Malick en sursautant renversa le verre d'eau oublié sur le bureau encombré. Le verre éclata sur le sol. Ryamon fit un pas en direction du verre, un pas vers la porte. Les deux magiciens échangèrent un regard inquiet. Puis on entendit des roues de plastique s'éloigner de la porte et reprendre leur course.

— Désolé, dit Ryamon en souriant, mon sous-sol n'est pas un environnement très propice. As-tu obtenu quoi que ce soit ?

Malick regarda le bloc-notes et secoua la tête.

— Ou bien j'ai rien obtenu, ou bien Geoffroy a juste tourné en rond depuis que je l'ai vu, d'après le gribouillis ici.

— À moins qu'on interprète la chute du verre aussi. Geoffroy est déchu... ou il est en pièces... ou ça veut juste dire que le rituel est à l'eau, tiens.

Tout en ramassant le verre brisé, il demanda :

— Pourquoi ne pas prévenir la police ? Si la secte est aussi dangereuse que tu le dis, ça peut les intéresser. La solution magique n'est pas toujours la meilleure.

Malick sourit. *Il dit ça pendant qu'il a une excuse pour éviter de me regarder dans les yeux. Il doute de moi et ça le gêne de le dire.* Il se donna un ton raisonnable :

— Je fais pas confiance à la police, en général. Il leur en faut beaucoup pour agir, de toute façon. Ça leur suffirait pas de savoir qu'on enseigne des choses nuisibles à la Repousse. S'ils croyaient que les gens là-bas courent un danger physique, ça serait différent, mais j'espère encore que c'est pas le cas.

— Quand même, toute la communauté est affectée, d'après ce que tu me dis. Peut-être que la solution passe par eux. Tout seul, tu es trop catégorique. Tu sais combien il est difficile de trancher, pourtant. Le cercle auquel j'appartenais peut avoir des allures de secte, vu de l'extérieur, pourtant il n'a rien de néfaste. Et même si tu as affaire à une secte, elle s'est peut-être adoucie depuis tes démêlés à Montréal. Ça reste triste pour ceux qui se laissent dicter quoi penser, mais c'est d'abord à eux de se réveiller, pas à toi de t'en mêler.

— Je veux au moins découvrir qui mène et qu'est-ce qu'ils manigancent. J'ai manqué une occasion de les arrêter pour de bon. Je veux m'assurer qu'ils font rien de mal maintenant.

— Toujours prêt à jouer les héros… C'est bien ta Volonté ?

Malick reconnut la terminologie chère à Ryamon, tirée des enseignements d'Aleister Crowley. Selon ce dernier, le magicien devait être guidé par sa Volonté véritable : non pas ses caprices conscients, mais plutôt le chemin dicté par sa nature profonde, issu de la conjonction entre le Soi et l'Univers. Malick était heureux d'être venu consulter Ryamon en personne, malgré le coût élevé du trajet en autobus. Il avait pu ainsi discuter tout à loisir ; surtout, il pouvait mieux le mettre en confiance.

— C'est ma Volonté, répondit-il en regardant Ryamon droit dans les yeux.

— Alors fais ce que tu voudras, et tiens-moi au courant.

◆

Les deux dames assises devant chuchotaient pour ne pas éveiller les autres passagers ; Malick n'en manquait pourtant pas un mot.

— Il faut que tu tranches la tête, que tu déroules les intestins... c'est plus de travail que ça en a l'air...

Une telle conversation l'inquiétait sans le surprendre. Il comprit cependant après quelques secondes qu'elles parlaient d'apprêter une quelconque volaille, tout bêtement. Pour s'éviter d'autres angoisses, il s'éloigna des deux insomniaques et alla se poster à l'arrière de l'autobus. Il passa une punk qui dormait recroquevillée sous un manteau plus vieux qu'elle. Plus loin, un grand moustachu gisait bouche bée dans un total abandon, une casquette à ses pieds. Malick s'empara de la casquette au passage et emprunta un mouchoir qui dépassait d'un sac sans surveillance. Il s'affala sur la dernière banquette et remarqua aussitôt les couinements produits par les vibrations de la vitre. *Presque du morse, presque un langage en soi.* Dans la nuit dehors défilaient les arbres, innombrables, la litanie de La Vérendrye. Peu de repères, sinon les graffitis peints haut sur les rochers. Malick les avait tous lus à l'aller mais n'arrivait plus à les distinguer à cette heure-ci.

Au matin, au terminus de Val-d'Or, il avait aimé l'allure de l'autobus, grosse bête au front chargé d'insectes écrasés. Il avait traversé le parc direction Grand-Remous et s'était imaginé remonter le temps. Chaque kilomètre semblait effacer un peu plus les découvertes faites à Saint-Nicaise. Il avait failli changer d'idée et bifurquer vers Montréal plutôt que Hull : oublier les Insoumis, prendre ses chances avec Scipion. Il s'était pourtant rendu jusqu'à Ryamon qui l'avait conseillé puis conduit vers ce nouvel autobus.

Ce retour nocturne vers Saint-Nicaise était tellement irréel. Replongeait-il vraiment au cœur du danger ? Il se sentait comme un message dans une bouteille, voguant sans aucune certitude de trouver sa destination et son sens. Il passa une demi-heure – ou une heure, ou deux – à échafauder des plans sans qu'aucun ne lui convienne. La tête lui tournait. Il valait mieux agir et concentrer son esprit sur quelque chose d'immédiat.

Terré à l'arrière de cet autobus roulant au cœur de la nuit, Malick se savait invisible aux yeux du monde. Il s'assit par terre pour échapper aux regards des rares automobilistes. Ni avion ni satellite n'aurait pu l'espionner. Tous les passagers s'étaient enfin endormis et le conducteur n'avait d'yeux que pour la route. Le moment était propice.

Cela faisait plus de quarante heures qu'il n'avait pas dormi et plus de trente qu'il n'avait pas mangé. Le jeûne semblait amincir les parois de la réalité : il facilitait la transe, le rendait plus léger, l'aidait à s'élever au-dessus des bêtes considérations matérielles. La rencontre avec Ryamon l'avait énergisé. Il y avait retrouvé l'excitation du chercheur, le plaisir de traquer les secrets de l'existence. Il se sentait plus confiant et prêt à manipuler la substance même de la réalité. Pour que son retour passe inaperçu, il devait se rendre invisible à ses ennemis. Il entreprit donc la confection d'un nouveau talisman.

D'abord, les sons… Il y avait le grondement du moteur, le souffle de la climatisation, le babil de la vitre, le ronflement du moustachu quelques sièges plus loin. Malick laissa ses pensées lui échapper et invita les sons à emplir son esprit vide. Il écouta leur fouillis irrégulier jusqu'à y discerner un rythme, puis donna ce rythme à sa respiration.

Ensuite, l'espace... Il effectua un rituel de bannissement de son cru, conçu pour ce genre de situation peu propice aux cérémonies élaborées. Un simple cercle de craie, sans plus. Malick se contenta de visualiser les symboles de protection plutôt que de risquer qu'un sursaut de l'autobus en gâche le tracé. Il fixa dans son esprit l'image du cercle complété jusqu'à ce qu'il le sente aussi solide que son propre corps.

Maintenant, les matériaux... Malick avait toujours en sa possession quelques médaillons de protection bon marché, des bouts de métal fabriqués en série qui n'avaient rien de très magique. C'était suffisant comme matière première. Il avait déjà gravé sur un médaillon les symboles appropriés : un œil sur un côté, le logo de la Repousse de l'autre. En spécifiant le groupe de gens qu'il voulait affecter, il limitait l'utilité de son talisman, mais s'assurait de meilleurs résultats. Plus l'effet désiré était précis et bien défini, plus Malick se sentait confiant en sa magie.

Chez Ryamon, il avait transcrit quelques rituels d'invisibilité, notamment celui de la *Clavicula Salomonis* et celui de *The Book of the Sacred Magic of Abramelin the Mage*, tous deux traduits par Samuel Liddell MacGregor Mathers, fondateur de l'Ordre hermétique de la Golden Dawn. Ryamon affectionnait ces tomes bourrés de noms obscurs agencés en carrés magiques. Malick avait profité de la halte à Grand-Remous pour combiner ces notions avec ses propres trouvailles et préparer ainsi une version remixée d'une technique *old school*. Il sortit ses notes. Bercé par les rythmes et l'élan de l'autobus, il invoqua chacun des noms, traçant les lettres du doigt en inspirant, relâchant le nom en expirant. Le médaillon serré dans son poing se réchauffait à chaque nom : *Taman, Talac, Beromin... Je serai transparent aux yeux de mes ennemis, une ombre parmi les ombres*. La tête lui tournait, et l'univers aussi...

◆

Malick revint à Saint-Nicaise, méconnaissable. Au terminus de Val-d'Or, il s'était assuré de sortir de l'autobus avant tous les autres passagers. Les quelques effets personnels qu'il leur avait empruntés allaient aider à brouiller son identité au cas où Quentin tenterait de le repérer par voies divinatoires. Sa nouvelle casquette s'était aussi avérée d'un bon secours alors qu'il attendait au bord de la route, pouce dressé, sous ce soleil matinal qui assénait des coups de massue entre les nuages.

Il dut faire le trajet en plusieurs segments, avec plusieurs chauffeurs, somnolant en chemin pour éviter d'avoir à faire la conversation. Une fois rendu, il vit que rien n'avait changé et que tout était différent. L'hyperlucidité apportée par le jeûne faisait de la ville un jouet riche en détails. La casquette rabattue sur son visage, Malick fila par ombres et par ruelles. Son nouveau talisman tintait avec les autres sous sa chemise sale. Il croisa une vieille dame, penchée tout entière sur une canne dont les crampons, inutiles en été, crissaient contre le ciment. Elle n'avait pas de secrets pour lui : il pouvait lire sa vie et ses misères dans le moindre de ses gestes. « Tout va bien aller », lui dit-il, posant la main sur son épaule avant de reprendre son chemin.

Ses pas le menaient droit chez Rachel. Il avait hâte de la retrouver, même avec sa rancune, même avec sa distance. Il était heureux de l'avoir redécouverte ainsi, belle et vive et différente. En sa présence, il lui venait des sursauts de libido adolescente qu'il aurait voulu célébrer.

Elle n'était pas chez elle. Il flottait encore une odeur d'œufs et de poivrons. Malick ouvrit grand les fenêtres pour chasser la tentation. Le jeûne n'était pas fini. Il parcourut l'appartement, mesurant l'espace. L'atmosphère y était saine ; ce n'était pas un mauvais endroit pour un rituel. Bien plus stable et paisible que l'autobus.

Il entreprit d'abord de se raser la barbe et la tête avec grand soin. Il fit disparaître dans l'évier jusqu'au dernier bout de cheveu. Puis il débrancha tous les appareils électriques, tourna la télé contre le mur, déconnecta le téléphone et mit en place quelques protections magiques.

Malick savait que son état avait inquiété Ryamon. Ce dernier ne l'avait laissé partir qu'à contrecœur, après lui avoir offert en vain de manger, de rester pour la nuit et de reprendre la discussion le lendemain, à tête reposée. Malick n'avait pas encore son appui total, mais il trouverait bien les arguments manquants. En attendant, il avait obtenu quelques bons conseils. Ryamon l'avait mis sur une piste en mentionnant comment la communauté était affectée.

Le temps était venu d'avoir une conversation avec Saint-Nicaise-du-Sabot.

Plusieurs magiciens voyaient les villes comme des entités qu'ils pouvaient consulter ou influencer, voire invoquer comme s'il s'agissait de divinités. Bien des gens, sans arrière-pensée occulte, prêtaient à diverses villes des personnalités différentes. Cela n'avait jamais été un champ de recherches fructueux pour Malick, qui préférait une approche plus sociale de la magie, centrée sur les individus plus que sur leurs villes. Il avait appris très tôt à quel point les gens se fiaient à leurs premières impressions et à leurs vieilles habitudes. Il aimait faire usage de la rumeur et de la surprise, et jouer avec les attentes des gens. Il trouvait la plupart des villes – Montréal, surtout – trop disparates pour s'y référer comme à des touts cohérents.

Saint-Nicaise-du-Sabot, par contre… Saint-Nicaise était tout petit. Il connaissait la saveur de l'endroit : le tempérament des habitants, les rythmes de la nature environnante, l'histoire des lieux. Il pouvait traiter Saint-Nicaise comme une communauté unie, avec ses ambitions, ses craintes et ses habitudes. Il pouvait arriver à la comprendre.

Assis, jambes croisées, sur le petit tapis oriental au centre du salon, Malick laissa son esprit se vider. Ses craintes s'envolèrent et son impatience se dissipa. Sa faim cessa de lui appartenir. Le temps passait sans qu'il n'en ait conscience alors que Saint-Nicaise venait occuper son esprit.

Le passage des voitures se mêlait aux bourrasques imprévisibles que le Sabot déviait sur la ville. L'écho d'un klaxon, les pas assourdis du voisin d'en haut, les chants des oiseaux, tous ces sons composaient la vie même de Saint-Nicaise. Ils ne dérangeaient pas la transe de Malick ; ils s'y intégraient plutôt.

Qu'était Saint-Nicaise ? Une petite ville assiégée par la nature, parsemée de terrains vacants aux herbes folles, entourée de petits boisés épars traversés de sentiers imprimés dans la terre par les véhicules tout-terrain. Une municipalité de quelques milliers d'âmes, enserrée contre sa colline par une route peu passante.

Les gens se connaissaient, à Saint-Nicaise. Certains avaient mené leur vie entière ici. Chacun écrivait sa page de la petite histoire de la ville.

L'endroit se prêtait mal à la vie secrète et solitaire. Adolescent, Malick avait parcouru les rues de cette ville et en avait nourri la rumeur plus souvent qu'à son tour. Déraciné à répétition par de nombreux déménagements, il s'était cru intrus en arrivant ici et avait fait des choses ridicules pour être accepté. Il savait maintenant qu'il s'était démené pour rien ; il avait fait partie de la communauté par la seule vertu de sa présence. Il avait suffi qu'il occupe l'espace qui était le sien. Saint-Nicaise se souvenait de lui ; on lui lançait son vrai nom au visage même s'il essayait de le cacher.

Dans quel état se trouvait la ville maintenant ? Les pleurs d'un bébé retentirent dans la cage d'escalier : Malick les reçut comme une réponse. Saint-Nicaise avait une épine dans le pied. Il revenait à Malick de trouver cette épine et de l'enlever.

Qu'est-ce qui n'allait pas ? Dehors, une voiture émit un son tel un coup de feu. Malick vit le petit gangster fusillé au pied du Sabot, l'oncle de Rachel tué par sa carabine. Il s'imagina des impacts de balle dans une vitre, cette même vitre par laquelle il avait contemplé la ville plus tôt. Les images naissaient librement dans son esprit, sans qu'il sache s'il les créait par association d'idées ou si elles arrivaient là par intervention externe. Il voyait les fines fissures rayonnant de chaque impact. Des lézardes.

La ville en était pleine. De fines lézardes la couvraient, bifurquant en autant de doigts possessifs. Tout était relié : le surplus d'activité criminelle n'était qu'un symptôme parmi d'autres. Des personnes qu'on aurait cru équilibrées devenaient étranges et distantes. Le désespoir des habitants et leur vide spirituel n'avait rien d'inhabituel en soi. Ce qui inquiétait Malick, c'était que quelqu'un puisse modeler ce désespoir pour accomplir quelque sombre dessein.

La route enserrait le cœur de Saint-Nicaise contre la colline, réconfortante. Plus loin, par contre, le long d'une route plus petite, un chemin plus petit encore s'enfonçait dans les bois jusqu'à la Repousse ; une aiguille livrant son poison au flanc de la municipalité. Les gens qui vivaient là constituaient un corps étranger qui, petit à petit, cherchait à modifier Saint-Nicaise. Malick sentit trembler les tuyaux dans les murs. La plainte du vent devenait celle de la ville et devenait la sienne aussi. Cette organisation malfaisante qu'il avait déjà combattue s'était implantée ici et – il s'en doutait – était plus forte que jamais. Jusqu'où s'étendait son influence ?

Malick communia ainsi longtemps sans pouvoir saisir l'ampleur exacte du problème. Il était au moins convaincu d'en connaître la source.

Quand il se leva, ses jambes engourdies hésitèrent à le supporter. Il s'appuya contre le mur en attendant que ses sens s'ajustent à son environnement immédiat. La pièce était soudain tout étroite : une bête petite boîte de ciment, de bois et de plâtre. Il lui fallait un effort pour se remettre à penser à si petite échelle.

Il brancha et alluma la télé pour consulter la météo. Treize heures, déjà. On annonçait toujours

la possibilité d'un orage pour demain, dimanche.
Troublé, Malick éteignit la télé, se doucha et s'habilla
au cas où Rachel rentrerait bientôt. Il achevait d'en-
filer une chemise hawaïenne tout à fait hideuse
quand on cogna à la porte.

Malick prit un long couteau dans l'aiguisoir mural
de la cuisine et se rendit sans un bruit jusqu'au
bord de la porte d'entrée. Le judas dans la porte ne
faisait pas que trahir les visiteurs : quiconque se
tenait dans le couloir pourrait voir si quelque chose
bloquait la lumière à l'intérieur de l'appartement.
Malick tendit le couteau pour obstruer le judas du
bout de la lame.

Personne ne tira à travers la porte. Le visiteur se
contenta de frapper encore. Malick risqua un coup
d'œil par le judas et vit Samuel. Il ouvrit.

— Qu'est-ce que tu comptais faire avec ça, au
juste ? demanda Samuel en voyant le couteau.

— J'allais cuisiner. J'ai encore rien bouffé aujourd'hui.

Samuel enjamba la ligne de sel qui barrait l'entrée,
puis contourna le cercle protecteur – inspiré du
sceau de Salomon – dessiné sur une feuille collée au
plancher. Puis il suivit Malick dans la cuisine, l'air
méfiant.

— Tu avais dit à Rachel que tu déguerpissais défi-
nitivement, non ? Tu es allé te créer un alibi ou quoi ?

— Je suis allé consulter quelqu'un par rapport à
votre problème de secte. Ça progresse. Pourquoi
j'aurais besoin d'un alibi ?

— Gérald Brassard s'est fait tirer dessus en sortant de chez lui hier matin. Ton conseiller municipal
favori... Ses assaillants l'ont tout juste raté. T'étais
parti où, pour manquer ça ? C'est la nouvelle de
l'heure, tout le monde ici est au courant.

— Brassard était parti en croisade contre le crime organisé, à ce qu'on m'a dit. Ils auront voulu l'intimider. Et il doit y avoir un lien…

— Avec la Repousse ? Si tes Insoumis sont là, ils seraient du côté de Brassard ou des criminels ? Tu t'imagines peut-être qu'ils sont une gang en plus d'une secte ? Qu'ils se battent pour le territoire ?

— J'y réfléchis.

Malick coupa et lança dans une poêle quelques aliments choisis au hasard.

— En fait, dit Samuel après un long silence, j'ai des infos qui peuvent t'intéresser. Nous avons continué à nous poser des questions après ton départ. Tes théories magico-paranoïaques sont douteuses, mais il se peut que t'aies mis le doigt sur quelque chose. Kevin a parlé avec son ex, Josée. Ça l'a fait réfléchir… J'en ai beaucoup discuté avec Rachel, et elle m'a demandé de lui refiler mes notes.

Quand la construction de la Repousse avait débuté, Samuel avait songé à tourner un documentaire sur son évolution. La paresse l'avait emporté, mais il lui était resté des notes détaillées. Il les étala sur la table à dîner et se mit à en résumer le contenu à voix haute :

— Le clan Lagardière a fourni le terrain et une bonne portion des fonds nécessaires, ce qui a surpris tout le monde ici. Les gens de la Repousse ont dû monter toute une opération de charme. Ils sont organisés, c'est certain : ils avaient leur propre architecte qui a supervisé toute la construction. Quand j'ai demandé à l'interviewer, on m'a dit qu'il voulait que son œuvre parle d'elle-même. Je peux respecter ça, mais c'est quand même une tendance curieuse chez eux : ils s'effacent. Je voulais filmer plusieurs des responsables et de leurs résidents, mais j'ai dû me contenter de toujours parler aux mêmes deux, trois personnes. Et ils discutaient seulement de leurs projets, pas de leur passé. Tout discrets qu'ils soient, ils ont pourtant tenu à vivre en symbiose avec la ville autant que possible. Brassard les a appuyés dès le début...

Malick écoutait et acquiesçait : il en savait déjà beaucoup. Alors qu'il s'assoyait et se permettait enfin de manger, Samuel changea le sujet :

— Je pense que je pourrais te trouver un rôle dans mon film. Hier soir, j'ai eu une idée géniale pour une intrigue secondaire. Comme tu aimes tellement l'attention, tu pourrais faire du cinéma.

— Oublie ça. T'enfermeras pas mon âme dans ta boîte maléfique, visage pâle.

— Non, mais sérieusement...

— Je suis sérieux. Moins il y aura d'images de moi en circulation, plus j'aurai l'esprit tranquille.

Samuel l'observa un instant.

— Rachel m'avait parlé de toi, mais elle avait omis de me dire à quel point tu pouvais être bizarre.

— Je suis adapté à un monde bizarre, c'est tout. Elle t'en a dit beaucoup à mon sujet, cette chère Rachel ?

— Elle m'en a dit long sur un tas de sujets. Pourtant, elle m'a toujours tu ce qui s'était passé exactement, la fois où ils l'ont gardée deux semaines à l'hôpital pour sa hanche. Une cicatrice longue comme ma main, et pas un mot sur son origine... C'était dans ton temps, ça, non ?

Malick prit une bouchée, le temps de laisser le mystère s'épaissir. C'est alors qu'on entendit quelqu'un s'acharner sur la serrure de la porte d'entrée.

La porte s'ouvrit et Rachel entra, quelque peu ébouriffée. Elle parut d'abord surprise, puis sourit à Samuel et adressa un hochement de tête à Malick.

— Qu'est-ce que vous faites ici tous les deux ?

— C'est le premier meeting officiel de tes ex, dit Malick. On a formé un petit groupe de soutien, tu vois ? Tes vingt autres victimes devraient arriver bientôt.

— Vous me faites une place entre vous deux ?

Elle vint s'asseoir et frappa Malick à l'épaule. Il fit de son mieux pour cacher sa douleur ; elle y avait mis de la jointure, l'enfant terrible.

— Mon pauvre Malick, dit-elle, je pensais que ton sens de l'humour se serait amélioré avec l'âge.

— Tu vois, moi, je suis plutôt rassuré de voir que ton petit côté sadique persiste.

— Je devrais te frapper encore pour le sel dans l'entrée, tiens.

— C'est pour ton bien ! Je sais que ça commence à faire beaucoup, mais dans un jour ou deux, tu le remarqueras même plus. On s'habitue à tout.

— Je le sais, c'est bien ça qui me fait peur. Et la vie reste bizarre même en ton absence. Imagine-toi donc qu'hier…

— … on a tiré sur Gérald Brassard. Qu'est-ce que tu peux me dire là-dessus ?

Elle et Samuel firent vite le tour de ce qu'ils savaient. Les attaquants étaient passés en trombe dans un véhicule utilitaire de couleur sombre et avaient tiré sur Brassard alors qu'il se dirigeait vers sa voiture. Le conseiller n'avait pas eu le temps de voir quoi que ce soit d'utile. Malick avait espéré plus de détails.

Samuel, au moins, en avait encore à lui apprendre. Il les invita au salon, éteignit les lumières et fit jouer une vidéocassette qu'il avait apportée. On ne voyait d'abord que des arbres en gros plan. La caméra dérivait lentement, mettant en valeur le jeu de la lumière à travers les feuilles.

— OK, dit Malick, c'est plein d'arbres. T'as rien de plus excitant ?

— C'est du cinéma, pas du journalisme. Sois patient.

La caméra continua sa dérive pour révéler enfin une clairière dans laquelle s'élevaient plusieurs bâtiments verts et blancs, incomplets pour la plupart. Une douzaine – non, deux douzaines de gens s'affairaient tout autour, charriant des tuiles et des briques, grimpant dans des échafaudages. Personne ne flânait, personne ne se reposait.

Malick se penchait vers l'avant comme s'il allait pouvoir entrer dans l'écran. C'était donc là le repaire des Insoumis. Tout cela ressemblait beaucoup aux images fugitives qu'il en avait eues pendant sa transe. Le bâtiment du fond avait des allures de temple : il avait une forme à peu près circulaire et les murs ajourés qui s'avançaient de chaque côté de l'entrée évoquaient deux rangées de colonnes. Le complexe dans son ensemble relevait d'une architecture assez audacieuse. Malick se demanda combien cela avait pu coûter.

— Bien sûr, dit Samuel, ça paraît mieux maintenant. Ils ont aménagé de grands jardins là sur la droite, et il y a la pépinière derrière. Avec la finition qu'ils ont faite sur les bâtiments, c'est vraiment harmonieux, vraiment accompli.

Malick restait concentré sur l'écran. La caméra s'approcha de la clairière. Quelqu'un la montra du doigt et une femme s'approcha. Malick scruta son visage sans la reconnaître. Elle avait les cheveux châtains un peu frisés, les ongles peints, la démarche assurée dans un tailleur vert forêt. Le son était mauvais : on l'entendit à peine interpeller le caméraman (Samuel, en l'occurrence), puis la caméra fut détournée et bientôt éteinte.

L'image revint: cette fois-ci, on se trouvait beaucoup plus loin, espionnant à travers les arbres.

— C'était qui, elle? demanda Malick.

— Oh, j'oublie son nom… Noémie quelque chose. Leur relationniste non officielle, disons. Ils ont très peu d'intérêt pour les choses officielles. Pas de site web, presque pas de publicité. Il y a eu très peu de reportages à leur sujet. On dirait qu'ils se fient beaucoup au bouche à oreille.

— Ce qui est compréhensible venant d'un groupe de gens qui veulent se reposer loin de tout, dit Rachel.

Sur l'écran, pour quelques minutes encore, on ne vit que cette prise longue distance qui ne révélait rien d'utile. Puis, la caméra se détourna, s'enfonça dans la forêt et se perdit de nouveau dans la contemplation de la végétation.

— C'est toujours utile de filmer du décor, et j'aime mieux en avoir plus que moins. Je pense que c'est tout, mais on peut laisser rouler, au cas où. As-tu reconnu quelqu'un?

— Non, personne, dit Malick en soupirant.

Il demanda à Rachel d'où elle venait.

— Quoi, je dois te rendre des comptes, maintenant? Je suis allée traîner en ville. Ça fait des mois que je vis toute seule, j'ai pris l'habitude d'avoir du temps juste à moi. Tu penses rester ici longtemps encore? J'essaie pas de te mettre à la porte, je suis juste curieuse.

— Difficile à dire. L'enquête pourrait être longue, mais…

Une voix forte jaillit de la télévision:

— Les mains en l'air, enfoiré!

Tous sursautèrent. L'écran montrait un gros plan du visage anxieux de Boris, le menton mal rasé, les cheveux teints en blond. On passa à un plan d'ensemble impressionnant : debout au bord d'une falaise, face à quelques hommes armés, Boris sauta dans le vide et plongea dans l'eau tout en bas, une chute d'une bonne cinquantaine de mètres.

— C'est vrai, s'exclama Samuel, j'avais oublié que c'était sur la cassette ! C'est une scène de mon film précédent. On l'a tellement reprise... Après chaque saut, il fallait donner à Boris le temps de se sécher. Il avait apporté plein de t-shirts de rechange, sinon ça aurait été trop long.

La scène fut répétée encore et encore, chaque prise se terminant par un saut plus ou moins réussi. D'une prise à l'autre, le désespoir de Boris devenait plus palpable et authentique.

— Des fois, glissa Rachel, j'ai l'impression que Samuel fait du cinéma uniquement parce que ça lui donne un prétexte pour torturer Boris.

Quand le calvaire de Boris fut terminé, Malick fit repasser plusieurs fois la séquence filmée à la Repousse, jouant du ralenti et de l'arrêt sur image pour tout inspecter dans les moindres détails. Rachel et Samuel, vite lassés, s'en allèrent discuter dans la cuisine. Malick ne s'habituait pas à les voir ensemble : Samuel lui faisait l'effet d'une curieuse excroissance embarrassante qui aurait poussé à Rachel en son absence. Il se remit à fouiller l'écran presque sans cligner des yeux, espérant reconnaître un visage, une silhouette, une démarche. Parmi les adeptes, il y avait presque autant de femmes que d'hommes. Il y avait des jeunes et des vieux ; chacun travaillait selon sa force et ses capacités. Il ne voyait aucun des quelques adeptes qu'il avait pu espionner à Montréal.

Il arrêta la cassette et tenta d'attraper un bulletin de nouvelles, mais il n'y avait rien à cette heure.

Le flot d'images incessant le laissa songeur. Il y avait une sorte de magie dans cette boîte : dans les publicités calculées pour influencer l'esprit, dans la diffusion massive d'informations dont l'objectivité n'était parfois qu'une apparence. Sans oser s'exposer à l'écran, les Insoumis avaient tout de même joué le jeu des apparences en vendant l'image inoffensive de la Repousse aux gens d'ici. Malick avait quelques idées pour les combattre sur ce plan. Il connaissait même un graphiste, justement…

Il téléphona à Kevin. Pauline répondit et s'étonna de le savoir encore en ville. Malick promit de tout expliquer sous peu. Elle lui passa Kevin qui, d'emblée, parut beaucoup plus calme que les fois précédentes.

— Excuse-moi si je l'ai mal pris quand tu nous as sorti tes histoires de secte. C'était déjà assez compliqué avec Josée sans que tu viennes mêler une secte là-dedans. J'aurais préféré que nos problèmes restent entre elle pis moi… mais d'après ce qu'elle m'a dit, c'est pas si simple.

Ladite Josée avait admis qu'il existait à la Repousse une culture du secret inattendue. Les quelques cours de développement personnel offerts au grand public étaient périphériques aux activités d'un groupe qui semblait installé là de manière permanente. Après quelques mois de visites hebdomadaires, on lui avait proposé de venir habiter sur place elle aussi. Elle y avait passé quelques jours à titre d'essai, mais avait été rebutée par les longues séances de méditation imposées et la méfiance qu'elle devinait chez certains des habitués. Elle s'était éloignée à la fois de la Repousse et de Kevin pour chercher son mieux-être ailleurs. Les notions apprises à la Repousse lui étaient tout de même restées : Kevin avait eu l'impression de parler à quelqu'un d'une autre planète.

— Kevin, dit Malick, t'es l'homme de la situation. Je commence à avoir une idée des enseignements qui t'ont coûté ta Josée, et je sais comment tu peux aider à les contrer. J'ai un petit projet pour toi.

– HUBERT –
PILIER

Debout au fond du local de méditation, Hubert faisait ses étirements avec Noémie sans quitter des yeux l'adepte Torrent qui, devant, aidait Marco à aménager la pièce. Torrent était un adepte de longue date. Il bougeait vite, sans un mot : un homme par trop sérieux. Le dos courbé, il tirait les matelas de ses bras minces et les alignait avec grand soin. Un bon atout pour le groupe… jusqu'à récemment. Torrent s'était souvent plaint des derniers projets d'expansion de Victor. Susannah lui faisait écho : elle doutait encore de certains des choix du maître. Hubert la trouvait déroutante, elle qui paraissait tantôt grand-mère et tantôt sorcière. Elle, Torrent et quelques autres ne contredisaient jamais Victor officiellement, mais on les sentait aigris d'avoir à partager les précieux secrets du groupe avec des recrues tel Olivier Boyard – maintenant renommé Essor, à son grand bonheur. Marco même pouvait être vu parfois discutant à voix basse avec ces mécontents, et Hubert ne savait pas s'il arrivait à les apaiser ou s'il se laissait plutôt gagner lui aussi par le doute.

L'année 1995 commençait fort mal pour Hubert. Voilà déjà qu'il devait se méfier de ses propres compagnons. Victor avait cessé tout recrutement, non pas pour calmer certains, mais parce que le climat actuel était trop mauvais. En octobre précédent, la découverte de cadavres calcinés à Morin Heights avait fait toutes les manchettes. On avait appris que les défunts appartenaient à l'Ordre du Temple Solaire, une société secrète aux dirigeants tourmentés par des visions apocalyptiques. Les cinq morts ici faisaient écho à quarante-huit autres en Suisse, où l'Ordre avait ses quartiers généraux. Un suicide collectif qui, de plus en plus, prenait des allures de meurtre.

Peu après l'incident, Hubert s'était trouvé convoqué au bureau de Victor, dans cette maison isolée où se tenaient les rituels, derrière une épaisse porte de chêne qui aurait résisté aux assauts d'une bête biblique. La lueur du feu de foyer dansait sur les murs couverts de gravures victoriennes, de masques de démons indonésiens et de photos noir et blanc de paysages désertiques. Dans les bibliothèques, William Blake côtoyait Nietzsche, Machiavel s'appuyait sur la Bible, un traité de neuropsychologie faisait bon voisinage avec une collection d'écrits gnostiques. Au fond, bien en évidence, la toile qu'Olivier Boyard avait peinte au sanctuaire, fêlure sur mur blanc. Hubert n'avait noté ces détails que tardivement. En entrant, il avait tressailli en remarquant Azur, assis au creux d'un fauteuil de cuir rembourré, menton sur la poitrine, les yeux alertes. À l'insistance de Victor, Hubert avait dû s'asseoir devant le réceptacle. L'air semblait chargé d'une force intangible.

— J'ai besoin de toi, Pilier, avait dit Victor. Plus que jamais, les Insoumis vont avoir besoin de toi.

Victor lui avait résumé le drame de l'Ordre du Temple Solaire. Hubert en connaissait les détails par la télévision, mais il n'allait pas s'en vanter : la télé était l'un des principaux vecteurs de propagation du faux. Il avait suivi les explications de Victor jusqu'à leur conclusion : leur mission était en danger. L'heure était à la chasse aux sorcières, et les autorités allaient harceler tout groupe vivant selon des préceptes incongrus.

— Notre œuvre n'a rien de commun avec le délire de fin du monde que vivaient les adeptes de l'Ordre, avait poursuivi Victor, mais tu sais comme moi qu'on ne peut pas compter sur les agents du faux pour saisir la différence. Et il y a un autre problème…

— … il faut s'inquiéter du moral des adeptes.

C'était Azur qui avait complété sa phrase.

Hubert avait alors senti une étrange pression contre son crâne. Kelzid était avec eux dans cette pièce : cette puissance qui les unissait tous et qui faisait maintenant connaître sa volonté par la bouche de son réceptacle. Azur avait cligné des yeux d'une drôle de manière, l'un puis l'autre en rapide succession. Son regard était insoutenable. Hubert s'était détourné pour répondre plutôt à Victor.

— Tu sais que je te suis fidèle, que nous le sommes tous. T'as jamais essayé de te faire passer pour quelqu'un que tu n'étais pas, tu nous a toujours bien guidés, et…

— Tu seras tout de même vigilant…, l'avait coupé Azur, peu impressionné par sa profession de foi.

— … et souviens-toi, avait complété Victor, que la moindre fuite peut nous être fatale. Marco s'occupe de planifier des mesures à appliquer si nous sommes découverts, y compris des fausses pistes pour détourner les soupçons sur l'Ordre du Temple Solaire. Dans l'immédiat, je compte sur toi pour rassurer les gens qui auront des doutes. Il n'y aura pas de nouvelles initiations pour l'instant.

— Et vous doublerez tous la fréquence de vos méditations, avait ajouté Azur.

La lueur changeante du feu rendait terribles les traits d'Azur et mettait en évidence les rides qui sillonnaient le visage si expressif du maître. Hubert l'avait observé, fasciné. Parfois, Victor donnait l'impression d'être dix ans plus jeune que lui. D'autres fois, comme ce soir, il semblait dix ans plus vieux. Azur, lui, était jeune mais canalisait en ce moment une force sans âge.

— Trêve de mauvaises nouvelles, avait enfin conclu Victor. Tu peux garder un secret ? Je veux qu'on bâtisse. Il nous faut un lieu sacré à notre mesure, assez grand pour tous nous loger et recevoir nos rêves. Sers-nous bien, et tu auras un rôle de choix dans ce projet-là.

Hubert, en sortant, avait senti qu'on l'avait soupesé et que le jugement restait à être rendu.

Depuis, pourtant, il avait été inclus dans l'élaboration du nouveau lieu. Il s'était affairé à ce projet toute la soirée de la veille encore, avec Victor, Marco, Guillaume, Noémie et le trésorier, Rawlings, dont l'implication indiquait que leurs rêves se concrétisaient. Marco avait proposé des manières brillantes d'intégrer les préceptes du groupe dans l'architecture même des lieux. Il se chargeait surtout de questions cosmologiques et spirituelles, ce qui lui avait valu d'être nommé « Notion ».

En quittant la réunion, Hubert avait offert à Noémie de passer la nuit chez lui à Montréal. Elle l'avait surpris en acceptant.

Hubert scruta le local de méditation et se demanda si la réunion s'était prolongée après leur départ. Ce matin, Marco paraissait plus cerné qu'à l'habitude et réagissait peu aux salutations des premiers élèves qui arrivaient, souriants. Hubert ne devait pas mieux paraître. Lui et Noémie avaient discuté jusque tard dans la nuit ; ou, plutôt, il avait parlé et elle avait écouté. Son fils devenait une source inépuisable de soucis. Daniel avait commencé à découcher et sa mère n'arrivait pas à lui tirer deux mots quant à ses allées et venues. Il rentrait les poches pleines de disques compacts qu'il pouvait bien avoir volés, restait tranquille un jour ou deux, puis disparaissait sans prévenir. Sur tous les plans, les crises s'accumulaient.

Trêve d'apitoiement : le cours allait débuter. Les élèves se placèrent en rangées bien espacées, Hubert près de Torrent pour mieux jauger son humeur.

Marco allait commencer sa leçon quand un homme entra et vint le rejoindre en quelques enjambées faciles. C'était un colosse : il toisait Marco de haut comme on regarde un enfant. Il avait une petite queue de cheval haut perchée et sa moustache, qui lui descendait jusqu'au menton, encadrait un sourire niais. D'une voix forte mais calme, il demanda :

— C'est un cours de méditation icitte, c'est ça ? Vous leur apprenez pas à se battre ou rien de même ?

— Euh… non. Pourquoi vous…

L'étranger l'empoigna à pleines mains par le collet et le poussa vers le mur en rugissant.

— Yé où mon petit frère ? Kossé que vous lui avez fait, ma gang de krishnas ?

Marco balbutiait et affirmait son ignorance du mieux qu'il le pouvait. Le colosse le secoua.

— Fais pas ton innocent, je suis pas d'humeur à rire. Regarde ce que tu m'as coûté déjà.

Il pointa sa joue marquée d'un bleu respectable.

— C'est un ostie de ceinture noire qui m'a fait ça hier. Je suis passé quand c'était le cours de karaté. Je les ai pris pour vous autres. Mais là je sais que j'ai la bonne gang. Ça fait que tu vas me dire oùsque vous avez caché Olivier Boyard, pis tu-suite à part ça !

Hubert enfonça son visage dans ses mains un instant. L'intrus était donc l'un des frères d'Olivier. Il y avait bien une certaine ressemblance…

Un des élèves vint poser une main conciliante sur l'épaule du colosse. Boyard se retourna, repoussa l'importun en se servant de Marco comme d'un bélier, puis fit un pas en direction du reste de la classe. L'intensité de sa colère était telle que tous ceux qui s'étaient levés reculèrent d'un pas.

— Vous autres, grouillez pas !

L'intrus sortit en serrant d'une seule main la gorge de Marco, qui devait pédaler à reculons pour éviter de se faire traîner.

Hubert jaugea la classe du regard. Torrent semblait aussi surpris que lui : il ne devait y être pour rien. Hubert sentit la main de Noémie se glisser dans la sienne. Il n'eut pas le temps de lui dire quoi que ce soit. L'un des élèves se tourna vers lui :

— On peut pas le laisser faire ! Je vais aller appeler la police.

— Non, fais pas ça ! Je… je vais appeler moi-même. Faites rien tant que je serai pas revenu.

Hubert brandit son téléphone cellulaire et jeta un coup d'œil prudent dans le corridor, juste à temps pour voir Boyard et Marco prendre les escaliers. Il descendit à leur suite et appuya sur une touche de composition rapide. À son immense soulagement, la voix de Victor lui répondit.

— Oui, police ? dit Hubert. J'appelle pour vous signaler un enlèvement.

Il devait donner le change au cas où un élève s'aviserait de venir le rejoindre. Pas question de mêler la police à cette histoire : la discrétion avant tout. Hubert donna l'adresse et résuma la situation comme s'il s'adressait au téléphoniste du 9-1-1. Victor comprit vite son jeu. En sortant de l'édifice, Hubert vit une longue Parisienne rouillée qui filait en dérapant dans la rue enneigée. Il donna à Victor le numéro d'immatriculation. La voix de Victor était calme, dénuée d'hésitation :

— Tâche de réparer les dommages autant que possible avec les élèves, puis renvoie-les chez eux. Assure-toi que personne n'appelle la police. Après ça, rends-toi au travail comme d'habitude. Je t'appellerai dès qu'il y aura du nouveau.

Hubert retourna au local et se retrouva face à une vingtaine de regards inquisiteurs. Noémie, au moins, semblait calme. Elle vint se coller contre lui.

— Vaut mieux que tu leur donnes une bonne explication, cher, lui murmura-t-elle à l'oreille.

FACE À FACE

Après le départ de Samuel, Malick insista pour passer à l'épicerie. Il avait remarqué dans les notes de Samuel que la Repousse, suivant sa tendance à encourager les commerces locaux, s'approvisionnait à l'épicerie même. Le gérant, Jim Simard, avait l'habitude de fréquenter avec sa femme les propriétaires du dépanneur Septième Ciel. Rachel, en esquissant la vie de ces derniers, avait déjà expliqué comment ils s'étaient brouillés avec les Simard devenus étrangement distants et casaniers. Malick, curieux, avait téléphoné à l'épicerie. Il n'avait pu joindre Simard lui-même, mais une employée bavarde lui avait confirmé que le gérant était sur place au moins pour la prochaine heure... le temps de rencontrer des gens de la Repousse.

En chemin vers l'épicerie, Rachel soutira à Malick les détails de son expédition à Hull. Elle mit aussitôt en doute le survol de la Repousse effectué par Rodolphe.

— T'es sûr qu'il ne disait pas ça juste pour se rendre intéressant ?

— Je suis sûr de rien. La magie, ça se mesure pas, c'est pas une science exacte. Oui, Rodolphe est peut-être incapable de voyage astral... mais il était assez convaincant.

Il lui résuma sa conversation avec Ryamon.

— Tu sais, dit-elle après un silence pensif, je me suis vraiment demandé si tu allais revenir.

— Moi aussi, pendant un instant. Ça t'aurait soulagé que je revienne pas ?

— Oui et non...

Il allait insister pour qu'elle complète sa pensée quand il remarqua une femme devant qui déverrouillait la portière d'une voiture stationnée. C'était elle qui, sur la vidéocassette de Samuel, venait demander qu'on éteigne la caméra. Il continua à marcher sans changer le rythme. Rachel ralentit, sentant sans doute sa tension. Il s'empressa de l'avertir :

— Continue de marcher ! Reste naturelle !

Elle vit elle aussi la femme qui prenait maintenant place au volant.

— La relationniste de la Repousse, c'est ça ?

— Oui. Si on change de direction, on risque d'attirer son attention. Marche tout droit pis fait comme si j'étais pas là.

— Tu pourrais plutôt aller lui par...

— Regarde-moi pas !

Il s'écarta un peu et posa la main sur sa poitrine, sentant sous sa paume la forme de son nouveau talisman, par-dessus les autres. Il prononça du bout des lèvres les noms invoqués dans sa fabrication.

La relationniste démarra, puis regarda droit en direction de Malick.

Il craignait qu'elle le remarque, mais non. Elle sembla observer Rachel un instant, sans plus. Malick était convaincu que son regard avait passé sur lui aussi, mais elle n'avait pas montré la moindre surprise. Il continua à marcher, Rachel à côté de lui, tandis que la relationniste s'engageait dans la circulation et passait à côté d'eux sans un autre regard. Encore quelques mètres et ils entrèrent dans l'épicerie.

L'air frais arracha un frisson à Malick. Devant, un palmier en carton s'élevait au-dessus d'un bac plein d'oranges. Des affiches suspendues montraient des consommateurs absurdement heureux devant les merveilles du supermarché. Malick scruta les visages, ceux des clients d'abord, ceux des caissiers ensuite. *Pas de quoi s'inquiéter, à première vue.* Il saisit un panier et se dirigea vers le fond. Rachel le suivit.

— C'est pour ça que t'es venu ? Pour voir la relationniste et l'éviter à tout prix ?

— J'espérais arriver avant et espionner un peu, voir qui la Repousse envoyait, au cas où je reconnaîtrais quelqu'un. Au moins, je sais que mon talisman d'invisibilité fonctionne.

— Tu sais que tu es tout à fait visible ?

— Pour toi, oui. Je l'ai calibré pour les gens de la Repousse. Ça marche, t'as vu ? Elle a pas réagi du tout en me voyant, la Noémie, là, si c'est bien son nom.

Rachel le fixait d'un air incrédule.

— Je te parle pas d'invisibilité physique, expliqua Malick, ça serait trop dur à accomplir. C'est surtout psychologique : il s'agit de se fondre dans le décor. T'as remarqué comment il y a des gens qui occupent tout l'espace quand ils entrent dans une pièce ? Des gens plus grands que nature, comme on dit. À l'inverse, il y a d'autres personnes qui sont faciles à ignorer. C'est un effet qu'on peut contrôler : en modulant son degré de présence, on peut pratiquement disparaître. En revenant, dans l'autobus, je me suis créé un talisman pour effacer ma présence aux yeux des adeptes de la Repousse.

Il trouva un gros paquet de sel et le plaça dans le panier.

— Je peux le voir, ton talisman ? demanda Rachel, pensive.

Malick s'assura que personne ne les regardait.

— Approche, dit-il en souriant, viens le chercher sur mon torse viril.

Elle fit un pas et se trouva tout près. Malick sentit entre eux cette même intensité qui les avait liés, adolescents. Puis elle lui tordit un bras derrière le dos et sortit d'une main tous ses talismans de sous sa chemise. Il s'empressa de lui dire lequel était le bon et elle le lui ôta pour aller se poster plus loin, nonchalante.

— Rachel, redonne-moi ça, j'en ai besoin.

— Du calme, la grande méchante relationniste est partie, le danger est écarté. Tu sais que l'œil est tout égratigné ? dit-elle en inspectant le talisman.

— Oui, je l'ai rayé. C'est pour qu'on me voie pas.

Au bout de l'allée apparut un jeune homme tout maigre, vêtu d'un jean élimé et d'un t-shirt gris. Juste à côté marchait un quinquagénaire trapu animé d'une bonne humeur un peu bourrue. Malick le reconnut aussitôt.

— Rachel ! dit-il entre ses dents. Mon talisman, vite !

Trop tard : Hubert Saulnier l'avait vu. Malick prit une lente inspiration. *Tant pis*, se dit-il. *Cartes sur table*.

Il s'avança vers Hubert. Celui-ci fit signe au jeune homme de ne pas bouger, puis vint à sa rencontre.

— Maximilien, dit Hubert d'un ton mielleux. On m'avait dit que tu traînais en ville.

— Salut boss. T'as l'air en forme.

— Merci.

Il y eut un silence. Derrière Hubert, le maigrichon dévisageait Malick. Il avait des allures de bête en cage : nerveux, habité d'un désespoir contenu. Une nouvelle recrue, sans doute, quelque âme en peine séduite par Victor Geoffroy et ses promesses d'un monde meilleur. Hubert, lui, avait changé à la fois en bien et en mal. Il portait un élégant veston beige et un pantalon bien pressé. Ses rides s'étaient creusées, ses cheveux avaient pâli, mais il faisait preuve d'une assurance et d'un sang-froid que Malick ne lui avait pas connus. Restait à déterminer son rôle dans les projets des Insoumis.

Hubert ouvrit la bouche pour parler et Malick se fit un plaisir de l'interrompre :

— Tu vas me dire que t'as rien à voir avec la Repousse ?

— Au contraire. Je suis heureux d'habiter là. Je trouve que c'est des gens charmants.

— Les gens charmants, ça couvre pas des arbres de sang.

— Je sais vraiment pas de quoi tu parles.

— J'ai tout vu. Pourquoi vous m'avez envoyé la police, au fait ? Vous avez perdu votre bourreau habituel ?

— On a fait ce qu'il faut faire quand quelqu'un flâne sur notre terrain sans invitation, c'est tout.

— Et quand est-ce que vous allez m'inviter ? Quand j'aurai vu « de quoi il est capable » ? C'est ça que votre petite vieille était venue me dire ?

Hubert parut surpris, puis s'assombrit.

— Sur le coup, dit Malick en souriant, je pensais savoir de qui elle parlait, mais j'en suis plus trop certain, maintenant. Ton pote Geoffroy, peut-être ?

— Tu sais pas ce que tu dis. T'en as toujours su moins que tu le prétendais... T'as déjà fait des vagues chez nous. Tout allait mieux depuis quelque temps, mais si tu restes, tu risques de provoquer le pire.

— J'ai peine à croire que ça allait mieux. La doctrine de Geoffroy est néfaste : j'ai vu l'effet qu'elle a eu sur Olivier Boyard. J'en reviens pas que des gens intelligents se laissent encore empêtrer là-dedans. Tu y crois vraiment, toi, aux merveilles de Kelzid ?

Il avait espéré marquer un point en mentionnant le nom de Kelzid, mais Hubert resta impassible.

— Je crois au rêve de Victor.

— J'ai vu ce que son rêve a donné jusqu'ici. Déjà, à Montréal, vous aviez des morts sur la conscience. Ton p'tit nouveau, là, tu lui as dit ce qui l'attend ?

Tous deux avaient gardé un ton de voix discret jusque-là, mais une soudaine hargne se glissa dans la voix d'Hubert.

— Tu veux qu'on joue franc ? Tu comprends rien à la situation, mon gars. Tout allait bien pour nous à Montréal jusqu'à ce que t'arrives avec tes brutes pour tout gâcher. C'est toi, le criminel, là-dedans. T'es un fouineur insignifiant qui comprend pas les dommages qu'il cause. Il y a rien qui te donne le droit d'interférer avec notre œuvre.

— J'ai le droit, pis j'ai le devoir aussi. Les idées de Geoffroy sont malsaines. Son adjoint psycho-pathe l'est encore plus. Je vais exposer vos secrets au grand jour, compte sur moi.

— T'as pas de crédibilité ! T'es personne. Les gens ici nous apprécient. Ils croiront pas un petit vandale avec des histoires à dormir debout.

— Ils auront pas le choix quand ils verront que vous êtes un danger public. Ha ! Enfin, *si* vous êtes encore un danger. J'ai su que vous aviez recruté

Quentin. Ça sent le désespoir, ça. Vous pouviez pas avoir le meilleur des magiciens – ici présent –, ça fait que vous vous êtes contentés de lui ?

— Oublie Quentin, c'est pas lui qui...

Jim Simard, le gérant, apparut au bout de l'allée, derrière Malick.

— Hubert, est-ce qu'il y a un problème ?

Hubert retrouva aussitôt la bonhomie qu'il avait affichée plus tôt.

— Ça va, Jim, c'est un bête malentendu. Je pense que le jeune monsieur ici m'a mal compris. Monsieur, si je vous ai insulté par inadvertance, je m'en excuse.

Il fit signe au jeune adepte de le suivre. En passant devant Malick, il lui murmura, sans perdre le sourire :

— Force-moi pas à prendre des mesures qui seraient déplaisantes pour tout le monde.

Il donna au gérant une solide poignée de main et le suivit vers son bureau, accompagné par ce curieux jeune homme qui lança derrière lui un dernier regard troublé. Ils furent bientôt hors de vue. Rachel, qui jusque-là s'était tenue à distance prudente, vint rejoindre Malick.

— Ça se corse, dit-il. Hubert l'a drôlement pris quand je lui ai parlé de l'avertissement qu'on m'a donné au parc. C'est à se demander s'il était au courant ! Tu trouves pas qu'il avait l'air surpris ?

— Je sais pas, dit Rachel, je gardais plutôt un œil sur le jeune nerveux. Il a écrit quelque chose pendant que vous étiez en train de vous insulter comme deux lutteurs avant un combat simulé.

Elle tira d'une étagère un bout de papier froissé qu'elle déplia et lut en silence. Malick essaya de lire aussi, mais elle se détourna. Elle soupira enfin et lui tendit le papier.

— Je devrais pas te laisser lire ça.

Malick déchiffra tant bien que mal l'écriture nerveuse et hâtive :

> *Sur la route après la Repousse,*
> *coin chemin mine.*
> *23 h ce soir.*
> *Besoin de vous.*

Malick relut le message, un sourire satisfait aux lèvres. Il ramassa en vitesse quelques denrées essentielles, paya et sortit, vigilant, suivi de près par Rachel. Dehors, rien de suspect. Il s'imaginait que la relationniste allait revenir chercher Hubert et l'autre adepte, mais il serait déjà loin. Il marchait d'un pas vif ; il portait tous les sacs mais on aurait dit qu'ils ne pesaient rien.

— Faut que j'aille là-bas ce soir. Ce gars-là doit savoir des choses utiles. S'il nous donne rendez-vous à cet endroit, c'est qu'il habite à la Repousse. Il peut nous dire comment c'est, la vie, là-dedans.

— Et si c'est un piège ? Il avait l'air affolé, je le sais, mais… Peut-être qu'il est bon acteur…

— Non, j'y crois pas. Oublie tes inquiétudes un instant. Qu'est-ce que ton intuition te dit ?

Elle ne répondit pas. Malick sut qu'il avait marqué un point et se montra conciliant.

— C'est quand même risqué, je le sais. C'est pour ça que je vais faire vite. J'arrive, j'embarque le gars, je repars. J'aurai besoin d'un char… tiens, est-ce que Boris en a un ? C'est votre casse-cou, Boris, non ? Si jamais il y a de la poursuite, il peut jouer les cascadeurs pour semer les méchants.

— On est en Abitibi ici, pas à Hollywood…

— Ah ! Rachel, pourquoi t'es si sévère ? Tu t'inquiètes pour moi, c'est ça ?

— Je m'inquiète surtout pour Boris. Samuel l'arrache sans cesse à sa famille pour qu'il aille filmer, et là tu veux en faire ton chauffeur…

— Sa famille ? Boris « regarde-mon-cul » a une famille ?

— Une femme et une petite fille de trois ans, mignonne comme tout. Ça me donne espoir : ça veut dire qu'on ne va peut-être pas tous mourir célibataires et immatures.

— Ben voilà, si Boris est mature, il peut prendre ses propres décisions.

◆

Malick, étendu à plat ventre sous un soleil hostile, protégé des arêtes du rocher par une mince serviette de plage, bâilla avec abandon. Peut-être arriverait-il à dormir avant l'expédition de ce soir, après tout.

Au pied du rocher sur lequel Samuel et lui s'étaient postés, quelques rues résidentielles s'entrecroisaient, certaines droites, d'autres en « U ». D'ici, on voyait l'arrière des coquettes demeures de la rue McKenzie, près du parc aux canards. Les autres maisons du quartier n'étaient pas moins orgueilleuses, chacune entourée d'arbres et munie d'une piscine où elle se mirait jour et nuit. Malick n'avait d'yeux que pour l'une d'elles : une maison comparativement modeste, toute en teintes de blanc crème et de bourgogne. Il gardait le téléobjectif braqué sur ce terrain et ajustait de temps à autre le pare-soleil improvisé qui devait dissimuler l'éclat de la lentille. Devant la maison, tondant sa pelouse comme tout bon citoyen, se trouvait Gérald Brassard, conseiller municipal et parrain officiel de la Repousse. Brassard avait affirmé à tous les journalistes qu'il n'allait pas se laisser intimider. Fidèle à ses paroles, il n'hésitait pas à s'exposer.

Après avoir recruté Boris pour son expédition, Malick était resté trop fébrile pour se détendre. Il avait harcelé Samuel jusqu'à ce que celui-ci accepte de venir espionner le conseiller. Samuel avait le temps : l'équipe ne devait tourner qu'en soirée. Il avait accepté à condition de pouvoir prendre part à l'expédition lui aussi. Tous deux avaient escaladé le rocher par sa face ouest, invisible aux gens du quartier. Malick savait que ce creux de la pierre au sommet les dissimulait des gens en bas pour autant qu'ils restent couchés. Il devait apprendre où Brassard cadrait dans les plans des Insoumis, lui qu'on avait tenté d'abattre le matin précédent. À travers le téléobjectif, il pouvait distinguer les impacts de balles sur la façade de la maison.

— Bel équipement, dit-il à Samuel. Où est-ce que tu prends l'argent pour ça ?

— J'ai des commanditaires. La caméra est un prêt de Lagardière Photographie. J'ai réalisé une pub pour eux et Kevin leur a fait un rabais sur leur logo.

— Vous vivez sur le troc ou quoi ?

— On se rend tous service. Disons que le capitalisme n'est pas trop dans mon registre.

Malick détestait cette immobilité. Samuel s'impatientait aussi.

— Tu perds ton temps. Brassard est immaculé. Il y avait de l'action hier ; aujourd'hui, ce sera tranquille.

— Il pourrait recevoir de la visite. T'imagines si Victor Geoffroy venait faire son tour et qu'on l'enregistrait sur vidéo ? Il est officiellement mort. On aurait la preuve qu'il se passe quelque chose de pas catholique.

— S'il est ressuscité, ce serait au contraire quelque chose de plutôt catholique… Tout ce qu'il y a de suspect ici, c'est nous deux. Il fallait vraiment que je m'ennuie pour accepter de t'accompagner. Si ça se trouve, la police a Brassard sous surveillance, et s'ils nous apercevaient en train de…

Malick entendit un frottement derrière lui. Il se retourna pour voir un policier – *le* policier qu'il rencontrait partout – accroupi à quelques mètres d'eux.

— Bonjour Samuel, dit le policier. Tu fais dans le documentaire, aujourd'hui ? « Le conseiller municipal dans son habitat naturel », quelque chose comme ça ?

— Monsieur l'agent Saint-Arneault ! Quelle belle surprise…

— Toute la surprise est pour moi. Depuis hier qu'on assure la protection de Gérald Brassard au cas où les malcommodes d'hier récidiveraient. Et là c'est vous deux qu'on attrape… Si je te connaissais pas tant, Samuel, on vous aurait déjà passé les menottes. C'est monsieur Seko ici présent qui te donne de si mauvaises idées ? Il m'a tout l'air d'une influence néfaste.

Malick émit un rire amer.

— Vous faites encore dans le service personnalisé, c'est ça ? Vous assurez mon suivi ?

— Tu m'y obliges. Vous me devez une conversation, vous deux.

Le policier décrocha son émetteur-récepteur pour annoncer que tout allait bien et qu'il lui faudrait encore un quart d'heure. Plissant les yeux contre le soleil, il sortit un petit tube de crème solaire et commença à s'en appliquer dans le cou.

— Dis-moi tout, ordonna-t-il à Malick. Qu'est-ce que tu lui veux, à Gérald Brassard ?

— Si je vous le disais, monsieur l'agent, vous me croiriez pas.

— Écoute-moi bien, Seko. J'aime pas ce qui se passe à Saint-Nicaise ces derniers temps. Tout le monde vient jouer aux gangsters ici et on dirait que la saison de la chasse au conseiller municipal a débuté hier. Si tu gardes le silence, je vais devoir m'imaginer le pire. Parle-moi.

Malick jeta un regard de côté à Samuel. Ce dernier hocha la tête : il faisait confiance au policier. Malick s'éclaircit la voix, observa un court silence théâtral et décida de balancer toute l'histoire à la tête de l'agent.

— OK. Version courte : vous avez un problème de secte ici. Ils s'appellent les Insoumis et ils sont établis à la Repousse. Ou bien ils se sont infiltrés là, ou bien ils sont là depuis le tout début. J'ai eu affaire à eux à Montréal en 95, quand j'ai aidé quelqu'un à quitter la secte. Dans ce temps-là, ils étaient menés par un gourou qui se faisait appeler Victor Geoffroy, et ils avaient aussi un gars terriblement puissant qui était peut-être même pas humain. Je le sais parce que j'ai le don de voyance : je suis sensible au surnaturel, pis quand je l'ai rencontré, ce gars-là, il avait une présence tellement forte que ça me coupait le souffle. Mais comme je tiens à en avoir le cœur net, je suis venu jeter un coup d'œil ici au cas où la fusillade d'hier serait liée à toute cette histoire-là.

Le policier le regarda en silence et acheva d'appliquer sa crème solaire.

— D'accord, dit-il enfin. Je te crois.

— Vous me croyez ?

— Je dis pas que t'as raison sur toute la ligne, mais ton histoire pourrait expliquer certaines choses.

Malick était trop surpris pour continuer ; Samuel prit le relais.

— Je te savais pas si ouvert d'esprit, Louis. Tu t'es pourtant fait un devoir d'arrêter mon tournage le mois passé malgré mes explications éminemment raisonnables...

— T'avais pas d'affaire là et tu le sais. Mais ce que ton ami vient de me dire... ça concorde avec nos observations. Il y a toujours eu des petits détails incongrus à la Repousse ; ça *pourrait* être une secte. Pas nécessairement dangereuse pour autant... Quant au « malfaiteur surnaturel », je pense que je l'ai rencontré.

— Ciboire, dit Malick, c'est ce que je redoutais, ça. Vous l'avez rencontré où ? Comment ?

— Je te signale que c'est moi qui pose les questions. Qu'est-ce qui s'est passé à Montréal ? C'était pas l'Ordre du Temple Solaire, à l'époque ?

— L'Ordre, c'était à Morin Heights, au nord de Montréal, en 94, et pour autant que j'aie pu déterminer, les Insoumis sont une secte indépendante. J'ai... enquêté sur eux déjà, mais ils ont disparu quand leur gourou, Victor Geoffroy, est mort dans des circonstances étranges. Du moins, je pense qu'il est mort.

— Jamais entendu parler de lui. Tu m'expliques tes « circonstances étranges » ?

— Vaut mieux vérifier par vous-même. Cherchez les noms de Victor Geoffroy et George Rawlings dans les faits divers pour juin 1995.

Le policier en prit note et réfléchit un moment.

— T'es voyant, tu dis ? C'est pas banal. Toi, Samuel, tu y crois ?

— Je me le demande encore... Malick, je peux lui parler de l'arbre ?

Samuel raconta comment Malick avait trouvé l'arbre sanglant. Le policier se montra sceptique, mais Samuel promit de lui montrer ce qu'il avait filmé.

— Inquiétant, tout ça, dit l'agent. J'ai déjà assez du crime normal sans me soucier du paranormal aussi. Mais... je veux garder l'esprit ouvert. Depuis que je suis petit, il y a ma grand-mère ukrainienne qui jure que son défunt père veille sur elle. Elle a gardé sa vieille chaise, et la chaise craque quand il va y avoir un décès dans la famille. Si tu me dis que tu vois des choses qui échappent à la plupart des gens...

— Le Rocksteady, dit soudain Malick.

— Quoi ?

— Vous voulez me mettre à l'épreuve ? J'ai vu qu'il allait se passer quelque chose de grave au Rocksteady. J'ai vu des éclairs, ça va avoir lieu un soir d'orage, j'en suis presque certain. Et la météo annonce un orage pour demain. Aidez-moi à surveiller le Rocksteady et je vous dirai ce que je sais. Peut-être qu'on peut empêcher ce qui doit se passer là.

Le policier inspecta les maigres nuages à l'horizon, puis posa un regard sévère sur Malick.

— D'accord, on peut essayer. Ça me permettra de garder l'œil sur toi. D'ici là, je vais me renseigner sur ton gourou. On verra si ton histoire tient toujours.

— C'est tout ? dit Samuel. Tu le laisses partir comme ça ?

— Pourquoi, tu penses que c'est lui qui a tiré sur Gérald Brassard hier ?

— Non, ça peut pas être lui, c'est juste que...

— Je te connais, Samuel : t'es encombrant, mais t'es pas un mauvais gars, et tu lui prêterais jamais ta précieuse caméra s'il était mêlé à la fusillade d'hier de près ou de loin. On se doute bien de qui a fait le coup. Donne-moi ta cassette ; si vous vous tenez tranquilles, je m'abstiendrai de l'utiliser comme pièce à conviction. Et si ton ami peut se montrer raisonnable, on aura *peut-être* une collaboration intéressante. Je veux pas rester patrouilleur toute ma vie, et s'il a la moindre information qui puisse être utile, ça m'intéresse. Et puis, il y a des précédents pour ce genre de choses. Je me rappelle qu'ils avaient fait appel à une voyante pour le cas Bernardo-Homolka près de Toronto.

Malick le savait, mais il se garda bien de mentionner que, même si la voyante avait prédit à peu près comment les corps seraient retrouvés, elle n'avait pas pour autant permis d'empêcher les meurtres ou de trouver les coupables.

Le policier les escorta jusqu'en bas puis alla s'asseoir au volant de son auto-patrouille.

— Je t'avais dit que c'était une mauvaise idée, dit Samuel. Je remarque que tu ne lui as rien dit de ton rendez-vous ce soir. Tu vas le laisser passer ?

— Pas question. Je dois y être, et je peux pas m'y présenter avec un policier. On continue comme prévu.

◆

Malgré l'ajout du policier dans l'équation, Rachel ne tenta pas de le dissuader. Il n'allait rien faire d'illégal, après tout. Elle insista plutôt pour prendre part à l'expédition. C'était ce qu'il avait redouté.

— Je m'en veux déjà de t'avoir mêlée à tout ça. Je m'en veux qu'Hubert m'ait vu avec toi. Les Insoumis sont mon problème, pas le tien.

Il était assis au bord du futon, le dos courbé. Elle restait debout dans l'entrée du salon, inatteignable.

— J'habite ici, dit-elle, c'est mon problème aussi. Et tu t'es pas gêné pour impliquer mes amis…

— Rachel… Viens t'asseoir sur mes genoux, là, qu'on en discute comme deux adultes consentants.

— Je te rappelle que pendant que tu t'engueulais avec Hubert, c'est à moi que le jeune a laissé un message. Il avait l'air terrifié, ce pauvre garçon. Ma présence ce soir devrait le rassurer.

Elle avait raison. Le jeune adepte était sûrement dans un état précaire, et Rachel saurait faire preuve de la délicatesse nécessaire. Tout de même…

— Comprends-tu à quel point c'est dangereux ?

— Je crois que oui. J'ai parlé à Julie Boyard aujourd'hui.

— Pourquoi t'as fait ça ? Où t'as eu le numéro, pour commencer ?

— Calme-toi. Je t'ai entendu appeler une Julie, avant-hier. J'ai trouvé son numéro dans ton carnet d'adresses. Je me suis dit qu'avec elle, j'aurais peut-être une meilleure chance d'obtenir l'histoire au complet.

Il posa la tête entre ses mains.

— Elle t'a dit quoi, Julie ?

— Elle m'a parlé d'Olivier. Elle m'a parlé du soir où ton fou surhumain est allé payer une visite à sa famille pour leur dire d'arrêter de le chercher. Elle m'a dit qu'il avait fait éclater la porte, qu'il avait mis l'appartement sens dessus dessous et qu'il avait menacé de tous les tuer. Qu'il avait failli te tuer, toi-même. J'ai toujours peine à croire qu'il soit surnaturel, mais il est dangereux, c'est clair.

Le mal était fait. Aussi bien lui en dire plus, qu'elle prenne sa décision en toute connaissance de cause.

— Tu sais pas encore tout, dit-il. Il y a des détails que Julie elle-même ignore.

Il lui raconta comment l'exécuteur avait fait irruption chez les Boyard alors qu'il était là, occupé à leur résumer les progrès de son enquête. Tony et son frère Sylvain n'étaient pas encore rentrés : seules leur mère et Julie y étaient. L'exécuteur avait projeté Malick contre un mur et avait commencé à tout casser, faisant preuve d'une force surhumaine. Julie lui avait tenu tête, armée d'un bâton de baseball et de sa langue, instrument plus redoutable encore. Elle avait fait de l'insulte un art : Malick l'avait déjà vu faire pleurer Tony. L'exécuteur, furieux, avait lancé un dernier avertissement puis était sorti en s'emparant de Malick.

« J'ai réussi à me libérer pis à me précipiter dans l'escalier », expliqua-t-il. « Mon vélo était devant, j'ai tout juste eu le temps de le débarrer avant que l'exécuteur sorte lui aussi. Il a dit : "*Toi*, je peux te tuer." C'est là que j'ai senti… comme une pression subite, comme une onde de choc mais sans direction. Tous les lampadaires alentour ont éclaté en même temps. Moi, j'étais seulement sonné. L'exécuteur était surpris : je sais pas ce qu'il avait essayé de me faire, mais ça avait raté. Je suis parti avec mon plus beau coup de pédale. Il m'a pris en chasse, j'ai jamais vu quelqu'un courir comme ça. Ça m'a pris un bon dix minutes pour le semer.

« Si Julie est encore vivante, c'est qu'on devait avoir envoyé l'exécuteur strictement pour faire peur aux Boyard. Et si moi je m'en suis tiré… ça doit être grâce à un des talismans que je portais. Maintenant, c'est Scipion qui les a tous. Certains de ceux que je porte maintenant sont à peu près identiques, mais je les avais pas tous faits en double. Si l'exécuteur m'attaque encore, je verrai bien si j'ai toujours le bon.

« C'est pas tout. Le reste, je l'ai su au moins un an plus tard. Il y avait eu une mort inexpliquée ce soir-là, une fille qui travaillait dans un bar de danseuses. On l'avait trouvée… brisée, dans une cabine privée. Une petite brunette qui ressemblait à Julie Boyard. Je pourrais gager que l'exécuteur l'a tuée pour se défouler. Qui sait, il a peut-être buté aussi un pauvre gars qui me ressemble et dont on n'a jamais retrouvé le corps. »

Rachel le regarda droit dans les yeux jusqu'à ce que Malick détourne le regard. Le téléphone sonna dans la cuisine, perçant le silence. Elle se leva et, juste avant de répondre, se retourna pour lui répéter :

— J'embarque avec vous autres, ce soir.

Malick écouta et conclut que c'était la mère de Rachel au téléphone. Il dégagea le futon pour tenter de dormir un peu. Avant de se coucher, il sortit le jeu de tarot qu'il avait acheté au dépanneur Septième Ciel et tenta d'en tirer quelque conseil, mais les cartes trop neuves et trop raides refusaient de lui révéler quoi que ce soit.

– HUBERT –
LA LEÇON DE MARCO

Après que le frère d'Olivier Boyard se fut sauvé avec Marco, il avait fallu à Hubert et à Noémie une bonne quinzaine de minutes pour calmer les élèves avant de les renvoyer chez eux. Lui inspirait confiance aux gens par sa calme assurance ; elle y allait de son charme. Ils faisaient une bonne équipe.

Il avait déclaré la classe terminée en expliquant qu'il devait se rendre au poste de police pour faire sa déposition sur l'incident. Torrent était parti sans faire de difficultés. Des élèves, seuls les deux plus anciens avaient connu Olivier Boyard : Noémie s'était empressée de les enjoindre au silence, puis Hubert avait répondu aux questions des autres en niant tout ce qu'il pouvait nier. Le local s'était vidé et Hubert était resté pour calmer les inquiétudes des deux anciens. Il leur avait brossé un tableau improvisé où le grand frère de Boyard, criminel de carrière, avait impliqué Olivier malgré lui dans ses activités illicites, le forçant à se cacher hors de la ville. Ses mots sonnaient si plausibles qu'Hubert lui-même se croyait presque.

Dès que Noémie s'était retrouvée seule avec lui, elle avait laissé tomber sa façade. Hubert avait été surpris de l'amertume et de la crainte qu'il lisait dans son visage. «Il faut que je parte d'ici», avait-elle dit. L'incident lui avait rappelé tous ses mauvais souvenirs liés à son « petit ami » trop possessif ; elle voulait rentrer au sanctuaire. Hubert était allé la reconduire chez lui plutôt, promettant d'envoyer quelqu'un la chercher ou, dans le pire des cas, de rentrer tôt du travail pour aller la reconduire lui-même. Depuis, il faisait semblant de travailler, penché sur son bureau.

Vers midi, il reçut enfin l'appel qu'il attendait. Victor avait sa voix neutre des grands mécontentements.

— Marco m'a appelé. Il a réussi à s'échapper. Il paraît que le grand imbécile s'est arrêté pour pisser au bord du chemin et que Marco en a profité pour se sauver dans le bois de l'autre côté de la route. Il a dû en courir un bout. Tant mieux, il avait besoin d'exercice.

— Ça va pas si mal, donc ?

— Ils étaient à mi-chemin du sanctuaire.

Hubert ne dit rien.

— Marco prétend que tout va bien, qu'il n'a pas tout dit à Boyard, qu'il lui expliquait le chemin au fur et à mesure. Je l'ai trouvé un peu trop insistant là-dessus. Il vaut mieux considérer le sanctuaire comme compromis.

— Et Boyard sait où se donnent les cours de méditation…

— Oui. Nous devons annuler les cours à Montréal jusqu'à nouvel ordre. Les adeptes devront encore augmenter leurs méditations pour compenser. Il faut redoubler de vigilance. Il y a au moins un élément en notre faveur : à ce qu'Olivier m'a dit, les Boyard sont du genre à régler leurs problèmes tout seuls. Ça me surprendrait qu'ils impliquent les autorités.

À la demande de Victor, Hubert promit d'aller le voir le soir même. Il appela chez lui pour mettre Noémie au courant. Le ton de Victor, trop calme et monocorde, l'avait mis fort mal à l'aise.

◆

Pour se rendre au refuge de Victor, une fois sorti de l'île de Montréal, on faisait encore quarante-cinq minutes de route lente et étroite flanquée de propriétés espacées, puis on empruntait un chemin de terre discret qui contournait et escaladait une modeste colline. De la route, on devinait tout juste le toit de la maison : ce n'était qu'en arrivant en haut qu'on pouvait s'épater de la taille et de l'élégance de cette demeure centenaire. Les murs en pierre des champs étaient troués de fenêtres à petits carreaux surmontées de vitraux ; la galerie sur le devant, quoiqu'un peu défraîchie, restait solide et assez vaste pour qu'une douzaine de personnes puissent s'y asseoir.

Malgré ses visites fréquentes, Hubert n'avait encore jamais vu la pièce où il attendait maintenant. L'ampoule nue au plafond soulignait la froideur des murs et du plancher de ciment. Le sol était inégal, formant une pente douce autour d'un drain couvert d'une grille de métal noirci. Des autres personnes présentes – onze en tout –, seuls Olivier et Susannah semblaient surpris par l'aspect des lieux. Il n'y avait aucun meuble ; chacun restait debout. Personne n'osait parler.

Il manquait encore Victor. Azur se tenait tout près, l'œil éteint. Seul dans un coin, Marco n'osait regarder personne. Son visage tuméfié montrait bien comment le grand frère d'Olivier l'avait persuadé de le conduire sur le chemin du sanctuaire. Torrent l'observait d'un air indéchiffrable. Guillaume, qui avait guidé Hubert jusqu'ici, maintenait son regard fixé sur le drain. Hubert voulut lui poser une question, mais Guillaume lui fit signe de se taire. L'air semblait soudain chargé de ce courant qui émanait parfois du maître, comme l'approche d'une tempête.

Victor entra, se plaça au centre et prit la parole.

— Je suis heureux que vous soyez avec moi ce soir. J'ai besoin de vous. Toujours, j'ai besoin que vous me prêtiez votre force. C'est ensemble que nous devons traverser l'adversité.

Il fit signe à Azur, qui vint se placer face à lui. Victor lui prit la tête à deux mains.

— Très précieux réceptacle, adepte Azur, j'ai besoin de toi. Une fois encore, reçoit l'essence de Kelzid, en qui nos volontés se rejoignent. Sois l'instrument de sa force inexorable, qui brise le faux comme les racines d'un arbre brisent ce qui bloque sa croissance. Que Kelzid guide tes pas et les nôtres sur le chemin du nouveau monde.

— Kelzid ! fit Guillaume en écho.

Tous reprirent l'appel, y compris Hubert qui se laissait gagner par l'élan commun. Ainsi entouré, il se sentait vivant. L'intensité du moment était telle qu'il en avait la chair de poule. La lumière de l'ampoule fluctuait comme celle d'une chandelle.

Puis Victor chancela et fit un pas en arrière. Hubert s'élança pour le soutenir, heurtant au passage le réceptacle qui se retourna vers lui. Azur, transfiguré, les yeux ronds, le fixa pendant quelques longues secondes. Hubert ne l'avait jamais vu si présent.

S'appuyant sur Hubert, Victor reprit :

— Aujourd'hui, un intrus a perturbé le calme de nos œuvres et il se peut qu'il le fasse encore. Par la faute de l'un des nôtres, le sanctuaire a été compromis et notre progrès s'en trouve menacé. Par la faute de l'un des nôtres…

— … le secret est compromis; celui par lequel vous vivez tous, dit Azur d'une voix tranchante.

Victor laissa passer quelques secondes avant de reprendre la parole.

— Approche, adepte Notion.

Marco s'avança, calme malgré tout. Azur vint se placer devant lui. Si le visage du réceptacle trahissait une seule émotion en ce moment, c'était un amusement qu'Hubert trouvait troublant.

— Comprends-tu ta faute? demanda Victor.

— J'ai… je n'aurais pas dû dire un seul mot au frère d'Olivier. J'aurais dû voir à ce qu'Olivier ne laisse aucune trace qui puisse nous impliquer, même si ça menait seulement à nos activités publiques.

— Je t'entends, Marco, mais je sens une réticence dans ton excuse; peut-être une accusation aussi. Adepte Essor, acceptes-tu ta part de responsabilité?

Olivier répondit sans hésiter:

— Oui, je l'accepte.

— Très bien. Pour cette première faute, je t'accorde ma merci. Tu apprendras par l'exemple. L'adepte Notion a laissé les ans l'amollir et endormir sa vigilance. Il a longtemps servi notre cause, mais cela ne le met pas à l'abri des conséquences de ses actes. Apprends donc de son sort. La souffrance de chaque membre du groupe est aussi la tienne, après tout.

— Mais j'ai déjà souffert! dit Marco.

Il parut surpris d'avoir parlé sans qu'on l'y invite; il resta un instant interdit, mais choisit de continuer.

— Vous voyez de quoi j'ai l'air? Et j'ai jamais révélé l'emplacement exact du sanctuaire…

— Peut-être. Tu as quand même guidé Tony Boyard dans la bonne direction.

— J'ai fait ce que j'ai pu! Il m'a assez tordu le bras, ça me surprend qu'il l'ait pas cassé.

Azur sourit et prit les mains de Marco dans les siennes, doucement.

— Je vais rectifier ça tout de suite.

Dans ce calme d'œil de cyclone, dans ce silence de ciment, tous entendirent un craquement sourd. Marco glapit et serra son bras droit le long de son corps. Hubert sursauta. Azur n'avait pourtant pas bougé.

Hubert, soutenant toujours son maître, étudia le visage des autres adeptes. Susannah était blême, Torrent très attentif, Olivier à la fois stupéfait et résigné, les autres curieusement impassibles. Combien d'entre eux avaient déjà subi ce genre de traitement?

Marco gémissait tout bas mais se tenait droit, presque noble.

— Tu sais pourquoi je fais ceci, lui dit Azur. Reçoit ce châtiment comme un privilège enviable, puisqu'il te met en contact direct avec Kelzid.

— Je l'apprécie.

— Bien, bien. Rappelle-moi, Marco... il y a deux os dans l'avant-bras, n'est-ce pas?

Marco leva la tête, et Hubert vit les larmes qui menaçaient de dévaler sur ses joues. Azur attendait. Marco baissa de nouveau la tête et leva les bras devant lui, le gauche soutenant le droit. Azur effleura l'offrande du bout des doigts. Marco ouvrit la bouche, mais n'eut pas le temps de parler: un autre craquement se fit entendre et ce fut un autre cri qui passa ses lèvres.

— Je me cache depuis trop longtemps, « adepte Notion », lui murmura Azur. Je ne suis pas fait pour me cacher. J'en ai assez des contretemps. À toi d'agir en conséquence.

Le réceptacle tourna le dos à Marco et s'éloigna d'une démarche à la fois puissante et gauche, claquant la porte derrière lui.

— C'est tout pour l'instant, dit Victor. Demain, nous établirons des plans pour les prochaines semaines. Plus que jamais, veillez à protéger notre secret, et gardez un œil sur ceux que vous avez recrutés. Je vous remercie d'être venus.

Hubert jeta un dernier coup d'œil à Marco, assis dans un coin, le visage pâle et perlant de sueur. Puis il suivit les autres adeptes sortant en file muette.

Noémie l'attendait à la sortie. À son air consterné, Hubert sut qu'elle savait. Elle vint se blottir contre lui dès qu'elle le vit. Il la serra fort, heureux de pouvoir se concentrer sur la chaleur de son corps et sur ce parfum fruité qu'elle portait souvent.

— On s'habitue, tu sais, chuchota-t-elle après un long moment. Victor le ferait pas si c'était pas nécessaire.

Hubert se détacha d'elle, doucement, et sortit prendre l'air.

◆

Hubert regardait la ville, sans la voir, par la fenêtre de son bureau. Deux semaines après la punition de Marco, il se demandait encore dans quoi il s'était embarqué. À force de discussions avec les plus anciens du groupe – Guillaume surtout, son « mentor », tour à tour bavard et curieusement réticent –, il se rendait compte à quel point il en savait peu. Les Insoumis n'étaient que le dernier chapitre de la vie mouvementée de Victor Geoffroy. Le maître avait rôdé longtemps avec un groupe beaucoup plus restreint, sans hiérarchie ni rituels. S'il voyait grand maintenant, s'il essayait de former une microsociété selon de tout nouveaux principes, c'était peut-être pour corriger des excès d'antan. Quels rapports malsains Marco et Rawlings et Guillaume, Noémie même, avaient-ils développés entre eux au fil des ans ?

Autant Hubert se trouvait surpris par une telle violence au sein du groupe, autant il trouvait de raisons pour la justifier. Kelzid était un secret trop formidable pour être faux. Cette force de changement que Victor partageait avec eux telle une source, ne valait-elle pas tout ce que l'on pouvait faire pour la protéger ? Après l'irruption de Tony Boyard au local, Hubert lui-même avait menti avec tant d'aisance pour renvoyer les élèves à leur routine, pour préserver le secret. Les élèves, privés de cours jusqu'à nouvel ordre, retournaient à leurs œillères alors qu'Hubert continuait à découvrir des visions insoupçonnées. Il était bel et bien passé de l'autre côté : même s'il quittait les Insoumis sur-le-champ, il ne saurait vivre heureux au sein de cette société infestée par le faux.

Kelzid était un secret qu'il n'aurait su oublier… et peut-être Kelzid ne voudrait-il pas l'oublier, lui, Hubert. Il comprenait réellement pourquoi Victor en parlait comme d'une « volonté de changer ». Plus qu'une simple force, Kelzid avait sa volonté propre. Qu'en était-il alors de la cruauté qu'Hubert avait cru déceler en Azur lors du châtiment de Marco ? Provenait-elle uniquement du réceptacle humain ou existait-elle en Kelzid aussi ?

Seule l'attitude de Victor arrivait à rassurer Hubert. Le maître avait administré ce châtiment sans joie, voire à regret, et Kelzid, quoique impétueux et implacable, obéissait au maître.

Il y avait quelqu'un dans le bureau. Hubert se détourna de la fenêtre et vit un jeune Noir dont les souliers de cycliste dégoulinaient sur son plancher. Depuis combien de temps était-il entré ? Le jeune homme déposa le livre qu'il était affairé à feuilleter. C'était le livre de Victor, qu'Hubert avait ressorti pour en lire quelques passages, par nostalgie peut-être.

— Livraison pour le bureau 143, dit le messager en tendant un colis. Désolé de vous arracher à vos réflexions.

Hubert s'apprêtait à signer l'accusé de réception quand il s'aperçut de l'erreur.

— Vous avez le bon bureau, mais pas la bonne compagnie. Eux, ils sont à l'autre bout du couloir.

— C'est vrai, s'cusez, je suis tout mêlé dans mes courses aujourd'hui. Je dois être trop préoccupé. Bon, pas autant que vous, on dirait… Vous faisiez une tête assez terrible quand je suis entré. Qu'est-ce qui va pas au juste ?

— Je sais pas, t'es messager ou psychiatre ? dit Hubert, irrité par cette attitude familière et par un léger sentiment de déjà-vu.

— Un peu des deux, un peu des deux… Vous pouvez tout me dire, j'en ai vu d'autres. Allez, ça vous fera du bien.

Il paraissait sincère. Surpris, Hubert céda, se laissa choir dans son fauteuil.

— Je me suis embarqué dans un gros projet. Je sais plus jusqu'où je devrais aller. Je sais pas quels sacrifices je suis prêt à faire. Ni ce que ça risque de me demander encore, plus tard. Ha ! Si tu savais… oublie ça, tu pourrais pas comprendre.

— Je sais pas si je comprends, mais s'il y a une chose que je sais, c'est qu'il est jamais trop tard pour abandonner.

— C'est ça ta philosophie ? Abandonner ?

— Pas toujours, mais si c'est trop pour toi, à quoi ça sert de pousser plus loin ? Vaut toujours mieux refuser que de se brûler.

Hubert y songea un instant. Après tout le temps passé à servir d'oreille attentive aux autres adeptes, c'était bon de se sentir écouté. Il remercia le messager qui, insouciant, portait déjà son attention ailleurs.

— Tu l'as lu, ce livre-là ? Ça marche-tu ? Les techniques de relations d'affaires, tout ça ?

Le messager avait repris le livre de Victor et l'agitait comme s'il espérait qu'il en tombe quelque fruit.

— Ça marche, oui, dit Hubert. Rends-moi ça.

— L'auteur a une drôle de gueule. Victor Geoffroy... Ça dit qu'il est conférencier. Tu l'as rencontré, déjà ?

— Non. Je pense qu'il a arrêté ses conférences il y a longtemps.

— Dommage. Il y aurait pas moyen de le joindre ? J'aimerais me partir une petite *business* moi-même, et peut-être qu'avec quelques bons conseils...

— Tu devrais pas aller livrer ton colis, pour commencer ?

— Je devrais, oui... C'est bon, je sors de ta vie. Prends soin de toi, boss.

Hubert le regarda s'éloigner, puis rangea le livre. Il s'en voulait de l'avoir laissé traîner. On ne pouvait être trop prudent. Tony Boyard ne s'était pas manifesté depuis son intrusion au cours de méditation, mais il devait bien poursuivre ses recherches. Le propriétaire du local ainsi que le concierge avaient reçu quelques appels depuis. Quelqu'un cherchait à retrouver ceux qui y avaient tenu des séances de méditation. Le propriétaire, un ami de Marco, n'avait rien révélé. Le ton des appels cadrait mal avec ce qu'on savait de Tony Boyard. Peut-être s'agissait-il plutôt de l'autre frère d'Olivier... ou d'un individu plus sophistiqué. Les Boyard avaient-ils engagé un détective privé?

Olivier Boyard, atterré d'avoir attiré de tels tracas, avait offert de téléphoner à sa famille pour leur demander de ne plus le chercher. Victor avait refusé net : une telle intervention aurait confirmé à Tony Boyard qu'il était bien sur la trace de son frère. Il fallait se faire discret, se méfier de quiconque. D'ailleurs...

Et si ce messager n'avait pas été là par hasard? Il était entré très silencieusement malgré les souliers qu'il portait, et il s'était vite intéressé au livre de Victor. Hubert avait-il vraiment laissé le livre sur son bureau, à la vue de tous? Le messager ne l'aurait-il pas plutôt trouvé en inspectant ses étagères?

Il valait mieux ne rien laisser au hasard. Hubert avait noté à quel service de messagerie le jeune homme appartenait. Il réussirait bien à leur soutirer son nom.

Opération Brebis Égarée

Le tournage s'était terminé plus tard que prévu et ils risquaient fort d'être en retard. Personne ne s'était ajouté à l'expédition, heureusement : Laura avait rendez-vous avec son amant et Kevin avait promis à Pauline de lui consacrer toute sa soirée puisqu'elle rentrait chez elle le lendemain. Boris avait fait démarrer sa voiture sur les chapeaux de roues et conduisait au-dessus de la limite de vitesse mais juste au-dessous de la limite de tolérance des policiers. Rachel était assise sur la banquette arrière, flanquée de Malick et de Samuel.

— Samuel, dit Malick, tu sors pas la caméra à moins qu'on en ait *besoin*. Le gars qu'on s'en va chercher est fragile, il va déjà trouver intimidant qu'on soit quatre sans qu'on lui pointe une caméra dans la face en plus. Si jamais on est poursuivis, là tu pourras filmer à ton aise : essaie de capter un visage, une plaque d'immatriculation, quelque chose.

— D'accord, chef ! À vos ordres, chef !

— Mais autrement, tu résistes à l'envie d'immortaliser la beauté du paysage, ou de capter l'esthétique de l'angoisse ou n'importe quoi d'artistique qui te passera par la tête.

— C'est bon, dit Rachel, je pense qu'il a compris. Tu serais pas un peu nerveux, toi ?

— Pas du tout. C'est pas la première fois que j'arrache un adepte aux griffes de cette bande d'illuminés, et ça peut juste aller mieux la deuxième fois. Boris, reste vigilant. Faut s'attendre à tout.

Boris lui sourit par l'intermédiaire du rétroviseur.

— Malick, mon maudit voyant fou, je suis né pour ce genre d'opération-là. Mais dis-moi donc : en tant que voyant, justement, as-tu vu si on allait réussir ou non ?

— C'est pas si simple… J'ai pas eu de prémonition comme quoi on filait tous vers un destin horrible. Ça te va ?

— Ça me va.

Malick avait voulu demander conseil à Frédé avant de partir, mais n'avait pu le joindre. Il s'enfonça dans son siège et essaya de ralentir sa respiration. Il devait être à son meilleur, ce soir : trouver sa zone de calme, là où tous les morceaux tombaient à leur place. Il voulut s'étirer les jambes, mais le plancher de la voiture était encombré. S'il pouvait juste déplacer cette espèce de grattoir ou de balai sous ses pieds… Il s'en saisit et sursauta.

— Boris ! C'est une carabine que j'ai dans les jambes depuis tantôt ?

— Ben oui, c'est la carabine de Samuel. Je l'aime pas plus que toi.

Malick décocha un regard sévère à Samuel.

— Je m'en sers surtout pour filmer des impacts de balles, expliqua le cinéaste. Il vaut mieux l'apporter si les gens de la Repousse sont aussi dangereux que tu le prétends. Tu comptais les tenir en respect comment, sinon ? En leur jetant des sorts ?

— J'ai mes trucs, dit Malick en montrant le sac sur ses genoux.

Dehors, les arbres clairsemés défilaient, fantômes fugitifs dans la pénombre ; les lignes téléphoniques, tout juste visibles contre le bleu d'encre du ciel, y allaient de leur danse hypnotique, de haut en bas en haut en bas, au rythme des poteaux. Si Malick laissait son esprit s'éparpiller dans la contrée environnante, il en retirait une impression qu'il croyait avoir oubliée. Ses années à Montréal l'avaient habitué à la proximité des gens, de leurs moteurs et de leurs constructions. Ici, à cinq minutes à peine de la ville, il y avait assez de nature véritable pour qu'il puisse la sentir : une discrète rumeur de vie, un équilibre changeant, l'attente de la prochaine pluie ou de la prochaine saison. Une sensation d'espace aussi. Et plus loin, sur la droite, une fausse note… la Repousse.

Un peu avant d'arriver au lieu de rendez-vous, Boris se rangea sur l'accotement, tous phares éteints. Malick sortit et regarda la voiture s'éloigner, passer le chemin de la mine qui s'enfonçait vers la gauche, et tourner à droite plus loin sur ce même chemin de gravier d'où Rodolphe avait fait son voyage astral.

Il s'avança entre les arbres. La terre étouffait le son de ses pas. Il entendit, au loin, le cri tremblant d'un huard ; puis, plus rien.

— Et le silence spectral reprend possession de la terre maudite, murmura-t-il.

Après une quinzaine de mètres, il s'adossa à un arbre et ferma les yeux pour mieux s'ouvrir au monde invisible. Il ne décelait aucune indication de la présence surnaturelle de l'exécuteur de Victor Geoffroy. Il alla se poster pour surveiller la croisée des chemins sans être vu.

Bientôt, une silhouette apparut entre les arbres. Malick serra les dents, puis se détendit en remarquant sa démarche timide. C'était bien le jeune qui avait accompagné Hubert. Malick attendit pour voir s'il était seul, puis ôta son talisman d'invisibilité et lança un appel discret. Le jeune sursauta et Malick craignit de le voir déguerpir par où il était venu. Heureusement, il vint plutôt le rejoindre, les pupilles dilatées, craintif comme un lièvre.

— T'es un brave, lui dit Malick. Viens-t'en, notre bolide est par là.

— Je peux pas, il faut que je rentre bientôt. Je veux qu'on se parle, c'est tout.

— Mais… j'ai vu la tête que tu faisais cet après-midi. Tu veux partir, non ?

— Peut-être… Il me semble que j'aurais besoin de sortir pour faire le point, mais c'est pas facile. De jour, surtout quand on a beaucoup de visiteurs, on est tous occupés pis dispersés sur le terrain, ça paraît moins s'il en manque un. Ce soir, je savais que j'aurais un peu de temps, mais ils vont me chercher si je rentre pas.

— Vaut mieux qu'on se parle près du char. En cas de danger, je veux pouvoir me sauver vite.

Il partit aussitôt, tant pour cacher sa déception que pour forcer l'adepte à le suivre. Ce dernier hésita puis obéit, en silence. Malick lui expliqua d'une voix douce avec qui il était venu, pour éviter que le jeune détale en apercevant Boris, Samuel et Rachel. Sitôt rendu, il fit sortir tout le monde, prit son sac et invita l'adepte à attendre dans la voiture, où ils pourraient discuter en privé. Après un instant de réflexion, Malick alla placer sous un arbre un dispositif sorti de son sac : un verre de plastique couvert de symboles magiques, renversé, au fond duquel était suspendue une minuscule clochette.

— Il est pas prêt à partir, murmura-t-il au groupe qui le regardait faire, médusé. Samuel, Boris, j'ai besoin que vous restiez dehors pour monter la garde.

Tendez l'oreille, et gardez un œil sur la cloche aussi. C'est votre chance de voir de la magie. Elle va sonner si les méchants approchent, et elle devrait indiquer la direction d'où ils viennent.

Boris parut amusé, mais Samuel haussa un sourcil, l'air sceptique.

— Je trouverais plus intéressant d'entendre ce que ton adepte a à dire.

— T'en fais pas, dit Rachel, je vous répéterai tout. Malick est cachottier, pas moi.

En retournant à la voiture, Malick demanda à Rachel, tout bas :

— Tu leur fais confiance, à ces deux-là ?

— Autant qu'à toi. Ça marche vraiment, ta petite clochette ?

— J'en suis pas certain, mais ça les tient occupés et ça évite qu'ils mettent notre adepte mal à l'aise avec des questions déplacées.

Le jeune homme s'était assis devant. Pour le mettre en confiance, Malick prit place derrière avec Rachel et plaça les clés de la voiture dans sa poche.

— On va pas te kidnapper. Fais comme si c'était mon salon ici. Comment je peux t'aider ?

L'adepte l'observa un instant sans répondre, puis parut se décider.

— S'cuse-moi, c'est juste que... J'en reviens pas d'être ici, à vous parler. J'ai passé à un cheveu de changer d'idée. Les quelques fois où Hubert m'a parlé de toi, c'était toujours en mal, mais... je sais plus ce que je peux croire. C'est vrai que notre fondateur est mort à cause de toi ?

Du coup, Malick regretta d'avoir entamé cette conversation en présence de Rachel. Il répondit en pesant ses mots.

— Pas moi personnellement. J'ai jamais voulu sa mort, tu peux en être certain. J'étais présent ce soir-là, mais j'ai dû fuir et j'ai jamais su ce qui s'est passé ensuite.

— Je sais pas tout, moi non plus. On apprend les choses seulement quand on est prêt à les apprendre… J'ai jamais connu Victor, j'ai été initié trop tard. Les autres en parlent comme si c'était le Messie, il y en a même qui disent qu'il va revenir nous guider. Pis là, toi t'arrives en ville… c'est la première fois que je croise quelqu'un, en dehors du groupe, qui a connu Victor.

— Je l'ai pas tellement connu, mais… on pourrait s'aider mutuellement, mettre nos connaissances en commun. Tout ce que je veux, moi, c'est comprendre. Tu pourrais me parler de Kelzid au…

— Dis pas son nom ! Surtout pas !

L'adepte s'était raidi et scrutait la forêt à travers la vitre.

— Excuse-moi, dit Malick, t'as raison. On va l'appeler par un autre nom, OK ? Qu'est-ce que tu dirais d'Ernest ?

L'adepte, loin d'être amusé, semblait sur le point de se renfermer ou de partir. Rachel intervint :

— Malick est toujours pressé, il a oublié de nous présenter. Appelle-moi Rachel. On est là pour t'aider. Comment tu t'appelles ?

— Dan.

— Tu as l'air terrifié, Dan. Parle-nous de ce que tu vis. Pourquoi disais-tu que tu ne sais plus ce que tu peux croire ?

— Je pensais qu'Hubert me disait tout, expliqua Dan après un long soupir, mais des fois j'ai l'impression qu'il essaie de se convaincre. Il se ment à lui-même, ça fait qu'il me ment à moi aussi. Pas le choix, de toute façon, il faut toujours faire attention à ce qu'on dit. C'était déjà rock'n'roll quand je suis arrivé, mais au début c'était... excitant, au fond. Pis je croyais qu'on avait des bonnes raisons pour faire ce qu'on faisait, pour vivre ce qui nous arrivait...

— Est-ce... est-ce que vous pouvez être punis pour ce que vous dites ?

— Oui. On nous parle de la loi de... d'Ernest, mais plus personne la comprend vraiment ! On risque toujours de l'enfreindre sans comprendre pourquoi. C'est même plus juste nous...

Il termina sa phrase sur un son étranglé, comme s'il n'avait plus la force de poursuivre.

— Continue, dit Rachel, tu peux te le permettre ici. Il faut bien que tu en parles à quelqu'un.

L'adepte reprit, fixant un point lointain entre Malick et Rachel.

— L'an passé, moi pis... moi pis un autre adepte, on a escorté le réceptacle dans le bois, jusqu'en dehors du terrain. Il rencontrait quelqu'un de la ville, un drôle de bonhomme avec des allures de *dealer*. Je me demandais pourquoi on discutait avec ce genre de monde-là, mais j'étais fier, quand même : je savais que le reste du groupe était pas au courant, mais moi, j'avais le privilège d'assister à la rencontre...

Ils avaient compris trop tard qu'ils n'étaient pas seuls dans les bois. Un homme marchait au loin, pointant une carabine vers le sol : un chasseur hors saison qui suivait la trace de son gibier. Il n'avait sans doute rien vu, mais l'individu que Dan nommait le « réceptacle » avait fondu sur l'homme, l'avait soulevé et l'avait projeté contre un arbre comme s'il ne pesait rien.

Dan, enfoncé dans ses souvenirs, ne remarquait pas l'expression angoissée de Rachel. Malick, lui, n'en était que trop conscient, mais il n'osait pas interrompre ce récit.

— ... Le réceptacle voulait pas de témoins, je suppose. Il a pris la carabine, l'a levée pour frapper, mais là il s'est calmé. Il a fait signe à l'autre adepte de s'approcher. Le chasseur gémissait par terre...

L'adepte et le réceptacle s'étaient concertés tout bas. Dan était resté à l'écart avec l'homme de la ville qui, lui, se montrait calme. Puis l'adepte avait raccompagné Dan à la Repousse, laissant le réceptacle à son rendez-vous. À mi-chemin, Dan avait entendu un coup de feu. Ce soir-là, on lui avait dit que tout était réglé et qu'il valait mieux ne rien dire : les recrues ne comprendraient pas. Le réceptacle s'était senti menacé et ses instincts avaient pris le dessus. « Ernest » ne se trompait pas, mais les réceptacles étaient humains et donc imparfaits...

— ... pis moi, conclut Dan, j'étais supposé faire comme s'il s'était rien passé ? Le pire, c'est que c'est en plein ce que j'ai fait.

Il remarqua enfin à quel point Rachel était bouleversée. Malick comprenait que les découvertes des derniers jours la rattrapaient toutes en même temps : cette affaire devenait pour elle très réelle et prenait une dimension très personnelle.

— C'est insensé, dit-elle. C'est ça qui lui est arrivé ? Il avait jamais fait de mal à personne ! C'est quoi ton « réceptacle », c'est qui ?

Le jeune adepte recula devant la question de Rachel, devant ses yeux rougis, sa colère et son chagrin. Il bredouilla, puis ouvrit la portière et s'enfuit. Malick sortit aussi et dut se retenir pour ne pas le prendre en chasse.

— Dan, reviens ! cria-t-il. On veut juste t'aider !

Il fit signe à Boris et à Samuel de rester en place. Pendant qu'il regardait l'adepte disparaître entre les arbres, Rachel passa à côté de lui et alla se fondre dans les bras de Samuel, qui lui caressa les cheveux tout en posant sur Malick un regard noir.

◆

Malick écarta le combiné du téléphone pour mieux bâiller ; la nuit avait été courte.

— Je sais que Quentin était votre collaborateur, reprit-il, mais justement, si vous voulez lui rendre service, il faut l'empêcher de continuer dans sa nouvelle voie. Je vous propose pas de faire un sort contre *lui*. Il suffit de contrer une idée néfaste qu'il est en train de propager.

Greg, du Seagull Krew, s'avérait dur à convaincre. Malick voulait obtenir l'assistance du Krew pour mettre en place un contre-mème, mais Greg aurait préféré parler d'abord à Quentin pour vérifier s'il avait vraiment si mal tourné.

Malick n'avait encore qu'un plan embryonnaire. Avec Kevin, il travaillait à un concept frappant susceptible de dissuader les gens de pratiquer la « Méditation pour un monde meilleur » des Insoumis. Il recrutait des alliés qui pourraient se charger personnellement de disséminer ce concept. Par la même occasion, il essayait de voir quel autre appui il pourrait obtenir de chacun, qu'il s'agisse de connaissances, d'outils magiques qu'il pourrait emprunter, de sorts lancés en sa faveur.

Il avait jusque-là joint une prêtresse wiccaine, deux anciens de la loge montréalaise de l'Ordo Templi Orientis, ainsi qu'un prétendu médium qui lui avait laissé sa carte d'affaires deux ans plus tôt. Le médium, tiré du lit, ne tenait aucunement à « s'adonner à la sorcellerie ». Les deux anciens de l'OTO lui avaient dit de ne pas espérer d'aide de la loge elle-même, mais avaient offert leur aide personnelle, avides de nouvelles expériences. La prêtresse, comme Ryamon, voulait plus d'informations. Malick savait que le meilleur moyen d'en recueillir suffisamment serait de parler à Dan une nouvelle fois, ce qui était loin d'être simple. La rencontre de la veille avait tout chambardé. Rachel était partie chez Samuel ce matin sous prétexte de l'aider à préparer sa séance de tournage. Ils en profiteraient sûrement pour discuter des derniers développements dans son dos.

Greg accepta de discuter du contre-même avec le reste du Krew. Malick raccrocha, essaya Frédé une fois encore, sans réponse. Il avait cru que tous ces appels l'aideraient à se croire maître de la situation, mais il n'en était rien. Il devait faire le tri dans sa liste de contacts très disparate, joindre des gens plus excentriques et capricieux les uns que les autres, et trouver pour chacun des raisons différentes d'œuvrer dans un but commun.

Déjà, hier soir, au retour de la rencontre avec Dan, il avait fallu deux heures de discussion intense pour en arriver à un consensus avec Rachel, Boris et Samuel, des gens somme toute raisonnables. Rachel, bouleversée par le récit de Dan, aurait voulu téléphoner à la police pour qu'on rouvre l'enquête sur la mort de son oncle. Boris et Samuel n'allaient pas l'en empêcher, mais Malick les avait tous persuadés de débattre la question avant d'agir. La police, déjà agitée par l'attentat contre le conseiller Brassard, était mal préparée pour intervenir auprès d'un groupe aussi délicat qu'une secte. Qu'allait-il se passer, avait demandé Malick, si on dépêchait un agent à la Repousse pour interroger Dan ?

— Le pauvre gars avait l'air assez nerveux, avait répondu Boris, il va se fermer comme une huître s'il voit un uniforme. J'ai encore de la misère à le croire, mais oui, il risque de se faire punir pour nous avoir parlé.

Samuel était d'accord : le jeune adepte donnait l'impression d'avoir été maltraité, opprimé.

Rachel avait été touchée par la détresse de Dan et cet argument l'avait forcée à réfléchir. On en était venu à discuter plus posément de ce que l'on avait appris. Qu'était donc ce « réceptacle » ? À en juger par son comportement, Malick croyait qu'il s'agissait de l'exécuteur, et que ce terme par lequel Dan l'avait désigné constituait un indice à ne pas négliger.

— Suppose ce que tu veux, avait dit Samuel, mais nous, on tient à vivre dans la réalité. Le réceptacle est fort et agressif, mais rien n'indique qu'il soit surnaturel.

Malick avait changé de sujet : qu'en était-il de cet homme que le réceptacle rencontrait clandestinement en pleine forêt ? Malheureusement, la description donnée par Dan était trop vague pour qu'on puisse l'identifier.

Il y avait eu beaucoup de va-et-vient, on avait frôlé l'engueulade une fois ou deux, mais on avait finalement décidé d'attendre. Il fallait donner à Dan une chance de reprendre contact, de dire ce qu'il n'avait pas dit, de quitter la Repousse pour de bon, si possible. S'il sortait, on pourrait ensuite le confier à la police pour qu'il soit protégé et qu'il témoigne en temps et lieu.

Pour l'instant, Malick s'occupait du mieux qu'il le pouvait. Il avait prévu surveiller le Rocksteady ce soir, mais l'orage annoncé tardait : on le prévoyait maintenant pour le lendemain. Il avait laissé un message à l'agent Saint-Arneault pour repousser leur rendez-vous. Ça l'arrangeait : il ne savait pas encore ce qu'il allait dire au policier.

◆

Sous un ciel lourd, Boris vivait ses derniers instants. Il avançait en boitant, trébuchant sur le sol rocailleux, défiguré, un œil tuméfié, et un sourire féroce aux lèvres.

— Tuez-moi, et vous ne saurez jamais tout. Vous pensez qu'une seule personne peut savoir tout ce qui s'est passé ? Même si Hauser vous a tout dit, ce n'est encore qu'une seule facette de l'histoire. Vous vous demanderez toujours si…

À mi-phrase, il brandit un couteau et bondit sur Kevin, qui se tenait planté là droit dans son veston élimé, bras tendu, pistolet au poing, le regard impassible derrière ses verres fumés rouge vin. Kevin fit feu. Boris, frappé à l'épaule, écarta néanmoins le pistolet tandis que sa main armée décrivait un arc meurtrier. La lame étincela mais ne se rendit pas. Quatre coups de feu en succession rapide vinrent secouer Boris qui s'écroula, non sans une certaine élégance. Laura, redoutable en jean moulant et camisole noire, sortit de sa cachette pour rejoindre Kevin. Ils contemplèrent un instant le corps de Boris et le faux sang qui s'épanchait dans la terre.

On applaudit. Pauline posa sa perche et vint s'asseoir près de Rachel et Malick pendant que Samuel filmait une multitude de gros plans du cadavre, puis de Kevin et Laura. Boris aurait dû mourir derrière la station-service, mais comment tourner une telle scène en ville après l'attentat contre le conseiller Brassard ? Samuel avait déménagé la scène derrière le Sabot, loin des regards. Les acteurs se donnaient à fond, mais entre les prises l'entrain leur faisait défaut. Tout semblait soudain trop réel.

Samuel appela Rachel pour qu'elle donne son opinion. Malick se retrouva seul avec Pauline, qui lui glissa :

— Tu profites de lui, c'est ça ?

— Qui ça ?

— Kevin. Paraît qu'il fait du boulot pour toi gratis. Tu sais qu'il est désabusé, qu'il s'est pas remis de Josée encore, pis t'en as profité pour le convaincre d'accepter ton projet. Kevin est un bon gars, il a pas besoin que tu lui emplisses la tête avec tes histoires de magie. Ça lui ramènera pas son ex.

Elle ne semblait pas si hostile ; résignée, plutôt.

— Je le sais, dit-il. Je lui ai rien promis, non plus. Il se trame quelque chose de sinistre ici, il veut aider, c'est tout.

— Boris nous a parlé du gars que vous êtes allés rencontrer hier. Si ça fait vraiment si dur à la Repousse, je veux que tu gardes Kevin loin de là. Je dois partir, mais je resterai en contact. Je suis pas encore convaincue que tu fais pas tout ça juste pour satisfaire tes petites lubies à toi.

Après le tournage, Rachel et lui rentrèrent à pied. Ils ne s'étaient presque rien dit de la journée. Les nuages s'étaient multipliés depuis la veille et s'amassaient en un vaste couvercle gris. L'orage approchait ; mieux valait parler avant qu'il soit trop tard.

— Écoute, Rachel, je suis désolé…

Elle poursuivit son chemin en silence.

— … vraiment désolé pour ce qui est arrivé à ton oncle. Et pour la façon dont tu l'as appris. Je m'en veux encore de t'avoir entraînée dans cette histoire-là.

Il la sentit se détendre un peu.

— Ce matin encore, dit-elle, je t'en voulais. Je t'en voulais d'être venu brasser de la merde comme ça et je me disais que j'aurais préféré ne jamais savoir ce qui était vraiment arrivé à mononc' Léo. Mais… c'est futile. Tu peux être insupportable des fois, mais tu croyais bien agir, et on dirait que tu es sur la bonne piste.

— Donc tu vas pas me frapper ?

Il crut voir le coin de ses lèvres se retrousser un bref instant.

— Non, je te frapperai pas.

Un paquet les attendait devant la porte de l'appartement, adressé à Albert Legrand. Malick s'en saisit en faisant une petite danse de victoire. Rachel coupa court à son allégresse.

— C'est toi, ça, « Albert Legrand » ?

— Pour les besoins de la cause, oui. C'est Frédé qui m'envoie les documents que je lui ai demandés.

— Tu sais qu'on est dimanche ? C'est pas le facteur qui t'a livré ça. Et regarde : pas un timbre, pas une étampe, rien.

Malick inspecta le paquet, courut vers l'entrée, scruta la rue. Personne. Ou bien Frédé avait trouvé quelqu'un pour se charger de la livraison… ou bien il était venu lui-même découvrir les charmes de Saint-Nicaise-du-Sabot.

— Je le croyais agoraphobe, expliqua-t-il à Rachel une fois installé sur son cher futon. Mais bon, j'ai jamais su tout à fait à quoi m'en tenir avec lui.

— Il aurait pu laisser une note… S'il est ici, est-ce qu'on devrait essayer de le trouver ?

— C'est Frédé, il fait les choses à sa manière. Il entrera en contact quand il le jugera bon. En attendant…

Il ouvrit le paquet et fit un survol rapide du matériel. Il y avait là toutes ses notes et celles de Frédé au sujet des Insoumis. Des noms, des dates, des chiffres – du concret. Avec ces informations, il allait pouvoir travailler beaucoup mieux.

— Première étape, lança-t-il en se frottant les mains, l'annuaire. J'ai ici une liste de tous les adeptes que j'ai pu identifier et de tous ceux que je soupçonne d'être des adeptes. En cherchant leurs noms dans le bottin, on peut identifier des Insoumis qui habitent en ville.

Il sortit d'une chemise verte la photo d'auteur de Victor Geoffroy, arborant un sourire qui lui semblait moqueur.

— Lui, c'est notre fameux gourou. Il faut se méfier de lui comme de la peste. Enfin, s'il est encore vivant. Il a un charisme de gars en paix avec lui-même et à l'écoute des autres, et en même temps il donne l'impression de connaître des secrets immenses. Ça, c'est toute la paperasse que j'ai à son sujet. Ah ! Et voilà un portrait qu'Olivier Boyard a fait de lui.

Rachel inspecta la photo, fascinée. On y voyait un portrait peint à l'huile : Geoffroy, le visage quasi lumineux, les yeux hypnotiques, devant un mur fissuré. Les fissures semblaient rayonner autour de sa tête.

— On dirait une icône religieuse.

— Plutôt, oui. Tu comprends le genre de dévotion qu'il inspirait à ses adeptes ?

Il continua son classement. Sous un cahier se trouvait un objet oblong enveloppé de tissu. Frédé avait donc récupéré sa dague : une des pièces les plus puissantes de ce que Malick appelait sa panoplie. Il s'assura que Rachel avait le nez plongé dans la paperasse, puis il glissa le paquet sous le futon. Soulagé, il ouvrit le cahier et le posa sur la table à café.

— Ici, j'ai une liste de propriétés gérées par un certain George Rawlings, le trésorier du groupe. Il fréquentait déjà notre gourou à une époque où Geoffroy était escroc plus que n'importe quoi d'autre. Ah, et voici mes coupures de journaux. Tu y trouveras la pauvre danseuse dont je t'ai parlé.

Rachel se mit à fouiller dans les papiers.

— Tu m'impressionnes. T'as beaucoup de matériel.

— Je prends mes enquêtes au sérieux. D'ailleurs, il vaut mieux que je me remette au téléphone.

Il lui expliqua la recherche d'alliés qu'il avait entreprise ce matin. Elle secoua la tête, éberluée.

— J'ai peine à croire que tu connaisses autant de supposés magiciens. Si je comprends bien, tu fais exprès de t'entourer de gens qui vont t'encourager dans tes croyances bizarres.

Il brandit le combiné du téléphone d'un air impérieux.

— Silence ! J'ai un shaman nudiste à recruter.

◆

Longtemps après que Rachel se fut couchée, il resta assis dans le salon, souhaitant qu'une vision utile se présente à lui, allumant la télé de temps à autre pour consulter la météo.

À bout de patience, il fit le tour de l'appartement pour vérifier toutes les protections, puis sortit et se rendit au Rocksteady. La marche était un peu longue, mais la brise nocturne l'apaisait et l'aidait à mettre de l'ordre dans ses idées. À mi-chemin, il se rendit compte qu'il se sentait plutôt bien, même s'il se retrouvait pris ici loin de ses ressources habituelles. Il avait une tâche à accomplir et il faisait du progrès.

Il passa près d'une heure à rôder autour du Rocksteady, surveillant tantôt le bar, tantôt le ciel, évitant les phares révélateurs des rares voitures. Alors qu'il s'apprêtait à rentrer, il aperçut un itinérant, le même qu'il avait vu devant la boîte de nuit où Kevin lui avait parlé de son ex. L'homme gesticulait et s'engueulait avec lui-même ou avec quelque présence imaginaire. Il voulait qu'on le laisse tranquille ; c'était tout ce que Malick pouvait saisir de son délire de persécuté.

Malick allait partir quand un soupçon l'arrêta. Il observa la scène plus attentivement. En plus du clochard qui parcourait le trottoir par élans furieux dans un sens et dans l'autre, il y avait aussi… une autre présence. Malick aperçut un spectre sombre et malin dansant autour du clochard, le tourmentant avec zèle. C'était Eddy qui se donnait des airs et jouait son rôle de mauvais esprit *heavy metal*. C'était étrange de le voir ainsi : Eddy avait un sens de l'humour douteux, mais Malick ne lui connaissait pas ce genre de bête méchanceté.

Ni clochard ni fantôme ne l'avaient remarqué. Malick se précipita en direction d'Eddy, heureux malgré tout d'avoir retrouvé ce foutu revenant, espérant lui soutirer quelque indice quant à ce qui se tramait dans le bar qu'il hantait. C'était peine perdue : Eddy se dissipa sans un mot. Le clochard continua de fixer le vide d'un œil furieux, surpris de ce répit soudain, puis il se tourna vers Malick. Il s'approcha, fouilla dans sa poche, en sortit une pièce de vingt-cinq sous et la lui tendit. Ne sachant que faire d'autre, Malick la prit. L'homme lui donna quelques tapes amicales sur l'épaule et repartit sans un mot, laissant Malick reprendre seul le chemin de son lit d'emprunt.

– HUBERT –
TERRE NOUVELLE

Le terrain lui-même était banal : un bout de forêt enneigée près de Saint-Nicaise, au cœur de l'Abitibi-Témiscamingue. C'était tranquille, au moins. On pourrait y refaire le sanctuaire en grand, y loger tout le groupe à l'abri des arbres. Marco tenait à ses arbres, symboles de Kelzid au même titre que la foudre.

C'était à peine la fin de février et déjà le châtiment de Marco semblait lointain, comme un mauvais rêve, comme Montréal laissée loin derrière. Hubert avait traversé le parc La Vérendrye avec Guillaume et Noémie, lancés comme quelques autres équipes à la recherche d'un lieu où enraciner les espoirs des Insoumis. Une expédition quasi biblique : la quête de la terre promise. On la lui avait imposée presque sans préavis.

Chemin faisant, il avait scruté les rochers tranchés par la route, du haut desquels descendaient des serpents de glace tantôt bleutés, tantôt jaunâtres, tantôt purement blancs. C'était d'autant plus beau que cela rompait la monotonie des épinettes maigres et pointues et des quelques bouleaux qui dardaient le ciel de leurs branches dénudées. Il régnait là un silence qu'on voulait remplir, et Guillaume s'était laissé aller à parler de Victor tel qu'il l'avait d'abord connu. Hubert découvrait ainsi un homme audacieux mais divisé, comme s'il portait un ange sur une épaule, un diable sur l'autre. Pas si surprenant : il avait remarqué déjà comment Victor se parlait tout seul parfois, se disputait avec lui-même, presque.

Bien emmitouflés, ils visitaient maintenant le terrain, guidés par un ancien élève de Victor. L'homme était animé d'une belle ferveur. Il connaissait la communauté ici, savait qui appuierait leur projet, qui serait susceptible de se joindre au groupe. Il pouvait convaincre la propriétaire du terrain de le leur céder pour presque rien.

Hubert suivait d'un pas lourd, partagé entre espoir et regrets. Pouvait-il vraiment disparaître et abandonner Daniel ? Noémie avait tenté de l'aider à accepter cette séparation qui, de toute manière, ne serait pas permanente. Ou bien il abandonnait Daniel, ou bien il abandonnait le groupe dans ces moments cruciaux, sur le point d'établir un monde nouveau. Il redoutait les choix à venir.

◆

Maintenant, seul à la fin de toutes choses, il se rappelait combien cette visite avait été paisible, si trompeuse par sa tranquillité. La deuxième, au cours de l'été, s'était avérée plus mouvementée. Seko et les Boyard avaient tout démoli à Montréal. Rien n'était plus pareil. Hubert continuait malgré tout sans savoir si les Insoumis allaient subsister à la crise.

En fait, à l'époque de cette deuxième expédition, il craignait déjà d'avoir tout perdu, alors que le pire restait à venir.

Il était retourné à Saint-Nicaise avec Rawlings, Marco et, cette fois-ci, le réceptacle. Là, il n'y avait pas à se cacher. Azur, habité de la pleine puissance de Kelzid, courait à travers bois tel un loup. Hubert et Rawlings avaient peine à suivre. Ils l'avaient enfin rattrapé au fond du terrain, non loin du lac. Azur humait l'air, allait de ci de là, tendu, presque en transe. Il avait fini par dénicher un tunnel à demi effondré. Hubert avait voulu l'y suivre, mais le réceptacle avait tenu à y entrer seul. Azur prenait de plus en plus de décisions : c'était lui qui avait envoyé Marco à la ville pour accomplir quelque tâche confidentielle. Tous devaient se retrouver au bord de la route en fin de journée.

Au sortir du tunnel, Azur était plus calme. Presque souriant, même.

— Cet endroit a un potentiel certain. C'est mordant à souhait. J'habiterai ici.

Et encore maintenant, Hubert comprenait qu'il n'avait jamais tout su des raisons pour lesquelles Azur avait adopté cet endroit. Lui-même y avait passé peu de temps, mais après chaque visite, il avait été soulagé de retrouver le grand air.

Mais ces visites n'étaient venues que plus tard. De sa première exploration du terrain, il avait rapporté une toute petite dose d'espoir. Il avait pu s'imaginer le rêve de Victor, là, entre les arbres, et ne s'était plongé que plus résolument dans les troubles qui l'attendaient à Montréal.

AU PAYS DU MYSTÈRE

Lundi matin. Frédé avait téléphoné tôt, tout heureux de tirer Malick du lit. Il était installé dans une petite chambre meublée que louaient les propriétaires du dépanneur Septième Ciel, juste au-dessus de leur commerce. Malick s'y était rendu après le déjeuner et avait trouvé Frédé assis dans un pur décor de grand-mère : tapisserie fleurie, crucifix, coussins pelucheux sur divan sépia. Seul élément incongru : il avait apporté *tous* ses dossiers.

— Au fait, lui demanda Malick, si t'as apporté tes notes, ça donnait quoi de venir me porter un paquet de photocopies ?

— J'avais déjà tout préparé. C'est au moment de coller le timbre que j'ai décidé de faire moi-même la livraison. Et puis, comme ça, t'auras pas à venir traîner ici tout le temps pour consulter mes dossiers.

Il disait avoir quitté Montréal parce que Scipion faisait surveiller son appartement, espérant sans doute que Malick lui rendrait visite tôt ou tard. Frédé avait pourtant bénéficié d'une forme d'immunité jusque-là : des gens comme Scipion le toléraient puisqu'il était utile et réputé très puissant. Or, il n'avait rien fait depuis longtemps pour entretenir cette réputation. Il n'allait pas attendre de voir si on oserait l'attaquer.

— Sur papier, dit Frédé en revenant à ses notes, la Repousse ressemble à un organisme sans but lucratif bien sage et bien mené. On n'y trouve aucun des noms que tu m'as donnés. Je veux bien croire qu'Hubert Saulnier est rendu là, mais il est absent de l'organigramme officiel. Je continue à creuser. En attendant… J'ai trouvé encore cinq variantes de la « Méditation pour un monde meilleur » sur Internet. C'est un même, c'est clair. Et il y a des gens qui l'essaient, la méditation, on en parle sur certains babillards.

Malick prit une gorgée du café que Frédé lui avait servi dans une délicate tasse de porcelaine ornée de rouges-gorges.

— Tout va pour le mieux pour les Insoumis, donc…, marmonna-t-il.

— *Si* les Insoumis sont derrière la «Méditation». On y trouve un seul nom, celui de Kelzid, et tu peux être certain qu'il m'intrigue, celui-là. Je suis allé consulter les écrits akashiques, pour voir, et…

— Frédé, je t'avais dit de pas toucher à ces affaires-là !

— T'inquiète pas, j'ai pris mes précautions, et j'ai rencontré personne en chemin. Ce qui est intéressant, c'est que j'ai rien trouvé sur Kelzid. Je suis un peu rouillé, je te l'accorde, mais quand même… Si Kelzid était un concept reconnu et ancien, comme un principe bouddhiste ou un dieu mésopotamien, il aurait laissé une trace évidente dans les écrits. Si je suis ressorti bredouille, ça peut signifier qu'il est trop nouveau pour être bien représenté dans la conscience collective.

— C'est une invention des Insoumis, tu penses ?

— Peut-être une tentative de créer un réseau magique. Une structure de pouvoir. Le symbole de l'arbre, c'est puissant, et ça a des résonances modernes. Internet fait penser à un arbre, ou plusieurs, avec quelques gros troncs d'où partent des branches plus petites qui se ramifient jusqu'à entrer dans les maisons et les bureaux. Mais ce qu'il y a de bien, c'est que si le concept est effectivement nouveau, on peut le contrer sans savoir exactement ce que c'est. Il suffit de le remplacer par une définition complètement autre.

— Attends, attends… Tu me donnes une idée avec ton image de réseau magique. J'ai déjà approché des gens pour m'aider à propager le contre-mème… Mais si on allait plus loin ? On leur demande de travailler en réseau, de se synchroniser pour combiner leurs forces à un moment précis…

Frédé sauta sur l'idée.

— Ah. Oui. Un rituel massif, conçu expressément pour être effectué par une multitude de cellules qui travaillent de concert, oui, oui… et on pourrait utiliser le contre-mème pour préparer le terrain…

Malick se rembrunit soudain. L'exubérance de Frédé l'inquiétait.

— Excuse-moi, dit-il, je devrais pas t'embarquer là-dedans. Tu sais où ça peut te mener.

— Justement, j'en suis conscient. Je vais beaucoup mieux, Malick. Je me vois mal rester inactif alors qu'il se passe quelque chose d'aussi gros. C'est du vrai, ce que tu as là, c'est un cas spectaculaire. Fais-moi confiance un peu. Tu as besoin de moi si tu veux mener le projet à terme.

Frédé avait l'air en forme, oui. Il paraissait moins blême et donnait l'impression de s'être douché dans les dernières quarante-huit heures. Après que Frédé eut fait tout ce chemin par sa faute, Malick avait-il le droit de l'écarter des aspects les plus intéressants de l'enquête ?

◆

Quand il rentra, Malick trouva Samuel assis sur son futon. Rachel, debout devant la fenêtre, avait un air fonceur qu'il n'avait pas vu depuis longtemps.

— On devrait y aller, dit-elle.

— Où ? À la Repousse ? Parfait. Après, on ira cueillir des nids de guêpes.

— Je suis sérieuse. Tu disais pas que, pour Dan, le mieux serait de partir quand il y a beaucoup de visiteurs ? La Repousse est ouverte au public : si on va la visiter dans la journée, qu'est-ce qu'ils vont nous faire ?

— Je veux pas le découvrir. Dan va repasser en ville tôt ou tard…

— Tu veux attendre, toi ? Il peut pas sortir n'importe quand. D'ici à ce qu'une autre occasion se présente, il a le temps de décider qu'il avait tort et qu'il devrait rien nous dire de plus.

Malick se massa le crâne. Plutôt que les plantes et le reste du décor, il remarquait maintenant les imperfections tout autour. De fines craquelures couraient au bas du mur, là, derrière Rachel. Le mur avait-il toujours été ainsi ?

— On s'est renseignés, dit Samuel. Deux classes du primaire vont visiter la Repousse cet après-midi. On peut en profiter pour aller observer de près. Si Dan veut nous parler, on s'arrangera pour lui en donner l'occasion.

— Je veux voir comment ces gens-là vivent, dit Rachel. Je veux me faire une idée, essayer de comprendre pourquoi mon oncle est mort. Je veux comprendre de quoi ils sont capables encore.

Malick les sentait tous deux très déterminés. Il se rendit à la fenêtre en évitant le regard de Rachel. Le ciel s'était dégagé quelque peu. Peut-être l'orage n'aurait-il lieu que demain, après tout. La vision qu'il avait eue donnait l'impression d'éclairs intenses et rapprochés ; si nécessaire, il pouvait quitter la Repousse aux premiers symptômes et arriver au Rocksteady avant que l'orage ne se déchaîne à ce point.

— Si j'y vais, dit-il enfin, ils vont vite me remarquer… Je peux servir de diversion. Pendant qu'ils me surveillent et qu'ils se demandent ce que je fais là, vous cherchez notre déserteur. Plus vous êtes nombreux, plus vous aurez de chances de le trouver. Qui d'autre serait disponible ?

◆

Boris avait offert d'étirer son heure de dîner pour les conduire à la Repousse. Laura ne pouvait s'absenter de la mercerie ; Rachel, elle, ne travaillait que le lendemain. Quant à Frédé, Malick avait tenu à ce qu'on le laisse à ses recherches. C'était déjà beaucoup qu'il se penche sur la théorie occulte de l'enquête sans qu'en plus il s'implique physiquement. Comme le plan de Malick nécessitait une seconde voiture, Samuel avait emprunté celle de Kevin mais avait refusé qu'on éloigne ce dernier de son bureau.

— Tu lui as déjà confié un projet top secret, non ? Il veut même pas me dire à moi en quoi ça consiste. Je me demande bien ce que tu as pu lui dire…

— Je lui fais faire de la magie.

— Tu veux rire… Depuis quand il croit à la magie ?

— Disons que j'ai trouvé une sorte de magie qui lui convient.

Malick partit en premier avec Boris, qui conduisait d'une main sûre et posait des questions cruciales d'une voix détendue. Qui risquaient-ils de rencontrer ? Qu'allaient-ils faire si Dan ne voulait plus partir ? Malick lui répondait de son mieux. Ils passèrent la sobre pancarte annonçant l'entrée du complexe et s'engagèrent sur un chemin bordé d'arbres d'une belle variété. Boris plaça sa Plymouth défraîchie dans le stationnement des visiteurs, le nez vers la sortie.

Ils continuèrent à pied sur le chemin et passèrent une rangée de dents métalliques émergeant de terre au-dessous d'une affiche « Piétons seulement ». On n'entrait pas ici comme on voulait. Malick ne vit ni gardiens de sécurité, ni comité d'accueil, mais il finit par repérer le scintillement d'une petite caméra de sécurité dissimulée haut dans un arbre. Il ne portait pas son talisman d'invisibilité : il tenait à être vu.

Le chemin s'enfonçait dans un bois bien fourni tapissé de fleurs sauvages par endroits. Au début, Malick distinguait à peine, entre les troncs, les formes blanches du complexe. On atteignit le kiosque d'accueil où une brunette souriante leur remit une carte des lieux. Malick nota que la carte ne détaillait que la moitié du terrain.

— Flâne un peu, dit-il à Boris, guette au cas où tu verrais Dan, mais reste en vue du chemin. Dès que tu me vois revenir, dirige-toi vers l'auto.

Plusieurs sentiers rayonnaient autour du kiosque. Malick en emprunta un au hasard et vit qu'on y avait posé de petits écriteaux discrets ; certains servaient à identifier les plantes, d'autres offraient des paroles de sagesse plutôt banales. Il passa un vieux couple en promenade. Étaient-ce des visiteurs ou des adeptes ? Les bois étaient emplis de bruits furtifs : feuilles remuées, griffes d'écureuils sur écorce, ailes et cris de mésanges, grives, geais, corneilles et quoi encore. Mieux valait rebrousser chemin et s'en tenir à des aires plus ouvertes.

Il reprit le chemin principal et arriva en vue des premiers bâtiments : blancs et verts, asymétriques pour la plupart, percés de fenêtres hautes et minces. L'ensemble était élégant. Sur la gauche s'étendait la pépinière, plus vaste que Malick ne s'y attendait. Des gens allaient de ci de là entre les innombrables rangées d'arbrisseaux. Devant, par-delà ce qui devait être une résidence ou un dortoir, se trouvait l'édifice central : une large masse s'élevant sur deux étages. Tout était paisible. Malick examina un à un tous les gens qu'il pouvait apercevoir, mais ne reconnut personne. Quelques-uns avaient cette maigreur qui lui rappelait l'exécuteur, mais non, ce n'était pas lui. Au bord de la pépinière, un homme bronzé au visage mélancolique le dévisageait. Malick lui fit un grand salut amical et eut la satisfaction de voir l'homme quitter son travail et s'éloigner. Allait-on annoncer son arrivée ? Malick prit un malin plaisir à flâner et à fouiner, à plaquer son visage aux fenêtres, à serrer la main d'un planteur d'arbres pour le féliciter de son travail, à flirter avec une jolie blonde qui veillait à l'accueil des visiteurs.

Derrière lui s'éleva soudain un piaillement, un babil, une cacophonie. Une foule d'enfants d'environ huit ou neuf ans arriva sur le chemin et se déversa dans l'aire d'accueil. Quelques surveillants rôdaient autour, mettaient fin aux bousculades, rabattaient ceux qui voulaient s'écarter. Rachel et Samuel arrivaient derrière. Malick, un sourire retors aux lèvres, s'enfonça plus avant sur le terrain.

C'est alors qu'il aperçut Quentin, derrière l'édifice central. Il se tenait droit, tout de noir vêtu, à l'ombre d'un grand bouleau. Il n'avait pas changé... si ce n'était cette arrogance accrue, cet air de défi qu'il affichait. Malick le rejoignit d'un pas calme. Quentin surveilla son approche de son regard asymétrique, un œil fixant droit devant et l'autre un peu sur le côté, désintéressé.

— Je me demandais si tu oserais te montrer la face ici, dit Quentin. C'est amusant de te voir si loin de chez toi. C'est le Krew qui t'a envoyé ?

Quentin semblait ignorer que Malick était aussi chez lui à Saint-Nicaise ; peut-être les Insoumis le savaient-ils, eux, mais Quentin pouvait être encore trop bas dans la hiérarchie du groupe pour qu'on se donne la peine de tout lui dire. Intéressant.

— Toi aussi, t'es loin de chez toi, dit Malick. Comprends-tu bien dans quoi tu t'es embarqué ?

— Mieux que tu pourrais espérer comprendre. Marchons.

Il partit aussitôt. Malick le suivit et remarqua que Quentin boitait légèrement.

— Ils t'ont fait la vie dure, Quentin, est-ce que je me trompe ? Ils vont protéger leurs plans par tous les moyens. T'es un outil de plus pour eux, c'est tout.

Le sourire amer de Quentin le surprit.

— Tu penses que je le sais pas déjà ? Mais tant que je suis utile, je suis quelqu'un ici, et j'ai accès à du vrai pouvoir. Du vrai ! J'ai fini de jouer à faire semblant avec des magiciens en herbe. Tu sais comment c'est : on fait nos sorts et on prétend que ça fonctionne, on se raconte notre *bullshit* et on s'écoute par politesse, parce qu'on a besoin du soutien l'un de l'autre. On entretient une fiction polie sans jamais savoir, au fond, si l'autre dit vrai ou non, si *lui* a mis le doigt dessus, s'il a affirmé son contrôle sur quelque chose de concret. Et en même temps qu'on cache son scepticisme, on doute aussi de soi-même, parce qu'on a vu tant de *cinglés*, des cinglés si convaincus et si convaincants qu'on se demande si, au fond, on serait pas un de ceux-là.

Malick avait bien noté comment Quentin lui avait lancé ce mot, « cinglés », à la tête. Le coup avait porté. Il comprenait ce qui avait séduit Quentin : le pouvoir, mais aussi la certitude, celle qui se fonde sur des preuves et non celle qu'on se manufacture. Le pauvre avait toujours eu tendance à placer découverte devant prudence, secret devant partage, l'avancement de la magie devant les intérêts de quiconque, y compris les siens. *Et au fond, j'en suis pas innocent moi non plus.* Mais pour Malick, il y avait bien plus que la soif de résultats. L'Art de la magie était un amour du monde, une manière d'en célébrer les mystères.

Il prit un ton complice.

— Parlons-en, du vrai savoir, dans ce cas. Qu'est-ce que tu penses accomplir avec la « Méditation pour un monde meilleur » ? Si tu veux, je t'échange savoir pour savoir. J'ai encore le manuscrit Leung en ma possession, tu sais.

Il vit la convoitise dans l'œil sain comme dans l'œil malade de son interlocuteur, mais Quentin se ressaisit aussitôt.

— Sois pas idiot. Même si tu l'avais vraiment, tu sais que je peux rien dire.

— Très bien. Je demandais par curiosité, c'est tout. T'arriveras à rien de toute manière. J'ai déjà gagné, tu le verras bientôt.

— Ah, t'as pas changé, dit Quentin entre deux éclats de rire. Prouve-toi, dans ce cas ! Il est ici avec nous. C'est son domaine ici. Montre-lui ce que tu sais faire ! Il aimerait beaucoup voir de quoi t'es capable.

Tout en discutant, Quentin l'avait mené d'un bon pas vers le fond du terrain, jusque derrière un long bâtiment bas. Malick s'aperçut, trop tard, qu'il ne voyait plus personne d'ici. Un frisson lui parcourut le corps entier, un bourdonnement emplit ses oreilles. Un petit arbre devant lui se fendit sur toute sa hauteur. À la base du tronc, la terre frémit et une fissure se faufila sous l'herbe folle, bifurquant encore et encore, une fissure qui se tendait telle une main prête à saisir.

— Montre-lui ! cria Quentin.

Quand Malick tenta de courir, un choc fit tressaillir tous ses muscles et il tituba plutôt. Il entendit le mur craquer derrière lui. L'attaque avait morcelé le sol à ses pieds, avait fait éclater une pierre. Lui avait survécu pourtant. Il détala sans se poser de questions. Derrière, il entendait d'autres pierres se fendre avec des claquements secs, toujours plus près. Il courut sans un regard en arrière, malgré sa brûlante curiosité devant un tel phénomène. Il évita de justesse une collision avec un groupe d'enfants sortant d'un sentier, arriva en vue du kiosque d'accueil et laissa échapper un grand cri inarticulé. Enfin, il aperçut Boris qui, le voyant arriver, se mit lui aussi à courir à pleine vitesse vers le stationnement. La voiture était en marche quand Malick l'atteignit. Il s'y précipita et claqua la portière.

Boris prit le chemin qui menait à la route et regarda dans le rétroviseur.

— Ça va, dit-il, y a personne qui nous suit.

Puis Malick vit la fine ligne d'argent dans le miroir. Elle s'étira, en rejoignit une autre qui venait de naître. Le pare-brise craqua sur toute la largeur, d'un coup. D'autres craquelures apparurent en haut, en bas, se ramifiant, tandis que d'autres dévoraient aussi les vitres des portières. Boris, effaré, lança sa voiture à pleins gaz.

La vitre arrière s'effondra en une pluie de fragments. Malick craignait le pire, mais la progression des fêlures cessa soudain. Dans le rétroviseur fissuré, la Repousse allait en s'éloignant.

◆

Ils s'étaient donné rendez-vous sur un chemin de l'autre côté du lac. Malick demanda à Boris d'arrêter la voiture dès qu'il aperçut la coccinelle vert pomme de Kevin entre les arbres. Il fit le reste à pied pendant que Boris, dépité et encore ébranlé, l'attendait en inspectant les dégâts. Inutile d'affoler qui que ce soit avec leur bagnole aux vitres brisées.

Il fut soulagé de voir Rachel et Samuel assis dans la coccinelle, sains et saufs. Mieux encore, Dan était avec eux, talisman d'invisibilité au cou, comme prévu dans le plus optimiste de leurs scénarios. Malick, encore sous l'effet de l'adrénaline, feignit d'être calme et leur assura que tout s'était très bien passé. Il offrit une poignée de main à Dan. La main du jeune adepte était froide et molle ; Malick avait l'impression de tenir un poisson mort. Il n'aimait pas non plus ce regard hanté.

— T'as bien fait de sortir, Dan. Quand est-ce qu'ils vont s'apercevoir que t'es parti ?

— Je sais pas. C'est Grand-rite aujourd'hui, tous les adeptes haut placés sont trop occupés pour penser à moi…

— Grand-rite ? C'est… c'est quelque chose qui arrive souvent, ça ?

— Chaque semaine. Demain, c'est Contrejour, après-demain, c'est Jourvrai… Tu connais pas ça ?

— Tu veux dire que vous avez votre propre calendrier ? s'exclama Samuel.

— On aura tout le temps de discuter quand Dan sera en lieu sûr, dit Malick, sévère.

— Justement, dit Dan, je… je veux rester proche. Il est pas trop tard pour aider Hubert. Je veux être là au cas où il accepterait de partir lui aussi.

— Je lui ai parlé du local en ville, intervint Samuel.

Malick n'aimait pas du tout cette solution, mais il devait mettre le jeune adepte en confiance et le contrarier le moins possible. Il accepta. Dan se calma un peu, mais il était encore hagard : il ne posa même pas de questions quand Malick entreprit de lui couper les ongles.

Après s'être entendu avec Rachel et Samuel sur la marche à suivre, Malick rejoignit Boris et posa sur le siège un bocal à conserves dans le fond duquel reposaient dix rognures d'ongles. L'étiquette sur le côté du bocal était noircie de symboles complexes.

— C'est quoi, ça ? demanda Boris.

— C'est Dan. Juste ses ongles, je le sais. Le reste est en bonne santé, évadé de la Repousse et bientôt en route pour Saint-Nicaise. Et après qu'on aura fait un peu de magie, toi pis moi… t'as apporté une pelle ?

— Comme prévu. Il faut une pelle pour faire de la magie ?

— Aujourd'hui, oui. On va enterrer le bocal loin d'ici. Si jamais les Insoumis utilisent quelque forme de divination pour retrouver Dan, le bocal va fausser leurs résultats.

Boris secoua la tête, démarra et suivit les indications de Malick. Après quelques minutes sur la route, il arrêta la voiture sur l'accotement et laissa échapper une longue expiration.

— Tu sais, je *pensais* que je croyais à tes histoires de visions pis de magie. En tout cas, ça m'amusait. Mais là... là, je l'ai *vu* ! C'est vraiment vrai tout ça... Tu disais que t'avais un mauvais pressentiment pour le Rocksteady, qu'il se passerait quelque chose là un soir d'orage... C'est pour bientôt, regarde-moi ce ciel-là. Qu'est-ce qui va se passer, au juste ? Pis si c'était de notre faute ? On vient de partir avec un de leurs adeptes, comme tu les appelles... Tout d'un coup qu'ils viendraient le chercher en ville pis que ça tournerait mal ? C'est peut-être ça que t'as vu !

Malick jeta un coup d'œil à travers le pare-brise fissuré. Le ciel pesait lourd ; il s'était beaucoup assombri depuis leur départ. C'était pour ce soir, il le sentait.

— Ça va aller, dit-il sans conviction. Je serai là ce soir pour surveiller, et j'aurai la police de mon bord... Tout va bien se passer.

LE PASSÉ EST UN BREUVAGE AMER

Louis Saint-Arneault, dans ses vêtements et sa voiture de civil, prenait un autre air. Plus désordonné, plus impatient, toujours vigilant mais plus avide. Malick comprenait son ambition : Saint-Arneault voulait comprendre et agir et régler de vrais problèmes. La routine et le laisser-faire de Saint-Nicaise lui pesaient, tout comme cet air lourd d'humidité au dehors, tout comme cette nuit d'attente.

L'orage tardait. Une pluie timide tâtait le terrain, tambourinant sur les vitres et la carrosserie. De là où ils étaient, ils avaient une bonne vue sur la façade du Rocksteady, obscurcie seulement par la silhouette d'un lampadaire éteint et celles de quelques voitures stationnées. On pouvait surveiller les entrées et sorties à défaut de voir l'intérieur, dissimulé par la vitrine-miroir.

Saint-Arneault avait admis que l'opération manquait de rigueur policière, mais il n'allait pas utiliser de ressources officielles pour faire plaisir à un voyant qui – il avait cru bon de le rappeler – était encore considéré comme suspect dans le dossier de l'arbre sanglant. Samuel lui avait prêté son enregistrement de l'arbre. Après l'avoir visionné, l'agent était allé le montrer aux gens de la Repousse qui, horrifiés, avaient proposé au policier d'aller voir sur le terrain. L'agent y avait passé une heure sans rien trouver. Malick en était déçu mais pas du tout surpris.

— Tu vois celui-là? dit Saint-Arneault.

Un homme portant un manteau de cuir en voie de désintégration se lissait les cheveux devant la vitrine du bar avant d'entrer.

— Drôle de caractère, expliqua le policier. Quand il boit trop, il a de la misère à garder ses vêtements. L'hiver passé…

Malick sursauta en entendant s'ouvrir la portière derrière lui. Il se retourna et vit un homme large et patibulaire se glisser sur la banquette arrière en prenant soin de ne pas renverser les deux cafés qu'il tenait. Il toisa Malick et tendit l'un des cafés à Saint-Arneault, qui s'empressa de poser le verre de carton brûlant.

— Malick, dit Saint-Arneault, je te présente Paul-Émile Desrosiers, mon collègue.

— Comme ça, c'est lui, ton voyeur, dit l'homme au café.

— Voyant, Paul-Émile, voyant.

— Je le sais, gars, pogne pas les nerfs. Maximilien Seko, donc…

— Oui, mais monsieur préfère qu'on l'appelle Malick.

— Ah ouais? Malick qui?

— Juste Malick.

L'homme se pencha vers Malick.

— Pour qui tu te prends? Madonna? Quand tu seras riche pis célèbre, tu t'appelleras comme tu veux. Maximilien Seko… tu parles. Le fils de Lumumba, c'est ça? Je sais pas si tu te rappelles, j'ai dû reconduire ton père chez vous deux ou trois fois.

Malick s'assombrit. *Méchante nuit pour brasser des vieux souvenirs.* Il esquiva :

— Ça fait longtemps, vous savez, j'ai pas la mémoire des visages...

Desrosiers leva une lourde main, souleva le couvercle de son café et en aspira bruyamment une gorgée.

— Il avait ses défauts, ton père, mais c'était un bon gars, quand même. Toi... on verra. Mais laisse faire le « vous », ça fait trop officiel. Rien d'officiel icitte. Juste trois imbéciles qui devraient pas être là. Si t'es « juste Malick », je serai juste Paul-Émile, tiens.

Saint-Arneault – ou Louis, dans ce cas ? – expliqua à Malick :

— Paul-Émile a insisté pour être là, même si lui aussi a la soirée *off*. Il est paresseux, tu vois. Quand il y a des tâches faciles, il est toujours volontaire.

Paul-Émile ne dit rien.

— Tu vois, il est même trop paresseux pour se défendre.

— Je suis venu parce que je crois pas à vos histoires. Je crois ce que je vois.

— Je comprends ça, dit Malick. Et je vous aurais pas parlé de ma vision si je croyais pas que c'est important. Je pourrais me tromper : des fois, c'est dur de savoir si c'est l'avenir ou le passé qu'on voit. Ça fait longtemps que vous êtes policiers à Saint-Nicaise ?

— Moi, depuis toujours, dit Paul-Émile. Louis, ça fait trois-quatre ans.

— Est-ce qu'il y a déjà eu quelque chose d'horrible qui s'est passé au Rocksteady ? Des morts ?

— Hm... Il y a eu des batailles, c'est sûr. Un coup de couteau par-ci, une bouteille cassée par là, mais ça prend une petite nature pour appeler ça « horrible ».

Pour ce qui est des morts… Il y a toujours le jeune Morrissette.

— Oui, oui, dit Louis. J'ai lu le dossier déjà, attends un peu… Empoisonnement à l'alcool, c'est ça ?

— Louis sait toujours tout, dit Paul-Émile à l'intention de Malick. À croire qu'il relit tous nos dossiers non résolus chaque soir avant de se coucher. Morrissette, c'est pas moi qui l'ai ramassé, mais on m'en a parlé après. Il est arrivé au Rocksteady sur l'heure du souper pis il s'est mis à boire comme si c'était sa mission divine. Le *staff* l'a toléré, c'était un habitué de la place, le genre de gars qui rentre à seize ans pis qui se prend un abonnement à vie. Sauf que lui s'est même pas rendu à ses vingt et un ans. Il est mort dans les toilettes ce soir-là. Ils ont trouvé deux douze onces de fort sur lui. Il les avait vidés, en plus de tout ce qu'il avait commandé au bar.

Malick, la curiosité piquée à vif, demanda :

— Il est mort à vingt ans, tu dis ? La face longue, les cheveux bruns mi-longs mal coiffés, une espèce de moustache anémique ? Eddy, qu'il s'appelait ?

— Ça se peut. Ça fait longtemps que…

— Oui, dit Louis, ça correspond aux photos que j'ai vues. Tu le connaissais ? T'avais quel âge à l'époque ?

— J'étais pas encore en ville. J'ai fait presque trois ans ici, à partir de… 82, environ. Mais il vaut mieux que je dise rien, ton *partner* aimera pas ça.

Paul-Émile grommela :

— Je déciderai, moi, si j'aime ça ou pas.

— Me croiriez-vous si je vous disais qu'Eddy hante encore le Rocksteady ?

— Tu peux y croire si ça t'amuse. Moi, je l'ai jamais vu.

— J'ai entendu des choses…, dit Louis, songeur. Mais s'il fallait croire tout ce qui se dit dans un bar…

Il dévisagea Malick, secoua la tête et reporta son attention sur la rue trop tranquille. Paul-Émile surveillait leurs arrières.

— Pauvre gars, dit Louis au bout d'une minute.

— Qui ? Morrissette ? dit son collègue. Personne l'a forcé à boire.

— Non, mais… d'après son dossier, il a pas eu une vie facile…

Le visage de Paul-Émile devint plus sévère encore.

— Peut-être, mais c'est pas pour rien qu'on avait un dossier sur lui. Maudite histoire…

— Il reste innocent jusqu'à preuve du contraire, non ? Ce qu'il a subi, il l'avait pas mérité, pas à cet âge-là, j'en suis certain.

Tous deux se turent. Malick crut bon de ne pas insister pour le moment. Il leur demanda de lui parler de la Repousse.

— Parlons-en, oui, dit Louis. J'ai fait mes recherches. Tout le fouillis chez George Rawlings à Montréal… J'ai peine à croire que la solution soit sous notre nez, ici à Saint-Nicaise.

Il jeta un coup d'œil en direction de la Repousse, comme s'il s'attendait à l'apercevoir entre deux maisons.

— Drôle de monde là-bas, dit-il. En surface, tout a l'air beau. Ils vivent en harmonie avec la nature, ils font pousser des arbres… On en a même planté devant la station, des pins rouges ; ils vont être beaux dans quelques années.

— Mais tu disais que t'avais des soupçons ?

— Ça sent la secte. Les gens là-bas sont très dévoués à leur sanctuaire, et un peu trop d'accord entre eux aussi…

La police avait inspecté les lieux au tout début, par souci de bon voisinage. Ils y étaient retournés à la recherche d'un homme de Chicoutimi dont la famille avait signalé la disparition. Les gens de la Repousse avaient volontiers reconnu qu'il vivait maintenant parmi eux. L'homme, serein, n'avait pas voulu partir.

— Vous l'avez laissé là ? s'étonna Malick.

— Pourquoi pas ? Même si c'était une secte, il reste que les gens ont le droit de croire ce qu'ils veulent. Nous, on s'en charge si ça devient criminel. On a déjà soupçonné des voies de fait entre eux, mais personne n'a porté plainte… Ils vivent tous si près à longueur d'année, c'est normal qu'il y ait des tensions…

Une infiltration du groupe aurait demandé beaucoup d'efforts et ne pouvait se faire sans soupçons sérieux. De plus, la Repousse attirait des touristes et des résidents permanents, ce qui lui valait la faveur du maire et d'une bonne part de la population. Le groupe achetait aux commerces locaux tout ce qu'il ne fabriquait pas et ne faisait pas pousser lui-même. Louis s'imaginait difficilement que ces gens puissent être ligués avec « l'exécuteur » décrit par Malick.

— Ils l'étaient…, dit Malick, et je pense qu'ils le sont encore. T'as dit que tu l'avais rencontré ?

Paul-Émile s'interposa :

— Pourquoi tu nous dirais pas ce que *toi* tu sais, pour commencer ?

Ce n'était pas si simple. Malick n'osait pas encore leur parler de Dan. Rachel et Samuel avaient placé le jeune adepte en lieu sûr et veillaient sur lui. Malick avait mis en place le même type de protections magiques qu'il avait créées chez Rachel. Au prix d'un énorme effort de volonté, il s'était retenu d'interroger l'adepte et lui avait plutôt laissé la soirée pour se calmer et s'acclimater. Demain, il apprendrait tout ce que Dan voudrait lui dire. Pour l'instant, moins il en savait, moins il aurait à mentir aux policiers.

À défaut de pouvoir offrir aux policiers le témoignage d'un adepte, il avait apporté une enveloppe pleine de photocopies tirées de ses notes. Il en fit un survol rapide, puis leur parla de l'exécuteur – Paul-Émile restait sceptique mais ne dit rien pour le contredire. Malick leur relata aussi l'incident du bar de danseuses, sachant qu'ils seraient contents de pouvoir rattacher ces considérations surnaturelles à une affaire concrète fichée dans les archives policières. Il compléta le portrait en racontant son aventure à la Repousse – en prenant soin de ne pas mentionner Dan. Louis s'emporta :

— Qu'est-ce qui t'a pris d'aller te mettre le nez là ?

— C'était ouvert aux visiteurs. J'ai rien fait de mal, c'est pas ma faute si on m'a attaqué. Il y a… il y a un adepte qui est entré en contact avec moi. Je l'ai vu en ville, il a pas eu le temps de me dire grand-chose… pas même son nom. J'espérais le retrouver à la Repousse.

— Décris-le-nous, on ira lui parler…

— Il voudra jamais être vu en train de parler à des policiers. Mais si jamais il sortait, est-ce que vous pourriez le protéger en échange de son témoignage ?

— Si c'est nécessaire, oui. Mais c'est pas à toi d'organiser ça. Si tu le revois, dis-lui de venir nous parler.

— C'est compris. D'ici là, j'ai quand même trouvé un indice. J'ai pas *vu* l'exécuteur, mais qui d'autre aurait pu m'attaquer comme ça ? *Vous* l'avez vu déjà, non ?

Les deux policiers semblaient presque gênés. Louis finit par dire :

— Ton « exécuteur »... ça fait penser à notre malcommode, c'est sûr, mais la description diffère.

Le policier but son café, fit jouer les essuie-glaces un instant, puis entama son histoire. Une nuit, sur Cheminot, presque à la limite de la ville, lui et son partenaire avaient repéré deux personnes sur un véhicule tout-terrain s'enfonçant dans les bois. Sur un coup de tête, ils étaient entrés à leur suite, tous phares éteints, sur un chemin tout juste assez large pour leur voiture.

— On doublait les patrouilles, dans ce temps-là, précisa Paul-Émile. C'était juste après qu'on avait trouvé le *dealer* assassiné, au pied du mont Sabot. Tout le monde était sur les nerfs, pis on désespérait de trouver une bonne piste.

— Vous êtes entrés dans le bois en auto ?

— On a pas eu à se rendre loin. Le char en a vu d'autres ; tu devrais voir comment Louis conduit.

Louis avait reconnu le passager sur le véhicule tout-terrain, un délinquant de premier ordre. Le bruit du véhicule avait couvert l'approche des policiers qui suivaient à une distance prudente. Puis le véhicule avait disparu derrière une butte et l'on avait entendu le moteur s'arrêter. Louis avait roulé jusqu'au haut de la butte et allumé les phares. Sous le couvert de cette lumière aveuglante, les deux policiers étaient sortis de la voiture, arme au poing.

Les deux suspects ne semblaient pas s'inquiéter qu'on les ait surpris. Une troisième personne se trouvait avec eux. Celle-ci s'était avancée, les mains en l'air, pour s'arrêter à deux mètres des policiers : un homme musclé dans le début de la vingtaine – plus jeune que l'exécuteur qu'avait connu Malick. Il avait les cheveux noirs, des favoris jusqu'au menton, les yeux renfoncés, sombres. Malgré la nuit fraîche, il portait un simple t-shirt qui découvrait ses bras couverts de brûlures cicatrisées.

— Il en avait tellement…, dit Louis. Je pense qu'elles étaient décoratives, il a dû se les faire lui-même. Il a fait un pas encore, et il m'a fallu tout mon courage pour pas reculer. J'en ai vu d'autres, pourtant, mais ce gars-là avait une présence incroyable. Et là, il nous a dit à peu près…

Il prit le temps de se rappeler les mots exacts :

— « Il se prépare de grandes choses, messieurs les policiers. Le temps venu, ayez la sagesse de vous ranger du bon côté. » C'est ça, je pense ?

— Oui, pis après ça, il a dit quelque chose comme : « Rien ne sera plus pareil. »

Paul-Émile prit Malick à témoin :

— C'est quel genre de malcommode qui parle de même, veux-tu ben me dire ?

Sitôt après que l'inconnu eut livré cet avertissement, les vitres de l'auto-patrouille avaient éclaté l'une après l'autre, sans raison apparente. Louis s'était retourné à temps pour voir les phares voler en morceaux eux aussi. Dans la noirceur, les trois suspects s'étaient dispersés : le cicatrisé en courant, les deux autres en lançant leur véhicule sur un sentier étroit.

— On a pas osé les suivre, dit Louis. J'étais sous le choc, et Paul-Émile a eu peur aussi, même s'il voudrait le nier.

Malick sentit une pression sur son siège, et le visage de Paul-Émile vint emplir son champ de vision, dur et austère comme un mur de briques.

— C'est vrai que j'ai eu peur. Mais tu répètes ça à n'importe qui, pis je vais t'enlever l'envie de parler.

— J'en dirai rien, promit Malick. Mais vous devriez savoir… je suis presque certain que ce gars-là est lié à la Repousse, et mon contact là-bas m'a laissé entendre qu'il avait eu des rendez-vous avec au moins un criminel de Saint-Nicaise. Nos problèmes sont liés.

Les policiers avaient peine à y croire, mais Louis accepta de résumer ce qu'il savait. Depuis près d'un an, on avait saisi en ville des quantités surprenantes de drogue. La meilleure théorie jusqu'ici était que plusieurs revendeurs de la région, sachant leurs habitudes trop connues dans leurs villes respectives, venaient régler certaines grosses transactions à Saint-Nicaise avec la bénédiction de Parenteau, le caïd local. Or, la rumeur voulait que Parenteau ait disparu au début de l'année. Depuis, les criminels s'étaient montrés de plus en plus audacieux et violents sans que ça ressemble pour autant à une guerre de succession. Les enquêteurs restaient perplexes.

Malick, lui, était embêté par la description que les policiers lui avaient faite. L'exécuteur avait-il subi une chirurgie esthétique ? La différence était trop frappante pour s'expliquer autrement… à moins qu'il eût le pouvoir de changer de forme, si une telle chose était possible. Il avait bien une autre idée, liée à ce concept de « réceptacle » qu'employait Dan, mais il voulait l'approfondir avant de l'exposer à un public aussi sceptique.

◆

Après trois heures de surveillance, rien ne s'était encore passé. Le lundi était une soirée tranquille au Rocksteady comme ailleurs. Malick s'imaginait les quelques irréductibles assis au comptoir, penchés sur leur bière pour réduire la distance du goulot aux lèvres. C'était à peine si le ciel avait émis deux ou trois grondements de prédateur endormi. La pluie allait et venait. Dans la voiture, on alternait courtes conversations et longs silences.

Pour la deuxième fois, Louis fit une ronde rapide autour du quartier, puis glissa la voiture dans le stationnement de l'épicerie, près de la ruelle longeant l'arrière du Rocksteady. C'était une position qui manquait de discrétion, mais Malick raisonna que c'était peut-être mieux ainsi : s'il se présentait un quelconque « malcommode » – un terme cher à Paul-Émile –, leur présence suffirait peut-être à le dissuader.

L'arrière du bar était plus tranquille encore que l'avant. Personne n'entrait par la porte de derrière, ce soir, et ce fut un grand événement quand quelqu'un en sortit en trombe : un homme rondelet aux cheveux attachés en queue de cheval. Il s'appuya contre le mur, vomit et rentra.

— Ouais, dit Malick, c'est pas du grand spectacle, ici. On retourne devant ?

C'est en sortant de la ruelle qu'il remarqua une première lueur, flambant à l'intérieur d'un nuage lointain. Une autre apparut, plus vive. Malick compta les secondes avant le tonnerre. La pluie s'intensifiait.

— Ça se rapproche, dit-il.

Ils avaient à peine repris leur poste d'observation original quand un éclair – éclatant, fourchu, fugitif – frappa derrière le mont Sabot. Trois adolescentes à l'air blasé arrivèrent, ouvrirent la porte du Rocksteady, jetèrent un coup d'œil à l'intérieur et repartirent.

Malick les regardait qui tournaient dans Lacroix quand un mouvement tout près attira son attention. Un homme passa sur le trottoir à côté de la voiture, traversa la rue et entra dans le bar. Malick mit un moment à le reconnaître : c'était le clochard qu'il avait vu la veille, plus solide sur ses pattes ce soir. *Ça va*, se dit Malick, *il va se quêter une bière, on va sûrement le mettre à la porte dans un instant.*

La foudre frappa encore, peignant tout en blanc-bleu, faisant sauter les ombres. La porte restait fermée. Malick refusait de s'inquiéter. *Quoi, parce qu'il m'a donné vingt-cinq sous, je devrais veiller sur lui maintenant ?*

L'orage redouté arrivait en ville. La pluie battait l'asphalte de mille projectiles. La nuit s'animait d'une colère idiote et sans but. Le clochard ne ressortait toujours pas.

— Il faut que j'aille voir, dit Malick.

Il sortit en courant, sans même fermer la portière derrière lui, et entra dans le Rocksteady.

La musique, *bass drum* et guitares distordues, lui assaillit les oreilles. Une dizaine de clients aux tables, une demi-douzaine le long du comptoir – dont le clochard. Toute la partie droite du bar était vide. Malick reconnut derrière le comptoir la même femme qui l'avait servi lors de sa dernière visite : mèches rouges, minijupe de cuir noir, visage fatigué. Il vint se percher sur un tabouret à côté du clochard. L'homme portait un veston élimé rapiécé aux coudes et des souliers cirés quasi impeccables. Il termina sa bière, sourit à Malick sans vraiment le regarder, et en commanda une autre. Malick intercepta la serveuse :

— Écoute, mon ange, peux-tu attendre avant de lui sortir une autre bière ? On a quelque chose d'important à discuter.

Elle repartit sans rien dire. Malick se tourna vers le clochard, qui le toisait d'un œil méfiant.

— Tu devrais aller ailleurs. C'est un mauvais soir pour boire ici.

— Mais c'est pas cher icitte à soir ! Pour une fois que j'ai des sous…

— Fais-moi confiance… C'est malsain ici ce soir, t'es pas en sécurité.

Au dehors, les grondements du tonnerre se rapprochaient encore. Une lourde main se posa sur l'épaule de Malick.

— Coudon, c'est quoi ton problème ? Si t'aimes pas ça icitte, t'avais juste à pas venir.

Il était maigre, hirsute et sévère ; Malick l'avait vu assis avec l'homme qui était sorti vomir plus tôt. Il restait quatre hommes autour de leur table, tous hostiles.

— J'ai rien contre votre bar, dit Malick. C'est juste que…

— C'est juste que t'essaies de faire sortir les clients. T'es qui, toé, pour commencer ?

Sa question fut à demi enterrée par un coup de tonnerre beaucoup plus fort que les précédents. Le clochard baissa la tête comme s'il craignait que le plafond lui tombe dessus.

Un autre homme avait quitté la même table et se tenait debout devant Malick. Il portait un manteau de denim ample par-dessus une chemise vert émeraude de toute évidence chère.

— Debout, dit-il.

— Écoutez, dit Malick, je suis sûr qu'on peut régler ça en restant *cool*…

— Debout !

Malick se leva. L'homme le tint par les épaules, à bout de bras, et le fixa sans cligner des yeux, comme s'il espérait lui percer le crâne de son regard. Puis, il le secoua et dit :

— Seko, c'est ça? *Man*, c'est moé, Thomas. Tu me reconnais pas?

Et Malick le reconnut. Il s'efforça de lui rendre son sourire et tous deux échangèrent une poignée de main élaborée, poing par-dessus, poing par-dessous. Thomas passa un bras autour des épaules de Malick pour le présenter à son entourage.

— Les gars, ça, c'est Maximilien Seko. On est allés au secondaire ensemble. C't'un crisse de fou.

Il y eut quelques grognements d'assentiment. L'homme hirsute, celui qui avait abordé Malick, lança:

— C't'un épais, tu veux dire. C'est quoi son *trip* de venir icitte pour empêcher le monde de boire?

— J'imagine qu'il a ses raisons… Max! Dis-moi pas que tu t'es assagi, voyons donc!

Le clochard, dépassé par les événements, regardait la scène sans dire un mot. Les hommes à la table de Thomas étaient des durs; la bagarre n'était pas loin. Malick hésitait. Les assauts combinés de l'orage et du *heavy metal* l'empêchaient de se concentrer et de recevoir quelque vision que ce soit. L'important était d'agir vite et de détendre l'atmosphère avant que tout tourne mal. Il se força à sourire.

— Thomas, maudit vaurien, tu me connais, je suis prêt à tout!

— Là tu jases! Laisse-moi te payer un verre. J'ai de l'argent asteure, t'en reviendrais pas.

Thomas se commanda une bière, puis commença à élaborer un breuvage pour son invité alors que les autres, curieux, venaient les rejoindre au comptoir.

— Ce gars-là, dit-il en serrant l'épaule de Malick, ce gars-là a peur de rien. Les conneries qu'on a faites ensemble, vous en reviendriez pas. La fois où on a conduit le char de son prof jusqu'aux danseuses

à Val-d'Or... Bon, on va boire au bon vieux temps.
Une *shot* de vodka, pour commencer...

La serveuse, méfiante, suivit néanmoins les instructions de Thomas. Dans un verre d'une bonne
taille, elle versa dose par-dessus dose d'alcools variés. Une quantité effrayante de tabasco s'y ajouta
ensuite, puis un œuf cru... Malgré la musique à
plein volume (*Run for your lives*, chantait Bruce
Dickinson), Malick pouvait entendre une pluie violente marteler la vitrine. Le tonnerre grondait encore
et encore. Tous les clients au comptoir n'avaient
d'yeux que pour lui et pour ce breuvage infâme que
Thomas venait de poser devant lui. Il leva le verre
et le chœur de « Iglou! Iglou! » retentit. Un voyage
dans le temps, voilà ce qu'on lui infligeait. Adolescents, Thomas et lui avaient orchestré les pires
coups et pris les risques les plus stupides pour se
bâtir une réputation. Lui plus que Thomas: de crainte
d'être rejeté ou – pire encore – ignoré, il avait trouvé
comment s'attirer quelque chose qui ressemblait à
du respect.

Tout lui revenait: la manière, l'attitude, le panache.
Il se tourna d'un côté, puis de l'autre, présenta son
verre à tous, tenant les spectateurs en haleine. Les
gens tapaient sur le comptoir, heureux de ce diver-
tissement gratuit. Dans un miroir derrière la serveuse,
Malick pouvait voir le reste de la salle, les visages
curieux tournés dans sa direction, minuscules sous
le logo de bière imprimé près du cadre. À la dernière
seconde, il crut déceler un autre visage encore: celui
d'Eddy, vacillant, une pâle impression fugitive.

Il but tout le contenu du verre d'une traite, sans
que le liquide ne touche ses lèvres. Il ne pouvait
pas pour autant empêcher le tabasco de lui brûler
la langue, ni l'alcool de faire son ouvrage. Le goût

était atroce. Sans grimacer, il leva bien haut le verre vide, puis le posa d'un coup sec sur le comptoir en acier inoxydable. Il crut que le pire était passé, mais une bouffée de chaleur lui remonta le long de l'œsophage et il passa très près de renvoyer le tout. La sensation s'estompa. Thomas, souriant comme un requin, lui administra une claque dans le dos. Soucieux de dissimuler son inquiétude, Malick leva les bras en signe de victoire et improvisa une petite danse au rythme de la musique.

Il suivit Thomas et ses sbires jusqu'à leur table. Il avait fait ses preuves : il n'appartenait pas au groupe pour autant, mais il s'était acheté un bref répit. Thomas lui offrit une chaise.

— Merci pour la boisson, dit Malick, mais il faut vraiment que j'y aille. Le monsieur pis moi, on a de la *business* à régler ailleurs. Mais je vais repasser…

Après quelques minutes, la gorge et la tête toujours en feu, il réussit à laisser Thomas et à regagner le comptoir. Il dit à l'oreille du clochard :

— Dis-moi que j'ai pas fait tout ce cirque-là pour rien. Ça risque de brasser ici ce soir. Tu mérites pas d'être pris là-dedans. Suis-moi pis je te donnerai de quoi boire mieux ailleurs.

Il tendit un billet de vingt dollars à la serveuse.

— Tiens, mon ange, pour le dérangement.

— T'es vraiment un drôle de gars, toi, dit-elle.

— Plus encore que tu penses. Écoute… reste sur tes gardes, ce soir. S'il y a du grabuge, tiens-toi loin. Fie-toi à tes instincts. OK ?

Elle ne répondit pas et retourna à son travail. Malick sortit accompagné du clochard. La porte se referma derrière eux, étouffant la musique. La pluie les trempa tout de suite, et un éclair les aveugla avant qu'ils puissent dire un mot.

Malick refila quelques billets au clochard et le regarda s'enfoncer dans la nuit, puis regagna la voiture. Il se laissa choir sur son siège, claqua la portière et ferma les yeux.

— Tu lui as donné de l'argent pourquoi, au juste ? demanda Louis.

Malick ouvrit les yeux et reprit sa surveillance. Il expliqua tout en phrases courtes. La langue lui brûlait encore.

C'était frustrant de laisser Thomas à l'intérieur : il avait toujours été bête et manipulateur, mais il était quand même l'une des seules personnes à qui Malick avait pu se fier, à l'époque. Toujours prêt à faire le casse-cou, toujours prêt à rire des autres, toujours prêt à prendre un verre. Tant pis. Dans le bar, Malick n'avait remarqué rien d'incongru, rien ni personne qui puisse causer la tragédie qu'il redoutait. Si quelqu'un dans cette foule allait poser problème, ce serait sûrement Thomas lui-même, ou un de ses acolytes. Si le danger ne venait pas d'eux, il viendrait de l'extérieur.

La pluie couvrait la voiture d'une chape liquide, brouillant le paysage par-delà le pare-brise. Mauvais, ça. Après de courtes délibérations, Louis sortit et alla se poster dans l'entrée de l'immeuble à logements. Il verrait mieux là.

Entre deux grondements de tonnerre, Malick tenta quelques amorces de conversation, mais Paul-Émile s'en tenait au monosyllabique.

D'éclair en bourrasque, de bourrasque en éclair, l'orage s'acharna sur la ville, puis, enfin, passa. Durant tout ce temps, les trois hommes assurèrent la surveillance, prenant chacun leur tour dehors. Lorsqu'il fut clair que l'alerte était passée, ils restèrent encore jusqu'à la fermeture du bar. Alors que sortaient les derniers clients, Louis mit le moteur en marche sans rien dire. Malick n'osait pas regarder les policiers. Il s'était trompé, et il s'en trouvait presque aussi embêté que soulagé.

◆

Malick se leva plus tard que prévu le lendemain. Il en voulait à Rachel d'être partie sans même le réveiller, mais sans doute avait-elle décidé qu'il avait besoin de dormir. Elle savait à quelle heure il s'était couché : elle s'était réveillée à son retour du Rocksteady et avait écouté ses doutes et théories jusqu'à ce que le sommeil le trouve enfin.

Le téléphone avait tiré Malick du lit ce matin. Une bonne nouvelle : Greg lui offrait l'aide du Seagull Krew. Quentin les avait appelés pour leur reprocher d'avoir mis Malick sur sa piste ; leur brève conversation avait convaincu le Krew que Quentin devenait dangereusement obsédé et qu'il valait mieux contrer ses derniers plans.

Ragaillardi, Malick déjeuna en vitesse et partit visiter son rescapé. Il trouva Samuel penché sur son scénario ; Dan se tenait debout au fond de la pièce, absorbé dans la contemplation de la rue. Malick s'empressa de l'éloigner de la fenêtre et de tirer le rideau.

— Tiens-toi loin des fenêtres. On sait jamais qui pourrait te voir.

Dan obéit sans grande émotion. Il alla s'asseoir sur le bord du lit, les poings enfoncés dans le couvre-lit. Ses mains n'étaient que nerfs et jointures. Quand il parlait, l'une d'elles se levait parfois en un geste hésitant avant de replonger.

— J'aurais jamais dû partir, dit-il. Ici, j'ai du temps pour réfléchir, mais ça donne rien, je tourne en rond. J'ai été lâche de laisser Hubert là-bas. J'aurais dû le convaincre de sortir lui aussi.

— T'as fait ce qui était nécessaire à ta survie. Je me chargerai d'Hubert. En attendant, je t'ai apporté de la lecture. Fais-en ce que tu veux.

Rachel lui avait trouvé un livre sur les sectes et leurs méthodes. Malick le posa sur le lit ; il était temps que Dan commence à se faire une idée objective du milieu qu'il avait quitté. Samuel haussa un sourcil inquiet, mais le jeune adepte regarda à peine le livre. Il scruta plutôt la pièce comme s'il espérait y découvrir quelque chose de nouveau. C'était un local commercial vacant, à la fois triste et impersonnel. Le rez-de-chaussée était pire : pièces vides, rares meubles couverts d'une couche de poussière qui se soulevait à grands essaims quand on passait trop vite, le tout éclairé d'un mince faisceau de lumière qui se glissait entre le cadre de la fenêtre et le rebord du papier dont on avait couvert la vitre. Ici à l'étage, il y avait une petite salle de bain sans bain, un lit et divers accessoires que Samuel avait placés là quelques jours plus tôt pour tourner une scène de motel. Il y avait déjà trois mois que le dernier locataire avait déclaré faillite, victime des bêtes réalités économiques. Le propriétaire du local, un cousin de Samuel, cherchait encore un entrepreneur assez optimiste pour y emménager. Ce n'était rien de très confortable, mais personne n'allait soupçonner la présence de Dan ici.

— Je veux comprendre ce que tu as vécu, dit Malick. Je veux savoir ce que vous apprenez. Hier, déjà, tu parlais des jours…

— Ah, ça… C'est un des premiers exercices. On apprend à se passer de ce qu'on tient pour acquis. Bon, les jours de la semaine, c'est inoffensif, mais il y a d'autres idées aussi élémentaires qui sont dommageables, pis il faut s'en débarrasser. Parce que c'est ça, la force du faux : ça devient imprimé dans nos habitudes.

Il se massa le genou ; ses mains étaient habitées d'un léger tremblement.

— T'as quel âge ? dit Samuel qui cachait mal son étonnement.

— Vingt et un ans. J'ai été initié il y a trois ans.

— Tu sais, dit Malick, à ton âge, moi... bon, je suis pas un bon exemple : à ton âge, j'ai essayé d'invoquer Mammon pour qu'il me fasse gagner à la loto. Mais la plupart des gars de ton âge se soucient surtout de courir après les filles.

Dan eut un faible sourire ; son premier depuis que Malick le connaissait, en fait.

— Ça, je l'ai fait en masse. Mais à force de me le faire dire par mes blondes, j'ai fini par comprendre que j'avais des problèmes à régler. Les Insoumis m'ont aidé à comprendre mes problèmes, à m'améliorer... Mais le mouvement aussi a ses problèmes. Ces temps-ci, il y a... celui que j'ose pas nommer... comment tu voulais l'appeler, hier ?

— Qui ? Ah... Ernest ?

— Ouais, « Ernest »... Depuis un bout, Ernest est impatient. Ça me fait peur. Déjà qu'il a toujours été redoutable... Peux-tu me parler de lui ? Tout ce que je sais à son sujet, c'est ce que les Insoumis m'ont dit.

Voilà qui était embêtant. Ainsi, Kelzid – Ernest pour les intimes – pouvait faire preuve d'impatience. Ça ne ressemblait pas au principe de l'arbre dépeint par la « Méditation pour un monde meilleur », ni au réseau de pouvoir que lui et Frédé s'étaient imaginé. Impatient, redoutable... Malick associait surtout de tels termes à l'exécuteur, ce qui ne cadrait pas du tout. À moins que les Insoumis en soient venus à le vénérer et à lui prêter des attributs divins, à faire de lui un symbole. Si Geoffroy était mort, il avait bien fallu que ses disciples se rabattent sur quelqu'un d'autre.

— En fait, dit Malick, je l'ai rencontré une fois seulement face à face. Je sais qu'il est puissant, et redoutable, oui. Mais vous… vous le vénérez ?

— Ça te surprend ? J'ai jamais connu rien de si grand. C'est une force naturelle. Tu l'as sûrement pas rencontré face à face ; t'as rencontré son réceptacle, plutôt. « Ernest », comme tu l'appelles, c'est…

Il s'arrêta sec. Son tremblement s'accentua, son dos se courba un peu plus…

— Je peux pas croire que je suis sorti. T'en sais pas beaucoup, hein ? Tu te penses plus futé que nous autres, mais tu sais pas grand-chose.

— Je sais que t'as bien fait de partir. Tu te sentais en danger là-bas, inutile de le nier. T'avais raison, aussi. Oublie Ernest un instant : les *idées* que vous apprenez sont dangereuses. Je connais quelqu'un qui est passé par où t'es passé. Quand vous entrez dans ce groupe-là, c'est facile de croire que vos dirigeants sont bien intentionnés, qu'ils vont vous montrer comment bâtir un monde meilleur…

— Mais ils ont raison ! Tu trouves que ça fonctionne, le monde où tu vis ? T'es entouré par le faux.

— Même si c'était vrai, ça excuse en rien ce qu'Ernest vous fait subir, son espèce de règne de terreur…

— Mais c'est son rôle ! Kel…

Il s'arrêta avant de prononcer le nom, se ressaisit et continua :

— Ernest est l'arbre et la foudre. Comme les racines de l'arbre brisent le roc pour trouver l'eau,

Ernest brise l'emprise du faux pour atteindre la vérité. En tant que foudre, il doit être impitoyable, frapper là où il faut frapper, punir les agents du faux. Il nous punit, nous, si nos erreurs l'exigent. Il nous façonne en quelque chose de mieux. En tant qu'humains, on peut pas nier notre nature violente, mais on peut la canaliser pour atteindre des buts nobles. C'est une des choses qu'Ernest représente pour nous.

Tout en écoutant ce discours trop bien appris, Malick avait sorti de sa poche le dépliant de la Repousse. Il le regarda à l'endroit, puis à l'envers. La tête en bas, l'arbre dénudé avait plutôt des allures d'éclair. Olivier Boyard ne lui avait pourtant rien dit par rapport à la foudre. Le discours des Insoumis semblait avoir évolué depuis Montréal, et dans une très mauvaise direction.

— L'arbre et la foudre…, dit-il, songeur.

— Ça peut pas être autrement.

Ils discutèrent encore quelque temps, Malick faisant preuve d'un tact inhabituel. Il amena Dan à parler encore de la mort de l'oncle de Rachel ; le jeune adepte fournit une description plus précise de l'homme que le réceptacle était allé rencontrer en forêt. Samuel, étonné, put le nommer avec quasi-certitude : Parenteau. Le chef de la pègre locale avait eu, selon Dan, plusieurs rencontres avec les Insoumis. Peut-être ceux-ci avaient-ils joué un rôle dans sa disparition…

Quand Malick mentionna la possibilité que Dan offre son témoignage à la police, l'adepte se referma aussitôt sur lui-même. Malick lui laissa un peu de répit. C'était du travail délicat que de vaincre le conditionnement d'un adepte. Il aurait dû recourir à un professionnel. S'il avait été à Montréal, il aurait su qui appeler. Pouvait-il faire venir un expert à Saint-Nicaise à si courte échéance ?

Pendant que Dan était aux toilettes, Samuel ouvrit la porte d'un petit débarras pour montrer à Malick une télé à l'écran crevé.

— C'est lui qui a fait ça ? dit Malick.

— D'après toi ? J'ai voulu écouter les nouvelles, c'est tout, et il flanqué un coup de chaise dans la TV. Il dit que « la télé est un instrument du faux ». On a eu beau le traiter aux petits oignons et éviter de lui poser des questions sur la Repousse, comme tu l'avais demandé… il reste encore très tendu.

— Je suis désolé, je le pensais plus doux que ça. Dès qu'on aura vaincu les Insoumis, je verrai à te faire dédommager.

— Ouais, ouais, ouais… En attendant, j'ai l'impression qu'il vaut mieux lui occuper l'esprit. Je pourrais lui demander de m'aider avec mon scénario, de donner son avis sur certaines scènes… Il trouve intéressant que je fasse du cinéma. Le cinéma aussi, c'est du « faux », mais je peux lui demander en quoi on pourrait donner dans le vrai.

— C'est bon. Je te laisse lui proposer ça pendant que je vais chercher à manger.

Malick sortit discrètement et alla cueillir frites et burgers chez le Prince de la patate. Il aurait préféré du libanais, mais à Saint-Nicaise, aussi bien espérer du martien. À cette heure, l'endroit était bondé et personne n'allait se demander pour qui il commandait toute cette nourriture. Il fit quelques détours en rentrant pour ne pas bêtement refaire son trajet en sens inverse. En variant ses itinéraires, il évitait de créer un tracé unique que certains pourraient lire et suivre pour retrouver Dan. À Montréal, à l'époque où il était messager à bicyclette, il avait moins à se soucier de ce genre de choses. Toutes ces heures passées à parcourir le centre-ville en tous sens contribuaient à brouiller ses pistes.

Au retour, il eut la satisfaction de voir Dan étudier le scénario de Samuel. Il lui offrit à manger et tenta une nouvelle approche :

— Pose-moi des questions. Si tu veux pas parler, fais-moi parler, plutôt.

— T'as rien de bon à me dire.

— Essaie.

Dan mâcha quelques frites en silence, puis dit enfin :

— Comment il était, Victor ?

Malick étala ce qu'il savait tout en guettant les réactions de Dan. Ce dernier sembla reconnaître les noms de certains des collaborateurs de Victor ; peut-être ceux-ci étaient-ils encore actifs. Il se montra intéressé jusqu'à ce que Malick le vexe en laissant paraître son dédain envers le gourou.

— Tu le comprends pas, dit Dan. Je sais que Victor était imparfait. Ce qui compte, c'est les enseignements qu'il nous a laissés. Mon père y croit toujours, mais il aime pas la manière dont les Insoumis ont changé depuis Montréal. C'est pour ça que j'espère encore qu'il puisse les laisser derrière pis venir me rejoindre.

Malick s'efforça de dissimuler sa surprise. Ainsi, Dan était le fils d'Hubert ! Samuel, étonné lui aussi, allait poser une question mais Malick lui fit signe de se taire. Le jeune adepte, songeur, n'avait rien remarqué. Après un long silence, il demanda timidement :

— La fille qui était avec toi… Rachel. Est-ce qu'elle va revenir ?

Heureux d'avoir trouvé un sujet qui intéressait Dan, Malick répondit à ses questions, expliquant entre autres les liens qu'avait Rachel avec Samuel et avec lui-même. Ayant remis le jeune adepte plus à l'aise, il se risqua à demander :

— Comment ça se passe, sans Victor ? Ton père, il est haut placé ?

— Plutôt, oui. Même que... ça m'impressionnait au début. Faut dire que j'étais plus superficiel, pis je me disais : je vais être logé pis nourri, ça me coûtera rien, pis mon père a de l'autorité là, j'aurai la vie facile.

— Et la réalité, en fin de compte ?

— Hubert se laisse enfler la tête un peu. Lui pis les trois autres Gardiens du Miracle se prennent pour les Beatles, on dirait, des fois. Pis moi, il y a des tas de choses que j'ai pas le droit de savoir. Ils nous donnent les révélations au compte-gouttes.

— Les Gardiens du Miracle, t'as dit ?

— Oui, c'est le rang le plus haut dans l'organisation. Je sais pas encore c'est quoi, le Miracle. J'ai l'impression que ça a rapport avec Victor, un héritage qu'il nous aurait laissé, peut-être. Quelque chose de précieux, mais de fragile aussi. Les Gardiens ont leurs réunions séparées, au fond du terrain vers le lac, là où personne ose aller. Ce que je sais, c'est que devenir Gardien du Miracle, c'est l'honneur le plus élevé. Hubert dit que je vais y arriver un jour, mais... je suis pas sûr de le vouloir.

— Pourquoi ?

— Je vois comment mon père trouve ça dur : ses responsabilités, ses disputes avec le réceptacle. Il a besoin de... d'Ernest, mais il en a peur aussi. « Ernest brise ses jouets », qu'il m'a dit déjà. Des fois, je me demande si on est pas ses marionnettes, au fond. Ernest est censé être un allié, mais j'ai peur qu'il nous prenne pour ses serviteurs. Depuis le début,

Hubert me dit que ça va aller mieux, que Victor va revenir nous guider un jour. Mais j'ai l'impression qu'il y en a plusieurs qui se contenteraient de l'oublier pour laisser le réceptacle tout diriger.

Il abandonna la moitié de son burger : « Alourdir l'estomac, ça alourdit l'esprit aussi », expliqua-t-il. Il parla encore de son père quelque temps, puis Malick lui demanda s'il connaissait la vieille dame et l'homme au béret qui étaient venu l'avertir peu après son arrivée à Saint-Nicaise. Dan ne savait rien de l'homme.

— Susannah, par contre… elle est bizarre. J'essaie de l'éviter autant que possible. Il paraît qu'elle s'est rebellée contre Ernest pis qu'elle en a payé le prix. Je sais qu'Hubert m'a pas tout dit à son sujet.

Malick voulut en savoir plus, mais le cellulaire de Samuel sonna. C'était pour Malick : Rachel l'appelait depuis la mercerie.

— J'ai des gens qui te cherchent ici, dit-elle. Des gens de la Repousse. Hubert Saulnier et la relationniste.

– HUBERT –
L'HEURE DES CHOIX

— C'est un méchant fêlé, ton gars. Paraît qu'il se prend pour un sorcier vaudou, genre. Pis *toi*, tu trouves que j'ai des drôles de fréquentations.

Hubert soupira et se versa un peu du Pepsi que Daniel buvait goulûment. Il posa la bouteille sur cette télévision dont il n'avait pu encore se défaire ; il n'avait qu'elle pour toute compagnie quand il passait la soirée chez lui.

— Je le fréquente pas, dit-il. Je voudrais plutôt l'éviter, même. Il t'a pas vu, au moins ?

— Pantoute ! J'ai parlé à un gars qui travaillait avec lui, il m'a dit que ton Maximilien avait fini son shift. J'ai parlé de bicycles avec lui pendant un bout, assez pour qu'il sache que j'étais pas un ti-cul qui connaissait rien. Après, c'était facile de le faire parler de sa job, pis de ton gars.

Ce n'était pas la meilleure idée d'Hubert : demander à son fils de lui trouver de l'information sur son mystérieux messager. Tout de même, il fallait voir la fierté tranquille qu'affichait Daniel. Son père l'impliquait dans ses projets secrets, lui confiait une tâche délicate... ça devait bien compter pour quelque chose. Et puis, forcé d'aller évaluer le site de Saint-Nicaise en fin de semaine, Hubert n'avait pu faire ces recherches lui-même.

Ce que Daniel avait découvert venait confirmer ses doutes. Maximilien Seko – c'était son nom – avait un curieux hobby. Quand il ne livrait pas, il s'adonnait à toutes sortes d'explorations occultes du genre que Victor avait souvent décrié : des expériences en solo, sans discipline, sans guide, sans un cadre philosophique bien éprouvé. Il offrait ses services à quiconque voulait payer ou lui rendre service en échange. Il disait la bonne aventure, lançait des sorts pour retrouver les objets perdus ou influencer le destin en faveur de ses clients. Il s'improvisait détective, au besoin. Il pouvait bien avoir accepté de travailler pour les Boyard sans savoir à quel point il nuisait ainsi à Olivier.

C'était beau de voir Daniel expliquer ses trouvailles, assis bien à l'aise dans ce salon qu'il n'avait pas daigné visiter depuis des lustres. Hubert sursauta quand on sonna à la porte. Il se leva, osa un coup d'œil par la fenêtre. C'était Susannah, grave à en être sinistre. Où avait-elle trouvé son adresse ? Il n'allait pas la laisser entrer : c'était bien assez de parler de Seko à son fils sans l'exposer en plus aux conflits internes des Insoumis. Il retourna au salon.

— Qu'est-ce qui se passe ? demanda Daniel. T'as l'air nerveux.

— Je peux pas t'expliquer maintenant, dit Hubert. Il faut que je sorte un instant. Fais comme chez toi.

Ça le rongeait d'avoir à se cacher ainsi. Il posa la télécommande devant son fils :

— Soixante canaux, dit-il avant de filer, honteux.

Il enfila un manteau, sortit et entraîna Susannah sur les trottoirs glissants, ignorant ses protestations. Le soleil était bas, aveuglant quand il apparaissait entre les maisons.

— T'aurais pas dû venir me voir chez moi, dit-il. Qu'est-ce qui va pas ?

— Tu le sais aussi bien que moi, répondit-elle. Tu as vu ce qu'ils ont fait à Marco. Et il est pratiquement le bras droit de Victor. Tu penses qu'ils vont hésiter à nous maltraiter encore plus s'ils décident que c'est nécessaire à leurs plans ?

— T'as vu comment Marco l'a pris : il comprenait le sens de sa punition. C'est grâce à son exemple qu'on saura éviter le même sort. Tout le groupe est en danger…

— Je le sais ! Mais penses-tu vraiment que c'est en réagissant comme ça qu'on va jeter les bases d'une société saine ? Qu'on va apprendre à coexister hors du faux ? T'es un homme sensé, Hubert. Tu devrais le voir : oui, Victor est un génie, mais il a perdu son chemin. Il s'accroche à Olivier et tu vois ce que ça nous apporte. Il veut faire trop grand trop vite. Quand tu le défends, t'essaies surtout de te convaincre toi-même.

— Qui d'autre que lui serait qualifié pour nous guider ? Toi ? Torrent ? Je sais que Victor a ses défauts, mais c'est lui qui a tout lancé et qui est lié à Kelzid. On doit discuter avec lui. T'arriveras à rien autrement.

— C'est pas si simple. Plus depuis qu'il prend les grands moyens. Je cours un risque en venant te parler pour essayer de t'ouvrir les yeux. Promets-moi que tu diras rien.

Elle le fixait avec une telle intensité qu'il laissa échapper la promesse demandée avant de pouvoir se ressaisir. Aurait-il le cœur de dénoncer Susannah, de toute façon ? Il devait lui faire entendre raison, mais déjà elle prenait ses distances. Il n'allait pas la poursuivre et délaisser Daniel. Elle se retourna une dernière fois, le visage rougi par le vent.

— Il y en a d'autres qui pensent comme moi, tu sais. Joins-toi à nous avant qu'il soit trop tard.

◆

Au refuge de Victor, le sous-sol était plein d'adeptes en méditation. À l'étage, Marco, Rawlings, Hubert ainsi qu'un adepte architecte recruté l'année précédente faisaient le point sur les sites visités au cours des dernières semaines. À part celui de Saint-Nicaise-du-Sabot, assez prometteur, un autre le long du fleuve avait retenu l'intérêt de Victor.

La discussion s'embourbait quand Victor entra dans la pièce. En quelques questions bien placées, le maître relança le débat de plus belle sous une nouvelle perspective. Hubert s'étonna encore de voir comment sa simple présence emplissait la pièce et énergisait le groupe. Chaque geste du maître était prompt et confiant, chaque silence signalait une réflexion très active et toujours fructueuse. Dans de tels moments, comment douter de la justesse de sa vision ?

Guillaume les rejoignit enfin, porteur de mauvaises nouvelles. Il était allé parler au vieux Rémillard, un retraité qui habitait à une courte distance du sanctuaire, au bord du lac. Il prêtait parfois son quai et son bateau aux adeptes mais ne connaissait rien du sanctuaire. Rémillard avait vu quelqu'un rôder aux environs. Il ne s'agissait pas de Tony Boyard, mais plutôt d'un jeune Noir qui, une fois abordé, s'était présenté comme un universitaire à la recherche d'un écrivain reclus.

C'était le moment pour Hubert de se commettre. Il n'allait pas dénoncer Susannah – pas encore –, mais il devait au moins livrer Seko. Victor avait confiance en lui et il voulait se montrer à la hauteur.

— J'attendais la fin de la réunion pour vous en parler, mais… je pense que je sais qui c'est, votre « universitaire ». C'est probable qu'il travaille pour les Boyard.

Il leur résuma ce qu'il avait appris. Victor se renfrogna et demanda à l'architecte de sortir. Ce dernier s'exécuta sans protester. Il n'était pas prêt à partager tous les secrets du groupe.

— Ça suffit, dit Victor. Nous avons déjà attiré trop l'attention. Et s'il s'agit bien des Boyard qui fouillent encore, il est hors de question qu'on leur laisse Olivier.

Rawlings intervint d'un ton pensif :

— Si on élimine Tony Boyard…

— Si nous faisons ça et qu'Olivier l'apprend, nous allons perdre Olivier. Il est encore trop attaché à sa famille. Il reste l'intimidation, mais Tony Boyard me paraît peu impressionnable. Par contre…

Le ton froid du maître et la tournure de la discussion mettaient Hubert très mal à l'aise. Victor se massa le visage à deux mains ; entre ses doigts, Hubert voyait ses yeux sombres, plus durs que jamais. On le sentait aux prises avec des pulsions complexes, étrangères au commun des mortels.

— Commençons par le « sorcier », reprit Victor. S'il travaille pour les Boyard, nous nous chargerons d'eux aussi. En montrant à Tony Boyard que ses recherches mettent toute sa famille en danger, nous le forcerons à choisir : ou bien il laisse son petit frère vivre la vie qu'il veut vivre, ou bien tout le reste de la famille écope. Tant pis si ça manque de finesse.

Rawlings sourit et partit chercher Azur. Hubert attendit son retour sans savoir s'il était alarmé ou excité à l'idée de se trouver à nouveau en présence de Kelzid.

◆

Maintenant, seul à la fin de toutes choses, Hubert comprenait que, dès ce soir-là, Kelzid avait développé une curiosité nocive face à Seko et à ses pratiques. Azur avait trouvé Seko à ce bar où le messager terminait souvent ses journées. Il l'avait suivi : tel qu'on l'avait soupçonné, Seko s'était rendu droit chez les Boyard. Tony Boyard n'était pas à la maison, mais sa mère et sa sœur s'y trouvaient. C'était suffisant.

Azur, après avoir menacé les Boyard, avait poursuivi Seko sans arriver à exercer sur lui le plein pouvoir de Kelzid. Les lampadaires environnants en avaient pourtant éclaté, mais Seko s'en était tiré intact et avait filé à bicyclette. Le réceptacle l'avait poursuivi, l'avait perdu, et avait mis des heures à regagner la voiture de Rawlings. Ce dernier avait téléphoné pour signaler ce curieux retard ; on s'en serait inquiété si ce n'était du contact ténu que Victor maintenait avec le réceptacle. Le maître n'avait pourtant rien voulu dire des activités d'Azur durant ce temps. Le prétendu magicien, lui, s'était terré. On avait envoyé quelqu'un chez lui et trouvé l'appartement vide.

Victor ne laissait rien au hasard. Il connaissait les Boyard, mais en savait trop peu sur Seko. Il avait donc fait effectuer des recherches. Il devait savoir quel danger Seko pouvait représenter.

La magie du jeune messager était-elle donc réelle ? Sans reconnaître la validité de telles sorcelleries, Victor avait déjà laissé entendre que certains humains étaient doués sur le plan psychique. C'était ce qui lui permettait de communier avec Kelzid mieux que quiconque. C'était peut-être aussi ce que le maître convoitait chez Olivier, ce qui avait valu à Azur son rôle de réceptacle. Et si certains étaient ainsi plus aptes à recevoir Kelzid, peut-être Seko de la même manière arrivait à le refuser. Pour Kelzid, que tout refus contrariait, Seko était une énigme irritante et fascinante.

MARIONNETTES DE CHAIR

Rachel était derrière le comptoir, seule. Laura s'occupait d'un client. Quand elle vit Malick, elle lui lança un regard empreint d'inquiétude.

Hubert et la relationniste se tenaient au fond, silencieux. Hubert s'avança vers Malick d'un pas lent. La relationniste lui serra l'épaule un instant, mais ne le retint pas.

Les deux adversaires se tinrent face à face. Malick espérait qu'Hubert tente l'intimidation silencieuse. Il ne perdait jamais à ce jeu-là; Tony Boyard l'avait entraîné, et personne n'intimidait un Boyard.

Hubert le déçut en demandant simplement:

— Où est-ce qu'on peut se parler?

— Il y a un banc sur le trottoir devant la Bonne Frank-ette. Ça vous va?

Hubert hocha la tête. Malick prit un instant pour parler à Rachel, qui voulait les suivre. Il lui proposa de s'asseoir à l'intérieur de la Bonne Frank-ette pour garder un œil sur lui.

Tous quatre s'y rendirent d'un pas lent. Malick sifflotait parce qu'il voyait que ça agaçait Hubert. « As-tu remarqué comme ils sont nerveux ? » lui souffla Rachel en chemin. Elle entra parler à Frank tandis que les trois autres s'assoyaient dehors sur le banc, la relationniste entre les deux hommes.

— Rends-moi mon fils, dit Hubert. Sa place est avec moi.

— Je te l'ai pas enlevé. C'est lui qui est venu à moi et je l'ai logé en lieu sûr. Vous pourriez fouiller la province d'un bout à l'autre et vous le trouveriez pas. T'aurais dû savoir que ça arriverait : vous l'avez fait fuir, toi pis Ernest.

— C'est qui ça, Ernest ?

— L'abomination que tu vénères. Kelzid. Je l'appelle Ernest, ça fait plus sympathique.

— Tu devrais pas te mêler de ce que tu comprends pas.

— Si tu savais combien de fois j'ai entendu ça… Aide-moi à comprendre, d'abord. En quoi ça aide ton fils de se laisser dicter sa vie par un groupe d'illuminés ?

— Dan a besoin d'encadrement, dit la relationniste. J'en prends soin, tu sais. Il a du potentiel, il a un avenir avec nous. Tu sais pas de quoi tu le prives.

— Il était malheureux à Montréal, dit Hubert. Il faisait des mauvais choix, il avait besoin qu'on le guide.

— Parce que c'est mieux si vous faites ses choix pour lui ?

Voyant qu'Hubert hésitait, Malick continua sur un ton plus doux :

— Tu vois, t'es même plus sûr de tes propres choix. Tu te rappelles ce que je t'ai dit à ton bureau déjà ? Il est pas trop tard pour abandonner. Tu tiens vraiment à ce que ton fils te suive alors que t'es même plus certain d'être sur la bonne voie ? En poursuivant le rêve de Victor coûte que coûte, tu te causes du mal et tu en causes aux autres. C'est la peur d'Ernest qui t'empêche de partir ? Dis-moi, tiens : s'il est si puissant, pourquoi il a pas déjà trouvé le moyen de récupérer Dan ?

— Je voulais d'abord te montrer qu'on pouvait avoir un échange civilisé.

Hubert avait répondu d'un ton ferme, mais Malick décelait chez ses deux interlocuteurs la nervosité que Rachel lui avait signalée. Il croyait même en deviner la cause.

— C'est plus très harmonieux, votre groupe, est-ce que je me trompe ? Quand je suis arrivé en ville, quelqu'un chez vous m'a livré un avertissement sans te consulter. Et là, je gage que vous avez dit à personne que vous veniez me parler. Vous êtes plutôt nombreux là-bas : s'il manque un adepte, ça peut passer inaperçu un instant. Et comme t'es haut placé, boss, la plupart vont te croire si tu leur dis que Dan a une bonne raison pour être absent.

Il avait marqué un point, il en était presque certain.

— Et si vous êtes nerveux, reprit-il, c'est parce qu'*Ernest* est pas au courant. Il va se fâcher, c'est sûr. Je pense que c'est à moi de vous proposer quelque chose. Ici, je suis plutôt copain-copain avec la police. Accompagnez-moi au poste, faites une déposition et je verrai à ce que Dan et vous deux soyez placés quelque part où vous pourrez vivre en paix comme une belle petite famille dysfonctionnelle. D'accord ?

Hubert se leva en le toisant :

— Tu sais que tu prends ta vie entre tes mains ?

— Chaque jour, boss. Chaque jour.

Il alla rejoindre Rachel à l'intérieur du restaurant. Tous deux regardèrent Hubert et la relationniste s'éloigner jusqu'à les perdre de vue. Puis, ils reprirent le chemin de la mercerie, Malick résumant sa discussion en chemin. Rachel s'en voulait de ne pas avoir deviné plus tôt qu'Hubert et Dan étaient père et fils.

— Et la mère de Dan? demanda-t-elle, attristée par toute l'histoire.

— Divorcée. Elle vit encore à Montréal.

— Est-ce qu'elle sait que son fils est ici?

— Probablement pas. J'ai l'impression que Dan a coupé tout contact avec son ancienne vie. Le tri par le vide! Il est disparu dans la nature, c'est le cas de le dire.

— Sa mère l'a peut-être signalé comme personne disparue. On pourrait appeler la police et faire valoir que Dan était retenu à la Repousse contre son gré. C'est du lavage de cerveau qu'ils font là-bas, non? Ça voudrait dire qu'il n'était pas responsable de ses décisions...

— Difficile à prouver. Si jamais Dan refuse de voir sa mère, on risque de le perdre. Il a suivi son père ici de son plein gré, j'en suis à peu près certain. Et Hubert est pas fou: il a attendu que son fils soit majeur avant de reprendre le contact.

Par un accord tacite, ils firent un détour par Bouthillier. C'était d'ordinaire la rue la plus achalandée, et la présence des passants était rassurante.

— Mais parlons de toi, lança soudain Malick. Ça m'inquiète qu'ils aient pu te trouver si facilement.

— C'est pas sorcier. La ville est petite, et je fais un travail où je vois plein de gens et où plein de gens me voient.

— Justement... tu voudrais pas prendre congé quelques jours? Sortir de la ville?

— Tu te rappelles que tu m'avais demandé pourquoi j'étais restée ici, à Saint-Nicaise? On a chacun nos raisons, tu sais. Kevin est venu ici parce qu'on lui offrait du boulot et la chance d'être son propre patron. Samuel *apprécie* qu'il se passe rien ici : c'est un vide à remplir, pour lui, un potentiel. Il sait s'occuper n'importe où. Boris est peu ambitieux, il a tout ce qu'il lui faut ici. Laura attend de trouver le prince charmant qui l'emmènera vivre dans son château – je dis pas ça pour être méchante, c'est elle-même qui le dit en blaguant juste à moitié.

Elle prit le temps d'embrasser la rue du regard – les façades *boomtown* déjà ternes, les enseignes neuves faisant écho aux couleurs des bacs de fleurs, les commerces vides, les vitrines blanches de soleil, les passants buvant ce qui restait de l'été – avant de continuer :

— Moi… je suis bien ici. J'ai quelques bons amis, plein de connaissances… Même les inconnus ont des visages qui me sont devenus familiers à force de les croiser dans la rue. Mais aussi… ici, je peux vivre avec mes erreurs. Tu vois le Dollarama, juste là ? Quand j'avais douze ans, c'était une roulathèque. C'est là que j'ai embrassé Matt Lussier pour la première fois.

— Pas Matt Lussier, le…

— Oui, lui. C'était une erreur, mais je choisis de m'en souvenir. Je me rappelle la fois où je t'ai suivi sur le toit de l'épicerie, aussi, mais ça ne m'empêche pas d'y faire mes courses. J'ai vu trop d'amis partir d'ici en pensant qu'ils laisseraient leurs problèmes derrière et qu'ailleurs tout irait mieux. C'est une illusion. Moi, j'ai choisi de rester et d'accepter les conséquences des erreurs que j'ai commises ici. La ville garde mes souvenirs, il y a des gens ici qui me connaissent depuis que je suis née. Je vais pas me sauver parce que tu penses que je suis en danger. J'y suis, j'y reste.

Il posa une main sur son épaule.

— Rachel, je sais pas si je te l'ai déjà dit, mais t'es plus brave que moi.

◆

Le lendemain en fin d'avant-midi, Malick, l'esprit bouillonnant, marchait avec Frédé. La ville était tranquille, exception faite du passage lointain d'une ambulance. Malick épiait son ombre trop courte et évitait de marcher sur les fentes du trottoir. Ils entrèrent dans la mercerie et Frédé alla droit au comptoir pour saluer Rachel. Laura y était aussi et vint demander à Malick, sur un ton de conspiration :

— Pis, toi pis Rachel ?

— Quoi ça, moi pis Rachel ?

— Tu sais que ça fait une semaine que t'habites chez elle ?

Malick ne s'en était pas rendu compte. Il voyait le salon de Rachel comme son quartier général ; la présence de Rachel lui était confortable, à part pour ces moments où il cessait de s'occuper l'esprit et où sa libido resurgissait. Il se fit un point d'honneur de détromper Laura, qui se plaisait à croire qu'il se passait à l'appartement des choses indécentes.

À bien y penser, il s'y était déjà installé une curieuse domesticité. La veille, Rachel avait tenu à inviter Frédé à souper. Frédé s'était bien comporté et avait même eu avec elle une conversation apparemment normale pendant que Malick faisait une nouvelle série d'appels de recrutement.

Ce matin, il avait encore parlé au Krew et même à Rodolphe qui, bien que toujours ébranlé, avait accepté de contribuer. Malick et Frédé étaient ensuite passés au bureau de Kevin. Ce dernier avait complété le contre-mème avec brio, mais ne l'avait remis à Malick qu'à contrecœur. Il acceptait mal – tout comme Frédé, d'ailleurs – de ne pas avoir accès à Dan, de ne pas pouvoir lui parler et ainsi mieux comprendre ce qui se passait à la Repousse. Malick voulait bien transmettre à Dan certaines de ses interrogations mais tenait à ménager l'adepte : pas question de lui imposer de nouveaux visages avant qu'il soit plus solide.

Ayant lancé le contre-mème, lui et Frédé étaient venus reprendre à la mercerie leurs discussions théoriques de la veille. Si Rachel tenait à travailler là où les Insoumis pouvaient la retrouver, Malick allait au moins veiller sur elle. Il la rejoignit derrière le comptoir et lui planta un bec sur chaque joue.

— Tu devrais pas être en train de t'occuper de Dan, toi ? dit-elle. Samuel a d'autres choses à faire.

— C'est vrai que c'est beaucoup demander à un homme de carrière comme lui...

Il s'empressa d'enchaîner, voyant l'air exaspéré de Rachel :

— Sérieusement, ils s'entendent bien, tous les deux. Samuel l'a convaincu de lui donner un coup de main pour son prochain scénario. Ça va tenir Dan occupé, l'amener à socialiser avec quelqu'un hors de la secte, et peut-être qu'on pourra mieux le comprendre à travers cette interaction-là. De la thérapie par l'art, rien de moins ! Moi, j'ai un grand rituel à organiser.

— Je vois encore mal comment une poignée de lunatiques à Montréal et ailleurs vont régler notre problème ici.

— Ils vont pas tout régler, mais ils forment une partie de la solution. Ils sont durs à convaincre, plus durs encore à coordonner... et pourtant, ça progresse. J'ai obtenu l'aide du Seagull Krew. Ils ont même accepté d'inclure Rodolphe dans leur rituel. Il vient de rentrer à Montréal, je l'ai su en appelant chez sa blonde à Val-d'Or.

— Il me semblait que son « voyage astral » à la Repousse l'avait plutôt terrorisé…

— Il veut pas y retourner, mais il est bien prêt à essayer de faire de la magie à distance.

— Et pour vous qui vivez ici au centre de l'action, dit Frédé, l'inqualifiable Malick et moi-même avons élaboré une théorie sur la nature du danger.

Il s'était perché sur un tabouret à côté du comptoir et avait enfilé une redingote qui lui donnait des allures de chef d'orchestre. Laura vint s'asseoir sur le comptoir pendant que Malick se lançait dans son explication.

— Ça m'embêtait que l'exécuteur que j'ai connu à Montréal ressemble si peu à l'espèce de cicatrisé que Louis et son partenaire ont vu ici. J'avais peur qu'il ait le pouvoir de modifier son apparence. Mais les Insoumis ont un autre nom pour l'exécuteur : le réceptacle. D'après le peu que Dan m'a dit, je soupçonne que l'exécuteur soit un être tout à fait humain qui « reçoit » la puissance d'Ernest, que la secte considère comme une sorte de force naturelle.

Rachel, menton posé sur ses mains fines, dit d'un ton songeur :

— Un peu comme tes histoires de gens qui se font chevaucher par des *loas* vaudou…

— Un peu comme ça, oui. Mais plutôt qu'un loa, on a affaire à une entité encore jamais cataloguée.

— Personnellement, dit Frédé, ça m'étonnerait qu'Ernest soit aussi puissant et fondamental qu'on le dit alors que je n'en ai jamais entendu parler hors des enseignements des Insoumis. Ce qui nous amène à soupçonner qu'Ernest pourrait être une *thoughtform*.

— Une pensée concrétisée, disons, précisa Malick. Ou un égrégore, comme on dit des fois en…

Il s'arrêta soudain : comment expliquer simplement ce concept ? Dehors, on entendait la brève plainte d'une sirène de police, le long soupir du vent, le jappement d'un chien minuscule…

— En gros, reprit-il, c'est une technique que certains utilisent pour se créer une sorte de serviteur magique. Tu commences par définir la forme et la fonction du serviteur. Disons que tu caches tout ton argent dans ta garde-robe. Tu t'imagines un gros chien féroce qui va monter la garde devant. Quand t'as l'image bien en tête, tu fais un rituel pour lui donner un nom, pour lui donner naissance. Les idées ont du pouvoir : la doctrine aryenne d'Hitler, par exemple, avec les conséquences qu'on lui connaît. En nommant ton chien, tu crées une idée très précise. Ensuite, tu canalises de l'énergie dans cette idée-là : par d'autres rituels, par des sacrifices, peu importe. Plus tu lui consacres d'énergie, plus ton chien va acquérir une existence tangible, tant et si bien que si un voleur entre chez vous, il va voir le chien devant la garde-robe et ça va l'effrayer.

— Et ça marche ? demanda Laura, fascinée.

— Il paraît, oui. J'ai jamais essayé…

— Moi oui, dit Frédé, mais je m'abstiendrai d'en discuter. Mauvais souvenirs.

Rachel parut sur le point de l'interroger, mais préféra se tourner vers Malick.

— D'accord… Et vous pensez qu'« Ernest » aurait été créé de cette façon-là ?

— Peut-être. Ça se fait bien en groupe. Victor Geoffroy aurait créé l'idée d'Ernest, qui serait devenu un point focal pour les espoirs de ses disciples. Avec tous les gens qui méditent là-bas, la

Repousse agirait comme une batterie pour Ernest. Le texte de méditation distribué sur Internet servirait à renforcer l'idée en la « vendant » au plus de monde possible… Qu'est-ce que vous en pensez ?

Laura secoua la tête.

— Moi, j'en reviens pas que t'aies trouvé un policier qui accepte de s'embarquer dans des histoires comme ça.

— Avec lui, je garde la théorie au minimum. De toute manière, je sais pas s'il va encore me prendre au sérieux après ma fausse alerte au Rocksteady.

La porte s'ouvrit et Laura se leva pour recevoir le client. Frédé, Rachel et Malick restèrent au comptoir, silencieux, n'osant pas continuer la discussion occulte en présence du client et ne sachant pas de quoi parler autrement. Le téléphone les tira de leur embarras.

— C'est Samuel, dit Rachel. Ton policier vient de l'appeler, il essaie de te joindre. Paraît qu'il avait l'air bouleversé.

Malick téléphona à Louis, qui répondit presque aussitôt.

— Je suis au Rocksteady, Malick. C'est… T'avais pas la bonne journée. C'était aujourd'hui. C'était aujourd'hui…

Malick raccrocha et sortit de la mercerie en courant.

◆

La mort dans l'âme, Malick contempla les scellés jaunes devant la porte du Rocksteady. Une ambulance était garée devant et trois voitures de police bloquaient la rue. Deux agents s'affairaient à couvrir d'une grande planche de contreplaqué la vitrine fracassée. Une foule de curieux se rassemblait le long des rubans délimitant la frontière entre le quotidien et l'impensable.

Malick chercha Louis. Il trouva la ruelle bloquée elle aussi. Un policier bedonnant et ridé, l'air solennel, l'empêcha de passer. D'ici, Malick pouvait tout juste apercevoir la fourgonnette de police et les quelques agents qui s'affairaient autour de la porte arrière du bar. Louis se détacha du groupe et vint le rejoindre, hagard, le col défait.

— C'est bon, il est avec moi, dit Louis à l'intention de son collègue.

Malick s'empressa de contourner les chevalets et, posant une main sur l'épaule de Louis, s'approcha de la scène du crime. À trois reprises, le policier lui demanda de ne toucher à rien; il guida les pas de Malick et, malgré son trouble évident, continua à scruter le sol en quête d'indices.

— J'ai jamais vu ça…, disait-il tout bas.

Un policier sortit du bar, croisa Malick et Louis sans réagir à leur présence, et tira un paquet de cigarettes de sa poche de chemise avec des gestes très lents. Malick fit un pas à l'intérieur.

Un éclair l'aveugla, puis un autre. Un homme photographiait les lieux sous tous les angles à l'aide d'un appareil photo encombrant et démodé. Des corps gisaient partout. Accroupi au fond de la scène, un technicien immobile semblait inspecter le plancher de près. Blêmes, deux ambulanciers désœuvrés discutaient à voix basse près de la porte. Le technicien ne bronchait toujours pas : Malick comprit qu'il s'agissait plutôt d'un autre cadavre affalé là, à demi recroquevillé sur lui-même.

Des taches sombres, résidus du flash, dansaient devant les yeux de Malick et lui obscurcissaient la scène.

Personne ne lui prêtait attention : le photographe continuait son travail, trop concentré sur les morts pour remarquer les vivants. D'où il se trouvait, Malick voyait une dizaine de cadavres. Quatre d'entre eux étaient à la table près de l'enseigne des toilettes, tous affalés vers l'avant, le front contre le bois luisant de sang, leurs têtes se touchant presque. Plusieurs jonchaient le plancher comme des jouets tombés d'un camion de livraison ; leurs membres décrivaient des angles défiant leur anatomie. Un autre gisait sur le dos en travers du comptoir, le torse plié vers l'arrière, la tête près du plancher. Malick ne reconnut pas tout de suite ce visage renversé et grimaçant. Il remarqua d'abord le miroir fissuré, les rangées de bouteilles éclatées... Puis son regard revint à l'homme drapé sur le comptoir : c'était Thomas. Et par terre, là, c'était l'homme rondelet qui buvait avec lui hier...

Même entre les flashes, la scène avait un aspect irréel. L'endroit était méconnaissable, Malick ne l'ayant vu que de nuit, sous un éclairage tamisé. *C'est étrange, un bar le jour. Tellement... dénudé.*

Malick savait qu'il s'attardait à ces réflexions anodines pour ne pas avoir à assumer toute l'horreur de la scène. Ça viendrait plus tard : le dégoût, la culpabilité, la peur. Pour l'instant, il se trouvait dans un léger état de choc et il en était reconnaissant.

— Bon, v'là le voyeur, asteure.

Malick se tourna, fit face à Paul-Émile et tenta de s'expliquer. Le policier l'ignora et s'adressa plutôt à Louis :

— Veux-tu me dire ce qu'il fait à l'intérieur du périmètre ? Va prendre un *break*, Louis, pis amène-le avec toi, OK ?

Malick suivit Louis sans protester jusque dans le stationnement de l'épicerie, loin de la foule des curieux. Il lui semblait que l'odeur le suivait : les relents mêlés de sang qui sèche, de sueur âcre, d'alcool renversé.

— Combien ? demanda-t-il.

— Onze, dit Louis. Le gérant du bar, quelques « hommes d'affaires » pas très respectables venant d'ici et d'ailleurs dans la région, et... Parenteau, dont le retour est aussi inexplicable que son départ l'avait été. Quelques petits *dealers* aussi...

— ... dont Thomas...

— Tu connais Thomas Caouette ?

— On a été à l'école ensemble, v'là mille ans. C'était un cave, mais je lui aurais pas souhaité ça pour autant.

Louis jeta un coup d'œil en direction du bar.

— T'avais quand même raison, pour les éclairs. Les photos...

— Oui, je suis sûr que tout ce beau monde-là m'en est terriblement reconnaissant... Ah, ciboire, c'est trop gros, tout ça, on est pas prêts...

Il lui semblait que plusieurs des passants lui lançaient des regards méfiants. Aperçu ainsi à discuter avec un policier, il devait prendre des allures de témoin à leurs yeux, voire de suspect.

— Ça fait longtemps que c'est arrivé ?

— La vitrine aurait éclaté il y a trois quarts d'heure, selon les témoignages. Personne a vu ceux qui ont fait ça. Tout le monde est en alerte. On trouvait qu'on manquait d'effectifs ; attends de voir combien ils vont mettre de gens sur cette affaire-là maintenant...

Louis expliqua que le bureau de la municipalité régionale de comté envoyait une équipe : le poste auxiliaire que la Sûreté du Québec tenait à Saint-Nicaise suffisait tout juste à assurer la routine. Pour l'examen approfondi des cadavres et de la scène du crime, on allait devoir attendre l'arrivée de techniciens de Montréal.

Malick ne supportait plus de rester planté là à discuter, à quelques pas de ce carnage qu'il n'avait pu empêcher. Il laissa Louis derrière et longea l'épicerie, cherchant quoi faire, où aller, qui interroger. Son regard revenait sans cesse au mur de l'épicerie, à ce toit où il avait connu un moment d'impuissance qui lui rappelait un peu celui-ci.

L'enseigne de l'épicerie avait été refaite et le stationnement renivelé, mais le mur de la baie de chargement était toujours fait de ces briques proéminentes faciles à escalader. Malick s'élança et grimpa : tout sauf l'inaction. Une fois sur le toit de la baie, il lui suffit d'un bon élan pour s'agripper et se hisser sur celui de l'épicerie. Quelqu'un en bas le hélait, mais il l'ignora. Il avait toujours aimé grimper ; dans chaque nouvelle ville où lui et son père déménageaient, il cherchait les hauteurs pour mieux connaître le terrain.

Il scruta les environs. Il ne savait pas ce qu'il espérait voir : les « Gardiens du Miracle », peut-être, attablés à la terrasse de l'autre côté de la rue et trinquant à leur réussite ? Autour du Rocksteady, les gens continuaient de discuter en petits groupes anxieux, s'étirant le cou dans l'espoir d'avoir quelque chose à raconter en rentrant chez eux. Certains pointaient le doigt dans sa direction. Malick recula pour se placer hors de vue et s'assit, jambes croisées, sur la surface rugueuse du toit. S'il arrivait à se mettre dans le bon état d'esprit, peut-être déclencherait-il une autre vision qui s'avérerait plus utile.

Difficile de se concentrer ici. La chute de Rachel lui revenait à l'esprit dans les moindres détails.

Elle et lui étaient montés ici en pleine nuit dix-sept ans plus tôt, pour fumer et rêvasser en paix. Malick avait pensé l'emmener voir Eddy ensuite. Il avait déjà parlé de lui à Rachel, qui n'y croyait qu'à moitié. Il aurait voulu qu'elle le voie elle aussi. En fin de compte, Eddy l'avait devancé : il leur était apparu soudain sur le toit. Rachel n'avait d'abord rien vu et s'était irritée de regarder Malick parler dans le vide. Eddy, facétieux, s'était précipité sur elle en se donnant des allures de vision d'enfer ; Rachel, prise de frayeur en le voyant enfin, avait reculé d'instinct et elle était tombée du toit. Malick était resté planté là, statufié, un pantin vide de souffle.

Le bâtiment n'était pas très haut, mais Rachel était mal tombée. On avait dû l'envoyer à l'hôpital d'Amos, où Malick était allé la visiter jour après jour, se glissant dans sa chambre au péril de sa vie…

Louis se hissait sur le toit, averti sans doute par l'un des curieux attroupés en bas.

— Écoute, commença Malick…

— Ça va, le coupa Louis, je comprends. Moi aussi, j'aurais besoin de m'isoler un peu.

— Non, c'est pas ça. Je veux juste te dire que je suis désolé. J'aurais dû le voir venir. Je veux dire… J'aurais dû être capable d'être plus précis que ça.

Louis secoua la tête :

— Si on avait été là, aujourd'hui… penses-tu que ça aurait changé quelque chose ? Si tu vois le futur, c'est peut-être que le futur est fixé, non ?

— Je sais pas. Mais à cause de moi, on est allés le mauvais soir et on a rien appris.

Louis eut un petit rire sans humour.

— Moi, j'ai appris que, d'après toi, le Rocksteady est hanté.

— C'est ça, vas-y, moque-toi.

— Paul-Émile y croit pas, il dit que tu as dû entendre parler de Morrissette avant et que tu as sorti sa description pour nous impressionner. Je dis pas que j'y crois, moi, mais tu m'as remis Morrissette en tête. Je m'intéresse à tout. Dans une petite ville, tout se recoupe tôt ou tard…

— Mais voilà, c'est Eddy qui les a tous tués, dit Malick en regrettant aussitôt son sarcasme.

— Il s'appelait pas Eddy. Son vrai nom, c'était Sébastien. Eddy, c'est un surnom que ses copains lui avaient donné.

— Vous aviez l'air de dire qu'il était mêlé à quelque vieille histoire…

— Oui… Paul-Émile déteste en parler, il avait participé aux recherches sans que ça aboutisse jamais. À peu près deux ans avant la mort de Morrissette, deux enfants ont disparu. Dix ans et onze ans. Presque aucun indice. Les gars avaient listé une dizaine de suspects, mais rien de très convaincant. Morrissette était sur la liste. Il a été interrogé deux fois, surveillé pendant un bout, sans aucun résultat. On n'a jamais retrouvé les petits. Dis pas à Paul-Émile que je t'en ai parlé.

Malick, qui regardait au loin, remarqua alors un léger mouvement, une tache de couleur : une tête aux mèches rouges dépassait tout juste au-dessus d'un toit du côté sud de la rue Deschesnes. Il se leva et fit signe à Louis de le suivre. Une fois au sol, il se précipita vers l'autre immeuble, un magasin de meubles à rabais. Quelqu'un avait placé une poubelle à l'envers sous l'escalier de secours. Malick monta en vitesse et s'arrêta au ras du toit. Il y aperçut la serveuse du Rocksteady, accroupie, les bras croisés contre son ventre, le menton sur les genoux, le regard dans le vague. Elle ne réagit pas à sa présence.

Il alla s'asseoir à côté d'elle et passa un bras autour de ses épaules. Elle tremblait de tout son corps.

— Ça va aller, mon ange, dit-il tout bas. Le danger est passé.

Il la sentait vacillante, prête à s'effondrer. Elle ne faisait pas le moindre geste pour écarter les cheveux que le vent soufflait devant ses yeux. Quand Louis apparut à son tour, elle l'ignora lui aussi. Malick fit signe au policier de patienter.

Quelques minutes passèrent. Le silence n'était interrompu que par les brefs murmures chargés de parasites qui s'échappaient de l'émetteur-récepteur de Louis. Puis, la serveuse se mit à parler, le regard toujours plongé dans le vide.

— Ça faisait même pas une heure que j'étais levée…

Louis se tenait à distance respectueuse, juste assez près pour capter le filet de voix qui glissait des lèvres de la serveuse.

— C'était une grosse réunion. Rick avait insisté pour que je sois là, pour m'occuper du service pis embellir la place, comme il disait. Il me faisait confiance.

Elle sembla enfin remarquer sa tignasse ébouriffée. Elle y passa une main nerveuse. Puis tout débloula sur un ton de somnambule :

— Quand ça a cogné à la porte d'en arrière, tout le monde a arrêté de parler. Thomas est allé ouvrir pis y a un gars bizarre qui est entré. Rick s'est levé pis il est allé se planter devant le gars en disant quelque chose comme : « Toi, t'as plus à te mêler de ça. » Rick… il fumait toujours des maudites cigarettes pas de classe, les plus *cheaps* qu'il trouvait, même s'il avait les moyens de se payer des bons cigares à la place. Quand il était pas content, il t'avait une manière de ravaler sa fumée, de tirer là-dessus jusqu'à ce que sa face devienne rouge comme le bout de sa cigarette pis qu'on ait peur que la fumée lui sorte par les yeux. Y était épeurant quand il faisait ça. Je l'ai vu qui s'essayait à intimider le gars bizarre, mais ça marchait pas. Le gars... il a mis ses mains de chaque côté de la tête de Rick, pis il s'est penché pour l'embrasser. Rick avait les lèvres encore pincées sur sa cigarette, mais l'autre, ça l'a pas empêché. J'étais pas loin, j'ai... j'ai entendu le bout de la cigarette qui s'éteignait sur sa langue. Pis à ce moment-là, les lumières ont commencé à baisser. Ben vite on s'est retrouvés dans le noir. C'est là que... c'est là que les bruits ont commencé.

Elle hésita, se recroquevilla encore plus avant de reprendre :

— Je le sais qu'ils sont tous morts. J'ai rien vu, quasiment, mais je sais qu'ils sont tous morts. J'ai entendu Rick gueuler, pis y a eu un grand coup sur le mur du fond, pis j'ai su que le gars le tuait là-bas. J'entendais les autres qui se criaient des ordres, pis j'ai saisi ma chance. J'ai foncé vers la porte d'en avant. Y en a un qui avait eu la même idée : le nouveau, j'oublie son nom. Il a essayé de me pousser, mais je l'ai griffé. Il m'a suivi, il a mis la main sur mon épaule, pis tout d'un coup il était plus là. L'autre gars l'avait rattrapé : dans le noir, j'ai vu ses yeux de maniaque, tout près, ronds comme des trente sous. Il a soulevé le nouveau à bout de bras pis l'a lancé derrière le bar comme s'il pesait rien.

Pour la première fois, elle regarda Malick droit dans les yeux.

— Il m'a vue, là, pis je l'ai vu. Je veux dire… C'était comme s'il y avait juste lui de vrai dans le monde, dans tout l'univers. J'avais le cœur qui roulait à deux cents à l'heure. Il m'a parlé. À moi. Il m'a dit : « Ta vie commence ici. » Moi, j'étais morte de peur, pis en même temps, j'aurais aimé savoir ce qu'il voulait dire. Mais là, les gars lui ont sauté dessus, pis lui, je l'ai vu sourire. Un des gars s'est mis à crier pis à brailler. Moi, je me suis sauvée. C'était tout ce que j'étais capable de faire.

Elle tâta le sol autour d'elle, puis expliqua qu'elle avait laissé son sac dans le bar. Malick sentait qu'elle parlait à moitié pour eux, à moitié pour elle-même. Elle demanda une cigarette et Louis lui en tendit une presque aussitôt. Malick ne l'avait pas vu fumer durant toute leur nuit de surveillance : il devait garder des cigarettes sur lui pour mettre en confiance ses interlocuteurs, un truc de policier que Malick utilisait parfois.

La serveuse s'appelait Tanya. Louis l'interrogea avec un tact exemplaire. Il s'avéra que l'intrus du Rocksteady était le même homme – ou la même créature – que Louis et son partenaire avaient rencontré. Malick ne savait plus quoi penser : il avait eu l'audace de s'en prendre, en plein jour, en plein centre-ville, à une dizaine de criminels endurcis. Et ce, avec une telle férocité…

Tanya finit par se taire et Malick décida de s'éclipser, laissant Louis accomplir son travail de policier.

En descendant, il aperçut Rachel et Frédé discutant non loin du Rocksteady. Il leur résuma ce qu'il avait vu ; sa voix lui semblait à peu près calme. Frédé écoutait les yeux ronds, fasciné, et Malick prenait soin de s'interposer entre lui et la scène du crime au cas où il lui prendrait l'envie d'aller fouiller. Rachel s'assombrissait à vue d'œil. Malick sentait qu'elle avait peine à accepter qu'un tel massacre ait pu se produire si près. Quand il lui dit que Thomas se trouvait parmi les victimes, elle serra les lèvres à les rendre blanches.

— Tu sais que c'est... que c'était un cousin de Laura ? dit-elle. C'était pas un si mauvais gars... on espérait qu'il s'assagisse avec l'âge. Pauvre Laura. Il vaut mieux que je lui dise avant qu'elle l'apprenne autrement.

Elle repartit vers la mercerie pendant que Malick emmenait Frédé à la Bonne Frank-ette. Le resto était plein : les gens y avaient gravité naturellement, désireux de se retrouver en groupe et d'échanger les nouvelles. Les conversations débordaient d'une table à l'autre, amis et inconnus tentant de comprendre cet affront à la normalité de leur existence. Deux couples âgés débattaient fort, le plus maigre des deux hommes pestant contre ce « nid de brigands » et sa « musique d'enfer ». Quelques jeunes femmes buvaient en silence dans le fond ; l'une d'elles cachait mal son chagrin. Plus près de la porte, un groupe s'était formé autour d'un gros homme qui parlait avec la certitude d'un expert télévisé. Sa voix s'élevait au-dessus de toutes les autres.

Frank n'était pas là. Malick et Frédé se placèrent au bout du comptoir et se trouvèrent happés par la controverse qui y régnait. Des bandits dans une énorme voiture noire, les mêmes qui s'en étaient pris au conseiller Brassard, avaient tiré un torrent de plomb à travers la vitrine du bar, disait l'un. Non, disait un autre, c'était une vente massive de drogues qui avait mal tourné. Ce n'était qu'une autre étape dans l'escalade de la violence criminelle à Saint-Nicaise, il y aurait bientôt pire, une nuée de motards viendrait s'abattre sur la ville pour en prendre le contrôle une fois pour toutes. Malick se contentait d'écouter, mais quelqu'un le montra du doigt, disant l'avoir vu discuter avec un policier. Les questions fusèrent et Malick insista pour faire comprendre à tous ces curieux qu'il n'avait pas assisté au drame.

Il ressortit, décontenancé, toujours suivi de Frédé. Il aurait voulu blâmer les Insoumis et mettre les gens en garde, mais il n'aurait convaincu personne : ce n'aurait été qu'une théorie parmi tant d'autres, une note de plus dans la cacophonie. Tout en marchant, il spécula avec Frédé sur la signification du massacre. Il en disait trop, revenait encore et encore sur ce qu'il avait vu, tout ce terrible gâchis qu'il ne pouvait s'empêcher de décrire. Il renvoya Frédé à ses recherches : il serait plus utile à l'abri que sur le terrain.

Malick passa jeter un dernier coup d'œil au Rocksteady. De loin, il vit quelques-uns des policiers regroupés autour d'un grand gaillard brusque et sérieux que Malick n'avait pas encore remarqué : un enquêteur, peut-être. Mieux valait se tenir loin. Que faire alors ? Il songea à rejoindre Rachel, mais se rappela soudain Dan. Une crainte affreuse s'empara de lui : et si le Rocksteady n'avait été pour l'exécuteur qu'un premier endroit à visiter ? Il téléphona à Samuel. Ce dernier le rassura : personne n'était venu, Dan se portait bien. Malick lui dit qu'il arrivait, le temps de passer à la quincaillerie la plus proche.

◆

Quand Rachel rentra chez elle, Malick ne leva même pas les yeux de son travail. À genoux dans le coin du salon, il achevait de sabler la peinture craquelée au bas du mur. Quand il aurait fini ici, il inspecterait le reste de l'appartement, quitte à déplacer toutes les plantes et à tout repeindre si nécessaire.

Rachel vint s'accroupir tout près et lui demanda ce qu'il faisait.

— La peinture était craquée ici. Je vais la refaire. Faut pas prendre de risques avec ça, tout banal que ça paraisse. Ernest pis son maudit symbole… Il y a des craques pis des fissures à la grandeur de la ville. Son influence s'étend, je le sens.

— Peux-tu arrêter deux minutes pour qu'on ait une vraie conversation ?

Il sabla encore un coup, puis se leva pour étirer ses jambes engourdies. L'odeur du plâtre n'arrivait pas à chasser celle du sang qui lui hantait encore les narines. Rachel s'assit dans son fauteuil habituel et posa sur lui un regard par trop perspicace.

— Sois honnête avec moi, dit-elle. Je sais que ce qui s'est passé au Rocksteady t'a donné un coup. Ces gens-là sont morts. C'est pas en rénovant mon appartement que tu vas y changer quelque chose.

— Je suis content que tu le prennes aussi bien. Samuel m'a un peu crié après, lui.

Elle eut un rire incrédule :

— Tu as fait ça dans le local de son cousin ?

— Oh oui. Replâtré, repeint. Je m'attendais à un plus beau résultat. Faut croire que je suis pas doué pour la finition.

— Comment allait Dan ? Lui as-tu dit ce qui s'était passé ?

— Surtout pas. Dan a beau être sorti du groupe, il reste trop fasciné par Ernest. L'influence de ce groupe-là m'inquiète : ce serait déjà mauvais s'ils se contentaient de se nuire entre adeptes, mais là… Avec les Insoumis et tous leurs complices ignorants sur Internet, ça fait des centaines de gens qui versent leurs énergies dans cette espèce de petit proto-dieu meurtrier. Ernest devient plus puissant de jour en jour. Tu l'as vu aujourd'hui : il pense qu'il peut tout se permettre, il se comporte comme si vos vies lui appartenaient. Il…

Il s'arrêta sec. Lentement, il appuya sa tête contre le mur, sentant frotter ses raides cheveux naissants. Il était temps qu'il se rase le crâne. Il avait envie de crier, de fuir, envie de verser une larme pour Thomas et leurs retrouvailles gâchées. Envie d'abdiquer. Il prit quelques longues respirations, puis finit par dire :

— Je peux pas combattre ça. Je vous ai menti, Rachel.

— Mais tu avais raison, pourtant…

— Je suis sûr de rien ! Depuis que je suis ici que je me prends pour l'homme de la situation, pis c'est de la pure *bullshit*. C'est de famille, tiens ! Je pense que j'ai fini par comprendre pourquoi mon père persistait à vivre dans des petites villes de rien où il détonnait comme une tache d'encre sur une page blanche. C'est que comme ça, tout le monde le reconnaissait : il était spécial… Quand il faisait des folies, les gens savaient à quelle maison le ramener. C'était un soûlon, mais il se faisait croire qu'il était un bon vivant. Moi… je me prends pour un héros, je vous parle de mes grands pouvoirs pis de mes aventures extravagantes, mais c'est de la fiction, au fond.

C'était ce qu'il avait trouvé pour se donner un sens. Il avait fait le choix d'être un de ces innombrables héros qu'il lisait sur du papier bon marché.

Eux savaient qui ils étaient; ils vivaient selon leurs propres règles. Ils arrivaient, ils cherchaient, ils trouvaient et ils repartaient vers d'autres aventures. Pourquoi pas lui?

— Quoi, dit Rachel avec un sourire en coin, tu veux dire que toute ton histoire de vaudou, avec le crocodile...

— J'ai peut-être embelli certains détails, oui. Je suis bon pour me foutre dans le trouble, ça, c'est vrai. Mais à part ça... La magie est une question de perception, c'est une question de croyance. Mon talisman d'invisibilité me rend pas *vraiment* invisible, mais si je peux jouer avec la perception de mes ennemis et leur donner l'impression que je fais partie du décor, ça revient au même: pour eux, je suis invisible. Mais pour qu'un sort marche, il faut que je me convainque que ça marche. Ce que je crois, c'est crucial. C'est pour ça, toutes mes histoires. Si je crois que j'ai eu une naissance miraculeuse, ça fait de moi un... un être d'exception. Si je crois que j'ai percé tout seul les plus grands mystères, surmonté tout seul les plus grands obstacles, vaincu tout seul les ennemis les plus terribles, ça veut dire que j'ai pas à m'inquiéter quand je fais face à un nouveau problème.

— Mais il y a une part de vrai, là-dedans, quand même. Tu as des visions, et tu as quand même vécu des choses inhabituelles...

— Oui, pis ça me terrifie! Parlons-en de mes visions! J'en vois juste assez pour savoir qu'en plus de tous les dangers qu'on trouve dans la nature, il existe plein d'autres choses pires encore qu'on saurait pas comprendre. Je pique une jasette avec Eddy, le fantôme le plus pathétique que je connaisse, pis j'en ai des frissons dans le dos! J'en ai vu des fantômes, mais pas comme celui-là. Les autres, c'étaient des échos du passé, rien de plus, comme des films qui se déroulent devant toi. Juste ça déjà, ça fait peur. Eddy me *parle*, lui, pis quand il me regarde dans les yeux, ça me glace. C'est une anomalie dans l'ordre naturel des choses, pis aucun être humain est équipé pour vivre avec ça. Et ça, c'est si je l'hallucine pas, tout bêtement.

— Mais je l'ai vu, moi aussi. Je m'en souviens trop bien.

— Folie à deux, pourquoi pas? Avec la voyance et la magie, y a jamais de certitude. Si ça se trouve, j'ai tout inventé. J'ai hérité ça de ma pauvre mère, mon cerveau me joue des tours. Tu sais combien de fois je me suis surpris à me parler tout seul dans la rue pis à me faire regarder comme si j'étais fou? Pas surprenant que je m'entende si bien avec les itinérants: c'est comme ça que je vais finir un jour.

Le souvenir de sa sortie nocturne, quelques jours plus tôt, lui revint telle une gifle au visage.

— Ha! Y a pas si longtemps, le clochard local m'a *donné* de l'argent! Je suis prédestiné, je te dis!

Il se laissa choir sur le futon. Rachel l'observa quelque temps en silence. Déjà, il s'en voulait d'en avoir tant dit. Qu'allait-elle penser de lui?

— Veux-tu savoir vraiment pourquoi j'ai accepté de t'héberger? demanda-t-elle enfin. C'est parce que je m'inquiétais pour toi. Tu es arrivé comme un cheveu sur la soupe, en fuite, sans bagages. Je te regardais aller avec ton enquête, et tu me semblais juste un peu *trop* sûr de toi.

— Je pensais que tu m'hébergeais parce que tu me trouvais irrésistible…

— Pour être honnête, t'étais plus *cute* quand t'avais quinze ans.

— Ah, merci, je me sens beaucoup mieux ! Tu m'as remonté le moral !

— Maxou… Je tiens encore à toi. Tu es difficile à vivre, mais bien intentionné. Veux-tu qu'on se concentre sur la réalité pour un instant ? Il y a quelque chose de pourri à Saint-Nicaise, c'est clair. Les cadavres au Rocksteady ne sont pas le fruit de ton imagination. La Repousse, c'est un vrai lieu. Dan, c'est une vraie personne, et même s'il était aussi fou que tu crains de le devenir, il n'en reste pas moins qu'on peut rattacher plusieurs de ses dires à des faits concrets. Ton enquête n'avance pas comme tu veux, mais elle avance.

Elle vint s'accroupir devant lui et posa une main sur la sienne.

— Et tu dis que tes « trouvailles » surnaturelles te font peur ? Au moins, tu te donnes des outils pour essayer de comprendre. Moi, ça m'a toujours terrifiée. J'ai jamais su accepter ça, surtout après avoir rencontré Eddy. Quand je t'accompagnais dans tes explorations, c'était parce que… ça te passionnait tellement, t'en étais beau à voir. Maintenant… je suis terrifiée, encore. Mais le problème de Saint-Nicaise est aussi le mien, et je veux que ça se règle. Tu es la seule personne que je connaisse qui a une chance de comprendre *tous* les aspects du problème. Si tu refuses de t'en mêler, je comprendrai ; tu en as déjà fait beaucoup. Mais si tu veux continuer, je t'assure que tu peux compter sur mon aide.

— J'ai peur de mal m'y prendre. J'ai blâmé Hubert parce qu'il s'obstinait à poursuivre le rêve de Victor et que c'était mauvais pour son fils. Au fond, je suis pas mieux : je vous mets tous en danger en vous impliquant dans ma lutte contre les Insoumis, et qu'est-ce qui te dit que j'agis pas surtout par obsession, pour voir de la vraie magie de près ?

— Je *sais* que tu fais tout pour toi. Le pire, c'est que tu te crois tellement que les autres embarquent dans tes histoires.

— Toi, t'as parlé à Frédé...

— Mais je sais que tu le fais aussi pour Dan, et pour les autres adeptes qui se laissent dicter leur vie. Et un peu pour moi, parce que ça m'affecte. Mais tu as raison : tu n'es pas en mesure de tout régler seul. Si tu veux nous aider, il faut que tu sois honnête avec nous.

Il tira doucement sur sa main et elle vint s'asseoir à côté de lui. Ils passèrent quelques minutes en silence, épaule contre épaule, sans se regarder. Puis Malick dit :

— Je pense qu'il est temps que je te raconte exactement comment ça s'est passé, à Montréal.

— J'aimerais ça.

Il lui expliqua comment Tony Boyard lui avait demandé de retrouver son frère. L'ordinateur et la paperasse d'Olivier constituaient un fouillis affreux de mauvais poèmes, de dessins plutôt compétents, et de notes cryptiques et mal classées. Malick s'était mis à appeler un à un les numéros de téléphone qu'il y trouvait. L'un d'eux était un numéro de bureau : plutôt que de joindre directement le poste indiqué, il avait commencé par la réception et reconnu là une compagnie où il livrait à l'occasion. Il avait profité d'une livraison à la compagnie voisine pour aller fouiner et avait ainsi rencontré Hubert Saulnier. Ça l'avait amusé de retrouver cet homme trop sérieux auquel il avait demandé, lors d'une livraison antérieure, de lui trouver une sortie de secours. Saulnier avait dans son bureau le livre de Victor Geoffroy, et Malick avait reconnu sur la photo d'auteur le même homme qui avait inspiré Olivier à peindre une véritable icône religieuse.

— J'ai effectué mes recherches. La maison d'édition qui avait publié le livre avait fait faillite. J'ai suivi la trace de l'éditeur sur deux déménagements, et il savait pas où trouver Geoffroy. Il avait toujours versé ses droits d'auteur dans le compte d'une compagnie à numéro. Frédé m'a aidé à démêler la piste financière. Il nous manquait une pièce cruciale et la seule personne à avoir l'information était partie en vacances là où on savait pas comment la joindre. En attendant son retour, j'ai continué à explorer les autres pistes que j'avais, et j'ai dû pousser trop, d'où la visite de l'exécuteur chez les Boyard. Quand on a enfin eu l'info manquante, ça nous a menés à Rawlings, qui avait longtemps géré les finances de Geoffroy. Je me suis mis à surveiller la maison de Rawlings. Normalement, j'aurais tout fait en solo, mais rendu là, Tony s'impatientait, il insistait pour que je lui fasse des rapports au téléphone au fur et à mesure. Et le soir où Rawlings a *enfin* reçu la visite de Geoffroy…

Il baissa la tête.

— … c'est là que tout a dérapé.

– Hubert –
La nuit de la hache

— Ils ont enlevé Olivier, dit Victor en raccrochant le combiné.

Rawlings, le trésorier, eut une moue amère.

— Sa famille est venue le chercher ?

Il ne paraissait guère étonné. Les Boyard ainsi que Seko étaient pourtant restés tranquilles depuis que Victor leur avait envoyé Azur trois mois plus tôt. Olivier était resté confiné au refuge en tout temps, par prudence.

— Non, dit Victor, pire encore : c'est Torrent qui l'a enlevé, et il avait de l'aide. On saura bien assez tôt qui était avec lui. Ils ont dû mentir à Olivier pour qu'il les suive de son plein gré. Heureusement que quelqu'un a remarqué leur absence, sinon on l'aurait appris demain matin.

Hubert se leva pour faire les cent pas et, surtout, pour ne pas avoir à soutenir le regard de Victor. Il aurait dû s'en douter. Torrent, et Susannah aussi, sans doute. Elle ne lui parlait presque plus depuis quelque temps. Elle écoutait ses arguments quand il tentait de la regagner à la cause des Insoumis, mais il ne pouvait l'amener à en discuter sérieusement. Il la sentait fermée, et pour cause : sa décision devait déjà être prise... depuis qu'elle était passée chez lui pour lui donner une chance de participer à ses plans. Il ne l'avait pas cru capable d'un geste si drastique. Pourquoi enlever Olivier ? En quoi cadrait-il dans ses plans, à elle et à ses alliés ?

Hubert et Victor étaient chez Rawlings depuis la fin de l'après-midi, penchés sur la comptabilité du groupe, cherchant comment dégager les fonds nécessaires à l'établissement du nouveau site. La poubelle débordait de papiers chiffonnés et de boîtes de restaurant vietnamien. La nuit était tombée depuis longtemps déjà. Azur dormait au rez-de-chaussée ; Victor le gardait près de lui en tout temps.

Le trésorier, Hubert s'en rendait compte maintenant, avait son propre soupçon de génie. Il avait des manières déroutantes : son sourire facile cachait un sens de l'humour tordu, et l'attitude de grand frère qu'il adoptait parfois à l'égard de Victor frisait le blasphème. Sa vaste maison témoignait de sa facilité avec l'argent. Rawlings finançait son petit royaume par un éventail de transactions relevant des zones grises aux frontières de la légalité. Un homme utile, bien versé dans les structures du faux et dans les manières d'en exploiter les faiblesses. Un homme retors, aussi : il semblait comprendre les implications de cette nouvelle crise encore plus rapidement que le maître.

— S'ils ont pris Olivier comme monnaie d'échange, dit-il à Victor, il faut refuser de négocier. Tu connais Torrent, comme les autres mécontents. Ils veulent avoir le contrôle de Kelzid, et ils se doutent qu'Olivier est le mieux placé pour y accéder. Ils vont peut-être te le promettre, mais jamais te le rendre.

— Mais Olivier n'est pas encore réceptacle, dit Hubert. Azur serait mieux qualifié… mais j'imagine qu'ils ont simplement pas osé.

Il vit l'expression alarmée de Victor en même temps qu'il remarquait les bruits provenant d'en bas. Tous accoururent au rez-de-chaussée, Hubert le premier. Il surprit quelques silhouettes dans le couloir menant aux chambres. Ses yeux ne s'étaient pas encore ajustés à la pénombre, et l'un des intrus le bouscula avant qu'il puisse réagir. Parmi le groupe, une tache blême : Azur, porté à bras-le-corps. Tous filèrent par la porte d'entrée. Hubert reprit pied et les vit monter à bord d'une voiture qui venait de s'arrêter devant. Iris, Limpide, et peut-être Susannah au volant, il n'était pas certain. Le véhicule bondit et se perdit bientôt dans la nuit.

Rawlings, adossé au mur du couloir, se tâtait les côtes en grimaçant. Il n'avait pas réussi à les arrêter. Victor partit pour la cuisine sans un mot. Hubert le suivit et le trouva au téléphone.

— T'as fait tout ce que je t'ai demandé ? disait Victor. Réveillé tout le monde pour qu'ils méditent et demandent le retour d'Olivier ? Va les rejoindre, il me faut tout le groupe, sans exception.

Victor raccrocha. Autant sa fureur effrayait Hubert, autant son ton décisif le rassurait : le maître savait quoi faire. Tous trois montèrent au bureau et entamèrent le rituel visant à appeler Kelzid. Victor allait tenter de projeter Kelzid dans le réceptacle avant qu'il ne soit trop loin. Hubert avait toujours cru qu'il fallait un contact physique pour « emplir » le réceptacle. Ce n'était pas tout à fait exact, mais Victor avouait ne l'avoir jamais réussi quand le réceptacle était hors de sa vue.

Hubert s'efforça de trouver son calme et de rejoindre en cela les autres adeptes qui méditaient au refuge au même moment. Lui et Rawlings scandaient chaque parole que prononçait le maître. « Kelzid ! »

Ils lançaient le nom telle une prière, comme si c'était le dernier point de l'univers auquel se rac-crocher.

Victor s'affala soudain. Hubert se porta à son secours et le sentit tremblant, presque froid au tou-cher. Les yeux du maître, grands ouverts, fixaient quelque ailleurs invisible. Puis ils retrouvèrent un soupçon de lucidité. « De l'eau », demanda Victor avant de dériver vers la transe à nouveau.

Rawlings alla chercher un verre d'eau et Hubert fit boire le maître. Il n'osait pas poser de questions. Il fallait attendre.

Le regard de Victor errait, semblait se poser tan-tôt ici, tantôt très loin. Puis, enfin, Victor dit tout bas :

— Le lien tient. Ils vont me mener à Olivier.

Rawlings eut un sourire féroce. Hubert, qui tenait toujours le verre, le leva comme pour signaler un toast.

— Qu'est-ce qu'on célèbre au juste ? dit une voix inattendue.

Maximilien Seko se tenait à l'entrée du bureau, appuyé au cadre de porte. Hubert lui barra le chemin.

— Bonsoir, boss, dit le messager avec un éclair de dents blanches.

— Bonsoir, Maximilien.

Le sourire de Seko disparut.

— C'est beau, Hubert, tu connais mon nom. On peut se parler ? Je viens vous donner une chance de négocier.

Hubert vit que Rawlings s'était levé, prêt à tout. Victor restait assis : il n'était présent qu'à demi. Seko reprit :

— J'ai rien à voir avec la bande de fous qui vient de partir, si c'est ça que tu te demandes. Je vous surveille depuis quelques jours pour le compte des

Boyard. Je commençais à avoir hâte qu'il se passe quelque chose, d'ailleurs.

Hubert retourna s'asseoir auprès de Victor. Le messager prit le temps de faire le tour du bureau comme s'il envisageait d'acheter la maison. Sa nonchalance sonnait faux : il était nerveux.

Victor, déjà plus solide, posa une main conciliante sur l'épaule d'Hubert, puis dit :

— Tu choisis mal ton moment, Maximilien. On vient justement de m'enlever Olivier Boyard.

— Il était ici ?

— Non. Peu importe où il était. Mes propres élèves me l'ont pris. Ils pensent pouvoir se passer de leur professeur.

— Dans ce cas, on a un objectif commun. Tu veux le retrouver ; moi aussi. Tu veux que je t'aide ? Ensuite, Olivier décidera lui-même ce qui est mieux pour lui.

— Tu m'aiderais comment ? Par magie ? Je me suis renseigné à ton sujet. Ta magie ne vaut rien, ou si peu. Tu es un enfant perdu dans le noir qui joue avec des allumettes et qui pense contrôler le soleil. T'es un vantard, soixante kilos de gueule et peut-être un gramme de talent. De toute façon... si on collaborait, est-ce que tu me ferais confiance ? Non, et pour cette raison, il m'est impossible de te faire confiance.

— Je suis ta meilleure chance, pourtant. Les Boyard savent où je suis. Si je les rappelle pas bientôt, ils vont venir ici et eux voudront pas discuter.

— Tu connais seulement leur version des faits, jusqu'ici. Pourquoi ne pas écouter la mienne aussi ? Apprendre ce que je pourrais t'enseigner ? Tu as eu un mince aperçu du pouvoir à ma disposition.

Hubert, fasciné, vit Seko hésiter un instant. Il se rappela soudain leur rencontre en février dans son bureau. Seko avait paru si sincère dans son écoute et ses conseils… Et si ce n'avait pas été entièrement feint ? Il était plus sensé que les Boyard – sauf Olivier. Victor arriverait-il à le raisonner ? Il allait bien falloir de nouvelles recrues pour remplacer Susannah et les siens, et Seko pourrait être un atout pour le groupe.

On entendit un choc violent au rez-de-chaussée, une chute de verre brisé, un autre choc, et encore. Seko paniqua :

— Je lui avais pourtant dit de rester chez lui ! dit-il en se précipitant vers l'escalier.

Hubert le suivit. En bas, il vit qu'on avait fracassé la grande fenêtre en baie. Une hache était plantée dans le mur près de l'entrée. Il n'y avait personne. Seko regarda à gauche, à droite, puis entra dans la cuisine, d'où provint la voix retentissante de Tony Boyard.

— Yé où le gourou ?

— Je suis en train de lui parler ! dit Seko. Il y a des gens à lui qui sont partis avec Olivier, il vaut mieux négocier pour le retrouver…

— Je vais te montrer comment on négocie, d'abord.

Hubert remarqua l'odeur d'essence en entrant dans la cuisine. Avec un sourire bête et vicieux, Boyard ouvrit son poing droit pour révéler un carton d'allumettes. D'un coup de pouce, il en alluma une, l'appuya contre les autres et laissa tomber le carton enflammé sur le comptoir. Des flammes avides bondirent et se propagèrent, léchant le mur d'un côté alors qu'une ligne de feu courait sur le plancher vers la salle à manger. Hubert vit la longue table d'acajou verni se couvrir d'une nappe de feu. Il vit aussi, dans les yeux de Seko, une peur qui faisait écho à la sienne.

— Tony, tabarnac, es-tu viré fou? s'écria le messager.

— J'te l'ai déjà dit, Max, faut qu'tu leur montres que c'est toi qui as le contrôle de la situation.

Hubert entendit du bruit derrière lui et fit volte-face. Rawlings l'avait suivi et tentait de dégager la hache du mur. Tandis que Boyard se précipitait sur le trésorier, Hubert gravit les escaliers à toute vitesse. Derrière lui, un détecteur de fumée entama son chant idiot.

Dans le bureau, Victor s'était levé, titubant, avec des gestes de somnambule. Sa respiration était trop rapide, ses traits trop tendus. Que faisait donc Azur en ce moment? Hubert verrouilla la porte derrière lui. Il vit les papiers étalés, tous des documents cruciaux ayant trait au futur complexe de Saint-Nicaise. Saisi d'une inspiration, il vida la corbeille à papier, puis y balaya d'un bras tous les documents. Il fallait sauver le maître ainsi que son rêve. Derrière lui, un choc sourd: Boyard s'en prenait à la porte. Hubert ouvrit la fenêtre. De cette hauteur, il était tout juste possible de sauter sans rien se casser. Il voyait sa voiture d'ici... mais il voyait aussi un homme tapi derrière un buisson, sans doute indétectable à partir de la rue. Pas de sortie par là, donc. Hubert se retourna et chercha une arme avec laquelle il pourrait tenir tête à Boyard. Il s'en remettrait à Kelzid pour guider sa main.

Trop tard: Boyard avait troué la porte et posait déjà la main sur la poignée intérieure. Il entra et renversa Hubert d'un coup d'épaule. Quand Boyard aperçut Victor, il retrouva le sourire. Il saisit le maître par les cheveux et le força à marcher devant lui en direction des escaliers. Hubert se releva tant bien que mal. D'une main incertaine, il prit la corbeille pleine de documents et s'élança à leur suite.

Malade d'angoisse, Hubert vit Boyard pousser le maître dans l'escalier. Victor débopla les quelques marches qui restaient. Au rez-de-chaussée, le feu avait gagné du terrain. Le maître se traîna à quatre pattes, trop près des flammes. Hubert vit alors Rawlings affalé sur le plancher, mort ou inconscient. Seko se tenait dans l'entrée, flanqué d'un homme qui ressemblait trop à Tony Boyard pour ne pas être son frère, Sylvain.

— Grouille-toi, Tony, criait-il, les pompiers vont finir par arriver. Tu sais que Max a voulu se sauver ?

— Ça me surprend pas. Tiens, r'garde c'que j'ai trouvé !

Il empoigna Victor par le dos de sa chemise et le força à se relever.

— J'te tiens, mon ostie ! Oussé qu'elle est, ton auréole ?

Victor ne répondit pas. Loin d'être effrayé, il semblait plutôt se concentrer. Hubert sentit un tremblement tout autour. Une chaise à demi calcinée s'effondra. Dans le vaisselier, verres à cognac et chiens de faïence s'entrechoquaient. Un tableau tomba d'un mur encore intact.

Hubert s'approcha, mais dut reculer devant la hache que Tony Boyard agitait d'une seule main comme si elle ne pesait rien. De l'autre main, le colosse projeta Victor contre le vaisselier.

— Réponds-moé ! Si tu me fais perdre mon temps, je vas te laver le cerveau avec de l'acide à batterie. Oussé qu'ils ont emmené Olivier ?

Le maître sourit malgré la douleur :

— Pas loin. J'ai un associé qui se charge de me le ramener. Je pense que c'est avec lui que tu devrais parler.

— Laisse faire ton associé ! Quessé qu't'u lui veux, à Olivier ?

— Je veux son bien. Vous avez été trop durs avec lui, toi et ta famille. Trop exigeants. Il est venu nous voir de son plein gré, tu sais. Nous lui avons donné une place de choix. Tu vas le rendre malheureux si tu nous l'enlèves : c'est nous, sa famille, maintenant.

Le visage de Tony Boyard devint si rouge qu'Hubert s'attendait presque à le voir frappé d'une crise cardiaque. Un crissement de pneus se fit entendre par-dessus le crépitement des flammes, mais Boyard n'y prêta pas attention.

— Tu sais pas c'est quoi, d'la famille ! Nous autres, on se tient. C'est aux Boyard que t'as affaire, tu comprends ? Boyard, 'stie !

Il poussa Victor une autre fois, beaucoup plus violemment. Le maître percuta le vaisselier, qui chancela et s'écrasa sur lui dans un fracas terrible.

L'expression sur le visage de Boyard aurait été comique dans d'autres circonstances. Il poussa un léger « oups » et se tourna vers ses complices. Hubert, les yeux embrouillés de larmes – nées de la fumée, du chagrin, des deux ? –, s'apprêta à lui sauter à la gorge, en dépit de la hache.

C'est alors que la porte d'entrée s'effondra. Un homme entra, flairant l'air comme une bête sauvage. Dans la lumière des flammes, Hubert reconnut Azur, échevelé, les yeux fous, la chemise tachée de sang, les dents aussi.

Seko se plaça derrière le frère de Tony Boyard, qui réagit aussitôt. Sans quitter des yeux le nouveau venu, Sylvain Boyard plia les genoux et tira de sa botte droite un énorme couteau de chasse. Azur fonça sur lui, évita le coup porté et empoigna la main tenant le couteau ; malgré les efforts de son agresseur, il rabaissa main et arme jusqu'à lui plonger la lame dans la cuisse. Boyard hurla.

Déjà le réceptacle se dirigeait vers la salle à manger. En voyant ce qui était arrivé à Victor, il poussa un « non ! » retentissant. Tony Boyard, saisi de nouveau d'une colère noire, fonça sur Azur pour le frapper de sa hache. Azur attrapa le manche à deux mains, non sans s'écorcher une paume sur le coin de la lame. Retroussant les lèvres sur ses dents tachées de sang, il glissa sa main droite le long du manche jusqu'à effleurer celle de Boyard.

Ce dernier poussa un cri étranglé. Hubert vit ses yeux s'emplir d'une douleur et d'une terreur telles qu'il pensa à ces chevaux de westerns qui, galopant jusqu'à l'épuisement, montraient en gros plans leurs yeux ronds affolés, vidés de toute raison. Tony Boyard lâcha aussitôt prise et courut à toute épouvante vers la sortie.

— On sacre notre camp d'icitte ! cria-t-il en passant la porte.

Ses deux complices se précipitèrent à leur tour dans la nuit, Sylvain Boyard s'appuyant sur Seko qui peinait à le supporter. Azur ne leur prêta aucune attention. Il s'accroupit et souleva le vaisselier, l'envoyant voler contre la table encore embrasée. Le feu commençait déjà à lécher les jambes du maître ; Azur l'éteignit de ses mains nues.

Puis, lui et Hubert contemplèrent longuement le corps de Victor, criblé d'éclats de verre et de porcelaine et habité d'une respiration très, très ténue.

CONFESSIONS DE L'AU-DELÀ

Malick avait tout raconté sans mentir, sans effort de mémoire. Il n'aurait su oublier aucun détail de cette nuit. Rachel l'avait écouté presque sans l'interrompre tandis que le plâtre séchait sur le mur devant, une mesure futile.

— Je m'étais pas imaginé que tout aurait pu foirer à ce point-là, dit-il. Je voulais comprendre le fonctionnement de la secte, sa hiérarchie. Je voulais discuter avec eux pour récupérer Olivier en limitant les dégâts. Je m'attendais pas à ce que Tony arrive avec son frère pis mette le feu.

— Mais tu savais que Tony n'était pas fiable, non ?

— J'ai sous-estimé sa bêtise. Quand il a décidé de prendre la situation en main, j'ai été obligé de le suivre. Il y a pas de demi-mesures avec lui : tu collabores ou il te voit comme un obstacle. En sortant… En fuyant la maison, on a trouvé Olivier juste devant, dans une voiture stationnée en catastrophe en travers de la cour. Il était en état de choc. Il y avait plusieurs cadavres dans la voiture avec lui. Et au moins une survivante, je l'ai vue bouger, toute recroquevillée devant. En fait… c'est peut-être la femme que j'ai rencontrée au parc aux canards ici : Dan disait qu'elle s'était déjà rebellée… Je sais pas, tout allait trop vite cette nuit-là chez Rawlings. Tony a entraîné Olivier dans sa voiture et on est tous partis. Il avait les mains trop amochées pour prendre le volant : c'est son frère Sylvain qui a conduit, avec son maudit couteau encore planté dans la cuisse.

Malick s'empara de son sac, s'accroupit devant le futon et commença à étaler ses outils sur le plancher tout en expliquant la situation telle qu'il avait pu la reconstituer. Les corps dans la voiture avaient été des dissidents au sein du groupe : ceux-là même qui étaient passés chez Rawlings plus tôt pour repartir en hâte. Olivier se trouvant déjà en leur possession, ils étaient venus enlever l'exécuteur – et avaient réussi. Peut-être avaient-ils chloroformé ce dernier alors qu'il dormait, mais si c'était le cas, comment s'était-il remis si vite ? Ils s'étaient rendus à l'endroit où ils séquestraient Olivier, et c'est alors que l'exécuteur s'était déchaîné et les avait tous ramenés chez Rawlings, morts ou vifs.

Il contempla les objets alignés devant lui, dont cet échantillon d'écorce sanglante dans son sac en plastique. Il n'avait pas de labo, pas de ressources ; qu'avait-il cru pouvoir en faire ? Il rectifia un carré magique qu'il avait posé à l'envers. Ce n'était qu'un bout de carton.

— Après ça, reprit-il, Olivier était pas parlable. J'ai convaincu les Boyard de me laisser lui prendre un rendez-vous avec un spécialiste qui aide à réhabiliter les victimes des sectes. Il est doué, le gars ; j'aimerais lui envoyer Dan, si on peut convaincre Dan de parler à la police avant. Il a réussi à faire s'ouvrir Olivier un peu, et c'est comme ça que j'ai appris les bases de la philosophie des Insoumis. Olivier a refusé de donner des noms, par contre, ou de révéler des secrets autres que ceux qu'on apprend aux novices. Il m'a jamais dit pourquoi les dissidents l'avaient enlevé. Je sais pas s'il le comprenait lui-même. Mais… je t'ai dit que les Boyard étaient impatients, de nature ?

— J'ai cru comprendre ça…

— Déconditionner un gars comme Olivier, c'est long. Après quelques rencontres, quand les Boyard ont vu qu'Olivier tardait à « redevenir lui-même », ils ont congédié le spécialiste et ils m'ont demandé de me tenir loin, moi aussi. Ils se disaient que si on arrêtait de lui parler de la secte, Olivier s'en remettrait plus vite.

— À ce que Julie Boyard m'a dit, il ne s'en est jamais vraiment remis.

— Je le sais trop bien. Pourtant, il avait du talent, ce gars-là, il aurait pu accomplir quelque chose. T'as raison, c'est un peu pour lui que j'agis maintenant.

Le sourire de Rachel avait une chaleur franche qu'il n'avait pas vue depuis longtemps.

◆

Le bulletin de nouvelles provinciales ce soir-là accorda une place de choix à ce qu'on appelait « la tuerie de Saint-Nicaise-du-Sabot ». Un enquêteur taciturne – celui que Malick avait aperçu – refusait de se prononcer sur la possibilité d'une guerre de gangs et révélait qu'on avait obtenu la description d'un suspect. Le maire de Saint-Nicaise se déclarait consterné, puis cédait la parole à Gérald Brassard, vedette de l'heure. Le conseiller passait pour un héros depuis la fusillade dont il avait été l'objet la semaine précédente. Il se disait désolé par les pertes humaines et promettait de tout faire pour que le calme revienne à Saint-Nicaise. On le voyait s'étendre encore sur le sujet aux nouvelles régionales, qui avaient nommé l'événement « la tragédie du Rock-steady ».

Outre ces réactions prévisibles, on expliquait – à la surprise de Malick – qu'on avait trouvé un message sur les lieux, non signé mais vraisemblablement laissé là par « les auteurs du massacre ». Le texte en était bref :

> La drogue et l'argent vous détournent de la vérité. Les agents du faux ne seront plus tolérés. Le temps est venu de donner un sens à vos vies.

Malick et Rachel en discutèrent longuement. Si ce message provenait bien de l'exécuteur, qu'allait donc être son prochain geste ?

Après le souper, Malick sortit marcher seul et passa au « café Internet » pour vérifier l'évolution du contre-mème. Il écouta les conversations en faisant la file pour l'unique ordinateur ; les gens en revenaient toujours au Rocksteady. Quand il eut enfin son tour au clavier, il en profita pour effectuer une recherche sur Eddy. C'était étrange de lui découvrir un nom et une vie après tout ce temps. Malick obtint quelques maigres détails de l'enquête à laquelle Eddy avait été mêlé, dont le nom des deux enfants disparus. En quittant le café, il passa à la Bonne Frank-ette où, en échange de ses impressions quant au Rocksteady, il obtint quelques précisions sur Eddy. Frank lui expliqua que Sébastien Morrissette n'avait jamais été nommé en tant que suspect puisqu'il était encore mineur à l'époque. On le connaissait comme un délinquant nuisible mais non dangereux. Ses parents avaient quitté la ville peu après son décès.

Malick rentra et ne dit rien à Rachel de ce qu'il avait appris. Elle n'avait pas besoin qu'il l'accable avec une telle histoire.

Kevin débarqua en fin de soirée, effaré, accompagné de Laura.

— Malick, dit-il, trop, c'est trop. C'était drôle de te regarder aller, au début, mais j'aurais jamais pensé que c'était si grave pis si compliqué, cette affaire-là. La Repousse, le Rocksteady, c'est tout relié, je gage ? Samuel m'a dit, pour Parenteau à la Repousse.

— Ce que j'ignore encore, dit Malick, c'est pourquoi l'exécuteur rencontrait Parenteau...

— Peu importe pourquoi ! C'est à la police de s'en occuper. Tu penses que c'est magique tout ça, OK, continue tes recherches de ce côté-là, mais on doit mettre la police au courant.

Laura intervint :

— Kevin voulait en parler à Samuel avant de faire quoi que ce soit. On s'est tous entendus : on va remettre Dan aux autorités. On voulait t'avertir avant parce que... on sait que ça te tient à cœur.

Malick n'était pas surpris de voir Kevin paniquer, mais c'était étrange de voir Laura si grave. Il jeta un coup d'œil à Rachel, qui ne semblait pas pressée de l'appuyer. Elle l'avait dit : il ne devait pas mener cette enquête tout seul.

— Je comprends, dit-il. Laissez-moi encore une journée pour convaincre Dan. Tout ira beaucoup mieux s'il accepte de collaborer de son plein gré. Demain soir, je vous le promets, je dis tout à Louis. En attendant... Kevin, j'attendais justement que tu sois là pour révéler ton chef-d'œuvre.

Il plongea la main dans son sac comme s'il s'apprêtait à en sortir un lapin, puis en tira une feuille

qu'il déplia et tendit à Rachel et Laura pendant que
Kevin, gêné, bredouillait quelque protestation.

— Une pub ? dit Laura.

— T'es pas sérieux…, dit Rachel après avoir lu
le texte en entier.

— Oh oui. J'ai raffiné le texte avec Frédé. Kevin
a fait le graphisme. Avec ça, on va mettre les choses
au clair. Vois-tu, la « Méditation pour un monde
meilleur » qui circule sur Internet depuis quelque
temps, c'était juste la première étape d'une cam-
pagne publicitaire nouveau genre. Un truc pour
piquer l'intérêt des gens. Ce que tu tiens là, c'est la
deuxième étape, où on révèle le produit.

— « Kelzid, la boisson des gens branchés » ?

— Voilà. J'ai pris le texte de la « Méditation » et
je l'ai remixé en slogan publicitaire. C'est-tu assez
commercial à ton goût ?

— Tout à fait, dit Rachel en riant. J'aime bien
l'arbre avec les bouteilles qui poussent entre les
feuilles. Je savais pas que tu faisais du marketing
aussi.

— Le marketing, dans ce cas-ci, est une forme
de magie. La « Méditation » est un mème conçu
pour amener les gens à méditer au profit de Kelzid.
Cette pub-là, c'est un contre-mème. C'est aussi bas-
sement capitaliste que la « Méditation » se voulait
spirituelle. On l'a semée sur Internet hier matin,
par courriel et sur plusieurs babillards, en provenance d'une demi-douzaine d'adresses différentes.
Ça commence à provoquer des discussions pro-
metteuses. Les gens qui se sont laissé séduire par
la « Méditation » vont être tellement dégoûtés en
voyant cette pub-là que ça va tuer leur intérêt pour
Kelzid. Ils vont se faire un plaisir de la distribuer
partout où la « Méditation » est passée, pour que les

gens sachent la vérité. Et tu vois le logo en bas ?
C'est un sceau de persuasion de ma fabrication.

Laura inspecta la feuille de plus près.

— Et c'est une marque déposée de… Lipton ?

— Qui, à son tour, appartient à Pepsi. Ils ont les
épaules larges. Tant que ça a l'air officiel, la plupart
des gens vont y croire sans vérifier. Frédé prépare
déjà des réponses au cas où les Insoumis enver-
raient un message pour discréditer le mien.

— On a une version en anglais qu'on pourra
révéler pour appuyer la première, dit Kevin qui se
laissait gagner par son enthousiasme.

— C'est beaucoup de travail pour accomplir
quelque chose d'intangible, dit Rachel.

— Au contraire ! Kelzid, c'est rien qu'une mauvaise idée autour de laquelle on a bâti une secte, et
les idées, on les combat avec d'autres idées. Peu importe ce qu'il est exactement : une *thoughtform*, une
pure fiction, un dieu sumérien libéré de sa prison
de cristal par une expédition archéologique… Avec
le contre-mème, je veux lui enlever toute crédibilité
sur le plan social *et* brouiller son identité sur le
plan magique. Y a pas juste la pub : j'ai recruté un tas
de gens pour effectuer un bannissement, un rituel
collectif qui va s'appuyer sur le contre-mème. Si
tout ce monde-là peut agir en même temps selon la
même méthode, on peut espérer de bons résultats.

◆

Malick était presque rendu à la porte quand il
décida d'apporter la dague. Si jamais il rencontrait
l'exécuteur en chemin, mieux valait être équipé. Il
retourna au salon, pieds nus au milieu de la nuit.
Le réfrigérateur ronronnait assez fort pour couvrir

les quelques bruits qu'il pouvait faire. Il s'aplatit sur le sol et tâta sous le futon jusqu'à trouver le paquet. Il le défit et contempla la dague un instant : une mince lame de fer fichée dans un manche en bois verni. Il l'avait achetée l'année précédente d'un collectionneur espagnol de passage à Montréal. Celui-ci prétendait que les symboles gravés sur la lame dissiperaient toute magie au contact et pourraient bannir toute créature n'appartenant pas à ce monde. Malick prit soin de ne pas les toucher.

Il enveloppa la dague bien serré, puis la glissa dans son sac parmi les autres articles qu'il avait préparés. Il attrapa ses souliers et reprit le chemin de la sortie.

Sans réfléchir, il continua jusqu'à la chambre de Rachel. Il ouvrit lentement la porte et entra sur la pointe des pieds. Même endormie, elle ne semblait pas tout à fait détendue. Après une longue soirée de discussions agitées, elle et lui s'étaient couchés avec leurs soucis, chacun de son côté.

Malick avait toujours évité de revisiter le passé. Malgré tout, il était content d'avoir retrouvé Rachel ; il ne regrettait que les circonstances. Il se pencha, posa un baiser sur son front et sortit de la chambre comme il était entré.

Il allait quitter l'appartement quand une voix le fit sursauter :

— C'est quoi cette idée-là d'entrer dans ma chambre sans cogner ? Je dormais pas, tu sais. Avant que je sache que c'était toi, je m'apprêtais à t'assommer avec mon réveille-matin.

Rachel se tenait debout à la porte de sa chambre. Malick commença à bredouiller une excuse qu'elle ne prit pas le temps d'écouter.

— Tu t'en vas où, avec ton sac ?

— Il faut que j'aille parler à Eddy. Je dormais pas moi non plus. Je me suis dit qu'il saurait peut-être quelque chose.

Elle appuya sur l'interrupteur. Quand Malick rouvrit ses yeux endoloris par la lumière soudaine, Rachel était près de lui, le visage déterminé, et il sut tout de suite à quoi s'attendre.

— J'y vais avec toi, dit-elle.

— T'es sûre ? Même après ce qui est arrivé la dernière fois ?

— Il serait temps que je m'en remette, tu trouves pas ?

Il ne trouva rien à redire.

◆

La ruelle était encore bloquée et deux policiers faisaient leur ronde pour s'assurer que personne ne vienne fouiner sur les lieux du crime. Malick passa tout près de se faire apercevoir en pleine escalade ; Rachel le sauva en quittant sa cachette pour aller discuter avec les policiers, leur tissant une histoire d'insomnie et partageant avec eux ses inquiétudes comme des douzaines de passants l'avaient sans doute fait avant elle. Après un long circuit, elle revint en faisant le tour de l'épicerie et grimpa rejoindre Malick en moins de deux.

Tous deux allèrent s'asseoir en plein milieu du toit, hors de vue des policiers et d'éventuels passants. C'était le meilleur endroit, considérant qu'Eddy ne hantait qu'un territoire très restreint centré sur le Rocksteady. Malick vida son sac et posa la dague à l'écart. Il traça un cercle à la craie autour de Rachel et lui et dessina les symboles nécessaires le long de la circonférence. C'était surtout pour protéger Rachel et la rassurer, mais il devait bien s'avouer qu'il s'inquiétait du déroulement de cette rencontre. Suivant ses instructions, Rachel versa du sel tout le long du cercle. En chemin, il lui avait expliqué toutes les étapes à voix basse, soucieux qu'elle sache à quoi s'attendre et comprenne la logique derrière le rituel. Adolescent, il avait pris l'habitude de rencontrer Eddy au gré des caprices du fantôme. Parfois il se montrait, parfois non. Cette fois-ci, Malick avait décidé de lui forcer la main. Il avait apporté des offrandes pour Eddy : une bière et des cigarettes. Il aurait été idéal de lui offrir aussi sa musique favorite mais, vu les circonstances, il faudrait s'en passer. Il faisait tout de même jouer une chanson d'Iron Maiden sur son juke-box mental et accordait ses gestes à ce rythme. Il y trouvait une certaine énergie frénétique, de ce genre de soif et de désespoir qui pouvaient amener une âme à s'accrocher à la terre.

Devant lui, hors du cercle de protection, Malick traça un cercle plus petit. Il plaça une cigarette entre ses lèvres et posa quatre allumettes autour du petit cercle, une pour chacun des points cardinaux. Il décapsula la bière et la posa en plein milieu, la bouteille clinquant sur le toit rugueux. À l'aide d'un briquet, il enflamma chacune des allumettes, puis alluma la cigarette et en prit une bouffée avant de la poser à côté de la bouteille pleine. Ayant placé tous les éléments, il marmonna un sort composé pour l'occasion, utilisant juste assez de souffle pour former les sons. Il avait intégré au sort le vrai nom d'Eddy. Les offrandes pour lui faire plaisir ; le sort pour l'obliger à obéir. Il jeta un coup d'œil à Rachel. Elle n'avait rien manqué du rituel, et il ne savait pas si c'était de la curiosité, de la crainte ou de la pitié qu'il lisait dans ses yeux.

Il plaça dans sa main ouverte le médaillon qui devait faciliter sa voyance, et Rachel posa sa main par-dessus pour l'emprisonner entre leurs paumes. Il ne restait plus qu'à attendre.

Le mince filet né de la cigarette montait presque droit, à peine visible dans l'air nocturne. La cigarette était consumée aux trois quarts quand Malick sentit la main de Rachel se resserrer sur la sienne. Les volutes de fumée étaient maintenant agitées d'une subtile turbulence et à tout moment y naissaient des formes qu'on pouvait presque reconnaître. Malick alluma une autre cigarette, la posa à côté de la première... et crut sentir le plus léger frôlement sur le dos de sa main. Il s'empressa de retirer son bras à l'intérieur de son propre cercle.

— Salut, ti-gars, dit Eddy.

Malick ne le voyait qu'à demi : ses yeux, un genou, une espadrille. Il n'arrivait pas à lire l'expression sur les traits du fantôme. Les yeux se tournèrent vers Rachel.

— C'est qui, la poupée ? Dis-moi pas que tu m'as organisé une *blind date* ?

Eddy parlait d'une voix forte, presque criarde, et pendant un instant Malick s'inquiéta, craignant qu'on l'entende. Puis il se rendit compte à quel point son inquiétude était ridicule. Prenant soin, lui, de parler très bas, il dit :

— C'est une amie. Tu disais que je venais pas assez souvent, je me suis dit que t'apprécierais un nouveau visage en plus.

Il voyait déjà le fantôme un peu mieux, et il ne manqua rien de son sourire gourmand.

— Je l'apprécie, son visage, ti-gars, pis le reste aussi.

— Écoute, Eddy... peux-tu me parler de ce qui s'est passé au Rocksteady ?

— J'aimerais ça le comprendre. C'est quoi cette idée-là, de venir mettre mon bar tout à l'envers ? C'est un gars tout seul qui a fait ça, un grand musclé avec des drôles de cicatrices. C'est pas un gars normal…

— Oui, je pense que je le connais un peu.

— Pourquoi tu me poses des questions, d'abord ? C'est lui qui a tué tout le monde, pis peut-être que *toi* tu pourrais me dire pourquoi. En tout cas, moi, quand je l'ai vu arriver, j'ai sacré mon camp. Je sais pas ce qu'il veut, mais un gars comme ça, je me tiens loin.

— Je voudrais l'arrêter. Parle-moi de lui un peu, de ce qui s'est passé. Qu'est-ce que t'as vu ? Qu'est ce que t'as ressenti ?

— Rien d'intéressant, OK ? T'es rendu trop sérieux, ti-gars. T'étais plus le *fun* quand tu posais moins de questions.

Malick sentait chez Eddy une tension inhabituelle. À côté, Rachel tenait bon. Malick ne savait pas ce qu'elle voyait ou entendait, mais il la sentait attentive et résolue.

— OK, dit Malick, oublie les questions. Tu veux entendre une réponse, plutôt ? Je pense que je sais pourquoi t'es là. Je pense que je sais ce qui te fait hanter le quartier.

— Si t'es pas pour te mêler de tes affaires, je vais m'en aller, ti-gars.

— Reste ici, Sébastien.

— Laisse-moi partir.

Les traits de son visage se mêlaient d'ombres. Son apparence se rapprochait de celle qu'il avait eue quand Malick l'avait surpris à tourmenter le clochard… ainsi que la nuit où il avait fait tomber Rachel du toit.

Malick avait mal à la main tant Rachel serrait fort ; sans doute voyait-elle ce qu'il voyait. Il s'efforça de se montrer calme. Il en savait juste assez : il était temps d'utiliser ce savoir.

— Si t'es là, c'est à cause des deux enfants, c'est ça ? Martin, pis Joël.

Eddy ne dit rien, mais son ressentiment était presque palpable.

— Parle-moi, dit Malick. Dis-moi tout.

Il vit Eddy vaciller, pâlir, si bien qu'il craignit de le perdre. Mais Eddy était toujours là et sa voix revint, résignée maintenant.

— Ça t'est déjà arrivé de voir tes mains faire quelque chose sans que tu puisses t'arrêter ?

Malick ne répondit pas. Eddy continua.

— Les deux petits… j'étais leur idole. C'est con à dire, mais c'était ça. Moi, j'ai toujours aimé les enfants. Ces deux-là venaient souvent me voir à l'arcade. Quand Joël a eu sa carabine à plomb, j'ai commencé à aller dans le bois avec eux autres, pour leur apprendre à tirer. Ils me trouvaient *cool*. Mais… quand c'était juste moi pis Martin, ou quand Joël regardait pas, des fois, on aurait dit que j'avais pas le contrôle de mes mains.

Il se rembrunit d'un coup.

— Pis il se laissait faire ! Je pense que je devais lui faire peur. Je le savais que c'était pas correct, pis Martin aussi, mais j'ai pas su m'arrêter. Des fois, il suffisait d'une bière de trop. J'aurais voulu te voir à ma place, ti-gars…

Il redevint silencieux. Malick n'osa pas le brusquer. Il n'était pas certain, après tout, de vouloir entendre cette histoire. Rachel, blême, l'interrogeait du regard, mais il resta muet. Il écouta le murmure de la brise et, après quelque temps, la voix d'Eddy vint s'y ajouter.

— Quand Joël a fini par comprendre ce qui se passait… il l'a mal pris. J'ai vu qu'il allait se décider pis tout dire à quelqu'un. J'ai juste voulu lui faire peur pour qu'il se la ferme, j'ai pas fait exprès de le tuer. Mais Martin a tout vu, pis après ça, je pouvais pas le laisser partir, tsé… On était dans une sorte de tunnel dans la colline sur le bord du lac Bourdeille. C'était bizarre là-dedans, comme si le monde dehors existait pas. J'ai caché les corps dans le fond, je suis revenu avec une pelle, pis je les ai enterrés au pied de la colline, en braillant tout le long. Si j'avais été plus brave, je pense que je me serais tué drette là. Après ça… Ils ont fini par venir me poser des questions, c'est sûr, mais ils savaient rien. J'avais été vu avec les petits, mais personne savait tout le temps qu'on passait ensemble. Sans preuves, qu'est-ce qu'ils pouvaient faire ?

— Mais t'étais pris avec ton secret, dit Malick.

— Au début, je réussissais à pas y penser. C'est à la longue que ça a vraiment commencé à me travailler. Mon dernier soir au Rocksteady, je m'étais décidé à tout dire. J'ai pensé que si je buvais assez, je trouverais le courage de tout avouer, pis ils feraient ben ce qu'ils voudraient de moi, après. Mais j'ai jamais réussi, tu comprends, ti-gars ? J'ai bu comme jamais j'avais bu, mais j'ai jamais été assez brave pour dire un câlice de mot.

Malick ne savait s'il devait se sentir triomphant ou dégoûté. Il avait toujours pris Eddy pour un curieux phénomène, pour un être bête et probablement inoffensif. Au fond, il se sentait surtout trahi.

— T'as avoué, c'est bon… mais, franchement, je sais plus quoi faire maintenant. Est-ce qu'il faudrait que je te pardonne ?

— Non… je pense que j'avais juste besoin de le dire. Si je dois être pardonné, c'est pas à toi de le faire.

— Penses-tu que tu vas pouvoir… continuer ton chemin, maintenant ?

— Peut-être. C'est une drôle de vie, hein, ti-gars ?

— Ouais. Je te le fais pas dire.

Il effaça une portion du cercle emprisonnant le fantôme, puis fit signe à Rachel de patienter. Il attendit, incertain, sentant que la conversation n'était pas terminée.

— Écoute, ti-gars, il faut que tu saches… Le gars qui a massacré tout le monde au Rocksteady… je pense que je sais où tu peux le trouver. Quand je l'ai vu, j'ai juste su… Je pourrais pas t'expliquer comment, j'imagine qu'il faudrait que tu meures pour le comprendre…

— Ça va, je suis pas pressé.

— Il doit passer beaucoup de temps à l'endroit où… où ça s'est passé, avec les petits. Quand tu sais, c'est pas dur à trouver : dans le temps, il y avait deux grosses souches drette en face de l'entrée. Y avait jamais personne qui allait là, c'est pour ça que… en tout cas. Ton gars, là, quand je l'ai vu… sur lui, j'ai senti la trace de ce que j'avais fait. Comme une odeur affreuse… Pis si lui sent tant que ça, la place doit être pire. Je peux pas m'y rendre, je suis coincé ici, demande-moi pas pourquoi. Mais j'ai peur que les petits soient pas en paix. Si tu veux faire une chose pour moi… nettoie cette place-là. Efface le passé, si tu peux.

Eddy s'évapora.

Malick prit quelques bonnes respirations ; il ne s'était pas rendu compte à quel point il avait été tendu jusque-là. Il se pencha et frotta les cercles qu'il avait tracés, brisant leur circonférence et brouillant les symboles. Puis, Rachel et lui redescendirent en douce.

Quand ils furent hors de portée de voix des policiers, Rachel s'empressa de lui demander ce qu'Eddy avait dit.

— Je l'ai vu un peu, dit-elle en frissonnant, mais sans arriver à l'entendre. Quand je me concentrais, j'entendais comme un murmure, mais ça aurait pu être juste le vent.

Malick commença à lui relater ce qu'Eddy lui avait dit. Après quelque temps, leurs mains se touchèrent, comme si d'avoir tenu le médaillon tout ce temps les avait aimantées l'une à l'autre. Ils marchèrent main dans la main dans la nuit calme, troublés et songeurs, sans rencontrer personne.

Un arbre sous la peau

D'innombrables feuilles couvertes de notes et de calculs griffonnés jonchaient le sol de la chambre de Frédé. Au moins, il n'avait pas écrit sur les murs. Malick avait craint de le réveiller, mais il avait la triste impression que Frédé avait passé une nuit blanche à noircir tout ce papier.

— Je dois avoir perdu la main, mon cher compère... Les chiffres restent muets. Je pensais que la date du massacre pouvait avoir une signification. J'ai essayé le système pythagoréen, la Gematria, le calendrier aztèque... j'arrive à rien. Chaque fois que je pense avoir une piste, j'en trouve une autre qui la contredit. Tout ce que je sais – et que tu saurais toi aussi, si ton éducation musicale était moins déficiente – c'est qu'hier, c'était l'anniversaire de naissance de Keith Moon, le batteur de The Who... et j'ignore totalement ce que ça pourrait vouloir dire.

Malick fit de son mieux pour l'apaiser. Les Insoumis avaient probablement choisi cette date pour des raisons plus pratiques que mystiques : l'exécuteur avait attendu que ses victimes se réunissent, tout simplement.

— Mais pour la marche, dit Frédé, c'est différent, les gens de la Repousse pouvaient choisir la date qu'ils voulaient…

— Quelle marche?

Frédé l'avait appris des propriétaires du dépanneur: la Repousse avait annoncé une grande marche aux chandelles pour le lendemain, vendredi. Malick descendit aussitôt au dépanneur pour attraper la rumeur à la source. Il trouva le couple divisé par les événements.

— Si vous voulez mon avis, lui dit le mari, je pense que c'est une bonne chose. À long terme, je veux dire. Ça devenait invivable, ici, avec tous les petits caïds du coin qui commençaient à prendre notre ville pour un champ de bataille. Là, on vient d'être débarrassés de Parenteau pis de presque tous ses bandits, on dirait. Ceux qui ont fait ça nous ont rendu un sacré service.

— Attends de savoir! dit sa conjointe. Tu penses qu'ils ont fait ça juste pour nous rendre service, toi?

Ils partageaient un même enthousiasme pour la marche du lendemain. C'étaient les Simard – le gérant de l'épicerie et sa femme – qui, après des mois sans véritable contact, étaient venus offrir leur amitié renouvelée et inviter le couple à cette démonstration d'harmonie et de solidarité face à l'adversité. La population entière était appelée à se rassembler au pied du Sabot pour un départ à vingt et une heures. On espérait y attirer des journalistes ainsi que plusieurs personnalités publiques. Les propriétaires du Septième Ciel faisaient de leur mieux pour répandre la nouvelle. On leur avait promis une affiche d'ici la fin de l'avant-midi.

Malick remonta discuter avec Frédé. Tous deux s'entendaient pour y voir un coup de relations publiques et plus encore. Ce serait une occasion rêvée pour les Insoumis de semer leur philosophie dans l'esprit de la ville au complet. Malick repensait à ce que Ryamon lui avait dit, au sujet de Quentin et des rituels aux nombreux participants. Et si la marche était accompagnée d'un rituel ? Les Insoumis sauraient-ils entraîner la population à y participer ? D'aucuns avaient déjà fréquenté la Repousse et accepté certaines des notions de la secte.

— Malick, dit Frédé, c'est le temps ou jamais de faire *notre* rituel.

◆

La ruelle derrière le Rocksteady était toujours bloquée. Malick, casquette baissée sur les yeux, capuchon relevé, se tenait près du bac à ordures, hors de vue de la rue et des journalistes qui rôdaient aux environs. Il restait dos à la porte ; il ne tenait pas à revoir l'intérieur, même si on devait avoir sorti les corps depuis hier. Louis faisait face à la rue : on l'avait assigné, malgré ses protestations, à la surveillance de la scène du crime.

— Sympathique lieu de rendez-vous, dit Malick.

— Pas le choix, je suis cloué ici pour la journée. Vaut mieux que tu t'éternises pas, quand même. Les gars savent que je te consulte, mais il y en a à qui ça déplaît, l'enquêteur en premier. Le chef doit savoir aussi, mais il fait comme si de rien n'était : si on le lui demande, il pourra dire qu'il a jamais autorisé ton implication, et même qu'il sait pas que tu existes.

— Ah, c'est bon de se savoir apprécié… C'est pour ça que tu m'as caché que l'exécuteur avait laissé un message ?

— J'avais pas encore décidé si je t'en parlerais ou non. Carbonneau, notre enquêteur, pensait garder ça secret, et tout à coup ça sort à la télé. On est en train d'interroger le directeur des nouvelles pour connaître sa source. J'espère que c'est pas un de nos gars qui a vendu l'information. Je les connais tous, ils sont plus professionnels que ça…

— J'ai remarqué qu'aux nouvelles, on disait presque rien au sujet du tueur.

— On leur en a donné le moins possible. Les fusibles qui ont sauté, les montres qui se sont arrêtées, tout le massacre, c'est du jamais-vu. C'est pas naturel. Ça me rappelle les histoires de ma grand-mère : comme si le diable s'était glissé parmi nous. L'enquêteur le prend mal. Il met en doute le seul témoignage qu'on a, même après que je lui ai parlé de la rencontre qu'on avait eue avec ton « exécuteur », Paul-Émile et moi. Il voit bien qu'il a un cas extraordinaire sur les bras, mais il est pas prêt à accepter que ça puisse avoir quoi que ce soit de surnaturel.

— Non seulement c'est surnaturel, mais je suis certain que c'est lié aux Insoumis. Le message que vous avez trouvé sent le fanatisme religieux, tu crois pas ? Si c'était un règlement de comptes criminel, les responsables laisseraient pas ce genre de message-là.

— À moins de vouloir brouiller les pistes…

— Mais tu y crois pas vraiment.

Louis soupira. Le pauvre était hors de son élément. On l'avait entraîné pour patrouiller dans une petite communauté et contrer des criminels aux motifs conventionnels. Il était temps de lui donner un peu d'espoir.

— Je crois savoir où l'exécuteur se cache. J'ai même des informations qui pourraient t'aider à résoudre une vieille affaire.

— Vas-y, parle. Laisse tomber le suspense.

— Je pense que l'exécuteur se terre dans un tunnel près du lac Bourdeille… et que les cadavres des deux enfants dont tu m'as parlé ont été enterrés pas loin.

— Et tu tiens ça de qui ?

— De Sébastien Morrissette.

— J'avais peur que tu dises quelque chose comme ça.

— Pourquoi ? T'es un grand gars, t'es capable de croire aux fantômes !

Malick avait fait ses recherches avant de se présenter au rendez-vous. Il sortit la photocopie d'une carte topographique et indiqua la colline où, avait-il appris, quelques prospecteurs égarés s'étaient adonnés à une excavation futile avant même que Saint-Nicaise soit fondée.

— Laisse-moi deviner, dit Louis. C'est sur le terrain de la Repousse ?

— Tu peux quand même aller voir.

— C'est pas si simple. On a eu nos malentendus avec eux. Depuis, ils refusent qu'on aille chez eux, sous prétexte que plusieurs de leurs « protégés » ont l'esprit fragile, qu'ils sont là pour s'éloigner de la cruauté du monde, et ainsi de suite. En plus, ils ont des amis influents : la municipalité les aime et tout le clan Lagardière est de leur côté. Si on veut fouiller chez eux, ça va nous prendre des soupçons solides. Tanya, du Rocksteady, nous a aidés à faire un portrait-robot de l'exécuteur. On l'a envoyé aux autres corps policiers et aux médias. Si on arrive à l'identifier, on découvrira peut-être son lien avec la Repousse… s'il en a un. D'ici là, c'est pas le témoignage d'un fantôme qui va nous obtenir un mandat de perquisition.

Il fit un pas de côté pour se cacher du soleil qui envahissait la ruelle à cette heure, puis reprit :

— Changeons d'approche un instant. T'as l'air certain de savoir à qui on a affaire. D'après toi, la tuerie d'hier leur sert à quoi ? Et quelle serait la prochaine étape, pour eux ?

— La tuerie, c'est un coup d'éclat. Comment est-ce que les gens réagissent, jusqu'à maintenant ?

— Un peu trop bien. Ils savent pas à quel point c'était horrible. On a une victime qui a été broyée, pratiquement. Multiples, multiples fractures. Mais il y a une limite à ce qu'on peut dire et montrer à la télé. Il y a des rumeurs qui courent, c'est sûr : les gens qui ont regardé par la fenêtre fracassée avant qu'on arrive ont dû en parler à leurs amis, à leurs familles. Mais plusieurs voudraient croire que c'est bon signe. Ça fait des semaines qu'ils ont peur que leurs enfants se prennent une balle perdue parce que les criminels du coin se paient une petite guerre de succession, alors ils espèrent que c'est toute une faction qui vient d'être éliminée et que les gagnants vont installer leur *statu quo*. À cause du message, il y en a d'autres qui s'imaginent que c'est l'œuvre d'une sorte de justicier…

— C'est ce qui m'inquiète. J'ai passé la soirée à m'imaginer les pires scénarios. T'as lu le texte que j'ai trouvé sur Internet ? La Méditation ? Je te fais grâce de mes théories les plus *flyées*, mais disons que Kelzid est comme un dieu pour les Insoumis. Je te parle de lui comme d'un individu à part entière, mais bon, si je dis que Kelzid veut quelque chose, tu peux comprendre que les dirigeants de la secte disent que Kelzid veut quelque chose. Ça va ?

— Disons, oui…

— J'ai l'impression que Kelzid veut être vénéré. Il est déjà vénéré par ses adeptes à la Repousse, mais ça lui suffit pas. Ici, à Saint-Nicaise, vous avez un problème de crime organisé. Kelzid envoie son exécuteur pour régler le problème et il en profite pour proclamer sa gloire à qui veut bien l'entendre, en laissant un message un peu cryptique. Ça pique la curiosité des gens. Après, c'est une question de marketing. Il doit nourrir cette curiosité-là et convaincre les gens de le suivre.

Louis devint très songeur.

— Dans ce cas-là… ça serait le temps pour les gens de la Repousse de faire plus de publicité et d'offrir des réponses… et c'est un peu ce qu'ils font avec la marche qu'ils proposent.

— Ah… t'es au courant ?

— Quoi, tu pensais m'en apprendre ? Ils ont proposé ça à la ville, la ville a embarqué à fond et on nous a demandé de surveiller l'événement, à tout hasard.

— Tu vois, ils exploitent la crédibilité qu'ils se sont bâtie… Ils vont essayer de se présenter comme la voix de la raison, comme ceux qui détiennent *la* solution.

— Pourtant, je les vois mal entretenir cette image-là *et* revendiquer la tuerie du Rocksteady.

— Le truc, pour eux, ce sera de repérer des gens qui sont capables de réconcilier les deux. Les gens veulent qu'on leur donne l'espoir d'un monde meilleur, et il s'en trouve toujours quelques-uns qui peuvent accepter des moyens radicaux pour y arriver. Il y a plein de chrétiens qui veulent que t'aime ton prochain comme toi-même, mais il en reste encore qui préfèrent le dieu sévère et vengeur de l'Ancien Testament.

— Autrement dit, tu penses que Kelzid compterait sur les pires instincts des gens…

— … *Et* sur leurs meilleurs. C'est une formule gagnante : tu peux exercer tes pires instincts parce que tu poursuis un but noble.

Louis réfléchit quelque temps. Malick voyait bien à quel point toutes ces conjectures lui déplaisaient.

— C'est drôle, dit Louis, il me semble qu'encore récemment, t'étais pas aussi certain de tes théories. Pourquoi t'en sais autant, tout d'un coup ?

Malick n'arrivait pas encore à tout lui dire. Louis comprendrait ce soir, de toute façon. Aussi bien rester vague dans l'immédiat.

— J'ai connu les Insoumis avant toi. Je vois ce qu'ils font maintenant et ça jette de la lumière sur ce que j'avais appris déjà.

Le mensonge lui venait trop facilement. Lui et le policier s'observèrent un instant comme deux joueurs de poker. Ici à l'ombre du Rocksteady, Louis paraissait plus las que jamais. Il eut un sourire amer.

— Bon, va paranoïer ailleurs, je travaille, moi.

— Bon courage, pis… merci. Je veux régler cette affaire-là comme il faut, et pour ça… j'ai besoin de toi, Louis. Je sais que c'est difficile de me faire confiance, mais tu le regretteras pas.

Louis se détourna sans un mot.

◆

— Ce n'est pas tellement mon type de magie, dit Ryamon, mais… oui, je veux bien essayer. C'est audacieux : les plus jeunes du cercle apprécieront.

Malick le remercia et raccrocha, soulagé. Il avait appelé Ryamon la veille pour lui faire part de ses dernières trouvailles et s'assurer qu'il attrape les images du Rocksteady à la télé. Il s'était senti comme un sale opportuniste, mais il savait que ses soupçons prenaient un tout autre poids maintenant que Saint-Nicaise faisait les manchettes. Ryamon avait demandé la nuit pour réfléchir et la nuit avait porté conseil. Avec un tel allié, Malick avait une chance de convaincre même les plus récalcitrants de participer à son rituel.

Il faisait encore appel après appel quand Rachel rentra dîner. Il prit le paquet qu'il avait préparé et s'inclina bien bas :

— Une petite offrande pour la reine de la jungle. Pour te remercier d'être si compréhensive, et parce que ça fait une semaine que tu m'héberges.

— Tu me fais peur, là. Une semaine ?

— En fait, ça faisait une semaine hier. Mille excuses pour le retard, je ne suis qu'un misérable vermisseau.

Elle alla s'asseoir à la table de la cuisine, défit le paquet, en sortit un roman, lut le titre :

— *Madrid, cette année-là…* Toi, t'as pas trouvé ça tout seul.

Rachel rêvait de voir Madrid, Malick l'avait appris de Laura.

— Voyons, dit-il, tu sais que j'ai un instinct infaillible. Mais il y a autre chose dans le paquet…

Elle trouva le talisman et l'inspecta sous toutes les coutures. Malick en était fier : c'était la plus élégante de ses créations, conçue et fabriquée avec l'aide d'un joaillier. Il en avait fait deux exemplaires : Scipion avait l'autre. Il s'agissait d'un pendentif d'argent de cinq centimètres de diamètre, percé de trous de diverses tailles répartis selon des calculs complexes. Un fin fil de cuivre reliait tous les trous pour former un motif qui rappelait une étoile. Un sceau complexe était gravé sur le disque et de minuscules symboles en ornaient la tranche. Le tracé du talisman et le rituel nécessaire à son activation provenaient du manuscrit Leung, la pièce maîtresse de sa collection d'écrits occultes.

— C'est… magique, je suppose?

— Oui. Pour ta protection. Je tiens à ce que tu le portes tant que le danger sera pas écarté.

— C'est joli… mais il me semble que tu ignorais laquelle de tes amulettes t'avait déjà protégé contre l'exécuteur?

Il était presque certain que c'était ce talisman qui avait bloqué les attaques de l'exécuteur jusque-là. Le rituel de création du talisman devait être effectué, avec de menues variations, chaque jour pendant trois semaines. Il en aurait préparé pour tout le groupe si seulement il avait eu le temps.

— T'inquiète pas, dit-il, j'ai acquis celui-là par la suite. Je pense que c'est plutôt celui-ci qui m'avait protégé…

Il sortit son talisman de magnétisme animal et le laissa retomber sous sa chemise avant qu'elle ait pu l'examiner de trop près. Il tenait à ce qu'elle soit protégée. Sans le talisman qu'il offrait à Rachel, il pouvait encore se rabattre sur son savoir, sa magie, son instinct. Et s'il échouait, il fallait qu'elle s'en sorte pour tenter de régler le problème à sa manière.

Les cadeaux l'avaient surprise, voire embarrassée quelque peu. Il la sentait touchée, mais ce n'était pas que ça: elle le regardait différemment depuis qu'elle avait revu Eddy. Peut-être était-elle prête à tout croire. Elle ne posa pas d'autres questions sur le talisman mais lui demanda plutôt d'un ton narquois:

— Pas de fleurs?

— Non, j'ai déjà assez dépensé chez le fleuriste. Boris veut pas me parler depuis que l'exécuteur a bousillé son auto, ça fait que je lui ai fait envoyer des fleurs. Gros bouquet: des roses, des pensées, des oiseaux de paradis, des petites affaires blanches et une carte avec des petits chérubins tout nus. Je me dis que si j'arrive à le faire rire un peu, il finira peut-être par me pardonner.

Rachel éclata de rire.

◆

— Tu penses être parti longtemps ? demanda Malick quand il passa relayer Samuel après le dîner.

Samuel avait fermé la porte sur l'adepte endormi. Dan avait passé une nuit agitée et manquait cruellement de sommeil.

— Je saurais pas dire. Je veux passer par le Rocksteady. Ça me sidère, cette histoire-là. Peut-être que j'y croirai plus si je vois les lieux.

— Tu sais que je vais tout régler, hein ? J'ai l'air de prendre ça comme un jeu, des fois, mais je t'assure que je vais faire tout ce que je peux pour en venir à bout.

— Tu peux commencer par convaincre Dan d'accepter la protection de la police. Ça vaudra mieux pour tout le monde. Vas-y doucement, quand même. Je pensais qu'il devenait plus ouvert aux nouvelles idées, je l'ai vu lire le livre que tu lui as donné, mais aujourd'hui, il a pas l'air bien. Je crains une rechute.

Malick acquiesça et entra. Dan était recroquevillé comme un loir sur le lit, tout habillé. Il valait mieux le laisser dormir encore. Malick alla s'asseoir et posa son sac sous la chaise.

Laissé à lui-même, il ne pouvait s'empêcher de revoir le Rocksteady et tous ces corps révélés en détail par les éclairs de l'appareil photo. Il révisa sa liste de contacts pour vérifier qui il devait encore appeler et tenter de convaincre. Il s'assura que la ligne de sel devant la porte était intacte. Il voulut méditer pour retrouver un semblant d'équilibre, mais il n'arrivait pas à se concentrer. Il passa aux toilettes et en profita pour s'inspecter dans le miroir. Les événements des deux dernières semaines ne l'avaient pas vieilli prématurément, contre toute attente. Pas de nouvelles rides, pas de joues creuses; en fait, il était plutôt bel homme. Il se mit à fredonner une vieille mélodie de chanteur de pomme. Même s'il n'était pas l'aventurier intrépide qu'il aurait voulu être, il se trouvait quand même encore le physique de l'emploi. Il sortit de la salle de bain et se dirigea vers la fenêtre en s'étirant jusqu'à la limite de ses muscles.

Un objet dur le frappa en travers du dos, lui arrachant un cri bref. Il tomba à plat ventre. Comme il essayait de se relever, un autre coup l'atteignit à la tête et aux épaules. Sa vision se troubla. Tout le poids de son assaillant lui tomba sur les épaules; il sentait un genou pesant sur l'une de ses omoplates, un pied sur l'autre. Un bout de métal froid vint se presser contre sa nuque.

— Pourquoi vous m'en avez pas parlé? s'écria la voix de Dan.

Malick sut aussitôt de quoi il était question, sut aussi ce que Dan appuyait ainsi sur sa nuque: la carabine de Samuel. Ce n'était pas un si gros calibre: si Dan visait plus haut, il avait une mince chance que la balle glisse le long de l'os. Mais le canon était pointé droit sur ses vertèbres cervicales, et la balle ne manquerait pas de lui transpercer l'épine dorsale ou de dévier sur une artère majeure. La vie d'un paralytique ou la mort au bout de son sang.

— J'ai pas voulu t'inquiéter. Comment t'as su?

— Tu penses que j'ai pas remarqué la tête que Samuel a faite quand il a pris un appel sur son cellulaire hier? Il y a un radio-réveil sous le lit, je l'ai écouté tout bas pendant la nuit. J'étais inquiet, pis aussi je me disais que Samuel avait peut-être raison quand il me disait que je devais connaître le monde que je voulais sauver. Tu sais qui c'est qui a tué tout le monde dans le bar. Kelzid a envoyé son réceptacle en ville !

— Justement, t'as entendu ce qu'il a fait, le réceptacle ? Tu penses que c'est une erreur de parcours, ça, comme la fois où il a tué le chasseur qui vous avait surpris en forêt ?

— Je pense que si Kelzid a fait ça, c'est qu'il a décidé que la ville lui appartenait. J'aurais jamais dû partir ! Il va venir me chercher ici tôt ou tard.

— Justement, je peux t'aider à partir, à te cacher…

— Je peux pas me cacher !

Malick ne l'avait jamais entendu si désespéré. Après un bref sanglot, Dan reprit :

— Je le sais pourquoi t'as tout plâtré les murs. C'est les craques, c'est ça ? Lève-toi, regarde !

Malick sentit le poids quitter son dos, entendit Dan écarter les rideaux. Il se leva et fut aussitôt projeté contre la fenêtre. Le canon de la carabine retrouva son cou. Dans la rue au-dessous, personne ne se doutait de rien.

— T'es comme un homme des cavernes. T'essaies de combattre quelque chose que tu connais même pas avec des bêtes superstitions. C'est pas juste les murs : Kelzid est partout, tu comprends pas ça ? Les gens dans la rue, ils appartiennent tous à Kelzid, ils l'apprendront bientôt. Les trottoirs, l'asphalte, la vitrine du magasin en face, tout est fissuré ! L'arbre et la foudre ! Tu le vois, l'arbre ?

Malick vit apparaître dans son champ de vision le poignet de Dan, mince, avec ses veines bleues qui allaient en se ramifiant juste sous la peau. La pression de la carabine s'était relâchée un instant mais reprit avant qu'il puisse réagir. Le jeune avait replongé la tête la première dans les enseignements des Insoumis ; il n'était plus qu'à demi rationnel. Comment raisonner avec un fou ?

— Tu comprends ? dit Dan. Kelzid est en moi, pis en toi aussi. C'est une force naturelle. Je peux pas lui échapper. En te parlant, je l'ai trahi : le mieux que je peux faire, c'est de te tuer ici, maintenant, pour lui. Après, il me restera juste à m'entailler les veines, et peut-être qu'il me laissera mourir en paix.

— Tu vaux plus que ça, Dan ! Kelzid a pas gagné, on peut le combattre. Tu peux nous aider.

— Je peux rien faire. Sans lui, je suis rien, je comprends ça maintenant. En partant de la Repousse, j'ai perdu ce que j'étais devenu. Là-bas, j'étais spécial ; j'étais un des élus ! Maintenant, je suis moins que rien. Toi pis moi, on va mourir ici, pis au moins comme ça j'aurai servi à quelque chose.

Malick pouvait sentir un filet de sang tracer lentement le contour de sa joue. À chaque inspiration, une douleur se répandait dans son côté gauche ; il devait avoir une côte fêlée. Il se demanda un instant si sa dernière image de la Terre allait être cette bête rue de Saint-Nicaise. Comment raisonner avec un fou ? Facile : lui-même n'était pas si différent. Accablé de visions, régi par les mensonges qu'il s'était racontés toute sa vie, obsédé par les Insoumis, il n'était guère plus sensé que la pauvre victime à l'autre bout de la carabine. La mort contre son cou, il laissa sa rancœur prendre le dessus :

— Veux-tu que je te dise la vérité, mon Dan ? T'as raison : t'es pas spécial. Tu l'es pas maintenant, pis tu l'étais pas non plus quand tu vivais dans ton troupeau à la Repousse. Tu vaux pas grand-chose, pis moi non plus. C'est ça, la vie : on est tous faits sur le même moule, avec les mêmes crisses de défauts, pis un de ces défauts-là, c'est de s'imaginer qu'on peut être spécial quand notre présence sur terre est peut-être rien de plus qu'un accident.

— Mais Kelz…

— Pour ce que j'en sais, Kelzid est peut-être un accident lui aussi, ou un outil que Victor Geoffroy a créé pour se penser spécial. Qu'est-ce que Kelzid vous a donné ? La souffrance, la peur, pis l'illusion qu'un jour vous allez accomplir quelque chose. En ce qui me concerne, tout ce que t'as de spécial, c'est ce que tu peux apporter aux autres. Pas ce que tu vas leur apporter, pas le beau monde idéal que tu vas leur donner si tu les trouves méritants ; ce qui compte, c'est ce que tu peux faire pour les autres maintenant. Ce que j'ai voulu faire pour toi, c'est t'aider à sortir d'un endroit malsain et te donner une chance de t'éclaircir les idées. Après ça, tu feras ce que tu veux, tu deviendras raëlien si ça t'amuse, mais au moins donne-toi le temps de réfléchir encore. Regarde ce que Kelzid va faire dans les jours qui viennent, et tu verras s'il mérite la dévotion qu'il te demande. Et si jamais il vient te chercher, tu peux être sûr qu'il va devoir me passer sur le corps avant de t'avoir.

Il se tut, surpris par tout ce qu'il venait de dire. Il y eut un silence qui n'en était pas un, rythmé par la respiration de Dan. Puis l'adepte dit, d'une voix brouillée et tremblante :

— Va t'asseoir dans le coin. Lentement. Essaie pas de te sauver ! Je te manquerai pas !

Malick s'écarta de la fenêtre et se dirigea vers le coin de la pièce, près de la porte. Au moins, il ne sentait plus le froid du canon sur son cou. Une fois assis, il put enfin regarder Dan face à face. Ce dernier le tenait en joue sans faillir ; son corps était agité de sanglots mais, par quelque miracle de maîtrise de soi, il réussissait à garder son arme immobile. Malick ressentait la fascination qu'exerçait la gueule noire de la carabine, un point de pur néant dans cette pièce autrement banale. Il s'efforça de regarder plutôt le visage de Dan. Ce qu'il y vit n'était pas du tout rassurant : les yeux mouillés, le visage tressautant sous les assauts d'un fouillis d'intenses émotions. Ce serait si absurde et si frustrant de mourir ici, canardé par celui qu'il avait voulu secourir. Il suffisait d'un mot mal choisi... Il se rappela la dague dans son sac, sous la chaise. S'il devait défendre sa vie, il avait une arme. Il espérait de tout son cœur ne pas avoir à s'en servir.

— Pourquoi je devrais te faire confiance ? demanda Dan d'une voix à peine intelligible.

— C'est à toi de le décider, Dan. Je te ferai pas de promesses que je peux pas tenir. Je te promets de faire tout ce que je peux pour arrêter Kelzid, mais je te promets pas que ça va réussir. Qu'est-ce qu'il représente pour toi, Dan ? C'est ton guide ? ton dieu ? ton maître ? Personne mérite un maître comme ça. Et ça serait juste trop con de mourir pour lui.

Dan continua de le tenir en joue, mais petit à petit, par degrés infimes, il sembla s'apaiser. La folie le quittait par frissons et soupirs. Malick n'osait ni parler ni bouger ; il se sentait prisonnier d'un sinistre tableau, figé dans un moment qui s'éternisait. Il ne savait plus si cinq, ou dix, ou trente minutes étaient passées.

Puis on cogna à la porte.

— Police ! Ouvrez !

Malick crut que Dan allait s'effondrer tant il sursauta fort. Il vit le canon tressaillir et le doigt de

Dan se crisper sur la détente. Malick s'apprêtait à bondir quand il entendit, au lieu de la détonation redoutée, un simple *clic*. Il fonça sur Dan, lui arracha le fusil des mains et poussa Dan par terre. À peine conscient de ce qu'il faisait, il lui asséna un coup de pied, puis un autre.

— T'avais pas de munitions ! Avec quoi t'allais me tuer ? J'ai subi tout ce cirque-là pour une carabine qui était même pas chargée ?

Il se ressaisit quand le policier enfonça la porte. Malick s'empressa de lever les mains en l'air : le revolver du policier était chargé, lui. Les sanglots de Dan reprirent de plus belle.

— Qu'est-ce qui se passe ici ? dit le policier en lançant à Malick un regard noir.

— C'est une longue, longue histoire. On peut en discuter pendant deux heures sans arriver nulle part, ou vous pouvez appeler votre collègue Louis pour qu'il vienne vous expliquer qui je suis.

◆

Louis était furieux :

— Ça fait combien de temps que tu le caches ici sans rien me dire ?

— Euh… depuis lundi après-midi.

Le policier qui était intervenu plus tôt se tenait debout près de la porte, bras croisés, et jetait d'occasionnels coups d'œil incrédules à la barrière magique tracée par terre, rompue par son arrivée. Louis était assis sur le bout de la chaise, qu'il quittait sans cesse pour faire quelques pas en rond puis revenir s'asseoir. Malick se tourna vers la fenêtre pour éviter son regard. De l'autre côté de la rue, au-dessus du magasin de vêtements pour enfants, une vieille dame les épiait comme on regarde un feuilleton télé : c'était elle qui avait alerté les policiers en voyant Dan, carabine en main, pousser Malick à la fenêtre. Il tira le rideau.

— Lundi soir, dit Louis, on a passé presque toute la nuit dans un char ensemble. Quand on a manqué de sujets de conversation, on a dû parler de la météo pendant *une demi-heure*. T'aurais pas pu me parler de lui, plutôt ?

Voyant la tête que faisait Dan, assis sur le lit, il baissa un peu le ton.

— T'as une idée de ce qu'on peut te mettre sur le dos ? Entrave au travail des policiers, séquestration…

— Pas si vite, là. C'est lui qui a pris contact avec nous pour qu'on le sorte de la Repousse. On l'a caché ici avec son consentement, pour sa protection, en attendant qu'il accepte de vous parler.

— C'est pour le protéger que tu le battais quand Baillargeon est arrivé ?

— Bon, c'est vrai… je me suis laissé emporter pendant une seconde ou deux, ça m'arrive quand je viens de frôler la mort. Je l'ai convaincu de pas se tuer, c'est ça qui compte, non ? J'allais vous le confier bientôt ; je *t'ai* parlé de lui lundi soir, pour savoir s'il y avait moyen de le placer sous votre protection.

— Oui, t'as juste omis de me dire que tu l'avais déjà à ta disposition ! On va se concentrer sur le problème, OK ? Tu me dis que Dan ici présent a des informations incriminantes ?

— Un peu, oui ! Il peut te parler du meurtre de Léo Lussier, il peut lier Parenteau à la Repousse, et il connaît l'exécuteur personnellement.

Louis le dévisagea un long moment, sceptique.

— Lui, je veux bien lui donner sa chance et prendre sa déposition. Toi… je vois pas en quoi je peux te faire encore confiance. Qu'est-ce que tu m'as caché d'autre ?

— Rien ! Je t'ai dissimulé Dan parce qu'il était pas prêt à vous parler. Je pouvais pas te mentionner Léo Lussier tout de suite parce que t'aurais voulu connaître mon témoin. Tout ce que je sais autrement, je te l'ai dit, et t'as une copie de presque tous mes documents. Écoute... Il faut que vous me laissiez vous aider à arrêter les Insoumis. J'ai manqué ma chance de mettre fin à leurs plans déjà, je veux pas faillir une deuxième fois. J'ai promis à Dan que je ferais tout ce qu'il faut. Et les Insoumis m'en veulent, je suis une cible, je vous servirai d'appât s'il le faut !

— Je serais tenté de vous embarrer tous les deux et de tout oublier jusqu'à demain matin...

— Il y a peut-être du bon là-dedans, à moitié. Dan, ça te dirait de passer la nuit au poste ? Tu serais plus en sécurité qu'ici.

— Je peux pas !

— Comment ça, tu peux pas ? demanda Louis.

Dan indiqua de la tête le policier près de l'entrée.

— Pouvez-vous le faire sortir ? demanda-t-il tout bas.

Louis fit signe à son collègue qui sortit sans rouspéter, soulagé sans doute.

— Je peux pas vous faire confiance, dit Dan. J'ai entendu mon père parler de la police... Je pense que vous êtes infiltrés. Si je vous suis à la station, ça va se savoir.

— Tu peux faire confiance à Louis, dit Malick. Pour les autres... Louis, qu'est-ce que t'en dis ? Une infiltration, c'est possible ?

— C'est difficile à croire. Je commence à bien connaître tout le monde. Je vois mal qui aurait un lien avec ta secte. T'es sûr que c'est pas juste de la paranoïa ? Après ce que t'as dû vivre, Dan, je te comprends d'être méfiant. Tu dis que ton *père* parlait de la police ?

— Son père, dit Malick, c'est Hubert Saulnier, un des adeptes montréalais dont je t'ai parlé. Dan l'a suivi ici il y a trois ans. Il a l'air d'un gars sensé, pourtant, mais il est impliqué jusqu'au cou. Dan voudrait le sortir de là.

Louis haussa les sourcils, attendant quelque intervention de Dan, mais ce dernier était porté sur le mutisme depuis sa crise.

— Bon, dit Louis, j'aurais dû savoir que ce serait compliqué. Est-ce qu'on peut s'entendre pour dire qu'il s'est rien passé ici ? Dan, veux-tu porter plainte contre Malick ? Non ? Parfait. Comme il s'est rien passé, je devrais pouvoir convaincre Baillargeon de tenir ça mort. Si j'implique Paul-Émile, en qui j'ai pleine confiance, on est rendus trois. Après, je peux m'entendre avec le chef, en privé, pour organiser la relocalisation d'un témoin potentiellement important – sans donner tout de suite ton identité, Dan. Quand tout sera en place, on pourra assurer le transport à nous trois : Baillargeon, Paul-Émile et moi. On limite le savoir au plus petit nombre de personnes possibles. Qu'est-ce que t'en dis ?

Il s'était assis sur le lit pour mieux parler avec Dan. Ce dernier considéra la question.

— Il reste mon père…

— Pour l'instant, il faut te mettre en lieu sûr. Après, tu nous diras comment aider ton père.

Visiblement, Dan n'était plus sûr de rien. Il regarda tour à tour Louis et Malick, et dit enfin :

— On partirait quand ?

— Ça reste à confirmer. Ce soir, je peux venir veiller sur toi, et peut-être Paul-Émile aussi. Je vais parler tout de suite à Baillargeon. Et après ça… tu vas me dire tout ce que t'as dit à Malick.

◆

Dan resta presque muet : il refusait de dire quoi que ce soit avant d'avoir mis plus de distance entre lui et la Repousse. Malick dut se charger de raconter la mort de Lussier, et reprendre ensuite l'histoire pour un Paul-Émile plus grincheux que jamais, venu assurer la surveillance pendant que Louis rentrait au poste pour organiser la relocalisation de Dan. En attendant des nouvelles, Malick rétablit les protections rompues par l'arrivée des policiers. Pour ce faire, il dut demander à Paul-Émile d'attendre dans le couloir : il n'arrivait pas à travailler sous l'œil sceptique de l'agent.

Quand Samuel rentra, accompagné de Rachel, il se montra à la fois contrarié et soulagé par ces nouveaux développements. Il ne s'excusa pas pour avoir laissé ici sa carabine : compte tenu de ce qui s'était passé au Rocksteady, était-ce excessif d'avoir apporté de quoi se défendre ? Il avait au moins caché les munitions.

Malick aurait aimé se lancer dans une dispute bien sentie, mais Rachel était là pour le rappeler à l'ordre. Dan restait fragile et il valait mieux éviter d'ajouter à ses inquiétudes. Malick était encore secoué par la crise de Dan : il se sentait plein d'une énergie nerveuse et n'arrivait pas à rester en place. Il valait mieux sortir. Il fit ses recommandations à Paul-Émile et lui confia la dague, expliquant en quoi elle pouvait être utile contre l'exécuteur. Le policier l'accepta avec beaucoup de réticence. Il s'entêtait à ignorer les aspects surnaturels de l'enquête, ce qui revenait à ignorer Malick.

La ruelle était vide, un trait d'asphalte brisé que Malick traversa en vitesse. Il devait éviter d'être vu autour de l'immeuble où se trouvait Dan. Sa tête et son dos le faisaient souffrir. En remontant Saint-Antoine, il aperçut dans la porte d'un salon de beauté une affiche marquée du logo de la Repousse. On annonçait la marche du lendemain en appelant la communauté à « venir partager lumière et chaleur et se recueillir pour ramener la paix ». Malick examina longuement l'affiche, y cherchant quelque message codé, quelque indice des intentions réelles des Insoumis. Par-delà l'affiche, assise devant la caisse enregistreuse, la coiffeuse l'épiait par-dessus son magazine, sévère. Il reprit son chemin. Dans la vitrine du nouveau café « Entre amis », un client en l'apercevant s'empressa de noter quelque chose dans son cahier. Malick restait trop visible ici, les sympathisants de la Repousse étaient trop nombreux : et si chacun de ses gestes était épié ?

Il redescendit sur Bouthillier, inspectant les murs, répertoriant les bruits humains portés par la brise. Tout demeurait obstinément banal. Un parfum de diesel, une boucle d'oreille bon marché coincée entre deux dalles du trottoir, un chat couleur gris nuit entrevu sur un escalier de secours. Il vit trois autres affiches annonçant la marche aux chandelles, mais il n'y trouvait rien d'utile. Il marchait en direction du garage, espérant y trouver Boris et voir si les fleurs avaient fait leur effet. Il savait qu'il lui devait encore une véritable conversation, tant pour le rassurer que pour lui expliquer où en étaient ses plans. Et puis, Boris était reposant : peu soucieux, encore moins exigeant, toujours à l'aise peu importe où il était. *Le monde est son La-Z-Boy*, pensa Malick avec un sourire.

Un frisson parcourut soudain son échine endolorie. Ce qui n'était d'abord qu'un vague doute devint vite une certitude : quelque chose n'allait pas du tout. Il se colla contre un poteau de téléphone, essayant de comprendre d'où venait cette sensation qui s'approchait de la pure panique animale. Dos à la rue, il ne risquait pas d'être reconnu. Et puis, il était invisible, non ?

Dans la vitrine d'un petit magasin de chaussures, il vit passer l'image d'une vieille *station wagon* qui remontait la rue. La pâle réflexion qu'il espionnait ne lui permettait pas d'en distinguer l'intérieur. Malick savait pourtant qui s'y trouvait : l'exécuteur de Kelzid, en balade. Il pouvait sentir la même présence mauvaise qui l'avait effrayé quand il avait découvert l'arbre sanglant, et encore lors de sa rencontre avec Quentin.

Qu'est-ce que l'exécuteur venait faire en plein centre-ville, si tôt après ses derniers exploits ? Malick risqua un coup d'œil et vit le véhicule tourner à droite sur Desmarais... là où Dan était logé.

Il y avait un téléphone public tout près. Malick dut s'y reprendre à trois fois pour composer le numéro : les chiffres se bousculaient dans sa tête.

— L'exécuteur vient chercher Dan ! dit-il à Samuel aussitôt la communication établie.

Il raccrocha et courut sans réfléchir, un pied devant l'autre, sans un regard en arrière. Si souvent, il avait couru pour fuir ; cette fois-ci, il allait à la rencontre de ce qu'il redoutait.

La *station wagon* était garée devant l'immeuble. Malick emprunta la ruelle et entra par-derrière. Avant de prendre l'escalier, il vit la porte d'entrée béante, la serrure fracassée. Un coup de feu retentit en haut. Le plafond résonnait de pas hâtifs, de voix

paniquées. Malick n'avait ni plan, ni dague, ni le
principal talisman qui l'avait sauvé jusque-là. Il
l'avait donné à Rachel, mais était-ce suffisant pour
la protéger, ou n'était-ce au fond que pure superstition ?

Il ne vit personne en arrivant en haut. Un désert
poussiéreux occupait presque tout l'étage : un comptoir, quelques étagères en métal peint poussées
contre un mur. Au fond, la porte de la chambre de
Dan, fracassée, ne tenait plus qu'à une charnière
tordue. D'où il se tenait, Malick ne pouvait voir tout
l'intérieur de la chambre. Il y perçut du mouvement
et s'élança derrière le comptoir avant qu'on l'aper-
çoive, soulevant la poussière. Il retint son souffle
et entendit des pas vifs, d'autres traînants. Aucune
voix : pourquoi n'y avait-il plus de voix ? Les pas
traversèrent la pièce, longeant l'autre côté du comptoir
un instant avant d'aller s'engager dans l'escalier.

Malick reprit son souffle, puis se risqua à quitter
sa cachette. À pas silencieux, il s'approcha de la
chambre de Dan... et aperçut Rachel étendue, immobile, sur le plancher de tuile froide.

− HUBERT −
LA NUIT DE LA HACHE
(DEUXIÈME PARTIE)

Partout autour, on n'entendait que la voix des flammes. Pour Hubert, debout dans la maison de Rawlings près de son maître blessé, le rêve ne tenait plus qu'à un fil.

Azur, accroupi auprès de Victor, soutenait de ses deux mains la tête du maître. Hubert n'osait pas s'approcher. Il s'en voulait à mort d'avoir gardé ses doutes pour lui et de ne pas avoir livré Susannah sur un plateau d'argent avant qu'elle ne vienne tout gâcher. Il s'en voulait d'être incapable de soigner Victor, d'être inutile en ce moment décisif.

Rawlings, assommé par l'un des frères Boyard, reprenait enfin conscience. Pour une fois, il ne souriait pas. Hubert aurait voulu savoir ce qui l'attristait le plus : l'état de sa maison ou celui de Victor. Le feu se propageait à l'étage. Les flammes se comportaient étrangement ; elles donnaient l'impression de fuir le réceptacle. Hubert aperçut une corbeille pleine de papiers. Après quelques secondes d'incompréhension, il se rappela ce qu'elle représentait et la tendit à un Rawlings surpris.

— Voilà tous les documents que j'ai pu sauver. Il nous les faut pour l'avenir du groupe.

— Tu penses qu'on peut continuer ? Regarde Victor ! Qu'est-ce qui s'est passé ? Est-ce qu'il va survivre ?

Sans quitter Victor des yeux, Azur se prononça d'une voix grinçante :

— Il doit survivre ! Je dois continuer, tout progressait, il *faut* que je continue…

Les mouvements de sa mâchoire et l'expression de son visage n'avaient plus rien de familier. Il tourna la tête vers les deux adeptes. Sa paupière gauche clignait à toute vitesse, hors de contrôle.

— Est-ce qu'il y a moyen de lui rendre le pouvoir de Kelzid ? demanda Rawlings.

Azur secoua la tête.

— Victor est mourant. Je le sens. Son corps est inutilisable. Son corps…

Il posait son regard frénétique à droite, à gauche, partout, jusqu'à ce que quelque chose au plancher attire son attention. Une ébauche de sourire déforma ses lèvres.

— Toi, Rawlings ! Tu vas aider ton dieu comme toujours tu l'as fait. Tu comprends ?

Le trésorier, muet, hocha la tête. Azur reprit :

— Hubert, mon fidèle. En peu de temps, tu es devenu un adepte des plus précieux. Sache que l'adversité et la persécution nous confirment que nous sommes sur la bonne voie. Es-tu prêt à tout faire pour sauvegarder la vision de Victor ?

Touché, Hubert aussi hocha la tête.

Le réceptacle lui dit ce qu'il avait à faire.

Hubert ne bougea pas. Les muscles de son visage ne lui répondaient plus. Tout lui semblait irréel. Il se contentait de fixer Azur, ce réceptacle habité par une force beaucoup plus grande que lui, insidieuse et implacable, une force capable de tout accomplir si on lui donnait le temps.

La voix se fit cajoleuse…

— C'est ton tour, Hubert. Il faut que ce soit toi : les autres respectent Rawlings, mais ils t'aiment, toi. Tu vas les convaincre et les guider dans une ère nouvelle.

… puis son ton se durcit subtilement…

— Toi et moi, Hubert. Nous allons mettre fin à tous les doutes. Nous allons leur donner un miracle.

Sans savoir s'il agissait par foi, par conviction ou par peur, Hubert se pencha et prit la hache. Il devait être fort – la hache n'était pas si lourde, s'il se montrait fort. L'éclat de la lame trouva écho dans le ton maintenant tranchant d'Azur :

— Fais-le.

Rawlings, accablé, tournait la tête d'un côté et de l'autre sans pouvoir quitter la scène des yeux. Hubert crut déceler une pointe de crainte dans le regard du réceptacle, mais il ne pouvait en être certain. De toute manière, il était trop tard pour changer d'idée.

— FAIS-LE ! hurla Azur.

Hubert abattit la hache. Il dut s'y reprendre à deux fois pour compléter sa tâche.

LE PLAN DE LA DERNIÈRE CHANCE

Les éclats de l'ampoule brisée crissèrent sous les espadrilles de Malick quand il entra dans la chambre. Il y avait des taches de sang sur le plancher, sur le mur aussi. À gauche, Paul-Émile était affalé au pied du mur. Malick lui prêta peu d'attention, ne voyant que Rachel. Elle ne broncha pas quand il croassa son nom. Une partie de lui-même était toujours en proie à la panique ; une autre partie lui disait que la scène était intacte, que les policiers avaient une chance de récolter des indices et de prouver ce qu'il fallait prouver, à moins qu'il ne déplace les corps et ne contamine la scène par sa présence.

Il s'accroupit néanmoins auprès de Rachel, malgré la douleur dans son dos. Le visage de Rachel ne trahissait aucune souffrance. Quand il vit la plus infime des respirations soulever sa poitrine, il osa espérer. Il posa la main sur le côté de son visage et lui massa la tempe de son pouce tout en lui demandant de se réveiller.

Rachel sursauta et ouvrit grand les yeux, terrifiée.

— Ça va, Rachel, ils sont partis. Je les ai vus partir.

— Il était ici, dit-elle. L'exécuteur. Il a... il a enlevé les autres, c'est ça?

Malick hocha la tête et l'aida à se lever. En apercevant le policier affalé, Rachel alla s'agenouiller à son côté pour prendre son pouls et tâter son crâne. Lui aussi vivait toujours, mais il avait dû prendre un solide coup: Malick pouvait voir un trou dans le mur au-dessus de lui, là où sa tête avait dû le heurter. Des lézardes couraient sur les murs et le plafond; il ne restait de la fenêtre brisée que quelques dents vitreuses sur le pourtour du châssis.

Rachel regarda tout autour d'elle, comme si elle espérait voir Dan ou Samuel sortir de leur cachette.

— Il nous les a pris..., dit-elle. Il a récupéré Dan, et il a pris Samuel en otage.

— Approche, dit Malick en ouvrant les bras.

Elle resta plantée là, vexée.

— Ça va, je peux tenir le coup. J'ai pas besoin de réconfort...

— Je suis arrivé pis je t'ai vue qui bougeait pas. Moi, j'en ai besoin.

En deux pas, elle couvrit la distance qui les séparait. Malick l'enlaça et ils restèrent ainsi jusqu'à l'arrivée des policiers.

◆

Les heures suivantes s'avérèrent aussi fastidieuses que frustrantes. Malick aurait voulu parler avec Rachel en toute quiétude; il se retrouva plutôt happé par le rituel de la procédure policière. Car rituel il y avait: tout le processus avait quelque chose de cérémonial, au même titre que bien des œuvres hermétiques. Malick l'avait remarqué déjà au Rocksteady en voyant comment les policiers délimitaient la scène du crime et procédaient par étapes rigoureuses. En cela, ils suivaient une méthode raffinée par des générations de spécialistes avant eux, une méthode consignée dans des ouvrages canoniques et expliquée par les maîtres à chaque nouveau groupe d'initiés. Leur travail minutieux révélait des détails invisibles au commun des mortels.

Sitôt arrivés au local, les policiers et ambulanciers s'étaient chargés de Paul-Émile. Ce dernier reprit connaissance sur une civière, effaré, alors qu'on le manœuvrait dans les escaliers. Malick se vit ensuite impliqué dans une autre forme de rituel. Par quelques questions pré-établies, les agents appréhendaient l'inconnu et lui donnaient des dimensions : les noms des personnes impliquées, l'heure de l'événement et autres paramètres vérifiables de l'incident. Malick appréciait : c'est en nommant les choses que le magicien peut commencer à les contrôler. Il expliqua sa présence sur les lieux pendant qu'un ambulancier s'assurait que Rachel se portait bien. Malick fut heureux de constater qu'elle portait encore le talisman qu'il lui avait donné.

Il accompagna Rachel au poste, où l'on insista pour qu'elle fasse tout de suite une déposition. Malick dut poireauter, seul, assis dans le couloir sous les regards curieux, suspicieux ou carrément hostiles de ceux qui passaient par là. L'intérieur du poste lui rappelait des souvenirs de jeunesse qu'il aurait bien oubliés. La tension dans l'air contrastait avec le calme plat qu'il avait connu déjà. Les sonneries incessantes, le va-et-vient, l'air effaré de certains témoignaient d'une activité extraordinaire pour ce poste où l'on ne trouvait d'ordinaire qu'un unique responsable.

Au bout d'une demi-heure, Baillargeon – le policier qui avait été alerté par la crise de Dan – lui apprit en passant que Louis était à l'hôpital, au chevet de Paul-Émile. Ce dernier avait subi un sérieux choc, mais le médecin assurait qu'il serait bientôt remis.

Puis l'enquêteur arriva: grand, le visage crevassé, les mains velues et nerveuses, le regard noir. Malick répondit à ses questions sans insister sur ses activités et découvertes occultes. L'enquêteur était aussi fébrile que frustré: le suspect qu'il cherchait partout venait de resurgir devant témoins… pour repartir aussitôt avec quelqu'un qui aurait pu contribuer à l'enquête. Malick le savait trop contrarié pour écouter ses suggestions. Il aurait pourtant voulu l'obliger à l'écouter, à comprendre que son enquête devait passer par la Repousse. Il reconnaissait en l'enquêteur un chercheur, tout comme lui, mais ses méthodes et ses préoccupations le poussaient dans une direction divergente de la sienne.

Malick put enfin raccompagner Rachel chez elle. Elle ne voulut rien lui dire en chemin, prétextant qu'elle en avait assez de parler. Les policiers lui avaient demandé de raconter les événements en détail, puis l'avaient fait recommencer sous prétexte que le magnétophone avait eu un raté. Elle se doutait bien que l'enregistrement avait réussi du premier coup et qu'ils l'avaient fait répéter parce qu'ils n'avaient pas confiance en elle.

— À moins, dit-elle à Malick, que ce soit ta paranoïa qui déteigne sur moi.

— C'est plutôt ma réputation qui déteint sur toi, j'imagine. À part Louis, personne au poste me fait confiance. Je me demande même si je l'ai pas perdu, Louis. Les autres se méfient de moi, donc mes amis paraissent suspects aussi.

— Et moi qui me suis tant efforcée de devenir quelqu'un de respectable ici en ville ! T'es en train de tout ruiner.

Il commençait à bredouiller une excuse quand elle lui donna un bon coup de poing à l'épaule ; son sourire faisait plaisir à voir.

— Max, penses-tu vraiment que je vais me soucier de ça ? Mes amis m'acceptent sans me juger. Si les autres pensent du mal de moi, c'est leur problème.

— Toi pis ta gang contre le reste du monde, c'est ça ?

Elle ne répondit pas, la mine sombre soudain. Malick devina qu'elle pensait à Samuel. Il ne dit plus rien, sachant qu'en essayant de lui remonter le moral, il risquait de gaffer et de la démoraliser plus encore.

Ce n'est qu'une fois chez elle, tous deux bien assis de part et d'autre de la table à dîner, qu'elle lui raconta ce qui s'était passé.

Alerté par l'appel de Malick, Paul-Émile avait barricadé la porte pendant que Samuel composait le 9-1-1. Le policier avait sorti son arme – Samuel, lui, s'était fait confisquer sa carabine.

La porte avait soudain éclaté, les fragments retombant en lourde pluie sur le plancher. Quatre hommes étaient entrés, tous robustes. Derrière eux, Rachel avait aperçu l'exécuteur : visage jeune encadré de favoris drus, regard vieux sous des sourcils lourds, torse nu cicatrisé sous un veston de soie.

Paul-Émile, revolver bien en mains, avait mis l'exécuteur en joue, mais deux des intrus s'étaient interposés aussitôt. Le policier avait hésité, sans doute réticent à tirer sur des hommes sans armes. La fenêtre s'était alors fracassée derrière Paul-Émile et ils avaient profité de sa surprise pour se ruer sur lui. Le policier avait quand même tiré une balle en direction de l'exécuteur avant qu'on le désarme.

L'exécuteur avait fait un pas en arrière; la balle lui avait traversé l'épaule. En quelques grandes enjambées, il avait foncé sur Paul-Émile, l'avait pris à la gorge et l'avait soulevé de son bras intact. Pendant ce temps, ses hommes avaient maîtrisé Rachel et Samuel. Rachel s'était emparée de la dague et avait blessé un des intrus à l'avant-bras, mais n'avait pu tenir tête à deux adversaires en même temps. Dan, lui, était tombé à genoux devant l'exécuteur, le visage fixé au sol.

Rachel revivait la scène en la lui racontant...

— J'ai compris ce que tu voulais dire, au sujet du pouvoir de l'exécuteur. Je voyais le sang qui coulait de son épaule, qui rougissait sa manche, mais lui ne semblait pas s'en rendre compte. On aurait dit que sa force... irradiait de lui. Tout craquait autour... Paul-Émile avait beau se débattre, c'était futile. Et là, l'exécuteur lui a dit: «Dis à tes collègues que le changement est inévitable. Qu'ils se joignent à moi, et je ferai d'eux des hommes libres. S'ils s'opposent à moi...»

C'est alors qu'il avait frappé Paul-Émile contre le mur. Puis il s'était tourné vers Dan, toujours à genoux. Rachel avait vu des larmes rouler sur les joues de l'adepte et un air d'adoration imprégner son visage. Malick maudit l'exécuteur en silence et maudit sa propre stupidité pour ne pas avoir expédié Dan hors de la ville dès le début. Il avait suffi de cette visite pour détruire tout son travail de réhabilitation.

Sur un geste de l'exécuteur, Dan s'était relevé et tous deux avaient discuté à voix basse. Puis l'exécuteur s'était approché de Rachel, calme et cruel.

— Je pense qu'il était venu pour toi aussi, expliqua-t-elle à Malick. Il avait l'air déçu. Il m'a dit de te transmettre un message : tu as jusqu'à huit heures demain soir pour lui rendre visite. Il dit que si tu n'y vas pas, ou si tu impliques la police là-dedans, ils vont…

Il hocha la tête pour ne pas l'obliger à compléter sa phrase. Sa tristesse lui fendait le cœur.

— Je l'ai engueulé, je me suis laissée emporter. Il m'a poussée comme si je pesais rien et je me suis assommée sur le mur… moins fort que Paul-Émile, le pauvre. Qu'est-ce qu'on peut faire maintenant ? On a rien fait pour mériter ça. Samuel a rien fait pour mériter ça ! J'ai rien dit aux policiers. Je leur ai raconté ce qui s'est passé, mais je leur ai pas parlé du message.

— On va trouver une solution, murmura Malick. On est plus forts que ça, tu le sais.

◆

Malick et Rachel passèrent la soirée chez Kevin. Celui-ci avait reçu à son bureau la visite de l'enquêteur qui lui avait posé beaucoup de questions au sujet de Malick.

Boris et Laura s'étaient vite joints à eux, soucieux de se trouver tous réunis dans leur malheur. Kevin offrait à qui en voulait des rasades d'un whisky infect. Chacun broyait du noir, ravalait ses reproches, cultivait ses regrets. On évitait d'un accord tacite les questions les plus pénibles : que vivait Samuel en ce moment ? Vivait-il encore ? Quel sort réservait-on à Dan ? Malick n'avait pas invité Frédé à cette réunion, mais l'avait plutôt chargé de préparer le grand rituel du lendemain. Il n'aurait pas eu sa place ici : c'était aux amis de Samuel qu'il revenait de décider comment réagir, et à Malick de leur fournir toutes les informations pertinentes.

Le plus difficile pour Malick était de voir Rachel bouleversée et de ne pas pouvoir faire de geste pour la réconforter. En une telle compagnie, il était l'intrus. C'était un rôle qui lui était coutumier, mais qu'il trouvait frustrant maintenant, vu tout ce qu'il avait partagé avec elle ces derniers jours.

Vu les circonstances, il joua les experts. Les amis de Rachel avaient besoin d'entendre une voix calme. Il étala pour eux tout ce qu'il savait et tout ce qu'il anticipait : il ne leur devait pas moins que cette totale honnêteté. De toute façon, il n'avait plus la force de garder des secrets. Sans minimiser le danger ni la gravité de la situation, il s'efforça de leur montrer qu'il y avait des actes concrets qu'ils pouvaient accomplir. Il leur rappela qu'ils n'étaient pas seuls : il avait à sa disposition tout un réseau de magiciens prêts à combiner leurs forces pour contrer Kelzid. Rachel en avait assez vu pour espérer que leur apport s'avère utile ; les autres, trop ébranlés pour s'accrocher à leur scepticisme, voulaient bien accepter toute aide sur le plan occulte.

Ils passèrent à cinq une étrange soirée ponctuée d'engueulades et creusée de longs silences. Plus souvent qu'à son tour, Boris se levait pour soutirer une autre bière à la machine distributrice, frappant le large bouton du côté de son poing, buvant presque sans effet. Laura, déjà affectée par la mort de son cousin au Rocksteady, essayait d'alléger l'atmosphère avec un humour fragile. Kevin buvait debout, incapable de supporter l'inaction. Il offrit même de se livrer aux Insoumis à la place de Malick. Malick refusa, sachant trop bien que c'était à lui que Kelzid en voulait.

Il s'interrogeait d'ailleurs sur le choix de Samuel comme otage. Les Insoumis avaient sûrement des yeux et des oreilles en ville. Quand Hubert avait voulu rejoindre Malick, il avait su où trouver Rachel pour qu'elle lui passe le message. Quand Kelzid avait voulu récupérer Dan, il avait vite trouvé la bonne adresse. L'exécuteur aurait bien pu prendre Rachel en otage. Avait-il des plans particuliers pour Samuel ? Malick serait allé loin pour Rachel, mais pourquoi risquerait-il sa peau pour Samuel, qu'il ne pouvait s'empêcher de voir comme un rival ?

Il eut sa réponse en voyant comment Rachel, par moments, semblait au bord des larmes. Il allait devoir se livrer à Kelzid, non pas pour Samuel, mais pour Rachel, parce qu'elle avait investi en Samuel une partie d'elle-même. Peut-être Kelzid l'avait-il compris : Malick n'avait guère déployé d'efforts pour dissimuler ses sentiments, et Dan avait pu l'observer. Ce damné proto-dieu avait bien pu chercher à le narguer en le plaçant dans cette situation. Cette idée l'enrageait. Kelzid ne se contentait pas de traiter ses adeptes comme autant de marionnettes : il voulait tirer les ficelles de Malick aussi.

La colère lui donnant une énergie nouvelle, Malick élabora plan après plan. Tous voulaient s'en mêler, malgré le danger. Malick aurait aimé les connaître mieux, pour savoir qui était vraiment prêt à participer et qui se portait volontaire par un sens déplacé du devoir. La bravoure de Kevin en particulier sonnait faux : sa voix tremblait quand il téléphona à Pauline pour lui expliquer où en était rendue la discussion.

Plus la soirée avançait, plus l'harmonie du groupe menaçait de se rompre. Malick remarquait les regards noirs qu'on lui jetait à la dérobée : on en voulait d'abord aux Insoumis, mais un peu à lui aussi. La conversation dégénérait, chacun lançant dans le silence des pensées futiles sans se soucier d'être écouté, sans s'écouter soi-même.

Il repartit avec Rachel sans qu'on ait pris de réelle décision. Avant d'aller plus loin, il devait décider de ce qu'il allait dire ou ne pas dire à Louis. Dan lui avait laissé un cruel soupçon. La journée même où Louis avait appris la présence de Dan en ville, l'exécuteur était venu récupérer son adepte. Dan croyait que le service de police était infiltré : et si c'était Louis qui avait vendu la mèche ? Si le policier s'était montré si coopératif jusque-là, était-ce pour mieux surveiller Malick ?

◆

La nuit ne l'avait apaisé en rien. Rachel aussi avait mal dormi : en tendant l'oreille, il l'avait entendue qui se retournait dans son lit et marmonnait des discours confus. Plusieurs fois, il avait maudit ce couloir entre le salon et la chambre à coucher, ce désert qu'elle lui avait interdit de traverser.

Ce matin, au téléphone, ils s'étaient entendus avec le reste de la bande sur la marche à suivre. Assis maintenant sur un banc au pied du Sabot, à l'ombre d'un minuscule pavillon touristique, ils attendaient l'arrivée de Louis.

— Au fait… merci, dit Rachel. Pour le talisman, pour le livre. J'étais surprise que tu me donnes un cadeau, et qu'en plus tu l'aies bien choisi.

Il ignora son sourire moqueur.

— Qu'est-ce qui t'intéresse à Madrid, au juste ?
Je pensais que c'était Londres, ta ville fétiche.

— Londres, c'était pour nous deux. C'était la
ville que j'aurais voulu visiter avec toi, à l'époque…
Madrid, c'est une autre sorte de rêve.

— Quand on en aura fini avec cette sale affaire,
je pourrais gagner la loto et t'emmener à Londres.
Qu'est-ce que t'en dis ?

Elle resta silencieuse si longtemps qu'il craignit
de l'avoir offensée ou embarrassée.

— Oui…, dit-elle enfin. Oui, ça serait bien, ça.

Louis arriva et prit place sur le banc. À cette heure
encore matinale, un vendredi, il n'y avait personne
pour les déranger. Seules quelques personnes âgées
étaient assises sur leurs balcons non loin, blotties
comme autant de pigeons endormis.

— Comment va Paul-Émile ? demanda Rachel.

— Pas trop mal. Je sais pas ce qui l'a éprouvé le
plus : le choc de sa tête contre le mur, ou le choc
psychologique de se trouver impuissant devant
l'exécuteur. Paul-Émile est un gars solide, il a l'habitude de s'éviter des ennuis par son seul pouvoir
d'intimidation. Il est déjà de retour au poste.

Malick hésita, puis remit à Louis une chemise
bourrée de documents. Il voulait croire que le policier était digne de confiance, mais même s'il ne
l'était pas, aussi bien continuer à jouer le jeu.

— Tout y est, j'espère ? dit Louis. Tu m'as rien
caché ?

— C'est tout ce que j'ai qui se rapporte à l'enquête, de près ou de loin. Et je suis disponible pour
répondre à tes questions.

Louis regarda droit devant, préoccupé, sans cligner des yeux.

— Pour faire preuve de bonne volonté moi aussi, dit-il, je vais te confier ce que j'ai appris au poste hier soir.

Malick ne dit rien, craignant qu'un mot irréfléchi ne compromette cet échange.

— Je pense qu'on a identifié l'exécuteur. On a fini par recevoir un appel valable. Sa mère, tu te rends compte ? Notre suspect est un gars de Lebel-sur-Quévillon disparu depuis deux ans. André Gaudette. Sa mère l'a perdu de vue après qu'ils se sont chicanés tous les deux. On s'est arrangés pour qu'elle nous envoie des photos, on les a montrées à Tanya, qui nous a confirmé que c'était bien lui. Ses cicatrices, par contre, sont nouvelles : sa mère était surprise quand je les ai mentionnées. La pauvre femme insiste pour dire qu'il est innocent, qu'on court après le mauvais gars. Elle me l'a décrit comme étant... attends un peu...

Il sortit son calepin, tourna les pages en vitesse et lut :

— « Un grand timide, pas agressif pour deux sous. » Il était ambulancier, il faisait du *body building*, il se tenait tranquille. Aucun lien avec le crime organisé, à première vue. Nos collègues de Quévillon sont en train d'interroger sa famille et ses quelques amis.

— Mentalement, il était comment ?

— Sa mère dit que c'est un gars doué, un être sensible... mais bon, c'est sa mère. Tu vas apprécier, tiens... paraît qu'il était un peu voyant. Rien de spectaculaire, c'est juste qu'il avait des intuitions des fois.

— Ça me rappelle le profil d'un ancien adepte. Celui que j'avais aidé à sortir, à Montréal.

— Quand même... je veux bien croire qu'un adepte en vienne à changer de comportement, mais comment tu expliques quelque chose de si radical ?

— Si Kelzid se manifeste à travers lui, on peut s'attendre à tout.

Louis poussa un long soupir et regarda Rachel, espérant peut-être quelque secours de sa part. Malick la vit hausser les épaules sans un mot.

— Tu sais, dit Louis, ça sent la panique, au poste, ces jours-ci. Il s'est jamais rien passé d'aussi spectaculaire ici, ni d'aussi effrayant. Les gars ont perdu leurs repères. Qu'est-ce que je peux leur dire, moi ? Paul-Émile passe vous voir hier pour surveiller Dan, et toi tu lui montres une espèce de poignard en lui disant que c'est une arme enchantée à utiliser contre «l'exécuteur». Je peux pas demander aux gars d'accepter tes théories.

— Je comprends. C'est pas dans leur registre.

— Leur registre ?

— Une expression de Samuel. Je veux dire que ça cadre pas dans leur système de croyances. Je comprends ça. Je te demande juste de faire ce pour quoi t'es entraîné ; moi, je m'occupe du côté surnaturel de la chose.

Malick trouvait le policer plutôt grave ; étrange, même. Il aurait payé cher pour savoir exactement ce qui le troublait ainsi. Sortant son propre calepin, il prit en note le nom de l'exécuteur – ou du réceptacle, comme l'appelait Dan.

— Il faut qu'on puisse donner des réponses aux gens, dit Louis. Tu sais qu'on a cueilli Tanya à la Brouette hier soir, à moitié soûle ? Le barman nous a appelés parce qu'elle mettait sa clientèle mal à l'aise. Elle avait un petit auditoire : elle leur parlait de l'exécuteur, des rêves qu'elle a faits à son sujet. Je lui ai parlé. Elle s'est convaincue que sa rencontre avec l'exécuteur est l'événement le plus important de toute sa vie.

— Bon, une autre qui a vu la lumière…

Rachel l'interrompit :

— Pour l'enlèvement, qu'est-ce que vous faites ?

— Tout ce qu'on peut faire. On a transmis partout les signalements de Dan et de Samuel et la description du véhicule que Malick a vu. Notre enquêteur est passé à la Repousse. Il a parlé au père de Dan.

Malick le dévisagea :

— Les Insoumis ont laissé Hubert parler à la police ?

— Si t'as raison à leur sujet, ils doivent l'avoir obligé, même. Ils peuvent lui faire dire n'importe quoi maintenant qu'ils ont son fils à leur merci. Hubert Saulnier nous a dit que, oui, son fils habitait à la Repousse depuis quelque temps, mais qu'il s'était jamais intégré à leur communauté. Paraît que Dan était instable, qu'il disparaissait souvent sans prévenir, qu'il avait des mauvaises fréquentations en dehors de la Repousse, des gens qui croyaient en une sorte de magie noire. Quand on lui a demandé de décrire avec qui Dan se tenait, il a donné une description vague qui peut correspondre à notre suspect du Rocksteady… et il a parlé de toi.

Malick se leva d'un bond, furieux, et se mit à tourner en rond dans l'herbe, décapitant quelques pissenlits au passage. Louis continua :

— Il prétend qu'il t'a vu traîner sur leur terrain avec son fils et qu'il a découvert par la suite un arbre couvert de sang. Il a pensé que ça devait être le résultat d'un quelconque rituel satanique dans lequel tu avais entraîné Dan – toi et ses autres « mauvaises fréquentations ». Comme il voulait éviter des ennuis à son fils, il a tout nettoyé et c'est seulement ensuite qu'il a parlé à madame Lagardière, la propriétaire du terrain. Bref, il a dit tout ce qu'il fallait pour rejeter les soupçons sur toi.

— Kevin me disait que l'enquêteur lui avait posé plein de questions à mon sujet...

— Oui, et tu devrais le remercier pour avoir un peu calmé ses soupçons. L'enquêteur va vouloir te poser d'autres questions, c'est sûr, mais pour l'instant il est sur une grosse piste. On a trouvé une adresse prometteuse dans les affaires du propriétaire du Rocksteady. On me dit pas tout, mais je pense qu'ils vont effectuer une descente. Je sais que tu voudrais qu'on fouille la Repousse, plutôt, mais ils se sont montrés très coopératifs là-bas, et on a rien de solide contre eux. Si les gars de Quévillon trouvent un lien entre eux et Gaudette, t'auras peut-être ta chance.

Il inspecta les documents que Malick lui avait remis. L'un d'eux retint son attention. C'était le message que Malick avait reçu de son contact parapsychologue au sujet d'un étudiant du Massachusetts Institute of Technology qui avait trouvé sur la porte de sa chambre un arbre tracé à l'aide de sang animal.

— Je sais pas où ça cadre, dit Malick. J'ai envoyé des courriels pour essayer de retrouver l'étudiant en question, ou le journaliste. Pas eu de réponse encore.

— Tu crois qu'il y aurait des Insoumis jusqu'à Boston? C'est vraiment – attends un peu...

Il relut l'article en silence et dit enfin:

— L'étudiant en question, Carl Théroux... J'ai un collègue qui s'appelle Théroux, qui a un fils au M.I.T. Je me rappelle, il s'est tellement plaint de ce que ça coûtait pour étudier là-bas... J'aime pas ça du tout. Pourquoi son fils aurait eu un arbre sur sa porte?

— Ça rappelle les vieilles histoires bibliques, le signe de sang tracé sur la porte pour se protéger… mais les Insoumis sont discrets, d'habitude.

— À moins, dit Rachel, que quelqu'un ait tracé l'arbre pour… pour l'intimider, disons.

— Oh non…, dit Louis. Vous allez me rendre paranoïaque. Dan croyait qu'on était infiltrés, non ? Et si les Insoumis avaient obtenu la coopération de Théroux en lui montrant qu'ils étaient capables d'atteindre son fils qui habite à mille kilomètres d'ici ? Théroux est chargé de relève – c'est un sergent, il coordonne les patrouilleurs… Il devait être dans sa voiture quand il y a eu l'appel en ondes au sujet de ton altercation avec Dan. Il peut s'être chargé de dépêcher le patrouilleur le plus proche, puis de lui demander un rapport complet une fois sur les lieux…

— … et, ayant appris que Dan était là, dit Malick, Théroux a pu annoncer aux Insoumis qu'il avait retrouvé leur brebis égarée.

Louis s'éloigna pour appeler au poste et Malick se retrouva seul face au regard sérieux de Rachel. Elle posa une main sur la sienne et la serra un instant, puis étira ses longues jambes et se perdit dans de sombres rêveries. Malick fit le point. Au moins, si c'était Théroux qui avait livré Dan aux Insoumis, Louis demeurait fiable. À moins que Louis soit à l'origine de la fuite et qu'il se soit arrangé pour rejeter le doute sur Théroux… Non, Malick ne pouvait y croire. Il allait devoir suivre son instinct et accorder sa confiance à Louis.

— J'ai demandé à Paul-Émile de garder un œil sur Théroux, dit Louis en revenant. Je déteste qu'on doive se soupçonner entre collègues. Mais… c'est aussi Théroux qui était en devoir durant le massacre au Rocksteady, et il me semble que ça a été long avant qu'on arrive sur les lieux. L'exécuteur a eu le temps de tuer onze personnes et de se sauver avant qu'on intervienne. Nos effectifs étaient très dispersés, loin de la ville… c'est suspect.

— Écoute, dit Malick, il faut que je te confie quelque chose. Ça va te placer dans une situation embêtante, mais j'ai dit que je serais honnête avec toi et tu mérites rien de moins. Si l'exécuteur a enlevé Samuel en plus de récupérer Dan… c'est parce qu'il veut m'avoir, moi. Comme j'étais pas là, il a pris Samuel, et maintenant il veut faire un échange.

Rachel posa la main sur son bras et prit la relève :

— L'exécuteur me l'a dit avant de partir avec Dan et Samuel, pour que je passe le message à Malick. J'ai pas osé le mentionner dans ma déposition. L'exécuteur a déclaré qu'il tuerait Samuel si Malick se faisait accompagner au rendez-vous.

— C'est donc ça, dit Louis d'un ton sombre. Et le rendez-vous serait où ?

— Il a juste demandé que j'aille le rejoindre, répondit Malick. Pas besoin d'en dire plus : il sait que je connais le chemin de la Repousse. J'ai pas le choix d'y aller, Louis. Si on veut sauver Samuel…

— Et vous voulez que je reste à rien faire pendant qu'Indiana Seko ici présent s'en va compromettre toute l'enquête ?

Il tempêta encore un peu, puis se tut. Malick et Rachel lui expliquèrent le plan qu'ils avaient élaboré. Louis les écouta sans les interrompre. Malick pouvait presque l'entendre grincer des dents.

— Si je comprends bien, répliqua enfin Louis, vous voulez impliquer une poignée d'autres civils, aller fouiller là où vous devriez pas, mettre en danger vos vies et celle de votre ami Samuel, et me laisser la tâche d'organiser les secours si jamais ça tourne mal ?

— Je le dirais pas exactement comme ça...

— Est-ce que je pourrais vous convaincre de nous confier la direction des opérations ?

— J'ai peur que non. Je te fais confiance, Louis, mais juste à toi. Votre chargé de relève est peut-être compromis, et il peut y en avoir d'autres.

— Ça me tenterait de vous faire arrêter, tous autant que vous êtes, avant que vous rendiez la situation encore pire qu'elle l'est maintenant.

— Parce que c'est légal, demanda Rachel, d'arrêter des gens innocents pour quelque chose qu'ils vont peut-être faire ?

— On pourrait le découvrir ensemble.

Malick insista :

— Il faut que j'y aille si on espère sauver Samuel, et si jamais ils le libèrent pas, ça nous prend un plan B. Avec ce que j'ai ap...

— Je vais y aller avec votre groupe, le coupa soudain Louis.

— T'es sérieux ?

— Très.

— Et les mandats de perquisition ? La procédure ?

— Il faut agir vite, je comprends ça. Il y a des vies en danger. Si je peux pas vous empêcher d'aller secourir votre ami, je vais au moins m'assurer que ce soit bien fait.

◆

Frédé arpentait le salon de Rachel, pensif, ne s'arrêtant que pour tourner un pot d'un quart de tour ou déplacer une plante de quelques millimètres. Rachel le gardait à l'œil mais ne disait rien.

— C'est du marathon, ce que tu proposes là, dit-il enfin.

— Sans déclencheur précis, riposta Malick, c'est le mieux qu'on puisse faire. Je vous donnerai un signal si je peux, mais c'est loin d'être certain. Si vous commencez les purifications et la litanie du réseau vers huit heures et demie, vous devriez entrer dans le cœur du rituel en plein pour le début de la marche à neuf heures. Après ça… j'imagine qu'une heure suffira. Je sens qu'ici, ça va se régler vite ou ça se réglera pas. Vous donnez l'assaut pendant une heure et je me charge du reste.

La marche se voulait un événement de taille. Le conseiller Brassard était passé à la radio pour inciter tous les citoyens à y prendre part et avait annoncé par la même occasion la présence du maire, de nombreux commerçants locaux, de musiciens… Que préparaient les Insoumis exactement ?

— Je suis fier de ce qu'on a mis sur pied, tu sais, dit Frédé. C'est dommage que tu puisses pas y participer…

Malick, lui, trouvait dommage que Frédé soit seul à constituer la cellule locale du rituel. Il aurait voulu que Rachel l'aide : elle aurait été hors de danger et aurait pu veiller sur Frédé. Elle n'allait en faire qu'à sa tête, Malick le savait trop bien.

Les concepts nécessaires au rituel étaient en place : « Kelzid, la boisson des gens branchés » suscitait plusieurs discussions agitées sur Internet. On trouvait entre autres quelques messages – écrits par Quentin, peut-être – qui défendaient l'authenticité de la « Méditation pour un monde meilleur ». Frédé avait disséminé la version anglaise de la pub pour alimenter le doute. La controverse allait sans doute s'épuiser bientôt – surtout si la multinationale mise en cause s'avisait d'y mettre fin –, mais pas avant que le rituel ne soit terminé.

Malick révisa avec Frédé les effectifs dispersés et disparates qu'ils avaient recrutés. Tous n'étaient pas également fiables, mais le rituel fonctionnerait même si certains se désistaient. Le début du rituel visait à établir un réseau magique inspiré d'Internet, capable de survivre à la disparition d'une ou de plusieurs cellules. Restait à voir si tout allait réussir...

Frédé repartit; Rachel et Malick se retrouvèrent seuls ensemble. Pour meubler le silence, Malick enseigna à Rachel deux ou trois incantations simples qu'elle assimila sans protester. Il ne savait pas si elle croyait vraiment à leur utilité ou si elle ne l'écoutait que pour lui faire plaisir, mais il était heureux de partager son savoir avec elle. Il en profita pour réviser avec elle ce qu'ils savaient sur la nature de Kelzid et le danger qu'il représentait. Absorbé dans l'exposé de ses théories, il passa un bras autour de ses épaules sans trop y penser. Elle ne le déplaça pas.

— En plus, dit-il, l'exécuteur et ses petits soldats sont partis avec ma dague. Ça m'a coûté cher, ce bibelot-là! Te rappelles-tu s'il l'a touchée?

— Il me semble que non. J'ai pas tout remarqué, c'était trop... C'est fou, tout ça! Ce qui s'est passé, ce qu'on s'apprête à faire... ce que *tu* t'apprêtes à faire, surtout. Tu crois que c'est en jouant leur jeu que tu vas tout régler?

— S'ils laissent partir Samuel comme ils l'ont dit, ça sera simple, vous aurez juste à le cueillir.

— Ça sera pas si simple pour toi.

— Je m'en sors toujours. Et je tiens à être au rendez-vous. Après avoir monté un rituel comme celui-là, je veux être aux premières loges pour voir comment ça affectera Ernest. Je veux tout conclure cette fois-ci, je veux laisser tomber personne. Tu tiens à Samuel?

— C'est normal, après tout ce qu'on a partagé.

Malick soupira.

— T'es mignon quand t'es jaloux, dit Rachel en s'appuyant contre lui.

— Tu disais pas que j'avais arrêté d'être mignon en vieillissant?

— T'es plus aussi joli, mais t'es mieux proportionné. Et c'est peut-être une grande bêtise de ma part, mais j'ai l'impression que je peux me fier à toi, aussi.

Il tourna la tête pour mieux la contempler. L'intensité de son regard le ramenait des années en arrière, à la folie de leurs rencontres, alors qu'ils étaient prêts à se mettre le monde entier à dos pourvu qu'ils soient là l'un pour l'autre. Il dit tout bas:

— Toi, quand tu fais cette tête-là... Je déteste m'attarder sur le passé, mais avec toi, j'aurais des envies de revenir en arrière.

— Et le présent, qu'est-ce que t'en fais? Je sais pas ce qui va se passer ce soir, mais si ça tourne mal, je veux pas qu'on traîne de regrets.

Les mains de Malick, plus rapides que sa stupide cervelle, s'étaient déjà glissées sous la blouse de Rachel. Elle et lui passèrent plusieurs minutes en explorations silencieuses avant que leur vienne l'idée de s'embrasser. Un baiser d'ivoire autant que de lèvres: Malick sentit leurs dents s'entrechoquer tant leur hâte était grande. Quand il mordilla la lèvre de Rachel, elle le serra si fort qu'il en gémit de douleur. Ses côtes malmenées à coups de carabine le faisaient encore souffrir. Surprise, Rachel le lâcha, mais il la ramena à lui. Pouce par pouce, ils avancèrent sur le

plancher en direction du futon, semant leurs vêtements en chemin. C'est à peine si Malick, abruti de
baisers, se rappela comment déplier le futon. Il les
sentait tous deux mus par la tendresse et le désespoir
en parts égales. Il n'avait plus de honte à se l'avouer:
ils avaient besoin l'un de l'autre.

Entravé par son dos, il fut heureux de la laisser
fournir les plus grands efforts. Tous deux se mur-
murèrent une multitude de choses dont ils ne se
souviendraient plus par la suite. En prenant le dessus,
il se sentit piqué au dos et replongea vers l'avant,
brusquant ses côtes douloureuses ; puis il rit en reconnaissant son assaillant, une plante aux longues
feuilles pointues. Elle riait aussi jusqu'à ce qu'il
retrouve la manière précise d'embrasser le côté de
son cou pour la faire gémir. Par-delà les reproches,
les hésitations, les questions, par-delà leurs craintes,
ils arrivaient encore à produire des étincelles.

Après, ils restèrent longtemps étendus l'un contre
l'autre, lourds, à savourer leur silence. Les bruits
du quotidien continuaient hors de l'appartement,
mais c'étaient les sons d'un autre univers, un lieu
lointain et fictif par surcroît. Malick se plaisait à
contempler le paysage formé par leurs membres
étendus, le contraste de sa peau sombre et marquée
contre la peau claire et vierge de Rachel.

— Tes dessins sont embrouillés, dit Rachel en
glissant un ongle le long de son bras.

— Je voulais les retracer de toute manière, pour
qu'ils soient frais pour ce soir.

— Viens, on va s'en occuper tout de suite.

Il l'embrassa sur le ventre et la suivit jusqu'à la
douche. Au sortir de la salle de bain, elle alla s'asseoir sur le bord du futon pour l'observer alors qu'il
se couvrait de nouveaux symboles et accomplissait

le rituel nécessaire pour les activer. Il sourit en la voyant tendre les bras quand il eut fini.

— Toi aussi? dit-il.

— Moi aussi.

Elle vint s'asseoir près de lui, enjambant avec soin le cercle protecteur qu'il avait esquissé. La concentration lui faisait défaut, si près d'elle, émerveillé par l'odeur de sa peau. Il procéda lentement et, avec chaque symbole tracé, le calme vint l'habiter un peu plus. Elle et lui respiraient au même rythme, tout entiers voués au rituel ; après chaque nouveau symbole, Malick pressait son front contre celui de Rachel pour que leurs souffles se mêlent.

– HUBERT –
GARDIENS DU MIRACLE

À voir Guillaume bien assis dans le coin du salon, en chemise et cravate impeccables, échangeant des plaisanteries avec Rawlings comme s'ils n'avaient aucun souci, Hubert se sentait mieux. C'était la première fois qu'ils se rencontraient tous trois depuis l'incendie de la maison de Rawlings. Presque un an s'était écoulé.

Vu le goût marqué de Rawlings pour le luxe, Hubert avait été surpris de le trouver dans un appartement si modeste. Ce n'était qu'une mesure temporaire : l'heure était à la discrétion. De Montréal, Hubert avait mis quatre heures à se rendre là, effectuant plusieurs arrêts et détours en chemin pour confondre toute filature.

Les mois précédents l'avaient exténué. Il ne comptait plus ses heures passées au bureau à feindre de travailler, trop nerveux et préoccupé pour se concentrer sur des documents qui l'indifféraient. Il ne comptait pas non plus les heures de sommeil perdues à ébaucher des plans fragiles et à craindre la sonnerie du téléphone ou la visite de la police. Après l'incendie, Hubert avait dû prétendre à la normalité même s'il savait que rien ne serait plus pareil. Parfois,

au réveil, il sentait encore le poids de la hache entre
ses mains.

Rawlings, lui, avait dû disparaître. Le trésorier
n'était rien sinon prévoyant : il avait depuis longtemps dressé des plans pour une fuite éventuelle.
Dans les vingt-quatre heures suivant l'incendie, il
avait escamoté et redirigé une forte proportion de
ses fonds personnels, puis redistribué les fonds du
groupe entre quelques adeptes d'une loyauté absolue.
Depuis, il vivait incognito dans une succession de
logements discrets, ne révélant à personne ses
adresses et itinéraires.

C'était l'une des conditions de la survie du groupe :
réduire au minimum les contacts entre les adeptes.
On avait dit à la plupart de se replonger dans ce
mensonge qu'était leur vie hors du cercle des Insoumis. Rawlings les appelait des *sleepers*. Des
dormeurs… On leur avait présenté cet isolement
comme une épreuve de résistance au faux dont ils
ressortiraient plus forts et plus déterminés. Idéale-
ment, il leur revenait de s'y enfoncer plus encore en
recherchant les promotions. L'argent et l'influence
qu'ils obtiendraient ainsi s'avéreraient fort utiles
quand les Insoumis se rassembleraient de nouveau.
D'ici là, ils devaient méditer aussi souvent que
possible. Dans cet état privilégié, au moins, ils joignaient leurs esprits à ceux de leurs frères et sœurs
dispersés.

Une poignée d'adeptes œuvraient encore activement pour l'avenir du groupe. Hubert servait de
point de contact : il n'avait les coordonnées de personne, mais les autres savaient où et comment le
joindre. Une fois par mois, il logeait Noémie à l'hôtel.
Ils discutaient, s'aimaient ou s'imaginaient s'aimer.
Elle travaillait avec Marco, mais ne disait jamais à

quelles tâches elle s'affairait. Si l'un d'eux se faisait prendre, il n'en saurait pas plus que ce qu'il *devait* savoir.

En fuite avec Rawlings après l'incendie, Hubert avait réfléchi toute la nuit pour en arriver à la décision de rester. Il savait que les frères Boyard connaissaient son visage et sans doute, à cause de Seko, son lieu de travail. Pourtant, il n'aurait pu disparaître sans attirer l'attention : on comptait sur lui au travail, et Diane se fiait à sa pension alimentaire. De plus, il voulait rester en contact avec Daniel aussi longtemps que possible. Il avait osé espérer que les Boyard, ayant récupéré Olivier et fait souffrir Victor, se tiendraient tranquilles. Si jamais on lui envoyait quelque enquêteur, il avait une fiction élaborée toute prête pour expliquer ses liens avec Victor et Rawlings sans pour autant trahir l'existence des Insoumis.

Il interrompit le badinage de Rawlings et de Guillaume pour les ramener au vif du sujet. Guillaume avait des nouvelles de Saint-Nicaise.

— Ce cher conseiller Brassard a présenté le logo et les projections financières qu'on lui a envoyées. Tout progresse. Il s'attend à ce qu'on ait un appui solide. Mais je dois te dire… je m'habitue pas à continuer sans Victor. Je sais que c'est ce qu'il aurait voulu, mais à quoi bon ? On a ni son charisme ni son lien avec Kelzid. Avant qu'on en arrive au niveau d'évolution qu'il avait atteint…

Distraitement, il suivait du bout des doigts le tracé d'une fine fissure sur le mur près de sa tête.

— Et toi ? reprit-il. As-tu parlé à Marco récemment ?

— La semaine passée, très vite. Il pense qu'on aura assez de main-d'œuvre pour les travaux délicats.

On confiera le reste à des compagnies locales. Bon gars, Marco; il a accompli du beau travail avec ses fausses pistes.

Après l'évacuation du refuge, ils avaient fait le tour de la propriété pour éliminer tout élément incriminant. La police, enquêtant sur les fréquentations de Rawlings et de Victor, avait interrogé Marco. Celui-ci, à mots voilés, leur avait offert l'Ordre du Temple Solaire comme bouc émissaire. Il appuyait ainsi les soupçons suscités par la découverte, dans un chalet des Laurentides, de cinq corps calcinés: Torrent, Iris, Limpide, Chaleur et Éveil.

En quittant la maison enflammée de Rawlings, Hubert les avait trouvés dans la voiture de Susannah. Iris et Éveil gisaient l'un contre l'autre sur la banquette arrière, Limpide à leurs pieds. Dans le coffre, entremêlés, Torrent et Chaleur. Susannah sanglotait, affalée contre le volant, unique survivante. Azur s'était assis avec elle et l'avait forcée à le conduire au point de ralliement derrière le refuge. Hubert les avait suivis dans sa voiture avec Rawlings et leur fardeau. Après les avoir rejoints, il avait dû regarder, impuissant, alors qu'Azur utilisait ce qui restait de Victor pour intimider Susannah. Un spectacle disgracieux, le fait d'un Kelzid encore furieux qui avait tenu à briser et à subjuguer Susannah plutôt que de l'éliminer comme les autres. Hubert avait vu toute rébellion la quitter en cet instant, ainsi qu'une part de sa raison.

Limpide avait eu une main broyée et le crâne fracassé, mais les autres étaient quasi intacts: suffoqués, peut-être. À croire qu'Azur, après s'être emporté, s'était ressaisi et s'était fait discret. Avait-il déjà prévu l'utilité de leurs cadavres? Le lendemain,

Hubert et Marco s'étaient chargés personnellement de les transporter et de les cacher pour plus tard mettre en scène leur «suicide collectif». Le résultat avait soulevé quelques questions, mais les indices laissés sur place pointaient bien vers l'Ordre du Temple Solaire.

Hubert se rappelait encore le sourire d'Éveil, les sursauts d'enthousiasme de Limpide. Il se demandait comment il en était venu à coordonner lui-même de tels sacrifices. Seule l'existence du Miracle le rassurait en lui rappelant qu'il accomplissait une volonté plus grande que la sienne.

— Quand pourra-t-on passer à l'étape suivante ? demanda Guillaume.

La question surprit Hubert. Il trouvait Guillaume trop à l'aise dans son état de semi-retraite. L'adepte qu'il fréquentait était tombée enceinte et il était à quelques semaines de devenir père, un rôle que Victor lui avait pourtant déconseillé. Hubert et Rawlings avaient beaucoup hésité avant de l'inviter, mais ils savaient que les « dormeurs » auraient besoin de visages familiers à leur réveil.

— D'abord, dit Hubert, on voudrait t'initier à un nouveau grade.

— Ah oui ? Vous comprendrez si je suis sceptique. Vous l'appelez comment, votre grade ?

— Gardien du Miracle.

— Ronflant à souhait. Mais si vous voulez m'initier… ça veut dire que vous vous êtes déjà approprié le titre vous-mêmes ?

— Vu les circonstances exceptionnelles…

— Je trouve ça fort que ce soit toi qui m'en parle, Hubert. J'étais là bien avant toi, et c'est moi qui t'ai recruté. Vous auriez dû me consulter. Vous agissez par quelle autorité, au juste ?

Lentement, Rawlings tendit un bras et cogna à la porte qui menait au bureau. La porte s'ouvrit et Azur entra dans le salon. Hubert ressentit un frisson sur son passage. Depuis l'incendie, le réceptacle était habité en permanence par Kelzid. Aux yeux d'Hubert, il en était devenu plus étrange : un masque de chair animé par une vie à la fois plus et moins qu'humaine. Que restait-il de l'homme que Victor avait baptisé Azur ?

À sa vue, Guillaume quitta son fauteuil pour aussitôt s'agenouiller. Il garda les yeux baissés jusqu'à ce que le réceptacle vienne poser une main sur son épaule. Il releva alors la tête, la crainte et la joie se mêlant dans son regard. Azur lui dit :

— Kelzid est encore parmi vous. Tout doit continuer.

— Je suis prêt à tout.

— Alors lève-toi et suis-nous. Tu seras toi aussi un Gardien du Miracle. Quand tu auras vu, tu comprendras combien grandiose est ton destin.

Guillaume se leva et Hubert le guida jusqu'à une porte au fond du couloir, Azur et Rawlings à leur suite. Tous quatre entrèrent en silence. Quand il vit ce qui l'attendait là, Guillaume eut d'abord un mouvement de recul ; mais face au Miracle, il n'eut d'autre choix que de croire.

DANS LA GUEULE DU LOUP

Dix-neuf heures.

De l'endroit où il était, Malick pouvait voir la petite colline escarpée qu'il avait découverte sur les relevés topographiques. Il suivit Louis en restant près du sol, l'odeur de la terre plein les narines. À l'aide des jumelles, il repéra les deux souches larges et noueuses dont Eddy lui avait parlé. Juste derrière, les arbres bien feuillus dissimulaient un trou au flanc de la colline. Malick mit longtemps à le trouver : les ombres déjà longues se fondaient les unes dans les autres. Le trou, modeste et à demi empli de lourdes pierres, ne ressemblait guère au tunnel spacieux qu'il s'était imaginé. Il n'osait pas approcher plus près, bien qu'il ait scruté minutieusement les environs sans voir la moindre caméra de sécurité. Louis était passé plus tôt et avait remarqué de rares patrouilles en véhicules tout-terrain longeant le périmètre de la Repousse. Le terrain était trop vaste pour une surveillance constante, et Dan avait dit que personne n'osait s'aventurer dans cette zone, mais le tunnel lui-même devait être protégé. Mieux valait rester loin : ce serait désastreux que le groupe soit découvert avant que l'échange ait pu avoir lieu.

Déjà, les événements déviaient du plan établi. Malick avait prévu utiliser le téléobjectif de Samuel pour procéder à cette reconnaissance, mais Kevin n'avait pu le trouver : quelqu'un était passé chez Samuel et avait pris tout l'équipement de tournage. Qui donc, et dans quel but ?

Malick remit les jumelles à Louis et fit signe à Laura de les rejoindre. Guidée par Louis, elle choisit un arbre dans lequel elle pourrait grimper pour surveiller le tunnel. Si, à l'heure convenue, Malick n'avait pas donné signe de vie, Laura viendrait prendre son poste. Elle verrait si on emmenait Malick ici, auquel cas Louis appellerait des renforts pour aller le chercher. Si personne ne passait par ici, on attendrait le début de la marche pour aller explorer le tunnel dans l'espoir d'y trouver, sinon Samuel, du moins quelque indice utile… voire ce Miracle que protégeaient Hubert et les autres « Gardiens ». Malick était persuadé qu'un grand nombre d'adeptes seraient présents à la marche aux chandelles, ce qui laisserait la Repousse moins habitée et surveillée que d'ordinaire. Il s'attendait à être accueilli par l'exécuteur, vu l'intérêt que Kelzid lui vouait ; il comptait le tenir occupé aussi longtemps que possible pendant que Louis et le reste du groupe exploraient son repaire.

Il accompagna Louis et Laura jusqu'au chemin abandonné où Boris avait stationné sa voiture. On l'avait couverte d'une bâche pour éviter que le reflet du soleil dans les vitres attire l'attention. Kevin était assis sur une pierre, dos rond, coudes sur les genoux, comme un joueur de hockey avant un gros match. Rachel, debout à l'ombre d'un arbre, discutait avec Pauline, qui était arrivée en ville dans l'avant-midi. « Je suis pas là pour jouer ton jeu », avait dit

Pauline d'emblée. «Je suis là pour Samuel, et pour Kevin parce qu'il va tout faire pour secourir Samuel.» Malick avait l'impression qu'elle lui lançait le mauvais œil.

— Vas-tu nous faire de la magie avant de partir? demanda Boris, assis par terre, adossé à sa voiture.

— Pourquoi pas? dit Malick avec un sourire qu'il voulait brave.

Il avait encore la pièce de monnaie que le clochard lui avait donnée. Il l'appuya sur ses lèvres un instant et la réchauffa entre ses mains pendant qu'il invoquait à voix basse une multitude de protecteurs: saint John Coltrane; Thot et Hermès, dieux des magiciens; saint Jude, patron des causes désespérées; et même le terrible Baron Samedi, que Malick avait peut-être offensé par son imposture devant Scipion, mais qui aimerait le voir agir avec un peu de panache face à la mort ce soir. Malick fit tournoyer la pièce sur le toit de la voiture, sur la bâche bien lisse, l'encerclant de ses mains pour la cacher du soleil et la protéger du vent, murmurant sans arrêt: «Que la chance nous sourie… » La pièce tourna longtemps entre pile et face, entre vie et mort. Malick l'attrapa avant qu'elle ne se pose à plat. Il la donna à Boris, referma son poing sur la pièce et lui dit:

— Va l'enterrer. On saura jamais si c'était pile ou face: faut faire confiance. La chance viendra.

Boris haussa les épaules et sortit une pelle du coffre de sa voiture, l'air mi-amusé, mi-perplexe. Louis avait tout observé sans un mot. Son expression restait indéchiffrable.

— Il est temps que j'y aille, lui dit Malick.

— Je le sais. J'espère que j'ai eu raison de me fier à toi.

— Ça va aller, ici ?

— Je m'occupe de tes amis, t'inquiète pas… Peu importe ce qui arrive.

Malick lui serra la main. Dans cette lumière, Louis paraissait plus vieux : les yeux cernés, les traits tirés. Malick s'en détourna et se retrouva face à Rachel. Il ouvrit la bouche, ne sachant trop ce qu'il allait lui dire, puis se contenta de la serrer dans ses bras, en silence. Elle et lui s'étaient déjà dit tout ce qu'ils avaient à se dire.

Il fit une tournée de poignées de mains et d'embrassades faussement désinvoltes, puis laissa son regard errer sur le terrain une dernière fois. Une image fugitive lui apparut : le visage angoissé de Victor Geoffroy. Le « maître » avait la pâleur de ces poissons aveugles qui ne connaissent que la noirceur des cavernes. On aurait dit qu'il tentait de parler, mais la vision s'effaça aussitôt. Malick allait-il de nouveau avoir affaire au gourou, après tout ce temps ? Dan avait parlé du retour de Victor : c'était peut-être pour bientôt.

Il suivit Kevin jusqu'à sa voiture stationnée plus loin le long du chemin. Après ce qui était arrivé à ses vitres, Boris avait tenu à ce que ce soit Kevin qui le conduise cette fois-ci.

— J'ai parlé à Josée, dit Kevin en prenant la route. Les gens de la Repousse l'avaient contactée pour qu'elle vienne participer à la marche, mais je l'ai convaincue de rester chez elle. Un de nos amis communs va s'assurer qu'elle y reste. T'avais raison, ils mettent le paquet pour ce soir.

Ils firent le reste du trajet en silence, Malick regardant droit devant, comme il l'avait fait déjà en quittant d'innombrables villes et d'innombrables personnes. Kevin le déposa au bord de la route devant la pancarte de bienvenue de la Repousse.

Le complexe était calme. Malick se rendit sans encombre à l'entrée du bâtiment central. Un homme lui ouvrit : un petit moustachu aux yeux clairs, vêtu d'un gilet de golf et d'un pantalon de lin, beige sur beige.

— Entrez, dit-il, vous êtes attendu.

Malick le suivit le long d'un couloir vert.

— Vous savez, dit son guide, j'espère qu'il vous sera permis de venir marcher avec nous. Plus on sera nombreux, plus ce sera beau.

— Vous pensez que je suis venu pour le plaisir, peut-être ?

Le regard de l'homme en beige se durcit quelque peu.

— Je sais bien que non. Vous en avez contre nous, mais j'espère que vous allez comprendre votre erreur. Il y a beaucoup à apprendre ici, de quoi changer votre vie entière. Surtout qu'on vit une époque excitante…

— Vous savez qu'il y a eu onze morts à Saint-Nicaise, juste à côté ? Cette semaine, je veux dire, je parle pas de tout ce qui a pu se passer avant.

— On m'en a parlé, oui. C'est dommage, mais il ne faut pas regretter le nécessaire. J'espère que vous ne vous fiez pas à la version médiatisée des événements, c'est une piètre version de la réalité.

Malick dévisagea cet homme à la détestable sérénité, se demandant qui il avait été, qui on l'amenait à devenir. L'homme l'abandonna dans une pièce aux allures de salle d'attente. Malick patienta en silence, consultant l'heure sur le cellulaire de Samuel, qui fonctionnait toujours malgré son boîtier fendu. Il y avait dans l'air une énergie palpable ; une impression de pouvoir, pur et simple, mais aussi les échos nocifs de traumatismes passés. Deux hommes entrèrent, le fouillèrent et placèrent dans un sac de jute tout son attirail: ses pendentifs, quelques craies, le cellulaire et bien plus encore. Ils furent rejoints par une vieille dame aux cheveux ramassés en une longue tresse blanche, la même dame qu'il avait rencontrée au parc des canards. Elle ne répondit pas à ses questions, mais le guida vers l'arrière du bâtiment jusque dehors, où attendait une fourgonnette blanche. L'arrière était dénué de fenêtres, si bien qu'on aurait dit un véhicule de livraison. Les flancs ne portaient pourtant aucun logo. La dame ouvrit les portières à l'arrière, lança le sac à l'intérieur et s'écarta, montrant le chemin. Malick monta à bord. Il devait plier les genoux et courber le dos s'il voulait rester debout; le compartiment utilitaire du véhicule était long mais pas très haut.

Au fond, assis dans un fauteuil de cuir, se trouvait l'exécuteur: nu-pieds, vêtu d'un jean élimé et d'une camisole mettant en évidence ses bras marqués de brûlures ornementales. À son épaule, le trou fait par une balle la veille était déjà à demi cicatrisé. Le corps était celui d'André Gaudette, ambulancier et *body builder* de Lebel-sur-Quévillon, mais la force qui l'animait était tout autre. C'était la même présence que Malick avait rencontrée dans un autre réceptacle, à Montréal. Dan était agenouillé juste à côté, surveillé par un homme accroupi qui posait une main ferme sur son épaule. Samuel était assis sur la droite, à même le plancher métallique, les mains dissimulées entre les genoux, sa caméra posée à côté de lui.

— T'aurais pas dû venir, dit Samuel en levant à peine les yeux. C'est brave, je t'en remercie, mais… t'aurais pas dû venir.

Le moteur toussa, gronda. L'exécuteur sourit.

— Ah, Maximilien. C'est un plaisir…

— ... de te voir suer face à face, compléta la vieille femme derrière lui.

Malick se retourna : elle était toujours debout derrière la fourgonnette mais arborait maintenant un sourire malin qui la changeait du tout au tout. C'était d'elle, maintenant, qu'émanait la présence de Kelzid.

— Je dois te laisser, dit-elle. Enfin, ce réceptacle doit te laisser. Il faut bien que je présente un visage acceptable sur le mont Sabot, cette nuit.

Elle pinça l'une de ses joues ridées. Puis, la malice quitta ses yeux et sa main retomba mollement à son côté.

— Mais pour l'instant, dit l'exécuteur, je suis tout à toi.

Les portières claquèrent en se fermant et la fourgonnette s'ébranla. Malick plaqua sa main au plafond pour maintenir son équilibre et lutta contre la panique. Il ne contrôlait rien ici. *Deux réceptacles, et Kelzid saute d'un à l'autre aisément. Et s'il en avait d'autres encore ? S'il pouvait être partout ?* Rachel, Louis et les autres couraient un danger plus grand qu'il ne l'avait imaginé. Il se força à poser la question qu'il se devait de poser.

— Maintenant que je suis ici, tu peux laisser partir Samuel ?

— Mais pourquoi ? C'est un message tout simple que j'ai laissé à ta chère Rachel, j'espère qu'elle te l'a bien transmis. Je n'ai jamais parlé de relâcher Samuel. J'ai dit que si tu ne venais pas, je le tuerais. Comme tu m'as obéi, il aura la vie sauve. Mais je trouverais dommage de le voir partir.

Malick s'efforça de maintenir un visage neutre. Il avait redouté ce genre de caprice. L'exécuteur ne s'intéressait plus à lui mais fouillait plutôt le sac de jute qu'on avait posé sur une chaise de bois devant lui. Malick examina le fauteuil sans pattes posé sur le plancher sale, les parois sans fenêtres, ternies et dénuées de peinture, la cloison métallique qui se dressait derrière l'exécuteur, soudée en place, bloquant toute vue du dehors. Une lumière jaune émanait d'un boîtier de plastique au plafond. Les portières derrière lui n'avaient plus de poignées intérieures. *Une prison roulante, sans issue.* Samuel et Dan évitaient son regard. Il reconnut l'homme derrière Dan, différent avec sa courte barbe grise : Rawlings. Malick l'avait vu la dernière fois lors de cette nuit de feu et de frayeur où Victor Geoffroy était supposément mort.

— Tant de quincaillerie…, dit l'exécuteur. Tu es vraiment un curieux spécimen. Tu crois que ces babioles peuvent te protéger ?

Tout en parlant, il inspectait chacun des talismans pour ensuite le jeter dans le coin à sa droite. Leurs tintements résonnaient dans ce cocon métallique.

— Je suis content que tu sois là, continua l'exécuteur sans lever les yeux. Vraiment. Je savais que nous nous retrouverions tôt ou tard. Ça m'a beaucoup amusé quand j'ai vu Saint-Nicaise parmi les lieux où l'on me proposait d'établir mes quartiers généraux. J'ai étudié ton cas : je savais que tu avais déjà vécu ici. En fait, ce qui m'a décidé, c'est surtout d'avoir trouvé tout près de si délicieux secrets parmi lesquels bâtir mon nid… mais ça m'amusait aussi de m'approprier un bout de ton passé. Certains m'auraient traité de capricieux, mais c'est justement pour ça que je ne leur confie pas *toutes* mes raisons.

À court de talismans, l'exécuteur plongea la main entre le coussin et le bras du fauteuil et en sortit la dague magique. Malick eut malgré lui un soupçon d'espoir. Si la dague était aussi efficace qu'on le lui avait dit, le moindre contact de la lame pourrait suffire à briser l'influence de Kelzid sur le corps de Gaudette. La fourgonnette accélérait : on avait pris la route. Il suffirait d'une embardée…

— Regarde-moi ça, dit l'exécuteur en tendant la dague comme s'il s'agissait d'un rat mort. Tu pensais t'en servir contre moi ? Il faudrait plus qu'un couteau pour m'arrêter, peu importe ce qui est écrit dessus. Tu sais qu'un policier a troué l'épaule de mon réceptacle hier ? C'est utile, un bon réceptacle, même si c'est souvent frustrant, aussi…

— André Gaudette, dit Malick.

L'exécuteur avait écarté le sac et posé la main gauche à plat sur la chaise devant lui, les doigts écartés ; de la main droite, il piquait la dague entre chacun de ses doigts, selon un ordre compliqué. En entendant le nom prononcé par Malick, il leva la tête, cligna des yeux et retourna à son jeu.

Malick nota comment, même si ses deux paupières avaient semblé cligner en même temps, il y avait tout de même eu une fraction de seconde de décalage entre les deux. La présence prolongée du réceptacle le mettait mal à l'aise : il n'y avait rien de naturel dans sa manière d'être. Il insista quand même :

— Aussi bien l'appeler par son nom, ton réceptacle : André Gaudette. Qu'est-ce que t'as fait avec lui, au juste ?

— J'ai exaucé son souhait. Je lui permets de me servir au maximum de ses capacités. Rares sont les élus capables de servir de réceptacle à mon pouvoir. C'est un rapport qui me fascine, d'ailleurs. Le contrôle du corps est toujours ardu, mais je m'en tire déjà beaucoup mieux que lors de notre dernier face à face à Montréal.

Petit à petit, il augmentait la vitesse de son jeu. La dague allait et venait, piquant la chaise avec de petits chocs sourds, suivant le même ordre immuable. Le visage de l'exécuteur se trouva vite dénué de toute expression. Sa bouche s'entrouvrit mollement ; seul son bras droit était encore animé d'une quelconque vie. Malick ne pouvait quitter la dague des yeux. S'il bousculait l'exécuteur, si la lame l'effleurait seulement…

Il allait s'élancer quand la dague s'éleva un peu plus pour se ficher aussitôt en plein centre de la main de l'exécuteur. La chaise trembla sous l'impact. Malick vit la vie revenir au visage de l'exécuteur, vit la surprise s'y inscrire… puis l'exécuteur leva la tête, un large rictus découvrant ses dents jaunies.

— Ne t'inquiète pas, ça va guérir ! Le truc, c'est d'éviter de sectionner un tendon, sinon ça peut devenir gênant.

Il contempla le sang qui s'étalait lentement autour de sa main blessée.

— C'est un corps à peine adéquat que je possède là. Un petit bout de chair trop frêle, trop humain. Mais mes pouvoirs augmentent sans cesse. Peut-être qu'un jour je me façonnerai un corps à ma mesure. J'ai commencé à expérimenter, d'ailleurs…

Il extirpa la dague de sa main, la posa dans le sac et inspecta les objets qui s'y trouvaient encore.

— Tu te prétends magicien, si je comprends bien.

— Je le suis.

— Tu as su me résister un brin, mais qu'as-tu accompli, sinon ? Foudroie-moi sur place, si tu en es capable… Ah. Un cellulaire. Attendais-tu des appels importants ?

— Je devais appeler mes amis en ville pour qu'ils viennent chercher Samuel. Pourquoi tu le laisses pas partir ? Tu devrais pas au moins en discuter avec Victor ? C'est lui qui t'a créé, non ?

L'exécuteur le dévisagea, sévère. Malick vit Rawlings se tendre. Sans doute connaissait-il trop bien la colère de Kelzid. Malick savait qu'il devait être prudent, mais il sentait monter sa propre colère.

— Kelzid, créé par un homme ? dit l'exécuteur. Tu es plus ignorant que je m'y attendais. Je suis l'arbre et la foudre. Je suis la fissure qui se crée à la surface de toutes choses, et j'ai toujours été. Je suis la faille dans tes plans, Maximilien. Je suis la force qui va briser l'emprise du faux sur ce monde et instaurer une ère nouvelle.

Malick sentait s'accroître le pouvoir qui émanait de l'exécuteur. Il voyait le sang qui s'écoulait goutte à goutte de sa main blessée pour tacher le plancher à ses pieds. Et il se mit à rire.

— C'est tout ? T'as fini ? Tu m'en apprendras pas sur la vantardise, j'ai partagé un appartement avec un *rapper* pendant un an. À t'écouter, on dirait que t'essaies de te convaincre. Au fond, t'es rien qu'une mauvaise idée qui s'est attiré plus d'attention qu'elle en mérite vraiment. J'en ai vu d'autres ! Je suis Maximilien Seko, né dans l'ivresse, qui voit ce que les autres voient pas. Je suis le cheveu sur la soupe, je suis le mouton noir, pis je suis la faille dans *tes* plans, mon Ernest. J'ai tout comp…

Sa jambe droite craqua et Malick s'écroula aussitôt. La douleur lui parvint avec un léger retard : vive, intense, élançant du genou à l'extrémité des orteils. Il gémit malgré lui, puis se força à relever la tête et à respirer entre ses dents. L'exécuteur le regardait d'en haut, sans hargne apparente, mais

Malick croyait voir sa colère autour de lui : une aura noire, changeante, qui s'étirait en se ramifiant autour du corps de l'exécuteur. Il passa près de s'évanouir sous l'effet combiné de la souffrance et de la charge surnaturelle qui assaillait ses sens. Il jeta un coup d'œil à sa jambe blessée et le regretta aussitôt.

— Tu n'es pas en état de me défier, Maximilien. Où est ta protection, maintenant ? C'est un de tes pendentifs qui t'avait sauvé jusqu'ici ? La jambe, c'est un avertissement. Je sens que tu as une côte fêlée, déjà. Je peux la casser d'une seule pensée, en faire une belle écharde d'os prête à te crever le foie. Je peux faire des pieux de chacune de tes côtes. Comme coup de grâce, seulement : quand j'en aurai fini avec toi. Avant ça… c'est surprenant tout ce que le corps humain peut endurer sans pour autant mourir. Crois-moi, je sais de quoi je parle.

Malick aurait voulu se relever et affronter son ennemi debout. Il lui restait encore une bonne jambe… mais il n'eut pas le courage nécessaire. Chaque irrégularité de la route lui arrachait une grimace. Il tenta de se concentrer malgré la douleur. Si jamais c'était la fin… il connaissait une ou deux malédictions terribles apprises justement pour ce genre d'occasion.

— Rien à dire ? demanda l'exécuteur. Parfait. Sois sage, et peut-être qu'on saura s'entendre. Je pourrais te tuer, mais je crois que tu me seras utile de ton vivant. Tu as un esprit… inhabituel, ça, je te l'accorde. Tu aurais dû te rendre et te mettre à mon service il y a longtemps. Si tu es prêt à le mériter, tu pourrais encore me servir de réceptacle. Après le tort que tu m'as causé, j'aurais plaisir à me tailler une place dans la forêt de tes neurones.

Il se renfonça dans son fauteuil, menton sur la poitrine, un léger sourire aux lèvres, apparemment content d'observer la souffrance de Malick. Dan se faisait le plus petit possible. Samuel restait alerte mais aussi muet : était-il en état de choc ? Malick remarqua enfin les bandages qui couvraient une partie de ses mains ; il laissa monter la colère, un des seuls outils qu'il lui restait. La fourgonnette roula un moment sans que nul n'ose parler. Puis Rawlings rompit le silence.

— Ah, c'est bon de te revoir, Seko. J'aurais aimé que les Boyard puissent être là eux aussi, mais... leur tour viendra.

Samuel prit la parole à son tour.

— Comment... comment va Rachel ? Et Paul-Émile, lui ?

— Il va s'en tirer. Rachel va bien. Elle est en sécurité, loin d'ici.

La fourgonnette ralentit. Malick avait tenté d'en comprendre le trajet, sans succès. Il tendit l'oreille mais n'entendit que le vent. On stationna enfin le véhicule, en marche arrière. Devant, on descendit, et bientôt un homme ouvrit les portières arrière. « Guillaume », lui lança l'exécuteur en le rejoignant dehors, « dis-moi tout ». L'homme lui fit son rapport à voix basse. Il était plutôt mince, l'air sage avec sa chemise blanche et son étroite cravate de cuir, mais son aisance en présence de l'exécuteur le marquait comme un homme à ne pas sous-estimer. Deux portières claquèrent à côté, et Hubert et Noémie arrivèrent. Malick n'aurait su dire qui des deux le regardait avec le plus de haine. Il ne vit rien derrière eux sinon un mur vaguement familier, couvert de tôle peinte en bleu poudre.

— Tu te demandes où tu es ? dit l'exécuteur. Viens voir.

Il prit Malick sous une épaule et le souleva d'un coup. Malick laissa échapper un bref cri en sentant frotter les os près de sa cheville droite. Une main rugueuse se plaqua aussitôt sur sa bouche. Il se sentit traîné et gémit quand sa jambe cogna contre le pare-chocs. Sa vision se brouilla. Dehors, l'air commençait à fraîchir, le ciel rougeoyait. Malick reconnut l'école polyvalente, bâtie au pied de la colline. La fourgonnette était stationnée le long du gymnase, tout près du passage qui le reliait à l'école même. Une petite voiture se trouvait à côté de la fourgonnette. L'exécuteur traîna Malick jusqu'au coin du bâtiment. Le mont Sabot se dressait droit devant eux, verdure et rocaille se teintant de rose. D'ici, on voyait des voitures stationnées – dont quelques autos-patrouilles – et des gens comme autant de fourmis, nombreux, dispersés en petits noyaux, des gens par dizaines, hommes et femmes, jeunes et vieux, des enfants même, gravissant la pente. Le flanc de la colline, plutôt dégagé de ce côté-ci, était piqué de hautes torches qui semblaient marquer des sentiers vers le sommet. Une voix retentit, amplifiée. Le vent portait le son mais fragmentait les mots. Malick reconnut tout de même la voix de Gérald Brassard et devina, au ton, qu'il accueillait et guidait la foule. Malick prit conscience de ce que dessinaient les torches : non pas de simples sentiers, mais un arbre immense qui allait en se ramifiant vers le sommet de la colline.

L'exécuteur tira Malick vers l'arrière avant que quiconque puisse les apercevoir. La fourgonnette, placée le long du mur, était hors de vue tant de la foule que de la ville. L'exécuteur le hissa à bord, le déposa presque doucement et lui glissa à l'oreille :

— Si tu cries, j'enlève d'autres doigts à Samuel.

Malick regarda à nouveau les mains bandées de Samuel. Il eut envie de crier, de frapper, mais cela n'aurait servi qu'à amuser l'exécuteur. Celui-ci fit signe à Hubert et à Noémie, qui montèrent à bord et s'agenouillèrent. L'exécuteur reprit place dans le fauteuil et murmura quelque chose à Rawlings, qui sortit et revint aussitôt avec une trousse de premiers soins. L'adepte pansa la main blessée de l'exécuteur, puis sortit rejoindre l'homme à la cravate – le dénommé Guillaume – et verrouilla les portières derrière lui.

Hubert mourait d'envie de parler, Malick le voyait bien. L'adepte aurait sûrement voulu défendre son fils, ou se défendre lui-même, mais il ne cessait de fixer l'exécuteur, plutôt, comme s'il cherchait à percer ses secrets. Noémie, l'air hanté, gardait les bras croisés tout contre elle.

— Mon cher Daniel, dit l'exécuteur, parle-moi. Pourquoi as-tu voulu partir ? Tu vas me dire que Maximilien t'a enlevé, peut-être ?

— Non, répondit Dan d'une voix faible. C'est moi. Je lui ai demandé de m'aider. C'est ma faute.

— Après l'avenir qui t'a été promis auprès de nous, après les merveilles que tu as vécues, tu voulais quand même partir ?

— J'avais peur… j'ai douté.

Malick fut étonné de le voir lever la tête pour regarder l'exécuteur en face.

— Je doute encore, dit Dan. J'ai l'impression d'être sur une mauvaise voie. Il me semble que Victor devrait être là pour nous guider, lui aussi.

— Tu parles de lui sans l'avoir connu.

— D'après ce que je sais, j'ai l'impression que les choses allaient mieux quand il était là.

Malick s'empressa d'intervenir :

— Désolé, Ernest, j'aurais peut-être pas dû encourager ton pion à penser par lui-même. On m'a souvent dit que j'avais une mauvaise influence…

— … et une grande gueule, cracha l'exécuteur. Je te dirai si je veux ton avis.

— Je m'excuse, ô Kelzid, dit Hubert. J'aurais dû mieux surveiller l'évolution spirituelle de mon fils. Les doutes qu'il exprime sont d'abord les miens. Si quelqu'un doit être puni pour ses erreurs… ça devrait être moi.

— Très beau. Très noble. Pourquoi devrais-je t'écouter, «Pilier»?

— Je suis à ton service depuis des années. Je t'ai fait confiance quand tu nous as offert un miracle, et j'ai vu à la croissance de notre groupe dans des périodes difficiles. Je t'ai bien conseillé…

— Tu devrais prendre exemple sur Noémie, je crois qu'elle comprend des choses qu'il te reste à comprendre. Ton fils est responsable de ses décisions, et il connaît l'importance de préserver nos secrets. Daniel! Tu as quitté notre protection et mis notre savoir en danger.

— C'est vrai, dit Dan. Mais j'ai rien donné aux policiers…

L'exécuteur indiqua Malick du doigt.

— Tu lui as parlé, et tu savais ce qu'il représentait pour nous.

— Je savais qu'il avait déjà rencontré Victor.

L'exécuteur ferma les yeux.

— Tu voudrais être puni, Hubert? dit-il.

— Si Kelzid le croit nécessaire. J'aimerais seulement parler à mon fils avant…

— Trop tard.

L'exécuteur ouvrit grand les yeux et une moue cruelle lui tordit les lèvres. Malick entendit, provenant de la tête de Dan, un claquement sourd qui lui alla droit au cœur. Dan tressauta, puis s'affala vers l'avant de tout son long. Sa tête rebondit mollement sur le plancher, comme si son cou était fait de chiffon. Hubert s'écroula presque en même temps, démoli par ce spectacle. Noémie tendit une main vers le jeune adepte, mais laissa retomber son bras. Un dernier râle s'échappa du corps inerte. « Non ! » s'écria Samuel, la voix rauque. Noémie secouait la tête, les lèvres serrées, les yeux rougis sans qu'aucune larme ne s'en échappe. Hubert, lui, sanglotait sans retenue ; Malick n'avait jamais vu quelqu'un si anéanti. L'exécuteur prit un ton presque doux :

— La leçon est dure, je le sais, Hubert. Pourtant, c'est toi qui me parles souvent de discrétion. Ton fils aurait exposé nos secrets au grand jour. Tu m'as été utile, oui, et j'ai été patient envers toi. Mais tu te fais des idées : je n'ai pas besoin de toi. De Victor, peut-être, mais pas de toi, et encore moins de ton fils. Qui aime bien châtie bien ; je t'aime quand même, Hubert, malgré l'erreur que tu as commise en m'imposant ton fils.

Il se leva à demi et remit dans le sac les effets de Malick éparpillés à côté du fauteuil. Sac en main, il enjamba le corps de Dan et cogna aux portières, que Rawlings ouvrit aussitôt. L'exécuteur descendit de la fourgonnette. D'un geste, il appela Noémie et Samuel à ses côtés. Ceux-ci le rejoignirent sans un mot.

— C'était bien, ces retrouvailles, dit l'exécuteur, mais je dois encore orchestrer les événements de cette nuit. Je te préviens, Samuel, et Malick aussi : si l'un de vous deux me contrarie, vous écopez tous les deux. Malick, j'aurais aimé que tu voies mon moment de triomphe, mais je préfère te savoir enfermé.

Hubert aussi: je crois qu'il te faut ce temps pour réfléchir. De toute façon, tout sera filmé pour la postérité. Je laisse ce réceptacle pour surveiller les environs: si vous tentez quoi que ce soit, je le saurai aussitôt.

La présence opprimante de Kelzid s'estompa: le visage du réceptacle restait hostile mais la cruauté l'avait quitté. *Et sur le Sabot, la dame à la tresse vient de se réveiller, sûrement...* Les portières se refermèrent et Malick se retrouva seul avec Hubert et Dan, deux survivants impuissants et un mort dans une même cage.

– HUBERT –
CONTREJOUR

À l'été de l'année suivante, Hubert voyait une nouvelle vie commencer pour lui. La Repousse ouvrirait ses portes sous peu. Les nouveaux bâtiments se dressaient fièrement, prêts à supporter les pires affronts de l'hiver. Au gré de sa promenade, Hubert pouvait encore sentir la terre retournée et les derniers relents de goudron. Le complexe était à la hauteur de ses attentes : Victor avait bien choisi son architecte. Il resterait la finition intérieure à terminer au cours des prochaines semaines et les traces des travaux à effacer, dehors. Bientôt, une première vague de gens en quête de vérité pourrait venir s'inscrire, en provenance d'ailleurs, mais aussi de Saint-Nicaise. Un chargement de lits arrivait demain pour ceux qui viendraient chercher le refuge en plus du savoir.

Plusieurs adeptes vivaient déjà ici. Ceux-ci avaient eu le privilège de bâtir de leurs mains ce point focal de la nouvelle ère. Hubert en salua quelques-uns en chemin, satisfait du respect que ceux-ci lui accordaient. Ils travaillaient fort et ne s'arrêtaient que pour aller prendre leur tour parmi les méditants. Quand il lui venait des doutes, Hubert n'avait qu'à regarder ces gens et ce domaine en se rappelant que tout cela ne se serait pas réalisé sans lui.

Il rentra à son bureau provisoire et vit que Susannah l'attendait, assise sur sa chaise. Ses yeux intenses étaient animés d'une volonté sans bornes. Sa longue tresse blanche, drapée sur son épaule, trahissait son léger tremblement.

— Bonsoir, Hubert. J'ai une tâche pour toi.

La voix de Susannah, mais les inflexions de Kelzid. Hubert la regarda se lever et nota la légère maladresse qui caractérisait ses gestes. Son corps n'avait pas fini de s'adapter à l'influence de Kelzid. C'était ce qu'elle avait voulu déjà, cette communion avec une force supérieure, mais Hubert n'arrivait pas à en être heureux pour elle. Quand elle n'était pas habitée par Kelzid, elle se montrait distante et parlait peu, elle qui avait déjà perdu toute vigueur et ténacité lors de cette nuit où elle s'était insurgée contre Victor. Elle n'avait pas été nommée officiellement réceptacle : seuls les Gardiens du Miracle connaissaient son nouveau rôle. Kelzid pouvait ainsi la laisser évoluer parmi ses adeptes et consulter à loisir ce qu'elle avait vu et entendu. Il avait de plus en plus de facilité à se projeter d'un réceptacle à l'autre, et leurs souvenirs devenaient les siens. Hubert s'inclina devant la force émanant de son corps frêle.

— Tout pour toi, Kelzid, dit-il.

— Tu vas appeler mes disciples égarés. Tous jusqu'au dernier.

C'était donc ce qui préoccupait Kelzid. Il s'était montré mécontent ces derniers temps sans qu'Hubert en sache la raison. Il avait cru que c'était une question de réceptacle. Azur devenait épuisé, « usé », comme le disait Kelzid, et les blessures qu'il avait subies au cours de la dernière année le rendaient moins présentable. Susannah ferait un bon visage public, mais Kelzid aurait tôt ou tard besoin d'avoir un corps plus robuste à son service. Hubert se demandait ce qu'il était advenu des réceptacles précédents. Lors de sa dernière visite auprès du Miracle, il s'était senti observé et avait cru voir une forme pâle l'espionner par l'une des nombreuses crevasses. Son seul indice quant au sort des réceptacles délaissés tenait à une brève allusion de Rawlings : « Ils servent encore. »

Il semblait maintenant que Kelzid se souciait de disciples plus encore que de réceptacles. Hubert choisit ses mots avant de se prononcer.

— Je pensais qu'on attendrait de s'être bâti une petite clientèle locale, d'être mieux implantés...

— Non. Il est temps. Je veux que tu les appelles tous et que les rituels reprennent. Je veux qu'ils se regroupent, qu'ils recrutent, qu'ils reprennent la mission de plus belle. Tu me voudrais discret et raisonnable, mais le faux est un engrenage qui ne cesse jamais de tourner. Vous avez besoin de moi pour combattre le faux, et pour ça il me faut mes adeptes.

Hubert hocha la tête. Ce discours l'attristait mais ne le surprenait pas. Étant donné ce qu'il restait de Victor, il devait se fier à Kelzid uniquement. Il espérait que ce dernier pourrait un jour leur rendre le Victor d'antan, ainsi qu'il l'avait laissé miroiter à quelques reprises. D'ici là, Hubert écoutait attentivement les moindres paroles de Kelzid. Il croyait parfois y déceler des échos de Victor, dans les intonations ou l'usage de certaines expressions. Il ne pouvait toutefois pas s'en convaincre. S'il prenait Kelzid à rire, peut-être... Victor avait eu le rire facile, et Susannah aussi avait eu un bon sens de l'humour. Kelzid, lui, ne riait jamais.

— Appelle-les, Hubert. Et si tout va bien, tu pourras bientôt appeler ton fils aussi.

Susannah s'en alla avant qu'il puisse la remercier. Il se sentait incomplet depuis qu'il avait coupé tout contact avec Daniel. Même avant de quitter Montréal, il l'avait négligé, accaparé qu'il était par son boulot et les tâches tellement plus grandioses et délicates dont il se chargeait pour les Insoumis. Si Daniel se joignait à eux, ils se verraient et se parleraient tous les jours. Hubert pourrait le guider et Daniel serait sa conscience, son espoir.

◆

— Aujourd'hui, c'est Contrejour, lui rappela Kelzid.

Hubert souleva le pied-de-biche, l'appuya sur son épaule, colla sa joue un instant contre le métal froid.

Alors qu'ailleurs on se remettait des craintes et célébrations du passage à l'an 2000, le peuple de la Repousse vivait selon un tout autre calendrier. Aujourd'hui, Contrejour, chacun devait contempler ce qu'il n'était pas, découvrir ce qui l'empêchait d'avancer, accomplir les tâches qu'il ne voulait pas faire.

Aujourd'hui, Parenteau était la tâche d'Hubert. Parenteau, petit coq de basse-cour, gangster de village, un caïd en herbe que Kelzid avait mis à sa solde. Ce n'était pas suffisant que Brassard, le conseiller municipal, leur ait livré la ville sur un plateau d'argent, convertissant le clan Lagardière à leur cause, étalant pour eux les faiblesses et les rêves de chaque famille et chaque individu un tant soit peu influent à Saint-Nicaise. Kelzid aimait jouer, aimait démonter les choses pour comprendre leur fonctionnement. Il avait vu que quelques criminels avaient une emprise sur certains des habitants : par la drogue, le jeu, le sexe, peu importe. Curieux, envieux, il avait offert ses services à Parenteau, puis avait scellé des alliances avec quelques crapules de premier ordre. Il avait manipulé ces gens par la peur et par l'argent jusqu'à prendre le contrôle.

Parenteau ne l'avait compris que trop tard. Hubert le regardait maintenant, agenouillé à ses pieds, luttant contre le réceptacle qui l'empoignait par les cheveux. Pitoyable. Parenteau restait un être détestable, pourtant, qui n'aurait pas hésité à cogner si les rôles avaient été inversés. Hubert serra les dents et frappa, un coup d'essai, le pied-de-biche sonnant sur le ciment tout près de Parenteau. Ce dernier gémit, se débattit de plus belle. Le réceptacle sourit.

Le nouveau réceptacle n'avait pas de nom. Hubert avait oublié son nom humain et Kelzid s'était chargé de l'initier lui-même sans jamais lui révéler son nom d'adepte. Au fond, c'était honnête. Kelzid était Kelzid, peu importe l'enveloppe. La personnalité d'un réceptacle ne subsistait jamais longtemps en présence d'un tel pouvoir. Marco disait que la cruauté occasionnelle des réceptacles provenait non de leur personnalité, mais de leur humanité, simplement. C'était mieux que de croire que les Insoumis suivaient un dieu intrinsèquement cruel.

La cruauté pourtant avait ses attraits. Même dans ses pires moments, Kelzid fascinait. Hubert se plia à sa volonté. C'était un mauvais moment à passer. Il frappa sur la victime qu'on lui avait désignée, frappa encore avant de changer d'idée. Parenteau suppliait déjà. Hubert ne regardait qu'à demi. Il en avait bien assez du bruit mat de chaque coup, de l'âcre odeur de transpiration de sa victime, de ses cris. Il frappa avec tout son ressentiment, jusqu'à ce que Kelzid lui dise d'arrêter. Parenteau irait lécher ses blessures loin de Saint-Nicaise jusqu'à ce que Kelzid ait besoin de lui de nouveau.

Hubert sortit du cachot, traversa le sous-sol, passa la salle de méditation emplie d'adeptes assis en rangs serrés, genoux contre genoux, dos contre dos. Il jeta un coup d'œil par la mince fenêtre de cette pièce plus modeste où Gérald Brassard, d'un rythme lent, abattait un fouet sur son dos sans relâche, paisible malgré tout. Hubert lui trouvait presque un air de sainteté. Alors que de plus en plus d'adeptes vivaient à la Repousse hors de l'emprise du faux, le conseiller, lui, continuait d'habiter Saint-Nicaise pour servir de liaison avec la ville. Accablé par un monde corrompu, il avait commencé ces séances d'autoflagellation pour se purifier de l'influence pernicieuse du faux.

Au rez-de-chaussée, rien de tout cela. Hubert prit une longue douche et sortit sous les étoiles. Le jeune Quentin vint bientôt le rejoindre : leur toute dernière recrue. Il avait une soif de savoir insatiable et posait d'innombrables questions à Hubert quand il ne se faisait pas simplement l'ombre de Marco. Kelzid lui apprendrait bien assez tôt à tempérer sa curiosité. Quentin se disait magicien, comme ce damné Seko. Kelzid n'avait pas perdu son intérêt pour ce genre de pratiques : tous les moyens étaient bons pour étendre son emprise. Avec l'aide de Marco et du nouveau, il propageait son message jusque sur Internet. Personne ne connaissait la totalité de ses plans.

Et ses plans à lui, Hubert ? Ses espoirs, et ceux des autres adeptes ? Pendant longtemps, avant qu'on confie la tâche à un adepte moins occupé, Hubert avait consigné par écrit les rêves et les préoccupations des Insoumis, un à la fois. Il savait les désirs auxquels chacun avait renoncé pour mieux se consacrer à la vision de Victor. Pendant combien d'années devrait-il renoncer encore, porter les espoirs du groupe, châtier et être châtié, œuvrer sans l'apport du maître ?

Demain matin, il irait marcher avec Daniel. Il ne lui dirait rien de ce qu'il avait vécu cette nuit. La Repousse était un lieu si calme le jour. Il prétendrait que tout allait pour le mieux, que lui et son fils travaillaient main dans la main, qu'ils bâtissaient ensemble l'avenir de Daniel. Il essaierait de rire avec son fils, de partager des choses vraies. C'était tout ce qu'il avait.

◆

Maintenant, seul à la fin de toutes choses, il se maudissait de n'avoir jamais tout dit à Daniel. Les Insoumis n'étaient rien sans leurs secrets, et il continuait à cultiver les siens propres. Il ne lui avait jamais tout expliqué quant aux réceptacles, possiblement parce que c'était l'aspect de Kelzid qui le troublait le plus.

S'il avait tu à Daniel ce qu'il avait entendu un matin auprès du Miracle, c'était plutôt par précaution. Ou par superstition, sinon ; parce qu'il en tirait un espoir si ténu qu'il craignait de le rompre en le partageant avec quiconque. Ce matin-là, il était allé se recueillir auprès du Miracle. Il n'avait vu personne en entrant, mais un son l'avait fait taire après quelques mots à peine. Les parois de la caverne étaient percées de multiples crevasses. Par l'une d'elles, Hubert avait aperçu le dernier réceptacle qui dormait et marmonnait dans son sommeil. C'était un rare spectacle : les réceptacles se laissaient rarement voir dans de tels moments de vulnérabilité. Hubert savait qu'il aurait dû partir aussitôt, mais il était resté figé. Le ton du réceptacle était si familier... Dans son sommeil, il suppliait Kelzid de lui laisser un peu de calme, un moment de répit, de se montrer clément. Hubert avait cru assister au drame de l'homme qu'avait été le réceptacle autrefois. Puis les mots du dormeur étaient devenus plus distincts et il avait reconnu là ce qu'il n'avait pas entendu depuis si longtemps : le ton, le timbre, les cadences de Victor.

Le souvenir lui arracha un bref sanglot. L'émotion s'effaça aussitôt, une bête réaction nerveuse. Le véritable chagrin était enfoui loin derrière. Il ne restait que la route.

Le son prit Hubert par surprise. Il avait à peine noté l'approche de la voiture dans son dos qu'elle passait déjà, fendant l'air immobile dans la voie à sa droite. Un vieux modèle, plus solide que ces jouets modernes tout en plastique ; un bon projectile pesant comme il espérait en voir arriver un d'une minute à l'autre en sens inverse. Il remarqua les flancs croûtés de vieille boue, le toit affublé d'un support à skis inutile en cette nuit d'août. Puis la voiture fut hors de vue. Il n'avait pas eu le temps d'avoir peur. La nuit trouée par les phares retrouva son calme monochrome ; les souvenirs assaillirent Hubert de nouveau.

LES REGRETS DES DAMNÉS

Malick n'osait plus bouger ; chaque mouvement propageait une onde de choc dans sa jambe cassée. L'oreille collée contre l'interstice entre les portières arrière, il écoutait la rumeur du Sabot. La voix mielleuse et pourtant ferme de la vieille dame à la tresse, amplifiée, déversait les promesses de Kelzid. Malick saisissait un mot ici et là. Elle annonçait une ère nouvelle, une ère de paix, offrait ce que les gens voulaient entendre. Pas surprenant que le maire se soit enthousiasmé pour cette marche : Saint-Nicaise, bâtie pour une prospérité qui n'avait jamais eu lieu, passait ainsi pour une ville forte qui s'insurgeait contre la violence ; un véritable symbole de paix.

Hubert, assis au fond, tenait la main de son fils. Ses épaules tombantes, les rides qui lui creusaient les joues, tout chez lui témoignait de la défaite la plus totale. Malick ne trouvait plus dans ses yeux qu'un soupçon d'émotion vive qui pouvait être de la haine. Sans doute l'avait-il méritée. *C'est ici que ça se joue. C'est ici que tout se paie.*

— Hubert, je suis tellement déso…

— Je t'avais dit de me le rendre ! Tu pensais prendre soin de lui mieux que moi ? Tu sais rien !

— Hubert… J'ai commis des erreurs, oui, mais je suis pas le seul à blâmer pour la mort de Dan. C'est toi qui l'as recruté, et c'est ton… ton maître, ton dieu, ton messie – c'est Kelzid qui l'a tué, à travers une autre victime qui s'appelle André Gaudette. J'accepte ma part de responsabilité, mais c'est toi qui as bâti ton malheur. Aide-moi à comprendre. Pourquoi vous avez mis vos vies entre les mains de ce maniaque-là, pourquoi vous l'avez suivi malgré tout le mal qu'il fait ?

— Tu peux pas comprendre, Seko. T'as pas vécu ce que j'ai vécu. Tu connais pas les enjeux. Victor Geoffroy a mis le doigt sur le problème : l'envahissement du faux, l'enfouissement de tout ce qu'on est vraiment. L'humanité est méconnaissable. Victor m'a fait comprendre pourquoi j'étais pas capable de supporter le monde tel qu'il était. Daniel non plus le supportait pas…

Il réprima un sanglot.

— On l'a tous appris, on l'a tous accepté : notre succès a un prix. Notre mission vaut… on a tous cru que notre mission valait qu'on sacrifie une vie pour la protéger.

— Réfléchis, Hubert. Si Victor Geoffroy, si Kelzid voulaient vraiment vous aider, ils vous auraient donné la force de vivre par vous-mêmes plutôt que de vous amener à vivre pour eux. T'as beau répéter ce qu'on t'a appris, je peux pas croire que t'en es encore convaincu.

— Qu'est-ce que ça change, maintenant, que je sois convaincu ou non ? J'ai tout donné parce qu'on comptait sur moi. J'avais pas le choix de continuer. Tu peux pas savoir…

— J'ai bien une petite idée…

— Veux-tu savoir ce que t'as accompli ? Kelzid était impatient avant que t'arrives, mais il m'écoutait encore un peu. Du moment que t'as commencé à t'opposer à lui, il a tout devancé. Il a précipité le nettoyage au Rocksteady, il est devenu plus agressif que jamais. Il a tenu à ce qu'on se procure plus d'armes qu'on en avait déjà. S'il obtient pas le résultat voulu avec la marche, si la police continue à fouiller de notre côté, j'ai peur qu'il demande aux adeptes de se barricader pour défendre la Repousse coûte que coûte. J'ai peur qu'il les sacrifie. Au premier signe d'intervention policière, il pourrait disparaître avec les dirigeants et une poignée d'autres adeptes utiles pendant que ceux qui restent tiennent un siège à la Waco.

— En quoi ça servirait sa cause ?

— Ça consoliderait ce qui reste du groupe. Les morts deviendraient des martyrs, et les adeptes survivants seraient plus convaincus que jamais des méfaits du faux. La police passerait pour une bande d'assassins. Et Kelzid en ressortirait plus fort. Il se nourrit déjà de l'énergie qu'on lui offre en méditant, mais on dirait qu'il en tire aussi de ces pauvres bêtes qu'il tue pour faire ses arbres de sang. Peut-être que si des adeptes mouraient en son nom… Ha ! Pourquoi je m'en ferais pour Daniel ? Un de plus, un de moins…

Il resta un instant à mi-chemin entre les larmes et le plus amer des rires, puis se mit à sangloter tout bas. D'autres mots lui échappèrent, à peine intelligibles :

— Je voulais qu'il soit fier de moi…

Malick s'efforçait de réfléchir malgré la douleur. Il se pencha pour écouter encore la voix portée par le vent.

— Qu'est-ce qui va se passer maintenant ? Ça sert à quoi, votre marche ?

— À cimenter notre lien avec la population. Kelzid a préparé le terrain en manipulant les criminels des environs, puis en les éliminant. Il fait ça pour sa gloire aussi… Ton ami doit être sur le toit de l'école à l'heure qu'il est, avec Rawlings et Guillaume. Ils ont déjà tout prévu : ils ont trouvé un coin du toit d'où ils peuvent filmer sans être vus, et ils ont obtenu les clés depuis longtemps. Les Insoumis ont des amis partout. Les marcheurs vont se placer sur le Sabot avec leurs chandelles pour former un grand arbre de lumière. Ils iront marcher dans les rues ensuite, mais c'est l'arbre qui est important, pour que les gens croient…

Malick le fit taire : il avait soudain la chair de poule. Un coup contre la carrosserie confirma ses doutes. Kelzid était revenu. La voix de l'exécuteur leur parvint entre les portières.

— Hubert, c'est dommage que tu manques le spectacle, après tout le travail que tu y as mis. Ils sont des centaines maintenant, dociles à souhait. L'arbre est presque complet et les gens continuent d'arriver. J'ai compris, Hubert : c'est ici l'apogée, c'est le mieux qu'on peut espérer d'eux. Ce qu'il reste, c'est de la politique, c'est encore du travail de missionnaire, à convertir un à un ceux qui ne sont pas encore des nôtres. Ça vous suffit peut-être, mais il est hors de question que je me cache encore tout ce temps. Ils sont à moi, ce soir. J'en ferai ce que je veux.

Hubert lui demanda quelles étaient ses intentions, mais déjà l'exécuteur s'était éloigné et l'atmosphère était redevenue plus paisible. Malick entendit de nouvelles voix, mélodieuses celles-ci, et une clameur s'éleva pour y répondre : les gens chantaient une chanson dont il n'arrivait pas à distinguer les paroles.

— Qu'est-ce qu'il va faire ? demanda-t-il.

— J'en sais rien ! Il est capable de tout. Je pensais qu'il était prêt à suivre le plan, mais… Oh non. L'arbre…

Malick le somma de s'expliquer, mais Hubert n'arrivait pas à articuler ses craintes. Malick fut saisi d'une idée affreuse.

— L'arbre de lumière… est-ce qu'il serait capable d'en faire un arbre de sang ?

Hubert, qui ne l'entendait plus, bredouillait dans son coin :

— Tout ce monde-là, il faut pas, il peut pas…

Il ne résista pas quand Malick lui saisit le bras pour consulter la montre à son poignet. Vingt heures cinquante. Plus que dix minutes avant le début de la marche. Si tout se passait comme prévu, les alliés de Malick constituaient en ce moment même le réseau magique qu'il avait conçu. Le grand Ryamon et ses anciens confrères du cercle d'Ottawa, le Seagull Krew et plusieurs individus et groupuscules à Montréal, Frédé seul tout près d'ici… Dans dix minutes, tous devaient concentrer leurs forces autour de canettes de boisson gazeuse munies d'une étiquette conçue par Kevin. Le rituel devait exploiter le contre-mème déjà disséminé pour attaquer l'identité de Kelzid. Malick trouvait maintenant cette mesure si ridicule… C'était pourtant tout ce qu'il avait.

— Victor avait raison, lança tout à coup Hubert. Je peux pas croire autrement. C'est depuis que Kelzid a pris le dessus que tout s'est mis à changer pour le pire. Il fissure vraiment tout, au fond : c'est la faille dans nos propres plans. Victor savait le raisonner ; moi, non. J'ai commis l'erreur de croire qu'il nous redonnerait Victor un jour, que tout redeviendrait comme avant…

— Il est où, Victor ? demanda Malick. Kelzid a dit qu'il avait besoin de lui. S'il est pas mort dans la maison de Rawlings, qu'est-ce qu'il est devenu ?

— Si tu savais… C'est ta faute si Kelzid domine maintenant. Toi et les Boyard…

— Donne-moi une chance de la réparer, ma faute ! On a tous les deux fait des erreurs. Maintenant, Dan est mort, mais on peut voir à ce qu'il soit le dernier. Sinon, ça peut être Noémie, après, ou quelqu'un d'autre à qui tu tiens. Tu voulais que Daniel soit fier de toi ? Je lui ai parlé, je sais qu'il partageait tes doutes. Il est parti parce qu'il avait peur de Kelzid, mais il est resté en ville parce qu'il voulait encore t'aider. Il est mort parce qu'il espérait te sortir d'ici. Je pense qu'il aurait été fier de te voir tenir tête à Kelzid, si tu crois qu'il vous mène sur la mauvaise voie.

— Mais je suis tellement, tellement fatigué…, dit Hubert en s'enfouissant le visage entre les mains.

— Laisse-moi agir, c'est tout ce que je te demande.

Un bon magicien n'était jamais pris au dépourvu. L'exécuteur lui avait ôté ses outils : il improviserait. Il tâta le long de la couture sur le côté de son pantalon cargo jusqu'à trouver l'aiguille qu'il avait glissée dans le rebord intérieur. Il l'extirpa du tissu et la brandit bien haut.

— Je vais devoir utiliser du sang, dit-il. T'inquiète pas, le mien devrait suffire. C'est pas dans mes habitudes, mais c'est efficace : on n'obtient pas de résultats sans sacrifice, sous une forme ou une autre, et le sang est un symbole fort. Tu vas assister, Hubert, au plus grand sort de ma carrière.

Malick fit de son mieux pour atteindre un état de transe. Son corps était encore parcouru d'endorphines et de toutes ces bonnes choses qui l'aidaient à transformer sa souffrance en une donnée abstraite extérieure à lui-même, une force mauvaise parmi tant d'autres qu'il devait chasser avant d'entamer le rituel. C'est à peine s'il sentit entrer l'aiguille quand il en piqua le bout de son index.

Il s'efforça de respirer lentement en cherchant un rythme solide. Le chant venait de se terminer, la vieille dame avait repris le micro pour subjuguer la foule, et Malick sentait son cœur battre d'urgence. Il sentait le rythme de son cœur qui résonnait dans sa jambe blessée, ce cœur qui poussait le sang le long de vaisseaux qui allaient en se ramifiant jusqu'à cette goutte qui perlait à son doigt. Le sang traçait dans ses veines un arbre de vie bien plus fort que les arbres de mort de Kelzid. Malick et ses alliés formaient un arbre de magie, le rituel poussant la force de leurs volontés d'une cellule à l'autre et jusqu'ici, dans cette cage de métal où tout devait se décider.

Suivant le rythme de son cœur, il traça sur la paroi métallique devant lui les symboles que lui et Frédé avaient choisis, purifiant cet espace marqué par la mort. Il raccourcit les préparatifs autant qu'il l'osait mais récita dans son intégralité la litanie du réseau, saluant chacun de ses alliés, où qu'ils soient. Il entama ensuite le rituel de bannissement. Il en fit un spectacle, puisqu'il avait un spectateur. Pour les rituels, un peu de théâtre ne nuisait pas : ça l'aidait à se convaincre qu'il se passait quelque chose de grand, qu'il vivait un événement. Sous le regard fasciné d'Hubert, Malick traça le logo de la Repousse, le symbole à détourner ; il traça aussi son symbole de synchronicité pour que tout concorde à son avantage. Il dut se piquer plusieurs fois encore pour dessiner la forme de sa magie. Il n'avait pas la canette qui devait être le point central du rituel, mais il en gardait l'image très claire à l'esprit. Kelzid n'était qu'une supercherie commerciale, un truc publicitaire sans valeur ; le vrai pouvoir était dans cet arbre de vie qui le reliait aux autres participants du rituel. Pour en assurer le succès, il invoqua ses protecteurs. *Saint John Coltrane, donne-moi le rythme et la force de vivre. Thot, c'est en ton Art que je place mon salut et celui de tous. Hermès, prête-nous ta vitesse, répands notre message jusqu'ici. Saint Jude, accorde-moi cette dernière chance de faire du bien. Baron Samedi, papa Guédé, je t'appelle du chevet d'un mort ; écarte ma propre mort le temps que je puisse compléter ma tâche.* Tous ces protecteurs, et le saint patron des lieux aussi, pourquoi pas ? *Saint Nicaise des bobos, me revoici, meurtri, au secours des tiens. Protège-moi, guide ma main, sauve ta ville.*

Il reprit ces mots encore et encore, à s'hypnotiser lui-même, pendant que la dame sur la colline continuait à prononcer le discours de Kelzid. Il scanda au rythme de son cœur. La voix qui lui parvenait était celle d'un réceptacle vide et impuissant : Kelzid était un produit sans conséquence, un liquide sans pouvoir, une invention de publicitaires. La voix amplifiée hésita, reprit plus doucement. Malick vit Hubert qui se berçait presque imperceptiblement au rythme de sa magie, qui osait croire, peut-être. La voix s'enfla et craqua, un grognement résonna dans les haut-parleurs sur la colline, la voix prononça d'autres mots, mais le vent en avala la moitié. Malick lançait son plus grand sort et la douleur dans sa jambe battait la mesure. C'était bien un arbre de lumière là sur la colline, un espoir dans les ténèbres. Ces chandelles brûlaient de la même flamme que celles qui éclairaient ses alliés en ce moment même.

La voix grognait plus qu'elle ne parlait, maintenant. Un mot revenait encore et encore, un mot qui éclata soudain, un « Non ! » assourdissant, même à cette distance. Il y eut aussitôt une secousse et un grand craquement qui retentit, semblable au tonnerre. Des cris s'élevèrent.

Il y eut un « clic » et une portière s'ouvrit.

Noémie se tenait là, effarée. Elle fit signe à Hubert, qui sembla d'abord réticent, mais sortit la rejoindre. Malick continuait sur sa lancée... mais cette porte ouverte était trop belle pour être ignorée. Sa concentration fléchit et il se sentit incapable de continuer.

— Il faut que tu le calmes, Hubert, ou qu'on se sauve, chuchotait Noémie. Le réceptacle devient agité. Pendant un instant, j'ai eu peur qu'il s'en prenne à moi. Il se passe quelque chose sur la colline. Il s'est approché pour mieux voir, on a une chance...

Malick se traîna en serrant les dents. Il posa son pied gauche sur le pare-chocs et scruta la pénombre sans apercevoir l'exécuteur.

— Je veux voir, dit Malick. Il faut que je voie.

— Hubert, on a pas le temps, dit Noémie.

Hubert hésita, puis l'aida à descendre malgré les protestations de Noémie. Muet, il passa un bras autour de la taille de Malick et l'aida à s'avancer juste assez pour voir la foule au flanc de la colline. Tout ce versant du Sabot était noyé dans l'éclat des gyrophares. Les gens fuyaient en tous sens : on entendait leurs cris, faibles et irréels. Certains tombaient, se relevaient, se bousculaient. Les policiers présents tentaient de transformer ce chaos en une évacuation ordonnée. Que s'était-il passé au juste ?

Une totale confusion régnait sur le Sabot. De lointains hurlements de sirènes annonçaient des renforts.

Quelques marcheurs tenaient encore des chandelles, minuscules points de lumière dans le crépuscule. De petits feux brûlaient dans l'herbe par endroits. À la lumière de ceux-ci, Malick vit qu'une longue fissure défigurait maintenant la colline. Puis il aperçut une forme blanche, quasi spectrale, qui descendait la pente avec de longues enjambées. C'était le réceptacle à la tresse, dont l'ample robe battait au vent. À la voir bondir ainsi, il sut que Kelzid l'habitait toujours ; il ne sentait pas sa présence ici. Noémie prit Hubert par le bras :

— La colline a craqué ! Tout va de travers. Qu'est-ce qu'on fait ? On pourrait rejoindre les autres sur le toit, mais…

— C'est la fin, Noémie. T'as entendu ce qu'il m'a dit ? Kelzid est hors de notre contrôle.

Ils se dirigèrent vers la voiture compacte dans laquelle lui et Noémie avaient dû se rendre ici. Hubert et Malick avançaient à pas maladroits, une étrange bête à trois pattes. Ils étaient à peine rendus quand des pas claquèrent sur l'asphalte par-delà la fourgonnette. La vieille dame n'aurait pu couvrir la distance si vite : Kelzid avait regagné le corps d'André Gaudette. La portière arrière de la fourgonnette claqua. Les clés qui s'y trouvaient encore tintèrent un instant. Bientôt, la fourgonnette démarra et recula à toute vitesse jusqu'à être hors de vue. Malick écouta s'éloigner le grondement du moteur. *Qu'est-ce qu'une bête fait quand elle est blessée ? Elle se réfugie dans sa tanière.* Rachel et les autres devaient être dans le tunnel en ce moment même.

— Il faut le suivre ! s'écria-t-il. Il rentre à la Repousse. Mes amis sont là.

— Dans ce cas-là, dit Hubert, ils sont déjà morts. Nous aussi, si on se met dans le chemin du réceptacle.

— Tu vas le laisser partir avec le corps de ton fils pour aller tuer encore d'autres innocents ? Kelzid est affaibli, il faut qu'on en finisse ce soir.

La porte de la polyvalente s'ouvrit d'un coup. Rawlings approcha d'un pas vif, suivi de Samuel et du dénommé Guillaume.

— Vous avez vu ça ? dit-il. Non, mais, vous avez vu ça ?

Malick ne savait pas s'il était furieux ou épaté. Il vit une expression résolue naître sur le visage d'Hubert, hagard jusque-là. Hubert ouvrit la portière arrière de la voiture et aida Malick à monter. Noémie jura, frappa le toit du véhicule, fit mine de s'éloigner puis alla à la rencontre des autres adeptes.

— Dépêchez-vous ! Le caméraman en premier, Kelzid a insisté là-dessus.

Elle envoya Samuel s'asseoir avec Malick à l'arrière, repoussa Rawlings qui se précipitait pour monter à bord, puis vint s'asseoir elle-même à l'avant.

— Vite ! hurla-t-elle à Hubert, qui avait pris place derrière le volant.

Il lança la voiture en marche arrière. Les deux adeptes laissés dehors s'écartèrent en hâte. Hubert contourna l'école et traversa la ville en klaxonnant, brûlant les feux rouges. Malick bénit les rues pour cette tranquillité qu'il avait déjà détestée. La tête lui tournait et tout son corps était parcouru de frissons. Il était assis de côté, dos contre Samuel, sa jambe brisée étendue sur le siège, une main agrippée au dossier à l'avant pour ne pas trop se laisser ballotter. Quand ils atteignirent enfin la route, Malick expliqua à Hubert le chemin à suivre. Samuel brandit un coupe-vent qu'il avait trouvé sur son siège.

— Avec ça, dit-il à Malick, on pourrait te faire une attelle… As-tu un plan, pour Kelzid?

— Rachel est à la Repousse. J'ai menti tantôt devant l'exécuteur, je voulais pas qu'il sache. Toute la gang a tenu à y aller au cas où ils arriveraient à te secourir.

— Et le coupeur de doigts, lui? dit Samuel après quelques jurons bien sentis. C'est ton chauffeur, maintenant?

Malick, atterré, voyait bien maintenant qu'il lui manquait le petit doigt de chaque main.

— C'est Hubert qui t'a fait ça?

— Kelzid aurait fait pire, dit Hubert, contrit. Je savais que ça le calmerait si je m'en chargeais. J'avais obtenu de lui qu'il me laisse tranquille, que j'aie plus à punir personne, mais ces derniers jours… J'étais certain qu'il allait m'obliger à punir Daniel, aussi.

Sa voix se perdit en un sanglot et il frappa le volant, plusieurs fois, si fort que Malick craignit qu'il ne le casse. Noémie lui caressa la joue sans quitter la route des yeux. À la demande de Samuel, elle fouilla et trouva un grattoir à neige sous son siège. Samuel entreprit de l'attacher à la jambe de Malick à l'aide du manteau.

— Hubert, dit Malick entre deux grognements, il faut que je comprenne. Pourquoi Kelzid a besoin de Victor?

Hubert resta longtemps muet, luttant visiblement pour ne pas fondre en larmes.

— Tu sais pas? C'est pas pour ça que t'as envoyé tes amis au tunnel? Victor est… Si seulement j'avais compris plus tôt…

Il poussa un long soupir douloureux. Loin devant, une forme blanche émergea de la nuit : la fourgonnette.

— Il y a pas de Kelzid sans Victor, reprit Hubert. Je l'ai compris quand je suis allé voir le Miracle hier matin… Va dans le tunnel, tu comprendras. Tu comprendras ce qui est arrivé à Victor par ta faute. Il y a un… un contenant en métal, au fond, sur une tablette en pierre. Ouvre-le, ce sera ton fardeau aussi. Après…

Il secoua la tête, gémit.

— Détruis-le, Seko. C'est ce qu'il faut pour détruire Kelzid.

Malick allait poser une question quand il vit des fragments brillants pleuvoir de la fourgonnette : les vitres avaient éclaté. Le rétroviseur gauche tomba, roula à côté de leur voiture et disparut derrière. Hubert ralentit un peu. La fourgonnette ne cessait de dériver pour se redresser aussitôt. Malick essayait de comprendre ce qui arrivait à Kelzid. S'il avait voulu fuir vers la Repousse, pourquoi avait-il d'abord couru sur la colline plutôt que de se transférer immédiatement d'un réceptacle à l'autre, comme il l'avait fait plus tôt ? Le rituel avait-il donc réduit ses pouvoirs ? Il avait fini par prendre le contrôle de l'exécuteur, mais peut-être ne pouvait-il effectuer de tels sauts que sur une courte distance.

On arriva à l'entrée de la Repousse ; la fourgonnette passa tout droit. Malick la vit s'enfoncer sans ralentir sur le même chemin où Boris avait placé sa voiture. Hubert s'y engagea aussi vite que possible, mais les cailloux et la terre inégale rendaient la conduite difficile. Malick pouvait sentir chaque choc amplifié dans sa jambe blessée. Il luttait contre la nausée. Les arbres n'étaient que silhouettes autour d'eux. Ils semblaient surgir de terre devant, concrétisés soudain par les phares de la voiture. La lumière heurtait les yeux quand elle se reflétait sur les écorces blanches des bouleaux. Des branches basses égratignaient la carrosserie dès que la voiture déviait le moindrement de sa course.

Puis la fourgonnette fit un écart violent et percuta un arbre. Hubert ralentit aussitôt et arrêta la voiture à quelques mètres de distance. La portière de la fourgonnette s'ouvrit et l'exécuteur en sortit, en tomba plutôt. Il se redressa et s'élança dans les bois. Il avait un bras ballant, la démarche inégale : le choc l'avait blessé, mais Kelzid le poussait toujours de l'avant.

— Samuel, dit Malick, va voir s'il a laissé un sac de jute dans la fourgonnette. Il y a ton cellulaire dedans. Il faut qu'on avertisse les autres.

Samuel sortit aussitôt. Hubert aida Malick à descendre.

— Va sauver tes amis si tu veux, dit-il, il faut… il faut que je sorte Daniel de là.

— Merci, Hubert. Je pensais pas que…

— Je m'en veux encore plus que je t'en veux. Daniel m'a parlé de toi, de ce que tu lui avais dit…

Samuel revint avec le sac de jute et souleva Malick façon pompier, le drapant sur son épaule, jambes devant. Ils partirent à la suite de l'exécuteur. Malick, la tête en bas, fouilla dans le sac, en sortit le cellulaire et appela Laura.

— L'exécuteur s'en va vers le tunnel ! Dis aux autres de se sauver par-derrière la colline !

— Ils sont déjà rentrés ! dit-elle. Je vais les chercher.

— Il paraît qu'il y a un contenant métallique au fond du tunnel. Ramenez-le si vous pouvez, c'est ce qu'il nous faut pour abattre Kelzid.

Elle raccrocha. Malick appela la police et expliqua la situation aussi vite que possible. Samuel devait se tourner d'un côté et de l'autre pour avancer entre les arbres sans blesser Malick encore plus. En se tordant le cou, Malick arrivait parfois à entrevoir où ils allaient. Un craquement terrible retentit et il vit un arbre entier, du gabarit d'un poteau de téléphone, se fendre et s'abattre avec fracas. Plus loin, des branches cassèrent avec des bruits secs qui rappelaient des coups de feu. Malick repéra l'exécuteur qui titubait, loin devant. *Ou bien il gaspille son énergie, ou bien il perd le contrôle de ses pouvoirs. Il est encore loin d'être impuissant, en tout cas.*

Quand ils arrivèrent en vue du tunnel, l'exécuteur s'écroula. Ils s'approchèrent et constatèrent qu'il vivait toujours. Samuel posa Malick, qui fut aussitôt frappé par les yeux vitreux de l'exécuteur ; nulle trace de Kelzid. Malick fouilla dans son sac, puis tendit à Samuel une minuscule lampe de poche.

— Il doit avoir sauté dans un autre réceptacle près d'ici, Cours ! Je te rejoins.

Samuel laissa Malick appuyé contre un arbre et s'élança vers l'entrée du tunnel. Malick arracha une branche avec difficulté. En s'appuyant dessus, il arrivait à peu près à marcher. Il eut peine à passer par l'entrée du tunnel, jonchée de pierres. Il entra en rampant à demi, une épaule contre la paroi, en tâchant de ne pas heurter sa jambe blessée. Puis, après ce qui lui sembla une distance interminable, le tunnel devint dégagé et il put marcher de nouveau.

Au bout de quelques pas à peine, il chancela et faillit s'écrouler. Il ressentait un malaise intense, un mélange d'horreur et de désespoir qui effaçait les années et le ramenait en enfance, à cette époque où le monde entier est incompréhensible et où les adultes ont tout pouvoir et toute autorité. La pierre lui renvoyait les échos d'anciennes souffrances. Il entendait des cris lointains ; des cris d'enfants, des cris d'adultes aussi. *Un lieu marqué, un endroit devenu profondément malsain.* Il se demandait depuis quand le tunnel était ainsi corrompu. Kelzid devait l'avoir choisi parce qu'il avait ressenti la charge de l'endroit, et cette charge provenait en partie de ce qu'Eddy avait fait ici. Mais si Eddy n'avait pas été le premier ? N'importe qui aurait pu tuer, torturer ou violer ici, sachant que les cris ne seraient jamais entendus.

Le tunnel s'enfonçait dans le sol en une pente tantôt douce et tantôt abrupte, difficile à négocier. L'obscurité aurait été totale si ce n'était de la faible lueur du cellulaire que Malick tendait devant lui. Il croyait aller aussi vite qu'il le pouvait… mais quand deux coups de feu retentirent, il arriva à avancer plus vite encore. Une lueur spasmodique éclaira les parois devant. Malick s'arrêta un instant pour sortir du sac la dague qui, magique ou non, pouvait encore blesser. Jusqu'ici, il avait évité autant que possible de penser au danger que courait Rachel. Maintenant, il ne pensait plus qu'à elle.

Une forme humaine courait vers lui. Laura. Malick se plaqua contre la pierre pour la laisser passer. Boris la talonnait. Pauline arriva ensuite, soutenant Kevin. Ce dernier boitait et portait un curieux objet métallique. La lumière provenait de la lampe de poche que tenait Pauline : quand elle et Kevin eurent passé, l'obscurité menaça d'engloutir Malick de nouveau. Il restait une lueur, pourtant. Un immense soulagement l'envahit quand il aperçut Rachel, suivie de près par Samuel. Louis surveillait leurs arrières, son revolver braqué, une lampe de poche dans son poing gauche appuyé le long de son bras. Il marchait lentement et se tournait en tous sens, éclairant partout derrière mais bas devant pour éviter de placer Rachel et Samuel dans son champ de tir. Malick emboîta le pas à Rachel, qui s'inquiéta aussitôt de son état.

— C'est rien, dit-il, tu devrais voir Kelzid. Je pense qu'on peut l'achever si on détruit ce qu'il y a dans le contenant que vous avez trouvé. Qu'est-ce que vous avez vu là-bas ?

— Il y avait une horreur qui nous attendait... Je pense que Louis l'a eue.

S'agissait-il d'un réceptacle ? Y en avait-il d'autres encore ? L'atmosphère dans ce tunnel était si oppressante que Malick n'était pas certain de pouvoir détecter l'approche de Kelzid. Louis paraissait nerveux mais tenait bon. Malick allait lui demander ce qu'il avait vu quand il remarqua un mouvement furtif devant. Quelque chose émergeait d'une crevasse placée haut devant eux : une main, pâle et sale, grise comme la pierre. Une main difforme au bout d'un bras tordu, une jambe maintenant, pliée à un angle anormal. La créature émergeait de l'étroite crevasse avec des gestes de crabe ou d'araignée. Même un contorsionniste aurait eu peine à se faufiler par là.

— Louis, à ta gauche ! cria Malick.

Il poussa Rachel devant lui et se hâta, aidé de Samuel. Rachel était à peine passée que la créature tomba de son perchoir pour se relever aussitôt. Elle avait un corps humain, mais ses bras étaient pliés à deux endroits plutôt qu'un, et ses lèvres se retroussaient sur des dents effilées. Le visage était familier : Malick reconnut avec un sursaut d'horreur le réceptacle qui, cinq ans plus tôt, avait su mettre en fuite deux des frères Boyard. Il brandit la dague mais la créature la lui arracha aussitôt, souleva Malick comme s'il ne pesait rien et le projeta contre Samuel. Tous deux s'écrasèrent sur la pierre froide pendant que Rachel hurlait. S'ajoutèrent soudain à son hurlement une série de craquements terribles et un cri étouffé de la part de Louis. Un revolver aboya par trois fois dans un vacarme infernal. Malick avait heurté sa jambe cassée en tombant et ne trouvait plus la force de se lever ; la souffrance vive et pure qui le consumait vint lui inonder le cerveau, si bien que le monde entier disparut pour lui.

Il reprit connaissance au son de la voix de Kevin qui s'écriait : « Ça bouge ! » Encore étourdi, Malick cherchait à comprendre. La douleur brouillait le monde et lui imposait la conscience de son corps : il était étendu sur le côté, la joue contre la terre fraîche, un bras coincé sous le corps, l'autre inutile, tordu lorsque le réceptacle l'avait projeté. Trop faible pour bouger. Il sentait une brise : l'avait-on tiré hors du tunnel ? Quelque chose heurta le sol derrière lui.

— C'est quoi, c'est... c'est qui... dit Rachel d'une voix méconnaissable. Il me regarde ! Kevin, il me regarde !

Malick ne l'avait jamais entendue si bouleversée. Elle semblait paniquée, au bord des larmes.

— Ça se peut pas, gémissait Pauline, ça se peut juste pas !

Il ouvrit enfin un œil et vit devant lui Samuel, revolver au poing, qui scrutait la forêt. Des bruits de bois éclaté signalaient l'approche de l'exécuteur. Malick avait-il entendu quelque chose rouler, là, sur sa gauche ? Il tourna péniblement la tête dans cette direction et vit d'abord... Rachel, qui s'approchait d'un pas lent. Qui portait entre ses mains une lourde pierre. De longues mèches étaient plaquées sur son front par la sueur, et ses yeux étaient d'une fixité inquiétante.

— Rachel, sauve-toi ! voulut crier Malick, mais sa voix était à peine audible.

Elle tomba à genoux, et Malick aperçut alors la tache pâle près du sol, entre elle et lui. Malick réunit toutes ses forces et tourna son corps un peu plus. Il remarqua plus loin, renversé et ouvert, le contenant métallique qu'avait porté Kevin. Puis son regard revint à cette forme claire devant Rachel : la tête de Victor, posée joue contre terre, tout comme la sienne. Les traits du gourou étaient maculés de terre, sa peau terriblement pâle et ses cheveux plus longs que lors de leur dernière rencontre, mais c'était bien lui, hagard, sa bouche s'ouvrant et se fermant comme celle d'un poisson. Victor Geoffroy tentait de parler, mais il n'y arrivait pas. Que cherchait-il à exprimer ? Malick, fasciné, regardait s'ouvrir et se fermer la bouche de cette tête exsangue, de cette tête qui...

Mais où donc était le corps ?

Sans comprendre, Malick continuait de fixer la tête quand Rachel abattit la roche qu'elle tenait. Une fois, sans qu'elle semble tout à fait consciente de ce qu'elle faisait, deux fois, le visage neutre, trois fois, de toutes ses forces...

Un cri de rage s'éleva soudain comme une sirène, déchirant l'air et vrillant le crâne de Malick. La terre elle-même en frémit ; plus qu'un son, il y avait là une force intangible qui déferlait. Pendant un instant affreux et déroutant, Malick crut communier avec l'esprit de Kelzid, affolé, dispersé, porteur d'une hargne sans pareil. Sans le voir, il sentit l'exécuteur vaciller, tomber à genoux là entre les arbres... et s'écrouler. La présence accablante se dissipa.

Le silence nocturne reprit ses droits, pour quelques secondes.

– HUBERT –
QUE DES HUMAINS

Une fois passée l'entrée encombrée de pierres, Hubert se redressa et avança dans le tunnel à pas mesurés, craquant une allumette après l'autre. Il était parti sur un coup de tête et n'avait pas voulu attirer l'attention en retournant à ses quartiers chercher une lampe de poche. Rien n'allait plus. On ne lui faisait plus confiance depuis que son fils avait fui la Repousse, et tous étaient en alerte depuis le massacre dans ce bar de Saint-Nicaise, le Rock-steady, la veille en plein jour. Tant de violence… Le plan initial n'était pas si radical. Hubert et les autres Gardiens avaient dû accepter sans préavis ce geste d'un Kelzid exaspéré et impatient. Kelzid brisait ses jouets, tôt ou tard, détruisait ses acquis pour passer à quelque chose de nouveau. Il avait pourtant mis longtemps à cultiver ses liens avec la pègre des environs. La marche aux chandelles que l'on organisait pour le lendemain découlait de ce travail, mais allait-elle en valoir le coup ? Hubert voulait croire qu'elle allait renforcer l'unité des Insoumis et resserrer leurs liens avec la ville. Il feignait de croire, pour qu'on oublie combien il avait déjà douté.

Coupé de la lumière du petit matin, Hubert avançait en silence vers le Miracle. Après tout le pouvoir déployé la veille, après les séances de planification et tout le branle-bas de combat qui avait suivi, Kelzid avait besoin de refaire ses forces, surtout s'il voulait être à son meilleur pour la marche. Hubert devait en profiter; ce pouvait bien être sa dernière visite ici.

Il se figea en entendant derrière lui un cliquetis métallique. Se retournant, il vit Guillaume, calme, qui pointait une carabine dans sa direction. Le tunnel était percé de cavités, de passages étroits où il était possible de se terrer pour guetter l'arrivée d'intrus. Hubert n'était pas surpris. Amer, plutôt, de savoir que les Gardiens du Miracle, institués pour conseiller Kelzid et préserver la vision de Victor, ne servaient plus qu'à transmettre aux Insoumis les ordres de Kelzid et à garder physiquement l'accès au Miracle.

— Il faut que je le voie, dit Hubert.

Guillaume continuait à le tenir en joue, sans agressivité, sans mollesse non plus.

— Tes privilèges sont suspendus, Hubert. Après-demain, peut-être qu'il sera prêt à t'écouter.

Il parlait tout bas; les réceptacles dormaient-ils tous, comme Hubert l'avait espéré?

— Et si tout tourne mal demain? répliqua-t-il. Tu le sais, toi, ce que Kelzid a en tête pour la marche? Tu connais *tous* ses plans, peut-être? C'est pas lui que je veux voir. C'est Victor.

— Lui ne te verra pas…, dit Guillaume en s'appuyant contre la paroi.

Il était mal rasé, il avait les yeux cernés; il avait l'air si las… Hubert prit un ton plus amical:

— Il te manque à toi aussi, je le sais bien. Je comprends. On a perdu le contrôle, c'est évi…

— Va-t'en, Hubert.

— Tu vas me tirer dessus ? C'est pour ça que tu m'as recruté ? Pour m'abattre au bout du compte ? C'est Kelzid qui tient nos vies entre ses mains. On est pas à l'abri, tout Gardiens qu'on soit. J'en ai fait mon deuil : si Dan revient, ou si on le récupère, je suis prêt à prendre sa punition à sa place. Mais j'ai besoin de voir Victor une dernière fois.

— Hubert, c'est pas… T'es mauvais pour nous, maintenant. On a déjà perdu Dan parce que tu l'as contaminé avec tes doutes. Dérange-nous pas, laisse-nous marcher demain. Après, on pourra tous discuter…

— Parce que t'as encore une foi en béton, toi ? Je vais te dire ce à quoi je crois encore : je crois qu'on sert quelque chose de plus grand que nous. Qu'on communie avec quelque chose de divin, de cosmique, appelle ça comme tu veux. J'ai cherché ça toute ma vie et, grâce à toi, je l'ai trouvé. Mais tout s'est mis à dérailler sans Victor comme intermédiaire. Je viens lui demander un mot, un signe, pour que je sache qu'on a pas tout gâché. Laisse-moi au moins ça. Vous avez rien à craindre de moi, tu le sais.

Son allumette s'éteignit. Le faisceau d'une petite lampe de poche l'atteignit aussitôt en pleine poitrine. Il n'arrivait plus à voir l'expression de Guillaume. Il guetta sa forme, immobile le temps d'un long silence. Puis Guillaume lui signifia d'avancer et l'escorta.

Après le tunnel, la pièce paraissait vaste. Hubert fouillait les ombres du regard, cherchant un signe des réceptacles. Azur rôdait ici, tout comme son prédécesseur. Hubert ne les avait aperçus qu'en de rares occasions ; juste assez longtemps pour savoir qu'ils avaient été… modifiés. Kelzid avait dû les cultiver comme des bonsaïs, briser leurs os et les laisser ressouder de travers pour donner à leurs membres les angles voulus. Il avait plié leurs corps à ses caprices, il en avait fait ses épouvantails de chair…

Nerveux, au bord de la nausée, Hubert s'efforça de marcher directement vers la tablette sur laquelle reposait Victor. Il s'agenouilla, tendit ses mains maladroites, alluma quelques chandelles. Puis il écarta les panneaux ornés de dorures et de cuivre martelé.

Le visage de Victor n'avait plus rien de son admirable vivacité. Les joues, la bouche, le coin des yeux s'étaient affaissés. La peau avait quelque chose de cireux. Et pourtant, Hubert voyait les paupières se plisser de temps à autre, les iris vagabonder sous les paupières. Victor rêvait-il ?

Inutile de lui parler : Hubert avait déjà tant essayé. Il ferma les yeux, plutôt, et tenta de méditer. Il chercha le calme, malgré les événements des derniers jours, malgré Guillaume qu'il savait assis tout près, la carabine braquée sur lui. Il s'adonna à ces exercices qu'on lui avait inculqués pour communier avec tout le groupe et avec Kelzid. Mais ce n'était pas Kelzid qu'il cherchait à joindre, cette fois.

Il laissa son corps pencher vers l'avant, très lentement, jusqu'à ce que son front entre en contact avec celui, trop froid, de Victor. Guillaume le laissa faire : Hubert le devinait fasciné et anxieux de recevoir le moindre signe de vie de la part du maître.

Ouvre-moi ton esprit, Victor, implora Hubert. *Montre-moi que tu ne nous as pas complètement abandonnés. Guide-moi, aide-moi à comprendre. Guide-moi. Guide-moi…*

Il n'y avait que ces mots, et le contact du front de Victor. Hubert n'était plus que ses mots et sa détresse. Il poussait contre la frontière entre son esprit et celui de Victor, cherchant la fêlure qui laisserait passer le sens.

Et alors qu'il en venait presque à oublier qui il était et pourquoi il était là, il se mit à voir.

◆

Il était un enfant. Sept ans. Sept ans et demi, presque, et sur le point d'accomplir de grandes choses, il en était certain. La vie était difficile pour lui, mais il commençait à comprendre comment obtenir ce qu'il voulait. Victor, il s'appelait Victor. Hubert ? Non. Victor.

Les rayons du magasin s'élevaient loin au-dessus de sa tête. Il avait peine à croire qu'il y était enfin. Il était entouré des jouets qu'il avait admirés sur les pages du catalogue que le facteur avait apporté, ces pages fabriquées de ce qu'on appelait du papier glacé mais qui n'était qu'un petit peu froid. Il avait rêvé à ces jouets quelques nuits ; de bons rêves, pas comme ces cauchemars confus qu'il faisait parfois, où il se perdait en forêt et où personne ne répondait à ses appels.

Voyant ses parents en discussion avec le monsieur du magasin, il s'éloigna le long de ces tablettes d'abondance. Il voulait une voiture, ou un camion ; restait à en choisir le modèle, ici, en personne.

Ce matin, il s'était réveillé face au mur, comme souvent. C'était un vieux mur blanc comme une coquille d'œuf qui devenait gris et immense la nuit. Près de la tête du lit, la peinture était écaillée, parcourue d'une craquelure qui naissait sous le lit et s'élevait un peu au-dessus. Peut-être qu'elle voulait rejoindre le plafond un jour. En s'habillant, Victor avait eu l'impression que la craquelure s'était étendue depuis la veille. Rien de surprenant : l'appartement vieillissait à vue d'œil. Papa était paresseux et ne réparait jamais rien.

Victor était en vacances, il pouvait se lever tard. Ce matin-là, il avait ignoré sa faim et levé le nez sur le déjeuner que sa mère lui offrait. Il avait décidé qu'il serait de mauvaise humeur. Il le méritait, après des semaines passées à feuilleter amoureusement son catalogue et à se voir refuser tout ce qui s'y trouvait. Ses parents disaient toujours qu'ils n'avaient pas d'argent.

Toute la journée, il avait pesté et chialé et réclamé son dû. Maman avait fait semblant de l'ignorer, mais il savait qu'elle l'entendait même si elle ne disait rien. Elle avait fini par lui demander de se taire, et il avait continué. Il l'avait poussée au bout de ses nerfs. Quand Papa était rentré, elle lui avait dit qu'il était temps d'acheter un jouet au petit. Devant les hésitations de Papa, Victor avait tempêté jusqu'à ce qu'on l'emmène au magasin. Au sommet de sa colère, l'ampoule au plafond avait éclaté. Il avait fait peur à ses parents, il le savait. Ça ne le rendait pas aussi triste qu'auparavant.

Il savait qu'il n'était pas un garçon comme les autres. C'était pour ça que la plupart des enfants du voisinage évitaient de jouer avec lui. Quand il était de mauvaise humeur, les chiens aboyaient sur son passage. Des idées méchantes lui venaient parfois sans qu'il sache d'où elles sortaient.

Il lui en vint une, justement, alors qu'il regardait une décapotable jaune dans sa boîte en carton. Il ne sut pas tout de suite que c'était une mauvaise idée. Il prit quelques boîtes, les ouvrit une à une, et commença à démolir les voitures : à en tordre les portières, à en arracher les roues, à en briser les vitres. Certaines étaient trop dures, mais parfois un morceau arraché à l'une permettait d'en défaire une autre. Victor se disait qu'il valait mieux vérifier la solidité de ces jouets avant d'acheter, s'il voulait que ça dure.

Puis il entendit des voix fortes. Papa se précipita sur lui et lui serra le bras jusqu'à ce qu'un cri plus grand que lui s'échappe de sa bouche.

Ce soir-là, il fut expédié au lit sans souper. Il pouvait sentir la faim qui voulait lui dévorer le visage par l'intérieur. Il appuya son front contre le mur, sentant sur sa peau les moindres fêlures. Il se demandait des fois si son crâne n'allait pas craquer lui aussi pour laisser sortir toutes ses méchantes idées. Peut-être que s'il arrivait à s'en débarrasser, ses parents l'aimeraient mieux.

Tout alla de pire en pire cet été-là. Ses parents le confinèrent à la maison pendant une semaine entière après qu'on l'eut surpris à se faufiler dans la maison des voisins en pleine nuit. Lui-même n'avait pas su expliquer ce qu'il était allé faire là. Peut-être avait-il voulu voir comment les voisins vivaient.

Pendant sa semaine de pénitence, il avait passé beaucoup de temps à surveiller la fissure dans son mur. Il devenait certain qu'elle se creusait et s'agrandissait chaque jour. Il pouvait y voir des dessins, s'il se servait de son imagination. Parfois, elle avait l'air d'un arbre ; parfois, d'une main crochue. Une fois, il avait cru y voir un visage, mais il l'avait tout de suite perdu. Il se demandait s'il devait s'en inquiéter. Vers la fin de la semaine, il lui était venu l'idée fascinante que, peut-être, il y avait quelque chose de l'autre côté. Peut-être que le mur allait faire éclosion, un jour.

Après sa punition, il s'était efforcé de se montrer sage. Pendant un bon mois, il avait joué avec la voiture que ses parents lui avaient achetée malgré tout, et il avait souri aux visiteurs de Papa, peu importe s'il les trouvait sympathiques ou pas. Il n'avait pas réussi à ignorer toutes ses méchantes idées, mais il avait au moins réussi à cacher les dégâts pour ne pas contrarier ses parents.

Ce n'était pas vraiment de sa faute, ce qui était arrivé ensuite. Il n'avait pas voulu frapper le drôle de rouquin qui habitait au coin de la rue. Ç'avait été un accident, parce que le rouquin et ses amis l'avaient bousculé et qu'ils lui avaient crié des noms. Tout de suite, il avait su comment les faire taire. Dommage que ça ait affolé tout le monde. Il se demandait si les rouquins étaient plus fragiles que les autres personnes.

Enfermé dans sa chambre encore une fois, il entendait Maman pleurer. Même s'il était très tard, elle et Papa discutaient encore, parfois doucement, parfois fort. Victor dormait par petits bouts ; dans ses périodes de réveil, il suivait du doigt le tracé de la fissure qui s'étalait sur son mur. Il avait une idée qui, au fond, n'était peut-être pas si méchante. Il se disait que ça serait bien si le mur faisait éclosion. Il pourrait en sortir un ami pour lui tenir compagnie, un ami à qui il pourrait laisser ses méchantes idées. C'était peut-être ça que son père voulait dire quand il parlait de « faire sortir le méchant ». Tout ce qu'il n'avait pas le droit de faire, tout ce qu'il n'avait pas le courage de faire, son ami pourrait s'en charger à sa place.

Il n'avait qu'à l'inventer. Il n'avait qu'à lui donner un nom. Pendant que son père haussait le ton, que sa mère hurlait soudain, le bon nom vint à Victor sans qu'il ait à fournir le moindre effort. Kelzid. Son ami s'appellerait Kelzid.

C'est alors que le mur s'ouvrit pour lui. À partir de ce moment, il ne fut plus jamais seul dans sa tête.

◆

Hubert retrouva sa tête, son esprit, son identité. Il eut un mouvement de recul, ouvrit les yeux et aperçut le visage toujours inexpressif de Victor. Il referma les panneaux et se leva sur des jambes chancelantes. Guillaume se leva aussi, nerveux. Hubert se dirigea vers la sortie sans lui prêter attention.

— Et puis ? dit Guillaume dans son dos. Qu'est-ce que ça a donné ? As-tu senti quelque chose ?

— Non, dit Hubert sans ralentir. Rien. Rien du tout.

Que ressentait-il ? Du désespoir, de la colère ? Était-il surpris ou avait-il déjà deviné ? Il savait maintenant d'où venait Kelzid. Il avait cru servir en Kelzid une instance supérieure, quelque chose de durable alors que chacun des Insoumis n'était qu'éphémère. Mais non : Kelzid n'était au fond qu'une partie de Victor. Depuis le début, il n'y avait eu qu'eux, Victor et sa malice personnifiée, et ses disciples. Que des humains, faillibles, bêtes, cruels, guidés par leurs illusions. Que des humains qui s'étaient infligé tant de misères et de souffrances pour rien...

Là, devant, Susannah marchait vers eux. Elle s'appuyait d'une main noueuse contre la paroi du tunnel et les toisait comme s'ils n'étaient qu'insectes à ses yeux. D'où arrivait-elle? *Kelzid sait tout*, pensa-t-il, *il a senti quand j'ai établi le contact avec Victor, on ne peut jamais rien lui cacher…*

— Et qu'est-ce qu'il fait là, lui? dit Susannah à l'intention de Guillaume.

Guillaume répondit avec un léger retard.

— Il… il dit qu'il veut voir Victor. J'étais en train de lui expliquer qu'il allait devoir attendre.

— Hubert… Tu aggraves ton cas en osant venir ici. Guillaume, va le reconduire à ses quartiers et assure-toi qu'il reste sous surveillance constante. Si jamais il s'écarte le moindrement, vous en subirez les conséquences tous les deux.

Hubert sortit et cligna des yeux, ébloui par la lumière, étonné de s'en être tiré à si bon compte. Ce devait être grâce à Victor. Victor n'était pas encore tout à fait perdu: il avait choisi de lui montrer l'origine de Kelzid, et il avait pris soin de cacher à Kelzid ce contact entre eux deux. Pourquoi? Par égard pour Hubert, peut-être… mais pourquoi avoir révélé ce damné secret? Hubert en était dévasté, rongé de l'intérieur, incapable de croire, maintenant, que Kelzid puisse s'élever aux sommets qu'on avait envisagés pour lui.

Et c'est là, en chemin vers ces bâtiments qu'il avait aidé à construire, qu'Hubert comprit trop tard ce qu'il aurait pu faire pour Victor, là-bas sous la terre, pendant qu'il en avait la possibilité.

◆

Maintenant, seul à la fin de toutes choses, Hubert ne pouvait qu'espérer que Seko soit parvenu à mettre fin aux tourments de Victor. Hubert avait eu sa chance et ne l'avait pas saisie. Maintenant, il était trop tard pour quoi que ce soit. Il avait tout perdu.

La dernière fois qu'il avait vu Daniel…

La dernière fois qu'il avait vu son fils, il ne l'avait pas reconnu. Il avait tâté derrière le volant de la fourgonnette et retiré les clés tout en écoutant le moteur qui refroidissait et le véhicule blessé qui grinçait sous son poids. Il était allé déverrouiller les portières arrière et avait trouvé une masse recroquevillée, inerte, qui avait dû être quelqu'un déjà. Il avait pris le corps dans ses bras. Sa chaleur résiduelle l'avait surpris. Il avait étendu le corps plus loin, au cas où la fourgonnette prendrait feu. Il avait allongé les jambes, croisé les bras, calé la tête bien droite, abaissé les paupières sur ces yeux vides de sens, et posé un baiser sur ce front lisse. Le corps lui rappelait Daniel, maintenant : il l'avait tant regardé dormir, déjà.

Il s'était éloigné autant qu'il pouvait le faire sans perdre le corps de vue, et s'était terré dans les buissons. Il avait veillé sur son fils jusqu'à ce que d'autres viennent en prendre soin. Puis il s'était enfui. Il n'avait pas su pourquoi. Par instinct, surtout, puisqu'on aurait pu l'arrêter et l'emprisonner sinon ; parce qu'il ne voulait pas vivre en captivité, même s'il ne tenait plus à vivre de toute façon.

On l'avait sans doute cherché, mais on ne l'avait pas trouvé. Ce soir, l'homme à la réception du motel l'avait à peine regardé. Hubert n'était plus personne, n'était plus même Hubert puisqu'on le cherchait sous ce nom. S'il utilisait ce nom, son passé le rattraperait pour de bon.

Il ne savait pas depuis combien de jours il fuyait, ni vers quoi. Parfois, il lui prenait des envies de rebrousser chemin et de se rendre pour qu'on décide de son sort à sa place. Parfois, il voulait racheter ses erreurs. Parfois, il voulait oublier qui il était et vivre incognito dans un coin perdu de la planète où il pourrait peut-être faire le bien. Il se demandait s'il traînerait partout ce trou béant au centre de son être. Il savait qu'il portait aussi une expérience hors du commun, un savoir du mal et du malheur qu'il voulait tantôt oublier, tantôt préserver.

Assis sur l'asphalte, il ignorait toujours à quel moment exact il s'était engagé sur la mauvaise voie. Il contemplait un avenir aussi obscur que cette route devant lui.

Mais la nuit n'était plus aussi noire. Une aube froide se levait, une infime lueur frôlant les arbres devant. La lumière allait s'intensifiant tandis qu'un son se précisait : le ronronnement résolu d'un moteur.

Hubert ne broncha pas.

L'ANTRE AU MIRACLE

Malick resta étendu quelques instants pour laisser passer une portion de la terreur et de l'horreur des derniers moments. Les bois étaient d'un calme choquant après toute cette panique. Quelqu'un avait récupéré sa branche et l'avait posée à côté de lui. Il s'en empara et se leva, grimaçant et gémissant tout bas, ménageant sa jambe cassée et son bras gauche endolori. Il aperçut Rachel assise non loin, réfugiée dans les bras de Samuel. Malick enrageait à la vue de son visage meurtri et de ses bras éraflés, mais son état d'esprit l'inquiétait bien plus. Boris et Laura scrutaient le terrain. Pauline massait le dos de Kevin, assis tout près, qui dévisageait Malick sans rien dire.

— Où est Louis ? demanda Malick.

Kevin baissa les yeux.

— Il est mort, dit Pauline d'un ton plat. Samuel dit qu'il a eu plein d'os cassés. Il dit que le monstre dans le tunnel lui a fait ça à distance, tu comprends ça, toi ? En tout cas, Louis est resté conscient juste assez longtemps pour envoyer une balle dans la tête du monstre.

Malick en fut réduit au silence. De tout le groupe, il avait cru que Louis serait le plus apte à affronter le danger, mais l'exécuteur l'avait sans doute éliminé le premier pour cette raison. *Si je lui avais donné le talisman plutôt qu'à Rachel…* Mais Malick savait qu'il n'aurait pu s'y résoudre.

— Pauvre Louis, dit Kevin. Pis Samuel, avec ses doigts, j'en reviens pas ! T'avais raison, ils sont fous ici…

Son corps tout entier se mit à trembler. Malick s'éloigna. Évitant de regarder la tête mutilée de Victor, il retrouva, plus loin sur le sol, l'étrange contenant métallique. Il se traîna jusqu'à pouvoir retourner l'objet du bout de sa branche. C'était un ouvrage singulier, fabriqué de métal martelé sur une base circulaire en bois verni ; le tout ne dépassait pas un demi-mètre de hauteur. Pauline vint l'éclairer, révélant des accents de cuivre et d'or. On avait peint sur la base étagée un réseau de fines lignes représentant des branches ou de simples fissures : ce motif cher aux Insoumis. Le même motif était repris en filigranes dorés sur l'espèce de dôme étiré qui s'élevait au-dessus de la base. Le dôme était muni de charnières sur les côtés : le devant était formé de deux battants qui, ouverts, révélaient un intérieur capitonné et percé de quelques trous discrets. Une cavité au bas du dôme contenait encore un peu d'un liquide trouble : le reste s'était répandu sur le sol quand Kevin avait échappé l'objet en sentant remuer le contenu.

— C'est un reliquaire, c'est ça ? demanda Kevin, qui les avait rejoints à son tour. J'ai lu qu'ils gardaient les crânes des saints dans des contenants comme ça, des fois…

— Ouais… un reliquaire avec des trous pour l'aération, dit Malick.

— Mais comment ça se peut ? Tu vas pas me dire que la tête était vivante là-dedans ?

— Sais-tu, je pense que je vais en dire le moins possible. L'important, c'est qu'on soit débarrassés de Kelzid.

Il leva les yeux et vit Boris qui venait se joindre à la conversation.

— En es-tu vraiment sûr ? dit ce dernier. Celui que tu appelais l'exécuteur respire encore, lui !

— Restez loin ! Je vais aller voir.

Malick voulut foncer, mais tout son corps menaçait de flancher. Il ravala sa fierté et se laissa aider par Boris et Samuel qui le guidèrent jusqu'à l'exécuteur. Celui qui avait été André Gaudette gisait sur le dos et avait peine à respirer. Il grogna faiblement à leur approche, mais il ne bougea pas pour autant. Il n'émanait de lui aucune menace que Malick puisse détecter : Kelzid ne l'habitait plus.

— Ça va aller, André, lui dit Malick. Tout est fini. T'auras plus à être son outil.

Il sentit deux mains douces se poser sur ses bras. Il se retourna, s'appuya contre Rachel qui contemplait Gaudette, comme eux tous.

— Il vaut mieux qu'on y aille, non ? dit Kevin. J'entends des moteurs.

Malick décelait le son lui aussi : des véhicules tout-terrain qui se rapprochaient à vive allure. Puis le hululement d'une sirène leur parvint à son tour. Tous se concertèrent du regard puis se hâtèrent vers leurs voitures, Boris en tête.

— J'ai appelé la police, dit Malick en chemin, je vais les attendre. Je veux en finir tout de suite. Vous pouvez partir, je vous en voudrai pas. Si vous restez, ils vont vous demander plein d'explications.

— Tu peux pas rester tout seul…, dit Rachel.

— Rachel, dit Laura, t'es blanche comme un drap, il vaut mieux partir.

— Non, je reste. Je veux régler ça une fois pour toutes, moi aussi.

Boris tenait aussi à rester et à dire ce qu'il avait vu. Plus ils seraient nombreux à donner leur version des faits, plus on les prendrait au sérieux, fit-il remarquer aux autres qui, un à un, se montrèrent solidaires.

Ils atteignirent les voitures et prirent place à l'intérieur pour attendre les policiers, prêts à déguerpir si des adeptes arrivaient pour s'en prendre à eux. Malick téléphona de nouveau au poste pour signaler la mort de l'agent Louis Saint-Arneault et expliquer à quel point il était important de ne pas affronter les adeptes au complexe même. Son appel terminé, il se tourna vers Rachel pour lui murmurer à l'oreille :

— Rachel, je suis désolé de t'avoir embarquée là-dedans.

— Penses-tu… penses-tu que j'ai fait ce qu'il fallait faire ?

— Oh oui. Je te remercierai jamais assez. Tu nous as sauvés.

— Dans ce cas-là, ça va aller.

Ils attendirent jusqu'à ce que leur parvienne la lumière des premiers gyrophares.

◆

La rencontre fut tendue. Les policiers se déployèrent autour de la fourgonnette accidentée ; Malick les regarda établir un périmètre dans lequel était aussi inclus le corps de Dan, étendu plus loin dans l'herbe, les yeux fermés, les bras croisés sur la poitrine. Quelqu'un avait disposé des pierres de chaque côté de sa tête pour qu'elle reste droite. Il n'y avait nulle trace de Hubert ni de Noémie.

Malick n'eut pas le temps d'expliquer la situation dans tous ses aspects que déjà les policiers fonçaient vers le tunnel, sachant que le corps d'un des leurs s'y trouvait encore. On accepta que Malick suive à distance prudente pour guider le groupe si nécessaire. Le plus jeune des policiers fut chargé de l'escorter; il expliqua tout en marchant que tous les effectifs des environs étaient sous alerte depuis la panique sur le mont Sabot. Les policiers n'en savaient pas beaucoup, sinon qu'on n'y avait recensé jusqu'ici aucun blessé grave. Certains croyaient que quelqu'un avait dynamité la colline.

Devant le tunnel, Malick aperçut une demi-douzaine d'adeptes agenouillés en cercle, qui observaient un silence consterné. Il pouvait deviner ce qui retenait ainsi leur attention, mais le cercle était trop serré pour qu'on puisse le voir. Il reconnut Noémie parmi eux, qui sanglotait. Comme le groupe ne paraissait pas hostile, les premiers policiers sur les lieux se contentèrent de les surveiller sans approcher tandis que les suivants filaient directement vers l'ouverture ténébreuse dans laquelle ils descendirent lentement, prêts à tout.

Cinq minutes ne s'étaient pas écoulées que les agents ressortaient du tunnel, tristes et ébranlés. Ils confirmèrent la mort de leur collègue, puis on appela des renforts en apercevant d'autres adeptes qui arrivaient par les bois. Ceux-ci restèrent tapis à distance prudente jusqu'à ce qu'on les somme de se rendre; quelques-uns s'approchèrent alors tandis que les autres prenaient la fuite. Malick sentait la tension des agents qui inspectaient le terrain et échangeaient des instructions à voix basse pendant que les nouveaux arrivants se joignaient au groupe de Noémie, sans doute la seule qualifiée pour les guider.

Puis l'un des policiers aperçut enfin la tête de Victor et vomit bruyamment après avoir alerté ses collègues ; un autre, plus aguerri, éloigna les adeptes et se posta à côté de la dépouille. Des ambulanciers arrivèrent et un agent en guida deux jusqu'à André Gaudette, qui gisait toujours dans l'herbe. Un troisième fut dirigé vers le tunnel.

L'enquêteur qu'avait rencontré Malick vint bientôt prendre la direction des opérations, soucieux de voir en face son suspect numéro un. Dès son arrivée, il voulut tenir tous les civils à l'écart, mais il finit par accepter de laisser Malick et Boris les accompagner – Malick pour sa connaissance des Insoumis, et Boris pour les guider dans le tunnel.

L'enquêteur regarda passer les ambulanciers qui emportaient André Gaudette, puis il désigna deux agents et entra dans le tunnel sans vérifier si on le suivait. Malick, soutenu par Boris qui l'aidait à négocier l'entrée encombrée, lui emboîta le pas. L'atmosphère de détresse qui régnait dans le tunnel l'envahit bientôt jusqu'aux os.

Le corps de Louis gisait sur le côté dans une position quasi fœtale, son revolver encore serré dans une main, le bas du visage ensanglanté. C'était Louis et ce n'était pas Louis. Malick pouvait le regarder presque sans émotion : il ne s'agissait que d'une statue de cire, un vestige inanimé, un vêtement oublié par terre. Ce n'est qu'en repensant au courage du policier et à la confiance qu'il lui avait accordée que Malick sentit le chagrin monter.

Le regard des deux agents qui les accompagnaient allait et venait de Louis à la « chose » qu'il avait abattue. Le réceptacle qui avait terrifié Malick à Montréal gisait sur le dos, grotesque, presque nu, le crâne fracassé par la balle qui l'avait rendu inutile à Kelzid. Il avait les dents limées en pointes, comme le faisaient certaines tribus d'Afrique de l'Ouest. À la lumière des lampes de poche, la flaque autour de sa tête et les éclaboussures sur la paroi au-dessus prenaient une vive teinte rouge qui détonnait dans ce monde gris. L'enquêteur, qui n'avait pas prononcé une seule parole, contemplait Louis en serrant et resserrant les poings. Il dirigea soudain le rayon de sa torche vers le fond du tunnel et reprit son avancée en contournant les deux cadavres.

On continua en silence. Devant, le passage s'ouvrait sur un espace plus grand mais juste avant ce point, le groupe arriva à la hauteur d'un ambulancier au chevet d'un homme affalé au sol. Malick reconnut le barbu au visage difforme qu'il avait vu au volant de la voiture devant le parc Lagardière. En s'approchant, il remarqua avec un dégoût croissant le jean noir de sang, le dos anormalement voûté, les omoplates saillantes, les doigts tordus en une parodie des serres d'un rapace – une autre création monstrueuse de Kelzid.

— C'est lui qu'on a rencontré en premier, expliqua Boris devant le regard incisif de l'enquêteur. On fouillait dans l'espèce de caverne, là, pis on a entendu Pauline qui s'en venait dans le tunnel en criant qu'il fallait se dépêcher pis ramasser un contenant en métal. Là-bas au fond, on a trouvé ce qu'elle voulait dire, pis c'est là que le barbu s'est jeté sur nous autres. Il est sorti de nulle part. Louis lui a tiré dans une jambe, pis on s'est sauvés. C'est en chemin vers la sortie que l'autre monstre nous est tombé dessus.

Épinglé à son tour par le regard de l'enquêteur, Malick résuma leur rencontre avec le réceptacle de Montréal. L'enquêteur le fixait d'un air sceptique, mais Malick lui retournait un regard si franc que l'autre détourna les yeux en premier. Puis ils entrèrent dans la caverne au Miracle.

Les murs grossièrement équarris du tunnel s'écartaient pour former une pièce à peu près carrée, bordée de poutres anciennes et d'autres récentes. Malick y ressentait un profond malaise qui l'incitait au silence. Les policiers, eux, échangèrent quelques jurons à mi-voix en approchant du fond, où une tablette formée à même la pierre, bordée de chandelles, tenait lieu d'autel. L'enquêteur insista pour faire d'abord le tour de la pièce, inspectant chacune des crevasses et des tunnels secondaires pour s'éviter toute mauvaise surprise. On examina ensuite les quelques pièces de mobilier placées le long des parois : un matelas souillé, une commode basse, un fauteuil de cuir… La commode était bourrée de vêtements variés, certains luxueux, d'autres réduits à l'état de haillons et parfois tachés de sang séché.

Les policiers revinrent à l'autel. Quelqu'un y avait disposé une multitude de fragments humains. Il était évident qu'il manquait la pièce maîtresse : tout semblait pointer vers l'espace vide près de la paroi du fond. Des os qui devaient être des côtes – certaines longues, d'autres courtes – formaient des ramifications à partir de ce point central. D'autres ossements plus petits avaient été disposés en rosettes de ci de là, certains autour de deux crânes humains, l'un intact, l'autre fendillé. Malick fut saisi de tristesse en constatant qu'ils étaient trop petits pour avoir appartenu à des adultes : il devait s'agir des deux enfants qu'Eddy avait enterrés et que

Kelzid avait sans doute retrouvés. Le sol autour de l'autel était jonché d'ossements encore plus petits, dont plusieurs devaient provenir de rongeurs ou d'oiseaux. Et juste sur le bord de l'autel…

— Sacrament, jura soudain Boris, c'est les doigts de Samuel ! Je m'étais demandé à qui ils étaient !

À la demande de l'enquêteur, un policier décontenancé plaça les deux doigts dans un sac en plastique hermétique. L'enquêteur interpella Boris :

— C'est ici que vous avez pris l'espèce de coffre, j'imagine ? La boîte à tête ?

— Oui… on savait pas encore c'était quoi, on était trop paniqués pour prendre le temps de l'ouvrir.

L'enquêteur contempla les deux crânes un instant, puis demanda à Malick :

— Tu penses que c'est les deux enfants disparus en 78 ?

— Je l'espère. Ils vont pouvoir être enterrés comme il faut, maintenant.

Ils retournèrent à l'extérieur où une délicate tension régnait encore. Malick laissa les policiers discuter de la marche à suivre et s'approcha de Noémie, assise à l'écart sous l'œil d'un policier nerveux. Elle se montra indifférente à sa présence, répondant à ses questions par des réponses obliques données d'une voix monotone. Il comprit que tout l'avait enfin rattrapée : la mort de Dan, la fin grotesque de Victor, sans compter ce qu'elle avait dû endurer parmi les Insoumis. Elle ne savait pas où était Hubert.

Quelques nouvelles autos-patrouilles et voitures banalisées s'étaient ajoutées le long du chemin. Une ambulance était repartie, une autre était arrivée. Malick rejoignit Rachel qui veillait sur ses amis que soignaient deux ambulanciers. Elle avait repris des couleurs ; elle n'était pas dans une forme spectaculaire, mais elle se montrait plus expressive.

Tant qu'elle s'occupait, elle pouvait oublier ce qu'elle venait de voir et de faire. Déjà, les autres se construisaient leur propre version des événements pour mieux pouvoir les assimiler. Kevin, qui avait pourtant vu la tête vivante et consciente, croyait à une hallucination partagée avec Rachel, explication que les autres étaient bien prêts à accepter.

Les policiers entamèrent un véritable conseil de guerre et Malick se sentit écarté inexorablement du processus de décision. Il comprenait qu'après cette macabre découverte, après l'incident sur le Sabot, aussi, et la conduite inquiétante de cette dame qui s'était présentée comme porte-parole de la Repousse, on prenait enfin aux sérieux ses avertissements au sujet des Insoumis. Autour de lui, on proposait de bloquer les routes, on parlait de gaz lacrymogènes et de tireurs d'élite.

Inquiet devant de telles discussions, Malick s'emporta et demanda qu'on l'écoute, qu'on l'envoie au complexe pour négocier, qu'on lui trouve quelques kilos de sauge, un hélicoptère et une centaine de gallons de peinture verte… Il dut s'arrêter, car sa tête menaçait d'éclater et ses jambes faiblissaient dangereusement.

Malgré ses protestations, on le mena à l'ambulance où se trouvait Samuel. On l'étendit sur une civière pour remplacer son attelle artisanale et vérifier ce qu'il avait pu se fouler ou se fêler d'autre. Malick s'inquiétait de ce qui se passait au complexe : si la nouvelle du sort de Victor et de la capture de l'exécuteur s'y était rendue, la réaction des adeptes pouvait être désastreuse. La plupart ignoraient sans doute la nature du Miracle – même Dan n'en avait rien su – et s'ils apprenaient qu'on avait trouvé la tête de Victor, ils pourraient s'imaginer que « les agents du faux » venaient tout juste de le tuer alors qu'il s'apprêtait à leur revenir. Rachel se pencha sur lui et lui promit de veiller elle-même sur la suite des événements. Il lui embrassa la main, puis elle n'était plus là. On ferma les portières et l'ambulance prit le chemin de la ville.

Porté ainsi par ce véhicule aseptisé, ballotté par les cahots de la route sans qu'il puisse voir où il était, Malick comprit qu'il n'avait plus la situation en main. D'autres que lui verraient à mettre de l'ordre dans cette histoire, à arrêter les suspects, à punir les coupables. Lui-même devrait serrer les dents, guérir et assumer les conséquences de ses actes. Il se tourna vers l'ambulancier ; aussi bien se montrer sociable.

— Tu sais, dit-il, il y a longtemps que je m'étais pas fait amocher comme ça. La dernière fois, j'étais perdu dans un temple maya…

Un temps pour courir...

En se réveillant, Malick fut surpris par la lourdeur de ses membres. Puis tout lui revint. De son bras droit, il frotta doucement les bandages qui enserraient son bras gauche, cherchant à apaiser la démangeaison qui elle aussi venait de s'éveiller. Il tourna la tête pour s'émerveiller du visage endormi de Rachel ; puis, il se redressa et s'assit sur le bord du lit, prenant soin de ne pas laisser cogner son plâtre contre le plancher. Sa jambe droite était immobilisée des orteils jusqu'en haut du genou, ce qui lui donnait l'impression détestable d'avoir un poteau de téléphone attaché à la hanche.

Sur le réveil, en chiffres de braise : trois heures dix-sept. Malick prit quelques bonnes respirations, l'esprit vide, bercé par la bête mécanique de son corps.

Il lui fallut cinq longues minutes, penché sur sa béquille, pour parcourir le couloir en silence jusqu'au salon. Difficile de bouger discrètement, dans son état. Il avait encore mal partout.

Assis sur le coin du futon, il soupesa le sac élimé qui avait été son seul bagage en arrivant ici. Ses vêtements étaient empilés sur le meuble du coin, soigneusement pliés. Il avait beau occuper le lit de Rachel, il n'avait pas emménagé dans sa garde-robe pour autant. Jusqu'à preuve du contraire, son séjour ici n'était que temporaire. C'était un bon arrangement : ils prenaient soin l'un de l'autre. Rachel voyait à son rétablissement, et lui veillait à ce qu'elle ne s'attarde pas trop à des pensées malsaines. Il la savait marquée par ce qui s'était passé à la Repousse. Le cirque qu'ils vivaient depuis était éprouvant pour elle ; en plus, elle avait dû annoncer à sa famille les véritables circonstances de la mort de son oncle. On l'accablait de questions de tous côtés.

Peut-être que s'il partait, elle arriverait plus vite à oublier. Elle avait de bons amis ici qui sauraient prendre soin d'elle.

Il commença à remplir son sac, pour voir s'il avait assez de place. Il ne pourrait tout emporter : depuis son arrivée, il avait acheté quelques vêtements bon marché, un nouveau rasoir et d'autres banales nécessités. Peu importe. S'il rentrait directement à Montréal, il n'aurait pas besoin de grand-chose. Il pourrait réintégrer son appartement en douce et faire le point. Aux dires de Frédé, qui était déjà rentré, Scipion semblait s'être lassé de le chercher. *Il faut que le danger soit écarté ; sinon, avec ma jambe plâtrée, comment je vais pouvoir échapper aux méchants ?*

Il avait hâte de rentrer, aussi, pour rencontrer et remercier tous ceux qui l'avaient accompagné dans le rituel contre Kelzid. Frédé ne parlait plus que de ça : il s'en disait revigoré, prêt à tenter bien plus encore. Malick tenait à s'assurer que son enthousiasme ne le replonge pas dans ses anciens excès. Il voulait aussi recueillir plus en détail ses impressions et celles de tous les autres participants du rituel.

Il voulait comprendre en quoi le rituel avait réussi, en quoi il aurait pu être amélioré. C'était un pas de plus sur la piste de la véritable magie. Il voulait *savoir*.

Il ferma les yeux et posa la tête contre le dossier du futon pour mieux réfléchir. Il était évident qu'il n'avait plus grande utilité ici. Après qu'il eut quitté la Repousse en ambulance, les policiers avaient procédé avec une prudence exemplaire. Ils avaient arrêté et interrogé sur le Sabot quelques adeptes qui avaient tenté de fuir la marche aux chandelles, et en avaient intercepté d'autres en établissant un barrage à l'entrée de la Repousse. Rachel avait parlé longuement avec Noémie, seule à seule. Malick ignorait ce que l'adepte lui avait confié – Rachel ne voulait toujours pas le lui dire –, mais il savait qu'on avait fini par laisser Noémie entrer seule dans le pavillon central de la Repousse pour tenter d'y désamorcer la situation. « C'était la fin du monde, pour eux », avait expliqué Rachel. « Pour Noémie aussi ; je sais pas où elle a trouvé le courage de continuer. »

Il s'était ensuivi une attente presque insoutenable ; puis, Noémie était ressortie, suivie par la plupart des adeptes qui se trouvaient à l'intérieur. Les Insoumis avaient été frappés par le récit de Noémie sur les derniers moments de Kelzid et la très grande majorité avait fini par se montrer docile.

Les autres, démoralisés, avaient tout de même opposé une résistance armée. L'escouade tactique, dépêchée en toute hâte dans ce coin d'ordinaire si tranquille, leur avait laissé le temps de s'épuiser. Au bout d'une trentaine d'heures de siège, un groupe d'adeptes avait fait une sortie pour fuir à travers bois. Les policiers en avaient attrapé quelques-uns, puis étaient entrés en force dans le bâtiment pour maîtriser ceux qui restaient. L'opération avait fait quelques blessés et deux des adeptes avaient choisi de se donner la mort : c'était loin du sacrifice mémorable planifié par Kelzid, mais c'était un drame dont se repaissaient encore les médias.

Si tout n'avait pas plus mal tourné, c'était grâce à Rachel et à Noémie, mais aussi grâce à Louis, qui avait défendu les théories de Malick auprès de son chef et de l'enquêteur. Dans les jours précédant sa mort, il leur avait remis tous les documents fournis par Malick et avait donné ses propres observations à l'appui. Il les avait amenés à envisager la possibilité qu'une secte soit liée aux problèmes récents de Saint-Nicaise. Il avait suggéré des manières d'intervenir délicatement. *Il était encore un simple patrouilleur, mais il pensait déjà comme un chef.*

Malick avait enfin su ce que Louis lui avait caché, ce qui l'avait convaincu de se joindre à eux pour leur incursion à la Repousse. L'explication lui était venue de Paul-Émile, qu'il avait croisé au poste alors qu'on assaillait Malick de questions accusatrices et qu'il tentait de partager ses connaissances sur les plans et la psychologie des adeptes. Paul-Émile avait gardé sa colère sous contrôle, mais Malick l'avait vue qui transparaissait dans toutes les lignes de son visage. Il avait reçu une enveloppe que Louis lui avait adressée et qu'on avait trouvée en triant ses effets.

— Louis t'avait parlé de sa grand-mère superstitieuse ? avait demandé Paul-Émile. Il la prenait au sérieux ; paraît qu'elle reçoit un signe chaque fois que quelqu'un dans la famille va mourir. Vendredi matin, elle a appelé Louis pour lui dire de faire attention, parce qu'une vieille chaise avait craqué, une chose stupide comme ça, pis qu'elle avait un mauvais *feeling* à son sujet. Louis, au lieu de la traiter de vieille folle, il s'est mis dans l'idée que ça serait sa dernière journée sur terre, c'est comme ça qu'il me l'a écrit... pis il s'est lancé tête première dans le trouble avec une poignée de jeunes insouciants.

— J'aurais dû m'en rendre compte, avait répondu Malick. Je le trouvais bizarre, justement. Je savais que c'était pas son genre de participer à une expédition comme la nôtre.

— Ouais, peut-être que t'aurais dû comprendre que ça allait pas... Je sais pas si tu y aurais changé quelque chose. Il était têtu, Louis. T'avais fini par le convaincre qu'il se passait quelque chose de pas catholique ici. Il disait qu'il sentait que t'étais un bon gars malgré tout, pis que t'étais le seul qui arrivait à expliquer un peu ce qui se passait. Il voulait que je te fasse confiance.

Il avait dit ces derniers mots avec une moue amère et s'en était allé sans que Malick puisse placer un autre mot.

Puisqu'on lui accordait un soupçon de crédibilité, Malick avait donné des signalements pour accompagner certains des noms d'adeptes qu'il avait compilés. Noémie en avait fourni d'autres: elle collaborait à l'enquête sans enthousiasme, comme si rien ne comptait plus. Parmi les principaux dirigeants des Insoumis, on avait trouvé et arrêté Rawlings, qu'on recherchait depuis l'incendie de sa maison. L'un des adeptes arrêtés sur le Sabot s'était avéré être le fameux Marco, alias « Notion », dont Olivier avait beaucoup parlé déjà. On avait trouvé Quentin avec lui. Hubert et le dénommé Guillaume, eux, étaient disparus. Quant aux réceptacles... La blessure qu'avait subie le barbu aurait pu guérir, mais il était décédé de ce qui semblait être un choc nerveux. André Gaudette était en piètre état mais vivait toujours. Il restait sous surveillance constante. Susannah, la vieille dame que Kelzid avait envoyé mener la marche, paraissait catatonique. On l'avait placée en évaluation psychiatrique, comme bien d'autres adeptes. Demain, le spécialiste recommandé par Malick arriverait pour les rencontrer un à un.

Gérald Brassard, le conseiller municipal tant apprécié jusque-là, avait été retrouvé mort dans son garage, asphyxié par les émissions de sa voiture. On avait découvert chez lui des documents d'un grand intérêt. Son suicide avait donné un choc supplémentaire à une ville déjà ébranlée. Les gens n'arrivaient pas à comprendre ce qui était arrivé, ni pourquoi c'était arrivé à Saint-Nicaise. Malick avait trouvé édifiant de suivre les bulletins de nouvelles les jours suivants et d'entendre des détails confirmés un jour et infirmés le lendemain. Il savait qu'on ne raconterait jamais la véritable histoire : en partie parce qu'on choisirait de taire certains détails, mais surtout parce qu'on ne saurait jamais tout. Lui-même ne s'expliquait pas encore tous les détails les plus horribles de cette sombre affaire. À des moments comme celui-ci, dans l'obscurité, il se prenait souvent à penser à l'existence de l'abomination qu'était devenu Victor Geoffroy, plongée dans les ténèbres de sa prison capitonnée, gardée par des réceptacles tordus, eux aussi victimes de Kelzid… et mieux valait ne pas y penser cette nuit.

Il réfléchit plutôt au rituel qu'il allait accomplir pour purifier ces lieux une fois pour toutes. Il dut s'endormir, car Rachel se trouvait devant lui quand il rouvrit les yeux.

— Qu'est-ce que tu fais là ? Tu étais supposé être avec moi si je me réveillais.

— S'cuse-moi… T'as eu un cauchemar, encore ?

— Oui. C'est pas grave, ça va aller.

Elle vint s'asseoir à côté de lui et l'enlaça. Pendant quelques minutes, ils se contentèrent du silence. Puis Rachel demanda :

— Comment ça se peut, Maxou ? Je sais que j'ai vraiment vu ce que j'ai vu, mais… c'est impossible, non ?

— Tu veux vraiment parler de ça ? Tout de suite ?

Elle recula un peu pour le regarder droit dans les yeux.

— Oui. Il vaut mieux que je sache. Il faut que je l'accepte.

— Je suis certain de rien, tu sais. J'ai parlé à Noémie, mais elle-même savait pas. Elle était pas encore « Gardienne du Miracle », comme ils appelaient ça.

— Tu penses que c'était un miracle, cette horreur-là ?

— Je sais pas comment j'appellerais ça. D'après ce que Noémie m'a dit, d'après ce qu'Hubert m'avait dit avant… je pense que Kelzid faisait partie de Victor Geoffroy. Une projection, si on veut. Geoffroy devait avoir des dons psychiques, lui aussi. Si moi je peux voir des choses avant qu'elles arrivent, pourquoi lui pourrait pas projeter une partie de lui-même ? Peut-être qu'à force de discipline, ou par une technique qu'il aurait dénichée dans ses recherches spirituelles… en tout cas, cette partie-là est devenue de plus en plus puissante. Quand j'ai affronté Geoffroy à Montréal…

Il prit le temps de se rappeler la scène ; il ne devait pas oublier les erreurs qu'il avait commises, et celle-là en était une grosse.

— … cette nuit-là, Tony Boyard l'a presque tué, je pense. Quand même, Geoffroy était encore en un seul morceau quand je me suis sauvé. Hubert pourrait certainement dire ce qui s'est passé après… En tout cas, Kelzid devait savoir qu'il disparaîtrait à moins d'utiliser tout son pouvoir pour maintenir Geoffroy en vie, peu importe son état. S'il existait d'abord dans la tête de Geoffroy, il devait la pré-server… Ciboire, peut-être qu'il s'imaginait pouvoir laisser le reste du corps derrière comme un lézard se défait de sa queue, quitte à s'en… s'en créer un autre plus tard. Il parlait de se façonner un corps… Je sais pas. Mais je pense qu'en diminuant Geoffroy comme il l'a fait, il a brisé sa volonté et il a pris le dessus.

— Mais si Kelzid était une extension de Geoffroy, ça veut dire qu'il s'est infligé ça à lui-même…

— Je le sais. Je peux juste m'imaginer ce que sa vie a pu être. J'aurai jamais toutes les réponses. L'important, c'est que tout soit fini.

Elle le serra encore, puis lui demanda s'il revenait se coucher. Malick la suivit jusqu'au lit et dormit jusqu'au matin.

◆

Plus d'une semaine s'était écoulée et Malick n'était pas encore parti. Assis au pied du mont Sabot dans la fraîcheur d'un nouveau matin, à demi aveuglé par le soleil levant, il assistait à la dernière séance de tournage du film de Samuel. On venait à peine d'ouvrir l'accès à la colline et il avait fallu choisir le lieu de tournage avec soin pour éviter d'attirer les curieux. Ceux-ci rôdaient autour de la fissure marquant le flanc opposé : cette longue et étonnante fissure causée par Kelzid alors que le rituel visant à le bannir battait son plein. Ce soir-là, il y avait eu des gens piétinés, un infarctus, beaucoup de panique et de confusion, mais aucun décès. Personne ne s'expliquait encore ce qui avait fendillé la colline ainsi. Malick sourit : il avait l'événement sur pellicule. Quand Samuel avait récupéré le sac de Malick dans la fourgonnette accidentée, il s'était aussi emparé du bout de film qu'il avait tourné pour Kelzid. Il n'avait pu se résoudre à le remettre aux policiers cette nuit-là : il en avait fait une copie, puis leur avait rendu l'original le lendemain en prétendant que, dépassé par les événements, il avait oublié qu'il l'avait en sa possession. Malick lui avait soutiré une copie. Comme preuve de l'anormal, c'était mieux que le fameux « Bigfoot » filmé par Patterson et Gimlin. S'il rendait ces images publiques, on en contesterait tout autant l'authenticité... mais lui, au moins, savait ce qu'il avait là.

Les longues ombres des arbres le troublaient, avec leurs fourches et leurs ramifications envahissant l'herbe folle. Il s'efforça de se concentrer sur la scène qui se jouait devant lui. Kevin et Laura, incarnant les deux ardents amoureux imaginés par Samuel, échangeaient quelques dernières répliques poignantes avant d'armer leurs pistolets et de s'éloigner de la caméra, marchant vers le soleil. Leurs silhouettes allèrent s'amenuisant... puis Samuel cria « Coupez ! » et les acteurs revinrent en courant pour filmer une deuxième prise pendant que le soleil était encore au bon endroit.

On en fit une troisième, puis Samuel passa de longues minutes à visionner les résultats sur l'écran minuscule intégré à la caméra. Les autres tournaient autour, impatients de connaître le verdict.

— On l'a, dit enfin Samuel.

On s'exclama, on se félicita, on sortit la bière. Malick regarda les réjouissances sans y prendre part. Il décelait un léger froid au sein du groupe et un plus grand froid envers sa personne. Samuel le blâmait en partie pour ses doigts qu'on n'avait pu lui réimplanter. Kevin était embarrassé en sa présence, lui qui préférait oublier ce qu'il avait vu. Pauline, elle, lui en voulait d'avoir entraîné Kevin dans cette affaire. Seuls Boris et Laura paraissaient à peu près à l'aise avec lui.

Quant aux autres personnes impliquées… Paul-Émile lui vouait encore une rancune évidente. Aux funérailles de Louis, Malick avait pris soin de garder ses distances. L'enquête ne faisait que commencer : il restait plusieurs dépositions d'adeptes à recueillir et toute l'histoire de la Repousse à remuer. On se penchait sur l'incendie de la maison de Rawlings et d'autres incidents liés aux actions des Insoumis à Montréal. Malick savait qu'il pouvait se trouver inculpé pour son rôle dans ces événements, surtout si Paul-Émile avait son mot à dire.

Et tout ça pour quoi ? Pour une victoire toute relative. Dan et Louis le hantaient encore. La mère de Dan était venue chercher son corps. Malick n'avait pas eu le courage de la rencontrer : il lui avait écrit une lettre, plutôt, promettant de répondre à toutes ses questions quand il repasserait à Montréal.

Le cœur de la secte n'était plus, Malick était certain d'au moins ça. On avait même arrêté Guillaume Plante la veille sur une route des Laurentides grâce à un simple contrôle d'ivresse au volant. Malick se permettait d'espérer que Kelzid avait été anéanti pour de bon, quoiqu'il lui fût impossible de le vérifier. Il restait la possibilité qu'un adepte ambitieux s'appointe gourou et réussisse à convaincre quelques confrères de le suivre. Malick comptait bien garder l'œil ouvert. Il ignorait toujours le sort d'Hubert, mais celui-ci avait sûrement trop souffert pour se consacrer de nouveau à la cause des Insoumis. Malick se demandait encore ce qu'il aurait pu dire ou faire pour lui épargner cette souffrance. Qu'allait-il devenir maintenant?

Rachel revint s'asseoir, une bouteille à la main. Malick lui posa un baiser furtif dans le cou.

— Tu diras ce que tu veux, c'est clair que je suis pas le bienvenu ici.

— Ça passera. Si tu pars, tu vas finir par leur manquer.

— Et à toi aussi.

— À moi surtout.

— Viens avec moi à Montréal. Je vais te présenter mes fréquentations bizarres, ça sera pas ennuyant.

— C'est mieux si tu restes. On ne connaît pas toute l'influence que les Insoumis avaient ici, ni quelles répercussions il pourrait y avoir encore. Si tu restes, tu pourrais aider les gens à comprendre, à ramener un peu de normalité dans leurs vies.

— Si je reste, c'est les journalistes qui vont m'avoir...

Le tapage médiatique avait été assourdissant dès le début et ne s'amenuisait toujours pas. Malick voyait des journalistes partout. Il s'en était tiré à bon compte jusque-là: les policiers ne tenaient pas à publiciser son rôle dans l'enquête. Ce n'était quand même qu'une question de temps avant qu'un petit futé comprenne son implication et que les questions se mettent à pleuvoir. Rachel insista:

— Peut-être que tu devrais aller à leur rencontre, plutôt. Ça serait l'occasion de te faire entendre...

Et ainsi de suite, arguments pour et arguments contre, ils continuèrent à se disputer doucement. Ils se tiraillaient souvent ainsi, cherchant à décider d'un avenir qui leur soit acceptable. Sans tracer de plans à long terme, ils cherchaient à se donner le temps de se dire tout ce qu'ils voudraient encore se dire. Malick attendrait au moins que sa jambe soit guérie avant de décider quoi que ce soit. Au fond, lui et Rachel prenaient un certain plaisir à spéculer sur ce qu'ils allaient devenir, puisqu'il était sous-entendu qu'ils le deviendraient ensemble.

Ils finirent par se taire. Malick ne voyait pas la ville, mais il pouvait l'entendre un peu. Plissant les yeux sous le soleil, il regarda Samuel et son équipe ranger leur équipement petit à petit et jaser de tout et de rien entre deux gorgées de bière. Il se sentait heureux d'exister, peu importe le reste. Prenant la main de Rachel dans la sienne, il s'étendit de tout son long dans l'herbe, ferma les yeux, et inspira à s'en faire éclater les poumons.

– HUBERT –
LA ROUTE

Seul à la fin de toutes choses, assis sur une route sombre au flanc d'une planète qui n'en finissait plus de tourner, Hubert contemplait l'aube froide qui s'intensifiait devant lui. Une voiture s'engageait dans le virage, lancée dans sa direction.

La lueur des phares se précisa, balaya les arbres devant. Une bouffée d'adrénaline inutile parcourut le corps d'Hubert. Il n'arrivait pas à s'émouvoir à l'idée qu'un pare-chocs vienne lui donner son dernier baiser sur terre. Le moment s'étirait…

La voiture ralentissait. Hubert la vit enfin arriver en roulant sur l'accotement, à la vitesse d'un homme qui marche. Pourquoi donc? Malgré le grondement du moteur, Hubert entendait le bruit du gravier écrasé sous les pneus. La voiture s'arrêta, invisible derrière ses phares aveuglants. Puis la portière du conducteur s'ouvrit et une lumière s'alluma à l'intérieur. Un homme s'approcha en hâte.

— Qu'est-ce que vous faites là? Est-ce que vous êtes blessé?

Hubert fit signe que non. L'homme était un grand nerveux, un peu échevelé, étranger mais presque familier. Il tendait une main. Comme Hubert tardait à la prendre, l'homme vint le saisir sous les épaules et l'aida à se lever.

Une femme était sortie du côté passager pendant ce temps ; elle s'était postée derrière la voiture, guettant la route par-delà le virage. Sur la banquette arrière, Hubert pouvait voir une jeune enfant qui poussait contre sa ceinture de sécurité. Il sautilla sur place tandis que la vie revenait dans ses jambes engourdies. L'homme lui parlait, vite, et le sens de ses propos lui échappait. Sa voiture – un vieux modèle, solide – était coiffée d'un support à skis, et Hubert se doutait bien que ses flancs étaient croutés de boue. C'était donc la voiture qui était passée en sens inverse quelques minutes plus tôt. On l'avait aperçu, après tout.

Il s'avança vers la voiture qui ronronnait toujours. L'homme s'interposa devant lui en plaquant une main contre sa poitrine.

— Vous faisiez quoi, assis comme ça sur la route ? Vous êtes soûl ?

— Non. Pas du tout.

L'homme s'emporta soudain :

— Ben quoi d'abord ? Vous vouliez vous tuer ? Vous vouliez tester pour voir si vous avez la tête plus dure que mon *bumper* ?

Il eut un rire incrédule qu'Hubert fut tenté d'imiter. La femme derrière la voiture lui cria :

— Alex, reste pas sur la route ! Qu'est-ce qui se passe ?

L'homme guida Hubert vers la voiture. Sa conjointe accourut et ils eurent une brève dispute chuchotée. La femme alla s'asseoir sur la banquette arrière en claquant la portière. L'homme fit monter Hubert à l'avant, puis s'installa derrière le volant et fit avancer la voiture sur l'accotement jusqu'à atteindre une partie droite de la route où les autres automobilistes pourraient l'apercevoir de loin. Il ne cessa de parler pendant ce temps, mais Hubert n'écoutait pas. Il étudiait son profil, plutôt, ses manières. L'homme lui rappelait Daniel. Il était à peine plus vieux – la mi-vingtaine, guère plus – et il y avait quelque chose dans sa posture, dans la forme de son menton… Sitôt la voiture arrêtée, il alluma le plafonnier et dévisagea Hubert en silence. Hubert le dévisagea aussi jusqu'à ce qu'il reprenne la parole.

— Je pensais que j'avais eu une hallucination, je sais pas… Pourquoi vous voulez pas me dire ce que vous faisiez là ? Vous vouliez mourir ?

Hubert réfléchit puis dit :

— Oui. Peut-être. Je… je voyais pas comment continuer. J'ai plus rien. Je suis plus rien.

— Je peux pas vous laisser faire, vous savez.

— Pourquoi pas ? Qu'est-ce que ça change pour toi ?

— Je peux juste pas. Écoutez… Dites-moi au moins ce qui va pas.

Hubert l'étudia un instant, puis jeta un coup d'œil à sa conjointe derrière, anxieuse, méfiante, mais non sans un soupçon de compassion au fond du regard. La fillette qu'il avait aperçue était assise tout contre elle et ne manquait pas un instant de cette étrange rencontre. Et à côté, il eut la surprise de voir un bébé qui somnolait malgré tous ces bavardages…

Si jeunes, ces deux parents, et déjà un deuxième enfant. Et ce jeune homme qui croyait pouvoir l'aider… Il ressemblait à Daniel ou à ce que Daniel aurait pu devenir dans un monde meilleur, plutôt que dans ce monde faux où même les sauveurs se révélaient faux…

— Parle-moi de toi, plutôt, dit-il à l'homme. De ta famille, de votre vie. Ça sera moins triste…

L'homme hésita, consulta sa femme dans le rétroviseur, puis commença à étaler les banals détails de son existence : son nom, ceux de sa femme et de ses enfants, son boulot, où ils allaient, d'où ils arrivaient. La nervosité le rendait bavard et Hubert n'avait qu'à poser une brève question de temps en temps pour le relancer. Sa conjointe finit par se joindre à la conversation pour parler de son nouvel emploi, de la naissance difficile de leur premier enfant… Tant qu'Hubert se laissait habiter par tous ces détails, il pensait moins à ce qu'il avait vécu.

— Voulez-vous qu'on vous raccompagne chez vous ? lui demanda soudain l'homme. Je sais qu'on a pas réglé vos problèmes, mais pouvez-vous au moins vous donner un peu de temps avant de tout lâcher pis d'aller vous rasseoir sur l'asphalte ?

Hubert hocha la tête sans rien dire et se laissa reconduire jusqu'au motel où il avait commencé sa nuit. Une chambre sans âme l'attendait. Il y entra, un numéro de téléphone à la main. Il avait promis qu'il leur donnerait de ses nouvelles.

Il alla s'asseoir sur le bord du lit et attendit d'être certain que la voiture était repartie. Puis il ressortit.

Le monde attendait dehors, immense et froid. Hubert songeait à cette petite famille qui s'y enfonçait sans certitudes. Que des humains… Comment allaient-ils trouver la force d'élever leurs enfants et de les guider dans ce monde impitoyable ? Ils étaient si jeunes, presque des enfants eux-mêmes. Hubert songeait à ce qu'il aurait dû leur dire. Il avait tout perdu, mais eux avaient encore tout à perdre.

Il longea la route, puis s'enfonça entre les arbres.

Les bois sentaient l'automne imminent, mais les feuilles tenaient bon. Tout vivait encore, et tout vivrait à nouveau après l'hiver. Tout verdirait avec l'obstination stupide de la nature.

Hubert s'avança dans la forêt sans comprendre pourquoi il persistait à vivre. Il se rappelait trop bien comment Victor avait prolongé sa vie par-delà ses limites, au-delà de tout sens. Mais après la fin de toutes choses, peut-être ne restait-il que ça, le besoin de vivre… S'il marchait assez longtemps, peut-être arriverait-il à trouver un sens qui serait le sien, une nouvelle façon de se raconter le monde. Sans trop y réfléchir, il tourna ses pas vers la civilisation, pour voir s'il y trouverait encore une place et un rôle.

REMERCIEMENTS

Merci à toute l'équipe d'Alire et en particulier à Jean Pettigrew, qui a lu ce que je croyais être un bon roman et qui m'a montré, étape par étape, comment celui-ci pouvait être bien meilleur.

Merci au Centre spiritualités et religions de Montréal, à Alex Chartier (directeur-adjoint responsable du bureau des enquêtes criminelles de la Sûreté du Québec à Rouyn-Noranda), et à tous ceux qui m'ont renseigné sur des sujets plus ou moins obscurs. Vous avez contribué à rendre ce roman plus convaincant. S'il reste des erreurs, ce sont les miennes.

Merci à la « gang » montréalaise du NaNoWriMo, en compagnie de laquelle j'ai entamé l'écriture de ce roman.

Merci aux braves qui ont lu et commenté ce roman avant qu'il soit mûr : Michel Émond, lecteur enthousiaste, Jean-François Lemay, qui a aussi partagé son savoir, Christian Sauvé, pour les séances de remue-méninges et pour son œil critique, pour ce projet et bien d'autres.

Merci à mes parents Lucille et Denis, mon frère Patrice et son épouse Marianne, précieux lecteurs eux aussi, qui continuent de m'appuyer dans tous mes projets (et bonjour à Lambert qui s'est ajouté au clan).

Merci à ma douce Josiane pour sa patience, pour son esprit critique, pour son aide sur tous les plans ; merci de m'encourager à oser.

ÉRIC GAUTHIER…

… est né à Rouyn en 1975. Abitibien errant,
informaticien défroqué, il raconte des histoires
tant sur scène que sur papier. C'est un logicien de
l'étrange, un collectionneur de savoir insolite qui
écrit et raconte la vie moderne dans tout ce qu'elle
a d'absurde, de fantastique et de déroutant. Il a
d'abord vu ses nouvelles paraître dans la revue
Solaris, dont il a gagné le prix en 1999 et 2002,
mais aussi dans *Ailleurs*, *Brins d'éternité*, *Mœbius*,
XYZ… Quelques-uns de ses textes ont été re-
cueillis chez Planète rebelle en 2002 (avec un CD
d'accompagnement) dans *Terre des pigeons*, et il
a reçu en 2003 le Grand Prix de la science-fiction
et du fantastique québécois. Pour en savoir plus
sur l'auteur et le conteur, n'hésitez pas à visiter
son site Internet : ericgauthier.net.

EXTRAIT DU CATALOGUE

Collection « Romans » / Collection « Nouvelles »

Collection «Essais»

VOUS VOULEZ LIRE DES EXTRAITS
DE TOUS LES LIVRES PUBLIÉS AUX ÉDITIONS ALIRE ?
VENEZ VISITER NOTRE DEMEURE VIRTUELLE !

w w w . a l i r e . c o m

UNE FÊLURE AU FLANC DU MONDE
est le cent trente-sixième titre publié
par Les Éditions Alire inc.

Il a été achevé d'imprimer
en octobre 2008 sur les presses de

Imprimé au Canada par
Transcontinental Métrolitho

Imprimé sur Rolland Enviro 100, contenant
100% de fibres recyclées postconsommation,
certifié Éco-Logo, Procédé sans chlore, FSC
Recyclé et fabriqué à partir d'énergie biogaz.